KB013991

정기룡 3

정기룡

하용준 역사소설

3

은행나무

정기룡 3

|차례|

가토와의 추격전

1

도요토미 히데요시로부터 거제도를 영지로 하사받은 소 요시토시는 박수영이 한 일을 곰곰이 생각했다.

그는 기막힌 반간계를 짜냈고, 요시라가 그 간계에 따라 경상 우병사 김응서를 찾아가 이순신을 제거하는 데 성공했다. 두고두고 곱씹어 봐도 여간 신통한 일이 아닐 수 없었다. 그 뒤에 칠천도 앞바다에서 조선 수군을 상대로 대승을 거둔 것도 결국 박수영의 신통한 비책에서 비롯된 장쾌한 결과였다.

'그놈을 다시 봐야겠어. 그리고 다른 사람이 손을 쓰기 전에……'

소 요시토시는 박수영을 거제도 봉행(일본 다이묘 휘하의 벼슬)으로 삼았다. 박수영은 일본군에 몸담은 이래 처음으로 벼슬을 받아 양어깨가 부서질 듯이 힘이 들어갔다.

"그간 박 향도를 너무 소홀하게 대한 점도 없지 않았네. 이제부턴 부교(봉행의 일본어)일세. 내 곁에서 언제까지나 함께하기로 하세. 잘만 하면 거제도에 있는 고을 몇 개쯤이야 대수이겠는가? 아니 그런가, 박 부교?"

"아, 하이! 아리가또 고자이마쓰(고맙습니다)!"

박수영은 숙소로 돌아와 아내 바우댁 앞에서 으스댔다.

"봤지? 내가 이런 사람이라고. 에헴, 헴."

바우댁은 웃으면서 남편을 우러러보았다.

"우리 높으신 봉행님이 하시는 일이면 저는 무엇이든 환영이옵니다."

박수영은 아들을 무릎에 앉히고는 머리를 쓰다듬었다.

"우리 충성이는 장차 태수로 키워야지. 암."

도요토미 히데요시는 재차 조선 정벌에 나선 모든 장수들에게 명령을 내렸다.

"조선인들을 모두 죽여라. 닭과 개도 남기지 않도록 하라! 추후 명령을 또 내릴 것이다. 쉬지 말고 진군하라!"

수군 왜장 가토 요시아키(加藤嘉明), 도요토미 히데요시의 사위인 다이라 슈우스케(平秀介), 시마즈 요시히로, 가토 기요마사, 구로다 나가마사, 모리 히데모토 그리고 당교에서 기룡에게 대패해 쫓겨 갔던 초소카베 모토치카 등 임진년에 와서 조선의 길을 잘 알고 있는 장수들이 대거 전라도를 목표로 출병했다.

고니시 유키나가는 그리 바쁠 것이 없었다. 멀리 서생포왜성에서 허겁지겁 달려올 가토 기요마사를 생각하니 미소가 절로 번졌다. 그는 도요토미 히데요시의 명령과는 달리 휘하 장수들에게 다섯 가지 지침을 내리며 서약을 종용했다.

첫째, 마음을 다해 싸움에 임할 것. 둘째, 조선의 백성들을 잘 타이를 것. 셋째, 들판에 있는 곡식을 수확할 것. 넷째, 마소를 잡아먹지 말 것. 다섯째, 정해진 병영 이외의 지역으로 나다니다가 사로잡히지 말 것.

왜장들은 시큰둥해하면서도 마지못해 다 서약서에 서명했다.

박수영은 소 요시토시의 봉행으로 참전했다. 고니시 유키나가는 천천히 행군해 한 번 쉴 거리를 두 번 쉬면서 왜군들이 전력을 충분히 비축하게 했다. 그러면서도 가장 먼저 남원에 도착해 읍성을 포위했다.

그는 하룻밤을 지낸 뒤 시마즈 요시히로에게 말했다.

"우리끼리 총공격을 감행하는 게 어떻겠소?"

"우군이 아직 당도하지 않았으니 좀 더 기다려 보시지요."

"아니오. 작은 성 안에 든 몇 안 되는 조선군을 치자고 굳이 우군까지 기다릴 것이 뭐 있겠소?"

고니시 유키나가는 가신들에게 호령했다.

"남원성을 함락시켜라!"

그들은 일제히 우렁찬 목소리로 대답했다.

"하이!"

곧이어 수만 명의 왜군이 낮과 밤을 가리지 않고 줄기차게 공격을 퍼부었다. 남원 부사 임현과 판관 이덕회, 구례 현감 이원춘은 군사의 수와 무기의 열세로 도저히 왜군을 막아내지 못했다.

전라 병사 이복남과 방어사 오응정이 달려왔지만 오응정에게는 군사가 없었고, 이복남이 정군 1천 명을 거느리고 적진을 뚫고 성안으로 들어가는 동안 아까운 군사 3백 명을 잃었다.

읍성 안으로 들어간 전라 병사 이복남은 북문을 맡았고, 명나라 부총병 양위엔과 중군장 리씬팡(李新芳)은 동문을, 천총 장비아오(蔣表)는 남문을, 마오창쎈(毛承先)은 서문을 맡아서 서로 호응하며 며칠 동안 버텨냈다.

그런데 설상가상으로 왜군의 후발대 시마즈 요시히로의 군대가 도착했다. 그들은 나무와 풀로 해자를 메우기 시작했다. 한밤중이 되어 수많은 왜군이 남문으로 기어올라 조총을 난사하며 성안으로 쇄도해 들어오자 사태는 돌이킬 수 없었다.

"아, 안 되겠구나. 후퇴하라!"

부총병 양위엔은 근위병 1백여 기마 군사와 함께 서문으로 빠져나오다가 적병이 쏜 조총의 납탄 두 발을 맞았다.

"으윽!"

"부총병 대인!"

양위엔의 사후(척후) 쨩치유엔(鄭期遠)이 군사를 돌려 추격해 오는 왜적과 맞서 싸우는 겨를에 10여 명의 기마병과 통역관 박의성이 양위엔을 보자기에 싸듯 둘러싸고 전주 쪽으로 달아나 한양으로 후퇴했다.

끝까지 읍성을 사수하던 명군의 중군장 리씬팡, 천총 쨩비아오와 마오창쎈, 사후 쨩치유엔, 통역관 리츈란(李春蘭) 등이 죽었고, 조선군으로는 전라 병사 이복남, 방어사 오응정, 조방장 김경로, 별장 신호, 남원 부사 임현, 판관 이덕회, 구례 현감 이원춘 등이 장렬히 전사했다.

남은 조선의 군사와 백성들은 더 이상 항전할 엄두를 내지 못하고 흩어져 도망치다가 왜적에게 모두 살해되고 말았다.

일본군 좌군 소속 고니시 유키나가가 남원을 포위하고 있을 바로 그 무렵, 우군의 모든 병력은 고령에서 대패한 나베시마 나오시게의 왜군을 제외하고 황석산(함양군 서하면)을 향해 집결했다. 우군은 황석산을 넘어 좌군과 합류해 남원 읍성을 칠 계획이었다.

"일본군 대군이 황석산성을 공격하기 위해 몰려가고 있다!"

체찰사 이원익은 시급히 명령을 내렸다.

"황석산성은 영호(영남과 호남)의 요충지다. 왜적에게 빼앗긴다면 양 도의 교통로를 열어주는 셈이 되고 만다. 안음, 함양, 산음 세 고을의 수령들은 속히 군사를 이끌고 가라. 안음 현감 곽준은 목숨을 다해 산성을 지키도록 하고, 김해 부사 백사림은 지금 곧 쉬지 말고 달려가 도우라."

전 함양 군수 조종도는 자택에 머물러 있다가 왜적이 쳐들어온다는 소식을 들고 분연히 머리띠를 졸라매고 일어섰다.

"나는 일찍이 나라의 녹을 먹었던 사람이다. 어찌 도망치는 백성들과 함께 초야에서 죽겠는가? 남아 대장부가 죽을 자리를 모르는 것만큼 수치스러운 일은 없다."

그는 처자와 집안 종들을 거느리고 산성으로 들어갔다. 셀 수 없이 많은 일본군이 황석산 주위의 산마루에 진을 치고 있었다. 그러고는 모든 화구를 산성으로 겨눠 일제히 포를 쏘아대기 시작했다.

'아, 도저히 승산이 없는 싸움이겠구나.'

김해 판관 김필동은 왜군이 성 아래에 이르기도 전에 제 고을 사람 20여 명과 마음을 맞춰 몰래 성문을 빠져나가 가토 기요마사의 진영에 투항했다. 그 사실을 전해 들은 김해 부사 백사림도 좌우의 눈치를 보더니 슬그머니 자리를 떴다.

그는 충복들에게 성벽 밖으로 밧줄을 늘어뜨리게 했다. 제 식솔들이 맨 먼저 타고 내려가게 한 뒤에 저 자신도 성 밖으로 나가 식솔을 거느리고 어디론가 도망쳐 버렸다.

왜군은 밤에도 그치지 않고 계속 포를 쏘았다. 산성이 견디지 못하고 끊임없이 우르르 우는 소리를 냈다. 오경(오전 3~5시)에 이르자 산성은 여기저기 무너지고 함몰되어 성벽이 아니라 그저 돌무더기에 불과한 지경이 되었다.

일본군 아시가루들이 마치 터진 콩 섬에서 콩알이 쏟아지듯 수없이 남문으로 쳐들어왔다. 안음 현감 곽준의 가솔들과 관아의 이속들 그리고 백성들이 다 당황했다. 곽준은 줄곧 소리쳤다.

"물러서지 마라! 각자 자리를 사수하라! 우리가 죽을 자리는 바로 여기다!"

사람들이 모두 겁에 질려 어찌할 바를 몰라 하자 곽준은 크게 웃으며 말했다.

"죽을 자리에서는 죽는 것이 최상의 계책이다! 만고에 부끄러운 이름을 남기지 말라!"

왜적과 맞서 싸울 것을 독려하던 곽준은 마침내 조총의 탄환을 여러 발 맞고 쓰러졌다. 그의 두 아들 곽이상과 곽이후가 아비의 시체를 부둥켜안고 고래고래 소리치며 적병을 꾸짖다가 둘 다 동시에 총탄을 맞았다. 왜군이 세 부자의 목을 베어 수급을 들고 가려고 하자 전 함양 군수 조종도가 달려들었다. 그러나 한 사람의 왜군만 죽였을 뿐 그 역시 목숨을 빼앗기고 말았다.

전세는 돌이킬 수 없는 지경에 이르렀다. 군사와 백성들이 다 달아나기 시작했다. 일본군은 남녀노소를 가리지 않고 움직이는 것은 닥치는 대로 죽였다. 쓰러져 죽은 조선인들은 물론이고 숨이 아직 끊어지지 않고 신음하는 사람도 가차 없이 코를 벴다.

"고니시 태수님이 남원성에 벌써 입성했다고 하옵니다."

"뭐라고? 이런!"

황석산성을 함락시킨 뒤 잠시 쉬고 있던 가토 기요마사는 화가 머리끝까지 차올랐다. 애초에 남원을 같이 치기로 했는데 자신이 서생포왜성에서 출발하기 때문에 길이 멀어서 늦게 도착할 것을 고니시 유키나가도 뻔히 알고 있었다.

그런데도 단 며칠도 기다려 주지 않고 소 요시토시, 시마즈 요시히로 등 자신에게 우호적인 다이묘들만 모아서 전공을 세운 것이었다.

가토 기요마사와 함께 진군해 왔던 구로다 나가마사가 말했다.

"이제 어떻게 하는 것이 좋겠습니까?"

"고니시가 전주마저 함락하기 전에 우리도 서둘러 가야지요."

가토 기요마사는 날랜 오가시라 한 명을 뽑았다. 후쿠다 칸스케(福田

勘介)였다. 그에게 왜졸 1백 명을 주고는 자신이 합세할 때까지 전주 공격을 개시하지 말고 기다려 달라는 전령문을 쥐여 고니시 유키나가에게 보냈다.

구로다 나가마사가 가토 기요마사에게 물었다.

"두 분 태수님은 사이가 안 좋은 이유라도 있습니까?"

"고니시 그놈이 사사건건 덤벼드니까 그렇지요."

가토 기요마사와 고니시 유키나가의 사이가 틀어진 건 성격 차이였다. 가토는 고니시가 가톨릭 신자로서 마치 성인처럼 언행하는 것이 꼴보기 싫었고, 고니시는 나이도 어리면서 거드름을 피우고 늘 강경 일변도로 나오는 가토가 마음에 들지 않았다.

고니시가 평양성에서 명군에게 대패한 뼈아픈 일을 가토가 걸핏하면 들먹이는 것도 고니시로서는 심히 불쾌한 일이었다. 또 가토는 고니시가 도요토미 히데요시를 속이고 강화를 무리하게 진행하는 바람에 조선의 남쪽 땅을 쉽게 할양받을 수 있는 기회를 놓쳤다고 여겼다.

"씨웅! 쫘악!"

"앗!"

황석산성에서 전주로 가는 지름길인 장수현으로 향하는 도중에 어디선가 화살 하나가 날아와 가토 기요마사의 허벅지에 꽂혔다. 왜군은 일제히 사방을 살폈지만 어디에서 날아왔는지 알 수 없었다.

가신 모리모토 가즈히사(森本一久)가 가토가 탄 말을 멈췄다.

"괜찮으십니까?"

그 일로 행군이 멈춰졌다. 가토 기요마사는 긴급히 설치된 장막에 들었다. 의료를 맡은 종군승 게이넨(慶念)이 다리에 박힌 화살을 빼냈다. 다행히 상처가 깊지 않아 말은 탈 수 있는 상태였지만 움직임이 둔해져 전장에 나가는 것은 무리였다.

"하필 이런 때에…… 아, 하늘이 정녕 고니시를 돕는구나."

고니시 유키나가와 시마즈 요시히로의 좌군 선봉장 가와카미 타다노리(川上忠実)가 전주 가까이 이르렀다. 전주 부윤 박경신과 전주 판관 박근은 남원이 몰살되고 모두 코가 베였다는 소문을 듣고는 뒤도 돌아보지 않고 전주성을 버리고 달아났다.

고니시 유키나가의 군사들은 출병 전에 그가 내린 다섯 가지 지침을 나 몰라라 하고는 전주 백성들을 보이는 대로 쫓아가 죽였으며 관아며 여염의 집집마다 들어가 분탕질을 했다.

남원과 전주가 연이어 함락되자 그 북쪽에 있는 고을들은 두려움에 사로잡혀 한꺼번에 스스로 붕괴되고 와해되었다. 그리하여 28개 고을의 수령들은 적군이 쳐들어오기도 전에 관할하고 있던 고을을 버리고 도망쳐 자취를 감췄다.

박수영은 소 요시토시와 말 머리를 나란히 해 길을 가고 있었다.

"으하하, 무주공산이나 다름없구나."

"이제 조선은 일본에 무릎을 꿇을 것이옵니다."

"이게 다 박 부교의 계책이 신묘하여 이순신을 통제사 자리에서 내쫓았기 때문일세."

일본군 좌군은 전라도 전체를 점령한 것이나 다름없었다. 그들은 전라도 백성들의 귀와 코를 벴다. 걸을 수 있는 사람은 남녀노소 가리지 않고 납치한 뒤 줄줄이 묶어서 남쪽 바닷가에 있는 왜성으로 보냈다. 배에 태워 일본으로 보낼 작정이었다.

장차 나라가 망할 줄로 굳게 믿고 부왜하는 자들이 마치 전염병이 창궐하듯 했다. 왜군은 전라도를 장악한 뒤에 전주에 머무르면서 조선 조정과 명군을 위협하려던 원래의 계획을 바꿨다.

그들은 곳곳에서 부왜하는 자들에 힘입어 전라도를 수중에 넣은 것에

만족하지 않고 거칠 것 없이 금강을 건너 충청도로 북상했다.

은진과 여산에서 충청도 방어사 박명현이 일본군과 맞서 싸웠지만 상대가 되지 않아 후퇴했다.

왜군이 군사를 나눠 금산, 회덕, 임천, 한산에 침입해 가가호호 불을 지르고 약탈했다. 후퇴해 있던 충청도 방어사 박명현은 이시발, 이시언과 함께 있으면서 싸울 생각을 잃고 왜군의 노략질을 바라만 보다가 모두 도망치며 흩어져 버렸다.

경상우도 유군 별장으로서, 도원수 권율의 명령을 받아 충청도 방어사 박명현의 휘하에 있던 한명련만 남아 공주와 회덕의 경계에 잠복해 있었다.

"왜적이 진산(금산시 진산면)에서 산길을 택해 쳐들어오고 있사옵니다."

날이 새자 척후로부터 보고를 받은 유군 별장 한명련은 군사들에게 아침밥을 먹인 뒤 샛길로 오는 시마즈 요시히로의 선봉군과 맞서 싸웠다. 조선군과 일본군은 서로 한 치도 물러설 기세 없이 공방전을 거듭하면서 하루 종일 싸웠고, 마침내 왜군이 무너지기 시작했다.

수백 명의 아시가루를 잃은 선봉대는 해질 무렵이 되어서야 퇴각했다. 한명련은 휘하 정예병들에게 돌격 명령을 내려 끝까지 분격(분발해 공격함) 했다. 싸움이 지속되는 동안 한명련은 오른쪽 볼기에 조총의 연환을 맞았지만 극심한 아픔도 잊고 종횡무진 적진을 휘저으며 공격해 그 용맹함이 삼국삼군(조선군, 명군, 일본군)에 퍼져 나갔다.

"그런데도 불구하고 천병이 출전을 하지 않았다는 말인가!"

조선군 의병인 유군 별장만이 홀로 군사를 이끌고 싸운 소식을 들은 경리(경략조선군무사의 이칭. 명군의 총사령관) 양하오(楊鎬)가 대노해 평양성에 있다가 한양으로 달려왔다. 그는 제독 마구이에게 명군이 출병하지 않은 것을 꾸짖었다.

양하오는 부총병 지에성(解生), 참장 뉴보영(牛伯英), 유격장 양덩산(楊登山), 유격장 포꾸이(頗貴) 등 네 장수로 하여금 각각 소장(小將:천총 이하 장수)들과 군사 2, 3천씩 거느리고 직산에서 진영을 펼쳐 북상하는 일본군과 맞서 싸우게 했다. 마침내 명군이 직접 나서기 시작한 것이었다.

밀령을 받은 명장 네 사람은 직산(천안시 서북구 직산읍)에서 북쪽으로 15리쯤 떨어져 있는 소사평(천안시 서북구 성환읍)의 늪지대 근처에 잠복했다.

일본군 척후들은 이 사실을 까맣게 몰랐고 본군은 전진을 결정했다. 좌군의 왜장 시마즈 요시히로와 우군의 왜장 구로다 나가마사가 서로 앞다투어 진군했다. 그것을 본 네 명장은 왜군이 행군 대오를 전투 대형으로 바꿀 틈을 주지 않고 돌격했다.

"격살하라!"

"남김없이 도륙하라!"

느닷없이 나타난 명군의 위세에 놀란 일본군 선봉대는 우왕좌왕하다가 순식간에 수백 명의 사상자를 냈다. 기세를 올린 명군은 왜군의 수급을 챙기지도 않고 사방으로 달아나는 왜졸들을 추격했다. 유격장 포꾸이는 도망치는 왜군 속에서 회갑(투구와 갑옷)을 입은 왜장들을 발견하고는 끝까지 쫓아가 목을 벴다.

첫 출전에서 큰 전과를 올린 명군은 의기양양하게 진위(평택시 진위면)를 거쳐 수원에서 저녁밥을 지어 먹은 뒤 한양으로 회군하기로 했다.

그로부터 이틀 뒤, 수백 명의 조선인이 무리 지어 천안과 직산의 들판을 지나오고 있었다. 그들은 전부 구로다 나가마사의 부하였고, 조선인 차림으로 변장하고 있었다. 명군은 방심하고 있었다. 그런데 부총병 지에성이 수상한 낌새를 느끼고 명령을 내렸다.

"전투 채비를 하라!"

그 순간, 들판을 건너오던 조선 복장의 왜군들이 숨기고 있던 왜포를 드러내고는 명군 진영으로 쏘기 시작했다.

명군의 기마병들이 포탄 속을 뚫고 쏜살같이 달려갔다. 넓은 들판에서 일본군 아시가루들과 교전했다. 오합지졸이나 다름없는 왜졸들은 명나라의 정예 기마병에게 상대가 되지 못했다. 맞붙어 싸운 지 얼마 지나지 않아 들판에 널브러진 일본군의 시체가 6백 구에 이르렀다.

명군 한 명이 소리쳤다.

"저길 보십시오!"

도망친 왜군이 산으로 올라가 꼭대기에서 흰 깃발을 휘저어 펄럭였다.

"저놈들이 번신(깃발로 전하는 명령이나 신호)을 하는구나."

좌군과 우군이 합진해 천안에 모여 있던 일본군 대군이 새까맣게 진격해 왔다. 그것을 본 명나라 장수들은 워낙 수적으로 열세이다 보니 도저히 이길 수 없다고 판단하고 각자 군사를 물렸다.

한양에 있던 제독 마꾸이는 일본군이 북상함에 따라 명군의 모든 진영에 명령을 내렸다.

"전군은 한수 강변에 결진하라!"

명군의 움직임을 정탐한 일본군은 직산에서 곧장 진격하는 것은 불리하다고 판단했다. 그리하여 양성(안성시 양성면)과 안성으로 돌아서 양지(안성시 보개면)와 죽산(안성시 죽산면)으로 나아가기로 했다.

"좋다. 죽산에 이르면 그다음은 용인이니 대로를 거쳐 곧장 한양으로 직진할 수 있을 것이다."

임금은 전례를 봐서 명군이 그다지 미덥지 못했다. 한양이 다시 함락될까 두려웠다. 신하들은 남몰래 제 가족들만 피난 보내기에 바빴다. 눈치를 챈 임금도 내전(왕실의 여인들)을 피신시키려고 했다.

"전하, 가뜩이나 민심이 흉흉한데 이러한 때에 내전을 이거하는 것은 백성들을 더 크게 동요시키는 일이 될 것이옵니다."

"하명을 거두어 주소서."

신하들의 거듭된 주청에 임금은 단념하며 한숨을 쉬었다. 그러고는 힘없는 목소리로 명을 내렸다.

"도원수 권율은 왜적이 올라오는 요충지인 양지와 죽산을 사수하도록 하라."

일본군은 안성 일대에서 노략질을 한 다음, 또다시 진격해 죽산 근경(근처)에 다다랐다. 고니시 유키나가와 가토 기요마사는 함께 행군할 뜻이 없었다. 그리하여 모리 히데모토와 함께 전 일본군을 세 길로 나눠 한양을 향해 쉬지 않고 나아갔다.

"이번에는 내가 먼저다!"

"가토 군이 한양에 먼저 입성해서는 안 된다. 서둘러라!"

"천천히 가라. 고니시와 가토가 앞다투어 가니 천천히 뒤따라가면 된다!"

죽산을 지키는 조선군은 보잘것없었다. 주력 부대인 명군을 뚫고 일본군이 그대로 한양으로 치고 올라간다면 나라의 운명은 끝장날 판이었다. 그러나 다행스럽게도 경리 양하오의 엄령이 내려져 있어서 명나라 장수들은 왜군을 막아내려고 사력을 다했다.

피아간에 죽은 자를 셀 수가 없었다. 명군도 일본군도 지친 나머지 싸움을 그치고 잠시 군사를 물렸다.

그때 갑자기 남쪽에서 전령이 달려왔다. 그는 모든 왜군 진영에 나고야 성에서 내려진 명령서를 전했다.

"조선으로 출병한 군사들은 적국(전라도)과 청국(충청도)을 함락했으면 더 이상 한양을 향하여 진격하지 말고 서둘러 군사를 철수하라. 그리하여 10월 2일에 배에 올라 22일까지는 일본에 도착하라. 이 명령을 어기는 자는 전후 사정을 참작하지 않고 참수하겠다."

도요토미 히데요시로부터 내려진 어이없는 명령이었다.

"그것참, 여기서 한양까지는 고작 사흘 거리인데."

"눈앞에서 조선 왕을 놓아주게 되다니."

왜장들은 크게 아쉬웠지만 관백의 명령을 어길 수 없었다. 우물쭈물하다가 돌아갈 기한을 넘기게 되면 여지없이 목이 달아날 판이었다.

"하는 수 없군."

가토 기요마사는 선봉대를 이끌고 있던 구로다 나가마사에게 전령을 보내 모든 왜군을 철수시켰다.

고니시 유키나가 진영에서 소 요시토시와 함께 있던 박수영은 도요토미 히데요시의 명령이 이해되지 않았다. 조선을 손아귀에 넣는 것보다 더 큰 일이 무엇인지, 과연 무엇 때문에 바다를 건너와 있는 군대를 다 철군시키는지 몹시 궁금했다.

그 의문은 겐소와 텐케이의 대화를 엿들으면서 풀 수 있었다.

"법사님, 어찌 된 영문일까요?"

"작년에 큰 지진이 났을 때부터 간토(關東) 8국의 영주 도쿠가와 이에야스(德川家康)가 반역을 일으킬 것이라는 소문이 돌았다네."

"그렇다면, 간토의 태수가?"

겐소는 눈을 지그시 감고 염주를 굴리면서 말했다.

"그자의 위협이 관백님의 목전에 이르고 있는지도 모를 일이네."

"그래서 조선에 출병한 군사를 거두어 도쿠가와 태수를 칠 작정이로군요?"

철군하는 왜군보다 더 당황한 것은 부왜들이었다. 머잖아 새 세상이 오리라 여겼던 그들은 일본군을 따라가지도 못하고 그렇다고 고향 땅에 남아 있을 수도 없게 되었다. 그들은 수백 리 산 설고 물 설은 타향 땅을 정처 없이 떠돌기 시작했다.

일본군이 철수하고 있다는 소식이 명군 진영에 전해졌다. 명장들은 어리둥절했다.

"왜적이 군사를 세 갈래로 나눠 그 선봉으로 세차게 공격을 해오더니 도대체 어찌 된 일일까요?"

"영문을 모르겠군. 갑자기 후퇴하다니."

제독 마구이가 유격장들에게 명령을 내렸다.

"이유야 어찌 되었건 그냥 돌려보낼 수는 없다. 추격하여 섬멸하라!"

포구이, 양덩산 등의 명장들은 후퇴하는 일본군을 뒤쫓아 진천을 지나 형강(청주시 현도면 남쪽을 흐르는 금강)에 이르렀다. 사기가 오른 명군은 강 너머에서 쉬고 있는 왜군을 기습해 잇달아 승리를 거뒀다.

일본군의 좌군은 계속 남하해 순천왜성 방향으로 철수했고, 우군은 울산, 부산, 창원 등지의 왜성으로 돌아가기 위해 행군을 계속했다. 그들은 졸지에 퇴각하게 된 분풀이로 행군 중에 눈에 띄는 백성은 어른 아이 할 것 없이 모두 죽여서 코만 베어 가지고 갔다.

일본군이 북상하던 때와 마찬가지로 남녘 모든 고을의 길이란 길에는 조선 백성들의 시체가 즐비했고, 인적은 끊어졌으며, 다만 산짐승들이 왜군이 휩쓸고 지나간 곳으로 내려와 사람의 사체를 뜯어 먹었다.

2

체찰사 이원익은 경상 우병사 김응서를 논죄했다. 김응서는 공빈 김씨(임해군과 광해군의 생모)의 총애를 등에 업었던 사람이었다. 요시라의 반간계에 속아 조정에 이순신의 출전을 명령하는 장계를 올린 죄, 도원수 권율이 의령의 남쪽에 있는 남산성을 방비하라고 했지만 그 명령에 불복한 죄가 있었다.

"그자는 오직 백성들을 공동(위협해 두려워하게 함)할 뿐 난리를 수습할 뜻이 없었다. 휘하에 있는 군사들의 마음은 흙더미가 무너져 내리는 것과 같게 되었고 제진(여러 군진)은 기왓장이 깨지는 듯하였다. 군사와 백성이 다 같이 분개하여 규탄하자 그자는 낙오되고 사로잡힌 왜적을 무참히 베고는 비겁하게도 그것을 전공으로 내세우기까지 했다.

이제 차마 더 두고 볼 수 없어 김응서를 체직하니 인신을 거두고 조정에서 처분이 내려올 때까지 대기하도록 하라."

그런 뒤 여러 사람에게 물었다.

"경상 우병사 자리는 그 책무가 막중하니 한시라도 비워둘 수 없소. 누가 적임이겠소?"

체찰 부사 한효순이 말했다.

"상주 목사 겸 감사군 대장 겸 토왜 대장 정기룡보다 나은 사람은 없을 성싶습니다."

"한 부사는 정기룡에게 전날의 감정이 남아 있는 줄 알았더니?"

"전쟁 중에 행군하는 장수는 말에서 내리지 않는다는 그자의 말이 옳은데, 무슨 악감정을 품겠습니까? 정기룡은 실로 의연한 장수이니 경상 우도의 군권을 그자에게 맡기소서."

종사관들도 다 수긍했다.

"경상 우병사에 차정(임시로 정함)하는 것 외에도 고령에서 왜적의 대군을 상대하여 지대한 전과를 올렸으니 상감마마께 장계를 올려 큰 상을 내리도록 하소서."

사람들의 뜻이 기룡에게 모아지자 체찰사 이원익은 명령을 내렸다.

"토왜 대장 정기룡에게 경상 우병사(종2품)의 수기(장군기)를 내리노라.

군무를 임시로 총관(전체를 통틀어 관리함)하고 조정의 명령을 기다리도록 하라."

기룡은 체찰부에 사례를 하고 금오산성으로 향했다. 어머니 김씨는 아들이 몸이 성한 것을 다행으로 여겼고, 아내 권씨는 딸 미설을 안고 반겼다. 측실 서무랑이 낳은 아들 익린도 대면했다.

"어머님, 이제 상주로 돌아가시는 게 좋겠습니다."

기룡은 가솔들을 호위해 길을 떠났다. 미리 사람들을 보내 사벌 고을에 있는 본가를 손보라고 했기 때문에 몸만 들어가도 당장 살림을 할 수 있을 만큼 불편함이 없었다.

기룡이 돌아왔다는 소문은 상주 전역에 퍼져 나갔다. 가판관에서 시작해 목사의 직임에 이르기까지 왜적을 물리친 공적은 물론이거니와 꼬박 6년 동안 상주를 떠나지 않고 백성을 지키고 위무했으며, 호서와 호남에서 피난해 몰려드는 백성들까지 마다않고 받아들여 모두 생계를 이어가도록 한 어진 목민관이었다.

그런 이유로 상주의 수만 백성들은 기룡을 극진히 떠받들고 따르기를 마치 친부모의 슬하에 있는 듯이 했다.

기룡은 아홉 고을의 수령들을 다 돌려보내고 감사군 정예로서 아병 4백여 명만 거느리고 경상 우병영으로 발행할 채비를 서둘렀다. 백성들은 남녀노소 가리지 않고 관아 남문 앞으로 몰려들어 기룡의 행차를 막아섰다.

"사또, 이렇게 떠나시면 저희들은 누굴 의지하고 살라는 말씀이옵니까?"

"사또, 가지 마옵소서."

"부디 우리 상주에만 계셔주옵소서."

기룡은 따뜻한 말로 그들을 설득했다.

"본관이 여기 있으면 상주만 지키게 되지만, 우병영으로 가면 온 영남을 지키게 되오. 그리하면 이곳 상주도 절로 지켜지게 되는 것이니 심려하지 마시오."

"그래도 어디 상주에 계신 것만 하겠사옵니까? 못 가시옵니다!"

"사또, 못 가시옵니다!"

그때 삼망의 벗들이 함께 백성들의 뒷전에 있었다. 보다 못한 정춘모가 나서서 소리쳤다.

"어허어! 병사 영감께서 나랏일을 하러 떠나시는 마당에 이 무슨 억지들이오!"

백성들은 일순간 잠잠해졌다. 정춘모는 부드러운 음성을 냈다.

"병사 영감의 훤당(남의 어머니를 높여 부르는 말)과 식솔들이 사벌 고을에 정주(자리를 잡고 삶)하고 있지 않소? 그것만 보아도 영감께서 우리 상주를 얼마나 애향하시는가 알 수 있지 않나 이 말이오. 안 그렇소?"

백성들은 모두 고개를 끄덕였다.

"그러니 영감께서 우병영으로 가신다 하여도 우리 상주를 버리고 아주 영영 가시는 것이 아니란 말이오. 그러니 어서 길을 여시오."

김광두가 두 팔을 뻗어 사람들에게 길을 열라는 시늉을 하며 말했다.

"자자, 사또께서는 갈 길이 바쁘신 몸이오."

관아 남문 태평루 앞에 모여 있던 백성들은 두 갈래로 갈라졌다. 기룡의 가솔이 상주에 남아 있을 것이라는 말에 위안을 얻은 백성들은 불안한 마음을 진정시켰다. 그러나 가슴 쪽쪽이 샘솟는 아쉬움을 달랠 길이 없어 멀리까지 따라 나와 배웅했다.

기룡은 읍성에서 5리 떨어진 남쪽을 돌아 흐르는 남천 앞에 멈췄다. 소천교를 건너기 전에 뒤돌아서서 손을 흔들었다. 맨 앞에 서 있던 삼망 우들이 두 손을 들어 좌우로 저었다. 그 뒤에 있던 수많은 백성들은 손을 흔들다가도 허리를 굽히고 소리를 치며 기룡의 장도에 무운을 빌었다.

"자, 가자!"

기룡이 늠름한 감사위 8장사와 함께 이끄는 감사군의 행군은 장엄했다. 청리 고을을 지나 공성 고을에 못 미친 곳에 있는 활터 용운정에 이르렀다. 기룡은 그곳을 한 참(25리마다 둔 간이 휴게소)으로 삼아 군사들을 쉬게 하고 점심을 먹였다.

척후로 보냈던 정수린과 최윤이 먼지를 일으키며 달려왔다.

"황간현 너머, 영동현의 경계 지역에 펼쳐져 있는 너른 들판에 왜적이 진을 치고 있사옵니다."

"김산 방면으로는 왜적의 그림자도 보이지 않았사옵니다."

기룡은 정수린에게 물었다.

"황간의 왜적은 그 액수(군사의 수)가 얼마나 되더냐?"

"1만은 너끈히 되어 보였사옵니다."

기룡은 쉬고 있던 군사를 모두 일으켰다. 중모현(상주시 모동면과 모서면 일대)을 지나 오도재(상주시 모동면 수봉리)를 넘어서 황간현에 이르렀다. 산 위에 군사들을 숨겨둔 기룡은 직접 척후를 나갔다.

영동현의 경계 지역에 있던 일본군은 이미 남쪽으로 떠나갔고 잔적만 3백여 명이 남아서 노닥거리고 있었다.

"저놈들은 필경 인근 고을에서 분탕을 치려고 할 것이다."

기룡은 정수린을 산으로 보내 감사군을 내려오게 했다. 군사를 1백 명씩 네 갈래로 나눠 사방에서 왜군을 치게 하고 기룡은 수십 기의 기병만 거느리고 지켜보았다.

감사위 8장사는 저마다 일당백의 군사를 거느리고 함성을 지르며 쳐들어갔다. 놀란 잔적들은 미처 조총의 화승에 불을 붙이기도 전에 참살되어 갔다. 장사들이 휘두르는 팔련 장창이 햇빛을 받아 번쩍번쩍할 때마다 왜적이 꼬꾸라졌다.

한바탕 돌풍이 일어나 흙먼지를 날려버린 듯 3백여 잔적을 섬멸하는
데에는 그리 오랜 시간이 걸리지 않았다.

"다들 수고하였네. 상한 군사가 얼마나 되는가?"

"몇 명 되지 않사옵니다."

또다시 첩보가 날아들었다. 피난을 하던 백성들이 전한 소식이었다.

"보은현의 적암(보은군 미로면 적암리)에 셀 수 없이 많은 일본군이 모여
있사옵니다!"

기룡은 군사를 북진시켜 청산현(옥천군 청산면)의 남천이 휘감아 흐르는
야산에 결진했다. 그리고는 군사를 푹 쉬게 하고 날이 저물자 일찍 유숙
시켰다.

먼동이 터올 무렵, 기룡은 이희춘을 척후장으로 삼아 일본군의 동태를
정탐하도록 했다. 그런데 짙은 안개가 온 천지를 덮고 있어서 불과 10보
앞의 사물조차 제대로 분별할 수 없을 지경이었다.

"그르르, 우르르르……."

다만 수레바퀴와 말발굽 소리가 땅을 울리고 천둥이 치는 듯했다.

"도대체 왜적이 얼마나 될까?"

"못 되어도 10만은 넘지 않겠사옵니까?"

"그 많은 군사가 어디서 나타났단 말인가?"

"아마도 전라도 쪽에서 한양을 치러 갔다가 내려오는 군사들 같사옵니
다. 명군에 대패하여 후퇴하는 패잔병이 아닐런지요?"

"글쎄, 패잔병 같지는 않은데……."

죽산에서 후퇴해 온 우군 모리 히데모토의 군사 3만 명이 앞서가고, 그
뒤로 구로다 나가마사가 이끄는 1만 명이 행렬을 이었다. 맨 뒤에는 가토
기요마사가 1만 일본군을 거느리고 울산 서생포왜성을 향해 남하하는

중이었다.

이희춘이 진영으로 돌아와서 본 대로 아뢰었다. 기룡은 즉시 군사를 일으켜 관기(보은군 마로면 관기리)로 나아갔다. 일본군 행렬을 불과 10여 리 거리에 두고 있었다.

해가 점점 높이 오르고 서서히 안개가 걷히기 시작했다. 들에는 행군하는 왜군들로 가득 차 있었다. 행렬의 머리와 꼬리가 어디까지 이어져 있는지 가늠이 되지 않았다. 군사들은 난생처음 그토록 많은 수의 적군을 보고는 겁을 먹고 안색이 달라졌다.

"저놈들이 도대체 얼마나 되는 거야?"

"왜놈이란 왜놈은 다 끌어모아다 놓은 것 같군."

"우리는 겨우 4백 명뿐인데……."

기룡은 감사위 9장사를 불러 모았다. 책사 사일랑이 일본군의 숫자는 대수롭지 않다는 듯이 군략을 내놓았다. 장사들은 아무도 이견이 없었다. 워낙 왜적의 수가 많아 비책이든 묘안이든 별 뾰족한 수가 없었기 때문이었다. 기룡이 결정을 내렸다.

"그럼 사 책사의 말대로 하기로 하세. 다들 채비를 하게."

일본군 대군의 행렬에서 후위를 맡은 가토 기요마사는 원뿔꼴의 투구를 쓰고 있었고, 긴 얼굴의 턱 밑으로 투구 끈을 묶었다. 얼굴만 긴 것이 아니라 몸도 손발도 다 길었다. 큰 말을 탔음에도 불구하고 등자는 말의 아랫배 쪽에 닿아 있었다.

갑옷은 온통 금빛으로 눈부셨다. 옆구리에는 장검과 단검을 차고 있었다. 한 손에는 말고삐를, 다른 한 손에는 호랑이 가죽으로 싼 등편(등나무 가지로 만든 지휘용 채찍)을 쥐고 있었다. 등편 끝에는 술이 달려 있었고, 그 역시 호랑이 꼬리털이었다.

말안장 옆으로 비스듬히 긴 편겸창(창날 한쪽에 낫 같은 작은 날이 덧달린

창)을 꽂아두었다.

여러 가신들과 소장들이 가토 기요마사를 앞뒤로 호위해 가고 있었다. 가토 기요마사의 뒤를 따르고 있는 모리모토 가즈히사, 쇼바야시 가즈타다(庄林一心), 이다 나오카게(飯田直景)는 가토의 3걸이라 불리는 최측근 가신들이었다.

아병 기마대의 대장 기무라 마타조(木村又藏)가 앞서가고 있었다. 종군승 게이넨과 봉행 가토 키하치(加藤喜八)는 가토 기요마사의 말벗이 되어 나란히 갔다.

명군의 추격에 대비해 본군의 행렬보다 한참 뒤처져 있던 후방 당보수(척후 군사)들이 기룡의 군사를 첨형(형편을 염탐함)하고는 즉시 가토 기요마사에게 알렸다.

"뒤에 무언가 따라오고 있사옵니다."

"혹시 명군이 아니냐? 몸을 숨기고 가까이 오기를 기다렸다가 정체를 알아내도록 하라."

당보군들이 다시 돌아와 아뢰었다.

"명군이 아니고 조선군이옵니다."

"조선군이? 감히 나 호랑이 가토에게 덤빌 조선 장수가 다 있다더냐?"

"정기룡이라 하옵니다."

"뭣이? 저, 정기룡?"

가토 기요마사는 놀라 말을 멈췄다.

"그놈이 왜 고령에 있지 않고?"

가토 키하치가 말했다.

"워낙 동분서주하느라 바쁜 놈이 아니옵니까?"

"군사는 얼마나 된다더냐?"

"불과 수백 정도였사옵니다."

가토는 미소를 지었다. 아무리 신출귀몰하는 재간이 있다고 하더라도 1만 명으로 수백 명을 못 당해내랴 싶었다. 무기고 전략이고 필요 없이 한꺼번에 덮쳐도 단번에 지리멸렬하게 만들 수 있을 것 같은 자신감이 들었다.

"나베시마가 당한 복수를 이 가토가 해주어야겠다."

가토 기요마사는 앞서가는 모리 히데모토와 구로다 나가마사의 군사는 그대로 다 보내고 자신에게 딸린 1만 군사만 행군을 멈추게 했다.

"호랑이와 용. 그래, 한번 해보자꾸나. 용도 하늘을 나는 작은 새에 불과한 것. 땅에 내려와서는 범을 이길 수 없다."

기룡과 가토 기요마사는 임술년 4월생과 7월생으로 동갑이었다. 나이가 같은 적장이란 면에서 가토 기요마사는 더 묘한 전의를 느꼈다. 조선에서 가장 용맹하다는 장수의 진면목을 직접 겪어보고 싶었다.

조선을 침략한 이래 단 한 차례도 패한 적이 없는 가토 기요마사였다. 기룡도 일본군에 맞서 한 번도 패하지 않았다는 점에서는 마찬가지였다.

"이거 재미있게 되었군."

가토 기요마사는 드디어 조선 제일의 명장과 겨루게 되었다는 사실에 알 수 없는 설렘마저 일었다.

"정기룡, 나 가토가 네놈에게 생애 첫 패배를 안겨주겠다."

감사위 장사들이 걱정스런 목소리로 말했다.

"우린 기껏 4백인데 왜적은 1만이옵니다."

"아무리 생각해도 이번 싸움은 너무 무모한 듯……."

"내가 전에 뭐라고 했는가? 싸움은 머릿수로 하는 것이 아닐세."

장사들의 말을 일축한 기룡은 여느 때와 다를 바 없이 침착한 표정이었다.

"사 책사가 일러준 대로 각자 맡은 역할을 잊지 말게."

말을 마친 기룡은 홀로 화이를 몰고 나가 적진의 3백 보 앞에 이르러 멈춰 섰다. 왜군의 기마병 진영은 정연했고, 아병 기마 대장 기무라 마타조가 맨 앞에 서 있었다.

기룡은 동개에서 천천히 활을 꺼내 쥐었다. 그러고는 큰 깃이 달린 길이가 짧은 화살 한 대를 빼 들었다. 저격용으로 쓰는 대우전이었다. 활시위에 화살을 건 기룡은 머리 위에서부터 두 팔이 엇갈리게 쥐어짜듯이 내리면서 만작을 했다.

활을 겨누는데도 기무라 마타조는 선 자리에서 꼼짝도 하지 않았다. 쏠 테면 쏴보라는 태세였다. 거리가 멀어 사람조차 분간하기 어려운데 그깟 활을 겨눠봤자 빗나갈 거라고 생각했던 것이다.

"씨웅!"

기룡은 깍지를 뗐다. 시위를 떠난 대우전 한 발은 곧장 날아갔다. 기무라 마타조는 허공으로 바늘 하나가 날아오는 듯한 느낌을 받았다. 바로 그 순간이었다.

"커헉!"

대우전은 정확히 그의 목을 꿰뚫었다. 기무라 마타조는 제 목을 쥐고 숨을 쉬지 못해 얼굴이 벌겋게 달아오르더니 정신을 잃고 말에서 굴러떨어졌다.

순식간에 일어난 광경에 왜군들은 놀라고 두려워 감히 기룡을 제대로 바라보지 못했다. 우연히 맞혔다고는 생각되지 않았다. 귀신같은 활 솜씨였다. 기룡이 다시 화살을 한 대 먹여 들었다. 왜군은 동요했다.

이때다 싶어 이희춘이 장사들에게 소리쳤다.

"뭣들 하는가? 일제히 발시하라!"

감사군이 한꺼번에 활을 쏘기 시작했다. 화살은 가로로 퍼붓는 빗발처럼 일본군을 맞혀 쓰러뜨렸다. 기룡은 화살을 애기살로 바꿨다. 강하게

멀리 날아간 애기살은 밀집해 있는 아시가루 둘을 한꺼번에 꿰어버리기
도 했다.

왜군이 화살을 맞지 않으려고 물러나면 물러난 만큼 감사군이 전진해
쏘았다. 물러나기를 거듭하던 적병은 점차 그 수가 줄어들 뿐이었다.

"사수들은 그만 멈춰라!"

감사군은 하나가 된 듯이 활을 내렸다. 들판에는 쓰러진 일본군이 수
백 명이었다. 왜장들은 가토 기요마사가 명령을 내리지 않아 그 누구
도 움직이지 않았다. 가신들이 침을 꿀꺽 삼키며 가토 기요마사 곁으로
왔다.

"태수님, 총공격을 내리시옵소서."

"아닐세."

가토 기요마사는 조선군의 맨 앞에 우뚝 서 있는 기룡을 자세히 살폈
다. 근엄한 얼굴에 수염은 가지런했고, 코는 위엄이 있었다. 투구의 창 아
래에서 두 눈이 한여름의 해처럼 이글이글 타오르고 있었다. 뜨거운 광
염이 멀리서도 느껴지는 듯했다.

그 뒤로 집결해 있는 군사들은 대오가 엄정했고 대군과 마주하고도 한
사람도 동요하는 기색이 없었다. 당황하거나 두려워하지 않고 차분했다.
가토 기요마사는 속으로 감탄해 마지않았다.

'아, 정기룡! 과연 허명이 아니구나.'

"태수님?"

가토 기요마사는 홀린 듯한 정신을 똑바로 차리고 말했다.

"조선군이 틀림없이 치고 빠지는 전법을 마련해 두었을 것이다. 정기룡
의 군사가 수가 적다고는 하나 신불리 대적해서는 안 된다. 명나라 대군
이 뒤를 받치고 있지 않으면 감히 저렇게 하지 못할 것이다."

가토 기요마사는 잠깐의 공격을 받고 왜졸 수백 명을 잃었지만 군사를

물리기로 결단했다.

"저들이 멀리까지 추격해 오지는 않을 것이다. 군사를 행군시키고, 1천 명만 남아서 적의 동정을 탐지하라."

가토 기요마사는 본군을 이끌고 보은과 상주의 지경을 넘어 화령으로 후퇴했다. 그에게도 생각해 놓은 계책이 있었다. 그곳에서부터 상주 읍성이 멀지 않았다. 서둘러 가서 그곳을 장악한 뒤에 상주 백성들을 볼모로 잡고, 기룡과 그 뒤에 도사리고 있을 명군에 맞서 전면전을 펼칠 생각이었다.

가신들은 가토 기요마사를 이해할 수 없었다. 여느 때의 성품 같지가 않았다. 군사를 조금만 잃어도 크게 노해 주저 없이 총공격을 감행해 왔던 것과는 달라도 너무 다른 것이었다. 그렇다고 대놓고 물을 수도 없었다.

왜장들의 궁금증을 풀어주기라도 하듯이 가토 기요마사가 말했다.

"병법에 고육지계라고 하지 않는가? 두고 보라. 작게 주었으니 곧 크게 얻을 때가 있을 것이다."

기룡은 감사군도 지쳐 있는 데다가 가토 기요마사의 왜군에 비해 군사의 숫자가 너무 적어 일정한 거리를 유지한 채 천천히 추격했다. 그러면서 날쌘 유격대를 번갈아 보내 일본군의 후미를 치고 빠지기를 거듭해 쥐떼를 소탕하듯이 1천 명을 거의 다 격살했다.

두 번이나 군사를 잃고서도 가토 기요마사는 쓴 침을 삼키면서 또 참았다. 그는 기룡이 못 쫓아오도록 왜군을 흩어져 가게 해 길을 헷갈리게 했다. 그래도 기룡은 가토 기요마사가 주력군을 이끌고 간 길을 용케 알고 끈질기고 성가시게 뒤쫓았다.

가신 3걸이 강력한 어조로 말했다.

"태수님, 도저히 안 되겠사옵니다. 이제는 쳐야 하옵니다."

"이대로 간다면 계속 후방의 아시가루들이 눈 녹듯이 사라져 상주에 당도하기도 전에 군사의 절반을 잃게 될 것이옵니다."

"좋다. 지리를 잘 가려서 복병을 설치하라!"

가신들은 소머리산과 채릉산 기슭에 각각 왜졸 5백 명을 매복시켰다. 협곡으로 기룡의 군사가 들어오면 앞뒤에서 칠 작정이었다. 가토 기요마사는 마치 아무 일도 꾸미지 않은 것처럼 태연자약하게 능암(상주시 내서면 능암리) 쪽을 향해 갔다.

책사 사일랑이 산세와 지형을 살펴보고는 반드시 왜적의 복병이 숨어 있을 것이라 판단했다. 오밤중에 김천남과 항금에게 각각 군사 1백 명을 거느리고 소머리산과 채릉산을 뒤로 올라가 앞으로 내려오면서 야습을 해 복병을 퇴치하게 했다.

겨우 살아남은 아시가루들이 쫓겨 가서 매복 작전이 실패로 끝났음을 아뢰자 가토 기요마사는 부아가 부글부글 끓어올랐다.

"한두 번도 아니고 번번이…… 정기룡, 이놈!"

후방 척후가 아뢰었다.

"조선군이 추격을 멈췄사옵니다!"

"쉽사리 단념할 놈들이 아니다. 어디로 갔는지 알아보라."

"하잇!"

기룡은 김천남과 항금이 왜적의 복병을 무찌르고 있는 그때에 지름길을 택해 상주로 내달렸다. 능암에 머무르며 복병의 잠공(잠복 공격) 소식만 기다리고 있던 가토 기요마사를 앞질러 간 것이었다.

상주 읍성에 도착한 기룡은 읍민과 인근 고을 백성들에게 알려서 화급히 읍성을 비우고 다른 곳으로 피신하도록 했다. 그때 상주로 피난 와 있던 충청도와 전라도의 사민들이 수만을 헤아렸고, 그들 중 일부가 기룡을 따라 참전을 청했다.

"저희들도 사또를 따라 싸우겠사옵니다."

"그대들의 갸륵한 뜻은 잘 알겠으나 적은 군사로도 능히 감당해 낼 것이니 다들 자중하여 일신을 보전하시오."

군사가 단 한 사람이라도 절실했지만 기룡은 조련도 받지 않은 사람들로 편제를 해봤자 제대로 싸우지도 못할뿐더러 아까운 생명만 잃게 될 것을 염려했다. 그들을 좋은 말로 위로하고 타일러 보냈다.

읍성을 비운 기룡은 향교가 있는 남산 구월봉 아래에 군사를 감추고는 왜적이 읍내에 나타나기를 기다렸다.

드디어 가토 기요마사가 읍성으로 들어섰다. 사람이고 짐승이고 아무도 없이 텅텅 비어 있는 것을 본 가토는 기가 막혔다.

"이런! 내가 이 읍성을 차지하기 위해 보은 땅에서부터 그 많은 수모를 참아왔거늘! 정기룡! 어디 있느냐? 공성지계를 쓴 것이냐? 그렇다면 어서 덤벼보거라!"

가토는 편겸창을 휘두르며 고래고래 소리를 질렀다. 봉행 가토 키하치도 가신 3걸도 말릴 수 없었다. 가토 기요마사의 화가 가라앉을 때까지 우두커니 서서 바라만 볼 뿐이었다.

기룡은 읍성 내에 있는 왜군의 동태를 척후에게서 전해 듣고 다시 엄령을 내렸다.

"가토 군이 읍성을 떠날 때까지 그 어떤 준동도 하지 말라."

사흘간 머무르며 샅샅이 수색을 해도 약탈할 것도 볼모로 삼을 것도 남아 있지 않았다. 기룡의 군사가 뒤따라 나타나지도 않았다. 가토 기요마사는 읍성을 점령한 뒤에 기룡이 이끄는 조선군에 맞서 싸우려고 했던 계책이 빗나가자 온 읍성과 들판에 불을 놓았다.

"다 태워버려라!"

"지푸라기 한 낱 남기지 마라!"

가토 기요마사는 온통 벌겋게 활활 타오르는 상주를 떠나 동남방으로 길을 잡았다. 남천을 건너자 바로 눈앞에 야산이 가로질러 나타났다.

"저 높은 곳을 점거하라. 정기룡이 틀림없이 뒤쫓아 올 것이다."

가토 기요마사는 야산 능선에 뎃포 아시가루들을 포진시켜 조선군이 남천을 건너오면 조총을 난사해 모조리 수장시킬 속셈이었다.

감사군을 이끌고 남산을 내려온 기룡은 읍성이 불타는 광경을 보자 마음이 무너지는 듯했다. 백성들도 모여들기 시작했다. 누군가 소리쳤다.

"불부터 끕시다!"

기룡은 불 끄는 일을 백성들에게 맡기고 가토 군을 다시 추격했다. 동문 밖으로 나가 남천이 가까워지자 척후가 달려와 아뢰었다.

"대장님, 저길 좀 보십시오!"

남천 건너 산등성이에 불빛이 언뜻언뜻 보였다. 이희춘이 고개를 갸우뚱했다.

"훤한 대낮인데, 저게 뭘까?"

"왜군이 잠복해 있을 것이네. 조총의 화승에 불을 붙일 요량으로 모닥불을 피워놓은 것이 아니고 무엇이겠나?"

"듣고 보니 그런 것 같사옵니다. 역시 대장님이시옵니다. 허헛."

기룡은 노함에게 명령했다.

"화약군에게 불화살과 현자총통을 채비시키게."

조총의 사정거리 밖에서 군사를 장사진으로 길게 벌려놓은 기룡은 산기슭을 향해 일제히 화전을 쏘게 했다. 마른 풀에 불이 붙어 순식간에 화르르 타올랐다. 불길은 가파른 산비탈을 점점 거세게 타고 올랐다.

"총통을 쏴라!"

현자총통의 포환은 산등성이에 있는 암릉에 맞아 터지기 시작했다. 밑에서는 세찬 불길이 타올라 오고, 뒤에서는 깨진 바윗돌들이 떨어져 왜군은 어찌할 바를 몰랐다. 몰래 숨어서 기습을 하려던 작전은 물거품이 되고 오히려 화공을 당해 오도 가도 못하는 처지가 되고 말았다.

갈 길은 오직 하나뿐이었다. 부서져 내린 암릉을 기어서 넘어가는 수밖에 없었다. 가토 군은 총 한 발 쏘아보지 못하고 또다시 패배해 낙동 쪽으로 퇴주했다.

감사군은 환호를 터뜨렸다. 장사들이 기쁨에 찬 얼굴로 기룡에게 하례를 했다.

"대장님의 병법은 과연 신묘하옵니다."

"병법서에는 높은 곳을 차지하는 게 유리하다고 되어 있네만, 초목이 마른 가을에는 위험한 일이네. 화공을 당하면 낭패니까 말일세."

군사를 정돈한 기룡은 다시 가토 군을 추적했다. 지름길로 가서 병성산 남쪽 기슭에 매복하고 있으니 왜적의 행렬이 지나가는 것이었다. 기룡은 그들의 수를 속셈해 보았다. 5천은 너끈히 되어 보였다.

"맨 후미를 치도록 하게."

연전연승을 한 감사군은 기세가 잔뜩 올라 있었다. 다 함께 들고 일어나 서슴없이 일본군 후방을 치니 적병들은 혼비백산해 달아났다. 그 바람에 군량과 군물을 많이 전리했다.

"태수님의 계략대로 정기룡의 군사에게 다 넘겨주었사옵니다."

가토 기요마사는 득의에 찬 미소를 지었다.

"이제 조선군들은 스스로 끝장이 날 것이다. 으하하!"

군사들이 군량과 군물을 한데 쌓아놓자 기룡이 다가갔다. 그런데 화이가 자꾸 투레질을 하며 거부하고 회피하는 것이었다. 심지어 뒷걸음질을 치기까지 했다.

"워워!"

기룡은 화이의 뺨을 토닥거리며 진정시켰다. 화이는 멀찍이 물러난 다음에야 다소곳해졌다. 기룡은 문득 이상한 생각이 들었다. 말에서 내려 전리품 가까이 가서 등채로 뒤적거렸다. 고약한 냄새가 풍기는 듯했다. 곁에 있던 책사 사일랑이 말했다.

"아마도 독을 타놓은 것 같사옵니다. 군사들에게 이것을 먹여서는 안 되옵니다."

기룡은 동감했다. 장사들에게 휘령했다.

"다 불태워 버리게."

가토 기요마사는 자신의 병법과 계략이 먹혀들지 않자 몹시 분통이 터졌다. 매번 속지 않는 기룡이 얄밉기까지 했다. 과연 조선 최고의 명장이었다. 하지만 기룡이 저보다 한 수 위라는 것만큼은 절대로 인정하고 싶지 않았다.

낙동강에 이르러 날이 어두워졌다. 가토 기요마사는 밤새 고민에 빠졌다. 새벽이 되어 가신들을 불러 모아 기룡을 상대할 전략을 짰다.

"이곳에 배수진을 치는 게 어떻겠는가?"

가신 이다 나오카게가 말했다.

"전군이 몰살당할 수도 있사옵니다."

"그렇다고 우리가 강을 건너가서 싸우자면 조총이나 우리 죽궁으로는 강 이쪽 조선군에 미치지 못할 것이 아닌가?"

쇼바야시 가즈타다가 비장한 목소리로 말했다.

"강을 건너지 말고 싸우는 게 좋겠사옵니다. 이 일대가 갈대밭이니 우리가 흩어져 있으면 유리하옵니다. 우리는 5천이나 되고 조선군은 불과 수백이옵니다."

모리모토 가즈히사도 동조했다.

"그러하옵니다. 지금 갈대밭은 다 젖어 있어 화공을 당할 염려도 없사옵니다. 또 지금까지 겪어본 바로 조선군 뒤로 명군이 따라오지는 않는 것 같사옵니다. 정기룡의 군사는 단독 군이 틀림없사옵니다."

가토는 가신들의 의견을 받아들였다.

"좋다. 여기서 전면전을 벌이도록 하지."

가토 기요마사는 낙동강의 너른 갈대밭에 배수진 아닌 배수진을 쳤다. 밤새 무서리가 내린 갈대밭은 온통 젖어 있었다.

기룡이 멀리서 강변을 바라보았다. 너른 갈대밭이 펼쳐져 있고 강가에는 백사장이 이어져 있었다. 강 너머엔 왜군이 건너간 흔적을 찾을 수 없었다.

"이상한데? 왜놈들이 건너갔다면 강 건너편 갈대밭이 온통 짓밟혀 있어야 하지 않는가?"

"그렇습지요. 갈대들이 다 꺾여 쓰러져 있어야 합지요."

"아마도 강을 건너지 않고 저 아래 갈대밭에 매복하고 있는 게 아니겠사옵니까?"

기룡은 노함에게 물었다.

"노 장사, 가토 군이 화공을 당하기 쉬운 저런 곳에 매복하고 있겠는가?"

"지금은 갈대가 다 젖어 있어 화공이 별로 위력이 없사옵니다."

"그렇다면 돌격하는 수밖에 없다는 말인데, 우리 숫자가 너무 적어서 정면으로 싸우는 것은 불리한데……."

"만약 왜적이 매복해 있다면 조총수들의 화약도 다 젖어서 못 쓰게 되었을 것이옵니다."

"그러면 어떻게 공격하는 것이 좋겠는가?"

"공격을 하지 말아야 합죠."

"공격을 하지 말자?"

"해가 중천에 올라 갈대가 마를 때까지 기다리면 되옵니다. 그때 화공을 당할까 봐 저들이 움직일 것이니 그때 치는 게 어떻겠사옵니까?"

"그거 묘안이군. 그렇게 하세."

갈대숲에 몸을 숨긴 채 아무리 기다려도 조선군은 다가오지 않았다. 가토 기요마사는 점점 초조해졌다. 갈대 줄기며 잎들이 차츰 말라가는 것을 보고는 겁이 더럭 났다. 아무래도 조선군이 화공의 때를 기다리고 있는 것만 같았다. 마침내 가토 기요마사는 명령을 내렸다.

"안 되겠다. 매복을 풀고 속히 강을 건너라!"

일본군은 강을 건너기 시작했다. 가신들은 말을 하지 않았지만 다들 조금이라도 빨리 기룡의 추격으로부터 멀리 벗어나고픈 마음이었다. 긴 왜군의 행렬이 강물을 가로질러 이어졌다. 아직 차례가 되지 않아 강물에 발을 못 담그고 갈대밭에 남아 있는 왜군이 4, 5백 명 가량 되었다.

그것을 본 기룡은 공격 명령을 내렸다.

"남아 있는 놈들만 살멸하라!"

조선군이 득달같이 달려오자 왜졸들은 감히 맞붙어 싸울 생각을 하지 못하고 앞다투어 강물 속으로 뛰어들었다. 헤엄을 잘 치지 못하는 아시가루들이 대부분이었다. 그들은 긴 행렬이 건너간 물길을 따라가지 못하고 물속 여기저기에서 첨벙대며 허우적거리다가 하나둘 정신을 잃고 물살을 따라 떠내려갔다.

강을 다 건너간 왜군은 2천도 되지 않았다. 가토 기요마사는 그 많았던 1만 군사가 다 어디로 사라졌는지 마치 꿈을 꾸는 것만 같았다.

"아, 정기룡! 정말 저놈은 신장(신과 같은 장수)이라도 된단 말인가!"

가토 군의 행렬은 패잔병 바로 그것이었다. 더 이상 정기룡의 군사와는 싸우고 싶은 마음이 일지 않았다. 하지만 끈질기게 추격해 오는 죽음의 그림자를 떨쳐 낼 방법이 없었다. 가토 기요마사는 일본군의 전의를 끌어올릴 비책이 필요하다고 느꼈다.

단밀현(의성군 단밀면)에 이르렀다. 도망만 친다는 것이 몹시 굴욕스러웠다. 가토 기요마사는 가신들을 다 모아놓고 제의했다.

"어떤가? 정기룡에게 사내답게 장수들끼리 일대일로 붙자고 제의하는 것이? 자꾸 이렇게 싸움 같지도 않은 싸움을 조잡스럽게 하는 것보다 그게 낫지 않겠나?"

가신들은 그게 무슨 소리냐는 듯이 하나같이 고개를 절레절레 흔들었다.

"다들 응할 마음이 없다, 이 말이로군?"

봉행 가토 키하치가 말했다.

"그건 숫자가 불리한 쪽에서 시도하는 방법이옵니다. 우리는 아직 조선군보다 서너 배는 많은 병력을 가지고 있사옵니다."

"1만 군사 중에 겨우 2천 남은 것이 무슨 대단한 자랑인가!"

가토 기요마사의 큰 호통에 아무도 입을 열지 못하고 고개만 떨구었다.

"이제 결전이다. 다들 각오하랏!"

기룡도 가토 군이 더 이상 후퇴만 하지 않고 전면전으로 나올 것으로 예상해 전열을 가다듬었다.

선봉으로 청룡 창을 든 이희춘과 백호 창을 든 정범례, 좌익으로 천마 창을 든 김세빈과 현무 창을 든 김천남, 우익으로는 도깨비 창을 든 황치원과 주작 창을 든 최윤 그리고 유격으로 항금이 월도를 들고 대기했다.

노함과 정수린은 각각 불개 창과 기린 창을 들고 기룡의 좌우에서 호위했고 책사 사일랑은 목홀(나무로 만든 쥘 것)을 들고 기룡의 곁에 나란히 섰다.

가토 기요마사는 아병을 제외한 나머지 군사에게 공격 명령을 내렸다. 왜졸들의 달려 나가는 걸음이 무거웠다.

"여기서 개죽음을 당하면 안 되는데."

"이번 싸움에서만 살아남으면 고향으로 돌아갈 수 있을 텐데."

"숨을 데만 있으면 좋으련만."

그와 때를 같이해 기룡은 모든 감사군에게 돌격할 것을 하령했다.

"철천지원수, 왜적을 쳐부수자!"

"이제 저놈들은 얼마 남지 않았다! 모조리 죽여버리자!"

"가토 군을 남김없이 섬멸하여 두고두고 자랑거리로 삼자!"

4백 명과 2천 명이 맞붙는 최후의 결전이었다. 만경산의 동쪽 위천 가에 펼쳐져 있는 너른 들판에서 조선군 최고의 장수와 일본군 제일의 장수가 서로 명예와 목숨을 걸고 전면전을 전개했다.

맨 처음 가토 군의 기마대가 돌격해 오자 이희춘과 정범례가 바람처럼 달려갔다. 팔련 장창을 휘두르는 주장을 따르는 감사군은 용맹하기 그지없었다. 한 사람이 왜졸 여러 명을 대적하고도 남았다.

왜군의 기마대가 밀리자 가토는 뎃포 부대를 전면에 내세웠다.

"탕, 타탕!"

조총의 탄환이 날아들었다. 감사군 사수들은 일제히 활을 쏘았다. 조총은 50보까지가 살상력이 최대치였지만 활은 150보 넘는 거리에서도 갑옷을 꿰뚫는 무기였다. 왜군이 가장 무서워하는 것이 조선의 활이었다.

사수들에게는 충분한 화살이 있었다. 조총이 한 발 쏠 때 활은 세 발이나 쏘았다. 거리와 신속함에서 조총은 활의 상대가 되지 않았다. 조총은 근접 거리에서만 효력이 무서운 무기일 따름이었다.

가토는 이를 깨물며 뒤에 남아 있던 야리 아시가루와 타이치(긴 칼) 아시가루 모두에게 명령을 내렸다.

"진격하라! 조선군은 얼마 되지 않는다! 겁먹지 마라!"

기룡도 달려 나갈 태세를 갖추고 있는 유격대에게 명령을 내렸다.

"항금은 뭘 하고 있는가! 어서 짓밟아 버리게!"

항금이 기마병을 이끌고 내달렸다. 기룡은 화이를 몰아 가토 기요마사가 있는 지휘부로 향했다. 가신들은 쏜살같이 달려오는 조선 장수를 보고는 그가 바로 기룡인 것을 알아차렸다. 그렇지만 맞서 싸우려고 선뜻 나가는 사람이 없었다. 그 모양을 본 가토 기요마사는 혀를 끌끌 찼다.

무릇 모든 싸움의 승패는 장수의 기백에 달려 있는 것이었다. 기룡과 9장사는 앞장서서 군사를 이끌었고, 가토 기요마사와 가신들은 군사만 내보낸 채 뒷전에 있었다. 또 조선의 감사군은 죽음을 무릅쓰고 달려들었고, 일본의 아시가루들은 숫자만 믿고 덤벼든 것, 바로 그 두 가지가 승패를 가른 요소였다.

마침내 왜군은 밀려 후퇴하기 시작했다. 가토 기요마사는 가신들과 함께 꽁무니를 보이며 말 머리를 남쪽으로 돌렸다.

"추살하라! 한 놈도 살려 보내서는 안 된다!"

기룡은 위천을 건너 가토 기요마사를 쫓았다. 지쳐서 더 이상 달아나지 못하는 왜졸들의 목을 치며 계속 추격해 비안현(의성군 비안면)에 이르렀다.

앞서 기룡에게서 전령을 받은 비안 현감 유옥은 현군 1백여 명을 거느리고 삼봉산 아래 숲속에 숨어 있다가 퇴각하는 가토 군을 습격했다. 왜군은 기룡의 군사가 매복해 있다가 나타난 줄 알고 혼비백산해 아무 곳으로나 부리나케 도망쳐 갔다.

한숨 돌릴 사이도 없었다. 가토 기요마사는 마침내 전멸할 위기가 왔음을 직감했다. 자신의 목숨도 경각에 달려 있음을 깨달았다. 절망이었다. 두 손을 빌어서라도 벗어날 수 있다면 기룡에게 무릎을 꿇고 빌고 싶은 심정이었다.

'찰거머리라고 한들 이보다 더할까?'

충청도 보은에서부터 경상도 비안까지 수백 리를 쫓겨 오기만 했고, 싸움다운 싸움 한 번 못해보고 1만 군사를 거의 다 잃은 것이 아직도 믿기지 않았다. 나베시마 나오시게가 고령에서 2만 군사를 잃은 일이 새삼 떠올랐다.

'아, 한 번 겪어보니 두 번 다시 만나고 싶지 않은 자로구나.'

가토 기요마사는 마지막 작전을 세웠다. 남은 왜군이 가지고 있는 모든 것들을 길에 떨어뜨려 놓았다. 조선군이 다 혹할 만한 것들이니 이것들을 전리해 가고 추격은 그만 멈춰달라는 무언의 애원이었다.

기룡도 그러한 가토 기요마사의 심정을 눈치채지 못한 바는 아니었다. 하지만 전장에서 인정은 금물이었다. 끝까지 추격해 가토 기요마사를 사로잡고 싶었다. 하지만 감사군은 더 이상 서 있을 힘도 없을 만큼 지쳐 있었다.

"가토가 송장 같은 왜졸들을 고작 1백 명 남짓 이끌고 멀리 의흥(경북 군위군) 쪽으로 달아났사옵니다."

기룡은 끝까지 쫓아가 가토를 사로잡고 싶었다. 하지만 그것은 기룡만의 욕심이었다.

"왜장을 잡는 것보다 우리 군사가 상하지 않는 것이 더 중요한 일이네. 가토를 잡지 못한 것은 심대히 아쉬운 일이나 이만 추격을 그치도록 하세."

장사들은 아무도 불만이 없었다. 기룡은 고개를 돌려 비안 현감 유옥을 치하했다.

"적절할 때에 잘해주었소."

"소문으로만 듣던 토왜 대장 영감을 뵈오니 꿈만 같사옵니다. 한데, 소관의 심정으로는 저놈들을 끝까지 쫓아가서 쳐 죽이고 싶사옵니다만."

"가장 이름 높은 왜장을 잡는다면 그보다 큰 자랑은 없겠지만 다른 조선군도 군공을 세울 기회를 줘야 하지 않겠소? 이후로는 남쪽에 있는 아군에게 맡기도록 하십시다. 불과 1백 명밖에 되지 않는 패잔이니 누구라도 무찌를 수 있을 것이오."

"호랑이 가토라고 해서 다들 제일 두려워한 왜장이었는데 영감께서는 그자를 마치 손안에 든 구슬을 가지고 놀 듯 하시었으니, 과연 영감은 하늘이 내신 용과 같은 분이시옵니다."

이희춘이 손가락을 꼽아보다가 여러 장사들에게 물었다.

"우리가 보은 땅에서부터 도대체 몇 번이나 싸워 이긴 거지?"

"한 열 번쯤 되나?"

"그게 다 사 책사의 계책이었지. 암."

"아니오. 우리 대장님의 귀신같은 용병술 덕분이오."

의흥에서 영천과 경주를 거쳐 울산 서생포왜성으로 들어간 가토 기요마사는 수성장인 아사노 요시나가(淺野幸長)에게 방비를 철저히 할 것을 지시한 뒤에 천수각에 들어 꼼짝도 하지 않았다.

앞서 후퇴해 간 모리 히데모토, 초소카베 모토치카, 구로다 나가마사 등의 왜장들도 듣는 귀가 없지 않았다. 기룡과 가토 기요마사의 수백 리 추격전을 전해 듣고는 각자 왜성을 하나씩 차고 앉아 일본으로 돌아갈 날만 기다리며 숨을 죽이고 있을 뿐이었다.

"자, 이제 상주로 가자!"

기룡은 감사군을 거느리고 상주로 개선했다. 비록 불탄 읍성일망정 백성들이 모두 나와서 환대했다. 삼망의 벗들도 다 기룡의 전승을 축하해주었다. 기룡은 사벌 흔곡 고을 본가로 가서 가족들과 이틀 밤을 지냈다.

아침 일찍 일어나 어머니 김씨가 손수 차려주는 더운밥을 한 그릇 비운 뒤에 아내 권씨 그리고 부실 서무랑의 배웅을 뒤로하고 성주로 행군했다.

체찰사 이원익이 체찰 부사 한효순과 종사관들을 데리고 성주 읍성의 북문 밖에 나와서 기다리고 있다가 기룡을 크게 반기며 맞아들였다.

"지난달에 이미 도착해 있었네만 정 대장이 멀리 가 있어 그동안 전해 줄 길이 없었네."

체찰사 이원익은 임금의 명을 기룡에게 내렸다. 기룡은 엎드려 사은숙배하고 받아 들었다. 절충장군(정3품 당상) 경상우도 병마절도사(종2품)에 제수하는 교지였다.

"앞으로 위민보국에 더욱 힘쓰라는 자별(특별)한 전교가 있었네."

"소신은 성은에 보답하는 일을 이 한 몸이 죽은 뒤에야 그만둘 것이옵니다."

"창원이 적의 수중에 놓여 있으니, 합포에 있는 우병영으로 부임하지는 못할 걸세. 어찌하는 것이 좋겠는가?"

"체찰사 대감께서 허락하신다면 이곳 성주에 임시로 경상 우병영을 개설하겠사옵니다."

"그렇게 하게."

3

기룡은 백성들로부터 버려져 폐촌이 되어 있는 수륜동(성주군 수륜면 백운리 용기산성)에 병영을 설치했다. 병마 우후 박대수가 병영군을 이끌고 고을을 손보기 시작했다.

수령청을 비롯해 전령청, 기패청, 교련관청, 별무사청, 화감청, 군마청 등을 두었고, 동구 어귀의 넓은 터는 평토해 연무장으로 만들었다. 또 고을 뒤편에는 군기소를 두었다.

시급한 일은 군기와 군물을 만들고 수리하는 것이었다. 기룡은 성주뿐만 아니라 고령을 비롯한 인근 고을에서 장인을 차출해 병영으로 들이고

쇠, 대나무, 자작나무껍질, 가죽 등과 같은 물재(재료)를 민간에서 징발했다.

조그만 손재주라도 있는 백성은 다 병영에 들기를 원했으며, 기룡이 내건 물목을 보고 온 산야를 돌아다니며 구해다 바쳤다. 고령현의 백성들은 지역 특산물인 대나무를 쪄다가 한 아름씩 안고 와 내려놓았다.

"병사 영감이 우리네 백성을 지켜주시는데 우리는 이 정도는 해드려야지."

"암, 군물이 있어야 군사들이 싸울 것이 아닌가?"

경상도로 내려온 일본군은 창원, 거제도, 부산, 울산 등지의 왜성으로 들어가 노략질을 하러 멀리 나오는 일이 드물었지만 전라도로 남하한 왜군은 남원에 기틀을 잡고서 진주까지 왕래한다는 첩보가 입수되었다.

"그렇다면 함양군이 왜적이 오가는 길목이 되겠군."

"팔량현(팔량치. 함양군과 남원시 사이의 고개)에서 매복하고 있다가 치는 게 좋겠사옵니다."

기룡은 군사를 이끌고 성주를 떠났다. 합천에 이르러 군량을 보충하려고 했으나 남아 있는 군향이 없었다. 다만 합천군 관창에 대구 경상 감영 관할의 쌀 4백여 섬이 보관되어 있었다.

기룡은 그 쌀이라도 내어다가 군사를 먹이려고 했다. 그러자 합천 군수 오운이 관창의 열쇠를 내주지 않았다.

"순영미(감영의 쌀)는 상사(상부)의 관할이기 때문에 소관은 아무런 권한이 없습니다. 마땅히 순영에 아뢰어 결하(결재)를 기다려야 할 것입니다."

기룡은 엄중하게 타일렀다.

"출정한 군사들을 먹이는 일이 아주 시급한데 어떻게 이 전시에 한가롭게 기다리겠소?"

"그래도 안 됩니다."

"뭣이?"

기룡은 먼 길을 행군하느라 지치고 굶어서 배를 움켜잡고 기진맥진해 있는 군사를 돌아보고는 화가 치밀어 올랐다.

"냉큼 저자를 잡아다가 형틀에 묶어라!"

합천 군수 오운은 날벼락 같은 소리에 눈만 끔벅였다. 이희춘이 군사들을 시켜 형틀을 내어다가 그를 묶고는 바지를 내려 볼기짝을 까놓았다.

"곤장을 쳐라!"

좌우에 선 군사들이 번갈아 내리치기 시작했다.

"철썩!"

"아이고오!"

"철썩!"

"으아악!"

십여 대를 치고 난 뒤에 기룡은 멈추게 했다. 오운은 형틀에 묶인 채 울음 섞인 소리를 냈다.

"아이고, 전날 내가 상주 가목사 시절에 영감이 판관으로서 나의 하관으로 있었는데, 지금에 이르러 벼슬이 나를 앞질러 높아졌기로서니 관속과 백성들이 다 보는 데서 어찌 인정사정도 없이 이런 처참한 수모를 겪게 한단 말입니까? 흐흐흑!"

기룡은 낯빛이 조금도 달라지지 않고 말했다.

"그대가 원리 원칙을 따르는 고지식한 관원이라는 것은 조야에 모르는 사람이 없고 나 또한 이미 잘 알고 있소.

평시에는 백성을 먹이는 것이 천심을 따르는 일이요, 전시에 군사를 먹이는 일은 나라를 구하는 일이오. 아직 왜적이 물러가지 않아서 본관이 순영미뿐만 아니라 모든 것을 임의로 징발해서 군사에 쓸 수 있는 권한을 가지고 있다는 것을 그대도 잘 알 것인데, 지금 왜적을 쳐부수고자 행군해 가는 급박한 사정을 잘 알면서도 감히 고집불통의 어깃장을 놓으니 그 죄를 어찌 국법으로 다스리지 않겠소?"

오운은 흐느끼고만 있었다.

"군사를 방해한 그대의 죄는 마땅히 목을 베어야 하겠지만 사람으로서 인정을 돌아보지 않을 수 없는 까닭에 곤장 몇 대로써 그치고자 하니 부디 그릇된 마음을 돌려먹기 바라오."

"흐흑, 병사또 영감!"

기룡은 동헌 뜰로 내려가 손수 오운을 일으켰다.

"우리가 어찌 이런 민망한 모양으로 서로 대면해야 하겠소? 앞으로는 모든 일을 시의적절하게 잘 처리해 보십시다."

"소관을 관서(너그럽게 용서함)하시니 감복(마음 깊이 복종함)이옵니다!"

오운이 관창의 열쇠를 내놓았다. 기룡은 순영미 4백 섬 중에서 3백 섬을 내어 군사들을 먹였다. 그런 뒤에 경상 감영에 그러한 사실을 적어 장계를 올리고는 다시 길을 떠났다.

배불리 먹어서 힘이 솟고 사기가 오른 군사들은 야로현(합천군 야로면)에서 노략질하고 있던 왜적을 쳐서 수급을 40여 개나 벴으며, 더 나아가 가조현(거창군 가조면)에서 적군의 수급 60여 개를 획득했다. 또 거창현 관아를 장악하고 있던 일본군 코가시라와 아시가루를 잡아 죽여 수급 30여 개를 전리했다.

멀리 피신해 있던 거창 현감 한조가 육방관속과 백성들을 이끌고 왔다.

"우병사 영감을 뵈옵니다."

"앞으로는 방비를 철저히 하시오. 수령이 고을을 비운다는 것이 말이나 될 법한 일이오?"

"죄민하옵니다."

관군과 의병의 무력이 미치지 않는 고을이 많아서 왜군들은 수십 명씩 몰려다니며 약탈을 하고 불을 지르곤 했다. 기룡은 안음현으로 전진해 여기저기에서 분탕질을 하고 있던 왜졸들을 보이는 대로 분쇄했다.

다른 고을을 휘젓고 있던 일본군은 기룡이 감사군을 이끌고 오고 있다는 소식을 듣자마자 맞붙어 싸울 생각도 하지 않고 달아나 산속으로 숨어버렸다. 기룡은 팔량현을 넘어가 왜적을 토벌하려는 마음을 갖고서 함양군에 군사를 주둔시켰다.

함양 군수 노윤중이 아뢰었다.

"진주에 왜적이 많이 몰려 있사옵니다. 그곳을 수복한다면 경상우도 내륙에는 적군의 거점이 없어지므로 전라도에서 경상도로 감히 일본군이 넘어오지 못할 것이옵니다."

기룡은 거느리고 있는 군사의 수가 많지 않아 진주성에 들어 있는 왜적의 대군을 물리칠 결단을 하지 못했다. 그러는 동안 일본군은 기룡이 가까이 와 있다는 말을 듣고 성문을 걸어 잠근 채 밖으로 나올 생각을 하지 않았다.

기룡이 얼마 안 되는 군사로 고령에서 나베시마 나오시게의 2만 대군을 몰살시킨 것과 보은에서부터 비안까지 가토 기요마사가 이끄는 1만 대군을 연파한 소문이 이미 파다했다.

그리하여 일본군 진영에서는 기룡을 시니가미(死神)라고 불렀다. 우는 아이가 있으면 달랠 생각도 하지 않고 얼른 외치는 것이었다.

"저기 정기룡이 온다! 시니가미 온다!"

그러면 아이는 눈을 크게 뜨고 두리번거리다가 울음을 뚝 그치곤 했다. 기룡은 왜군들에게 공포의 대상이 되었다. 어떤 왜장도 그와 마주치기를 기피했다.

팔량현을 넘어 다니던 왜적들도 기룡이 함양에 주둔하고 있다는 말을 듣고는 자취를 감췄다. 함양 군수 노윤중이 웃으며 말했다.

"병사또 영감의 성명 삼 자만 들어도 적군들이 다 오그라들어서 꼼짝 도 못 하니 실로 저들에게는 저승사자가 나타났다고 할 만하옵니다."

"허명만 믿고서 군비를 소홀히 해서는 안 되오."

"여부가 있겠사옵니까? 하온데, 저희 고을에 그 행적이 기특한 한 사람 이 있사옵니다. 그자를 불러보심이 어떠하올지요?"

작년에 사천현에서 일본군에게 사로잡혀 포로가 된 서생이었다. 그는 포로가 된 수십 명의 백성들과 함께 묶인 채 왜선을 타고 대마도에 이르 렀다. 왜졸들이 일본으로 가기 위해 식수를 싣는 겨를에 더 이상 멀리 끌 려가서는 탈출할 기회가 없다고 판단해 같이 사로잡혀 있던 사람들과 결 약을 했다.

밤이 되자 일본군은 초병만 남겨두고 다 깊은 잠이 들었다. 그때 묶여 있던 밧줄을 풀고는 왜장과 왜졸들을 모두 베고 찔러 바다에 다 빠뜨렸 다. 마침내 왜선을 탈취해 뱃머리를 조선으로 돌리자 다른 왜선들이 쫓 아왔다. 하지만 함께 포로가 된 사람들과 죽을힘을 다해 쫓아버리고 포 로 67명 모두를 무사히 데리고 돌아왔다.

그러나 고향 사천에서는 그를 달갑게 여기지 않았다. 왜적을 무찌르고 탈출했다는 말도 믿지 않았거니와 혹시라도 일본군 앞잡이가 되어 돌아 온 것은 아닌지 의심의 눈초리만 보낼 따름이었다.

그는 미련 없이 고향 땅을 떠났다. 지리산으로 들어가 세상을 등지고 살려는 마음으로 함양으로 와 머물고 있었는데, 기룡의 도량과 명성을 소문으로 듣고는 함양 군수 노윤중에게 뵙기를 청한 것이었다.

"시생은 백홍제라고 하옵니다."

"그대에 관해서는 이미 본관 사또에게 자초지종을 들었네. 창졸지간에 얼마나 고초가 많았는가?"

"병사또 영감을 우러러뵈오니 과연 천하의 영웅임을 알아보겠사옵니다."

"왜적에게 끌려간 조선 사람들이 많은가?"

"그 수를 헤아릴 수 없을 지경이옵니다. 시생이 알기로, 왜적이 조선에서 포로로 사로잡아 간 사람들 가운데 남정(남자 어른)은 왜졸로 삼아 다시 데리고 나왔사옵니다. 그 가왜들(조선인 포로로서 왜군이 된 사람들)은 같은 조선 사람들과 싸우게 될 것을 두려워해 다 도망쳐 돌아오기를 원하옵지만, 나라에서 왜졸이 된 죄를 물어서 죽일까 봐 그러지도 못하고 있사옵니다. 만약에 조정에서 아무런 죄도 묻지 않고 불문에 부친다면 다 무기를 버리고 투항할 것이옵니다."

"왜놈들이란 참으로 악독한 종자로고!"

"이번에 재침한 일본군이 10만이 넘는다고 하지만 실은 부풀려서 말한 것이옵니다. 적병들은 조총을 갖고 있어도 조선의 활을 지극히 두려워하는데, 임전하는 우리 군사들은 맞서 싸우기도 전에 심약해져서 일본군보다 먼저 겁을 집어먹습니다. 그러니 전열이 와르르 무너지고 번번이 패전하는 것이옵니다."

기룡은 고개를 끄덕이며 공감했다.

"칼을 쓰는 것은 왜적의 장기라고 할 수 있지만 그들은 대부분 뛰고 달리는 데에만 능할 뿐 말을 타는 데는 익숙하지 못하므로 기병이라고 할지라도 평지가 아닌 곳에서는 반드시 말에서 내린 후에야 싸움을 하는 것이 보통이옵니다."

기룡은 백홍제가 제법 쓸 만한 식견을 갖추고 있다고 여겼다. 가까이 두었으면 하는 생각을 하고 있는데 그가 먼저 입을 열었다.

"병사또 영감께서 시생을 거두어 대솔하인으로 삼아주신다면 목숨을 다하여 시중을 들겠사옵니다."

"그대는 가문이 있는 선비인데 어찌 자청하여 천한 신분이 되려 하는가?"

"선비로서는 나라를 구할 수 없다는 것을 깨달았사옵니다. 오직 장수가 필요한 때이온데 소인의 됨됨이로는 장수가 되지 못하오니, 조선 제일의 장수이신 병사또 영감의 수발이라도 들까 하는 것이옵니다. 나라를 구하는 데 천한 일이 어디 있으며, 신분 따위가 무슨 소용이겠사옵니까?"

"그대의 뜻은 잘 알겠네. 잠시 가서 기다리도록 하게."

기룡은 책사 사일랑과 9장사에게 백홍제를 거느리는 일에 관해 물었다. 장사들이 다 우려했다. 이희춘이 되물었다.

"그놈이 정말 왜적의 간자이면 어찌하옵니까?"

"이번에 쳐들어온 왜군이 물경 15만에 이른다는 것이 명군과 조야가 다 납득하는 바이온데 10만도 안 된다고 하다니 정신이 나간 놈이 아니옵니까?"

"대장님은 그놈을 겨드랑이 밑에 두고자 하시지만 소장은 반대이옵니다."

"대장님의 명성이 워낙 높으니, 왜적이 부왜자 반간을 보낸 것일 수도 있사옵니다."

잠자코 듣고 있던 김세빈이 입을 열었다.

"그자를 곁에 두시고 싶다면 우선 조금 멀리 두고 충분히 시험을 해보옵소서."

"그러면 자네들이 거두어서 데리고 있도록 하게."

이희춘이 불에 데기라도 한 듯이 비명처럼 내질렀다.

"예엣?"

경주성과 도산성

1

기룡에게 쫓겨 서생포왜성에 들어가 있던 가토 기요마사는 천수각에서 분함을 감추지 못한 채 연신 앓는 소리를 냈다.

전라도로 출병했던 1만 명이나 되는 군사를 금이 간 항아리에서 물이 새듯이 다 잃어버려서 울산에 남은 군사를 다 끌어모아 봤자 불과 3천이었다. 그것도 대부분은 아사노 요시나가 휘하에서 서생포왜성을 지키고 있는 군사들이었다.

여러 날 고심하던 가토 기요마사는 한 가지 묘안을 떠올렸다. 봉행 가토 키하치를 시켜 피로인(조선인 포로)들을 다 한데 모아놓고는 일장연설을 했다.

"그동안 먹이고 재웠으니 너희들도 보답을 해야 할 때가 되었다. 나의 명령을 따라 전공을 세우는 자에게는 장차 현감, 좌수, 풍헌, 호장을 한자리씩 주겠다. 너희들은 대대로 살아봐야 조선의 양반이 될 일이 없지 않느냐? 그럴 바에야 우리 일본에 공을 세우라. 그러면 누구나 신분에 관계없이 다이묘까지 오를 수 있다."

가토 기요마사 주위에 선 왜장들은 물론이고 피로인들을 감시하던 오가시라, 코가시라, 아시가루들이 다 고개를 끄덕이며 찬동했다.

"태수님 말씀이 지당하고말고."

"그럼, 나도 전에는 아시가루였다가 코가시라 자리까지 올랐지. 이제 곧 오가시라에 오르면 나도 수백 명을 거느린 장수가 된다, 이거야."

가토 기요마사는 다시 말을 이었다.

"머리를 깎고 우리의 옷을 입을 자는 자리에서 일어서라."

피로인들은 선뜻 일어서는 사람이 없었다. 서로 얼굴을 쳐다보거나 고개를 숙인 채 땅만 바라보았다. 가토 기요마사는 언성을 높였다.

"지금 이후로 걷지 못하는 자는 참수하겠다. 뎃포를 쏘지 못하는 자도 목을 벨 것이다. 그 밖에 밥값을 하지 못하는 자들은 모조리 죽여버리고 말겠다."

둘러선 야리 아시가루들이 긴 왜검을 뽑아 들었다. 그 서슬에 놀란 피로인들이 주춤주춤하며 하나둘 일어섰다.

"그래, 까짓것 이판사판이다."

"이래 죽으나 저래 죽으나 어차피 죽은 목숨인데 망설일 것도 없다."

"그래, 우리를 이 꼴로 만든 양반 놈들한테 총이나 실컷 갈겨보고 죽자."

가토 기요마사의 얼굴에 미소가 감돌았다. 왜장들은 피로인들을 데리고 가 머리를 깎인 뒤에 왜군복을 입히고는 주먹밥을 하나씩 주었다. 이전보다 훨씬 큰 것이었다. 왜졸로 변모한 피로인들은 두 손으로 받아 들고는 씹지도 않고 허겁지겁 목구멍으로 넘겼다.

이윽고 조총 쏘는 연습이 시작되었다.

"탕, 타탕!"

다들 천둥 같은 총소리가 무서워 눈을 감고 쏘느라 과녁을 맞힐 턱이 없었다. 어떤 사람들은 아예 과녁을 보려고도 하지 않았다. 모진 목숨 차마 스스로 끊지 못해 따라 하는 사람들이었다.

왜군들은 심경이 착잡했다. 애초에 한 달이면 조선을 정복하고 끝낸다는 전쟁이 벌써 6년째 지속되고 있었다. 그들 모두는 도요토미 히데요시가 전쟁을 길게 끄는 것을 속으로 원망하면서 하루바삐 고향으로 돌아갈 생각뿐이었다. 지금까지 이기지 못한 전쟁이라면 더 지속해 봐야 승산은 점점 희박할 것이었다.

일본군 최고의 장수 가토 기요마사가 기룡에게 수백 리나 쫓겨 온 것을 알고는 점차 조선군에 대한 두려움이 커지고 있었다.

개전 초기에는 마른 풀을 꺾는 것처럼 쉽게 여겨졌는데 시일이 지날수록 그들은 질긴 칡덩굴 같기만 했다. 게다가 싸움에 소극적이었던 명나라 군사들도 올해부터는 양상이 달랐다. 죽산에서부터 참전해 계속 남하하면서 군세를 결집하고 있는 것이었다.

일본군은 남쪽 해안가에 허술하게 쌓은 작은 성과 보루에 들어앉아 농성을 하고 있는 상황이라 조선군과 명군이 힘을 합쳐 총공격을 퍼부어 온다면 하루아침에 몰살될 것이 분명했다.

가토 기요마사는 불안해서 영 밤잠을 이루지 못했다. 서생포왜성의 수성장 아사노 요시나가가 말했다.

"태수님, 아무 걱정 마십시오. 소장이 목숨을 걸고 방수할 것입니다."

가토 기요마사는 벌떡 몸을 일으켜 물을 벌컥벌컥 마셨다. 그러고는 중얼거리듯이 내뱉었다.

"아무래도 정기룡 그놈이 이곳 서생포로 쳐들어올 것만 같아."

"경주성에도 우리 뎃포군이 있고 울산에도 방어선이 있습니다. 아무리 정기룡이라고 해도 쉽지 않을 것입니다."

가토 기요마사는 고개를 저었다.

"아니야, 경주성이 뚫리면 여기까지는 직행이야."

가토 기요마사는 경주와 서생포 사이에 있는 울산에 튼튼한 새 성을 쌓기로 결단했다.

"새로운 요해지를 찾으라!"

가신 3걸인 쇼바야시 가즈타다, 모리모토 가즈히사, 이다 나오카게는 울산 전 지역을 다니며 성을 쌓을 만한 곳을 물색했다.

모리모토 가즈히사가 돌아와 아뢰었다.

"도산(울산시 학성 공원)이라는 곳이 있는데 천혜의 요새 같사옵니다."

가토 기요마사는 직접 가서 살펴보았다. 삼면으로 강이 굽이돌아 흘러서 마치 섬처럼 보이는 낮은 산이었다. 경주와 언양 어디로도 진출이 가능하면서도 태화강을 따라 동해 바다로 오르내릴 수도 있는 곳이었다. 더욱이 도산 가까이에는 그보다 높은 곳이 없어 성을 쌓아 파수하기에 지형적으로도 아주 적합하게 여겨졌다.

가토 기요마사는 평양성을 본떠서 자신이 직접 성을 설계했다. 그리고 감독도 맡았다. 최고의 성을 쌓을 작정이었다. 그는 부산포 증산왜성(부산시 좌천동)에 주둔하고 있는 모리 히데모토에게 군사를 지원해 줄 것을 요청했다.

모리 히데모토는 흔쾌히 축성 전문가 시시도 모토츠구(宍戶元續) 등의 왜장과 함께 1만6천여 왜군을 보내주었다. 가토 기요마사가 울산을 지켜내지 못한다면 자신까지 위험해지기 때문이었다.

대군을 지원받은 가토 기요마사는 곳곳에 파손된 채 방치되어 있는 울산 읍성의 성벽을 모두 헐어서 그 돌을 날랐다. 가신 3걸은 물론 장남 가토 시게츠구(加藤重次)를 비롯해 가토 우마노조(加藤右馬允), 가토 아리시게(加藤可重), 가토 요스마사(加藤安政) 등 아들과 양자 그리고 가토 가문의 사람들을 총동원해 성을 쌓기 시작했다.

철저히 방어를 목적으로 하는 성이었다. 맨 앞쪽에는 산노마루(1차 방어용 외성), 그다음에는 니노마루(2차 방어용 내성), 가장 뒤쪽 높은 곳에는 혼마루(주장이 있는 본성)의 세 겹 구조였다.

1차 방어 성곽인 산노마루에는 뎃포 아시가루들이 촘촘히 늘어서 쏠 수 있는 총혈을 냈다. 가토 기요마사는 세 겹의 성도 안심이 되지 않아 산노마루의 외곽 강기슭까지 길이 5리(2킬로미터)에 이르는 토성을 구축했다. 그리하여 태화강 연안의 나루와 도산으로 드나드는 왜선들을 보호하도록 했다.

서생포왜성에 돌아와 있던 가토 기요마사는 도산성이 거의 완성이 되어갈 무렵에 또 하나의 명령을 내렸다.

"경주, 울산 인근 고을로 군사를 보내어 조선인 장정들을 닥치는 대로 사로잡아 오라. 그들을 모두 우리의 군사로 삼아서 전면에 내세운다면, 이것이야말로 이이제이의 병법이 아니고 무엇이겠는가?"

2

임금은 죽산에서 명군이 역전에 성공한 뒤로 왜군을 계속 밀고 내려가기를 바라는 마음이 간절했다. 마치 발톱 끝에 붙어 있는 쥐벼룩 같은 왜적을 다 훌훌 털어내 깊은 바다에 쓸어 넣고 싶었다.

가토 기요마사는 울산을, 구로다 나가마사는 두모포(기장읍 죽성리)를, 모리 요시나리는 임랑포(기장읍 임랑리)를, 모리 히데모토는 부산포를, 나베시마 나오시게는 김해를, 시마즈 요시히로는 사천을…… 그리고 고니시 유키나가는 순천을 점거하고 서로 호응하고 있었다.

여러 왜장들 중에서 가장 사납고 강한 인물은 가토 기요마사인 만큼 그자를 맨 먼저 격파한다면 나머지 적들은 모두 사기가 꺾일 것으로 내다보았다.

'정기룡이 수백 리나 추격하여 가토의 주력군을 궤멸시켰으니 우리 나라를 재조(다시 일으킴)할 수 있는 절호의 기회는 바로 지금이 아니겠는가?'

조선과 명나라 군사들이 연합 대군을 결성해 조선의 동남방 최고의 요충지인 서생포를 친다면, 그리하여 왜장 가토 기요마사를 격살한다면 그 아래에 있는 기장과 부산, 가덕도와 김해까지 일거에 위협할 수 있고 더 나아가 곳곳에 산재해 있는 모든 왜군을 큰 그물을 치듯 남해안에 가둬 놓을 수 있다고 판단했다.

정유년 동짓달, 드디어 임금은 경리 양하오를 설득하는 데 성공했다. 양하오는 제독 마꾸이와 더불어 전 제독 이여송의 아우인 부총병 이여매를 비롯해 리팡춘(李芳春), 지에셩, 고우처(高策), 우웨이쭁, 루지쭁(盧繼忠), 리쒀(李梲) 등 명나라 일곱 장수와 그 휘하 부장, 참장, 유격, 천총, 백총 그리고 5만여 군사를 거느리고 남쪽으로 출병했다.

이에 임금은 크게 흡족해 명을 내렸다.

"조선의 제 군병은 경주에 집결하라."

제1군영은 충청 병사 이시언이 휘하 2천 명에 평안도군 2천 명을 합쳐 4천 명을 거느렸고, 제2군영은 경상 좌병사 성윤문이 휘하 2천 명에 방어사 권응수의 2백 명, 경주 부윤 박의장의 1천 명 그리고 함경도군과 강원도군 2천 명을 더해 5천2백 명을 이끌었으며, 제3군영은 경상 우병사 기룡이 휘하 1천 명에 황해도 군병 2천 명과 경상 방어사 고언백의 3백 명 그리고 사명대사가 이끄는 승병 7백 명을 합쳐 4천 명을 지휘하게 되었다.

기룡은 성주 수룡동 경상 우병영에서 모든 군장을 마쳐놓은 채 황해도 군이 오기만 기다리고 있었다. 한양에서 파발이 저달(도착)했다. 파발아는 기룡에게 임금의 밀부(임금이 군사동원령을 내렸음을 증명하는 반쪽 패)와 밀지를 전했다.

밀부를 받아 든 기룡은 자신이 갖고 있던 나머지 반쪽과 맞춰본 뒤에 밀지가 들어 있는 봉통을 열었다.

"우리나라의 운명은 이번에 결판이 날 것이다. 경의 휘하에는 군병이 얼마 되지 않을 것이니, 경상우도 모든 고을에 흩어져 있는 장관(종9품 이상의 무관)들을 빠짐없이 모아서 거느리도록 하라.

군사(작전)의 기밀은 잘 감추어야 하고 병사(용병)의 수법은 적이 눈치채지 못하도록 해야 하느니, 비록 경의 지휘하에 있는 장수와 장사들이라 할지라도 함부로 발설하여 새어 나가지 않도록 하라.

이러한 나의 간곡한 뜻을 경은 마음속에 깊이 새겨 몸소 받들어서 나라의 흥망을 결정하는 과실이 없도록 하라."

기룡은 반드시 명을 따를 것을 다짐하며 밀지를 불살랐다. 한시라도 빨리 출병하고 싶은 마음에 가만히 앉아 있지 못했다. 책사 사일랑이 말했다.

"사정에 올라 활이라도 좀 쏘시지요."

그때였다. 전령이 깃발을 들고 도착했다.

"경상 우병사 영감께 아뢰오! 황해도 군사가 백 리 밖에 이르렀사옵니다."

황해도 군사뿐만이 아니었다. 북계의 군사들이 다 행군해 오고 있었다. 그 뒤를 명나라 군사들이 따르고 있었는데, 우의정 이원익과 이조판서 이덕형 등 대신들이 명나라 장수들의 접반사로 동행하고 있었다. 영의정 유성룡은 조선군과 명군을 격려하기 위해 따라 내려왔다. 기룡은 얼른 나아가 말에 탄 채 유성룡에게 배례했다. 세 사람은 차례로 입을 열었다.

"정 병사가 있어 마음이 든든하오."

"싸울 때마다 승첩을 전하니 어찌 대견하지 않겠습니까?"

"난세 영웅이라. 지난날 잠시 정 병사를 만나보았던 때가 생각나는구려."

조선군과 명군은 경산현에서 하룻밤 숙영했다. 날이 새기도 전에 영의정 유성룡은 군사들에게 무운을 빌어준 뒤에 한양으로 돌아갔고, 이조판서 이덕형이 경리 양하오의 접반사로서 동행해 경주로 향했다.

기룡은 말 걸음을 늦춰 뒤처져 따라오는 사명대사에게 다가갔다.

"대사님."

"정 장군."

하오(오후)로 넘어가자 척후 선발대가 여러 장의 방문을 주워 왔다. 가토 기요마사가 뿌린 것이었다.

"경상도의 모든 고을에 통문한다. 이것은 대일본의 다이묘인 나 가토 기요마사가 너희들에게 살길을 알려주는 것이다.

우리 일본이 조선을 살벌하는 것은 너희 백성들에게 죄가 있어서가 아니다. 조선 국왕 이씨가 무도하여 팔도에 인심을 잃었고, 신하들은 무리지어 개개인의 이권만 탐하였으며, 이웃 나라와는 사사건건 불화하고 무례히 군 것이 여러 날이 지났음에도 전혀 반성하지 않으니, 다음 달에는 또다시 대군을 이끌고 바다를 건너와 이 조그만 땅에 살아 있는 것은 다 죽일 것을 이미 확정하였다.

그러니 너희들이 아까운 목숨을 부지하고자 한다면 누구나 스스로 일본의 진성(군사가 진을 친 성)으로 투항해 오라. 시간은 지금뿐이다. 곧 달이 바뀌어 봄이 되면 즉시 대군이 출정할 것이니 그 전에 재빨리 들어와야 너희들의 처지가 궁색하지 않을 것이다.

스스로 기뻐하며 투항해 오는 백성들은 편하게 먹고 자며 농사를 짓게 되겠지만, 그러지 않는 고을은 모두 살멸하여 잿가루로 만들며 한양으로 진격해 갈 것이니, 그때는 우리가 도모하는 것이 임진년의 진행보다 더 빠를 것이다."

조선군 장수들은 다들 기가 찼다.

"제 놈이 투항해도 시원찮을 판에 오히려 큰소리를 치다니."

명나라 장수들도 다 코웃음을 치며 행군을 이어갔다. 우영을 맡아 경상 방어사 고언백과 앞서가던 기룡은 경주 근경에 있는 구내역 뒷산 기슭에 설진했다. 뒤이어 속속 도착한 군영들도 거리를 벌려 진영을 차렸다.

조선과 명나라의 연합 대군 6만이 펼쳐놓은 군진의 수많은 깃발들은 매서운 겨울바람에 중후한 소리를 내며 나부꼈고, 마치 장엄한 파도가 넘실대는 것 같았다. 이러한 광경은 왜란이 시작된 이래 처음이었다.

경주 의병장 최진립이 결사대 수백 명을 인솔해 왔다. 기룡은 그를 맞이하며 말했다.

"경주에도 역시 사람이 있었구려."

"우병사 영감의 무훈은 익히 들어서 잘 알고 있사옵니다. 휘하에 거두어 주소서."

기룡은 그의 손을 잡았다.

"우리 같이 한마음 한뜻으로 왜적을 물리칩시다."

울산 군수 김태허도 군사를 이끌고 왔다. 그는 임란 개전 때 한양에서 기룡과 같이 응모해 조경의 휘하에 든 뒤에 거창 우지령에서 최초로 승리를 이끈 용맹한 군관이었다. 그는 특유의 무기인 편곤을 세워 들고 기룡에게 배례했다.

"김태허가 경상 우병사 영감을 뵈옵니다."

기룡은 다가가 얼싸안았다.

"아, 이게 누구십니까? 김여실(김태허의 관자) 아니십니까?"

"영감의 휘하에서 힘껏 싸워서 경주성 수복을 돕고, 더 나아가 소관의 울산성을 되찾으려고 왔소이다."

"잘 오셨습니다. 천군만마를 얻었다 함은 바로 이를 두고 하는 말일 것입니다."

경주 읍성을 지키고 있던 가토 기요마사의 동생 이노우에 요시히로(井上吉弘)와 양자 가토 아리시게는 구내역 뒤에 수만의 군사가 집결해 있다는 보고를 받고 더럭 겁이 났다. 읍성을 버리고 달아나자니 가토 기요마사가 그 죄를 엄중히 물을 것 같고, 맞서 싸우자니 영 자신이 없었다.

"어찌하는 것이 좋을까요?"

"야습을 감행하는 건 어떻겠는가? 저들이 먼 길을 행군해 왔으니 지쳐서 잠에 곯아떨어져 있을 테니 말일세."

"바람이 많이 부니 명군과 조선군 진영에 불을 지르는 게 좋겠군요."

경주 수성장 이노우에 요시히로는 기름을 잔뜩 묻힌 횃불 방망이를 준비하게 해 날랜 왜졸 1백 명을 가려서 보냈다.

기룡은 잠을 자지 않고 고언백, 최진립과 함께 진영을 순찰하면서 일본군의 야습에 대비하고 있었다. 척후군으로서 경주성에서 구내역으로 오는 길목에 매복을 하고 있던 이희춘과 정범례는 왜적이 다가오는 것을 보았다.

"노함 장사가 말한 것 기억나는가?"

"나다마다. 적병이 습격해 오면 비격진천뢰를 먼저 던지라고 했으니 시키는 대로 해보세."

척후군은 소완(작은 비격진천뢰)의 심지에 불을 붙여 앞으로 달려 나가며 힘껏 던졌다. 마치 돌멩이가 밤 허공을 가르듯이 휙휙 날아갔다.

"쾅! 콰쾅!"

비격진천뢰가 터지자 왜군들이 등에 메고 있던 횃불 방망이에 불이 옮겨붙었다. 등에 불이 붙자 비명을 지르며 이리 뛰고 저리 뛰었다. 이희춘과 정범례는 군사를 몰아가 그들을 모두 참살해 버렸다.

"노 장사가 앞을 내다보는 눈이 있군그래."

"화공에 있어서는 천하제일인 사람일세. 허허."

기룡은 눈을 붙인 군사들을 모두 깨웠다. 왜군의 기습을 막아낸 여세를 몰아 경주성으로 쳐들어갈 작정이었다.

경상 좌병사 성윤문과 경상 방어사 권응수 그리고 경주 부윤 박의장이 좌영을 맡았고, 기룡은 우영을 맡아 군사를 휘몰아 갔다. 그리하여 기룡은 김태허, 고언백, 최진립, 사명대사와 더불어 옹성문으로 되어 있는 경주성의 남문 징례문으로 쳐들어갔고, 좌영은 서문인 망미문을 공격했다.

두 곳에서 협공을 당한 왜적은 당황해 제대로 싸우지도 못했다. 잠시간 조총을 쏘며 저항하는 듯하더니 조선군이 멀리서 활을 쏘고 가까이에서 새까맣게 성벽을 기어오르자 뒤로 물러나기 시작했다. 기룡은 소리쳤다.

"이때다. 성문을 부수고 들어가라!"

마침내 남문이 뚫렸다. 군사들은 노도와 같이 밀고 들어가 거칠 것 없이 왜적을 베고 찌르며 쳐 죽였다.

"과앙, 과앙, 과앙……."

이희춘의 군사들은 남문을 점령한 뒤에 문루에 매달린 큰 쇠북을 울렸다. 구리만 12만 근을 들여서 만들었다는 신라 봉덕사의 종이었다. 1천여 년을 흐르는 동안 여러 곳을 거쳐서 경주 읍성 남문 문루에 자리 잡은 것이었다.

"과앙, 과앙……."

종소리는 천 리 밖까지 울려 퍼지는 듯했다. 구내역 뒤에 진을 치고 있던 명군이 종소리를 듣고 경주 읍성으로 진군해 왔다.

왜장 이노우에 요시히로와 가토 아리시게는 수십 명의 부하를 거느리고 성의 동문으로 빠져나와 도망쳤다. 기룡은 화이를 채쳐 달리며 맹추격을 했다. 비장 정수린도 다른 장사들도 기룡이 워낙 빨리 추격해 가는 바람에 뒤이어 따라붙지 못했다.

기룡은 필마단기로 빠르게 추격하며 활을 쏘아 왜군을 하나씩 말에서 꺼꾸러뜨렸다. 어느덧 언양현에 이르렀다. 오직 적장을 잡고야 말겠다는 일념뿐이었다. 왜졸 하나가 도망치다가 말에서 내려 길섶에 숨어 있다가 조총을 발포했다.

"타앙!"

"허윽!"

가슴에 탄환을 맞은 기룡은 큰 충격에 정신을 잃었다. 화이는 그대로 계속 달렸고 반구대 절벽에 이르러 앞발을 들며 멈췄다.

"히히힝!"

기룡은 그 바람에 말 위에서 굴러 절벽 아래로 떨어졌다.

"철퍽!"

절벽 아래에는 대곡천이 흘렀다. 기룡은 아랫도리가 물속에 잠긴 채 엎드려 있었다. 사방은 적막했고 기룡은 꼼짝도 하지 않았다.

낯선 그림자가 하나 나타났다. 그는 말에서 내리더니 기룡을 물가에서 끌어내 눈에 잘 띄지 않는 그늘진 바위틈에 옮겨다 놓았다. 몸을 돌려 눕힌 뒤에 근처에 있는 나무토막을 주워 목을 받쳤다. 고개를 뒤로 젖혀서 숨구멍을 틔웠다.

절벽 위에서 화이가 내려다보고 있었다. 그는 손가락을 입에 가져다 대며 조용히 하라는 시늉을 했다. 화이는 꼬리를 치고 대가리를 끄덕이며 눈만 껌벅거렸다.

가슴에 차고 있던 홍전갑을 벗기려는 바로 그때 절벽 위에서 사람들의 소리가 들렸다. 그는 얼른 일어나 말에 올랐다. 그러고는 반듯하게 누워 있는 기룡을 한 차례 내려다보고는 대곡천으로 흘러드는 실개울을 거슬러 사라졌다.

"대장님!"

"으음."

기룡은 눈을 떴다. 정신을 차리고 보니 말에서 굴러떨어진 기억이 나지 않았다. 가슴에 손을 댔다. 그제야 조총의 탄환에 맞았다는 것이 떠올랐다.

"아, 흉전갑 덕분에 살았군."

기룡은 천천히 일어나 바위틈에서 나왔다.

"저기 계신다!"

기룡을 찾아 일대를 돌아다니던 장사들이 우르르 내려왔다. 이희춘이 말에서 홀쩍 내리고는 하얗게 뜬 얼굴로 다가왔다. 다른 장사들도 모여들었다.

"대장니임!"

"괜찮으시옵니까?"

기룡은 기지개를 켜 가슴을 활짝 벌리며 대답했다.

"어허어! 좀 뻐근할 뿐 아무 이상 없네. 다들 걱정 말게."

기룡은 절벽 위로 올라왔다. 화이는 그대로 얌전히 있었다. 다시 말에 오른 기룡은 장사들에게 둘러싸여 경주 읍성으로 돌아왔다. 다들 걱정하고 있다가 반갑게 맞이했다. 경리 양하오의 접반사 이조판서 이덕형이 크게 안도하며 말했다.

"정 병사는 나라의 간성(나라를 지키는 큰 인물)이오. 부디 일신을 잘 보전하도록 하오."

"예, 대감."

흉전갑과 갑옷을 벗고 쉬고 있는 겨를에 한 가지 의혹이 일었다. 아랫

도리가 젖어 있는 것을 보면 물에 빠진 것이 분명한데 누가 마른 땅으로 끌어다 올려놓았을까 하는 의문이었다. 혼절한 사람이 스스로 기어가서 바위틈에 들어가 있을 수는 없었다.

기룡은 아병 몇 명만 거느리고 반구대를 다시 찾았다. 누워 있었던 바위틈에 서서 사방을 둘러보았다. 물가 모래 위로 무거운 것이 끌린 자국이 아직도 선명했다. 누군가 자신의 몸을 끌어다 놓은 것이 틀림없었다.

그리 멀지 않은 곳에서 밭일을 하고 있는 사람들이 있었다. 기룡은 그들에게로 갔다. 나이가 초로(조선 시대에 45세 가량을 일컬음)에 든 부부였다. 기룡은 정중히 물었다. 놀랍게도 그들은 그날 자신들이 목격한 것을 말했다.

"몸매는 호리호리하고 행동이 날렵했사옵니다. 검은 옷에 검은 복면을 했는데 자루가 가늘고 긴 검은 창을 들고 있었고 등에 활을 멘 것도 같았사옵니다. 타고 온 말도 검었고 이리인지 개인지, 크고 사나워 보이는 짐승 두 마리가 좌우에서 따랐고…… 마치 산목숨을 거둬 가려는 저승사자의 행차 같았사옵니다."

기룡은 허황된 이야기를 듣는 것만 같았다. 하지만 그들이 거짓말을 할 리가 없다고 생각했다. 은전 한 냥을 사례했다. 그랬더니 한마디 더 보태는 것이었다.

"아마 나리께서는 흑사자의 가호를 받으시는 분 같았사옵니다."

"흑사자?"

"그 검은 털을 덮어쓴 짐승 두 마리가 나리 주위를 맴돌고 있었으니까 말씀이옵니다."

기룡의 의문은 풀리지 않았다. 다만 한 가지 수확은 있었다. 분명히 자신을 구해준 누군가가 있었다는 사실이었다.

'흑사자라……'

군사들 사이에 기룡을 구해준 것은 사람이 아니고 흑사자라는 말이 나돌았다. 그들이 설왕설래하는 동안 흑사자에 대한 풍문이 전 군영으로 퍼져 나갔다.

임금에게서 또다시 전지(임금의 명령서)가 내려왔다.

"왜적은 흉악무도하고 간교하여 반드시 몰래 간자를 보내어 정탐을 할 것이다. 그러니 영중(진영 속)을 세밀히 살펴서 이러한 자들을 신중히 찾아내지 않으면 안 된다.

경은 항상 눈과 귀가 밝은 사람을 가려 여러 곳에 심어 두고 언행거지가 이상한 자, 정수리에 배코(상투를 앉히려고 머리털을 깎아낸 자리)가 없는 자, 귀에 귀고리의 구멍이 없는 자는 각별히 엄중하게 적발하도록 하라."

3

경주 읍성을 버리고 울산 읍성으로 도망쳐 온 이노우에 요시히로와 가토 아리시게는 도산성 공사에 막바지 박차를 가하고 있는 시시도 모토츠구에게 조명 연합군이 쳐들어왔다는 사실을 급하게 알렸다.

"나도 이미 알고 있는데 패장들이 무슨 그리 호들갑이오."

"서생포성의 장군단에 빨리 알려야 하오."

"이미 아뢰었으니 아무 염려 마시오. 두 분은 목숨을 걸고 울산성이나 잘 방어하도록 하라는 명령이오."

서생포왜성 천수각에 있던 가토 기요마사는 탄식했다.

"보름만 더 있으면 도산성이 완성될 텐데, 아직 덜 쌓은 성곽이 있어 몹시 아쉽구나."

봉행 가토 키하치가 말했다.

"명장과 조선장, 장수란 장수는 다 진격해 오고 있다고 하옵니다."

"그렇다면 틀림없이 정기룡 그놈도 끼어 있겠지. 좋다. 어디 한번 해보자. 이번에는 본때를 보여주고야 말겠다."

"그런데 정기룡 그놈이 가슴에 조총을 맞고도 마치 아무 일도 없었던 것처럼 거뜬히 살아났다고 하옵니다."

"뭐라고? 그놈이 무슨 철인이라도 된다더냐?"

"아시가루들 사이에 그런 말이 나돌고 있사옵니다."

가토 기요마사는 일축했다.

"괜한 소리에 귀 기울이지 말고 조선군이고 명군이고 간에 모조리 처단할 계책이나 강구하랏!"

조선군을 이끌고 있는 도원수 권율과 명군을 총지휘하고 있는 경리 양하오는 군략 회의 끝에 결론을 내렸다. 군사를 세 갈래로 진군시키되 닭이 울기 전 축시(오전 1~3시)에 선봉을 보내 울산 읍성을 친다는 작전이었다.

조선군에서는 경상 우병사 기룡과 경상 방어사 고언백을, 명군에서는 부총병 이여매와 유격 바사이(擺塞)를 선봉으로 삼아서 서로 경쟁시키듯이 내보냈다.

바사이가 앞장서 가고 그 뒤를 기룡과 고언백, 맨 마지막으로 이여매가 뒤따르며 태화강 상류의 물줄기를 따라 울산 읍성을 향해 남하해 갔다. 선두로 가던 바사이가 갑자기 멈췄다.

"왜적이다!"

일본군 복병이 산속에 숨어 있다가 일제히 조총을 쏘았다. 바사이의 선발대는 어둠 속에서 우왕좌왕하다가 맥없이 후퇴해 돌아오고 말았다. 그는 기룡에게 투덜거렸다.

"왜군이 수없이 산속에 도사리고 있어 더 이상 전진은 불가능하오."

"소장이 가보겠습니다."

기룡은 군사를 거느리고 말을 달렸다. 복병들은 양등 고을 양쪽 산속에서 자갈이 쏟아져 내리듯 달려 나와 순식간에 기룡의 군사를 겹겹이 에워쌌다. 그러고는 뎃포 아시가루들이 전열에 둘러서서 총을 쏘기 시작했다. 어두운 밤에 벼락같은 총성과 시뻘건 불꽃이 작열했다.

감사군은 당황했다. 기룡은 불가사리 무늬 팔련 장창을 휘두르며 큰 소리를 내질렀다.

"나를 믿고 따르라!"

말고삐를 길마좆에 걸어놓고 한 손으로는 장창을 거머쥐고, 다른 한 손으로는 십련 보검을 빼 들었다. 그러고는 바람처럼 달리며 왜졸들을 베나갔다. 마치 일진광풍에 풀이 쓸려 눕는 듯했다. 화이는 허연 김을 내뿜으며 달렸다. 말 머리 앞쪽에 있던 왜적들이 양쪽으로 갈라져 길이 뚫렸다.

왜장 이다 나오카게가 저도 모르게 탄발했다.

"아, 정기룡!"

멀리서 지켜보고 있던 유격 바사이가 휘하 명군에게 소리쳤다.

"뭣들 하느냐! 가서 왜노를 쳐라!"

"잣, 잣!"

명군들이 달려 나갔다. 포위망을 뚫고 나온 조선군과 배후에서 합세한 명군이 일본군 복병들에게 파상 공세를 퍼부었다. 이다 나오카게가 이끄는 군사들이 궤멸하자 남은 왜군들은 전의를 잃었다.

전세를 역전시켜 복병을 격파한 기룡과 유격 바사이는 거침없이 읍성을 향해 나아갔다. 고언백과 이여매도 말을 달렸다.

보고를 받은 도원수 권율과 경리 양하오가 직접 군사를 거느리고 진군했다. 묘시(오전 5~7시)에 이르러 동이 터오고 있었다. 울산 읍성의 성곽이 보이기 시작했다. 세 갈래로 나눠서 온 군사가 읍성이 보이는 북쪽 들판에 다 모이자 경리 양하오가 명령했다.

"일거에 함락시켜라!"

도원수 권율도 하령했다.

"마땅히 조선군이 선봉으로 나아가라!"

수만 군사가 들이닥치자 읍성은 저절로 허물어지는 듯했다. 멀리서는 부총병 우웨이쫑이 군사들을 독려해 석차에서 커다란 돌덩이를 날리기 시작했고, 부총병 루지쫑과 리취의 군사들은 10척 성벽에 사다리차를 걸쳐놓고 기어오르기 시작했다.

기룡은 감사군과 황해도군을 이끌고 읍성 성곽 위에서 조총을 쏘고 있는 왜군들을 향해 불화살을 퍼부어 성벽을 기어오르는 명군을 엄호했다. 노함은 성문을 향해 현자총통으로 철탄자(쇠로 된 화살형 탄알)를 날렸다.

명군은 까마귀 소리를 지르며 성안으로 쇄도해 갔다. 여기저기에서 불꽃이 치솟았고, 검은 연기가 하늘을 뒤덮었다. 남쪽 태화강 읍성나루에 정박해 놓았던 왜선 2척도 화전(불화살)에 맞아 불이 활활 타올랐다. 더 이상 버티지 못한 일본군은 도산성으로 도망쳤다.

날이 저물 무렵, 울산성이 완전히 수중에 들어오자 경리 양하오는 더 이상 추격하지 않고 군사를 거뒀다.

"도산성은 견고하고 왜적의 주력이 있는 곳이니 일단 여기서 멈추고 군사를 정돈하는 것이 좋다."

왜적의 수급만 해도 5백여 개를 헤아렸고, 전리한 일본군의 기물이 많았다. 양자 가토 아리시게를 생포했다. 이노우에 요시히로는 금으로 만든 갑옷을 입은 채 죽어 있었다.

"이자는 가토 태수의 아우이옵니다."

사로잡힌 왜졸들이 이노우에의 시체를 가리켜 이구동성으로 말했다.

"가토는 서생포에 있사옵니다."

이튿날, 사시(오전 9~11시)에 경리 양하오가 몸소 모든 동정군(동쪽을 정벌하는 군대. 곧 명군을 뜻함)을 거느리고 도산성을 향해 출정했다.

부총병 이여매가 선봉장이었다. 그는 기병을 이끌고 공격을 개시했다. 왜군은 산노마루 밖으로 나와서 맞붙었지만 상대가 되지 못하고 쫓겨 들어가 버렸다. 그러고는 성문을 굳게 닫고 농성했다.

양하오는 여러 군영으로 사방을 포위했다. 그런 뒤에 다시 기룡과 유격 마오궈치를 선봉으로 가려 뽑아 공격하게 했다. 기룡은 감사군과 승병을 이끌고 가서 산노마루의 성곽을 깨부쉈다. 그런 뒤 재빨리 안으로 쳐들어가 적병을 무참히 격살하고 수급 6백여 개를 벴다.

마오궈치가 뒤이어 달려왔을 때는 남은 일본군이 다 니노마루 안으로 들어간 뒤였다. 입맛을 다시는 그에게 기룡은 수급의 반을 나눠 주었다. 마오궈치의 얼굴이 밝아졌다.

"허허, 적의 수급을 나눠 주는 장수가 다 있다니……."

"대인께서 벨 것을 소장이 미리 벤 것뿐입니다."

"정 병사, 내 꼭 보은을 하리다."

가토 기요마사는 서생포왜성에 있는 왜군과 조선의 피로인들을 병선에 태운 뒤 바다로 나와 태화강을 거슬러 도산성으로 들어갔다. 도산성의 외곽성에 이어 산노마루까지 깨졌음을 알고는 전세가 만만치 않다는 것을 깨달았다.

경리 양하오가 울산 읍성에서 조선군과 명군의 장수들을 다 모아놓고 말했다.

"가토는 이제야 운명을 다할 것이다."

접반사 이조판서 이덕형이 말했다.

"다만 저 너머에 있는 해안을 차단할 길이 없는 것이 걱정됩니다."

"그건 괜한 걱정이오. 천병의 위력을 알았으니 기장, 부산 등지와 남해안의 소굴에 들어 있는 왜노들이 감히 구원하러 오지 못할 것이오."

새날이 밝았다. 경리 양하오는 이른 아침에 부총병 리춰와 고우처를 함께 출전시켰다. 도원수 권율은 선봉으로 나갈 장수를 물색했다. 기룡은 서슴없이 나섰다. 다른 장수들이 다 머뭇거리며 나서지 않자 권율은 하는 수 없이 기룡을 내보냈다.

"부디 조심하시오."

노함의 화약군과 명군의 화포군이 석성 니노마루 아래로 진격해 크고 작은 총통과 화포를 동시에 발사했다. 땅이 울리며 갈라지고 하늘이 찢어지는 소리가 났다. 화염과 연기가 치솟았다. 포연은 매운 맛을 안고 안개처럼 사방으로 퍼져 나갔다.

때마침 북풍이 크게 불어 불길이 더 거세게 타올랐다 거대한 화마였다. 그러나 니노마루 석축은 두텁고 단단해 좀처럼 무너져 내리지 않았다. 왜군들 일부는 성안 집채에 붙은 불을 끄는 한편, 다른 일부는 성곽 곳곳에 설치한 성가퀴에 몸을 숨기거나 성벽 밖으로 돌출되게 만든 보루에서 조선군과 명군을 아래로 굽어보며 조총을 빗발처럼 쏘아댔다.

성벽 바로 아래까지 진격해 간 조명 연합군은 고개를 쳐들고 보아도 마치 허공에 지은 돌집에 숨어든 것처럼 왜적이 눈에 들어오지 않았다. 반면에 몸을 은폐할 곳이 없는 군사들은 하늘에서 쏟아져 내리는 듯한 조총의 탄환을 맞아 부지기수로 죽어갔다.

"후퇴하라!"

기룡은 격분했지만 다른 도리가 없었다. 명군이 먼저 멀찍이 물러나고 있었다. 조총의 사정거리 밖으로 군사를 퇴각시킨 기룡은 군사를 점고했다. 잃은 군사가 1백 명에 달했다. 명군 측에서는 천총 마라이(麻來)와 조다오지(周道継)가 적병의 총에 맞아 전사했고, 군사들은 1천 명 가까이 산화했다.

조선군과 명군이 다 참담한 지경에 처해 사기가 말이 아니었다. 그때 유격 첸인(陳寅)이 경리 양하오과 제독 마꾸이에게 아뢰었다.

"대군이 일제히 치고 올라가 단번에 짓밟아 버리는 게 어떻겠사옵니까?"

경리 양하오가 한심하다는 듯이 바라보았다. 제독 마꾸이가 입을 열었다.

"첸 장군이 거느린 군사들이 가장 용맹하니 거느리고 가서 힘껏 공격해 보시오."

유격 첸인은 풀을 쌓아 태워 그 연기를 올려서 성곽 위에 있는 왜군들의 시야를 가릴 작정이었다. 군사마다 한 단씩 등에 지고 니노마루 성곽 아래에 나 있는 비탈길을 오를 즈음, 성 위에 있던 뎃포 아시가루들은 사정거리에 들자마자 총탄을 비처럼 쏟아부었다.

첸인의 공격도 군사만 잃고 무위로 끝나고 말았다. 이후로는 감히 니노마루 성곽 가까이 다가가고자 하는 장수가 없었다. 기룡이 노함에게 일렀다.

"노 장사, 비격진천뢰를 쏴보게."

노함은 화약군과 함께 대완구를 설치하고 가장 큰 비격진천뢰를 장착해 쏘았다.

"콰앙!"

대완구 속의 화약이 터지면서 비격진천뢰를 멀리 날려 보냈으나 산비탈이 가파르고 성곽이 너무 높아서 중간까지도 가지 못하고 성벽 하부에 맞고 터지고 말았다. 사수도 포수도 화포군도 다 무용지물이었다.

도산성을 함락시킬 방도를 찾는 동안 어느덧 날이 저물었다. 앞서 연막전술이 실패해 체면이 몹시 상해 있던 유격 첸인이 밤에 다시 군사를 이끌고 나섰다. 그는 어둠을 틈타 소리 없이 성벽을 오르기 시작했다. 중간쯤 오르자 적병은 성벽을 기어오르는 명군을 발견하고 조총을 난사했다.

어두워 잘 보이지 않아 아무 데나 대고 쏘는 것이었다.

"탕, 타타탕!"

앞서 오르던 유격 첸인은 오른쪽 어깨에 맞고 말았다. 그는 이를 악물고 군사들을 독려하며 계속 올랐다.

"성첩에만 도착하면 승리는 우리 것이다! 멈추지 말라!"

왜군이 조총을 쏘는 것이 마치 독수리 떼와 새매 떼가 허공에서 무수히 날아와 발톱으로 할퀴는 듯했다.

"윽!"

유격 첸인은 또 넓적다리에 탄환을 맞았다. 그는 성벽에 더 붙어 있지 못하고 사다리 아래로 떨어졌다. 그것을 본 경리 양하오가 징을 쳐 군사들을 다 후퇴시켰다. 아병들이 들것으로 첸인을 날라 왔다. 양하오는 어깨와 허벅지의 총상을 치료하도록 그를 수레에 태워 경주성으로 보냈다.

고심 끝에 경리 양하오와 제독 마구이는 작전을 바꿨다. 도산성 건너편에 있는 야산 봉우리에 올라가 지휘하기로 한 것이었다.

사납기로 이름 높은 절강군(명장 척계광이 훈련시킨 저장(浙江) 성의 군사)을 선봉으로 해 군사들을 성의 동쪽으로 진격시켰다.

부총병 이여매가 강어귀에 있는 성황당을 쳐부수고 왜적의 포막(파수를 보는 막사)들을 모조리 불태우며 나아가자 왜군들은 후퇴해 성안으로 도망쳐 들어갔다. 부총병 마오궈치는 조선군 포수 여러 명과 함께 성문 안으로 뛰어들었지만 뎃포 아시가루 수백 명이 마구 난사하는 바람에 다시 돌아 나오고 말았다.

적병 하나가 백기를 들고나와 동문 위에 높이 꽂아놓고는 조명 연합군에게 화포를 쏘지 말라며 두 팔을 휘저었다. 장수들이 다 건너편 야산 봉우리를 쳐다보았다. 경리 양하오는 그것이 가토 기요마사의 계략이라고 단정하고 계속 공격을 퍼부을 것을 번신했다.

드디어 명군 10여 명이 성벽을 타고 올라 성 위에 이르렀다. 하지만 왜군의 세찬 공격을 받고 모두 떨어져 죽고 말았다. 절강군이 계속 올라갔지만 무모한 일이었다. 경리 양하오와 제독 마꾸이는 분을 삼키며 개탄했다.

"아, 저 성은 난공불락이란 말인가!"

"좀 쉬었다가 군략을 다시 마련해야겠사옵니다."

마꾸이는 도산성에서 도망쳐 나온 왜군들을 심문했다.

"성안에는 양식도 물도 없어서 농성을 해봤자 아마도 오래 버틸 수 없을 것이옵니다."

"가토가 다른 곳에 있는 군진에 구원을 요청해 놓고 있사옵니다."

항왜들의 진술을 분석한 경리 양하오는 장수들을 불러 모아 도산성 안에 있는 왜군들에 대해 고사 작전을 개시할 것을 명령했다.

"성중에는 양식이 적고 물이 고갈되었다 하니 오래지 않아 스스로 와해될 것이오. 둘레가 불과 몇 리 되지 않는 작은 성 안에 1만 명이 넘게 있고, 구원군이 올 기미가 없으니 저들이 굶주리고 목이 말라 미칠 지경에 이를 것은 자명한 일이오."

그리하여 제독 마꾸이는 비록 허물어지긴 했지만 울산 읍성에 장막을 쳤고, 부총병 고우처는 동쪽에, 우웨이쫑은 남쪽에, 리팡춘은 서쪽에 군진을 펼쳤다.

또 부총병 이여매와 유격 바사이는 동천이 태화강으로 흘러드는 하구에 은밀히 진을 쳐 서생포 쪽에서 올지도 모를 왜적을 차단하기 위해 매복을 했고, 부총병 조창쒼(祖承訓)과 유격 포꾸이는 태화강 하류를 점거하고 있으면서 기장과 부산 쪽에서 구원하러 올지도 모를 왜적을 대비했다.

도산성을 물샐틈없이 포위한 상태로 경계만 하면서 여러 날이 지났다.

경리 양하오는 성안에 든 왜군이 스스로 무너지기를 느긋하게 기다렸지만, 접반사 이조판서 이덕형과 도원수 권율은 그런 소극적인 전략이 마음에 들지 않았다. 하지만 내색을 할 수 없었다. 그의 심기를 건드려서는 안 되었다.

경리 양하오는 장막으로 두 사람을 불렀다.

"조선군이 얼마나 남았소?"

"3천5백 명쯤 됩니다."

"그렇다면 군액이 얼마 되지 않으니 천장(명나라 장수)들에게 분속시키는 것이 좋겠소."

이덕형도 권율도 다른 말을 하지 못했다. 조선군은 독자적인 작전권과 지휘권이 없는 상황이었다.

기룡은 부총병 리춰의 휘하에 들어가게 되었다. 그런데 그의 책사가 어딘가 모르게 면분이 있었다. 기룡이 언제 어디서 보았을까 하고 기억을 더듬고 있는데 그가 웃으면서 말을 걸어왔다.

"소인 귀목입니다."

"아, 귀목 책사! 몰라봐서 면구하오."

"이번 출정에는 리춰 장군 휘하에 배속되었습니다. 잘 부탁드립니다."

"아니오. 부탁은 내가 해야 할 터."

리춰가 기룡에게 말했다.

"정 병사가 용맹하기로 이미 명성이 드높고, 두 사람도 잘 아는 사이고 보니 우리 진영이 전공을 많이 세우게 되겠소. 기대가 크오."

"명령만 내리신다면 분발하여 흉적을 섬멸하겠습니다."

조명 연합군이 도산성을 에워싸고 있는 가운데 부총병 이여매가 강나루에 정박해 있는 왜선을 습격해 10여 척을 격파했고, 고우처와 조창쒼은 도산성에 합세하기 위해 서생포왜성을 나오는 왜적을 모두 수장시켰다.

"이제 때가 되었군."

경리 양하오가 도산성 안으로 들어가서 자신의 뜻을 전할 사신을 물색하자 제독 마꾸이 휘하에 있는 파총 귀안민(郭安民)이 나섰다.

양하오는 그를 적임으로 여겨 영기(군령을 전하는 깃발)와 상공기(투항한 공을 높이 여겨 상을 내리겠다는 것을 약속하는 깃발) 그리고 면사첩(죽음을 면해 주겠다는 각서)을 내렸다.

파총 귀안민은 흰 옷을 입고 백마를 탔으며 백기를 말안장 뒤에 꽂았다. 진영을 나와 천천히 걸어서 가자 영기 깃대에 매달아 놓은 방울이 짤랑짤랑 소리를 내 주의를 끌었다. 도산성 성곽 위에서 그것을 바라보던 왜졸이 소리쳤다.

"사신이 온다!"

가토 기요마사는 봉행 가토 키하치를 보내 성문을 열고 맞아들였다. 귀안민은 가토 기요마사에게 담담히 말했다.

"태수께서 우리 천조(천자의 조정)에 귀부(귀순해 복종함)만 하신다면, 큰 벼슬을 내리는 것은 물론 자손만대에 영화가 이를 것입니다."

가토 기요마사는 귀안민이 내놓은 상공기와 면사첩을 보고는 망설이는 척했다. 귀안민은 일이 잘 되어갈 줄 알고 한 번 더 효유(알아듣게 타이름)했다. 잠시 후 가토 기요마사가 입을 열었다.

"사세가 이미 이렇게 된 이상 본관이 명조에 투항하고 싶은 마음이 없는 것은 아니지만 조선에서는 나를 큰 원수로 여기고 있으니 그것이 고민이오. 만약 조선에서도 경상 우병사 정기룡, 도원수 권율, 영의정 유성룡 그리고 국왕이 서약을 해준다면 본관이 크게 안심할 것이며 항복하지 못할 것도 없소."

귀안민이 돌아와 가토 기요마사가 한 말을 아뢰었다. 경리 양하오는 그가 당장 성문을 열고 나와 무릎을 꿇지 않고 그저 번지르르한 말로 항복하는 시늉만 하는 것은 양식과 식수를 얻어 시간을 벌 속셈이란 것을 단번에 알아차렸다.

가토 기요마사가 꼭 집어서 지목한 조선의 장수와 신하들이 그의 항복을 의논하는 데만도 여러 날이 걸릴 것이고, 결국에는 온 팔도를 도탄에 빠뜨린 불구대천의 원수를 조선 조정과 국왕이 용서할 리 만무했다.

"교활한 놈 같으니!"

경리 양하오는 도원수 권율을 불렀다.

"금일은 조선군이 화공을 하도록 하시오."

권율은 명나라 장수에 각각 소속되어 있던 경상 좌병사 성윤문, 경상 방어사 권응수, 경주 부윤 박의장을 비롯한 조선 장수들을 불러 모아 명령을 내렸다.

조선군은 손에는 나무판으로 만든 방패를 들고 등에는 마른 풀을 지고 니노마루 성곽 아래 비탈로 진격했다. 왜군의 뎃포 아시가루들이 조총을 쏘아대는 통에 더 전진하지 않고 성곽과 떨어진 비탈에 건초를 쌓아놓고 불을 질렀다.

그것을 본 권율이 대노했다.

"어찌하여 더 나아가지 않고 아무 소용도 없는 짓을 하는가!"

그는 임금이 내린 삼인검(인(寅)이 든 연월일에 만든 것으로 임금이 장수에게 생살여탈권을 부여하며 내린 검)을 높이 빼 들고 후퇴해 온 영산 현감 전제와 그의 부하 둘을 참수해 버렸다.

그 서슬에 놀란 조선군은 차마 떨어지지 않는 발걸음을 떼며 다시 진격해 나갔다. 하지만 머리 위 허공에서 쏟아져 내리는 적의 총탄에 죽고 상하는 군사들만 속출할 뿐이었다. 권율은 하는 수 없이 군사를 물렸다.

"아, 우리에겐 아무런 운도 따르지 않는구나."

니노마루의 성문이 열리고 한 떼의 왜적이 몰려나왔다. 조선군을 격퇴한 기세를 몰아 오히려 역공을 해오는 것이었다.

권율은 기룡에게 말했다.

"정 병사가 나아가 싸워주게. 조선군에 장수다운 장수는 그대밖에 없네."

"삼가 도원수 대감의 엄령을 받들겠사옵니다."

기룡은 장사들과 함께 감사군을 거느리고 달려 나갔다. 그 뒤를 사명대사가 이끄는 승병이 따랐다. 그런데 전진해 오는 왜적들이 어딘가 모르게 이상했다. 다들 조총은 들고 있는데 총구를 제대로 겨누지 않고 걸어오고 있는 것이었다.

왜군에게 잡혀갔다가 세뇌 당한 가왜들이었다. 그들은 막상 조선군을 보고는 총을 쏠 마음을 내지 못했다. 거리가 좁혀지자 맨 앞 열에 있던 가왜들이 소리쳤다.

"활을 쏘지 마시오! 우린 조선인들이오!"

"제발 살려주시오!"

기룡은 진격을 멈추고 그들을 살폈다. 책사 사일랑이 말했다.

"아마도 피로인들을 왜군 차림으로 내보낸 것 같사옵니다."

"악독한 가토 놈! 여봐라! 절대로 공격을 해서는 안 된다. 저들은 조선인이다!"

그때였다. 그들을 방패막이 삼아 뒷줄에 있던 진짜 왜군들이 조총을 쏘기 시작했다. 감사군은 멈칫했다. 가왜들을 앞세운 왜군의 뎃포 부대는 점점 가까이 다가왔다. 그들이 쏜 총에 맞아 감사군이 여기저기에서 쓰러졌다. 이희춘이 소리쳤다.

"대장님, 공격해야 하옵니다!"

"안 된다! 후퇴하라!"

이희춘은 지지 않고 항변했다.

"여기서 후퇴하면 저들의 총탄에 전멸당할 것이옵니다!"

"후퇴하라는 말이 들리지 않는가?"

"우리가 후퇴한다 하더라도 저 피로인들은 살아남지 못하옵니다!"

"자네가 감히 내 명령을 거역하는가?"

"대장님!"

감사군이 계속 총에 맞아 쓰러지자 이희춘은 자신의 휘하에 딸린 군사들에게 소리쳤다.

"왜적이 다가오고 있는데 손놓고 뒷걸음질을 치면서 당할 수만은 없다! 이미 왜군이 된 저들을 죽이지 않으면 우리가 죽는다! 나를 따르라!"

1백 명 남짓한 군사들은 눈치를 보며 머뭇거렸다.

"에라, 모르겠다!"

그중 하나가 소리치며 달려 나가자 나머지도 우르르 이희춘을 따라갔다. 앞장서서 다가오던 가왜들이 말을 달려 오는 감사군을 보고는 겁에 질려 모두 총을 놓고 땅바닥에 납작 엎드렸다.

그러자 그 뒤로 진짜 왜군들의 모습이 나타났다. 이희춘은 청룡 팔련 장창을 휘두르며 총탄 속을 내달렸다. 그를 따라 감사군이 용감무쌍하게 싸웠다. 조선인을 앞세운 가토 기요마사의 흉악한 전술에 모두 분기탱천했다.

성 밖으로 나온 왜군 뎃포 부대는 마침내 이희춘이 이끄는 일지군에 참패를 당했다. 3백여 명이 나왔지만 살아서 돌아간 자들은 겨우 수십 명이나 될까 했다.

이희춘은 땅에 엎드리고 있던 가왜들을 모두 일으켜서 데리고 진중으로 돌아왔다. 모든 군사들이 이희춘의 일지군을 반기며 환호했다. 그때 하늘이 깨어지는 듯한 목소리가 들렸다.

"저놈을 냉큼 포박하라!"

기룡의 음성이었다. 장사들이 아무도 나서지 못하고 주저했다. 기룡은 비장 정수린에게 다시 하령했다.

"뭘 하느냐! 군령을 어긴 저놈을 속히 결박하지 않고!"

정수린이 부하들을 시켜 이희춘을 군뢰 오랏줄로 묶었다. 이희춘은 묵묵했다. 분위기가 한순간 침울해졌다. 기룡은 일말의 망설임도 없이 공표했다.

"다들 듣거라! 오늘은 날이 어두워지고 있으니 내일 날이 밝는 대로 저놈을 참수하겠다."

이희춘은 군공을 세우고도 졸지에 참형을 당할 위기에 처했다. 장사들이 다 책사 사일랑을 찾아갔다.

"사 책사, 이희춘 장사 좀 살려주오. 응?"

"우리 이 장사를 살릴 수 있는 사람은 사 책사뿐이오."

사일랑은 냉정하게 말했다.

"전시 상황에서 엄중한 군령을 어긴 것은 마땅히 부대시(때를 기다리지 않음) 참형이라는 것을 모르오? 나로서도 별 도리가 없소."

"그러지 말고 제발 좀……."

장사들이 무릎을 꿇고 애걸복걸했다.

"내게 이래 봤자 아무 소용없소."

"그러면 도원수 대감을 찾아가 빌면 살릴 수 있겠소?"

"도원수 대감이라도 별 수 없을 것이오. 우리 대장님의 성품을 모르시오들?"

"여보시오, 사 책사! 어찌 그리 남의 일 여기듯이 하시오!"

"이 장사의 목이 달아나면 네놈 목은 내가 베겠다!"

"쯧쯧, 성깔머리하고는."

사일랑은 잠시 생각한 끝에 말했다.

"경리 대인을 찾아가서 빌어보오. 그것 말고는 다른 묘안이 없소."

장사들은 지체하지 않고 경리부에 우르르 몰려갔다. 경리 양하오는 그들이 조선에서 가장 용맹한 군대의 일지장들임을 알아보았다.

"그대들의 주장을 불러 그 장사를 살릴 것을 권유는 해보겠다."

"저희들은 경리 대인만 믿고 돌아가겠사옵니다."

"큰 기대는 하지 말라."

"덕 높으신 대인의 손에 우리 모두의 목숨이 달렸사옵니다."

"저희들은 이미 오래전에 한날한시에 죽기로 맹세를 했으니, 이 장사가 죽으면 저희들도 따라 죽을 것이옵니다."

경리 양하오는 기룽을 불러서 제의했다.

"어찌 되었건 그 장사가 왜노를 물리치고 피로인들도 다 구해 왔으니, 그 군공도 감안해 주어야 하지 않겠소?"

"소장은 그자가 군령을 어긴 일밖에는 모르옵니다."

"잘 생각해 보시오. 그자를 참수한다면 다른 군사들의 사기 문제도 있지 않소? 그자는 그대의 일지장들 중에서도 기량이 으뜸인 자로 알고 있는데?"

기룽은 잠시 입을 닫았다. 양하오가 다시 부드러운 음성을 냈다.

"누굴 시켜서 참수를 하겠소? 아마 아무도 안 나서려고 할 것이오."

"소장이 직접 참하겠사옵니다."

양하오는 허락할 수 없다는 듯이 고개를 저었다.

"지엄한 군령의 체면도 깎이지 않으면서 그 장사를 살릴 방법이 없을꼬……."

잠시 후 양하오는 결심이 선 듯이 말했다.

"조선군에 대한 지휘권도 본관에게 있으니, 지금 이 자리에서 그대에게 본관이 직접 명령을 내리겠소."

기룡은 그 자리에서 일어섰다. 양하오가 힘주어 못 박았다.

"그대는 내일 아침 본관의 입회하에 본 건을 처결하라."

"예, 대인."

장사들은 초조해하며 제발 내일이 오지 않기를 바랐다. 한숨만 푹푹
쉴 뿐 달리 어찌할 도리가 없었다.

삼경(오후 11~오전 1시)이 넘어가자 리춰의 책사로 있는 귀목이 남의 눈
을 피해 감사군의 진영으로 노함을 찾아왔다. 노함은 그를 극진히 반
겼다.

"내가 아는 사람은 노 장사뿐이라……."

"어인 일입니까?"

"소문을 들어서 나도 잘 알고 있소. 내일 참형을 한다지요?"

"그래서 걱정이 이만저만 아닙니다. 손을 쓸 방도가 없습니다."

귀목은 주위를 둘러본 뒤에 노함에게 손짓으로 귀를 가까이 대게 해
은밀히 귀엣말을 했다.

"그 장사에게 흉전갑을 가슴속에 차게 하고, 겉옷도 두껍게 입히도록
하시오."

"흉전갑을? 게다가 겉옷을? 그게 대체 무슨 뜻입니까?"

"내일 알게 될 것이오."

긴 밤이 지나고 날이 밝아왔다. 이희춘을 참형에 처한다는 것은 조선
군과 명군에 다 소문이 나 있었다. 양국의 군사들이 구경을 하려고 형장
으로 모여들었다. 명군에서는 경리 양하오, 제독 마꾸이를 비롯해 여러
부총병들과 장수들이 입회했다. 조선군에서는 도원수 권율 휘하의 제장
들이 늘어섰다.

이희춘은 오라에 묶인 채 거적 위에 꿇어앉아 있었고, 기룡은 허리춤

에 십련 보검을 찬 채 그 앞에 서 있었다.

"마지막 할 말은 없는가?"

이희춘은 말없이 품에서 청옥 황소 노리개를 내놓았다. 그것을 본 기룡은 움찔하며 미간을 찌푸렸다. 그 노리개는 지난날 한양에 무과 과거를 보러 갔을 때 종루가 시전에서 그에게 사 준 것이었다.

진주 염창강 가 행수 이장휘의 천광 여각에서 처음 만나 여러 해 동안 함께 소금 장사를 했던 일에서부터 먼 6진 밖 호지에서 함께했던 일까지 서로 한 번도 의리를 저버리지 않고 세월의 수많은 모퉁이를 굽이굽이 함께 돌았던 모든 옛일들이 한꺼번에 떠올랐다.

이희춘이 입을 열었다.

"한목숨 태어나 대장님을 만나 모시게 된 것은 다시없는 영광이었습니다. 더 이상 여한이 없사옵니다. 부디 만수무강하옵소서."

기룡은 허리춤에 차고 있던 십련 보검의 칼자루에 손을 대고 검을 빼어 하늘 높이 들었다. 양국의 군사들이 모두 탄식을 했다.

"아!"

그때 경리 양하오가 말했다.

"잠깐!"

기룡은 그대로 멈춘 채 경리를 바라보았다. 양하오는 단호하게 말했다.

"천병은 상방검으로, 또 조선군은 삼인검으로 군율을 다스리는 줄 아오. 그대가 지금 들고 있는 그 칼은 용도에 맞지 않소."

기룡은 양하오가 무슨 소리를 하는가 싶었다.

"또한 저자가 비록 죽을죄를 지었다고는 하나 정상참작의 여지가 전혀 없는 것도 아니오. 아군을 살리기 위해 부득이 엉겁결에 군령을 어기고 진격을 한 것이니, 살아날 수 있는 작은 기회를 주는 것이 맞소."

군사들이 다들 수군대며 그 말에 수긍했다. 기룡은 들고 있던 칼을 내려 칼집에 도로 꽂아 넣었다. 양하오는 말을 이었다.

"정 병사는 저자를 50보 밖에 세워놓고 조총을 쏘도록 하라."

군중은 좀 전보다 더 크게 웅성거렸다. 양하오는 군중을 둘러보며 말했다.

"맞히면 죽는 거고 못 맞히면 살 것이다. 나의 이 처분에 어떤 이의도 없어야 한다. 다들 알겠는가?"

"예, 경리 대인!"

노함이 기룡에게 조총을 건넸다. 이희춘은 50보 밖 큰 바위 앞에 섰다. 다들 숨죽이며 바라보고 있는 가운데 기룡이 조총을 들었다. 지승에 불이 붙어 타들어 가기 시작했다. 기룡은 조준을 했다. 장사들은 다 조마조마해 고개를 돌렸다.

"타앙!"

기룡이 이희춘을 향해 쏜 탄환은 빗나가 바위 오른쪽에 맞았고 작은 파편이 튀었다.

"와아!"

"살았다! 살았어!"

한바탕 떠들썩했다. 경리 양하오는 상방검을 높이 들고 엄히 하령했다.

"앞으로 명령 불복종은 그 누구를 막론하고 내가 직접 목을 베겠다. 알겠는가?"

조선군보다 명군 진영의 목소리가 더 우렁찼다.

"시(是), 따렌(大人)!"

기룡은 조총을 내던졌다. 그런 뒤에 거적 위에 놓여 있던 청옥 황소 노리개를 집어 들고는 이희춘에게 다가갔다. 그의 손을 잡아 쥐여주었다. 이희춘은 흐느꼈다. 기룡은 그의 큰 두 어깨를 안았다.

다들 숙연해 눈시울이 붉어졌다. 잔뜩 흐린 하늘에서 겨울비가 바람을 타고 흩날리기 시작했다. 오랜 전투를 하면서 심신이 지칠 대로 지친 군사들이 몸을 떨었다. 마음은 한없이 서글퍼지고 세상이 한탄스러웠다.

"이게 다 전쟁을 일으킨 왜놈들 때문이지."

"남김없이 씨를 말려도 시원찮을 놈들!"

사일랑이 기룡에게 은밀히 아뢰었다.

"백홍제 그 사람의 행동이 수상하옵니다. 그자가 도산성에서 탈출해 항복한 왜졸들과 무언가 내통하고 있는 것 같사옵니다."

"내통을?"

"무슨 수작을 하는지는 몰라도 항왜들과 웃고 떠드는 일도 종종 있고, 서로 형제라도 되는 듯이 비밀스런 말들을 주고받기도 한다고 하옵니다. 그자의 정체가 몹시 의심스럽사옵니다. 반역이나 암살을 꾀하려는 것은 아닌지 불안하기 짝이 없사옵니다."

비록 오래전에 당교에서 투항하기는 했지만 사일랑 역시 일본인이었다. 일본인이 조선인을 두고 조선군 진영에서 반역을 일으킬지도 모른다고 의혹을 제기하는 것을 보면 그는 조선인보다 더 조선인다워져 있었다.

그게 아니라면 자신이 차지하고 있는 책사 자리를 백홍제가 노리고 있다고 생각하는지도 몰랐다. 기룡은 착잡한 심경이 되었다. 이희춘의 일을 마무리한 지 얼마 되지 않아 또다시 크게 신경 쓰이는 말을 들은 까닭이었다.

"항왜들과 무슨 일을 꾸미고 있는지 몰래 탐문을 해보게."

전날부터 내린 비는 멈추지 않고 계속 왔다. 군사와 전마가 다 추위에 떨고 배고픔에 지쳤다. 땅은 온통 질어 밟으면 발목이 푹푹 빠졌다. 그러던 것이 밤이 되면 꽁꽁 얼어붙었다.

날씨가 도와줘도 도산성의 니노마루를 함락시키는 것이 어려운데 겨울비가 사람과 말을 모두 한자리에 묶어놓듯이 하니 동사하는 군사가 속출했다.

"식량과 식수도 없이 저 토굴 같은 곳에 갇혀 있는 왜적은 더 참혹할 것이다. 조금만 더 기다리면 저들이 항복할 것이 틀림없다."

도산성 일본군의 상황은 말 그대로 도탄에 빠진 형국이었다. 군량이 떨어진 지 오래되어 왜졸들은 포탄에 맞아 부서진 군량 창고를 뒤적거리며 불에 탄 쌀을 한 톨 두 톨 주워 먹었다. 또 속옷과 종이 같은 것을 비에 적셔서 짜 마시거나 통째로 씹기도 했다.

가토 기요마사는 서생포왜성을 떠나 도산성으로 온 것이 그지없이 한스러웠다. 서생포왜성을 축조할 때만 해도 산 정상에 혼마루를 설계하고 가장 높은 곳에 지휘소 천수각을 지었다. 그 바로 아래에서 샘물이 솟아 장군수라고 이름까지 붙였었다.

그런데 도산성을 지을 때에는 너무 서두르는 바람에 우물 생각은 하지도 않았다. 조선은 땅바닥에 구멍을 파기만 하면 맑은 샘물이 펑펑 솟아나오는 줄로만 알았다. 가토 기요마사는 자신의 경솔함을 뼈저리게 후회했지만 난국을 타개할 묘안은 좀처럼 떠오르지 않았다.

태화강 하구에 정박하고 있던 왜선 수십 척이 빗속을 뚫고 조명 연합군의 눈을 피해 한꺼번에 강을 거슬러 올라왔다.

동천 어귀를 지키고 있던 남병(절강병)들이 화포와 활을 쏘고 고함을 지르면서 합전을 벌였다. 왜적도 밀리지 않고 완강히 저항해 육상으로 오르는 데 성공했다. 멀찍이 지켜보고 있던 황치원이 휘하의 군사를 이끌고 말을 달려 갔다.

육지에서는 감사군을 당할 군사는 없었다. 왜군은 빗속이라 조총은 무용지물이었다. 활이라고 해봐야 고작 대나무로 만든 것이고 장창과 장검을 들고 있었지만 버거워하며 제대로 휘두르지도 못했다.

황치원은 금갑을 입은 왜장을 발견하고는 재빨리 추격했다. 땅이 질어 말이 제대로 달리지 못하자 황치원은 그 자리에 섰다. 그러고는 달아나는 왜장의 등에 침착하게 활을 겨눴다.

"씨웅!"

"콰악!"

왜장은 나무토막처럼 엎어져 즉사했다. 그것을 본 일본군들은 혼비백산해 모두 도산성 니노마루 안으로 허둥지둥 들어가 버렸다.

조선군과 명군은 죽은 왜적의 목을 쳐 수급을 챙겼다. 황치원은 왜장의 시체에 다가갔다. 군사들이 엎어져 있는 왜장을 뒤집어 놓았다. 나이는 어려 보였지만 입은 갑옷으로 봐서는 지위가 높아 보였다.

"사체를 가지고 돌아가자."

진영으로 돌아와 왜장의 시체를 눕혀놓으니 항왜들이 보고는 깜짝 놀라며 말하는 것이었다.

"이자는 가토 태수의 양아들이옵니다."

"맞사옵니다. 가토 요스마사가 틀림없사옵니다."

"이런 횡재가 있나? 허허."

경리 양하오의 얼굴에 모처럼 웃음이 번졌다. 명군도 조선군도 일거에 사기가 올랐다. 기룡은 황치원의 전공을 치하하고 그에게 딸려 있는 감사군의 활약을 격려했다.

도산성으로 간 아비가 돌아오지 않자 서생포왜성을 나섰던 가토 요스마사가 조선군 장수의 활을 맞고 허무하게 죽은 데다가 시신을 가져갔다는 말을 들은 가토 기요마사는 이가 다 으스러지도록 갈아댔다.

"그 장수가 누구냐고 하더냐?"

"정기룡 휘하에 있는 놈이라고 하옵니다."

"정기룡! 또 네놈이냐! 내 너의 몸뚱이를 짜 피를 마시기 전에는 결단코 물러서지 않으리!"

도산성에서 사신이 나왔다. 왜졸 세 명이 백기를 들고 걸어 내려오고 있는 것이었다. 경리 양하오는 유격 바사이를 보내 데려오게 했다. 끌려오다시피 한 왜졸들은 무릎을 꿇고 앉아 서신을 올렸다.

"가토 키하치 봉행께서 경상 우병사 정기룡 장군께 올리는 것이옵니다."

경리 양하오가 펼쳐 들고 읽어보았다.

"삼가 정기룡 장군께 아뢰옵니다. 저희 태수님은 지금 서생포성에 계시옵고 소장을 비롯한 몇몇 장수가 이 성에 남아 있사옵니다. 장군께서 통크게 결단하시어 저희들과 함께 서생포성으로 가서 화의를 맺는다면 두 나라 사람들이 앞으로는 죽게 되는 일이 없을 것이옵니다. 이는 오직 장군의 결단에 달린 일이오니 오래 지체하지 말고 답서를 주시기 바라옵니다."

경리 양하오는 빙긋 웃고는 서신을 접으며 말했다.

"가토가 당장 성을 나와서 항복한다면 부하들이 모두 살게 될 뿐만 아니라 반드시 천조에 입조시켜 높은 벼슬과 큰 상을 내리겠다. 너희들은 돌아가서 오직 이 말만 전하라."

양하오는 자기가 한 말을 글로 적어 화살에 묶어서 내주었다. 왜졸들은 의외라는 듯 서로의 얼굴을 바라보더니 곧 그 영전(명령을 전하는 화살)은 내려놓고 아뢰었다.

"저희 태수님은 서생포성에 있사옵니다. 남쪽 강의 물길을 잠시만 열어주신다면 얼른 달려가서 전해 올리겠사옵니다."

경리 양하오는 그들의 술수를 빤히 내다보았다. 이미 투항한 왜졸들을 데리고 오게 해 그들에게 물었다.

"왜장 가토가 지금 어디 있느냐?"

그들은 모두 똑같은 대답을 했다.

"여러 아들들과 또 수하의 여러 장수들과 도산성 안에 있사옵니다."

사신으로 온 왜졸들은 더 이상 기만을 하지 못하고 벌벌 떨었다. 경리 양하오는 그들을 모조리 끌어내 참수했다.

기룡을 꾀어내어 서생포왜성으로 데려가 죽여버리려고 했던 가토 기요마사의 계략은 실패로 끝났다.

"이런!"

조명 연합군은 가토 기요마사를 더욱 압박하기 위해 성 가까이에 있는 우물을 다 메우고 샘터는 덮어버렸다. 또 성으로 들어가는 작은 시냇물의 물길까지 다 끊어놓았다.

비가 내리고 있지만 왜군들은 고개를 쳐들고 입을 벌릴 수 없었다. 비 맞은 살이 그대로 얼어붙어 입이 벌려지지도 않았지만, 억지로 벌리다간 살이 다 터져버리기 때문이었다. 땅에 내린 비는 내린 대로 얼어서 물이 아니라 돌이 되어버렸다. 비가 내려도 식수가 되지 못하니 몹시 애가 탈 뿐이었다. 그러면 그럴수록 굶주림과 갈증은 더 심해져 갔다.

"홍수 난 데 식수 없다더니……."

가토 기요마사에게 천우신조와 같은 일이 일어났다. 원군이 도착한 것이었다. 김해 죽도왜성에 있던 나베시마 나오시게가 태화강 하구에 있는 명군과 접전을 벌인 끝에 저지선을 뚫고 성안으로 들어왔다.

나베시마 나오시게를 비롯해 그의 장남 나베시마 가츠시게, 양자 나베시마 시게사토(鍋島茂里), 가신 고토 이에노부, 사가라 요시후사(相良賴房), 사위 다쿠 야스토시, 조카 류조지 마사이에, 에가미 이에타네 등 대거 출동했다.

가토 기요마사는 눈물이 날 지경이었다.

"와주어서 고맙소."

"어디 남의 일입니까? 이제 안심하십시오."

나베시마 나오시게도 성안에 식수가 부족하리라는 생각은 하지 못했다. 그들이 가져온 얼마 안 되는 군량은 금방 바닥났다.

춥고 굶주리고 목마른 왜군들은 한계에 이르렀다. 말이란 말은 다 잡아 고기를 먹고 피를 마신 지도 오래되었다. 누구 하나 오줌이라도 누러 가면 우르르 따라붙어 오줌 줄기 앞에서 입을 벌리고 있는 자가 여럿이었다. 급기야 몰래 숨어서 얼어붙은 동료의 시체를 부숴내어 씹기까지 했다.

'아, 더 이상 버틴다는 것은 도저히 무리구나.'

가토 기요마사는 죽음의 사신이 시시각각 다가오고 있는 느낌이었다. 소문처럼 기룡이 하늘이 낸 시니가미인지도 모른다는 생각마저 들었다. 나베시마 나오시게와 성안을 둘러보았다. 굶주려서 죽고 얼어서 죽은 수많은 아시가루들을 바라보는 심정은 참담하기만 했다.

당장이라도 전쟁을 그치고 무조건 일본으로 귀환하는 것만이 살길이었다. 그러나 조명 연합군이 포위를 풀어주지 않는 한 살아서 돌아갈 방법은 없었다.

'아, 무사히 귀국할 수만 있다면 두 번 다시는 이 땅을 밟지 않으리라.'

일본이 신의 발아래에 있는 나라라면 조선은 신의 품 안에 있는 나라인 것 같았다. 무너지는 듯하면서도 다시 일어서고 흩어지는 듯하면서도 다시 모여 이전보다 더 견고해졌다. 조선 백성들은 하나같이 연약하기만 한데 그들의 얼굴에 서려 있는, 이해할 수 없는 신기(神氣)에 두려움을 느끼지 않을 수 없었다.

"물이다!"

성안에 물장수가 나타났다. 동래부를 드나드는 왜상들이었다. 돈이 있고 이익이 있는 곳이라면 저승도 마다 않고 행상을 하는 자들이었다. 그들은 저마다 지고 온 물 항아리를 보물단지처럼 끌어안고 물을 팔았다.

"은전 이외에는 아무것도 받지 않습니다요!"

은전이 아니라 목숨이 하나 더 있다면 그거라도 내주고 사 마셔야 될 판이었다. 왜군들은 가지고 있던 은전을 내놓고 앞다투어 물을 사 마셨다.

왜상들은 가토 기요마사와 나베시마 나오시게가 있는 장군단으로 갔다. 가토 기요마사는 장삿속이라고 해도 목숨을 무릅쓰고 물을 가지고 온 상인들이 기특했다. 가신들과 함께 물을 한 바가지씩 마셨다.

"남은 물은 여기 두고 가거라."

왜상들이 항아리를 가토 기요마사 옆으로 가져다 놓았다. 그중 한 사람이 몸을 일으키며 품속에서 단검을 꺼내 재빨리 가토 기요마사의 목을 쳤다. 놀란 가토 기요마사는 앉은 채로 옆으로 피해 쓰러졌다.

나베시마 나오시게의 가신 고토 이에노부가 얼른 칼을 빼 들고 자객을 벴다. 다른 가신들도 모두 물장수로 위장한 자객들을 참살했다.

"태수님, 괜찮으시옵니까?"

가신 쇼바야시 가즈타다가 가토 기요마사를 일으켜 세웠다. 하얗게 질린 얼굴이 차츰 제 빛깔로 돌아오고 나서야 가토 기요마사는 입을 열었다.

"감히 나를 암살하려고 하다니!"

도산성으로 비밀리에 결사단을 보낸 것은 백홍제였다. 그는 여러 날 동안 남몰래 특유의 언변과 친화력으로 항왜들을 포섭하고 세뇌시켜 암살 계획을 짰던 것으로 판명 났다. 책사 사일랑은 자신의 경솔함을 돌아보았다.

"내가 사람을 가볍게 보고 그자를 오해했었네."

장사들도 모여서 한마디씩 했다.

"그런 일은 사전에 비밀이 새 나가면 안 되기는 하지."

"아무리 그래도 그렇지 가토를 암살할 생각을 다 하다니."

"백홍제, 이제 보니 그자 참 배포가 이만저만 대담한 것이 아닐세."

그에 관한 소문은 삽시간에 퍼졌다. 누구의 입에서 나온 말인지는 알 수 없지만 많은 사람들이 그를 백포 어른이라고 불렀다. 담력과 배포가 크다는 뜻에서 백 배포라고 했고, 줄여서 백포가 된 것이었다. 여기다가 그를 높이 여긴다는 의미로 어른을 붙여주었다.

기룡은 백홍제를 불러 치하했다.

"자네가 참 보기보다 지모가 뛰어난 사람일세."

"아니옵니다. 미천한 재간을 부린 것이 부끄러울 따름이옵니다."

사일랑이 말했다.

"백포 어른, 면구합니다. 제가 잠시나마 의심을 했습니다."

가토 기요마사는 도산성에서 굶어 죽든, 얼어 죽든, 암살당해 죽든, 공격받아 죽든 어차피 죽는 것은 마찬가지라고 생각해 드디어 명예롭게 죽을 결심을 했다.

해질 무렵, 그는 할복을 하기 위해 갑옷을 벗어놓고 혼마루 앞뜰에 무릎 꿇고 앉았다. 그의 아들들과 가신 3걸을 비롯한 왜장들이 모두 간격을 두고 똑같은 차림으로 앉기 시작했다.

장남 가토 시게츠구, 양자 가토 우마노조, 가신 쇼바야시 가즈타다, 모리모토 가즈히사, 이다 나오카게 그리고 왜장 아사노 요시나가, 하라다 노부타네(原田信種), 사사키 마사모토(佐佐木政元)였다.

종군승 게이넨이 입속으로 염불을 외며 그 광경을 바라보고 있었다. 가토 군의 수뇌부가 모두 모여 자결을 하려고 앉아 있는 대장단에는 붉은 노을빛이 비치고 있었다.

휘하 장수들과 함께 할복 준비를 마친 가토 기요마사의 뒤에는 나베시마 나오시게가 섰고, 다른 사람들 뒤에도 나베시마 나오시게의 가신들과 휘하 장수들이 각기 한 사람씩 맡아 서 있었다.

가토 기요마사가 하늘을 한 차례 우러러보았다가 앞에 놓인 단검을 천천히 집어 들었다. 바로 그때 누군가 외쳤다.

"저길 좀 봐!"

왜군들은 일제히 두리번거렸다. 그러고는 탄성을 터뜨렸다.

"아!"

서쪽 먼 산봉우리에서 나타나기 시작한 오색 기치가, 마치 거대한 물결처럼, 북쪽 산마루까지 십 리나 이어졌다. 그뿐이 아니었다. 남녘 전탄(울산시 온산읍 덕신리)의 산줄기를 웬 군사들이 새까맣게 뒤덮었다. 수만 명은 되는 듯했다.

조선군인지 명군인지 구별이 되지 않았다. 종군승 게이넨은 속으로 탄식했다.

"아, 설상가상이구나. 저들의 군사가 또 저토록 더해지다니."

군사들은 산에서 내려오기 시작했다. 맨 앞에 있는 큰 깃발이 보이기 시작했다. 왜졸 하나가 소리쳤다.

"우리 일본군이다!"

"뭣이?"

놀랍게도 서쪽 산에서 내려온 깃발은 모리 히데모토와 구로다 나가마사의 대장기였고, 남쪽의 전탄 산에서 내려온 깃발은 우키다 히데이에와 하치스 이에마사의 것이었다.

"일본군이다!"

"우리 일본군이야!"

나베시마 나오시게는 할복하려던 가토 기요마사를 일으켰다.

"뭘 하고 계십니까? 속히 군사를 지휘하셔야지요."

"어? 어, 아, 알았소."

도산성을 가까이에서 포위하고 있던 조명 연합군은 사태의 심각성을 깨달았다. 서북쪽과 남쪽에서 동시에 조여드는 4만 명의 일본 구원군에게 오히려 역포위당하고 있는 형국이었다.

경리 양하오는 배후에서 다가오는 왜적의 사정권에 들기 전에 도원수 권율과 제독 마꾸이에게 도산성에 대한 총공격 명령을 내렸다.

명군은 화포를 있는 대로 쏘아 성곽을 부수려고 했고, 노함이 이끄는 화약군은 천자총통, 지자총통, 현자총통을 설치해 천자철탄자, 지자철탄자, 현자철탄자를 속속 퍼부었다.

그와 동시에 조명 연합군 보병들은 큰 횃불을 만들어 도산성 니노마루로 진격했다. 저 멀리 사방에서 다가오는 구원군을 보자 사기가 오른 왜군들은 강렬히 항전했다. 조총 탄환이 무수히 쏟아졌고, 죽궁으로 쏘는 화살도 빗발쳤다.

모든 화포에서 쏘아대는 포환과 철탄자는 니노마루를 깨뜨리지 못했고, 니노마루 성곽 가까이 다가간 군사들은 명군, 조선군 가릴 것 없이 사상자가 속출했다. 공격은 멈추지 않고 밤새도록 끈질기게 이어졌다.

경리 양하오는 날이 밝아올 무렵이 되어서야 징을 쳐 군사를 후퇴시켰다. 공격하러 간 군사는 수천이었으나 돌아온 군사는 얼마 되지 않았다.

그에 앞서 기룽은 기마병을 이끌고 명군의 부총병 이여매, 지에셩, 리춰, 조창쒼과 함께 전탄 깊이 매복해 서생포에서 올라올지도 모를 왜적을 방비하고 있었다. 포성 소리가 밤새 울리고 군사들의 함성 소리가 끊이지 않았던 간밤의 일이 궁금했다. 아무라도 시켜 알아보려고 하는 순간 누군가 소리쳤다.

"배가 온다!"

"적선이 나타났다!"

사천왜성(사천시 용현면 선진리)에서 시마즈 요시히로가 보낸 세토구치 시게하루(瀬戸口重治)였다. 1백여 척의 세키부네가 뱃전 가득 깃발을 펄펄 날리며 강을 온통 새까맣게 뒤덮었다. 그 뒤로는 순천왜성에 있는 고니시 유키나가의 명령을 받고 거제도에서 2천여 명의 군사를 출동시킨 소 요시토시가 따르고 있었다.

"태화강으로 왜선 수백 척이 올라오고 있사옵니다!"

경리 양하오는 크게 놀랐다. 일본군 수만 명이 산과 강을 다 에워싸 몰살시키려는 것으로 판단했다. 퇴로도 없이 완전히 포위되기 전에 울산을 벗어나야 했다. 명군이 크게 동요하자 양하오는 서둘러 명령을 내렸다.

"당장 경주성으로 철수하라!"

명장들은 군사들에게 철수 명령을 내렸다. 그러나 걷어야 할 막사가 많고 짐이 산더미 같았다. 제독 마꾸이가 소리쳤다.

"짐을 다 불태워라!"

싸울 생각은 하지 않고 후퇴할 마음을 먹은 명군은 허둥지둥했다. 군데군데 짐을 쌓아놓고 화약을 던져 불을 붙였다. 부상자들의 막사가 통째로 타올랐다. 미처 밖으로 나오지 못한 부상병들이 울부짖었다.

"너무 뜨거워. 으아아!"

"아악, 살려줘!"

서북쪽 산에서 내려온 모리 히데모토와 구로다 나가마사 그리고 강을 거슬러 오른 세토구치 시게하루는 도산성에 있던 가토 기요마사, 나베시마 나오시게와 합세해 경리 양하오가 이끌고 후퇴하는 조명 연합 주력군을 추격했다.

전탄 뒷산에 있던 우키다 히데이에와 하치스 이에마사는 산 위에서부터 넓게 벌려 전탄을 감싸며 내려오기 시작했고, 강으로 진격해 온 소 요시토시는 상륙한 뒤 전탄을 포위하며 전진했다.

전탄 깊숙한 곳에 매복하고 있던 기룡과 명장들은 경리 양하오가 후퇴한 사실을 모르고 있었다. 바깥 전황이 어찌 되었나 몹시 궁금하던 차에 사방으로 보냈던 척후들이 달려왔다.

"산 위에서 왜적이 내려오고 있사옵니다!"

"강으로 온 왜적들이 배를 대고 상륙하여 이쪽으로 향하옵니다!"

"아뿔싸!"

명장들의 입에서 탄식이 동시에 터져 나왔다. 꼼짝없이 갇힌 꼴이 되었다. 명장들은 잔뜩 긴장한 얼굴이었지만 기룡은 비장하게 말했다.

"소장은 끝까지 싸워서 부끄럽지 않게 죽겠소!"

함께 있던 울산 군수 김태허가 말했다.

"소관은 영감을 따르겠소이다."

왜군이 전탄을 에워싸고 한꺼번에 발포하며 전진해 왔다. 사방에서 몰려드는 왜적의 수는 헤아릴 수 없을 지경이었다. 명나라 보병과 기병이 다 기가 질려 어찌할 바를 몰라 했다.

전의를 잃은 그들은 무거운 갑옷과 투구를 내던지고 달아나다가 차례로 죽임을 당했다. 용맹한 절강병들도 한 번 꺾인 사기를 되돌리지 못했다. 부총병 조창쒼이 이끄는 기마병도 좁은 지역에서는 제대로 싸우지 못하고 거의 전멸해 갔다.

왜군은 네 겹, 다섯 겹…… 숨 막히도록 조여오고 있었다. 기룡은 제자리에서 한 바퀴 돌면서 소리쳤다.

"내가 길을 낼 것이니 다들 내 뒤를 따르라!"

기룡은 등자로 힘껏 화이의 배를 찼다. 화이는 한 차례 포효하듯이 울부짖고는 달리기 시작했다. 기룡이 휘두르는 장창은 눈에 보이지도 않을 만큼 빨랐다. 몰려오던 왜적이 한 번에 두세 명씩 쓰러져 갔다.

"탕, 탕, 타탕!"

탄환이 기룡의 가슴에 적중했다. 기룡은 큰 바위로 가슴을 치는 듯한 충격을 받고서도 멈추지 않았다. 총을 쏜 뎃포 아시가루들이 모두 제 눈을 의심했다. 그들은 물러서기 시작했다.

"조총의 연환을 맞고도 죽지 않다니!"

"저 장수의 정체가 도대체 뭐란 말인가?"

"저자가 정기룡이다!"

"사신! 시니가미라는 소문이 사실이었다!"

일본군의 기세는 한풀 꺾였다. 기룡은 마침내 포위망을 뚫고 나왔다. 돌아보았다. 명장들이 뒤따랐다. 그 너머에서는 왜군이 명군과 조선군을 둘러싼 채 살육하고 있었다. 뒤늦게 말을 달려 오던 김천남이 총에 맞아 말에서 떨어졌다.

"김 장사!"

최윤이 탄 말도 조총에 맞아 쓰러졌다. 말과 함께 넘어졌던 그는 벌떡 일어나 싸우기를 계속했다.

"대장님, 어서 멀리 벗어나십시오!"

그는 용맹했다. 왜군의 장창 여러 자루가 몸에 꽂히고 나서야 두 팔을 축 늘어뜨렸다. 최윤은 땅에 눕지도 못하고 선 채로 죽어 굳었다.

기룡이 말 머리를 돌려 김천남과 최윤에게 달려가려 했다.

"안 되오! 이미 늦었소이다!"

뒤에서 달려오던 울산 군수 김태허가 화이의 말고삐를 얼른 낚아채 앞으로 나란히 달려 나갔다. 기룡은 북받치는 울화를 참지 못하고 크게 소리를 질렀다.

"으아아아!"

수만 왜군의 포위망을 뚫고 나온 명군과 감사군은 경주성을 향해 말을 달렸다. 도산성을 지나 30여 리를 더 가자 후퇴하고 있는 조명 연합군의 본대를 추격하는 거대한 왜군의 후미가 보였다.

"이랴!"

기룡은 더욱 빨리 말을 몰아 장창을 높이 들고 후미로 쳐들어 갔다. 김태허도 편곤을 거침없이 휘두르며 그 뒤를 따랐다. 넋 놓고 무심히 행렬을 따르고 있던 왜졸들은 혼비백산했다.

"정기룡이다!"

그 소리를 전해 들은 가토 기요마사는 본대의 추격을 멈추고 되돌아섰다.

"이놈, 그 명줄 한번 길구나! 오냐, 내가 상대해 주마."

가신들이 말릴 새도 없었다. 가토 기요마사는 편겸창을 다잡아 쥐고 뒤쪽으로 말을 달렸다. 종군승 게이넨이 소리쳤다.

"뭣들 하느냐! 어서 태수님을 보호하랏!"

가신 이다 나오카게가 재빨리 말을 몰아 가토 기요마사의 뒤를 따랐다.

"태수님!"

그 틈을 타 조명 연합군의 본대는 퇴각을 재촉했다. 경주성 남문이 열리자 앞서가던 명나라 군사들은 이제는 살았다는 듯이 성안으로 쏟아져 들어갔다.

방탄납의의 비밀

1

정유년 섣달에서 무술년 정월 사이에 경주 읍성과 울산 읍성 그리고 마지막 도산성의 전투에서 일본군은 막대한 손실을 입었다.

가토 기요마사의 두 양아들 가토 아리시게와 가토 요스마사 그리고 동생 이노우에 요시히로를 비롯한 수십 명의 왜장이 전사했으며, 모리 히데모토의 가신 사사키 마사모토 휘하에서 도산성을 쌓다가 전투에 참가했던 1만6천여 명도 살아남지 못했다.

서생포왜성을 지키고 있다가 도산성으로 온 아사노 요시나가 휘하의 3천여 명 그리고 남해안 각처의 왜성에서 보내온 구원군까지 모두 2만 명이 넘는 왜군이 목숨을 잃었다.

모든 것을 쏟아부은 치열한 전투가 일단락되자 가토 기요마사는 거의 다 파괴된 도산성에 있을 수 없어 남은 군사를 이끌고 서생포왜성으로 후퇴했다.

"과연 태수님이시옵니다. 그 절체절명의 순간에 역전했사옵니다."

가토 기요마사는 그답지 않은 소리를 했다.

"내가 한 것은 아무것도 없네."

도산성에서 조명 연합 대군을 막아내 언뜻 보기에는 승리한 것 같지만 분위기는 패배한 것이나 다름없었다. 수십 명의 장수를 잃었고 휘하에 남은 군사도 얼마 없었다. 명군이 버리고 간 군물은 대부분 구원군의 차지였다. 승리도 그들의 것이었다. 가토 기요마사에게는 얻은 것은 없고 잃은 것만 많은 전투였다.

박수영은 소 요시토시의 뒤를 따라 태화강 나루에서 배에 올랐다. 고니시 유키나가의 명령에 따라 거제도로 돌아가지 않고 남해 난포(남해군 삼동면 난음리)로 가야 했다. 그곳에 머물면서 순천왜성에 있는 고니시 유키나가와 호응하기 위해서였다.

도산성 전투가 끝난 지 얼마 지나지 않아 일본군 좌군 총사령관 우키다 히데이에와 우군 총사령관 모리 히데모토를 비롯한 수뇌급 왜장 13명이 비밀리에 웅천왜성(창원시 진해구 일대)에 모였다.

그들은 도산성 전투의 경험을 귀감 삼아 남해안의 모든 왜성의 입지 조건을 점검했다. 그리하여 지형상으로 돌출되어 사방이 트여 있어서 만약의 경우에 구원군과 협응이 쉽지 않다고 판단된 울산, 양산, 순천을 포기할 것을 결의하고 도요토미 히데요시에게 보고했다.

웅천왜성 회의에 참석하지 않았다가 그런 사실을 뒤늦게 안 고니시 유키나가는 노발대발했다. 그는 소 요시토시, 가토 요키아키, 타치바나 무네시게(立花宗茂) 등과 함께 연명으로 반대 의견을 내 그들의 결의를 무산시켰다.

가토 기요마사는 몹시 자존심이 상했다.

"고니시 이자가 끝까지 트집을 잡는구나."

도산성 전투 때 고니시 유키나가가 구원군을 보내면서 가토 기요마사에게 빈정대는 투로 서찰을 보낸 것이 기억났다.

"마른 흙덩이 같은 조선군에게 어찌 그리 쩔쩔 맨단 말이오? 내가 원군을 보내는 것은 그대가 좋아서가 아니라, 일본군의 큰 장수를 조선 땅에서 잃는다면 태합 전하의 명예에 흠이 생길 것이기 때문이오. 앞으로 그대의 일은 그대가 잘 처리하시오."

굴욕도 이만저만한 굴욕이 아니었지만 살아남으려면 감수하는 수밖에 없었다.

"고니시! 결코 나와는 병존할 수 없는 자로다!"

도요토미 히데요시는 올해 안으로 조선을 병탄하지 못한다면 내년 봄에 최측근 봉행 이시다 미츠나리, 후쿠시마 마사노리 등을 시켜서 대군을 이끌고 제3차 침공을 해 최후의 결전을 할 계획이었다. 그는 각 왜성에 조총과 화약과 군량을 할당해 비축하도록 했고, 각별한 명령을 내렸다.

"조선의 어느 성도 포기 말라!"

도산성에서 경주 읍성으로 물러난 조명 연합 대군의 피해와 충격도 가토 기요마사에 못지않았다. 명군 진영만 해도 천총 마라이와 조다오지, 파총 귀안민, 백총 탕웬짠 등 수십 명의 장수를 잃었으며 1만여 명의 사상자가 났다. 후퇴하면서 버리고 잃어 왜적에게 넘겨준 궁시와 개장(갑옷과 무기)은 이루 셀 수 없이 많았다.

조선군은 팔도에서 끌어모은 1만여 명 중에서 불과 8백여 명밖에 남지 않았다. 공격을 할 때마다 선봉 돌격을 도맡은 탓이었다. 살아남은 8백여 명 중에서 감사군이 4백 명 남짓이었다.

"죽고자 용맹을 떨치면 살 수 있는 법."

경리 양하오는 도망치듯이 후퇴를 해서 체면이 서지 않았다. 그리하여 명군의 제독 마꾸이와 조선군의 도원수 권율에게 별다른 명령이 하달될 때까지 남은 군사를 거느리고 경주성에 남도록 당부한 다음 자신은 안동으로 떠났다.

다른 군사들에 비해 비교적 많이 살아남은 감사군을 두고 명나라 절강병들이 수군댔다. 용맹하기로는 자신들이 최고인 줄 알았는데 작은 번방(제후국) 군사들의 기염에 시기와 질투가 인 까닭이었다.

"도망을 가장 먼저 치더군."

"감사군이 아니라 도망군이었어."

"사세가 급박할 때 그들은 전탄에 매복해 있었다는데 용감하다는 말을 누가 믿겠는가?"

일부 천총과 백총들이 가세하자 군사를 다 잃은 충청 병사 이시언은 은근히 뒤에서 그들을 부추겼다. 고령 대첩에서 왜군의 수급을 훔치려다가 기룡에게 발각되어 망신을 당한 앙금이 가시지 않은 것이 가장 큰 이유였다.

수군대던 소리는 점차 커졌다. 급기야 여러 명장들의 귀에도 흘러 들어갔다.

"감사군이 다들 도망쳤었다니 그 무슨 해괴한 말인가?"

"그들이 누구보다도 용감하게 싸웠거늘."

제독 마꾸이가 소문의 진위를 파악했다. 그리하여 이여매, 지에성, 조창쒼, 우웨이쭝, 리춰 등 명장들과 회의를 했다. 그 자리에 이시언을 불렀다.

"그대가 오히려 뒷전에서 머뭇거리기만 한 것을 내가 잘 아는데 어찌하여 같은 조선군을 힐난하는가?"

"소, 소관은 그, 그런 적 없습니다."

"없다니? 듣자 하니, 제대로 싸우지 않고서 군공을 탐하기에 바쁘다던데, 황상 폐하께 죄를 짓는 짓은 절대로 해서는 아니 되오."

"감사군은 매번 선봉에 섰고, 후퇴할 때에는 가장 뒤늦게 나오곤 했는데 그것을 진정 모른단 말이오?"

마꾸이는 기룡을 두둔하며 엄중히 경고했다.

"정 병사의 휘하에 있는 장수 한 사람은 화살을 쏘아 가토의 아들을 죽이기까지 했는데 이후로 사실이 아닌 다른 소리를 한다면 군율로 엄격히 다스리겠소."

이시언은 할 말이 없어 우물쭈물했다.

"어찌 대답이 없소?"

"잘 알겠사옵니다. 제독 대인."

조선군 사이에서는 황치원에 대한 이야기가 나돌고 있었다. 백발백중의 명궁인 그에게 가토 기요마사의 양아들을 죽인 공으로 과연 어떤 상이 내려질까 하는 것이었다.

"아무래도 참봉(종9품)은 따 놓았겠지?"

"에이, 참봉이야 아무나 하는 거고, 적어도 봉사(종8품)는 되어야 하지 않겠나?"

황치원과 함께 조선의 장사들, 감사군의 위상이 한층 높아졌다. 누가 어떤 소문을 내든 말든 기룡은 자신을 드러내지도 동요하지도 않았다. 오직 장사 김천남과 최윤을 잃은 큰 슬픔을 가슴속 깊이 참아내고 있을 따름이었다.

영의정 유성룡이 계주(임금에게 아뢰는 글)했다.

"경상 우병사 정기룡이 군사를 이끌고 경주와 울산에 갔기 때문에 그 틈을 노려 다른 왜적들이 텅 비어 있는 경상우도를 마음대로 노략질하고 있사옵니다. 정기룡을 본진으로 돌아가게 하시어 남은 군사를 정비하여 적병의 발호를 진압하고 침공해 오는 길을 끊도록 하소서."

"아뢴 대로 하라."

기룡은 감사군을 이끌고 성주 경상 우병영으로 길 떠날 채비를 마친 뒤에 명나라 군영으로 가서 여러 명장들과 아쉬운 인사를 나눴다. 기룡을 잘 아는 부총병 우웨이쭝이 가장 아쉬워했다.

"정 장군, 또 봅시다."

"예, 대인. 부디 무운을 빌겠습니다."

기룡은 조선군의 군영으로 돌아와 도원수 권율에게 하직례를 고한 뒤 다른 장수들과도 일일이 떠나는 아쉬움을 나눴다.

울산 군수 김태허가 말했다.

"도원수 대감, 소관은 혼자서라도 계속 싸우겠사옵니다. 울산으로 보내주옵소서."

경주 부윤 박의장과 의병장 최진립도 아뢰었다.

"저희들도 경주성에 남아서 왜적을 몰아내겠사옵니다."

권율은 그들의 기상을 장히 여겨 허락했다. 권율 휘하의 아병으로 있던 유군 별장 한명련이 아뢰었다.

"도원수 대감, 소관도 정 병사 영감의 휘하에서 싸우게 해주소서."

한명련은 황해도 문화현(황해도 신천군 문화면) 출신으로서 경주성과 도산성 전투 때 황해도 군사들과 함께 정기룡의 휘하에서 싸운 사람이었다.

전일 일본군이 남원과 전주를 함락시킨 뒤 한양을 향해 거침없이 북상할 때 회덕에서 싸웠는데 조총에 맞아 부상을 당하고서도 끝까지 왜적을 물리쳐서 북상을 저지시킨 용맹이 알려져 임금으로부터 청람삼승포를 두 필 하사받은 자랑스러운 이력이 있었다.

"용사는 명장을 따르는 법이지. 그렇게 하게."

기룡의 감사군에 편입된 한명련은 장사들을 깍듯이 대했다.

"여러 장사님들, 소인을 잘 이끌어 주옵소서."

이희춘이 말했다.

"나이도 우리랑 비슷해 보이는데 서로 편하게 지냅시다."

"아, 아니옵니다. 소인은 천출(양반 아버지와 천민 첩에서 난 자손)이옵

니다."

"우리 감사군에는 대장님부터 빈천한 출신이 아닌 사람이 없네."

한명련은 놀라 눈을 크게 떴다.

"그게 정말이옵니까?"

"그렇다네. 그러니 우리 장사들을 벗으로 대하게. 우리도 그렇게 여기겠네."

"고맙사옵니다."

"또?"

한명련은 머리를 긁적이며 씩 웃었다.

"아, 고, 고맙네."

기룡은 사명대사에게 갔다.

"대사님께서는 대구 팔공산 산성으로 가신다고 들었사옵니다."

"그렇소. 거기서 승병의 전열을 가다듬을 생각이오."

"그럼 살펴 가시옵소서."

"장군의 무운을 비는 바이오. 관세음보살."

기룡은 4백여 명의 감사군을 거느리고 행군을 개시했다. 비록 두 장사와 많은 군사를 잃었지만 기백은 여전히 늠름했다. 길 가는 항오가 한 치의 흐트러짐도 없었다. 기룡의 좌우에는 책사 사일랑과 백포 어른 백홍제가, 그 뒤로는 이희춘과 새로 합류한 한명련이 말 머리를 나란히 했다.

"아, 이 일을 어찌할꼬!"

안동으로 회군하는 경리 양하오의 심경은 이루 말할 수 없이 참담했다. 아병들은 대오를 갖추지 않은 채 엉성했고 길을 가다가 민가가 나타나면 마음대로 뛰어 들어가 먹을 것을 약탈했다.

여자가 보이기라도 하면 달려들어 강간을 범했고 말리는 사람을 예사로 죽여 마치 왜적이 지나가는 것과 다를 바 없었다. 사태가 그 지경임에도 불구하고 경리 양하오는 패전해 후퇴한 군중의 공분이 그렇게라도 발산되도록 내버려 두었다.

안동에 도착하자 군사들의 횡포가 더욱 심해졌다. 주로 선부(중국 허베이성 장자커우시 쉬안화구)와 대동부(중국 산시성 다퉁시)에서 차출해 온 달병(북방 유목 민족 군사)들이었다.

그들은 말에게 먹일 꼴을 베러 간다는 명분으로 군영을 이탈해서는 마치 수달이나 족제비처럼 몰래 여항(민가)으로 흩어져 들어가서 노략질과 겁간(겁탈)을 마음대로 했다.

안동뿐만 아니라 가깝고 먼 모든 고을이 명군이 나타났다는 소문만 들어도 집을 버리고 산속으로 숨어들었다. 그리하여 명군의 군영으로부터 사방 수십 리 안에는 집은 있으되 사람의 모습이라고는 찾아볼 수 없어 고을마다 폐촌이 되고 귀기가 서린 듯했다.

동부승지 정경세가 임금의 명을 받들고 안동 경계를 넘어섰다. 열흘 전에 경주성과 울산성을 함락시켰다는 장계가 올라오자 임금은 승전을 축하하는 첩문을 내려 경리 양하오에게 갖다 주라고 했다. 그런데 정경세는 울산으로 가던 길에 양하오가 도산성에서 패퇴해 안동으로 물러나 있다는 소식을 듣고 길을 돌린 것이었다.

"아이고, 우리가 배고픈 것을 참아가면서 쌀을 찧어 군량을 바쳐다 댄 것은 큰 나라의 군사가 오직 왜적을 평정하기를 바란 것인데, 이제 보니 이들은 왜적보다 더한 것들이구나. 아이고오!"

노파가 울부짖는 소리가 하도 서럽게 들려 정경세는 행차를 멈췄다. 대솔(곁에 거느린 하인)을 시켜 사연을 알아보게 했다. 돌아온 종이 아뢰었다. 겁탈당하는 며느리를 구하려다가 자식마저 잃었다는 애통한 절규였다. 정경세는 말에서 내려 다가가 눈물을 흘리며 노파의 손을 잡아주었다.

길을 이어 가 안동부 관아에 든 정경세는 그곳에 군영을 차리고 있는 경리 양하오를 문안했다. 정경세의 안색이 어두운 것을 본 양하오가 물었다.

"지신사(도승지. 정경세를 높여서 말한 것)는 어찌 그런 얼굴이오?"

정경세는 그를 똑바로 바라보며 분명한 어조로 말했다.

"대인께서는 천병을 거느리고 있습니까? 왜군을 거느리고 있습니까?"

양하오는 말뜻을 단번에 알아차리고 얼른 대답을 하지 못했다.

"소관이 오는 길에 살폈더니, 이곳 안동부에는 천방지축 수달 떼 같은 왜노만 그득하고 대오 정예한 천병은 하나도 안 보였습니다. 대인께서는 이러한 사실을 알고 계십니까?"

양하오는 시선을 딴 데 두고는 주먹손으로 입을 가린 채 군기침을 내뱉었다.

"흠흠."

2

도산성 전투로 전력이 크게 손실이 나서 싸움이라고 할 만한 싸움은 더 이상 일어나지 않았다. 일본군은 남해안 왜성에 들어 농성을 이어갔고, 조선군은 다시 군사를 모았지만 팔도에 남아 있는 장정이 드문 형편이었다.

조선 조정에서는 군량이 가장 큰 걱정거리였다. 그간 명군을 먹인 군량만 20만 석이었다. 싸움이 없는 여러 도에서 백성들이 안 먹고 갖다 바치는 것도 한계에 이르렀다. 그나마 모은 군량도 이송하는 데 애를 먹었다. 이송할 사람이 없어 창고에 넣어두고 운반을 하지 못하는 경우가 많았고, 이송해 가더라도 중간에 운군이나 운부들이 군량을 가지고 사라지는 일도 있었다.

부족한 군량을 충당하기 위해서는 민가에 있는 곡식을 사들여야 했다. 하지만 조정은 그만한 재정이 없었다. 그리하여 동전을 주조하자는 의견이 대두되었지만 구리를 조달하기도 쉽지 않고 또 만든다 하더라도 백성들이 돈의 가치를 인정할 것이 불투명했다.

명 황제는 명군의 군량에 충당하도록 은 10만 냥을 내렸다. 그것을 받은 명군은 도산성 전투의 대패가 미안하기도 해 임금에게 전마를 구입하라는 명목으로 은 1만 냥을 주었다. 임금은 체면이 서지 않아 여러 차례 사양하다가 조정을 통해 받았다.

임금은 그 돈으로 제주도 말 2천 필을 사라고 했지만 1천 필밖에 구입할 수 없었고 그것도 전마가 아니라 다 짐 싣는 말에 불과했다.

"은 1만 냥으로 고작 태복마 1천 필밖에 못 산단 말인가?"

"전에는 10냥이면 전마 한 필을 사던 것이 은 값은 떨어지고 말 값은 상등(값이 오름)했사옵니다."

"그렇다면 은을 더 많이 채굴하는 수밖에 없다."

임금은 조선 최고의 은광이 있는 함경도 단천뿐 아니라 팔도 전역에 있는 모든 은광에 은을 더욱 많이 채굴하라는 명을 내렸다. 그러나 캐려고 해도 캘 인공(광산 인부)이 다 도망가고 없었다.

전쟁이 길어질수록 사람도 물자도 귀해져 군문에 동원할 것은 어느 것 하나 부족하지 않은 것이 없었다.

성주 경상 우병영에 들어 있던 기룡은 임금의 전지를 받았다.

"지금 군량을 조달하는 일이 시급하거니와 그 방법은 오직 둔전 한 가지뿐이니, 마땅히 병영에서 원근을 가리지 말고 척토가 있으면 개간하되 한편으로는 왜적을 방비하는 계책을 세워서 병농의 시기를 잘 맞추어 시급히 조치하라."

군사들은 불평불만을 이어갔다. 부서지고 망가진 군물을 수리하고 없어진 것은 새로 장만하는 일도 벅찬데 농사까지 직접 지어서 군량을 마련해야 한다고 하니 그럴 바에야 차라리 고향으로 돌아가는 게 낫다고들 했다.

한 사람이 경상 우병영을 찾아왔다. 그는 자신을 소개하면서 찾아온 이유를 설명했다.

"시생은 이승이라 하옵니다. 관자는 선술(善述)이라 쓰지요."

그는 효령대군의 6세손으로 성주 남쪽 소건리 신당(성주군 수륜면 신파리)에 살면서 천석(물과 바위가 어우러진 시냇가 경치)이 좋은 수리개울(세천)에 청휘정을 짓고 유유자적했다.

그러던 중 임진년에 서슴없이 고령의 선비 김면과 함께 창의를 결의하고 전진(전쟁터)으로 나아간 지조가 절륜하고 기개 높은 선비였다.

경상 우병영의 군사들이 군량이 부족해 심히 굶주리고 있다는 소식을 전해 듣고는 통탄하며 그 즉시 가산을 모두 처분한 뒤 군향과 군기를 마련해 싣고 온 것이었다.

기룡은 예기치 않은 그의 방문을 크게 기뻐했다.

"우병영에 조금이나마 보탬이 되고자 하옵니다."

"이선술, 고맙소. 조금이 아니라 큰 소용이 되겠소."

기룡은 장사들을 데리고 가서 노숙을 하면서 매사에 모범을 보였다. 하루 종일 한마디도 하지 않고 땅을 일구며 흙 속에 있는 자갈을 가려내는 모습을 보고는 군사들이 쑥덕였다.

"우리가 고향으로 돌아가겠다고 해서 대장님이 화나셨나?"

"그러게, 쉬실 때도 되었는데 왜 저러시지?"

"이런 답답한 사람들 같으니. 대장님이 속 달래실 일이 있는 거지."

"그게 뭐길래?"

"매번 싸움 때마다 수족이 잘려 나가는 아픔을 겪으시니 그 심정이 오죽하시겠나 말일세."

"그렇지. 지난번에는 울산에서 김 장사님과 최 장사님을 잃으셨지."

"모르긴 해도 속이 다 무너지셨을 걸세."

"게다가 군사들은 또 얼마나 잃으셨나? 이제 우리 감사군도 얼마 남지 않았어."

"보충을 해야지. 장사님들도 새로 자리를 채우곤 하시니까."

"한 장사님 그분도 대단하다지?"

"볼기짝에 철알을 맞고도 끄떡없이 왜적을 계속 물리치셨다잖아."

"이거 왜 이래? 우리 대장님은 가슴에 맞고도 아무렇지도 않은 분이야."

기룡은 밤에 흉전갑을 들고 유심히 살폈다. 총탄 자국이 몇 군데 나 있었는데 그중 하나는 연환이 뚫고 들어간 흔적이 있었다. 기룡은 이리저리 살펴보다가 송곳과 곁칼을 들고 흉전갑의 앞뒤 철판을 분리했다.

철판 사이에 끼여 있던 것을 살펴보니, 앞 철판 바로 다음에는 종이가 두껍게 깔려 있었고 그다음에는 삼승포(굵고 거친 베)를 또 두텁게 붙여놓았다. 종이와 베를 차례로 떼내니 작은 개암 같은 알갱이가 가로세로로 촘촘히 놓여 있었다. 그다음에는 또 삼승포와 종이가 각각 한 겹씩 붙어 있었다.

바깥쪽의 두꺼운 종이를 분리해 보았다. 종이 한 겹, 설면자(풀솜) 한 겹 순으로 세 차례 번갈아 붙여져 있었다. 작은 개암만 한 알갱이를 손톱으로 긁어보니 종이를 꼰 노로 만든 매듭이었다.

흉전갑에는 모두 네 발을 맞은 자국이 있었는데, 세 발은 앞 갑판을 뚫지 못했고, 한 발은 뚫고 들어가 종이판과 베판을 거쳐 촘촘히 짜 엮은 지환판(종이 알갱이를 엮어서 방석 모양으로 만든 판)에 박혀 있었다.

"으음, 엄심갑(조선 군사들이 앞가슴을 가리는 갑옷)과는 전혀 다른 구조로군."

기룡은 사일랑과 백홍제를 불렀다. 방으로 들어선 두 사람은 온통 어질러져 있는 광경을 보고 놀랐다.

"내가 이걸 뜯어보았더니……."

두 사람은 기룡의 말을 듣고 호기심이 일어 흉전갑의 구조를 면밀히 살폈다. 그러는 동안 기룡이 말했다.

"똑같이 총에 맞았어도 우리 조선군보다 명군의 사망자가 상대적으로 적은 이유가 바로 이것 때문이었네. 아주 가까우면 몰라도 어느 정도 거리에서는 적의 총탄이 이 판을 뚫지 못한다는 거지."

"이와 똑같은 것을 명군들은 다 가슴에 차고 있다는 말씀이군요?"

"그렇다네. 우리도 이러한 방탄납의를 한번 만들어 보면 어떻겠는가?"

사일랑이 말했다.

"제작에 성공만 한다면 군사들의 사기가 크게 오를 것이옵니다."

"지금 군사들 충원이 절실한데 이것으로 소모(불러 모음)할 수도 있을 것 같사옵니다."

기룡이 물었다.

"앞뒤 철판은 군기소 대장간에서 만든다지만, 종이판, 베판, 지환판을 만들려면 아무래도 전문가가 있어야 될 것 같은데 누가 적임이겠는가?"

비장 정수린이 문득 생각났다는 듯이 무릎을 치며 외치듯이 말했다.

"신씨 부인! 대장님, 전에 상주에서 종이로 만든 꼭두각시놀음을 한 부녀가 있지 않았사옵니까? 그분이 종이에 대해서는 가장 일가견이 있는 분 아니겠사옵니까?"

기룡은 고개를 끄덕이며 동의했다.

"그렇지. 그분이 있었군. 정 비장이 속히 가서 모셔 오도록 하게."

"예, 대장님. 오늘 밤에 당장 떠나겠사옵니다."

한 번도 말을 타 본 적 없는 신씨 부인은 말안장에 앉아 낙상의 두려움을 잘 참고 우병영까지 와주었다.

"하루쯤 편히 쉬시면서 어지럼증이며 멀미 기운을 가라앉히도록 하십시오."

신씨 부인은 기룡의 배려도 마다하고 물었다.

"무슨 일로 저를 데려오셨사옵니까?"

기룡 대신 사일랑이 차근차근 설명했다. 다 듣고 난 신씨 부인은 앞에 놓인 보따리를 풀고는 해체된 채 들어 있는 명나라 흉전갑을 이모저모 살펴보기 시작했다. 잠시 뒤 그녀가 말했다.

"이걸 총알받이로 쓰신다고요?"

"그렇소. 어떻소? 만들 수 있겠소?"

"크게 어려운 일은 아니옵니다. 할 수 있겠사옵니다."

"혹시 명나라 종이나 베가 있어야 되는 건 아니오?"

"조선 닥종이는 명나라 종이보다 더 질기옵니다. 베도 마찬가지고요."

"오!"

자리에 앉은 사람들은 다 기대에 찬 표정이 되었다. 백홍제가 말했다.

"대장님, 혹시라도 명군에서 알면 무슨 트집을 잡을지 모르는 일 아니겠사옵니까? 방탄납의를 만드는 일은 병영 밖으로 새 나가지 않도록 하는 게 좋겠사옵니다."

"그렇게 하게."

기룡은 고개를 돌려 신씨 부인에게 말했다.

"불편하시더라도 당분간 우리 병영에 머무르시며 간품(견본품)을 만들어 주십시오. 종이와 베는 마련해 드리겠습니다."

"아닙니다. 종이도 베도 제가 저자에 나가서 구하도록 하겠사옵니다."

기룡은 허락하며 비장 정수린을 호위로 붙여주었다.

"성가신 일이 생기지 않도록 각별히 잘 모시도록 하거라."

"예, 대장님."

신씨 부인은 여러 날 성주 읍시를 들락거렸다. 자신이 구하는 종이는 지물포에, 또 삼승포는 청포전에 단단히 부탁을 해놓고 수시로 가서 확인하는 것이었다. 그런 어느 날, 재료를 다 갖춘 신씨 부인은 익숙한 손놀림으로 종이와 풀솜을 겹겹이 붙인 판과 두터운 베판 그리고 가장 어려운 지환판을 만들어서 내놓았다.

기룡은 흡족하게 여겼다. 사일랑은 이미 마련해 놓은 쇠판을 놓고 그 위에 신씨 부인이 만든 세 가지 판을 차례로 놓은 다음 앞판을 덮었다. 그런 뒤에 밟고 올라서서 압축을 가했다. 백홍제가 가죽끈으로 쇠판 가장자리를 마치 깁듯이 묶어나갔다.

사일랑도 백홍제도 상기된 얼굴이었다.

"다 되었사옵니다."

"가지고 나가세."

장사들과 군사들이 보는 앞에서 백홍제는 방탄납의를 들고 가 풀로 만든 허수아비의 가슴에 채웠다. 노함은 화약군 중에서 가장 사격 솜씨가 좋은 포수를 가려서 50보(45미터) 밖에 세웠다. 그런 뒤 기룡을 바라보며 명령을 기다렸다.

"시사(시범 삼아 쏘는 것)를 개시하게."

노함은 포수에게 눈짓을 했다. 포수는 화승에 불을 붙인 뒤 조준하고 발시했다.

"탕!"

화약 연기가 무럭무럭 피어오르고 쇠와 쇠가 부딪치는 소리가 났다.

"때엥!"

노함이 허수아비에 다가가서 방탄납의를 풀어서 가지고 왔다. 실패였다. 앞 쇠판, 속에 든 세 판 그리고 뒤 쇠판이 다 뚫려 있었다. 다들 실망한 낯빛을 지었다. 기룡이 앉았던 자리에서 일어나서 입을 열었다.

"명군은 이런 것을 처음에 단번에 만들었겠는가? 다시 잘 궁리해 보도록 하세."

신씨 부인이 말했다.

"제가 만든 안쪽 세 판은 보여주신 것보다 더 튼튼하면 튼튼했지 못하지는 않도록 만든 것이옵니다."

"잘 알겠소. 쇠판에 문제는 없는지, 두루두루 다시 점검해 보십시다."

그때 노함이 다가가서 방탄납의를 살펴보더니 화약군에게 하령했다.

"큰 함지박에 물을 좀 떠 오게."

군사들이 물을 떠 오자 노함은 방탄납의를 통째로 푹 담갔다가 꺼냈다. 부피가 줄어 헐거워진 가죽끈을 풀고 군사 셋이 꽉 누르게 해 다시 단단히 묶었다. 노함은 그것을 들고 허수아비에게 다시 채웠다. 그러고는 포수에게 말했다.

"한 발 더 쏴보게."

포수는 다시 화승에 불을 붙여 방아쇠를 당겼다. 화승이 쑥 빨려 들어간 뒤 천둥이 치는 듯이 화약이 터지며 총탄이 발시되었다. 포수가 총을 내려놓자 노함은 얼른 달려갔다. 그러고는 방탄납의를 풀어서 들고 앞뒤로 돌리면서 살펴보더니 기룡을 향해 소리쳤다.

"됐사옵니다!"

기룡은 다시 의자에서 일어섰다. 달려온 노함이 방탄납의를 내놓았다. 기룡도 들고 살폈다. 조총의 납 탄알은 앞 쇠판만 뚫었고 뒷판으로는 나오지 않았다.

"어서 풀어보라."

노함이 곁칼을 꺼내 가죽끈을 끊었다. 총알은 베판에 박혀 있었다. 주위에 선 사람들이 일제히 감탄을 터뜨렸다.

"와!"

"못 뚫었다! 성공이다!"

"가까운 거리에서 쏜 철알이 뚫지 못하다니 대단한걸!"

기룡이 노함에게 물었다.

"노 장사, 이번에는 탄환이 방탄납의를 못 뚫은 까닭이 뭔가?"

"앞서 쏠 때는 속 판들이 압축이 덜 된 탓이었사옵니다. 속에 들어가는 세 판을 한 겹씩 더 두껍게 만들고 그것을 물에 흠씬 적신 다음에 도르래를 써서 큰 바위로 납작하게 눌러 단단히 압착시킨다면 능히 총탄을 막아낼 것이옵니다."

기룡의 입가에 비로소 웃음이 번졌다.

"역시 노 장사로군. 허허."

기룡은 신씨 부인에게로 갔다.

"상주로 돌아가서 저 속 판을 다량으로 만들어 주실 수 있겠소? 닥종이며 풀솜이며 삼승포 같은 물료(재료)가 많이 들 것이니 그 값과 품삯은 미리 내드리겠소."

"다 상주에서 구할 수 있는 물료들이라 큰 다행이옵니다. 상주의 아녀자들이 병사또 영감께서 내리시는 막중한 소임을 맡게 된다면 크게 기뻐하며 밤낮을 가리지 않을 것이옵니다. 힘닿는 데까지 지어보겠사옵니다."

기룡은 두 팔에 차고 있던 비패를 끌러서 신씨 부인에게 주었다.

"기왕이면 이것과 같은 것도 좀 부탁하오."

군사들이 다 기대에 차 기쁜 얼굴이 되었다.

"이제 우리는 감사군이 아니라 불사군이 되겠군그래."

이희춘이 고개를 갸우뚱거렸다.

"거참, 우리가 왜 지금껏 이걸 뜯어볼 생각을 못했을꼬."

"그러게 말일세. 진즉 뜯어서 살펴보고 궁리하고 도모했더라면 우리 군사들이 전사하는 것을 크게 줄일 수 있었을 텐데."

기룡은 정범례와 노함을 시켜 대장간 출신의 군사를 가려 뽑도록 했다. 그들로 하여금 병영 내 군기소에 화덕을 여러 동 더 설치하도록 하고, 쇠를 불려 방탄 흉판을 만들 채비를 갖추도록 했다.

"이제 야로현 쇠굿(철광산)에 가서 쇠를 사 오도록 하게."

화덕 앞에 있던 군사 하나가 불쑥 대답했다.

"병사또, 소인이 야로현 출신이온데 거긴 아무도 없사옵니다. 인공들이 다 은을 캐러 갔사옵니다."

기룡은 표정 하나 달라지지 않고 말했다.

"쇠를 가지고 오면 은을 주겠다고 온 근경에 방문을 붙이도록 하라."

기룡의 뒤를 따르고 있던 이희춘이 잘못 들었나 싶어 제 귀를 한 차례 후벼 파는 시늉을 하고는 기룡에게 물었다.

"쇠를 은으로 바꾸어 준다굽쇼?"

3

장사들이 몰려왔다. 그런데 다들 머뭇거렸다. 말을 꺼내지 못하고 서로 눈치만 보며 미루는 것이었다. 기룡은 그들을 둘러보다가 물었다.

"왜들 그러는가? 할 말이 있거든 해보게."

정범례가 이희춘의 무릎을 툭 쳤다. 이희춘은 입을 삐죽였다.

"왜 늘 나만 갖고 그래? 만만한 게 날세."

한명련이 씩씩하게 입을 열었다.

"대장님, 소장들이 궁금한 게 있사옵니다. 전에 도산성에서 후퇴할 때 대장님께서 적진의 후미로 쳐들어가셨는데, 그때 가토가 대장님과 한판 붙으려고 말을 달려 왔다는데 그 뒤로 어떻게 되었는지 궁금해서 말씀이옵니다."

기억을 더듬는 기룡의 얼굴에 웃음기가 감돌았다.

"그때라면…… 가토가 달려오길래 나도 잘 되었다 싶었지. 그래서 화이를 더욱 박차고 갔는데 가토의 뒤에 한 왜장이 따라오더군. 그자가 든 창이 예사롭지 않았네."

기룡은 찻잔을 들고 한 모금 마셔서 입술을 축였다.

"아, 그렇다면 그자는 이다 나오카게이겠군요. 가토의 가신들 중에서 귀신같은 창술을 지닌 자라고 알려져 있사옵니다."

"가토는 그자가 말려서 데리고 가버리더군. 그게 다였네. 싱겁게 끝나고 말았지."

김세빈이 말했다.

"대장님은 혼자셨고 왜적은 너무 많았는데 그만하길 다행이옵니다."

"그건 그렇고, 방탄납의의 흉판을 만드는 일은 잘 되어가고 있는가?"

"시우쇠를 있는 대로 거두어들이고는 있사옵니다만 쇳긋마다 철석을 녹여내기가 쉽지 않은 모양입니다."

"군사들을 번갈아 보내어 잘 다독이도록 하게."

남해안 각 왜성에 포진하고 있는 일본군과는 한 달 넘게 교착 상태를 유지하고 있었다. 언제 다시 전화가 불붙을지 모르는 일이라 기룡은 방탄납의 만드는 일을 조금도 늦추지 않고 매일 점검했다.

"아뢰옵니다! 김산의 아산촌에 적병이 출현했다고 하옵니다!"

기룡은 장사들 중에서 두 사람을 가려 뽑으려고 했다. 그러자 한명련이 자청했다.

"소장이 선봉에 서겠사옵니다."

한명련이 온전히 자신의 휘하에 든 이래로 첫 출전인지라 기룡은 그의 활약을 직접 보고 싶어서 허락했다.

이희춘, 한명련과 함께 기마군 20명과 보군 50명을 거느린 기룡은 서둘러 우병영을 나섰다. 아산 고을에서 불이 치솟고 있었다. 기룡은 달음박질이 빠른 보군 1대를 보내 왜적들을 유인하게 했다.

고을로 들어간 보군들은 싸움에 못 이기는 척하면서 슬슬 뒷걸음질을 치며 돌아 나왔다. 그러자 기가 잔뜩 산 왜군들이 뒤쫓아 왔다.

"거궁하라!"

기룡은 왜군들이 사정거리 안에 들어오자 활을 쏘게 했다. 좌우에서 날아오는 화살에 적군은 당황했다. 그때 기병들을 내보냈다. 용감한 감사군은 왜군들이 조총을 쏠 겨를도 주지 않고 온통 휘저어 전열을 무너뜨렸다.

죽은 왜적의 수급을 다 베니 50개가 넘었다. 나머지 왜군들은 목통현(김천시 증산면 황점리와 거창군 가북면 용암리를 잇는 고개) 쪽으로 달아났다. 기룡은 멈추지 않고 군사를 휘몰아 뒤쫓았다.

왜군들은 목통현을 넘어 지례현과 개령현을 거쳐 계속 북쪽으로 도망쳤다. 달리 추격을 벗어날 길이 마땅치 않은 까닭이었다. 얼마 지나지 않아 그들은 상주 경계를 넘어 공성면에 이르렀다.

기룡은 걱정이 일었다. 공성과 청리 사이에 있는 활터 용운정 때문이었다. 삼망우들이 습사를 하고 있다가 왜적에게 해를 입지나 않을지 크게 우려되었다. 기룡은 군사들을 다그쳤다.

"더 빨리 달려라. 저놈들을 놓쳐서는 안 된다!"

용운정에서는 여러 사람이 모여서 활쏘기를 하고 있었다. 따뜻한 봄날의 한가로움을 만끽하고 있던 그들은 어디선가 사람들의 소리가 들리자 습사를 멈추고 다들 긴장했다.

"뭔가 달려오는 소린데?"

"혹시 노략질을 하러 온 왜적들은 아닐까?"

"왜적들은 다 연안의 왜성에 숨어 있지 않나?"

"그래도 모르니 일단 몸을 숨기고 보세."

잠시 후 왜적들이 우르르 몰려왔다. 다들 조총을 들고 있었다. 사정 뒤에 숨어 있던 삼망우들은 활시위에 화살을 먹여 들었다.

"이놈들!"

정춘모가 맨 먼저 일어나 나와서 활을 쏘았다. 그것을 시작으로 다른 사람들도 다 그와 나란히 서서 화살을 날렸다.

"씽, 씨웅!"

왜적들은 앞쪽에도 조선군이 있나 해 달려오던 걸음을 멈추고 조총 화승에 불을 붙이려고 부시를 켰다. 그때 고개 너머 감사군이 맹렬히 뒤쫓아 오는 것이었다. 왜군은 조총 쏘기를 포기하고 남천 너머 들판으로 내달리며 읍성 쪽으로 향했다.

기룡이 용운정에 이르렀다.

"다들 괜찮은가?"

"허허, 이렇게 만나게 되다니."

"경황이 없으니 나중에 보세. 이해해 주게."

"이해하다마다. 비록 느린 걸음이나마 우리도 뒤쫓아 가겠네."

읍성에 도착한 왜적들은 지키는 군사들이 없는 것을 알고 닥치는 대로 노략질을 하고 걸리적거린다 싶은 사람은 다 해치며 돌아다녔다. 그러다가 조선군이 가까이 왔다는 말을 듣고 다시 또 도망쳐 갔다.

읍성에 이른 기룡은 백성들이 왜적이 달아난 길을 알려주자 부리나케 뒤쫓았다. 지친 왜군들은 멀리 가지 못하고 겨우 서곡 고을 뒷산으로 힘겹게 올라가고 있었다. 기룡은 군사를 이끌고 가서 모두 격살했다. 그러고는 목을 베어 수급을 다 수습했다.

읍내로 돌아오자 관아 깊숙한 내아에 숨어 있던 상주 목사 박기백이 육방관속을 이끌고 남문 밖에 나타나 사례를 했다.

"고맙소. 정 병사, 나는 늙어서 이제 벼슬을 그만두어야 하는데……."

기룡은 잘 걷지도 못하는 연로한 목사의 행색을 보고는 기가 막혔다. 백성들을 잘 보살펴야 할 자리에 있는 사람이 오히려 온갖 시중을 받으며 근근이 목숨을 이어나가는 듯했다. 남문 밖에 모여든 읍민들은 기룡에게 여전히 목사 대접을 했다.

"목사또, 우리 상주로 돌아와 주소서."

"사또 영감이 없으니 저희들은 살아갈 맛도 나지 않고 나날이 너무 불안하옵니다."

"어진 목민관을 가지는 것도 다 백성들이 하기 나름이오. 지금의 목사또 영감을 잘 받들어 일치 단합한다면 무서울 게 뭐가 있겠소?"

왜적을 다 격멸한 기룡은 사벌 고을로 향했다. 오랜만에 들르는 집이었다. 마굿간에 검은 말이 한 필 매여 있었다. 기룡은 멈춰 서서 말을 바라보며 속으로 설마 하는 생각을 했다.

그때 어머니 김씨가 신도 신지 않은 채 달려 나왔다. 기룡은 마당에서 큰절을 올렸다. 김씨는 아들을 일으켜 세웠다.

"어서 사랑에 드시게."

아내 권씨가 미설을 안고 왔다. 내려놓으니 미설이 아장아장 걷다가 기룡을 바라보며 방긋 웃었다. 기룡은 덥석 안아 무릎 위에 올려놓았다.

권씨는 사람을 시켜 곁채로 보냈다. 서무랑이 익린을 데리고 왔다. 절을 시키자 익린은 무너지듯이 방바닥에 철퍼덕 엎드려 절을 했다. 그러고는 꼼짝도 하지 않았다. 기룡이 인자한 음성으로 말했다.

"그만 일어나거라."

익린은 고개를 들었다. 엎드려 있었던 탓에 피가 몰려 얼굴이 붉게 상기되어 있었다. 익린은 일어나다 중심을 잡지 못해 엉덩방아를 찧었다. 권씨가 얼른 다가가 안았다.

"우리 익린이가 어쩜 이리도 밉상일꼬."

기룡은 서무랑에게 물었다.

"혹시 검은 옷, 검은 복면에 검은 말을 타고 울산에 온 적이 있소?"

"소첩이 어인 까닭으로 그 먼 곳까지 가겠사옵니까? 그런 일이 없사옵니다."

"마방에 들어 있는 저 말은 웬 거요?"

아내 권씨가 대신 대답했다.

"제가 가져다 놓은 것입니다. 친정에 있을 때부터 기르던 말입니다."

"부인도 말을 탈 줄 안단 말이오?"

"썩 잘 달리지는 못하고 그저 앉아서 흩걸음(산책)이나 하는 정도입니다."

기룡은 왠지 두 사람이 의심스러웠다. 그러나 더 캐묻지 않았다. 권씨든 서무랑이든 둘 중 누군가가 울산 반구대 아래에서 자신을 구해줬다면 굳이 그 사실을 감춰야 할 이유가 없지 않나 해서였다.

'모를 일이군. 부녀로서 기마군처럼 나다닌 일을 드러내고 싶지 않아서인가?'

삼망우들이 찾아왔다. 기룡은 아내 권씨에게 바깥에 있는 군사들을 잘 차려 먹이라고 이른 뒤에 벗들을 안으로 들였다. 예기치 않은 만남이라 반가움은 더욱 컸다. 김지복이 웃는 얼굴로 말했다.

"왜적이 이렇게 가끔 출몰해야 우리 자랑스런 병사또 영감의 얼굴을 보겠습니다."

"허허, 그러게 말일세."

"다들 다친 데는 없으신가? 목통현에서부터 추격했는데 그놈들이 용운정을 지나쳐 달아날 줄은 몰랐네."

"오히려 잘된 일이었네. 덕분에 우리도 몇 놈 꺼꾸러뜨릴 수 있었으니까. 허허."

기룡은 벗들에게 물었다.

"의병을 다시 일으켜서 상비군을 조직해야 하지 않겠는가? 평소에는 일상에 힘쓰다가 오늘과 같은 변고가 일어나면 얼른 소모하여 싸울 수 있게 말일세."

"그러고 싶은 마음이 왜 없겠는가? 고을에 남은 장정이 없다네. 어린아이, 늙은이, 부녀들이 대부분이라 너른 들에 농사도 다 못 짓고 있는 형편이라네."

"장정 하나가 서너 사람의 몫을 하고 있으니 그들도 죽을 맛이라네."

"요즘은 농사가 바쁜 철이라 우리도 매일 들에 나가는데, 오늘 모처럼 일손을 놓고 보름 습사를 나온 것이라네."

"봄날 밤, 보름달 아래에서 우련한(희미한) 과녁을 향해 활을 쏘는 맛이 그만 아니겠습니까?"

기룡은 김지복의 말에 수긍했다.

"같이 쏘고 싶은 마음이 굴뚝같네. 언제 그럴 날이 오겠지."

오래 머물 시간이 없어서 기룡은 얼마 있지 않아 삼망우를 배웅해 보내고 선걸음에 자신도 집을 나섰다.

신씨 부인을 찾았다. 그녀의 집 마당에는 수십 명의 부녀들이 모여 있었다. 닥종이 한지를 가늘게 잘라 지승(종이로 꼰 가는 줄)을 꼬는 사람도 있었고, 개암 알갱이만 한 매듭을 엮어가는 사람도 있었다. 다른 쪽에서는 풀솜을 넓게 펴 한 겹 한 겹 겹쳐 놓기도 했고, 거친 베를 마르고 다듬는 사람들도 보였다.

"다들 바쁘게 일을 하시는군요."

기룡을 맞이한 신씨 부인이 부녀들을 돌아보며 말했다.

"이보게들, 여길 좀 보게. 이분은 우병사 영감이시네."

부녀들이 다 일손을 놓고 일어서서 허리를 굽혔다. 그러고는 용기를 내어 한마디씩 했다.

"다시 우리 상주의 어버이로 돌아와 주소서."

"돌아와 주소서!"

기룡이 대답했다.

"본관보다 더 좋은 목민관이 차차로 부임해 올 것이니 아무 염려 마시오. 나라에 훌륭한 관원이 많소."

기룡은 은 10냥을 내려 부녀들을 격려했다. 한 아낙이 말했다.

"우리 손씨 집안에는 남정이 셋 있었는데, 가장은 처음 왜적이 쳐들어왔을 때 북천 싸움에 나아가서 죽었고, 큰아이는 병사또 영감께서 판관으로 오시어 읍성을 수복하는 싸움에서 죽었사옵니다. 작은아이는 그 뒤로 감사군에 들어갔는데 생사를 알 길이 없사옵니다. 집안에 있던 남정이 다 없어졌으니, 이번에 이 일감이 끝나면 남은 딸년들을 데리고 생계를 어떻게 이어가야 할지 심정은 허망하기만 하고 앞날은 막막하기만 하옵니다."

기룡은 참담한 심경이 되어 마땅히 위로할 말이 떠오르지 않았다. 그저 자신이 그 부녀에게 큰 죄를 지은 것만 같아 똑바로 쳐다볼 수 없었다.

황명 어왜총병관

1

방자(관아에서 심부름하는 남자 종) 황웅정이 아뢰었다.

"사또, 일본의 수괴가 죽었다고 하옵니다."

"뭣이? 대체 어느 누구한테서 그런 말을 들었느냐?"

"벌써 읍내에 소문이 자자한걸입쇼."

양산 군수 이사립만 그러한 보고를 받은 것이 아니었다. 경상 좌방어사 권응수도 도요토미 히데요시가 죽었다는 말을 듣고 확인할 길이 없어 답답했다. 사람을 놓아 명군 진영에 문의했더니 그들 역시 그러한 줄 알고 있다고 회답하는 것이었다.

이사립과 권응수는 잇달아 장계를 올렸다. 도요토미 히데요시가 죽는 바람에 조선에 와 있던 여러 왜추(왜장)들이 정역(조선을 정벌하는 일)을 멈추고 서둘러 일본으로 돌아가려고 한다는 내용이었다.

그러나 조정에서는 그 장계에 아무런 근거도 써놓지 않은 데다가 각 왜군의 진영에서 이렇다 할 동요가 없는 것을 보고 헛소문이라는 결론을 내렸다.

"만약 수길(히데요시)이 죽었다고 하더라도 또 다른 수길이 한없이 나타날 것이옵니다. 하오니 수길이 죽었다 하여 우리 조선에 이로울 것이라 여겨 안심해서는 아니 될 것이옵니다."

"경의 말이 옳다. 본디 왜적은 음흉하고 교활하기 그지없는 종자들이다. 정말 적괴가 죽었다고 한다면 그 사실을 반드시 깊이 숨길 것이다. 어찌 우리가 쉽게 알 수 있도록 하겠는가?"

"그러하옵니다. 적괴 수길이 죽었다는 말을 퍼뜨리는 것은 명군을 해이하게 하고 대비를 소홀하게 만든 후에 그 틈을 노려서 간교한 술책을 부리려는 것이옵니다."

"저들이 수길이 죽었다는 소문까지 내는 것을 보면 작은 왜성에서 몹시 궁색한 처지임이 틀림없다. 이럴 때일수록 삼남의 병영이 군비를 철저히 하여 일거에 몰아낼 태세를 갖추어야 한다."

이어서 임금은 기룡을 가선대부(종2품 하계)에 가자하고 금대(조복을 입고 허리에 차는 것으로 가장자리를 금으로 아로새긴 띠)와 유지(신하에게 당부하는 글)를 내리는 한편 선전관 성확을 시켜 밀부를 전했다. 도산성 전투가 끝나고 나서 거두어들인 밀부를 다시 내린 것이었다.

그로써 기룡은 평소에 경상우도의 군사를 소모하고, 또 비상시에는 군사를 발병하는 일을 사전에 아뢰어 임금으로부터 윤허를 받지 않고 그 즉시 임의로 할 수 있게 되었다.

임금의 유지와 밀부를 받아 든 기룡은 북쪽을 향해 네 번 절을 올리며 변함없이 자신을 믿어주는 성은에 사례를 했다.

그런 뒤에 곧바로 군사를 모집했다. 경상우도를 방비하기 위해서는 적어도 군액이 감사군과 같이 잘 조련된 정병으로 1천 명은 되어야 한다는 것이 기룡의 판단이었다. 하지만 우도 전역에 방을 내다 붙여도 병영으로 찾아드는 장정은 몇 명 되지 않았다.

"이제 면천첩이나 백패 가지고는 도저히 먹혀들지 않사옵니다."

"특단의 대책을 세워야겠사옵니다."

사일랑과 백홍제의 말을 듣고는 기룡이 불쑥 물었다.

"곳간에 왜적의 수급이 얼마나 있는가?"

사일랑이 군공안(군사의 공적을 기록한 문서철)을 꺼내 들고 살피더니 말했다.

"2백 개 남짓 되옵니다."

"알겠네. 왜적의 수급 관리를 각별히 잘하도록 하게."

명나라 황제는 신하들과 논의 끝에 또다시 대규모 파병을 결심하고 랴오둥에 있는 군사들을 채비시켰다.

명나라가 여진을 견제하기 위해 그동안 그들 민족이 통합하지 못하게 이간해 왔는데, 일본이 침공함으로써 랴오둥은 조선을 구원하기 위한 병참기지가 되었다. 누르하치는 명나라의 이간 정책이 느슨해진 틈을 타 더욱 세력을 확장해 나가서 몇 부족을 제외하고 여진족을 대통합했다.

여진의 세작들이 조선에 군병이 턱없이 부족하다는 사정을 탐지하고 누르하치에게 보고했다. 마산페이가 말했다.

"우리가 조선에 파병을 해야 하지 않겠사옵니까?"

"파병? 그 이유는?"

"이형이 속한 조명 연합 대군이 대패했다고 하옵니다. 지난날 굳게 맺은 오형제결을 잊어서는 안 될 것이옵니다."

쿵이와 뉴웡진도 마산페이를 편들고 나섰다.

"조선은 우리와 형제의 나라가 아니옵니까?"

"그러하옵니다. 마땅히 군사를 보내어 도와야 할 줄 아옵니다."

누르하치는 고개를 끄덕였다.

"형제들이 다 같은 뜻이라면 그렇게 하지."

누르하치도 우정 어린 말을 했지만 본심은 그들과 달랐다. 기룡과 형제결을 맺은 의리 때문에 도와주려는 것이 아니라, 일본을 물리치는 데 일조를 해주고는 뒷날 조선에 그 대가를 요구할 생각이었다. 그 대가란 명나라와 관계를 끊고 여진을 섬기는 것 단 한 가지였다.

조선이 불구대천의 원수인 명나라의 속국이라면 조선도 명나라나 다름없다고 여겼다. 아무리 조상 먼터무가 조선의 회령 출신이라고 하더라도 장차 반드시 복속해야 할 작은 나라일 뿐이었다.

'일제(첫째 아우)는 조선에 있기엔 아까운 인물이지. 때가 되면 이 광활한 땅에 데려다가 크게 쓰리라.'

조선 조정은 누르하치의 제안을 두고 일고의 가치도 없는 것으로 여겼다.

"건주(누르하치의 본거지) 달자(여진족 군사) 역시 왜노와 마찬가지이니, 달자를 끌어들인다면 우리 조선에 또 한 왜노를 더하는 결과가 될 것이옵니다."

누르하치가 최측근 장수들의 건의를 받아들여 고심 끝에 내린 파병 제안은 조선 조정으로부터 보기 좋게 거절당했다.

"번번이 나의 제안을 외면하다니 어디 두고 보자. 조선은 나중에 반드시 배꼽을 씹으며 후회할 날이 있을 것이다."

기룡은 북방의 사나운 들개 떼와 같은 누르하치의 군대가 장차 큰일을 낼 것으로 우려했다. 힘없고 작은 조선의 처지가 한탄스러울 따름이었다. 그렇다고 마냥 가슴만 치고 있을 수는 없었다. 곧 심기일전했다.

"나라가 작다고 대군을 호령할 장수가 없겠으며, 일당백의 용맹을 가진 군사가 없겠는가?"

사천왜성에서 농성하고 있던 시마즈 요시히로는 도요토미 히데요시의 사망설을 퍼뜨렸지만 명군과 조선 조정에 먹혀들지 않자 경상우도 남부

지역 일대에서 교란작전을 펼치기로 했다. 그리하여 노략질과 분탕질을 목적으로 왜군 2천여 명을 성 밖으로 내보냈다.

그러한 첩보를 들은 기룡은 병마 우후 박대수와 유군 별장 한명련과 함께 감사군 1백 명을 거느리고 병영을 나와 고령 형전촌(고령군 덕곡면 일대)에 설진을 하면서 명나라 진영에 통지했다. 부총병 지에성은 군사 5백 명을 이끌고 합류할 뜻을 알려왔다.

기룡은 한명련을 선봉장으로 삼아 척후로 보낸 뒤 서쪽으로 나아갔다. 한명련 휘하의 당보수가 누런 당보기(척후 군사의 깃발)를 휘날리며 달려왔다.

"적이 거창 연송촌에 들어왔사옵니다!"

기룡은 지체 없이 행군을 재촉시켜 모곡촌(거창군 거창읍 서변리) 방향으로 진병했다. 새벽녘이 되어 선봉장 한명련이 산을 넘어가 연송촌을 노략질하러 다니는 왜군 1백여 명을 발견하고는 전광석화처럼 쳐서 수급 80여 개를 거뒀다.

나머지 20명이 달아나 산꼭대기로 올라가 버렸다. 기룡은 추격을 멈추고 항왜 코가시라 스나 타다코레(沙只之)와 그 수하 아시가루들을 보내 살려줄 것을 담보로 해 타일러 보도록 했다. 잠시 후 그들은 모두 순순히 산을 내려와 항복했다.

곳곳에서 왜적이 나타났다는 첩보가 들어왔다. 기룡은 즉시 가까운 야로현으로 가서 왜군을 격멸하고 수급 40여 개를 벴다. 밤에는 안음현에 있는 적병의 소굴을 습격했는데 그들이 먼저 눈치를 채고 산속으로 숨어버려 포획한 왜군은 몇 명 되지 않았다.

"여기 말고 또 어디에 네놈들이 있느냐?"

항복한 왜군들이 말했다.

"이 근처에 저희들 말고는 없사옵니다."

기룡은 군사를 전진시키다가 가조현 서쪽 산기슭에 이르러 갑자기 수백 명의 왜군과 마주쳤다. 급히 영을 내려 보졸들은 다 산으로 올라가 피하도록 하고 몸소 50여 명의 기병을 이끌고 나아가 적군들과 싸웠다. 그러나 그들의 수가 워낙 많고 조총을 쏘면서 완강히 항전하기에 물러나 후퇴했다.

진영으로 돌아온 기룡은 앞서 사로잡았던 왜졸들을 다 꿇어앉히고는 꾸짖었다.

"네놈들이 교활하게도 나를 속였으니, 장차 반드시 나의 군중에서 반역을 일으킬 것이다."

그러고는 그들을 다 참수해 버렸다. 기룡은 군사들을 총출동시켜 왜적과 맞붙었다. 일본군은 1백여 명을 잃고 후퇴해 갔다. 기룡은 장사들에게 수급을 베어 챙기도록 해 60여 개를 획득했다. 또 거창 관아에 들어가 온갖 약탈을 하고 있는 왜적도 다 참살해 수급 30여 개를 베었다.

기룡이 출병한 지 이레가 지나서야 부총병 지에성이 도착했다. 기룡은 늦장을 부리며 일찍 오지 않은 그에게 속으로 화가 났지만 어쩔 수 없었다. 그런데 그의 군사들 속에 낯익은 얼굴이 있었다. 부총병 조창쒼이었다.

"대인, 이게 어찌 된 일입니까?"

그는 씁쓸한 웃음을 지었다. 도산성 전투에서 군사를 다 잃은 죄를 얻어 지에성의 항오에서 백의종군하라는 명을 받은 것이었다.

기룡은 거창 관아에서 지에성과 함께 군략 회의를 열었다.

"왜적들이 삼가현 율원(지금의 거창군 신원면 양지리)고개 일대에 잠복해 있으면서 사방으로 만행을 저지르고 다닌다고 합니다."

"그렇다면 다 유인해 내어야겠군요."

지에성은 자신이 꾸물거리고 늦게 도착한 것이 미안해 자청했다.

"본장이 군사를 이끌고 곧장 율원으로 나아가겠소. 그리하면 왜노들이 천병이 온다는 말을 듣고 다 산을 나와 달아날 것이니 정 병사는 곁길로 나아가 잘 매복하고 있다가 그때 박멸하도록 하시오."

"잘 알겠습니다."

기룡은 병마 우후 박대수와 유군 별장 한명련을 삼가현 읍성 안에 매복시킨 뒤 자신은 기병 10명만 이끌고 율원 아래쪽으로 나아갔다.

부총병 지에성은 군사 5백 명을 두 갈래로 나눴다. 자신이 직접 이끈 한 갈래는 삼가현에 이르기도 전에 2백여 명의 왜적을 만나서 물리쳤다. 수급 70여 개를 얻었고, 조선인 포로 150여 명을 되찾았다.

또 다른 일지군은 서쪽으로 나아가 감팔(거창군 거창읍 장팔리)의 험준한 길을 헤쳐 가다가 3백여 명의 왜적을 만났다. 그들은 기괴하게 생긴 큰 바위산 틈바구니를 점거하고 있으면서 좁은 길목을 노려 공격을 해와 전진할 수가 없었다.

그때 기룡이 와서 합류했다.

"왜적이 좁은 골짜기에 있으니 화공을 하는 게 어떻겠습니까?"

"아, 미처 그 생각을 못 했군. 좋소!"

명군의 일지장은 사수들에게 불화살을 쏘게 했다. 왜군들은 견디지 못하고 바위산을 뛰쳐나왔다. 그러자 화전군 뒤로 또 다른 사수들이 촉이 검은 화살을 날렸다. 목과 가슴과 배 같은 데에 정통으로 맞지 않고 팔다리에 맞았는데도 왜군들은 그 자리에서 움직이지 못했다.

'무슨 화살이지?'

기룡과 명군은 공격을 하는 척하면서 점차 물러났다. 왜군은 명군과 조선군이 숫자가 얼마 안 되는 것을 알고 삼가현 읍성 서문 밖까지 추격해 왔다.

바로 그때 읍성 안에 매복해 있던 병마 우후 박대수와 유군 별장 한명련이 서문 좌우 성가퀴에 올라가 활을 내리쏘며 협공을 하기 시작했다.

놀란 왜적이 도망치려 했으나 뒤에서 기룡의 군사와 지에성의 일지군이 가로막고 있어서 달아날 길이 없었다. 그들은 성벽을 돌아갔지만 거기에는 지에성이 이끄는 본대가 버티고 있었다.

"한 놈도 남기지 말고 다 참살하라!"

"모조리 죽여라!"

감사군과 명군에 포위된 왜군은 완전히 섬멸당하고 말았다. 도망친 숫자는 불과 수십 명이었다. 군사들은 서로 뒤섞여 승리를 환호했다.

기룡은 감사군이 벤 수급 70여 개를 부총병 지에성에게 주었다.

"약소하나마 소장의 성의이옵니다."

"허헛, 이렇게까지나……."

그런 뒤에 지에성 진영에 있던 조선인 1백50여 명을 찾아왔다. 기룡이 왜적의 수급을 주고 백성들을 다 풀어주었다는 소문은 이내 퍼져 나갔다.

"우병사 영감은 애민하는 것이 천성일세그려."

"우리 고을 사또로 오시면 좋겠구먼."

"예끼, 이런 코딱지만 한 고을 사또라니 말이 되는가?"

이후에도 기룡과 지에성의 눈부신 활약으로 경상우도 일대를 점거하려던 시마즈 요시히로의 꿈은 좌절되었다. 또 그것에만 그치지 않고 삼가, 거창, 합천 일대의 고을들은 골골샅샅 숨어 있던 왜적의 잔적들까지 소탕되어 크게 안정을 되찾았다.

여러 날 야영을 하며 왜적을 전멸시킨 뒤, 우병영으로 개선하는 감사군에서는 불만이 터져 나왔다.

"그렇다고 우리가 죽기 살기로 싸워서 얻은 수급을 다 넘겨주시다니."

"다 넘겨준 것은 아닐세."

"어쨌든 공것으로 많이 넘겨준 것은 사실이지."

"그래야 명군이 다음에도 뒤처지지 않고 싸워줄 것이 아닌가?"

"우리는? 전공을 다 넘겨줘 버리는데 우리는 싸울 힘이 나느냔 말일세."

"이만 잊으세. 그 덕분에 불쌍한 우리 조선 사람들을 백 명도 넘게 구하지 않았는가. 응?"

2

왜군에게 잡혀 있던 조선 백성들을 구해 풀어주었다 해도 그건 당연히 해야 할 일이었다. 부총병 지에성은 기룡으로부터 적지 않은 왜적의 수급을 그냥 받은 것이 못내 미안해 군량을 두 수레 보내주었다.

우병영으로 돌아온 기룡은 지에성 휘하에서 백의종군하던 조창씬을 잊지 못했다. 수천 명을 호령하던 장수가 군졸들의 맨 뒤에서 군복도 없이 따라다니는 것을 생각하니 너무 안타까웠다.

"대장님, 명군에서 군량을 보내왔사옵니다."

기룡은 군량을 내린 뒤에 답례로 마초를 한가득 실었다. 그러고는 별도로 수레 한 대를 마련해 창고에 넣어둔 왜적의 수급 30개를 바닥에 싣고 말먹이 풀로 덮었다.

"이건 이 서찰과 함께 조 대인께 전하게."

기룡의 편지를 읽은 조창씬은 가슴이 뭉클했고 속 깊은 배려에 감동했다. 그러나 거짓 군공으로써 황제를 기만해 복직할 수는 없다고 생각했다. 조창씬은 사례 답신을 적어 수급을 실은 수레를 기룡에게 돌려보냈다.

"아, 명 진영에 이러한 염치를 아는 장수가 있구나."

기룡은 기억을 더듬어 명군의 사수들이 쏜 검은 화살촉을 떠올렸다. 아무래도 무슨 독이 발라져 있는 것 같았다. 그렇지 않고는 심장에 꽂힌 것도 아닌데 사지에 맞는 즉시 왜군이 거동을 못 하게 되지는 않을 것이었다.

"적병들이 팔다리에 맞아도 꼼짝도 못 하고 죽어가는 것을 보았네."

"명군에게 독전군(독화살을 쏘는 군사)이 있다는 것은 저도 알고 있습니다만."

"화살촉에 발라져 있는 독의 비법을 알아낼 방도가 없겠는가? 여느 화살촉보다 살상력이 대단하니 조제법만 알아낸다면 활이 월등한 우리 조선군의 전력이 크게 향상될 것 같은데 말일세."

사일랑이 말했다.

"조 대인께 슬쩍 문의를 해보는 건 어떻겠습니까?"

"그건 속보이는 짓이 되지 않겠는가? 꼭 독 만드는 비방을 알려달라고 수급을 보낸 결과가 되니 말일세."

백홍제가 다른 의견을 냈다.

"그냥 직설적으로 지에셩 대인한테 알려달라고 해보지요?"

"명나라 군문의 비방을 쉽게 우리한테 전습해 줄 리가 있겠는가?"

사일랑이 문득 생각났다는 듯이 말했다.

"아, 대장님을 존경하는 명군의 책사가 있지 않사옵니까? 부총병 리춰 대인을 모시고 있는 그 사람 말씀이옵니다."

"귀목 책사?"

"그러하옵니다. 그자에게 사람을 보내보시지요. 그 방법이 제일 나을 것 같사옵니다."

기룡은 약소한 예물을 갖춰 문안사로 백홍제를 삼아 부총병 리춰의 진영으로 보냈다. 백홍제는 리춰를 만나는 자리에서 귀목에게 눈짓으로 신호를 준 다음 물러 나와 함께 자리를 했다.

"화살촉에 바르는 독을?"

"그러하옵니다. 그 비방을 좀 가르쳐 주옵소서."

"알겠소. 내 은밀히 알아보겠소."

백홍제는 일이 잘 되어간다 싶어 속으로 잔뜩 기대를 하면서 기다렸다. 밤늦은 시각이 되어서야 귀목이 백홍제의 숙소에 들렀다.

"아무래도 어렵겠소. 제독부에서 명령을 내려서 엄격히 비밀로 하고 있다고 하오."

백홍제는 실망스런 낯빛이 되었다.

"도산성 전투 때 조선군이 화약 무기를 사용하는 것을 제독 대인이 보셨소. 진중에서 염초며 화약 제법이 유출된 것으로 판단하시고 몹시 역정을 내셨다고 하오."

"책사께서 알아내지 못하신다면 하는 수 없군요."

"내가 잊지 않고 있으면서 수시로 잘 탐문해 보겠소."

도산성 전투 이후 도원수 권율은 충청 병사 이시언을 충청도로 돌려보내 군사를 모집해 오도록 했다.

그리하여 이시언은 6백여 명의 군사를 불러 모았고, 그들을 이끌고 다시 경상우도로 돌아와 거창 북쪽에 결진을 하고 있었다. 그는 기룡이 전투 때마다 군공을 세우는 것을 보고 자신은 자꾸만 뒤처지는 것 같아 몹시 애가 탔다.

그때 아주촌(거창군 웅양면 신촌리)에 왜군이 출몰했다는 척후가 올라왔다.

"몇 명이나 된다더냐?"

"수십 명밖에 안 된다고 하옵니다."

"그래? 그렇다면 좋은 기회다. 출군할 채비를 하라."

기룡도 왜적들이 나타났다는 말에 군사를 이끌고 거창으로 갔다. 공교

롭게도 이시언과 기룡은 서로 반대편 산 아래에서 산정에 있는 일본군을 동시에 공격하게 되었다.

왜군은 산꼭대기에 있으면서 백성들이 치성을 드리려고 쌓아놓은 돌탑을 무너뜨려 아래로 굴리고 조총을 마구 쏘며 저항했다. 이시언의 군사는 빗발치는 총탄에 겁을 먹고 감히 진격하지 못했다.

이시언은 고심 끝에 항왜 소노와레 시츠오노(其朋叱己)와 스나 이도코로(沙巳所)를 보내 왜군을 설득해 투항시키기로 했다.

기룡은 이시언이 그러한 작전을 쓰려는 것을 알지 못했다. 황치원과 항금을 선두로 해 몸을 감춰가며 산비탈을 타고 올라가 산꼭대기를 점령하게 했다. 왜적들이 이시언이 공격해 오는 방향으로 집중해 있는 사이 두 장사는 감사군 50명을 이끌고 산정에 올랐다.

"반대쪽이다!"

짧게 외친 왜졸은 항금의 월도를 맞고 그 자리에서 피를 뿜으며 쓰러졌다. 황치원과 감사군은 항거하는 왜졸 20여 명을 순식간에 베어버렸다. 조총을 제대로 쏘지 못하는 그들은 어린아이나 다름없었다.

잔적 10여 명이 이시언의 군영이 있는 반대편 산비탈 아래로 달아났다. 기룡은 그쪽에도 아군이 있음을 알고 추격을 그만두었다.

항왜 소노와레 시츠오노와 스나 이도코로가 산길을 올라오다가 부리나케 달려 내려오는 아시가루들과 마주쳤다. 두 항왜는 그들을 설득했다. 그러는 동안에 여남은 왜졸이 우르르 뒤따라 내려왔다. 스나 이도코로는 그들을 간곡히 타일렀다.

"죽느니 사는 게 낫네. 일단 살고 봐야 훗날을 기약할 수 있지 않겠나?"

그들은 서로 마주 보더니 모두 허리에 차고 있던 칼을 풀어 한곳으로 모아 묶었다. 그러고는 등에 지고 소노와레 시츠오노와 스나 이도코로를 따라 내려와 이시언에게 순순히 투항했다.

"왜 이자들뿐인가?"

투항해 온 왜졸들에게서 산 위에서 일어난 상황을 낱낱이 전해 듣자 이시언은 몹시 아쉬웠다. 마치 다 잡아놓은 왜졸 수십 명을 기룡에게 빼앗긴 기분이 들었다. 질투를 넘어 적개심마저 이는 것이었다.

이시언은 마침내 좋은 계책을 궁리해 냈다. 소노와레 시츠오노와 스나이도코로를 은밀히 불렀다.

"너희들은 내 말대로만 하면 큰 벼슬도 받을 수 있느니라. 왜국의 하찮은 졸개로서 언제 이런 기회가 다시 또 오겠느냐?"

이시언은 그들로부터 거짓 진술을 받아서 사실을 왜곡하는 장계를 썼다. 그리고 도원수의 진영에 보냈다.

"정기룡! 당이 다른 그대와는 한 하늘을 이고 살 수 없는 법."

권율은 장계를 직접 가지고 온 두 항왜를 심문했다. 그들의 말과 장계가 조금도 어긋남이 없었다. 권율은 난감했다.

"우병사가 어쩌자고 그런 졸렬한 짓을 했단 말인가?"

권율은 기룡에게 관문(상관이 하관에게 내리는 문서)을 보냈다. 이시언의 휘하에 있는 항왜들이 왜적을 회유해 데리고 왔는데 그중에서 10여 명의 목을 쳐 군공을 가로챘다는 장계가 올라왔으니 해명을 하라는 것이었다.

기룡은 왜적을 물리친 사실만 있을 뿐 다른 건 할 말이 없다는 짤막한 답서만 보냈다. 그리하여 이시언의 장계가 인정이 되었다. 이에 더욱 기가 산 이시언은 두 항왜를 조정에 보내 탄원하게 했다.

조정은 임금에게 기룡을 삭탈관직하고 백의종군시켜야 한다고 주청했다. 서인들이 입에 입을 이어 아뢰었다.

"실수는 누구나 하는 법이다. 작은 실수를 했다고 해서 큰 장수를 잃을 수는 없다."

임금은 기룡을 처벌하는 대신 소노와레 시츠오노에게는 첨지(정3품 명예직)를 내렸고 스나 이도코로는 동지(종2품 명예직)로 삼는 정도로 사태를 무마시켰다.

아주촌 싸움에 참가했던 황치원과 항금은 크게 반발했다.

"뭐? 그따위 왜놈들한테 벼슬을 내려? 그럼 우린 뭐야?"

"이 모라는 그 사람 아무래도 그냥 두어서는 안 되겠는데?"

"사실을 감쪽같이 뒤집는 수완을 보니 필경 나라를 망칠 사람이 아닌가?"

두 장사가 푸념을 늘어놓다 못해 기룡을 찾아 하소연했다.

"저희들 공은 아무래도 괜찮사옵니다. 대장님이 이런 모함을 당하니 가만히 있을 수가 없사옵니다. 저희들도 도원수 막하에 가서 사실대로 진정을 하겠사옵니다."

"그만두게."

"대장님!"

"그만두라지 않는가? 왜적을 물리쳤으면 그것으로 그만일세. 물러들 가서 쉬게."

기룡의 단호함에 두 사람은 물러 나올 수밖에 없었다. 사일랑도 영문을 몰라 물었다.

"어찌하여 무고를 그냥 견디시옵니까?"

"그 사람이 전에 고령현에서 불미스러운 일이 있은 이후로 사사건건 나를 도발했네. 그런 사람에게 내가 맞대응을 한다면, 한 도를 책임지는 조선 장수들끼리 불화가 났다는 소문이 반드시 나돌 것이네. 그리되면 왜적에게 이롭기밖에 더하겠는가? 내가 가만히 있으면 될 일을 구태여 분란을 키워서 조선군의 분열을 초래해서는 안 되기 때문이네."

함께 있던 백홍제가 크게 감탄했다.

"역시 대장님이시옵니다!"

기룡은 사일랑에게 물었다.

"수급은 얼마나 있는가?"

"그간 많이 늘었사옵니다. 1천 개에 조금 모자라옵니다."

"내 명령 없이는 절대로 손대지 않도록 하게."

이상한 일이었다. 언제부턴가 기룡이 왜적의 수급 개수에 크게 관심을 두고 있는 것이었다. 본인은 무고를 당하면서도 수급을 점검하는 일만큼은 조금도 늦추지 않았다. 감영에 보낼 때가 되었는데도 창고에 쌓아놓고만 있었다. 마치 긴요하게 쓸 데라도 있는 듯했다.

"곧 여름이 되면 고약한 냄새가 온 병영에 진동할 텐데 도대체 어떻게 하시려는 건지⋯⋯."

임금은 좌승지 정경세에게 하명했다.

"오랫동안 영백(경상도 관찰사)의 자리가 비어 있으니 경이 가서 흐트러진 민심과 어지러운 향풍을 진작시키도록 하라."

"전하, 성은이 망극하옵니다."

"우병사 정기룡은 출신이 빈천하고 당색을 좇지 않으니 함부로 대하려는 사람들이 없지 않다. 경으로 하여금 경상우도 수군절도사를 겸하게 하니 정기룡과 더불어 군비를 도모하는 데 소홀함이 없도록 하라."

정경세는 지체 없이 대구 달성(지금의 달성 공원)의 임시 감영에 부임했다. 그는 서둘러 관무를 파악해 잔폐(쇠잔해 힘이 사라짐)한 백성들을 타일러 군량을 모으고, 유리걸식하는 백성들을 회유해 군병을 소모했다.

또 아전이나 관속들이 백성들을 다그치지 못하게 했고, 모든 일에 너그러움과 예로써 공평무사한 정사를 펴 나갔다. 그리하여 위엄을 잃지 않으면서도 애민하는 덕성이 차츰 여염에 스며들고 흠뻑 젖어서 백성들이 믿고 따르기에 이르렀다.

"감사또께서는 난세를 안정시키시니 이러한 분은 또 드물 것이네."

"경상 우수사까지 겸하신다지?"

"그럼, 천하에 드문 장수이신 병사또 영감에다가 또 천하에 드문 학자이신 감사또 겸 수사또 영감이 계시니 그야말로 우리의 홍복(큰 행복)일세."

기룡은 날을 가려 정경세를 만나러 갔다. 이희춘과 사일랑만 거느린 단출한 행차였다. 정경세는 동헌 선화당을 나와 반갑게 맞이했다.

"경운, 우리 이게 얼마 만인가?"

"도임한 것을 알고도 걸음이 늦었네. 공하드리네."

정경세는 기룡을 객사로 이끌었다. 두 사람은 한동안 아무 말 없이 마주 보며 웃기만 했다. 입으로 말을 뱉지 않아도 속에 있는 뜻이 저절로 오고가는 사이였다. 기룡은 바깥에 서 있는 사람을 보고는 물었다.

"저분은 오 명궁님 아니신가? 같이 앉도록 하게."

"그, 그러지. 안으로 들어오시오."

"그간 무고하셨습니까?"

그녀를 바라보는 기룡은 흐뭇했다.

"오 명궁께서 그림자처럼 경임을 지켜주시니 이보다 더 믿음이 가는 일은 없을 것입니다."

남장 무복(무예 복장) 차림으로 고개를 숙이고 있던 오청명은 발그레하게 상기된 얼굴을 돌려 감출 뿐이었다.

3

신씨 부인이 방탄납의 1천 벌 분량의 속 판을 만들어서 가지고 왔다.

기룡은 그녀를 크게 반기고 차를 대접했다.

"은전이 모자라지는 않았습니까?"

"너무 많이 받았사옵니다. 목화 풀솜과 다른 여러 물료 값과 아낙들의 삯을 넉넉히 주고도 많이 남았습니다. 이건 남은 것입니다."

신씨 부인은 묵직한 주머니를 내놓았다. 기룡은 손사래를 쳤다.

"넣어두십시오. 그리고 1천 벌 더 만들어 주십시오."

기룡은 오히려 큰 주머니를 내놓았다.

"정성과 솜씨 값도 받으셔야지요. 고생한 부녀들에게 아무래도 그 값은 안 쳐주신 것 같군요."

"이제 농사철이 되어 한곳에 모여서 만들기는 힘듭니다."

"천천히 만들어 주셔도 됩니다. 튼튼하게만 만들어 주십시오."

"제가 요령을 꼼꼼히 가르쳐서 각자 맡은 일감을 집에서 해오도록 시키겠습니다. 검수는 제가 하나하나 면밀히 하니까 염려하지 않으셔도 될 것입니다. 그래야 농사짓는 틈틈이 할 수 있습니다."

"상주에 사는 많은 부녀들에게 혜택이 돌아가면 좋겠습니다."

"그렇게 하겠습니다."

방탄납의의 속 판만 있는 것이 아니라 방검토수의 속대도 있었다. 장사들과 군관들이 군사들을 이끌고 다 달라붙어 방탄납의 만드는 일을 했다. 이희춘과 김세빈이 물에 담갔다가 건져 올리면 항금과 황치원이 날랐다.

정범례와 한명련은 크고 둥근 방석 돌을 도르래로 감아 올렸다가 내렸다가 하면서 물을 흠뻑 머금은 속 판을 압축했다. 그러고 나면 노함의 화약군이 납작해진 속 판을 가지고 가서 햇볕에 널었다.

또 한녘에서는 다 마른 속 판을 가져다가 철갑판을 앞뒤로 대고 가죽끈으로 가장자리를 엮어 성형시켰다. 다들 열심이었다.

노함은 방검토수를 맡았다. 큰 대나무에 말아서 원통형으로 말린 속대를 둥근 철판에 붙였다. 작은 방패 모양의 비패보다 더 나았다. 비패는 팔뚝을 덮는 것이었지만 방검토수는 손을 끼워 넣어 팔뚝에 차는 것이었다.

여러 날 모두 달라붙어 애쓴 끝에 마침내 방탄납의 1천 벌과 방검토수 1천 켤레가 완성되었다.

"이제 시험해 봐야지?"

기룡은 밖으로 나갔다. 노함의 지휘 아래 포수가 50보 밖에서 총을 쏘았다. 방탄납의는 성공적이었다. 탄환은 닥종이와 풀솜이 번갈아 네 겹으로 압축되어 있는 첫 번째 속 판에 박혀 있었다.

"대단한걸."

"방검토수는 과연 어떨까?"

대나무 통에 방검토수를 채운 뒤에 항검이 월도를 힘껏 내리쳤다. 칼날은 맨 바깥 철판을 가르며 들어가 첫 번째 속 판을 잘랐다. 그러나 두 번째 지환판은 자르지 못했다. 그로써 방탄토수도 합격이었다.

"와!"

"얼굴이야 두 팔뚝으로 가리면 되는 거고. 이제 싸우러 나가도 좀 덜 무섭겠어."

"근데 우리 대장님은 어찌 이런 신묘한 고안을 다 하셨을꼬. 그것참."

"그러니까 대장님이시지."

"갑자기 근질근질 좀이 쑤셔오네그려. 어디 출동할 일 없나?"

사천왜성에 들어 있던 시마즈 요시히로는 또다시 왜군들을 내보냈다. 그들은 수백 명이 몰려다니면서 분탕질을 하다가 경호강을 거슬러 올라 사근역(함양군 수동면)에 이르렀다.

첩보를 받은 기룡은 방탄납의와 방검토수를 장착한 감사군을 이끌고 급히 내달렸다. 사근역에는 벌써 부총병 리춰가 군사를 거느리고 와서 왜적을 치고 있었다. 기룡은 명군과 합세했다.

감사군을 본 왜졸들은 사근산성으로 도망쳐 갔다. 산성의 성벽을 방패막이 삼아 조총을 쏘아댔다. 성 남문 쪽으로 진격하던 명나라 군사들이 총에 맞아 쓰러졌다. 부총병 리춰는 칼을 빼어 휘두르며 지휘했다.

"물러서지 마라! 공격을 늦추지 마라!"

그때 총탄 한 발이 날아들었다. 리춰는 정통으로 가슴에 맞고 말에서 떨어져 굴렀다. 기룡이 얼른 달려갔다. 쓰러져 있는 리춰를 안았다. 탄환에 뚫린 흉전갑 구멍에서 피가 흘러나오고 있었다. 리춰는 가쁜 숨을 몰아쉬었다.

"너, 너무 가, 까이에서 맞…… 았나 보오."

"아무 말씀 마십시오."

리춰는 기룡을 올려다보며 말했다.

"정 장군, 나…… 는 비록 천장(천자의 장수)이고 정…… 장군은 번장(제후국의 장수)에 지…… 나지 않는다 하나, 나는 늘…… 정…… 정 장군을 존…… 경해 왔소."

"대인, 말씀을 많이 하시면 안 좋습니다."

"아…… 아니오. 나…… 나는 이미 늦었소. 부탁이오. 정…… 정 장군이 나의 군사를 이…… 이끌어 주시오. 이…… 이것이 나…… 나의 유…… 유언이오."

리춰는 절명해 목을 떨궜다. 그의 비장과 책사 귀목 그리고 가까이에 있던 아병들이 일제히 소리쳤다.

"대인!"

"아!"

기룡은 대호가 온 산을 울리는 포효를 터뜨리듯이 소리쳤다.

"뭣들 하느냐! 흉적들을 모조리 살멸하라!"

군사들이 그 말을 받아서 외쳤다.

"한 놈도 살려 보내지 말라신다!"

"달아나는 놈을 끝까지 추살하라!"

"우리는 감사군이다! 쳐라!"

명군과 감사군은 성난 파도와 같이 밀고 올라갔다. 왜군들은 더 버티지 못하고 사근산성에서 지리멸렬하며 죽어갔다. 싸움이 끝난 자리에는 매운 화약 연기만이 감돌 뿐이었다. 명군도 감사군도 말이 없었다. 기룡은 명령을 내렸다.

"적의 수급을 참획하고, 무기를 다 전리하라."

명군이 벤 수급은 1백여 개였고, 감사군은 2백여 개를 베어 거뒀다. 대승을 얻었지만 명나라 부총병 리춰가 적병의 총탄에 맞아 전사한 일로 군중은 침울했다. 흩어져 쉬고 있던 명군의 천총과 백총들이 한 사람 근처로 모였다. 그들은 책사 귀목에게 말했다.

"책사께서도 장군의 유언을 들으셨을 것이오. 그 뜻을 따르는 게 어떻겠소?"

"천병이 조선 장수의 휘하에 들겠다는 말씀이오?"

"그렇소. 그것이 돌아가신 리춰 대인의 뜻이오."

귀목은 싫지 않았지만 명군들이 반발하지나 않을까 걱정이었고 제독부에서 허락을 할 리 만무했다.

"군사들과 의논을 먼저 해야 하오."

백총들은 각자 휘하에 거느리고 있는 군사들을 불러 모았다. 그러고는 기룡의 휘하에 들기를 간곡히 설득했다. 명군들도 반대하는 사람이 없었다.

"우릴 받아줄까?"

"받아달라고 졸라야지."

"제독부에서 허락은커녕 우리에게 벌을 줄지도 몰라."

"허락을 받아내도록 해야지."

"내가 봤는데 조선군은 가슴에 총을 맞아도 죽지 않았어."

"조선군도 우리 동정군에 속해서 제독부의 지휘를 받으니 명군이나 마찬가지가 아닌가?"

"어차피 싸움터를 돌아다니는 신세인데 명장, 조선장 가릴 것 없이 기왕이면 용맹하고 병법도 뛰어난 장수의 휘하에 들어가는 것이 낫지."

"감사군은 조선군 중에서도 가장 싸움을 잘하고 유병전이나 습격에 능하니."

"나는 조선군이 착용하고 있는 저 방탄흉판이나 얻어야겠네. 우리 흉전갑보다 훨씬 좋은 것 같아."

"우리 다 같이 조선군 장수의 지휘를 받고 부총병 리춰 대인의 복수를 하자."

"그러자. 복수를 하자!"

7백여 명의 명군들의 의견이 하나로 모아졌다. 귀목이 기룡에게 와서 그러한 뜻을 아뢰었다. 기룡은 전혀 예상치 못한 제안이라 잠시 대답을 하지 못했다. 사일랑이 말했다.

"아마 경리부나 제독부에서 심히 불쾌하게 여길 것입니다. 그러니 말로써만 군사들의 의견을 모았다고 하실 것이 아니라 7백인 연명소를 올리는 게 어떨까요?"

귀목은 동감했다. 그리하여 명군들이 다 서명한 연명소를 경리부와 제독부에 한 부씩 올려 보낸 뒤 리춰의 유언을 소문냈다. 죽어가면서 남긴 장수의 마지막 소원을 들어주지 않는다면 소인배로서 체면이 상하도록 만든 것이었다.

경리 양하오와 제독 마꾸이로부터 아무런 회신이 없자 귀목은 그것만으로는 약하다고 판단했다. 그는 다시 묘안을 냈다. 기룡의 휘하가 아니면 싸우지 않겠다고, 부총병 리취와 함께 싸웠던 기룡의 휘하에 들어 부총병 리취의 복수를 하고 싶을 뿐이라고 군사들에게 한목소리를 내게 했다.

경리 양하오는 난감했다.

"이 일은 섣불리 결정할 수 없군."

그는 기룡의 용맹과 지략 그리고 군공과 활약, 인품까지 일일이 열거하며 부총병 리취를 충분히 대신하고도 남음이 있다고 명나라 황제에게 주문(임금에게 아뢰는 글)을 올렸다.

"그 조선 장수에게 나의 군사를 예속시키는 것이 합당한가?"

"죽은 리취의 군사들이 복수를 맹세하며 한마음으로 원하는 바이옵고, 만약 황상께서 윤허하신다면 성덕을 널리 베푸시는 일이 될 것이옵니다."

"조선의 장수 역시 황상의 장수이옵니다."

"그대들 말이 옳다. 그런데 나의 군사와 조선 왕의 군사를 다 같이 아우르자면 벼슬이 단지 리취가 가졌던 부총병에 그쳐서는 안 된다. 조선 장수 정기룡에게 어떤 벼슬을 내리면 좋을지 말해 보라."

"총병관으로 삼으시어 왜노를 퇴치하게 하옵소서."

"정기룡을 어왜총병관에 제수하노라."

파격이었다. 총병관은 조선 팔도보다 몇 배나 큰 땅인 성(명나라에서 가장 큰 단위의 지방행정구역)의 모든 군권을 가지는 벼슬이었다. 황제는 그러한 큰 벼슬을 내리면서 왜적을 제어하는 직책을 아울러 기룡에게 하사한 것이었다.

"세상에나!"

"나라가 생기고는 처음 있는 일 아냐?"

"명나라 황제도 우리 우병사 영감을 알아보신 게지."

"이젠 총병관 대인이라고 해야 하나?"

"총병관 대인, 그것 아주 좋은데! 하하하."

경리 양하오는 황제가 내린 교첩을 전하며 은으로 만든 꽃 두 가지와 은패(銀牌) 그리고 대단자(비단을 크게 자른 것) 한 필을 주었다. 제독 마꾸이 또한 표패(기념패), 청단(푸르고 두꺼운 비단)과 녹견(얇은 녹색 비단) 각 한 필씩 그리고 명나라 활 한 장과 화살 한 묶음으로 표창했다.

또 금의위(황제 직속의 비밀 감찰 기관) 지휘사(금의위 수장) 시시용(史世用)은 기룡을 칭송하는 시 두 편을 지어 주었으며, 전 제독 이여송은 금편(손잡이가 황금 용무늬로 장식된 지휘용 채찍)을 선물했다.

그런데 이여송은 그 직후 랴오둥 광닝(지금의 랴오닝성 진조우)성에서 누르하치의 사기군의 유인작전에 말려 안타깝게도 전사하고 말았다. 그 사실은 조선 조정에도 전해졌지만 임금은 왜적이 알면 사기가 오를까 염려해 경외(지방)의 장수들에게는 알리지 않았다.

기룡은 황제에게 사례의 글을 올렸다.

"배신(제후국의 신하가 황제에게 자신을 일컫는 호칭)에게 내리신 광영(영광)스러운 관직이 보잘것없는 본분에 지나쳐서 몸 둘 바를 모르고 정신은 아득하기만 하옵니다.

황상 폐하께서 총애하심이 한량없음에도 두 발이 머나먼 번국(제후국. 곧 조선을 말함)에 있는 까닭으로 성천자(덕이 높은 황제)의 발아래로 달려가서 큰절을 올릴 수가 없사오니 황공할 따름이옵니다. 다만 배신은 한결같은 마음으로 저 흉포하고 간악한 왜노의 무리를 남김없이 토멸함으로써 황상 폐하의 대은에 약간이나마 보답하고자 하옵니다."

리춰 휘하에 있던 명군들은 다 손을 잡고 춤을 추었다. 책사 귀목은 천총과 백총들을 다 데리고 와서 기룡에게 하례를 했다. 기룡은 그들에게 말했다.

"명군도 조선군과 똑같이 대할 것이오. 전장의 고락을 함께할 것이고, 의복과 음식을 균등하게 지급할 것이며, 병들거나 부상당한 군사는 쉬게 하고 구료해 줄 것이오."

"총병관 대인의 은덕에 그저 감사할 뿐이옵니다."

귀목이 백총들의 무언의 닦달에 못 이겨 기룡에게 물었다.

"명군에게도 조선군이 입고 있는, 그러니까 뭐라고 해야 할지…… 명군의 흉전갑과 비슷한 것인데……"

기룡은 웃으면서 대답했다.

"군물 또한 똑같이 지급할 것이니 아무 걱정 마시오."

백총들의 얼굴이 환해졌다. 그들은 머리를 방바닥에 닿도록 절을 했다.

"쎄쎄(謝謝), 따렌!"

장사들은 군뢰청에 모여서 주고받았다.

"그러면 뭐야? 책사가 셋이나 되는 건가?"

"그렇지. 사일랑, 백홍제, 귀목, 삼 책사 체제가 되는 거지."

"이거 사공이 너무 많은 거 아냐?"

"사공이 많아도 한마음이 되면 배는 똑바로 더 잘 나아가니 너무 걱정 마세."

수급 하나 은 10냥

1

책사 귀목은 우병영으로 들어온 명군의 지휘부로 갔다. 부총병 리춰가 전사하고 난 뒤에 6명의 소장이 7백여 명군을 이끌고 있었다.

"우리 명군의 화살촉에 바르는 독을 조선군에도 알려주어 전력을 향상시킵시다."

"우리가 총관 대인의 휘하에 들었으니 그거야 뭐 당연히 그래야지요."

천총 리유(劉)가 선선히 승낙했다. 그러자 백총 티엔(田)이 반대했다.

"아직까지 우리에게는 방탄납의도 지급을 안 하고 있는데 우리만 비법을 전습해 줄 필요는 없사옵니다."

파총 왕(王), 백총 두(杜), 초관 차이(蔡), 기패관 홍(紅)도 동조했다. 귀목이 군관들을 달랬다.

"내가 알아보니 지금 방탄납의를 만들고 있다고 하오. 다 만들면 우리에게 응당 지급하지 않겠소? 우선 시급하니 독전 만드는 비방을 알려줍시다."

천총 리유는 일언지하에 거절했다.

"그래도 안 되오!"

귀목이 기룡에게 와서 난감한 기색을 보였다. 기룡은 그를 위로하며 말했다.

"명 군관들이 그렇게 완고하다면 어쩌겠소?"

기룡의 친위 감사군은 4백여 명밖에 되지 않아 방탄납의의 여벌이 많이 남아 있었지만, 7백 명이나 되는 명나라 군졸들에게 다 지급하기에는 부족했다. 사일랑이 말했다.

"급한 대로 선봉군과 유격군에게 먼저 나눠 주시지요?"

백홍제는 고개를 저었다.

"누군 주고 누군 안 주고 할 수는 없는 일이 아니겠습니까?"

기룡이 결론을 내렸다.

"일단 지급을 보류하기로 하세."

감사군 진영에서는 명군을 곱지 않게 보고 있었다. 그들은 툭하면 먹는 것에 투정을 부리고 자는 곳이 불편하다며 불평불만을 쏟아냈다. 장사들도 매사에 거들먹거리는 명 군관들이 심히 아니꼬웠다.

"저놈들을 다 명 제독부로 돌려보내세."

"참게. 저들이 아직 우리와 풍습이 달라서 그런 것이니."

"풍습 문제가 아니라 예의와 염치 문제일세."

기룡은 감사군과 명군이 서로 배척하는 기류가 감도는 것을 감지하고 장사들을 불러서 타일렀다.

"낯선 땅에 와서 기질과 습속이 다른 사람들을 만나서 함께 지내자니 저들도 불편한 것이 어디 한두 가지이겠는가?"

"아무리 그래도 저놈들이 너무하지 않사옵니까?"

"우리가 무슨 상전을 수백 명 모시는 기분이옵니다."

기룡은 다시 간곡한 어조로 말했다.

"자네들 심정은 잘 알겠네. 하지만 조금만 더 깊이 생각해 보게. 저들의 어리광 같은 투정조차 다독거리지 못하고서 어떻게 나라를 구한단 말인가?"

장사들이 좀 수그러들었다. 기룡은 그러면 그렇지 하는 흐뭇한 표정을 짓고는 말을 이었다.

"누가 상주에 가서 방탄납의와 방검토수를 좀 갖고 오게."

"아직 덜 되었을 텐데요?"

"우선 만들어 놓은 것이라도 가져오게."

이희춘과 김세빈이 신씨 부인에게 가서 각각 2백여 벌을 가지고 돌아왔다. 기룡은 비축해 둔 것과 그것을 합쳐 전 명군에게 지급했다. 그들은 마치 명절에 빔(새 옷)을 받은 어린아이들처럼 좋아했다.

천총 리유와 백총 티옌이 명군의 독전 군사(독화살을 쏘는 군사)들을 모아 명령했다.

"화살촉에 바르는 독물 제조법을 조선군에 전습하라."

명나라 독전군은 감사군 사수들을 데리고 산야를 돌아다니며 독의 물료를 채취하기 시작했다. 맹독초인 천남성과 투구꽃의 뿌리 등을 채취했고, 칠점사, 유혈목이와 같은 독사도 잡았다.

"조선에는 붉은 개구리가 없나 보다."

"그게 있어야 되는데……."

"바다가 머니 복어 독도 구할 수가 없네."

"하는 수 없지. 우리가 가지고 있는 것을 쓰기로 하지 뭐."

독전군은 끓일 것은 끓이고 말릴 것은 말려서 수분을 제거했다. 사수들은 그 과정을 하나도 빼놓지 않고 잘 지켜보았다.

독성을 강하게 만든 것들을 한데 섞었다. 시커먼 색이 감돌았다. 보기에도 겁이 나는 물이었다.

"사약이 이런 건가?"

"그것보다도 더 독하겠지."

독전군은 독물에 송진을 혼합시켜 약한 불에 끓이면서 끈적끈적하게 만들었다. 진독이 다 만들어지자 화살촉을 담가 묻혔다. 자칫 잘못해 화살대에 묻히기라도 하면 활을 쏠 때 손에도 묻게 되니 조심했다. 진독이 발린 화살촉은 검게 변했다. 그것을 말리고는 다시 묻히기를 여러 번 했다.

모든 과정이 다 끝나자 천총 리유가 말했다.

"이 진독은 아주 조심해서 잘 다루어야 하오."

"잘 알겠소."

사일랑과 백홍제는 사수군 중에서 독화살을 쏠 지망자들을 뽑았다. 명군의 독전군은 친절하게 독전을 보관하는 동개까지 만들어 주었다. 한번 마음이 열리자 그들은 그지없이 자상해지는 것이었다. 독전을 쏘는 조련은 백총 티엔이 맡았다.

천총 리유가 파총 왕에게는 장창을, 백총 두에게는 요도와 등패를, 초관 차이에게는 낭선 쓰는 법을 전수하게 했다. 명나라에서 가장 강한 군대인 절강병들의 단병기 수법들이었다.

장창의 수법은 왜군들의 장검에 대응하기 알맞았고, 요도와 등패는 접근전에서 큰 위력을 발휘하는 것이었다.

요도는 허리에 차는 짧고 휜 칼이었고, 등패는 등나무 줄기와 대나무 줄기를 엮어 만든 둥근 방패였다. 한 손에는 요도를 들고 다른 한 손에는 등패를 들고 싸우는 것이었다.

그리고 낭선은 독을 바른 대나무 가지가 여러 개 달린 창의 일종으로써 맨 앞에서 적의 시야를 교란하며 전진하는 무기였다.

감사군은 신기해하면서 조선에는 없는 병장기의 수법들을 한 가지씩 배워 익혀나갔다. 한편 명군 궁수들은 명나라 활보다 크기도 작고 연약해 보이는 조선 활이 사정거리가 더 길고 강력한 이유를 궁금해했다. 사수들은 그들에게 각궁의 요체를 설명해 주며 멀리 쏠 수 있는 사법을 가르쳤다.

부총병 이여매가 우병영을 방문했다.

"미리 전령도 보내시지 않고 이렇게 몸소 왕림하시다니……."

기룡은 환대했다. 귀목을 불러서 자리를 함께했다. 이여매는 죽은 이여송의 동생이었다. 기룡은 이여송의 죽음을 위로했다.

"이 제독께서 불의의 변을 당하시어 무어라 위로의 말씀을 드려야 할지 모르겠습니다."

"그건 비밀로 하고 있는 사실인데, 정 대인이 어찌 아셨소?"

"지난번에 경리부에서 귀띔해 주었습니다."

"그랬군요. 형님이 전사하신 것은 가슴 아픈 일이지만 어쩌겠소? 위로해 주어서 고맙소."

"한데, 어인 행차이온지?"

"돌아가신 형님을 대신해 군사를 정돈하고 또 징발하는 소임을 맡아 랴오둥으로 돌아가게 되었소. 그래서 인사차 들른 것이오."

이여매는 귀목에게 말했다.

"총관 대인을 잘 모시게. 자넨 고향에 온 것 같겠군. 하긴 나도 조선의 피가 흐르긴 매한가지이긴 하네."

귀목이 말했다.

"소인은 지난날 랴오둥에서 성심껏 이가(요동 총관 이성량의 가문)를 모셨사옵고, 이제 조선에서 총관 대인을 보필하는 데 전력하겠사옵니다."

"이곳에 있는 명군은 조선군과 잘 지내고 있는가?"

"그러하옵니다. 이제 막 서로 화합하기 시작했사옵니다."

"그래야지. 큰 나라니 작은 나라니 할 것 없이 서로 예로써 존중하면

만사가 형통할 걸세."

기룡은 이여매 역시 이여송과 마찬가지로 요동 총관 이성량의 아들로서 조선의 피가 흐른다는 말을 듣고 남몰래 고심하고 있던 바를 꺼냈다.

"대인, 영남에 주둔하고 있는 명군이 대체로 왜적이 출몰하여도 본체만체하면서 싸우기를 꺼려하고 있사옵니다. 그들을 잘 다독거려서 왜적을 회피하지 않게 할 묘안이 없겠습니까?"

"묘안이라……"

이여매는 잠시 생각하더니 기룡에게 말했다.

"명군과 조선군이 왜노의 수급을 많이 참획하기로 경쟁을 하는 것은 어떻겠소?"

"경쟁을요?"

"그렇소. 내게 남은 군자금이 좀 있으니 돌아가는 길에 그것으로써 제독부에 한번 주선해 보겠소."

이여매가 떠난 지 얼마 지나지 않아 제독부에서 관유(명령 하달 공문)가 내려왔다.

"지금부터 6월까지 조선군, 명군 가릴 것 없이 각 군영에서 왜적의 수급을 참획하되, 가장 많이 벤 군영에는 상금으로 은전 1천 냥을 내리겠노라."

"이야, 은으로 1천 냥!"

"아무리 게으른 명군이라 하더라도 움직이지 않을 수 없겠는걸."

상주에 대진을 펼쳐놓은 부총병 리닝(李寧), 선산에 주둔하고 있는 유격 투콴(塗寬), 개령과 인동 사이에 머물고 있는 유격 쎄빵롱(葉邦榮), 성주와 고령 사이 이동원에 주둔하고 있는 유격 마오궈치, 무계나루에 진을 치고 있는 유격 루데공(盧得功) 등 경상좌도와 우도 가릴 것 없이 명나라 군영이란 군영은 다 크게 술렁였다.

"우리가 은전 1천 냥을 타자!"

"암, 이건 조선군에게 양보할 수 없지."

2

기룡은 왜적이 출몰한다는 첩보가 연이어 들어오는데도 출병 명령을 내리지 않았다. 장사들과 군사들은 기룡이 뭘 하고 있는지 책사방을 연일 찾아가 보챘다.

"다른 군영에서는 다들 출동한다는데. 이것참."

"도대체 책사들은 뭘 하고 있는 게요? 어서 가서 좀 아뢰지 않고!"

사일랑과 백홍제가 느긋하게 대답했다.

"누가 잡아도 왜적을 잡으면 되는 일이 아니오?"

"우리는 그동안 많이 나가서 무찔렀으니 이참에 좀 쉽시다."

이희춘이 답답하다는 듯이 언성을 높였다.

"상금을 타야지! 상금을! 무려 은전 1천 냥이 걸려 있다는 걸 잊으시었소?"

귀목도 거들었다.

"왜적을 물리치는 데 진력을 해야지 상금에 눈이 어두워져서는 아니되오."

"아, 나 참, 은전 1천 냥이 어디 적은 돈이오? 그것만 가지면 앞으로는 군량 걱정 없이 지낼 수 있을 것 아니오?"

군사들도 왜 출병을 안 하는지 영문을 몰라 했다. 하루바삐 나가서 왜적을 소탕하고 수급을 참획하고 싶은 마음이 굴뚝같았다. 초조해진 군사들이 드디어 기룡의 영재 뜰로 몰려가 엎드려 애원했다.

김덕룡이 애원하는 목소리로 말했다.

"대장님, 어서 출병 명령을 내려주옵소서."

선비로서는 드물게 일개 군사의 신분인 이창록이 아뢰었다.

"여기 수룡동은 골이 깊고 산길이 험해 기동력이 떨어지옵니다. 형전촌에 가병영을 설치해서 그곳에 있으면서 즉시 출동할 태세라도 갖추도록 명령을 내려주옵소서."

기룡은 그 건의를 받아들였다. 우병영이 있는 수룡동은 경상우도에서도 가장자리에 위치해 있어 시급한 일이 있으면 우도 전역으로 재빨리 출군해 가기가 어려운 단점이 있었다.

감사군과 명군은 힘을 합쳐 여러 가지 군물을 수레와 전마에 실었다. 그러고는 비어 있는 형전촌에 나아가 가병영을 설치하고 즉시 출격하기 쉽도록 했다.

기룡은 감사군의 장사들과 명군의 소장들을 다 불렀다. 그러고는 하령했다.

"그대들은 각자 군사 1초씩 거느리고 언제든지 출군할 수 있도록 상시 대기하라."

기룡은 뜻밖에 책사 백홍제에게 군사 1초를 내주고, 훈련원 부정 박천기를 부장으로 삼았다. 장사들이 다 의아스러워했다.

"아니, 대장님? 우리를 다 놔두고 어찌 백포 어른을?"

명 소장들도 반발했다.

"우리가 출동 명령을 기다린 지가 여러 날인데 어찌 장수도 아닌 자를 내보내십니까?"

"명령이니 다들 잠자코 따르라!"

기룡은 그들의 의구심과 반발을 일축했다. 수령청을 나온 장사들과 명 군관들은 불만이 가득 찬 얼굴이었다.

"몰살당하고 말 터이지."

"허구한 날 서책이나 뒤적거리던 자가 전장에서 뭘 할 줄 안다고."

백홍제는 군사를 이끌고 삼가현으로 갔다. 왜적은 한 고을을 진영으로 삼아 수백 명이 들어 있었다. 백홍제는 낮에는 군사들에게 산에서 나무를 하게 한 뒤에 밤이 되자 고을 사방에 쌓아두고 한꺼번에 불을 질러 적병을 다 불태워 죽여버렸다.

왜졸 한 명만이 불길을 헤치고 뛰쳐나왔다. 백홍제는 달려들어 단칼에 목을 베어 수급을 날렸다. 그를 일개 서생으로만 알고 있던 군사들은 그 서슬에 할 말을 잃고 말았다.

"불에 탄 수급이라도 베어서 갖고 가자!"

모두의 예상과 달리 백홍제가 크게 개가를 올리고 돌아오자 장사들과 명 군관들은 더 속이 탔다.

기룡은 이번에는 별장 한명련과 정구룡을 내보내 거창에 있는 적을 공격하도록 했다. 그들이 출동한 뒤 곧바로 전령을 띄워 김산 군수 민정봉과 지례 현감 정홍에게는 우지현을 지키도록 명령했다.

한명련과 정구룡에게 패퇴하던 1백여 명의 왜적들은 우지현으로 올라가다가 민정봉과 정홍에게 급습을 받고 모두 궤멸되었다. 수급을 베어 나눠 가져야 하는 것 때문에 유언량을 비롯한 감사군은 크게 불만이었다.

"허어, 그것참, 왜 한꺼번에 출동시키지 않으시는지. 나 원."

"골고루 전공을 세우도록 하시려는 거겠지."

"한꺼번에 우르르 다 나와서 각자 다른 길로 가면 되지 않나?"

"대장님이 출동했다는 소문이 돌면 왜적이 지레 겁을 먹고 달아나고 말 것이 아닌가? 그러면 우리는 닭 쫓던 개가 지붕 쳐다보는 격밖에 더 되겠는가?"

"오, 그 말 한번 일리 있군그래."

"허어험, 시집갈 날을 받아놓은 새색시처럼 다들 방바닥에 궁둥짝 잘

붙이고 조신하게 기다려 보게. 우리에게도 머잖아 기회가 올 걸세."

그 말은 곧 증명되었다. 기룡이 직접 군사를 거느리고 가조현으로 나아가니 일본군은 싸울 생각도 하지 않고 지상곡(거창군 주상면 성기리)에 있는 본진과 함께 달아나 버렸다. 기룡은 권빈역(합천군 봉산면)까지 추격해 갔지만 왜군은 다시 산을 넘어 삼가현으로 도망쳤다.

기룡은 추격을 늦추지 않고 삼가현으로 군사를 휘몰았다. 삼가 현감 신효업도 합세했다. 왜적은 합천군과 초계현으로 흩어졌다. 두 고을에서 노략질을 하고 있던 일본군은 쫓겨 온 왜졸들한테서 기룡이 온다는 말을 듣고 화들짝 놀랐다. 그들은 남쪽으로 길을 재촉해 황급히 진주성으로 들어가 버렸다.

"역시 우리 대장님은 출전하시면 안 되겠어."

"대장님께서 군사를 1초씩 내보내신 건 다 깊은 뜻이 있었던 것이라 니까."

기룡은 왜적의 출몰 지역이 한정되어 있음을 깨닫고 고심했다. 진주성 와 사천왜성을 점거하고 있는 시마즈 요시히로의 일본군이 오직 가까운 경상우도의 남쪽 지방만 침노하고 있는 것이었다.

성주와 고령현 주변 지역은 안정되었지만 우병영에서 멀리 떨어져 있는 함양 안의 생초, 거창, 합천, 삼가, 초계 같은 고을들은 왜적이 하루도 빠짐없이 출몰해 노략질을 했다.

그리하여 고을은 날이 갈수록 텅 비어 곳곳이 폐허가 되어가고 있었고, 유리걸식을 하는 유랑민들은 조금만 멀리서 보아도 왜군과 분간이 잘 되지 않았다. 그리하여 오인해 죽이는 일이 없다고 할 수 없었다.

모든 고을에는 군사다운 군사가 없었고, 또 군사가 있다고 하더라도 맞서 싸울 생각을 잃은 채 모두 도망쳐 숨기에 바빴다. 그리하여 적병들을 퇴치하기가 여간 어려운 것이 아니었다.

기룡은 임금에게 전 합천 의병장 정인홍을 천거해 우도의 왜적을 소탕하는 소임을 맡기기를 청했다.

"그러면 대장님께서 왜군을 물리치는 일을 분담시키겠다는 것이로군."

"하긴 우리 우병영의 군사만으로는 경상우도에 횡행하는 적병들을 다 막기란 힘든 일이지."

부총병 지에성이 왜군을 격퇴하러 합천군에 이르렀다. 기룡은 그와 협공을 약속하고 병마우후 박대수와 선봉장 한명련을 내보내 삼가현에서 많은 왜적을 쳐 죽였다.

그리하여 군사들이 적군의 수급 70여 개를 베어 왔다. 그런데 기룡은 그것들을 몽땅 지에성에게 넘겨주었다.

"죽자고 싸워서 벤 수급을 지난번처럼 또 다 줘버리시다니 우린 뭐야? 그럼."

"참 싸울 맛이 안 나는구면."

"그만하세. 그게 다 명군이 앞으로 더 잘 싸우라는 간곡한 뜻이 아니겠는가?"

"하긴 남의 나라에 와서 목숨을 바쳐 싸워주는 것만도 우리가 고맙게 여겨야지."

"아, 언제쯤이나 머리를 조아리며 남의 나라 군사를 빌려와야 하는 치욕을 두 번 다시 겪지 않을 것인가?"

수급을 다 챙긴 지에성은 뒤도 돌아보지 않고 경상좌도에 있는 의흥현(군위군 의흥면)을 향해 떠났다. 기룡은 뒤따라가서 같이 싸울 것을 설득하며 만류했지만 지에성은 듣지 않았다.

"나는 몸이 좀 안 좋아서 이만……"

경상우도 남쪽 일대에 일본군의 형세가 갈수록 커져서 그 대응이 시급한데도 유격 마오궈치, 루데공 등의 명장들은 모두 조선군이 획득한 수급을 탐낼 뿐 실제로 싸워서 얻을 생각은 하지 않았다.

그것은 기룡의 휘하에 든 명군도 다를 바 없었다. 그들은 싸우는 시늉만 했지 늘 뒷전에서 머뭇거렸다. 기룡이 천총 리유와 백총 티엔에게 군사를 이끌고 나아가 싸워줄 것을 당부해도 헛기침만 하며 요지부동이었다.

"방탄납의와 방검토수를 괜히 줬어."

"되놈들에게는 무용지물이야."

감사군이 빈정대면 명군도 지지 않고 거들먹거렸다.

"누구 덕에 총병관이 되었는데."

"총병관이 뭐 대단한 벼슬이나 되는 줄 아나?"

"감히 우리 천병을 일개 번장이 호령하려고 들다니."

기룡은 명군이 지휘를 따르지 않고 멋대로 행동하는 것을 더 두고 볼 수 없었다. 경리부에 그런 사정을 보장(상관에게 보고하는 공문)했지만 아무런 답신도 오지 않았다.

장사들이 한입으로 아뢰었다.

"이대로 두어서는 안 되겠사옵니다."

"군율이 온통 엉망 지경이옵니다."

명군을 이끌고 있는 천총 리유와 백총 티엔을 불러 거듭 타일렀지만 그들은 안하무인이었다. 기룡은 드디어 명령했다.

"이자들을 끌어내어 참수하라!"

장사들이 달려들어 두 사람을 옴짝달싹 못 하게 묶었다. 명나라 장수들이 참형에 처해진다는 소문을 들은 감사군과 명군이 모여들었다. 항금이 큰 월도를 허공으로 돌려 휘이잉 바람 소리를 낸 뒤 땅을 짚고 섰다.

천총 리유와 백총 티엔은 넋 나간 얼굴이었다. 숨도 제대로 쉬지 못해 벌려진 턱을 덜덜 떨며 침만 흘리고 있었다. 두 사람의 목이 달아나게 된 것을 본 다른 명 소장들이 모두 무릎을 꿇고 애원했다.

"쨩쮠(將軍)! 아, 아니 따롄, 한 번만 용서해 주옵소서."

기룡은 근엄하게 말했다.

"차후로 명령을 어기는 자는 조선군이든 명군이든 구분을 두지 않고 그 즉시 군율에 의거하여 참수하겠다. 알겠는가?"

"시, 따롄!"

오만방자하던 명장과 명군들은 정신이 번쩍 들었다.

우병영에는 또 다른 문제가 대두되고 있었다. 감사군과 명군을 합쳐 1천 명이 넘는 군사가 먹을 양식이 모자랐다. 그동안 비상시에 대비해 아껴왔지만 순찰부나 경리부에서 군량이 더 이상 내려오지 않아 굶주림을 피할 수 없게 되었다.

기룡은 감사군 중에서 부상당한 사람들과 늙고 쇠약한 사람들은 군역을 면제시키고 곡식으로 대납도록 했다. 하지만 그들은 왜적의 수급을 하나라도 더 베어 군공안에 이름을 올리기 전에는 돌아가지 않겠다며 버텼다.

기룡은 다른 여러 군영과 민간으로 장사들을 보내 군량을 구하게 했다. 돌아온 그들은 다 빈손이었다.

"상도(경상좌도)고 하도(경상우도)고 간에 다들 군량을 거두지 못해 쩔쩔매고 있었사옵니다."

기룡은 조정에 장계를 올려서 충청도 지방에 쌓아두고 있는 곡식을 운반해 줄 것을 요청했다. 하지만 여러 날 감감무소식이었다.

"은전 1천 냥이라……."

"그것만 우리가 탈 수 있으면 좋으련만."

삼 책사가 기룡에게 건의했다. 군량 문제를 해결하기 위해 왜적의 수급을 적극적으로 참획해서 제독부에서 내건 상금을 획득하자는 것이었다. 기룡은 다른 방법이 없어 수긍했다.

장사들의 사기를 올리기 위해 다들 별장으로 승진시켰다. 그것은 경상 우도 유군 별장 한명련의 지위와 맞추는 것이기도 했다. 장사들은 다 기분이 좋아졌다.

"김 별장, 황 별장, 노 별장 그리고 정 별장, 허헛."

"왜 그러는가? 이 별장."

기룡은 별장들, 군관들, 명 소장들을 소집해 각자에게 알맞는 군사방략(군사작전)을 하달하고는 사천, 진주, 합천, 산음, 단성, 함양, 삼가, 창원, 마산, 진해, 고성, 곤양 등지로 나눠 보냈다.

고성 현령 이대수와 별장 최강 그리고 군관 전시우, 심언청, 박성매, 표담기, 박언신, 박영남, 정지일, 이경생, 박세원, 정인부, 채오년, 조대함, 강진, 김수매, 이영춘, 강치, 이상 등은 감사군과 함께 도처에 있는 왜군을 협공했으며, 분의복수장(왜적에게 원수진 사람들로 구성된 군대) 출신의 군관 변추휘도 뒤지지 않고 용감하게 왜군을 격퇴하고 수급을 뺐다.

진주 목사 이현, 군관 양응심, 이무적 그리고 함양 군수 노윤중, 안음 현감 박정완과 군관 이희민, 산음 현감 최발도 분발해 감사군을 따라 왜군을 찾아내 격살했다.

관군들이 왜적의 토벌에 대거 참여하고 나선 것은 명 제독부에서 내건 은전 1천 냥이 탐났다기보다는 전공을 세우기 위해서였다.

그동안 기룡이 출동 명령을 내려도 이런저런 핑계로 꾸물대거나 미적거리던 경상우도 각 군현의 장관과 수령들이 적극적으로 나서기 시작한 것은 모종의 불안감 때문이었다.

머잖아 전쟁이 끝날 것으로 여기는 분위기였다. 명나라에서 대군을 파병하려고 한다는 소문이 있었다. 그간 군공이나 전공이 하나도 없는 사람들은 자칫 잘못하면 공을 세울 기회가 없을지도 모른다는 생각이 들었다. 사납고 강한 왜적을 대하는 것에 이력이 나서 두려워하지 않고 대담해진 것도 또 하나의 이유였다.

기룡이 명령을 따르지 않는다고 명장들을 참수하겠다고 해 그들을 복사(복종해 섬김)시켰다는 소문을 듣고는 차후에 자신들에게도 명령을 곧바로 받들지 않은 죄를 물을 것 같았다. 도망가 버린 수령이나 관원들 다음으로 큰 문책을 받을 것이 자명했다.

"왜적의 수급을 하나라도 벤 공은 있어야 고개를 들고 다닐 것 아닌가?"

"맞는 말일세. 무슨 수를 써서라도 군공안에 성명 삼 자는 올려놓고 봐야지."

기룡에게 반가운 손님이 찾아왔다. 백의종군에서 복직되어 이여매와 함께 랴오둥으로 돌아갔다가 제독 마꾸이가 표첩(사령장)을 내어 다시 불러들인 부총병 조창쒼이었다.

그는 부장이나 군사도 없이 휘하에 가정(집에서 부리는 남자 종) 1백 명만 거느리고 있을 뿐이었다.

"초라한 행색이라 면난(민망)하오."

"아닙니다. 장수가 어찌 군사의 수를 가지고 논하겠사옵니까?"

"본장도 정 총관을 도와 왜적을 무찌르는 일에 앞장서겠소."

기룡은 그의 손을 굳게 잡았다.

"대인, 고맙습니다."

그즈음 일본군은 사천왜성에 시마즈 요시히로가 거느린 4천여 명, 부산의 죽도에 7천여 명, 곤양군 일대에 2천여 명이 결진하고 있었다. 진주성에는 시마즈 요시히로의 차남 시마즈 히사야스(島津久保)가 3천여 명을 거느리고 성을 지키고 있었다.

또 영산현에 2천여 명, 창원부와 마산포에 2백여 명, 김해의 죽도왜성에 나베시마 나오시게가 이끄는 왜졸 1천여 명이 진을 치고 있었다. 그 밖에 수십 명씩 떼 지어 돌아다니는 왜군들은 이루 헤아릴 수 없었다.

기룡은 휘하의 감사군과 명군, 각 고을의 수령과 군관 그리고 조창쓴이 이끄는 가정들까지 합세하도록 했다. 그리하여 경상우도 전역에 걸쳐 끊임없이 출몰하는 왜적들을 줄기차게 섬멸해 나갔다.

원효길은 사천, 김서는 진주와 곤양에서 활약했다. 정인부는 의령에서 오가시라 쿠리 와래스나(栗吾沙)를 사로잡았고, 두치현(하동군 화심리)의 병병 군관 이상은 코가시라 스나 시츠후루(沙叱古)를 하동현에서 포로로 잡았다.

조대함은 진주와 고성 일대를 종횡무진 돌아다니며 활약했으며, 강여우는 단성현의 묵곡 고을에서 왜적 여러 명을 쳐 수급을 가져와 기룡에게 바쳤다.

천총 리유가 이끄는 명군은 합천과 삼가에서, 백총 티엔은 함양과 안의 그리고 생초까지 북진하면서 왜적을 죽이고 수급을 베어 날랐다. 조창쓴이 이끈 가정들도 용감했다. 죽기를 각오하고 거창과 삼가에서 맹활약을 했다.

기룡은 행여나 조선인을 오인해 죽인 것은 아닌지 수급을 하나하나 점검한 뒤에 창고에 넣어두었다. 포로로 잡아 온 왜군들은 가두어 두고 굶어 죽지 않도록 음식을 내리고는 그들의 동태를 지켜보았다.

"우리가 다 굶어 죽을 판인데 왜놈들까지 먹이다니."

"그냥 다 죽어버리고 수급이나 챙기시지 않고."

기룡은 포로로 잡아놓은 왜군들을 해치지 못하게 엄령을 내렸다.

"대장님, 아무리 요청해도 상사(상급 관아)로부터 군량이 제급(장부에 적은 뒤 내줌)되지 않고 있사옵니다."

"수급은 놔두고 다른 전리품은 모두 민간에 팔아서 곡식을 사들이게."

6월이 되자 경상우도 주부 군현의 각 수령들과 군관들, 명군의 각 군영 장수들과 소장들은 하루도 거르지 않고 몇 명씩 짝지어 왜적을 찾아 깊은 산속 고을까지 이 잡듯이 뒤지고 다녔다.

각 군영에서는 은 1천 냥의 상금에 대한 기대감을 키우고 있었다. 서로 눈치를 보며 남의 군영에서는 일본군의 수급을 얼마나 참획했는지 궁금해 탐문하기도 했다. 그들의 이목이 가장 집중된 곳은 경상 우병영이었다.

"아마도 우병영이 일등을 하지 않을까?"

"명군의 각 진영도 만만찮지."

"명군이야 왜적을 쫓는 시늉만 하고 다니지 않았는가?"

"그것도 아닐세. 꼭 산 왜적을 죽여서 목을 베어야 수급인가 어디? 뺏어도 수급이고, 주워도 수급이지."

기룡은 휘하 별장들과 명 소장들에게 각별히 당부했다.

"서로 경쟁심이 지나쳐서 왜적의 수급을 두고 아군끼리 싸움이 날 수도 있네. 만약 우리 우병영의 군사들이 그런 일에 맞닥뜨리게 되면 항상 양보하도록 하게."

불협화음은 곳곳에서 발생했다. 간밤에 명군의 한 창고가 털렸는데 모아놓은 수급을 몽땅 가져가 버렸다는 말이 나돌았다. 함께 추살한 왜적의 수급을 두고 조선군과 명군이 서로 칼을 겨누는 일까지 있었다.

기룡은 쉬지 않고 편장(휘하 장수)들을 여러 곳에 내보냈다. 그들은 길목에 잠복도 하고 수색도 해 발견되는 왜적은 모조리 무찌르고 목을 뺐다.

정인부는 진주, 변추휘는 산음과 단성 일대, 김은정은 합천, 정림은 초계, 이득점은 삼가에서 개가를 올렸으며, 합천 군수 이숙과 의령 현감 김전도 관할 고을에 숨어든 왜적을 샅샅이 찾아내 쳐 죽여서 민심을 크게 안정시켰다.

"날이 밝을 무렵에 왜적 수백 명이 영산현에 나타났사옵니다!"

기룡은 왜군의 숫자가 많다고 판단해 직접 군사를 거느리고 달려갔다. 영산현의 읍성에서부터 장현(영산과 의령 경계에 있는 고개)까지 쫓아가서 수많은 왜적을 쏘아 죽였다. 명군에게서 전습 받은 독전이 큰 위력을 발휘했다.

날이 어두워질 즈음 기룡은 추격을 멈추고 군사들에게 왜적의 수급을 모두 거두게 했다. 그때 유격 마오궈치가 기룡이 영산현 싸움에서 대승한 소식을 듣고는 부리나케 달려왔다.

"정 총관, 승첩을 축하하오."

그는 전에 없이 살갑게 굴었다. 곧 속마음을 드러냈다.

"듣자니, 지에셩 대인도 얻은 것이 있다고 하길래……."

기룡은 영산현에서 거둔 수급을 나눠 주었다. 그리고 그곳에서 포로로 잡은 왜적도 넘겨주었다. 마오궈치는 기뻐해 마지않았다. 왜적과의 싸움으로 지쳐 있던 감사군과 명군은 그 기막힌 광경을 힘겨운 기색으로 물끄러미 바라보기만 했다.

3

랴오둥의 철갑기마군도, 남쪽의 절강병도, 선부와 대동부의 달병들도 모두 기룡이 이끄는 감사군과 비교할 상대가 되지 못했다.

명군의 흉전갑을 더한층 발전시킨 방탄납의와 비패를 개량해 팔뚝 전부를 감싸는 방검토수 그리고 새로 창설한 독전군의 위력까지 더해져 감사군은 가히 천하무적이라고 해도 과언이 아니었다.

"우리가 해냈어!"

"난 이렇게 될 줄 알았지."

"명군에게 수급을 많이 나눠 주고도 우리가 일등을 했어."

어느 누구도 이설을 달지 못하는 쾌거였다. 기룡은 예천에 있는 제독부에 가서 은전 1천 냥을 수령해 돌아왔다. 성주 수룡동의 경상 우병영은 큰 잔치 분위기였다. 감사군, 명군 할 것 없이 다 같이 즐거워했다.

기룡은 사일랑을 시켜 군공안을 면밀히 검토했다. 모든 군사가 최소한 수급 하나씩은 다 벤 것으로 적혀 있었다. 단병전(백병전)이 벌어져서 감사군 개개인이 왜적을 무찌르고 수급을 베어 허리에 찬 것들만 기록한 것이었다.

그 밖에 총통과 화포의 파편, 난사된 조총과 활에 맞아 죽은 시체에서 누구의 것이라 할 것도 없이 합동으로 참획해 모아놓은 왜적의 수급만 해도 2천 개가 넘었다. 백홍제가 기룡에게 물었다.

"오래전부터 모아오셨는데, 이제 저것들을 다 어찌하시려옵니까?"

기룡은 귀목에게 말했다.

"명나라는 왜적의 수급 하나를 베면 은전 60냥을 군사에게 상으로 준다고 들었네만?"

"그러하옵니다. 많이 벤 자는 벼슬도 받게 되옵니다."

기룡은 고개를 끄덕이며 귀목에게 일렀다.

"명나라 각 군영에는 아직 전공이 없는 군사들이 많은 줄 아네. 귀목 책사가 명장들의 성향을 잘 알 것이니, 백 책사와 함께 한 바퀴 돌면서 군공을 탐하는 명장들이 있으면 흥정을 잘해보도록 하게."

"명군에게 수급을 팔자는 말씀이군요?"

"그렇네. 명군의 월봉이 은전 1냥인데 별달리 쓸 일이 없어 다들 은전을 많이 지니고 있을 것이네. 달마다 받아 고스란히 가지고 있으면 잃어버리기도 쉽고 또 전사하면 그것으로 끝나지 않는가? 그러니 다들 우리의 수급을 싸게 사서 동정군의 군공안에 올려놓고 나중에 명나라로 돌아가서 제 값을 받는 것이 낫다고 생각하지 않겠는가?"

"그것 참 소인이 듣기에도 썩 구미가 당기옵니다."

"그런데 수급을 판다는 소문이 나면 문책을 받게 되지나 않을지 심려되옵니다."

"그러니 제독부나 경리부에서 의혹을 가지지 않도록 은밀히 추진하라는 말이네."

귀목과 백홍제는 팔거에 있는 왕삐디와 뤼상지, 상주에 있다가 대진을 옮겨 개령에 머물고 있는 부총병 리닝, 선산에 주둔하고 있는 유격 투콴, 성주에 있는 유격 마오귀치, 인동에 결진하고 있는 유격 쎄빵롱, 낙동강 무계진을 지키고 있는 유격 루데공, 의흥에 자리 잡은 부총병 지에셩 등 모든 명 진영을 차례로 찾아다녔다.

기룡의 고안은 성공이었다. 명장들은 전공이 없어 크게 아쉬워하고 있었고, 휘하에 있는 소장들은 말할 것도 없고 군사들도 대환영이었다.

귀목과 백홍제는 맨 마지막으로 기룡에게 가장 호감을 가지고 있는 부총병 우웨이쫑을 찾아갔다. 그는 영천 장수역에서 군진을 치고 있었다.

"귀목 책사 아닌가? 어서 오게."

"저희 총관 대인께서 은밀히 아뢰라 하시는 말씀이 있사와 찾아뵈었사옵니다."

"그래? 그게 뭔가?"

귀목에게서 수급을 팔겠다는 제안을 들은 우웨이쫑은 경상 우병영의 군량 부족이 심각한 상황임을 직감했다.

우웨이쫑은 자신의 군사들이 개인적으로 수급을 사겠다고 한다면 문제 삼지 않겠다는 무언의 허락을 넌지시 내렸다.

"내 휘하에 있는 소장들과 얘기해 보게. 그들이 결정하는 바대로 수용하겠네."

명나라 군사들은 다들 은전을 많이 가지고 있었다. 다달이 월봉을 받아도 쓸 데가 없어서 그냥 소지하고 있는 것이었다. 군영에 맡겨놓으면 떼먹을지 몰라 명군들은 그렇게 하지 않았다.

"수급 하나에 은전 10냥이면 거의 일 년 치 월봉인데?"

"10냥을 주고 사서 군공안에 올려놓고 나중에 명나라로 돌아가서 논공행상을 따질 때 60냥을 받는 게 낫지."

"맞아, 군공안에 수급을 올려놓으면 내가 죽더라도 가족이 받으니까 내 공적이 물거품이 될 걱정도 없어."

"듣고 보니 그게 낫겠어. 난 두 개 사야겠네. 20냥을 들여서 사두었다가 나중에 돌아가서 은전 120냥을 받게 되면 집도 사고 전답도 좀 살 수 있으니 우리 한 식구는 먹고살 만하지."

명군의 모든 진영에서 앞다투어 수레를 끌고 와 수급을 사 갔다. 기룡은 각 명군 진영의 지휘부의 몫으로 수십 개씩 별도로 얹어주고 전하도록 했다. 창고에 있던 수급 2천여 개는 금방 동이 났다.

"좀 더 없소?"

"감사군은 앞으로도 왜적의 수급을 참획할 수 있을 터이니 개인적으로 가지고 있는 것도 좀 파시오."

"군사 개개인의 것은 내줄 수 없소."

"그러면 미리 예약을 좀 합시다. 우리 군영에는 3백 개 예약이오. 자 선금을 미리 드리겠소."

"그건 아니 될 말이오. 예약은 받지 않소."

수급을 팔아 벌어들인 돈이 자그마치 은전 2만 냥이었다. 군사들의 관심은 그 거액에 쏠려 있었다.

"저 많은 돈을 어디다 쓰실까?"

"혹시 우리에게 나눠 주실 건가?"

"큰돈을 나눠 주면 다들 얼씨구나 하고 병영을 이탈하여 도망을 칠 텐데 어림도 없는 소리."

"두고 보세. 우병사 영감께서 어쩌시려는지."

"하긴 늘 우리가 생각하지 못하는 걸 고안해 내시곤 하셨으니까."

기룡은 군적안과 군공안을 대조했다. 감사군에 있다가 전사한 집에는 10냥씩, 부상을 당해 더 이상 군역을 맡을 수 없는 사람에게는 5냥씩, 그리고 그들 중에서 왜적의 수급을 벤 사람에게는 5냥씩 더해 주었다.

"상주로 가서 모든 집안을 일일이 찾아가 직접 전해주어야 하네."

"만약 아무도 없는 집은 어찌할까요?"

"확인만 하고 그냥 돌아오게."

군사들은 가슴이 뭉클했다. 전사한 사람의 집에 은전 10냥이라니, 임금과 조정도 못 하는 일을 기룡이 하는 것이었다.

기룡은 싸움터에서 화살이나 총탄에 맞거나 칼에 베이고 창에 찔린 사람들 중에서 상처가 가벼우면서 군역의 달수가 다 찬 사람에게도 5냥씩 줘서 집으로 돌려보냈다. 그들은 흐느끼며 감복했다.

"세상에 이렇게 큰돈을 만져보다니."

"만져보기만 하는 것이 아니라 이제 그 돈은 자네 것일세."

"상처를 처매고 먼 길을 갈 것이니 단단히 갈무리해서 떠나도록 하게."

기룡은 또 경상우도 각 주부군현에도 왜적을 물리친 공적에 알맞게 은전을 나눠 주었다. 그런 뒤에 맨 마지막으로 민간에 방을 붙여 군량을 사들였다. 그러한 일들이 소문이 나지 않을 리 없었다.

새로 감사군이 되겠다는 장정들이 줄을 이어 수룡동으로 찾아들었다. 왜적에게 잡혔다가 탈출한 피로인을 비롯해 항왜들까지 감사군이 되겠다고 다짐하는 것이었다. 기룡은 오는 대로 다 받아들였다.

"우리 대장님은 정말 대단하신 분이야."

"이 전쟁 통에 수완이 정말 남달라."

별장들이 한마디씩 하는 소리를 듣고 이희춘이 말했다.

"젊으셨을 적 한때는 삼남에서 알아주는 거상이셨지."

"정말?"

"그렇고말고."

"그러면 거상이셨을 때의 얘기를 좀 들려주게. 응?"

소문이 사실이면

1

"내가 아니었다면 아우님 자네가 정실이 되었겠지."

서무랑은 화들짝 놀랐다.

"아, 아니옵니다. 마님, 이 천한 것은 언감생심 그런 가당치도 않은 마음을 지어먹은 적이 단 한 번도 없었사옵니다."

"마님이 뭔가? 편하게 언니라고 부르게. 어서 언니라고 불러보게."

권씨의 채근에 서무랑은 입속말인 듯이 나지막이 내뱉었다.

"언님……."

권씨는 웃으면서 말했다.

"나는 어머님 곁을 한시라도 떠날 수 없네. 그러니 아우님이 성주 병영으로 가서 우리 집 영감을 좀 뒷바라지하고 오게."

"소첩이 노마님을 잘 모시고 있겠사옵니다. 언님께서 다녀오십시오."

"아닐세. 나는 먼 길 가기가 겁이 나네. 아우님은 무예도 잘하니 행여나여로(여행길)에 불가피한 일이 생기더라도 잘 대처할 수 있지 않겠는가?"

권씨는 보따리를 하나 내놓았다.

"영감의 옷가지일세. 가서 여러 날 머물면서 이것저것 보살펴 드리고 오도록 하게."

서무랑이 보따리를 당겼다. 권씨가 물었다.

"혹시 신씨 부인이라고 들어봤는가?"

"금시초문이옵니다. 어떤 분이신지요?"

"요사이 시중에 해괴한 소문이 나돌고 있다는데……."

명나라 군사들 사이에 한 가지 소문이 퍼지고 있었다. 경상 우병영 군사들이 모두 조총 탄환을 막는 옷을 입고 있는데 명군이 착용하고 있는 흉전갑보다 훨씬 그 성능이 뛰어나다는 것이었다. 기룡의 휘하에 있는 명군들이 다른 군영에 자랑한 것이 소문의 발단이었다.

명군 진영에서는 흉전갑이 모자라 생우피(소를 잡아 벗긴 생가죽)를 뒤집어쓰는 군사들도 있었다. 하지만 무거워서 거동이 심히 불편했다. 소문은 명장들의 귀에까지 들어갔다.

"듣자 하니 조선군의 진영에서는 방탄납의를 입는다고 하는데 천병에게도 지급해 주시기 바랍니다."

임금은 기룡에게 명군도 방탄납의를 입게 하라고 하명했다. 기룡은 명장들이 거저 얻으려는 수작임을 간파하고 조정에 아뢰었다.

"군사들이 임기응변으로 사비를 털어서 만들어 쓰는 것이옵니다. 병영의 공물이 아니옵니다."

명장들은 어쩔 수 없었다. 명군들은 왜적의 수급을 샀던 것처럼 방탄납의도 구입하기를 원했다. 기룡은 책사방에 엄령을 내려서 한 벌도 팔 것이 없다고 잘라 말하게 했다. 그러자 명군들은 더욱 애가 탔다. 감사군과 우병영 소속 명군이 입고 있는 것이라도 뒷거래를 하고 싶어 간원했다.

책사 귀목이 말했다.

"대장님, 이제 때가 된 것 같사옵니다."

"그래? 값은 얼마나 받으면 좋겠는가?"

"방탄납의와 방검토수를 한 짝으로 해서 은전 닷 냥으로 책정했사옵니다."

명군에게 그냥 주어도 아까울 것이 없었다. 하지만 나라 곳간이 텅 비어 군사를 운용할 군량과 군자금을 조달할 수 없으니 궁여지책으로 왜적의 수급과 군물을 내다 팔 수밖에 없었다. 그렇게 해서라도 조선의 군사들이 왜군과 맞서 싸울 수 있도록 해야 했다.

"그리하게. 명군의 각 진영에 통지하여 우선 1천 벌만 방출하게."

방탄납의와 방검토수를 구한 명군들은 희색이 만연했다.

"목숨을 지켜주니 비싼 것이 아니지."

"여벌이 있었으면 좋겠네."

"예끼, 이 사람아, 수량이 모자라서 아직 구하지 못한 사람들이 더 많은데 어찌 그런 소릴 하는가?"

우병영은 또다시 흥거웠다. 이희춘이 말했다.

"역시 왕년의 대행수님다워."

"이 큰 전쟁 통에 왜적의 수급을 팔지를 않으시나, 또 방탄납의에 방검토수까지 장사를 하여 명군의 주머니를 탈탈 터시다니."

"전쟁이 끝나고 나면 예전처럼 모시고 장사나 했으면 좋겠네."

"그땐 나도 끼워주게."

기룡은 방탄납의와 방검토수를 홍판(판매)한 돈의 절반을 떼어 이희춘과 황치원에게 주었다.

"상주로 가서 신씨 부인에게 전해드리게."

두 사람은 바람처럼 말을 달렸다. 신씨 부인은 여전히 방탄납의를 만드느라 여념이 없었다. 그녀는 두 장사를 반갑게 맞이했다.

"지난번에 가져가신 뒤로 아직 만들어 놓은 것이 얼마 되지 않습니다."

"옷을 가지러 온 것이 아닙니다. 이거."

이희춘은 돈주머니를 내놓으며 말했다.

"대장님께서 부인께 전해드리라 하셨사옵니다. 납의며 토수를 만드느라 고생하신 부녀들에게 나눠 주십시오."

함께 앉아 있던 손씨 집안의 홀로 된 아낙이 감동해 눈시울을 훔쳤다.

"그분은 상주에 계실 적에나 떠나 계실 적에나 우리 상주 백성들에게는 참으로 영원한 사또님이십니다."

신씨 부인은 큼직한 보따리를 하나 주었다.

"대장님께 드리십시오. 그간 베풀어 주신 은덕에 대한 저의 작은 답례입니다."

이희춘과 황치원이 돌아온 지 얼마 되지 않아 서무랑이 우병영으로 찾아왔다. 그녀는 기룡에게 권씨가 챙겨준 옷가지로 갈아입게 한 뒤에 빨래며 청소며 잠시도 쉬지 않고 일했다. 그런 모습을 본 이희춘이 안쓰러워하며 말했다.

"작은마님, 그만두고 쉬십시오. 우리가 다 하는 일입니다."

"큰 나랏일을 하시는 별장님들이 이런 허드렛일을 해서는 안 되지요."

서무랑은 벽장 속 바닥을 걸레로 훔치다가 깊은 구석에 놓인 보따리를 하나 발견하고 풀어보았다. 속고의와 적삼, 핫바지와 저고리 그리고 품이 넓고 소맷배래기가 큰 철릭 한 벌이 차곡차곡 잘 포개져 있었다.

"이건 누가 가져다 놓은 것이옵니까?"

"아, 그거? 별거 아니니 신경 쓰지 마시오."

"별거 아닌 것을 이렇게 깊이 감춰두고 계셨사옵니까?"

"감춰둔 게 아니오. 그냥 남의 눈에 안 띄게 넣어둔 것일 뿐이오."

"남의 눈에 띄기라도 하면 흉볼 일이라도 있사옵니까?"

"어허, 별거 아니래도 자꾸 그러시오?"

서무랑은 망설이다 말고 말을 꺼냈다.

"영감께서는 모르고 계시겠지만 상주에 나도는 풍문이 하나 있사옵니다. 영감이 신씨 부인과 정분이 났다고 하옵니다."

"뭐요? 허어, 무슨 그런 어처구니없는."

"세상인심은 그런 것이옵니다. 누군가는 있는 그대로 보고, 누군가는 아닌 것을 만들어서 보고."

"풍문이란 건 유행일 뿐이라 때가 되면 다 제풀에 시들어지는 것이오."

신씨 부인은 청상과부였다. 규수 때 인물이 곱기로 유명해 경상우도에서 제일가는 미인이라고 소문이 자자했다. 그리하여 그 댁은 멀리 권문(권문세가), 벌문(나라에 큰 공훈을 세운 집안)의 부탁을 받고 온 중매쟁이로 문전성시를 이뤘다.

부모는 여러 해 고르고 골라 혼처를 정했다. 그런데 혼인날 초례청에서 신랑이 신부에게 절을 하다가 그만 쓰러져 급사를 하고 말았다. 그렇게 되자 신부 집안은 혼인이 무효라고 주장했고, 신랑 집안은 초례를 치르고 있었으니 며느리가 되어야 한다고 고집을 피웠다.

한 치의 양보도 없이 맞서던 두 집안은 마침내 관아에 고알을 했다. 사또는 딸을 아깝게 여기는 신부 집안의 편을 들어줄 수도, 죽은 아들을 총각귀신이 되게 할 수 없다는 신랑 집안의 편을 들어줄 수도 없었다.

며느리를 잘못 보아 아들이 비명에 죽었다고 여기는 신랑 집안과 원래부터 부실한 아들을 건장하다고 속였다고 생각하는 신부 집안은 결국 원수가 되었다. 그것을 본 신씨 부인이 양가에 선언했다.

"저는 이제 친정으로 돌아갈 수도 없고, 그렇다고 평생의 배필이 죽게 된 죄로 시댁에도 들어갈 수 없사옵니다. 저 홀로 평생 수절하며 살까 하옵니다."

그때부터 신부는 과부 아닌 과부가 되어 홀 살림을 시작했다. 그녀는 베 짜는 솜씨가 남달리 좋았고, 베틀에 앉으면 일어날 줄 몰랐다. 그녀의 솜씨는 생도로 충분했을 뿐 아니라 재물을 차츰 모으게 되었다.

어느 봄날 그녀는 혼자서 집을 도배했는데, 종이가 제법 남았다. 종이가 아까워 물에 불렸고, 불린 종이로 이것저것 만들다가 취미로 삼게 되었다. 이웃에게 물건을 선사하기도 하고, 동네 아이들에게 놀잇감을 만들어 주기도 하다가 이야기를 지어서 꼭두각시놀음까지 하게 되었다.

그녀는 그렇게 수절하고 살면서 단 한 번도 구설수에 오른 적이 없었다. 큰 가문의 부인네들도 함부로 범접할 수 없는, 살아 있는 열녀로서 원근의 모든 증민(뭇 백성)의 공경을 받아왔다.

"소문이 누군가 영감을 모함하기 위한 것이면 어쩌시려고요? 몰래 숨어든 왜적들이 영감을 해하려고 그런 것일 수도 있지 않사옵니까?"

"그럴 모략이라면 고작 혼자 사는 부인네와 정분이니 뭐니 운운하겠소? 더 큰 죄를 만들어서 뒤집어씌웠겠지."

"영감께서는 이미 상국의 벼슬까지 얻어서 크게 명성을 얻고 있사옵니다. 매사에 행신을 조심하소서."

"알겠소. 명심하리다."

기룡의 군사들이 경상우도 남쪽 지역을 종횡무진 돌아다니며 왜군을 쳐서 무찌르고 있는 탓에 사천왜성에 있는 시마즈 요시히로의 분개심은 점점 커져갔다.

"도저히 그냥 둘 수 없다!"

시마즈 요시히로는 날랜 아시가루 1천 명을 뽑아 조선 농부로 변장시켰다. 그런 뒤에 삼삼오오 흩어져 몰래 성주 수룡동에 침투해 들어가게 했다.

그들의 목적은 기룡이 들어 있는 영재를 습격해 암살하는 것이었다. 하지만 사천왜성을 나온 왜졸들은 진주까지만 무사히 갔을 뿐 이후에는 성주에 이르기도 전에 곳곳에서 정찰하던 감사군에게 정체가 들통나 모두 참살되고 말았다.

"아, 정기룡! 도대체 어찌해야 이놈을 쳐 죽일 수 있단 말인가!"

봉행 사토오 스나모오(里老沙毛)가 말했다.

"정기룡이 성주에 있고, 그의 가족들은 상주에 있지 않사옵니까? 조선군과 명군의 모든 군병이 남쪽에 쏠려 있는 이때에 상주를 쳐서 함락시킨 뒤에 그의 가족들을 인질로 잡는 것은 어떨지요?"

시마즈 요시히로의 입가에 웃음이 번졌다.

"오, 그런 방법이 다 있었군그래."

그는 진주성을 지키고 있는 아들 시마즈 히사야스에게 전령을 보냈다.

"장차 상주로 쳐들어갈 것이다. 읍성을 함락시키는 데 필요한 기물을 만들고 깃대와 깃발에 이르기까지 세세히 살펴서 충분히 마련하라."

유격 마오궈치와 루데공은 초관 차이에게서 일본군 1천여 명이 합천군 이사역 인근에 출현해 진을 치고 있다는 첩보를 받았다.

"이사역이라면 고령현으로 통하는 길목이 아닌가?"

"그렇군요. 어서 정 총관을 불러야겠습니다."

기룡은 단성현에 왜적이 출현했다는 첩보를 받고 진군해 산음현으로 추격하려던 참이었다. 전령을 받고 서둘러 고령현으로 돌아왔다. 합천 군수 이숙과 초계 군수 한언겸이 기룡에게 회보(돌아와서 보고함)했다.

"합천과 초계에는 적병이 출몰한 자취가 없습니다."

기룡은 그제야 명나라 초관 차이의 보고가 거짓임을 알게 되었다. 명나라 장수들과 소장들이 하나같이 왜군과 맞서기를 꺼려하고 조선군, 특히 기룡의 감사군을 앞세우려는 수작이 역력히 드러났다. 기룡은 편치 않은 심기를 애써 감췄다.

"저들이 이보다 더 염치없는 짓을 한들 참지 않고 어쩌겠는가?"

선산에 주둔하고 있던 유격 투콴과 쎄빵롱이 마오궈치와 루데공의 진영에 도착했다. 그들도 이사역에 왜적이 1천 명이나 출현했다는 말을 듣고 도우러 온 것이었다. 적군이 그림자도 보이지 않자 그들은 군사를 돌리려 했다. 기룡은 기회다 싶어 간곡히 제안했다.

"기왕 군사를 이끌고 오셨으니 다 함께 힘을 합하여 진주에 있는 왜적을 토벌하는 것이 어떻겠습니까?"

"군량도 없이 어찌 큰 성 안에 든 왜노를 무찌를 수 있겠소?"

"제독부의 명령 없이 경솔히 왜적을 공격할 수는 없소."

그들은 두 말도 하지 않고 돌아가 버렸다. 기룡은 어찌할 도리가 없었다. 군령권이 없는 것이 절분(절통)할 따름이었다.

해질 무렵에 고령 군관 박천해가 미숭산을 넘어 삼가현까지 쫓아가서 왜적의 수급을 2개 베어 왔다고 아뢰었다. 기룡은 불러서 술을 하사하며 치하했다.

인정(밤 10시) 무렵에는 척후장으로 나가 있던 군관 박춰가 달려와 아뢰었다.

"왜적 1천여 명이 낙현(고령과 합천의 경계 지점에 있는 고개) 아래에 당도했사옵니다!"

낙현은 기룡의 진영에서 30리도 되지 않았다.

"왜적이 틀림없이 야습을 감행해 올 것이다."

기룡은 군사들을 재우지 않고 대비했다. 왜군은 기룡이 싸울 채비를 하고 있는 것을 알고 밤을 지샌 뒤에 새벽녘에 다른 길을 택해 고령 읍성으로 들어갔다. 기룡은 군사를 이끌고 재빨리 관동리(고령군 고령읍 본관리)로 진격해 공격을 개시했다.

그러자 왜군은 맞서 싸우지 않고 둔덕산(고령군 고령읍 중화리)으로 올라가 형세를 관망했다. 기룡은 병마우후 박대수에게 명령했다.

"박 우후는 보병을 거느리고 산에 올라가 있도록 하라."

박대수가 관동리 야산 위로 올라가는 것을 본 기룡은 기병에게 소리쳤다.

"나를 따르라!"

감사군은 비탈을 타고 오르며 둔덕산 위에 있는 왜군을 공격했다. 그들도 물러서지 않고 저항해 둔덕산 일대에서 큰 싸움이 벌어졌다. 아래를 향해 쏘는 조총의 위력을 이기지 못한 감사군은 후퇴했다.

왜적들이 기세를 몰아 산 아래로 내려오면서 추격했다. 건너편 야산 위에 있던 병마우후 박대수는 아군이 물러나는 것을 보고 큰 소리를 지르며 단기로 말을 달려 내려와 적진 속으로 돌격했다.

"탕, 타타탕, 타탕!"

모래를 뿌리는 듯이 수없이 날아드는 총탄을 다 피하기는 어려웠다. 탄환 두 발이 박대수의 좌우 어깨를 뚫고 나갔다. 그는 말에서 떨어진 채 의식을 차리지 못했다.

"이놈들!"

"전군은 진격하라!"

"척살하라!"

기룡은 모든 군사를 이끌고 왜적과 맞서 싸웠다. 드디어 왜졸들이 다시 산으로 올라가기 시작했다. 감사군은 힘을 내어 따라 올랐다. 적병들은 마침내 사방으로 뿔뿔이 흩어졌다.

"추격을 멈추지 마라!"

별장 이희춘, 김세빈, 황치원이 이끄는 감사군은 남쪽으로 달아나는 적군을 뒤쫓았다. 용담천을 건너 내곡리 아래까지 가서 헤아릴 수 없을 정도로 격살했다.

북쪽으로 도망친 적병들은 미숭산으로 들어갔다. 산비탈이 가파르고 온통 칡과 등나무 줄기가 엉켜 있어서 왜군들은 꼼짝없이 갇힌 신세가 되고 말았다. 헤치고 올라갈수록 비탈은 절벽이 되어 나타났다.

기마병이 쫓아가기가 어려웠다. 기룡이 보병들을 보내려고 명령을 내리려는 순간 하늘이 시커멓게 돌변하더니 천둥이 치고 큰 비가 내리기 시작했다. 날이 저물고 있었는데, 갑자기 사방이 어두워졌다.

기룡은 군사들을 물려 옥산원(고령군 고령읍 본관리)으로 들어갔다. 그런 뒤에 고령 현감 최기변과 군관 박언량을 시켜 미숭산 기슭으로 몰래 가서 정탐하게 했다. 최기변은 다음 날 새벽에 와서 아뢰었다.

"병사또, 왜적이 밤새 다 자취를 감추었사옵니다."

기룡은 달아난 왜적이 이를 곳은 삼가현이라고 판단하고 이희춘 등을 보내 매복시켰다. 하지만 잔적들은 이미 지나가 버린 뒤였다.

"저놈들을 깨끗이 소탕하지 못한 것이 분하구나."

기룡은 병마우후 박대수를 비롯해 부상을 입은 군사들을 우병영으로 옮겨 구료하게 했다. 경상우도에서 화근이 되는 왜적은 사천왜성에 있는 시마즈 요시히로와 진주성에 있는 시마즈 히사야스였다. 기룡은 그들을 쳐서 전멸시킬 작정을 하고 기동력을 확보하기 위해 고령 형전촌으로 다시 병영을 옮겼다.

그런 다음 성주 깊숙이 진을 치고 있는 유격 마오궈치와 루데공에게 제의했다.

"왜적의 출몰이 그치지 않으니 진주와 사천을 쳐야겠습니다. 두 분께서는 경상 하도에서도 멀고, 성주의 궁벽한 산속에 계시기보다는 진주가 조금이라도 가까운 이곳 고령현에 결진하시는 것이 어떻겠습니까?"

"글쎄요."

마오궈치와 루데공이 시큰둥하게 나오자 기룡은 거듭거듭 간곡히 청촉했다. 그러나 돌아온 대답은 한결같았다.

"제독부의 명령을 기다려야 하오."

그러면서 오히려 기룡에게 제안했다.

"고령현의 백성들과 물자를 전부 거두어서 성주 땅으로 옮기는 게 어떻겠소? 그런 연후에 왜노가 고령으로 침략해 온다면 정 장군은 싸우는 척 하면서 거짓으로 물러나 이곳까지 꾀어 오시오. 그러면 우리가 일시에 대군을 이끌고 섬멸하겠소."

그 계책은 왜적이 침입하는 직로에 있는 고령을 포기하자는 말과 다름없었다. 기룡은 그렇게 하면 가만히 앉아서 왜군들을 내륙으로 더 많이 진출시키는 것과 다름없어 전혀 수긍할 수가 없었다.

고령 현감 최기변이 말했다.

"이곳 고령은 병사또 영감께서 작년 가을에 죽을힘을 다하시어 왜적을 대파한 곳이 아니옵니까?"

그가 상기시켜 주지 않아도 기룡은 고령에 대한 감회가 남달랐다. 수천 년 전 찬란했던 가야의 고도를 왜적이 짓밟게 해서는 안 된다는 엄숙한 사명감을 남달리 느껴온 터였다.

"고령이 아니라 다른 땅도 왜적에게는 단 한 뼘도 내줄 수 없소."

2

명군이 싸우려 들지 않아 기룡은 또 고심을 했다. 그들의 도움을 받지 않고 조선군만으로 일본군을 다 쓸어내기란 불가능했다.

"되놈들이 왜적의 수급도 어지간히 확보했겠다 더 싸울 마음이 없는 거지요."

"명군 진영에 수급을 판 게 오히려 역효과가 나는 것 같은데. 그것참."

"요즘도 수급을 사려고 기웃대는데 더 팔지 말아야겠군."

"왜 안 팔아? 비싸게 받고 팔아야지. 그래야 나중에 전쟁이 그치고 집으로 돌아갈 때 우리도 한몫씩 챙겨서 갈 수 있지."

"그래, 그러려면 수급을 많이 참획해야겠군."

그렇게 의견이 모아지자 감사군은 쥐새끼들처럼 돌아다니는 왜적 사냥에 더욱 열을 올리며 단 하루도 멈추지 않았다.

기룡은 아병 군관 김보희를 불렀다.

"날랜 군사 3오를 거느리고 사천으로 들어가서 왜적의 동태를 첨형해 오게."

김보희가 나가자 또 정지일을 불렀다.

"자네는 곤양으로 가서 적군의 정황을 살펴보도록 하게."

김보희는 사천에 도착한 뒤에 밤이 되기를 기다렸다가 왜성의 뒤쪽에 있는 구룡산에 숨어들어 가서 왜적의 형세를 파악하고 돌아왔고, 곤양으로 간 정지일은 왜군에 항부(항복해 빌붙음)한 조선인 2백 명을 타일러 돌아오게 했다.

군관 김보희가 아뢰었다.

"왜장이 무슨 흉계를 꾸미고 있는 듯하옵니다. 왜성 안에서 군사 조련을 엄격히 하고 있었사옵니다."

돌아온 군관 정지일도 보고했다.

"오는 길에 진주성을 거쳐 왔는데 갓 만든 것으로 보이는 웅장한 병기계가 많았사옵니다. 마치 큰 성을 쳐부수는 데 소용되는 듯이 보였사옵니다."

"알겠네. 고생 많았네. 가서 쉬도록 하게."

기룡은 머잖아 시마즈 요시히로가 병기계를 이끌고 북진을 할 것으로 내다보았다. 그의 목적지가 궁금했다. 한양을 공격하려고 만든 것은 아닌 듯했다. 무거운 병거(전쟁에 쓰는 수레)를 가지고 추풍령이나 조령과 같은 험준한 고개를 넘어가기란 쉽지 않은 일이었다.

"그자의 공격 목표가 어디일꼬?"

"우리 우병영을 치러 오려는 속셈은 아니겠사옵니까?"

"그럴 수도 있겠군."

잠시도 한가하게 쉴 겨를이 없었다. 지난번에 1천 명이 쳐들어왔다가 크게 패퇴당한 복수를 하려는 듯이 또다시 적군이 화원현에 나타났다.

기룡은 즉시 출동했다. 적병이 도망치자 군관 박언량에게 상세히 정탐케 하고, 고령 현감 최기변과 초계 군수 정언겸을 시켜 추격을 했다. 그리고 별장 김세빈을 거느리고 구곡리(고령군 도진면 구곡리)에 매복했다.

밤이 되자 사방이 적막한데 왜적들이 현풍현에서 나룻배를 구해 타고 몰래 물길을 따라 내려왔다.

"쏴라!"

복병들은 일시에 들고 일어나 마구 화전을 날렸다. 불화살이 날아들자 왜적들은 혼비백산했다. 배에 있던 약탈한 물건들을 모두 물속에 빠뜨리곤 건너편 강기슭에 붙어서 도망쳤다. 군사들이 첨벙첨벙 강물에 뛰어들었다.

"건너지 말라!"

강물이 깊어 맨몸으로는 건널 수 없다고 판단한 기룡은 군사들을 물렸다. 병영으로 돌아와 자리에 앉기도 전에 초계현에 척후를 나갔던 군관 반응룡이 달려와 아뢰었다.

"낙동강을 따라 달아나던 왜적들이 객기리에서 가천을 거슬러 올라와 안림역으로 몰래 들어갔사옵니다."

"고령으로 자주 출몰하는 까닭이 무엇이겠사옵니까?"

"우리 우병영의 군사가 적으니 자주 흩뜨려 깨부수려는 속셈이 아니겠는가? 자, 가세."

기룡은 잠도 자지 않고 밤길을 재촉해 고령 읍성에 도착했다. 성주에 진을 치고 있던 명장들도 가만히 있자니 체면이 서지 않아 군사를 거느리고 왔다. 그것을 본 감사군은 힘이 절로 솟았다. 기룡은 명장들과 함께 좌우에서 협공을 했다. 왜군은 험하고 높은 야산으로 달아나 버렸다.

기룡은 자신이 직접 벤 왜적의 수급을 유격 루데공에게 하나 주었다. 그는 종일토록 적병의 머리를 하나도 베지 못해 성화를 부리고 있다가 그제야 가라앉혔다.

"허허, 고맙소."

그것을 본 유격 마오궈치가 불만에 가득 찬 얼굴로 자신이 이끌고 온 군사들을 싸잡아 야단치는 것이었다. 기룡은 그에게도 수급을 하나 주었다. 그러자 또 총독군문 씽치에(邢玠)의 보좌관인 짱쯔밍(詹自明)이 와서 손을 비볐다.

"허험, 내가 뭐 수급이 탐나서 그러는 것은 아니고, 돌아가면 아뢰어야 할 것이 있어야 하기에……."

"지당한 말씀이지요."

기룡은 그에게 수급 3개를 주었다. 군사들이 보는 앞에서 수급을 받은 짱쯔밍은 내심 민망해 말을 돌렸다.

"그나저나 정 대인, 천병도 군량을 판출(변통해 마련함)할 길이 없어서 걱정입니다."

"천병의 사정이 그러할진대, 저희 조선군이야 말할 것이 무에 있겠습니까? 위로부터 군량이 내려오지 않은 지 넉 달이 지났는데, 봄부터 지금까지 하루 한 되를 먹이지 못하고 있습니다."

"수급을 팔아서 모은 은전으로 매득하면 되지 않습니까?"

"재물은 없어지는 것이라 하여 받지도 않거니와 이제는 공명첩을 매득하여 산관(명예직 관리)이 되려는 사람조차도 없는 지경입니다."

"우병영의 조선군은 얼마나 됩니까?"

"남아 있는 군졸이 겨우 3백 명뿐입니다."

기룡은 감사군이 처해 있는 형편을 쏟아놓으려고 하다가 그만두었다. 도원수부나 제독부에 전해져 봤자 해결될 일은 아무것도 없다는 것을 잘 알고 있었다.

왜적이 시도 때도 없이 침범해 오기 때문에 언제라도 출격할 수 있도록 감사군 기병은 제구와 말을 갖추고 있어야 하고, 보병은 장속을 완비한 채 대기하고 있어야 했다. 하루 세 끼를 먹고 새참으로 두 끼를 더 먹어도 견딜까 말까 한 일을 한 끼도 제대로 먹지 못하고 감당하고 있은 지 오래되었다.

꼴이며 콩이며 말먹이가 없어 야위고 죽은 말이 절반이나 되다 보니 기병이 보병으로 싸우는 게 현실이었다. 묵은 곡식은 눈을 씻고 찾아봐도 없었고 새 곡식은 아직 여물지 않아 손을 댈 수 없었다.

경상우도에 비해 경상좌도의 사정은 판이하게 달랐다. 오랫동안 왜적이 출몰하지 않은 까닭에 모든 군영이 배부르게 먹고 편안하게 쉬며 한가하게 소일하고 있었다. 우도방어사 고언백을 비롯해 우도의 여러 별장들까지 경상 좌병영 한곳에 모여서 우도의 사정을 애써 외면하고 있었다.

경리 양하오와 제독 마꾸이도 경상좌도 안동과 예천에 주둔하고 있었다. 울산 서생포왜성에 있는 가토 기요마사가 두려워 좌도와 우도의 두 방어사와 여러 곳의 별장들을 끌어다가 자신들을 호위하는 임무를 맡겼다.

"우도는 전쟁터인데 좌도는 태평성세로구먼."

"자, 우리는 우리의 할 일만 하세."

기룡은 휘하의 별장들에게 군사를 나눠 주고 경상우도 여러 고을의 요해처에 설복(복병을 설치함)하고 있도록 명령했다.

"군관 변추휘는 함양 군수 노윤중, 산음 현감 최발과 합세하라. 군관 박천해는 합천 군수 이숙, 향병 별장 조계명과 함께 설진하라. 군관 박언량은 거창 현감 박상근, 안음 현감 박정완과 군사를 합치도록 하라."

그들은 우렁차게 대답했다.

"예, 대장님!"

"각자 맡은 곳에 복병을 설치하는 것은 물론 당보수와 첩정군을 엄중히 신칙하라."

모두 내보낸 뒤 기룡은 남은 이희춘 등 여러 별장들에게 마필을 잘 보살펴서 언제라도 출동을 할 수 있는 태세를 갖추도록 명령했다.

사방 각처로 내보낸 군관들이 얼마 지나지 않아 잇달아 전과를 거뒀다. 합천 군수 이숙과 향병 별장 조계명은 왜적의 머리를 4개 벴고 피로인 50여 명을 되찾아 왔으며 군관 박천해는 혼자 적병과 싸워 수급 4개를 허리에 꿰어 차고 돌아왔다.

군관 변추휘와 산음 현감 최발은 적군의 머리를 3개 벴고 사로잡혀 있던 조선인 28명을 빼앗아 왔으며 함양 군수 노윤중은 적병의 머리를 무려 10개나 끊었고 포로 2백여 명을 이끌고 귀환했다. 뒤늦게 가세한 지례 현감 정홍, 조방장 이현, 군관 박경우도 그에 못지않은 활약을 했다.

감사군은 연일 먹지도 못한 채 죽음을 무릅쓰고 곳곳에서 왜적을 무찌르고 있는데, 유격 마오궈치와 루데공은 기룡 몰래 통사(통역관)를 시켜 진주성에 있는 왜장 시마즈 히사야스에게 밀서를 전했다.

밀서의 내용은 전쟁을 종식시키고 화의하자는 것이었다. 시마즈 히사야스는 즉시 그 밀서를 사천왜성에 있는 아비 시마즈 요시히로에게 보냈다.

"이걸 믿으란 말인가?"

봉행 사토오 스나모오가 말했다.

"명장들은 더 이상 싸우고 싶어 하지 않사옵니다. 오직 정기룡만 발정 난 수캐처럼 눈에 불을 켜고 돌아다닐 뿐이옵니다."

"하긴 오직 그놈이 골칫덩이긴 하지."

시마즈 요시히로는 통사를 두텁게 접대했다. 돌려보낼 때에는 마오귀치와 루데공에게 보내는 답서와 함께 은전 5냥을 주고 큰 말 한 필에 태워 진주에서 10리 밖까지 호송해 주었다.

그런 첩보를 전해 들은 기룡은 몹시 분개해 서안을 탕탕 내리쳤다. 또 벌떡 일어나 십련 보검을 빼었다 꽂았다 하면서 잔뜩 흥분한 속을 좀처럼 달래지 못했다. 책사 사일랑과 백홍제가 말릴 방도가 없었다.

군량을 구하기 위해 경리부에 다녀온 책사 귀목이 아뢰었다.

"양하오 대인이 체직되어 간다고 하옵니다."

"전쟁 중에 장수를 바꾼단 말인가?"

"죄목이 세 가지나 된다고 하옵는데, 울산 도산성 전투에서 군사를 크게 잃고 패배했는데도 황제께 승리했다고 거짓으로 보고한 죄, 군사들로부터 은전 1천 냥을 몰래 거두어 받고 왜적과의 싸움을 회피한 죄 그리고 일본군과 몰래 화의를 하려고 한 죄라고 하옵니다."

"사실인가? 모함인가?"

"그건 알지 못하옵니다. 양 대인이 가시고 새로 뭐시다(萬世德)라고 하는 분이 오실 것이라 하옵니다."

"새 경리 대인이 오시면 왜적을 대하는 방법도 달라져야 할 터인데."

그때 초계 군수 정언겸이 치보(급히 달려가 아룀)했다.

"왜적 1백여 명이 읍성을 노략질하고 있사옵니다!"

기룡은 즉시 휘하 별장들과 군관 박언량 등과 함께 지름길로 내달렸다. 초계에 도착해 읍내가 내려다보이는 산으로 올라갔다. 그것을 안 적군들도 험준한 곳에 둔취(여러 사람이 모여 있음)하고 있으면서 사방으로 뎃포 아시가루들을 내보냈다. 그들은 풀을 엮어서 몸을 가리고 매복했다.

기룡은 섣불리 진격했다간 군사들만 잃겠다 싶어 삼엄히 경계를 한 채 대치하고 있었다. 왜군들 역시 꼼짝도 하지 않았다. 아무것도 하지 않고 가만히 있자니 이희춘이 좀이 쑤셨다.

"저놈들이 왜 저리 잠잠할까?"

"산속에서 나오기가 겁이 날 터이지."

시마즈 요시히로가 머잖아 상주를 치려는 속셈을 들키지 않기 위해 합천, 초계, 고령 방면으로 끊임없이 유군을 내보내고 있는 것을 기룡도 별장들도 어느 누구 하나 감지하지 못하고 있었다.

꼬박 하루를 마주 보며 대치하고 있던 적이 스스로 물러갔다. 기룡은 군사와 전마가 다 굶어 힘이 없는 탓에 추격을 하지 못하고 힘없이 돌아왔다.

부총병 조창쉰이 군량을 실은 수레 열 대를 이끌고 우병영을 찾았다. 기룡은 고맙고 민망했다. 전날 자신이 보낸 왜적의 수급도 거절한 사람이었다. 지조와 기개가 남다른 장수인지라 기룡은 내심 그를 흠모하고 있었다.

"이제야 말씀드립니다만, 저도 조선과는 한집안 사람입니다."

"그게 정말입니까?"

"저는 본디 랴오둥 동링웨이(東翎衛) 출신인데, 그곳은 옛 고구려의 땅으로 거기 사는 사람들은 조선을 가리켜 다 본향(本鄕)이라고 합니다."

"그렇군요. 말씀을 듣고 보니 한결 더 친밀함을 느끼겠습니다."

"경리 대인이 바뀌게 된 것은 알고 계시지요? 또 제독 동이옌(董一元) 대인이 새로 오셨는데 아마도 곧 군사를 이끌고 남하할 것입니다."

"그렇다면 이번에는 흉적을 모두 소탕하시려는 것입니까?"

"아마도 그럴 것입니다. 그러니 정 대인도 잘 대비해 두십시오."

기룡은 군량도 갖고 오고 여러 정보까지 알려준 조창쉔에게 사례를 하고 싶었다. 은밀히 백홍제에게 일러 왜적의 수급을 섬통에 담아 군량을 내려놓은 빈 수레에 잔뜩 싣게 했다. 조창쉔이 돌아가려다 수레에 실린 것을 보았다.

"이게 다 뭡니까?"

"우리 우병영의 작은 정성입니다. 사양치 마시고 가지고 가시어 군사들에게 보탬이 되도록 해주소서."

"알겠소. 두 번 사양하면 결례가 되겠지요. 이거 내가 되로 주고 말로 받아가는구려."

"앞으로 대인과 저 사이에는 셈이 없도록 하십시다."

전라 병사 이광악이 기룡을 특별히 생각해 보낸 첩보가 도착했다. 기룡은 봉서를 뜯어 펼쳐 읽고는 크게 놀라 온몸에 전율이 일었다.

"순천왜성에 있는 피로인 하나가 탈출했는데, 요즈음 포로가 된 조선인들이 다 도망쳐 나오려고 한다고 하오. 왜졸들이 수군대기를, 일본에 큰 싸움이 일어나 도요토미 히데요시가 죽었다는 것이오.

고니시 유키나가는 그 일로 시마즈 요시히로와 의논을 하러 사천으로 갔는데 돌아오는 즉시 예교(순천왜성 망해대)의 왜진을 철수할 것이라고 하오. 또 남해에 박수영이라는 자가 있는데 그믐밤이 되기를 기다려 많은 피로인을 데리고 탈출할 계획을 세우고 있다고 하오."

기룡은 저도 모르게 서찰을 꽉 움켜쥐었다.

"철수라니! 도요토미가 백 번 죽었다 깨어나도 산 채로는 한 놈도 못 돌려보낸다!"

그러고는 박수영이라는 이름을 다시 읽었다.

"박수영!"

왜군 40여 명이 갑자기 삼가현 남정(합천군 삼가면 어전리)에 출현했다. 그런데 그들은 싸우러 온 것이 아니었다. 왜 진영에서 백기를 든 왜졸 하나를 보내왔다.

고령현 관아에 있던 경리부 백총 티엔이 그를 붙들었는데 전쟁을 그치고 화의를 하자는 제안을 하는 것이었다. 그러면서 시마즈 요시히로가 직접 쓴 서찰을 받았다.

형전촌에 가병영을 설진하고 있던 기룡은 그 서찰을 보기를 원했지만 백총 티엔은 기룡의 요청을 무시하고 유격 마오궈치의 진영으로 보냈다.

기룡은 괘씸하고 불쾌했지만 달리 어찌할 도리가 없었다. 서찰을 빼앗았다가는 무슨 큰일이 벌어질지 모르는 일이었다. 기룡은 백홍제를 불렀다.

"백기를 들고 왔다는 왜졸이 중국 말과 조선말을 다 유창하게 했다는데 그자의 정체를 알 수 없겠는가?"

백홍제는 군사들 중에서 사천 출신인 김희귀를 고령현 관아로 보내 그 왜졸을 살펴보게 했다. 돌아온 김희귀가 아뢰었다.

"그놈은 왜군이 아니옵니다. 사천현 관아에 서원으로 있던 김영례란 놈이온데, 일찍이 부왜했사옵니다."

기룡은 김희귀의 진술을 적어 왜군이 음흉한 계략을 숨긴 채 화의를 청한 것이라고 마오궈치와 루데공에게 알렸다. 그러나 그들은 기룡의 우려를 받아들이지 않고 오히려 왜군의 제안을 아무런 의심 없이 수긍했다.

기룡은 분개했다. 성주에 있는 마오궈치와 루데공을 찾아갔다.

"그자의 서찰에 무슨 내용이 적혀 있었습니까?"

"알려줄 수 없소."

"명군이 매양 겁을 내어 왜적과 싸우기를 회피하다가 이제 와서 전쟁을 그치고 화의를 하려고 하다니 이것이 과연 조선을 위한 길입니까? 저 왜적을 위한 길입니까?"

"이보시오, 정 총관! 말씀이 지나치지 않소?"

"본관은 전쟁터에 나와 있는 장수입니다. 그런 까닭에 저들이 원하는 화의는 받아들일 수 없으며, 왜적이라면 단 한 놈과도 단 한시라도 같은 하늘 아래에서 같이 살 수가 없으니 그리 아십시오."

기룡의 단호한 태도에 마오궈치와 루데공은 한 발 물러나 여러 가지 말로 회유했다. 기룡은 더욱 속이 불편해졌다. 그리하여 엄포를 놓듯이 말했다.

"소장은 경상우도에서 전권(마음대로 행사할 수 있는 권한)을 가지고 있으니 저 흉적을 격멸하는 오직 한 가지 일밖에는 모릅니다. 화의와 같은 큰일은 조정에서 할 일이지 결단코 명을 받드는 전장의 장수가 마음대로 참섭(어떤 일에 끼어들어 간섭함)할 일은 아닙니다."

마오궈치와 루데공은 기룡의 심지를 꺾을 수 없음을 깨닫고 입을 닫았다. 기룡은 일어서기 전에 한마디 던졌다.

"상사(상부)의 허락 없이 두 분 대인께서 임의로 화의를 처리하신다면 뒷날에 군율의 적용을 받을지 모르니 각별히 유념하시길 바랍니다."

기룡의 경고에도 불구하고 마오궈치는 몰래 집사 쌍공(相公)에게 가정 7명을 딸려 사천왜성으로 보냈다. 그들은 그다음 날 시마즈 요시히로가 준 모종의 서신을 가지고 돌아왔고, 기룡은 그들이 무슨 말을 주고받는지 도저히 캐낼 길이 없었다.

기룡은 답답한 마음에 책사들에게 물었다.

"왜장이 어떤 속셈을 가지고 있는지 알아볼 길이 없겠는가?"

백홍제가 대답했다.

"단성현에 살던 안득이라는 자가 있사온데, 오래전에 처자를 거느리고 가서 왜적에게 항부했사옵니다. 왜장이 그자에게 현임(현감)을 맡기고는 조선인들이 투항해 온다면 벼슬을 받게 될 것이라고 소문을 내었사옵니다.

안득은 그 후부터 부왜들 3백여 명을 거느리고 단성현 일대의 고을을 드나들면서 부녀를 겁탈하며 여러 가지 악독한 짓을 자행하고 있사옵니다. 그자를 사로잡아서 단성현의 민심도 안정시키고 왜 진영의 형편도 첩형하는 것이 어떻겠사옵니까?"

기룡은 그 말을 옳게 여겼다. 그 일에는 특별히 이희춘, 김세빈, 정범례, 황치원, 항금 등 아병 별장 다섯 명을 보내 진주에서 산음현과 단성현에 이르는 길목에 잠복도록 했다.

묵곡리 야산에 군사를 감춰두고 여러 날 기다리던 정범례는 마침내 안득의 무리가 노략질을 하러 오는 것을 보고 일거에 들이쳐 무찔렀다. 그런 뒤 안득은 사로잡아 묶어서 우병영으로 돌아왔다.

기룡이 직접 안득을 형문(죄인을 곤장으로 치며 캐물음)했다. 안득은 견디지 못하고 알고 있는 것을 모두 실토했다.

"일본에 있는 왜적의 우두머리는 이미 지난달 초아흐렛날에 죽었고, 그의 어린 아들이 뒤를 이어 즉위했다고 하옵니다. 이달 초열흘에 왜선 한 척이 일본에서 건너와 사천왜성에 있는 왜장과 밀담을 나누어 더 이상은 알지 못하옵니다. 하온데 왜졸들은 바야흐로 남해안에 있는 모든 진영이 일본으로 철수할 것이라며 어수선하옵니다."

이희춘은 사천현의 공생(향교나 서원에 다니는 교생과 유생을 아울러 일컫는

192

말) 반자용을 잡아 왔고, 김세빈은 김은수를 잡아 왔다. 그들의 말도 안득의 진술과 다르지 않았다.

"도요토미가 죽었다는 말이 거짓은 아닌 듯하다. 하지만 왜적의 흉계는 섣불리 예측할 수 없으니……."

기룡은 경상 감사 정경세가 무슨 말을 들은 것이 없나 하고 대구 감영을 찾았다.

"정제(친구 간에 자신을 일컫는 말)도 왜적의 실정을 알 길이 막연하여 지난번에 감영군 30여 명을 해안으로 보내어 알아봤다네. 김해와 죽도왜성 그리고 부산 증산왜성 등에 있는 왜군이 이미 상당수 철수하여 일본으로 돌아갔다고 하네."

"그렇다면 적괴가 죽은 것이 사실이란 말인가?"

"아직 정확히 확인할 길이 없네. 서생포에 있던 가토가 일본으로 귀환하기 위해 40여 척에 왜군을 나눠 싣고 죽도왜성에 합진을 했다는 소문도 들었네."

"으음, 그렇다면 심각한 사변이 생긴 것만은 틀림없겠군."

우병영으로 돌아온 기룡은 경상좌도와 전라도 등지로 날랜 군사를 두셋씩 짝지어 보내 첩정을 해 오게 했다. 그리 오래 걸리지 않아 하나둘 돌아와 아뢰기 시작했다.

"경상좌도에서는 적괴 관백의 병이 위중하여 왜적들이 머잖아 몰래 철수하여 돌아갈 계획을 세우고 있다고 하옵니다."

"서생포에 있는 왜적들은 왜성에 불을 지르고 민가도 불을 질러 다 태우고는 김해 쪽으로 갔다고 하옵니다."

"부산과 동래에 있는 적군들은 연일 대오를 정비하고 있는데 어인 흉모를 꾸미고 있는지 알 길이 없사옵니다."

멀리 전라도까지 간 군사들이 되돌아왔다.

"아뢰오! 상추(일본의 우두머리) 수길이 병으로 급사한 까닭에 왜적들이 돌아가려 한다고 하옵니다."

정경세로부터 서신이 왔다. 기룡은 얼른 펼쳐보았다.

"도요토미 히데요시가 죽은 것은 확실한 것 같네. 왜적들이 다 철수할 채비를 하고 있는데 조선군과 명군에 알려질까 봐 진중에 엄중히 함구 명령을 내린 뒤에 이를 어기고 한마디라도 발설하는 자는 그 즉시 참수하고 있다고 하네."

기룡은 마오궈치와 루데공을 찾아갔다.

"농성하고 있는 왜장들이 적추(적의 우두머리)가 죽었다는 말을 듣고 군사를 거두어 돌아가려고 한다는 것을 알고 계십니까?"

"그렇소. 한데 믿을 만한 소문인지는 모르겠소."

"만약에 저들이 돌아가고자 한다면, 배는 적고 군사는 많은 까닭에 일본에서 배를 가지고 오지 않는 한 철수하기 어려울 것입니다. 그들은 점차 조급해지고 초조해질 것이니 바로 이러한 때가 절호의 기회가 아니겠습니까?"

"돌아가려는 왜군을 구태여 힘들게 칠 필요까지 있겠소?"

"그냥 무사히 돌아가도록 내버려 두는 것은 장차 또 침범해 오기를 바라는 것이 아니고 무엇이겠습니까? 이런 때에 분발심을 내어 왜선은 작은 배일지언정 단 한 척도 바다 건너 섬나라로 돌아가지 못하도록 해야할 것입니다."

마오궈치와 루데공은 딴전만 피웠다. 기룡은 거듭 그들을 설득했다.

"왜적이 떠나갈 마음을 먹은 이때가 바로 그들의 소혈(소굴)을 공격하기 가장 알맞은 호기가 아니겠습니까? 군사만 충분하다면 소장이 쳐들어가 겠습니다만, 사정이 그렇지 못하니 함께 협공하기를 두 분 대인께 간곡히 청하는 바입니다."

루데공이 말했다.

"일본의 군사 중에서는 대마도의 병졸이 가장 용맹하다고 들었는데 사천에 있는 왜장이 거느린 왜군이 곧 대마도의 병졸이 아니오?"

"그렇습니다만?"

"그렇다면 함부로 공격해서 아군의 사상을 많이 낼 필요가 있겠소? 차라리 좀 더 기다렸다가 왜군이 배에 오르기 시작하면 그때 후미를 공격하는 것이 어떻겠소? 그렇다면 우리 군사들의 희생도 적을뿐더러 이기지 못할 일이 없지 않겠소?"

기룡은 기가 막혀 말이 나오지 않았다. 철수하는 왜적의 뒤를 치자는 말은 공격하는 시늉만 내고 그냥 도망치게 내버려 두자는 것이나 다를 바 없었다. 기룡은 말이 더 통하지 않음을 통렬히 깨닫고 힘없이 돌아왔다.

"김 별장에게 지난번에 잡아 온 그자를 데리고 오라 이르게."

김세빈이 단성현에서 잡아 온 김은수를 끌고 왔다. 백홍제가 자신도 사천 출신임을 알려주어 안심시킨 뒤에 타일러 당부했다.

"너는 지금 곧 사천에 있는 적진으로 다시 들어가서 상세히 정탐을 하고 오라. 네가 만약 이번에 큰 공을 세우면 지난날 부왜한 죄를 묻지 않고 오히려 상을 내리겠다."

김은수는 사천왜성으로 숨어들어 갔다. 그는 그곳에서 열흘간 머문 뒤 돌아왔다.

"모든 왜장들이 서로 은밀히 의논하고 통지하면서 그들의 배를 한곳으로 모을 작정을 하고 있사옵니다. 아마도 다 같이 한꺼번에 철수하려고 하는 것 같사옵니다."

기룡은 한탄했다.

"아, 하루바삐 서둘러야 하는데……."

조정이 빨리 대책을 세우지 않고 우물쭈물한다면 왜적은 그사이에 채비를 다 갖출 것이고, 그다음에는 비록 조정과 명 경리부에서 왜적을 섬멸하라는 명령이 내려진다 하더라도 그것이 일선 장수들에게 전해지고 또 실행에 옮기기까지는 여러 날이 허비될 것이니, 결국에는 멀리 떠나가는 적군을 공격하지 못하게 될 것이 심히 우려되었다.

기룡은 밤잠을 이루지 못했다. 왜적을 섬멸하지 못하게 될까 나날이 마음을 졸이고 있는데 한 가지 좋은 소식이 들려왔다.

한양에서부터 제독 마꾸이는 서생포와 부산, 김해 일대에 있는 왜적을 목표로 경상 좌로로, 제독 동이옌은 창원과 사천에 있는 왜의 진영을 노려 경상 중로로 그리고 제독 류팅은 순천에 있는 적들을 겨냥해 전라도로 남하하기 시작했다는 전령이었다.

"한 길로 내려오지 않고 세 갈래로 내려오는 뜻은 무엇이옵니까?"

"왜적의 힘을 분산시키려는 전략인 것 같네."

"서해안으로는 이미 도독 첸린(陳璘)이 명의 수군을 이끌고 내려가서 전라도 수군과 협공을 하여 이미 승리하고 있다고 하옵니다."

기룡은 오랜만에 얼굴이 밝아졌다.

"자, 그러면 우리도 명군을 맞이할 채비를 하세. 새로 오신 제독 동이옌 대인이 경상 중로를 맡으셨다니 우리와 합세할 작정이 아니겠는가?"

산 채로 죽은 목숨

1

도요토미 히데요시는 7월 초에 사냥을 하다가 더위를 먹었다. 후시미(伏見) 성으로 돌아온 후 병석에 누웠다가 증세가 악화되어 한 달여 만에 죽었다. 그는 죽기 직전에 봉행 이시다 미츠나리에게 유언을 남겼다.

"소자(도요토미 히데요리)를 나의 후계자로 세우도록 하라. 그리고 조선과 명나라와 신속히 강화를 맺고 곧바로 모든 군사를 철수하여 히데요리를 보호토록 하라."

도요토미 히데요시가 죽고 난 직후 마에다 토시이에(前田利家), 우에스기 카게카츠(上杉景勝) 등 시타이로(四大老)는 서로 합의를 한 뒤에 조선에 가 있는 왜장들에게 명군과 화의할 것을 명령했다.

순천왜성에 있던 고니시 유키나가는 직접 사천왜성으로 급히 달려갔다. 남해 난포에 머물고 있는 소 요시토시도 불러들였다. 시마즈 요시히로도 이미 사태를 전해 들은지라 심각한 표정이었다.

"후시미 성으로부터 기별이 왔소. 태합 전하는 승하하셨고 히데요리 관백님이 즉위했다고 하오."

"이제 7살 난 아이가 뭘 할 수 있단 말이오?"

"납언(納言:시타이로를 말함)들이 국사를 섭정하고 있는 모양이오."

"태합 전하께서 돌아가신 것이 조선군과 명군에도 알려진 듯하오."

"아무리 비밀로 한다고 한들 그 큰일이 소문나지 않을 리 있겠소."

시타이로는 도쿠가와 이에야스가 합류해 고타이로(五大老:5명의 정치적 고문)가 되었다. 그리하여 도쿠가와 이에야스, 마에다 토시이에, 우키다 히데이에, 우에스기 카게카츠, 모리 데루모토 등 다섯 명이 공동 섭정을 하게 되었고, 이시다 미츠나리와 아사노 나가마사 등 고부교(五奉行)도 점차 목소리를 높였다.

도쿠가와 이에야스는 조선에 가 있는 각 다이묘가 군사를 이끌고 대거 일본으로 돌아오는 것이 탐탁지 않았다. 그들이 돌아오면 합종연횡을 해 어떤 세력을 형성할지 모를 일이고, 그것은 앞으로 큰 위협이 될 것이었다.

그리하여 고타이로 회의에서 그가 고집을 부려서 화의 후 전원 철군하라는 종전의 명령이 수정되었다.

"그런데 처음에는 화의를 하고 철수 명령이 내려졌다가 이번에 다시 철환(철수해 귀환함)하지 말라고 하는 건 또 뭐요?"

"난들 알겠소?"

시마즈 요시히로가 고니시 유키나가에게 제의했다.

"당분간 철수할 수 없다면 이대로 있을 수만은 없소. 그대는 명 제독 류팅을 제거하시오. 나는 정기룡을 잡도록 하겠소."

"정기룡을? 무슨 좋은 계책이라도 있소?"

"곧 상주를 쳐서 그놈의 가족을 인질로 잡을 생각이오."

소 요시토시의 봉행 박수영이 잠자코 듣고 있다가 말했다.

"일본군이 상주까지 진격한다면 예천에 있는 명군의 제독 마꾸이와 조선군 도원수 권율이 가만히 있겠사옵니까? 불과 수십 리 거리이오니 얼른 상주를 구원하러 갈 것이옵니다. 그리되면 쓸데없이 병력만 소모하게 될 뿐이옵니다."

"듣고 보니 일리 있는 말이군."

소 요시토시가 박수영에게 물었다.

"박 부교, 그러면 어찌하는 것이 좋겠나?"

"차라리 성주 우병영으로 자객을 보내시지요. 닌자들을 거짓으로 투항시킨 뒤에 때를 봐서 거사를 하면 될 것이옵니다."

"오!"

다들 묘책이라고 생각하고 있는 그때에 시마즈 히사야스가 불쑥 끼어들었다.

"그보다는 미인계가 낫지 않겠습니까? 예로부터 힘들이지 않고 적을 제압하는 데에는 미인계가 으뜸이 아니옵니까?"

시마즈 요시히로가 점잖게 나무랐다.

"쓸 미인이 없지 않느냐?"

시마즈 히사야스는 입맛을 쩝 다셨다. 시마즈 요시히로는 군영 내에서 가장 검술이 뛰어난 봉행 사토오 스나모오에게 명령했다.

"사토오 부교가 정기룡 암살을 직접 도모하라."

"하잇!"

남해 난포로 돌아온 박수영은 심정이 착잡했다. 아들 충성과 아내 바우댁은 곤히 잠들어 있었다. 밖으로 나왔다. 밤바다와 하늘을 바라보았다. 파도 소리는 청량했고 불어오는 바람은 시원했다.

'일본이냐, 조선이냐……'

마음속으로 적지 않은 갈등이 일고 있었다. 일본이 조선을 복속시키지 못한다면 왜장들은 그저 섬나라 우리에 갇힌 채 자기네들끼리 치고받고 싸우는 원숭이들에 불과했다. 그런 원숭이의 하나인 소 요시토시의 뒷바라지를 해서 과연 무엇을 얻을 수 있을 것인가?

잠자는 사이에 갑자기 목이 달아날지도 모르는 곳이 일본이고, 언제 어떤 죄목으로 할복을 강요받을지 모르는 곳도 일본이었다.

'무수…… 정무수, 아니 정기룡. 너는 도대체 어떤 신념을 가지고 있기에 그토록 줄기차게 한길을 가고 있느냐? 태어난 나라를 지킨다는 것이 도대체 어떤 의미냐?'

박수영은 왜군에 항부한 이래 처음으로 자신의 판단을 되돌아보았다.

'무슨 짓을 하든 잘 먹고 잘 살면 그만이지. 어차피 두 번 못 사는 세상인데 뭘 그리 인륜, 도덕, 양심에 얽매여 구차하게 살아야 한단 말인가?

그건 우리처럼 가난하고 힘없는 백성을 늘 그 자리에 묶어놓으려는 지배자들의 가당찮은 수작이 아니고 무엇이란 말인가? 온갖 권력을 내키는 대로 마음껏 휘두르면서 호의호식은 언제나 너희들의 전유물이 아니었던가?'

명군의 한 갈래인 제독 류팅은 이미 전주에 이르고 있었다. 그는 고니시 유키나가로부터 남원에서 만나서 강화를 맺자고 제의를 받은 상태였다. 조선 수군을 이끄는 삼도수군통제사 이순신과 명나라 수군을 거느린 도독 첸린에 의해 순천왜성에 고립되어 있는 고니시 유키나가는 선택의 여지가 없었다.

'일본군이 본국으로 돌아갈 수 없을 만큼 대패하게 된다면, 그렇게 되어 모두 죽거나 포로가 되고 만다면…….'

박수영은 만약의 경우를 대비해 다른 길을 모색할 필요성을 느꼈다. 그리하여 앞서 사천왜성을 빠져나가 전라도 병영으로 간 사람들에게 운을 슬쩍 떼어놓았다.

"여건이 되는 대로 나도 가족과 함께 탈출하겠다고 병사또께 잘 아뢰어 주게."

박수영은 곧 고개를 흔들었다. 이미 늦었다는 생각이 파도처럼 머릿속으로 밀려들었다. 조선을 등지고 부왜를 한 지도 오래되었고 일본의 벼슬까지 받아서 거제도 영주인 소 요시토시의 봉행에 올라 있었다.

부왜한 행적이 발각되지 않고 살아갈 수 있을 것이라고는 생각되지 않았다.

"너무 늦었어."

아들 충성을 일본인으로 살게 만들겠다는 것, 그리하여 무사가 되고 봉행이 되고 가신이 되고 나중에는 다이묘까지 오르도록 하겠다는 원대한 꿈이 있었다. 조선에서는 양반이 되어 벼슬을 하는 것이 어림 반 푼어치도 없는 생각이지만 스스로 하기에 따라서 얼마든지 출세가 가능한 곳이 일본이라는 믿음은 변치 않았다.

박수영은 두 팔을 벌려 일본 쪽을 향해 크게 소리쳤다.

"이 박수영의 가문을 일으키고야 말겠다! 나는 반드시 살아서 일본으로 돌아갈 것이다!"

기룡은 감사군 별장들과 병영군 군관들을 모아놓고 회의를 했다.

"요사이 수집된 첩보로써 헤아려 보면 왜적은 확실히 철군할 동향을 보이고 있네. 어찌 하늘이 요란하게 소문만 내고 그치려 하겠는가? 이는 우리에게 신명을 내리시는 일이니 바로 이때야말로 왜적을 모조리 쳐부술 절호의 시기가 아니겠는가?"

"그러하옵니다!"

"제독 류팅 대인은 이미 전라도에 당도했고, 제독 마꾸이 대인 또한 경주로 진군하고 있다고 하네. 제독 동이옌 대인은 머잖아 이곳 성주로 올 것이니 다들 먼 길을 행군해 오는 명군을 맞이할 채비를 하는 한편 곳곳에서 발호하고 있는 왜적을 퇴치하는 일도 소홀하지 않도록 해야 할 것일세."

"예, 대장님!"

삼가현 복병장 박천해가 우치 나리스나(內也沙)라고 하는 코가시라를 사로잡고, 피로인 1백여 명과 우마 18마리를 왜군의 진영에서 탈취해 왔다. 또 두치현(하동군 화심리)의 병병군관 이상은 왜적 이고레 로오(伊之陋)를 포로로 잡고 하동현 사람 7명을 빼앗아 왔다.

기룡은 사로잡아 온 왜군들을 우병영에 가둬두고 백성들은 다 풀어주어 고향 집으로 돌아가게 했다. 다만 사천현의 아전 강기운에게는 별령을 내렸다.

"너는 다시 왜적의 진중으로 돌아가서 항부하고 있는 호수(전답을 8결 단위로 해 민호들을 묶고 그들로부터 공물과 조세를 거두어 바치게 한 민호들의 대표)들에게 바깥 사정을 알려서 남김없이 돌아오도록 설득하라."

도요토미 히데요시가 죽었다는 소문은 소문이 아닌 사실로 굳어갔고 왜군이 머잖아 물러갈 것이라는 말까지 나돌자 왜성에서 탈출하는 조선인들이 늘어갔다. 왜군에 항부하고 있던 진주의 관노 희이가 조선인 77명을 데리고 한꺼번에 도회(포로가 되었다가 도망쳐 옴)하기도 했다.

그러한 소식으로 사기가 크게 오른 조선군은 곳곳에서 왜적과 싸워 이겨나갔다. 산음현의 군관 변추휘를 비롯해 박대주, 임춘득, 배중임, 김신, 양응, 송이남, 김봉수, 박두갑, 박춘의, 김수남이 왜적의 머리를 여러 개 벴고, 관노로 있던 중운, 이관, 귀동도 왜적의 수급을 하나씩 베어 면천의 길을 텄다.

"대장님, 왜적의 장수 하나가 투항해 왔사옵니다."

수령청에 있던 기룡은 밖으로 나와서 꿇려진 왜군들을 내려다보았다. 맨 앞에 앉아 있는 사람은 왜군이 아니었다.

"소인은 진주 사람으로 윤영수라고 하옵니다. 왜군 7명과 함께 탈출해 나왔사옵니다."

그의 뒤에 앉아 있는 왜군이 범상치 않아 보였다. 차림새로 보아 그가 왜장인 듯했다. 기룡은 그에게 물었다.

"너는 이름이 무엇이냐?"

"사토오 스나모오라고 하옵니다. 사천성에 있는 시마즈 요시히로 태수의 비장이옵니다."

기룡은 흠칫 놀랐다.

"그런 높은 자리에 있는 자가 어찌하여 투항을 해 왔느냐?"

"관백이 죽으면서 유언을 남기기를, 조선에 와 있는 모든 군사를 철수하라고 했는데도 사천성에 있는 시마즈 요시히로는 미련을 버리지 않고 있으니 저는 장차 일본군이 몰살될 것을 예견하고 있었사옵니다.

그러던 차에 조선의 경상 우병사께서는 항복하는 저희들을 함부로 죽이지 않고 관후하게 거두어서 적절히 대우한다는 말을 듣고 감히 왜성을 버리고 달려 나와서 이와 같이 뵙고 있사옵니다."

"고개를 들어보거라."

사토오 스나모오는 얼굴을 들고 잠깐 기룡을 올려다보았다가 눈을 내리깔았다. 기룡은 책사방에 하령했다.

"이자를 데리고 가서 예우해 주면서 사천왜성의 정세와 실상을 다 알아내도록 하게."

2

포막(천막집)이 즐비한 울타리 입구에는 나무로 지은 수루(보초를 서는 누각)가 있었다. 군사 두 사람이 사토오 스나모오의 몸을 수색하고는 사립문을 열고 안으로 들여보냈다.

왜군 부수(포로)들이 둘러서 있다가 그를 맞이했다. 한참 전에 들어와 있던 오가시라 쿠리 와래스나와 코가시라 스나 시츠후루 그리고 투항한 지 얼마 되지 않은 우치 나리스나와 이고레 로오가 다가섰다. 쿠리 와래스나가 말했다.

"사토오 부교님, 얼마나 고초가 많으시옵니까? 어서 안으로 드십시오."

부로소(포로들을 가둬놓은 구역) 안에는 사로잡혀 있는 왜군들이 수십 명이었다. 사토오 스나모오는 가장 으슥한 곳에 있는 포막으로 안내되었다. 자리에 앉은 그는 다른 사람들을 다 내보내고 우치 나리스나와 이고레 로오만 남겼다.

"상황은 어떤가?"

"이곳에 잡혀 있는 아시가루들이 사고를 치거나 달아나려고 하지 않기 때문에 경계가 그리 삼엄하지는 않사옵니다."

"평소에 정기룡의 동태는 어떠한가?"

"주로 수령청에 들어 있고, 연무장이나 병기소 같은 곳을 둘러보기도 하옵니다. 그 움직임이 일정치가 않사옵니다."

이고레 로오가 장기판을 가져다 놓았다.

"저희들이 조선군을 눈속임하려고 만든 쇼기(장기)이옵니다. 앞으로는 이것으로 말씀드리겠습니다."

"좋은 고안을 했군."

우치 나리스나가 장기판에 말을 하나씩 올리며 설명했다.

"이 오쇼(王將)는 정기룡, 가쿠교(角行)는 책사들, 킨쇼(金將)는 정기룡의 비장과 호위들을 뜻하옵니다. 또 이 히샤(飛車)는 감사, 별장들이옵니다."

그러더니 그것들을 판 위에 놓고 보병을 여기저기 놓았다. 각 보병의 뒷면에는 한 글자씩 새겨놓았다.

"각 청을 표시하기 위한 것이옵니다."

"이 우병영에는 간각이 모두 11개가 있는데, 여기 영재인 수령청, 이건 전령관청, 이건 기패청, 또 이건 별장청이옵니다. 이건 조련관청, 이 조련 관청 앞에 있는 큰 뜰이 연무장이옵니다. 또 이건 군마청, 이건 여기 우리가 있는 부로소 건너편에 있는 군뢰청, 또 그 뒤에 있는 화감청, 그 옆에는 군물고가 있사옵고, 군물고 뒤편으로는 마을이 있는데 군기소이옵니다."

"정기룡을 처치할 방도는 세워놓았는가?"

"부교님, 여기 부로소 안에 조선군의 간자가 있을지도 모르옵니다. 정 기룡이라고 하지 마시고 오테(일본 장기에서 장군을 부르는 소리)라고 말씀하시는 것이……."

"그러지. 그럼 오테할 비책은 뭔가?"

"아직 그것까지는 생각하지 못했사옵니다."

"알겠네. 짧은 시일에 이렇게 알아낸 것만도 대단하네. 그놈을 오테할 방도는 차차 찾아보기로 하지."

군뢰청 군사들이 대거 부로소 밖에 늘어섰다. 군관 박언랑이 맨 앞에 서 있었고 군사 둘이 부로소 사립문을 열었다. 안에서 대오를 맞춰 서 있던 부로들이 밖으로 나왔다.

그들이 도착한 곳은 둔전이었다. 군사들은 왜군 부로들에게 조선낫을 한 자루씩 주었다. 그들은 언덕과 비탈에 심어놓은 산 벼를 추수하기 시작했다. 낫질이 서툴러 산 벼의 수확이 더뎠다.

"이놈들, 게으름을 피우네?"

"빨리 하라. 빨리!"

낫질을 하다가 손가락이 베이는 부로들이 생겨났다. 약이 있을 리 없었다. 자기네들끼리 넝마 같은 옷을 찢어서 처매주는 것이 다였다. 해질 무렵이 되어서야 베어놓은 볏짚 더미를 하나씩 지고 병영으로 돌아왔다.

낮에는 둔전에 나아가 밭일을 하거나 병영 내의 잡다한 일들을 하고, 밤이면 부로소에 들어와 자는 것이 그들의 일과였다. 끼니는 하루 한 끼 지급되었다. 그마저도 이틀에 하루꼴로 굶는 것이 예사였다.

"오늘은 연무장에 가서 풀을 좀 뽑아야겠다."

부로들은 주린 배를 움켜쥐고 펴지지 않는 허리를 두드려 가며 너른 연무장에 나 있는 잡초를 뽑기 시작했다.

우치 나리스나가 군관 박언량에게 손을 비비며 말했다.

"나리, 소피가 좀……."

"빨리 다녀와."

군사 두 사람이 그를 데리고 갔다. 우치 나리스나는 소변을 보는 척하면서 멀리 보이는 수령청의 동태를 엿보았다. 바로 그때 기룡이 나와 연무장으로 향해 오는 것이었다. 얼른 허리춤을 올린 그는 돌아서서 나왔다.

"앞장서거라."

연무장에 도착한 기룡은 부로들이 열심히 풀을 뽑는 것을 보고는 비장 정수린에게 말했다.

"이들을 하루에 몇 끼 먹이는가?"

"묽은 죽이나마 한 끼는 먹이려고 애를 쓰고는 있사옵니다."

기룡은 고개를 끄덕였다.

"저자들도 사람의 목숨이긴 매한가지니 굶겨 죽이는 일은 없도록 하게."

다른 부로들은 기룡을 힐끗힐끗 쳐다보았지만 사토오 스나모오는 고개를 숙인 채 두 손으로 풀만 뽑고 있었다. 기룡은 그 모습을 보고는 불러오도록 했다.

"그대는 봉행의 신분으로 어찌 왜졸들과 같이 섞여 있는가?"

"소인도 부로이긴 마찬가지가 아니오니까? 여기서는 신분이 특별할 것 없사옵니다."

기룡은 그에게서 여느 왜장이나 왜군과는 다르게 무부로서 상수(고수)의 풍모를 느꼈다. 투항한 목적도 석연치 않아 보였다. 사토오 스나모오에게 남모를 호기심이 인 기룡은 군뢰청 군관 박언량에게 일렀다.

"저자를 각별히 잘 살펴보게."

감시의 눈을 피해 사토오 스나모오는 한참 전에 사로잡혀 들어와 있던 오가시라 쿠리 와래스나와 코가시라 스나 시츠후루를 포섭했다. 그리하여 기룡을 암살하는 데 저까지 포함해 모두 5명의 닌자가 구성되었다.

"내가 그간 오테를 할 방법을 강구해 보았는데……."

사토오 스나모오는 그들에게 차근차근 알려주었다. 다 듣고 난 4명의 닌자들은 고개를 끄덕였다. 스나 시츠후루가 말했다.

"아무래도 타이치(太刀) 한 자루씩은 지녀야겠사옵니다."

"조선군이 우리 일본군에게서 전리한 무기는 다 군물고에 있사옵니다."

"그렇다면 들어가서 훔쳐내야지요. 일부러 낫을 부러뜨리고 갈아서 자물쇠에 맞을 만한 열쇠를 몇 개 만들어 놓았사옵니다."

"경계가 느슨한 날을 가려 빼내어 오기로 하세. 흑의를 좀 마련해 보게."

"그건 소인이 맡겠사옵니다."

가을비가 부슬부슬 내리는 날이었다. 조선군은 조련을 쉬었고, 부로들도 둔전으로 일하러 가지 않고 한가하게 보내고 있었다. 닌자들은 좀처럼 오지 않는 좋은 기회라고 여겨 밤이 되기만 기다렸다.

"야불수(야간 보초를 서는 군사)들은 어떤가?"

"다들 수루에 들어가 있사옵니다."

"그렇다면 속히 실행하기로 하세. 나를 따르게."

검은 옷을 입은 사토오 스나모오는 빗속을 뚫고 달려가 포막 뒤편의 나무 울타리를 넘었다. 다른 닌자들이 다 넘는 동안 주위를 두리번거리며 살폈다. 그들은 쪼그려 앉다시피 해 넓은 뜰을 가로질러 군뢰청 뒷담에 몸을 붙였다.

두런거리며 걸어오는 소리가 들렸다. 조선군 야불수들이었다. 사토오 스나모오는 그 자리에 납작 엎드렸다. 다른 닌자들이 다 따라 했다. 흙건한 땅바닥에서 차가운 기운이 온몸으로 전해졌다.

야불수들이 지나가고 나자 사토오 스나모오는 몸을 일으켰다. 화감청을 돌아 드디어 그 뒤편에 있는 군물고에 이르렀다. 정문 앞에도 야불수 두 사람이 서 있었다.

"어찌한다?"

"기다려 보옵소서. 곧 번대(교대)할 시각이옵니다."

잠시 후 야불수들이 서로 대화했다.

"번대하러 올 시간이 지난 거 아냐? 왜 이렇게 안 오지?"

"비가 오니까 꾸물대면서 입번(번에 듦)할 시간을 줄여보려는 수작이지 뭐."

"그러면 우린 당번을 다 채운 것 같으니 이만 들어가세. 이다음 시간은 우리 책임이 아닐세."

"맞아. 늦게 오는 사람들이 책임져야지."

야불수들이 사라지자 군물고는 잠시 동안 지키는 사람이 아무도 없게 되었다. 사토오 스나모오는 재빨리 문 앞으로 갔다. 이고레 로오가 열쇠를 들고 자물쇠에 넣어 돌렸다. 그것이 맞지 않자 다른 것을 넣어보곤 했다. 그중 하나가 맞았다.

"철컥!"

자물쇠가 열렸다.

"됐사옵니다."

사토오 스나모오는 스나 시츠후루에게 밖에서 망을 보도록 하고는 문을 열고 들어갔다. 어두웠다. 손으로 더듬었다. 온갖 무기가 다 있었다. 이윽고 타이치가 손에 잡혔다. 일본군에게서 전리한 무기들만 쌓아놓은 곳이었다.

닌자들은 모두 한 자루씩 집어 들었다. 쿠리 와래스나가 밖에서 망을 보고 있는 스나 시츠후루에게 한 자루를 던졌다. 그는 척 받아 들고는 칼날을 빼보며 득의의 웃음을 지었다. 사토오 스나모오는 또 무언가를 찾았다.

"어서 가시지요."

"잠깐만 기다리게."

"뭘 찾으시옵니까?"

잠시 후 사토오 스나모오는 와키자시(일본 무사가 긴 칼과 함께 옆구리에 차는 짧은 칼) 한 자루를 찾아냈다.

"됐네. 가세."

병영 내에 모든 것을 정기적으로 검열하는 날이 왔다. 군사에 대한 점검, 군물과 군량이 수량이 맞는지 일일이 세고 확인하는 일이 연일 이어졌다. 부로소도 예외는 아니었다. 모든 포막의 안팎을 살펴보고 그들에 대한 몸수색과 잠자리에 수상한 물건이 없는지 등을 면밀히 점검했다.

닷새간 이어진 검열이 다 끝나자 잡일을 하지 않고 하루 쉬는 날이 주어졌다. 닌자들은 또다시 포막에 모였다.

"땅속에 잘 파묻어 놓았기에 망정이지……."

"이제 무기도 마련되었으니 거사할 날을 정해야 하지 않겠사옵니까?"

"다음 비 오는 날 밤에 오테를 처단하기로 하세."

군물고 점검을 마친 황치원과 서원이 아무리 찾아보아도 왜검 다섯 자루와 소도 한 자루가 비었다. 대수롭지 않게 넘길 일이 아니었다. 분명히 있어야 할 게 없었고, 더구나 다른 군물도 아니고 살상에 쓰이는 무기이기 때문이었다.

황치원은 이희춘에게 그 사실을 말했다. 이희춘은 그를 데리고 책사방으로 갔다. 칼이 여러 자루 없어졌다는 말을 들은 책사들은 심상치 않은 느낌을 받았다.

"항왜들의 짓일까?"

백홍제가 의심을 하자 귀목이 말했다.

"사천 왜장의 봉행이라는 자 말일세. 그자의 눈매가 영 예사롭지 않았네. 내가 보기엔 패잔의 눈이 아니었네."

"가끔 밤에 병영 내를 배회하는 그림자들이 있는 것 같더군. 지난번에 내가 밤중에 뒷간에 갔다 오다가 본 일이 있네. 밤번을 서는 군사들이려니 했는데 가만히 생각해 보니 우리 군사들과는 어딘가 모르게 차림새가 달랐던 것 같으이."

"경계를 더 철저히 해야겠군. 요즘 출전이 뜸하니 다들 병영 내에 머물면서 다소 해이해진 경향이 있어."

그 이튿날 밤에 기패청 앞에서 보초를 서고 있던 군사 하나가 살해되는 사건이 발생했다. 수령청과 얼마 떨어져 있지 않은 곳이라 병영은 발칵 뒤집혔다. 보고를 받은 기룡은 별장 김세빈을 기포 행수관으로 삼아 엄령을 내렸다.

"속히 범인을 색출하라."

하지만 여러 날이 지나도 사건은 오리무중이었고 범인의 윤곽조차 드러나지 않았다. 군사들 사이에서는 두 가지 말이 나돌았다. 하나는 감사군과 병영군 사이에 묵은 갈등이 있었는데 그것이 표출되어 살해당했다는 것이고, 또 다른 하나는 항왜들이 부로소를 벗어나 먹을 것을 찾아 병영을 돌아다니다가 그만 들켜버리자 살해했다는 것이었다.

김세빈은 항왜들에게 암살당한 것에 무게를 두었다. 그리하여 기룡에게 보고를 하기 전에 먼저 책사방에 들렀다.

"암살이라……."

사일랑이 말했다.

"아무래도 우리 대장님을 노리고 있는 것은 아닐까?"

"왜성에서 보낸 닌자들이 거짓 항복하여 부로소에 들어온 뒤에 은밀한 짓을 노리고 있다는 말인가?"

"아무래도 그럴 가능성이 크네."

"그러면 그 닌자들은 어떤 놈들일까? 아주 신출귀몰하다던데?"

"항왜들의 두목 격인 놈을 불러다가 닦달해 보는 것이 어떻겠나?"

"그게 좋겠군. 무언의 경고도 되고 말일세. 일단 그렇게 하기로 하세."

사토오 스나모오가 책사들 앞에 불려 왔다. 백홍제가 물었다.

"너는 우리 대장님을 암살하러 온 닌자렷다."

사토오 스나모오는 어이가 없다는 표정을 지었다.

"닌자라뇨? 소인은 열심히 둔전을 가꾼 일밖에 없사옵니다. 조만간 전쟁이 그치면 이 살기 좋은 조선에서 농사를 짓고 살 생각만 하고 있는데 어찌 그런 터무니없는 말씀을 하시옵니까?"

"닌자가 스스로 닌자라고 하는 법은 없지."

"소인이 만약 누굴 해하려고 투항을 했다면 사천왜성에 관한 이모저모를 속속들이 다 일러바쳤겠사옵니까?"

"그 또한 우릴 안심시키려는 수법일 터이지."

사토오는 비장한 목소리를 냈다.

"정 소인이 의심스러우시면 바로 이 자리에서 참수하소서."

그 대담한 소리에 책사들은 더 의심하지 못했다. 사일랑이 말했다.

"부로소에 돌아가거든 자네가 항왜들의 일거수일투족을 잘 살펴서 아뢰도록 하게. 조금이라도 수상쩍은 언행을 보이는 자가 있으면 그 즉시 보고하라는 말일세."

사토오를 돌려보낸 뒤에 사일랑이 말했다.

"저자의 말과 태도에 현혹되어서 의심을 늦추어서는 안 되네. 일본인들은 겉으로 나타내는 언행인 다테마에(建前)와 속 깊이 감추고 있는 본심인 혼네(本音)가 전혀 다르니 말일세."

이희춘이 불쑥 말했다.

"자네도 그런가?"

"그렇게 보이는가?"

"아, 농담일세. 허헛, 사 책사야말로 우리 감사군에서 가장 소중한 보물이지. 암."

외지에서 우병영으로 찾아오는 사람들이 있었다. 그들은 장사꾼이기도 했고, 군사가 되려는 사람들이기도 했다. 드물게는 아비나 자식이 병영의 군사가 되어 있는 것을 확인하려고 오는 사람들도 있었다.

그런데 그들의 신분을 확인할 길이 없었다. 조선군의 형편을 정탐하러 왜군 진영에서 보낸 항왜들인지, 조선인 행세를 하는 일본군 닌자들인지 알 수 없었다. 그러한 고충은 경상 우병영에만 있는 것이 아니었다.

조정은 여러 차례 긴 논의를 거쳐 팔도의 모든 백성들에게 호패 외에 나무로 만든 요패(허리에 차도록 노리개처럼 작게 만든 패)를 차도록 했다. 그러나 그것조차 가짜로 만들어 차면 확인할 방법이 없었다.

"혹시 잠입해 있을지 모르는 닌자들을 색출할 묘안이 없을까?"

"부로소 속에 간인(간첩)을 집어넣는 것은 어떤가?"

"이미 몇 사람 들어가 있는데 아무 낌새도 못 차리고 있다네."

"오, 역시 사 책사로구먼."

"그들에게 좀 더 적극적으로 첩정을 하라고 해야겠네."

그때 아뢰는 소리가 들렸다.

"부로소에서 항왜 여러 명이 급사했다고 하옵니다."

책사들은 얼른 달려갔다. 별장들과 군관들도 여럿 와 있었다. 사일랑은 죽은 자들의 얼굴을 보고는 속으로 놀랐다. 다 자신이 몰래 심어놓은 간자들이었다. 영의(병영 내에 있는 의원)가 살펴보더니 고개를 저었다.

"원인을 알 수 없사옵니다."

"살해당한 건가?"

"그것도 알 수 없사옵니다. 목이 졸린 흔적도, 독을 쓴 흔적도 없사옵니다."

사일랑은 간자들이 필시 발각되어 쥐도 새도 모르게 죽임을 당한 것으로 여겼다. 발각된 것이면 무언가 알아낸 것일 수도 있었다. 사일랑은 기룡에 대한 암살의 위협이 시시각각 다가오고 있는 것 같았다. 그는 별장들을 모두 불렀다.

"본시 닌자라고 불리는 자들의 수법은 예측이 불가하고 도무지 종잡을 수 없다네. 바람처럼 스며들어서 목적을 달성한 뒤에는 물처럼 빠져나가는 게 그들의 수법이네. 그들이 이미 부로소에 잠입해 있다면 머잖아 큰 화근이 될 것이네. 더 늦기 전에 손을 써야 하네."

"어떻게 손을 쓴단 말인가?"

사일랑은 그간 세워놓은 비책을 꺼냈다. 듣자마자 이희춘이 크게 반대했다.

"아니 될 말씀! 멀쩡히 산 사람을 어디!"

"그런 방법을 쓰느니 부로소에 있는 놈들을 남김없이 다 죽여버리고 말겠소."

"맞아. 그러는 편이 낫소."

"거짓말을 했다고 부로를 모조리 죽인 옛일로 대장님이 아직도 가슴 아파하시는 걸 모르시오?"

"그때랑 지금은 다르오."

"그렇소. 대장님의 목숨이 달린 일이 아니오?"

삼 책사와 별장들은 옥신각신했다. 한동안 여러 말이 오가다가 별장들은 마침내 다른 도리가 없어 하나둘 반대 의견을 접고 사일랑이 마련해 놓은 책략을 따르기로 했다.

"만약 그러다가 진짜 큰일이라도 나면 안 되오?"

"심려 말고 맡은 바 각자 역할만 잘하게."

기룡은 상주에 있는 본가에서 온 서신을 펼쳤다. 아내 권씨가 보낸 것이었다.

"요즘 연일 꿈자리가 사납사옵니다. 나랏일을 잠시도 놓지 않고 노심초사하고 계시는 줄 잘 아옵니다. 별 탈은 없으신지, 의복과 진지는 어찌하고 계시는지 궁금하옵니다. 어머님은 편찮으신 데 없이 잘 지내고 계시옵고, 매일 영감의 무운을 위해 정화수를 떠놓고 비손하는 일을 거르지 않으시옵니다. 아이들도 무탈하게 잘 크고 있사옵니다. 익린 어미는 사람됨이 반듯하여 한동기간처럼 지내고 있사오니 집안은 아무 근심이 없사옵니다. 모쪼록 매사에 잘 살피시어 일신을 보전하옵소서."

기룡은 답서를 두 통 써서 보냈다. 한 통은 어머니 김씨 앞으로, 또 다른 한 통은 권씨 앞으로 쓴 것이었다.

기룡은 모처럼 삼 책사, 별장들 그리고 군관들을 모두 한자리에 불러 모아 주연을 베풀었다. 가을걷이도 다 끝났고 산야에는 여러 과실이 익었고 강과 못에는 물고기가 많아 한 해 중에서 가장 먹을 것이 넘쳐나는 때였다.

기룡은 술잔을 비운 뒤에 안주로 유과 조각을 하나 집어 먹다 말고 그대로 쓰러져 일어나지 못했다. 좌중은 놀라 얼른 다가갔다. 그 바람에 상은 밀쳐지고 그릇이 쏟아지며 음식이 방바닥에 나뒹굴었다.

"대장님!"

"병사또 영감!"

흔들어도 기룡은 꼼짝도 하지 않았다. 사일랑이 소리쳤다.

"대장님이 숨을 쉬지 않으신다! 어서 의원을 불러오라!"

부리나케 달려온 영의는 기룡을 진맥하고는 사색이 되었다. 백홍제와 귀목이 차례로 큰 소리로 물었다.

"어찌 되었는가?"

"용태가 어떠신가?"

영의는 침통에서 침을 꺼내 들었다. 그의 손은 떨렸고 온 얼굴에서 땀이 흘렀다. 기룡의 정수리 백회혈과 윗입술 위에 있는 인중혈에 꽂았다. 그래도 기룡은 깨어나지 못했다. 영의는 마침내 털썩 주저앉았다.

"아!"

"이보게! 어서 손을 더 써보게!"

"소, 소인의 의술로는 도리가 없사옵니다."

"뭐라?"

이희춘이 칼을 빼 들었다.

"이놈, 어서 우리 대장님을 살려내지 못할까!"

"아마도 화타, 편작이 와도 못 살릴 것이옵니다. 급사하셨사옵니다."

"그, 급사?"

이희춘은 칼을 내던지고 대성통곡을 하기 시작했다. 사일랑이 얼른 꾸짖어 입을 다물게 했다.

"대장님께서 서거하셨다는 소문이 새 나가서는 안 되네. 특히 부로소 항왜들이 알아서는 더더욱 안 될 것이야."

이희춘은 북받치는 울음을 참지 못하고 손으로 입을 가려 흐느끼기만 했다. 김세빈, 정범례, 황치원, 항금, 노함 등 다른 별장들과 병마우후 박대수, 군관 박언량 등이 모두 침통해하며 소리 없이 눈물을 뚝뚝 떨어뜨렸다.

"아, 이제 어찌해야 하나?"

기룡이 급사했다는 소문은 발 없는 말이 되어 온 병영 내에 퍼져 나갔다. 부로소에도 소문이 돌았다. 사토오 스나모오는 휘하 닌자들을 다 불렀다.

"이 믿기지 않는 소문을 자네들은 어찌 생각하는가?"

"죽었다면 시체를 확인하러 가야지요. 소문을 그대로 믿을 수는 없사옵니다."

"오늘 밤에 비밀리에 염습을 한다고 하옵니다."

"알겠네. 다 같이 몰래 가서 오테의 죽음이 사실인지 엿보기로 하세."

"우리가 손을 안 써도 되는 일이 벌어지다니."

검은 옷차림을 하고 등에는 칼을 진 닌자들이 수령청 지붕 위로 올라갔다. 기왓장을 벗기고 홍두깨흙을 긁어내고 서까래를 벌려 그 사이로 아래를 내려다보았다.

기룡은 똑바로 누워 있고 염장이가 염습을 하고 있었다. 별장들과 군관들이 그의 앞에 앉아 흐느끼고 있었고, 책사들은 소리를 내지 말라고 이따금 주의를 주었다.

사토오 스나모오는 닌자들에게 손짓을 했다. 기룡이 죽은 것이 확실하다고 여긴 것이었다. 지붕에서 내려온 그들은 발자국 소리도 없이 수령청을 벗어나 으슥한 곳에서 둘러섰다. 사토오 스나모오는 복면을 벗고 말했다.

"이제 더 이상 이곳에 머물러 있을 필요가 없다. 사천성으로 돌아가자."

닌자들이 사라진 수령청 지붕 위에 또 다른 그림자가 나타났다. 수령청 둘레를 에워싸고 삼엄하게 경계를 하고 있던 군사들 중 하나가 소리쳤다.

"흑사자다!"

"지붕 위에 흑사자가 있다!"

군사들은 일제히 수령청 지붕을 바라보았다. 과연 검은 옷차림을 하고 검은 창을 든 사람이 용마루를 디디고 서 있었다. 어디선가 범인 듯 사자인 듯 모를 포효 소리가 사납게 들려왔다. 갑자기 검은 털을 가진 큰 개 두 마리가 나타났다. 군사들은 놀라 허둥댔다. 그러는 사이에 흑사자는 온데간데없이 사라져 버렸다.

"도대체 정체가 뭘까?"

"저승사자가 아니겠는가?"

"그러면 우리 대장님의 혼령을 가지고 갔단 말인가?"

"아마 그렇겠지."

"아이고, 이를 어째. 대장님!"

닌자들은 수룡동 우병영을 빠져나와 남쪽으로 내달렸다. 성주와 고령 경계쯤에 이르렀다. 그때 갑자기 앞쪽에서 명군들의 소리가 들렸다. 사토오 스나모오는 다른 길로 도주했다. 그러자 또다시 명군들이 나타났다. 닌자들이 되돌아가려다 말고 멈췄다. 어느새 뒤편에도 명군이 막아선 것이었다.

세 갈래로 매복해 있다가 닌자들을 포위한 천총 리유와 백총 티엔이 모습을 드러냈다. 바로 그때 말을 달려 오는 사람이 있었다. 사토오 스나모오는 저도 모르게 중얼거렸다.

"설마?"

설마가 아니었다. 그 사람은 바로 기룡이었다. 죽은 사람이 버젓이 살아서 나타난 것을 보고 닌자들은 안색이 하얗게 변했다. 기룡의 뒤로는 여러 별장들이 따르고 있었다. 사토오 스나모오는 그제야 속은 것을 깨달았다. 기룡이 말했다.

"그만 항복하라."

사토오 스나모오는 한 걸음 물러서며 차가운 소리를 내뱉었다.

"오쇼도 칼을 차고 있는 것을 보니 검술을 좀 하시나 본데 어떻소? 우리 두 사람이 결판을 내는 것이."

그러면서 손을 머리 위로 올려 어깨에 지고 있는 타이치의 자루에 댔다. 항금이 대뜸 소리쳤다.

"네 이놈, 너는 이 어른이 월도로 다스려 주마."

기룡이 항금을 제지시켰다. 그러고는 말에서 내렸다.

"나와 겨루는 것이 소원이라면 그렇게 해주겠네. 한데 만약 자네가 지면 어찌할 텐가?"

"그러는 오쇼께서 지면 어찌하겠소?"

"자네들을 그냥 돌려보내 주겠네."

"그 약속 꼭 지키시오. 만약 내가 지면 죽이든 살리든 전적으로 오쇼의 처분에 맡기겠소."

별장들이 끼어들어 말릴 새도 없었다. 명군과 조선군 그리고 닌자들이 둘러선 가운데 기룡과 사토오 스나모오의 목숨을 건 검술 대결이 벌어졌다.

사토오 스나모오는 복면과 윗도리를 벗었다. 그러고는 등에 메고 있던 타이치를 풀어 칼만 빼 들고 칼집은 내던졌다. 기룡은 투구와 갑옷을 벗고 사마치도 끌러놓았다. 그런 뒤에 허리에 차고 있던 십련 보검을 빼냈다.

"조선에는 어인 검법이 있소?"

"본국검법이라고 하네. 자네는 어인 검법을 익혔는가?"

"카게류(陰流)라고 하는 단도법의 한 갈래요."

모두 숨죽이고 있는 가운데 두 사람은 두어 걸음 가까이 다가섰다. 사토오 스나모오는 칼을 수직으로 높이 들었다. 기룡이 찌르거나 베려고 들어오기를 기다리는 조천도세(朝天刀勢)였다.

기룡은 칼을 몸 앞에 똑바로 당겨놓았다. 누군가 나지막이 외쳤다.

"진전격적세(進前擊賊勢)다!"

"조용!"

사토오 스나모오는 칼자루를 들고 칼끝을 사선으로 내리면서 칼에 머리를 묻었다. 닌자들도 기세에서 지지 않으려고 엉겁결에 내뱉었다.

"매리도세(埋頭刀勢)!"

찔러오는 상대방의 칼을 쳐내면서 한 발 들어가 벨 작정으로 취한 자세였다. 기룡은 칼을 세우면서 오른쪽 어깨에 붙이는 금계독립세(金鷄獨立勢)를 했다가 번개처럼 사토오 스나모오의 머리를 향해 내리쳤다.

"캉!"

그는 오른발을 뒤로 빼어 그대로 뒤로 앉으면서 기룡의 칼날을 막아냈다. 저간도세(低看刀勢)였다. 곧바로 사토오 스나모오의 반격이 이어졌다. 기룡은 몸을 칼 뒤에 숨기는 맹호은림세(猛虎隱林勢)로써 막았다.

"단요도세(單撩刀勢)!"

사토오는 원숭이가 우는 소리를 냈다.

"끼요웃!"

한 손으로 칼자루를 잡고 칼날을 아래로 향하게 돌리면서 멀리 찔러 들어왔다. 기룡은 물러서지 않고 오히려 오른발을 한 걸음 앞으로 내디디며 사토오 스나모오의 칼을 왼쪽에서 오른쪽으로 비스듬히 내리쳐 막았다.

"발초심사세(發艸尋蛇勢)로군."

"막상막하인데?"

"좀 더 기다려 보세."

이번에는 기룡의 공격을 사토오 스나모오가 좌제요도세(左提撩圖勢)로 막았다. 공격해 들어오는 칼날을 왼쪽으로 비껴 누르는 수법이었다. 기룡은 눌린 칼날을 빼 표두압정세(豹頭壓頂勢)로써 사토오 스나모오의 정수리를 누르는 척 찔러 들어갔다.

"아야압!"

"하아!"

사토오 스나모오는 오른발을 뒤로 빼며 막고는 다시 앞으로 내디디며 요보도세(拗步刀勢) 수법으로 내리쳤다.

"용약일자세(勇躍一刺勢)!"

기룡은 과감히 뛰어나가며 칼을 들어 막은 뒤 아래에서 위로 올려 찔렀다. 사토오 스나모오는 기룡의 칼날이 바로 눈앞에 이르자 움찔하며 뒤로 두어 걸음 물러났다. 그의 얼굴에 굴욕을 당했다는 표정이 그대로 나타났다.

사토오 스나모오는 기룡에게 달려들면서 갑자기 허리에 차고 있던 와카자시를 빼 던졌다.

"비도세(飛刀勢)!"

칼을 던져 현혹시키면서 곧바로 찔러 들어가는 것이었다. 기룡은 날아오는 소도(小刀)를 쳐내면서 훌쩍 공중으로 솟구쳐 올랐다. 그러고는 허공에서 한 바퀴 몸을 감아 돌아내리면서 달려드는 사토오 스나모오의 등을 베었다.

"헉!"

"콰당!"

사토오 스나모오는 달려들다 말고 중심을 잃고 앞으로 엎어졌다. 기룡이 다가가 그의 목에 칼끝을 겨눴다.

"시우상전세(兕牛相戰勢)!"

"대장님이 이겼어."

"휴우, 간이 조마조마했네."

사토오 스나모오는 등이 베인 것이 아니었다. 기룡이 칼등으로 쳤을 뿐이었다. 그는 자신의 패배를 순순히 인정했다.

"지금껏 어느 누구에게도 져본 적이 없었는데…….'"

"운이 나빴다고 생각하게."

"아니오. 오쇼께서는 과연 놀라운 검술을 지니셨소. 그 점은 전적으로 인정하는 바이오. 자, 이제 마음대로 하시오."

기룡은 칼을 칼집에 꽂아 넣고는 그에게 손을 내밀었다.

"이제 진심으로 우리 조선에 투항하고 여러 사람들과 다 함께 잘 지내보세."

사토오 스나모오는 외면했다. 백홍제가 다가섰다.

"여기 있는 사 책사도 자네와 같은 일본인일세."

사토오 스나모오는 눈이 휘둥그레졌다. 이희춘이 달려들듯이 다가가 그의 손을 잡고 일으켰다. 사토오 스나모오는 체구가 작아 달랑 들리는 것 같았다. 그러고는 그의 엉덩이에 묻은 흙을 툭툭 털어주었다.

"이제부터 한 식솔로 지내면서 우리 병영 군사들에게 자네의 그 뛰어난 왜검술을 전습해 주지 않겠는가?"

그러면서 기룡을 바라보았다. 기룡은 고개를 끄덕이며 말했다.

"자네가 진정으로 귀부한다면 다른 것은 아무것도 고려치 않고 오직 한 사람의 무부로서 대접해 주겠네."

3

사천왜성으로 다시 잠입해 들어간 김은수와 강기운이 회보를 했다.

"왜적에게 항부한 조선인들이 날이 갈수록 점차 더 많이 도망쳐 나가고 있었사옵니다. 부왜들은 자기네끼리 서로 깊이 결탁하고서 농사를 지었는데 곡식이 다 익었어도 추수하지 않고 달아나는 판국이라 이전과는 사뭇 다르옵니다. 이는 곧 왜적에게 빌붙어서 좋을 것이 없다는 의논이 두루 퍼지고 있는 까닭이옵니다.

또한 모두 말하기를, 왜적이 군사를 거두어 본국으로 돌아갈 것이라고 하옵니다. 명군은 아직 멀리 있사오니, 이들이 미처 돌아가기 전에 섬멸해야 하는 것이옵니다. 기회를 잃을까 두려운 마음으로 글월을 올리오니 속히 진군해 주시기 바라옵니다."

기룡은 서탁을 내리치며 탄식했다.

"아, 이들의 말대로 시기를 놓칠까 안타깝기만 하구나."

고니시 유키나가는 멀리 나갔다 온 척후에게 물었다.

"명군이 얼마나 되느냐?"

얼른 일본으로 철수하려는 마음에 척후병은 과장해 아뢰었다.

"수군과 육군이 모두 40만 명인데, 해귀(해전에 능한 명나라 남쪽 지방의 수군)와 달자도 많이 나왔다고 하옵니다."

"40만 명?"

고니시 유키나가는 안색이 파랗게 질렸다. 그는 가신들에게 하령했다.

"마냥 이러고 있을 때가 아니다. 약탈한 물건들을 먼저 배에 다 실어놓거라. 나는 다시 사천에 다녀와야겠다."

사천왜성에 있는 시마즈 요시히로도 걱정이 이만저만 아니었다.

"당장 철군할 배가 부족하니 본국에서 큰 배들이 올 때까지는 어떻게라도 버텨봐야지 별 수 있겠소?"

"그렇지요. 그렇게 해야겠지요."

222

고니시 유키나가가 순천으로 돌아가자 시마즈 요시히로는 가신들에게 물었다.

"정기룡을 죽이러 간 사토오는 소식이 없느냐?"

"아직 아무런 연락이 없사옵니다. 좀 더 기다려 보옵소서."

시마즈 요시히로는 적잖이 불안한 마음에 곧바로 명령을 내렸다.

"성안에 있는 물건을 모두 배에 싣도록 하라."

무슨 일이 닥칠지 모르니 언제라도 달아날 채비를 마쳐놓아야 했다. 그러고는 잔뜩 겁에 질려 있는 아시가루들의 동요도 막을 겸 조선군과 명군에 당당히 맞서 싸울 것처럼 위장했다.

"성을 둘러보아 약점이 있거나 허물어져 있는 곳은 당장 수축하라."

제독 마꾸이는 접반사 공조참판 이광정이 따르는 가운데 조선군 중군장 김응서와 더불어 약 3만 명에 이르는 조명 연합 동로군을 거느리고 울산, 양산, 부산 등지를 점거하고 있는 왜적을 치기 위해 경상 좌로로 향했다.

가토 기요마사는 울산성과 도산성에 1만여 명, 서생포왜성에 5천 명을 주둔시키고 있었으며, 구로다 나가마사는 부산포와 양산 두 곳에 거점을 두고 각각 5천 명씩 거느리고 있었다.

제독 류팅은 접반사 우의정 이덕형을 곁에 두고 도원수 권율과 함께 서로군을 이끌고 전주로 내려갔다. 순천왜성에 똬리를 틀고 있는 고니시 유키나가를 목표로 하고 있었다. 그는 가신 고토 스미하루 등과 함께 일본군 1만5천 명을 거느리고 있었다.

가장 늦게 출발한 사람은 제독 동이옌이었다. 그는 명군 3만여 원명(원은 장교, 명은 군사를 말함)을 거느리고 경상 중로로 내려오기 시작했다.

기룡은 드디어 동이옌이 행군을 해오고 있다는 전령을 듣고 우도 전역에 군사를 소모하는 방을 내붙였다.

"나라에 공을 세워 집안과 이름을 빛낼 때는 바로 지금이다. 군량이 충분하여 굶지 않을 것은 물론이고 방탄이 되는 옷까지 있으니 무엇이 두려우랴."

각지에서 방을 보고 모여든 사람은 2천여 명을 헤아렸다. 기룡은 그 즉시 연무장에 모아서 조련을 시켰다.

"제독 대인 행차시오!"

접반사로 공조판서 이충원이 따라 내려왔다. 기룡은 병영 밖 멀리까지 나가 명 제독 동이옌을 맞이했다. 그는 우병영에 도착해 영재에 들자마자 왜적의 현황부터 물었다. 기룡은 기다렸다는 듯이 대답했다.

"경상우도에 적군이 가장 많이 도사리고 있사옵니다. 김해 읍성과 죽도왜성에 나베시마 나오시게가 1만 명을 거느리고 있사옵고, 덕지도(김해 남쪽에 있는 섬)에 5천 명, 고성현에 7천 명, 거제현에 5백 명 그리고 진주성에 4백 명이 있사옵니다."

접반사 이충원이 물었다.

"사천에는 왜적이 얼마나 있소?"

"사천 읍성과 왜성에는 시마즈 요시히로가 7천 명을 거느린 채 농성하고 있습니다. 남해 난포에는 1천 명이 있으며 소 요시토시와 야나가와 시게노부 등이 거느리고 있사옵니다."

"정 총관 생각에는 언제 출병하는 것이 좋겠소?"

기룡이 대답하려는 찰나 마오궈치와 루데공이 가로막았다.

"서로군에서는 류팅 대인께서 화의를 하시려고 하오니 결정이 날 때까지 기다려 보는 것이 어떻겠사옵니까?"

"싸우지 않고 적이 물러나도록 할 수 있다면 그보다 좋은 병법은 없을 터이지."

동이옌이 명장 두 사람의 말을 들어주자 기룡은 애가 탔다.

"적군이 조선인을 많이 사로잡아서 배에 태우고 있사옵니다. 시일을 오래 끈다면 그들을 구출할 기회를 잃게 되니 재고하여 주옵소서."

그러나 제독 동이옌은 마오궈치와 루데공의 의견만 들을 뿐이었다. 기룡은 날마다 제독부에 찾아가서 조선 백성들을 구원해 줄 것을 읍소했다. 동이옌은 드디어 기룡의 갸륵한 진정과 장수의 의연함에 감동했다.

"좋소. 그대의 의견을 따르리다. 지금 동로에서도 싸울 채비를 하고 있으니 뭘 더 기다리겠소? 출병 채비를 하시오. 날짜는 차후 통보해 주겠소."

기룡은 너무 기쁜 나머지 크게 대답했다.

"예, 대인!"

마오궈치와 루데공이 얼른 나서서 반대했다. 동이옌은 그들에게 말했다.

"그만큼 기다렸으면 되었네. 그대들도 출전할 준비를 하게."

기룡은 휘하에 있는 모든 군병을 엄격히 사열했다. 대오를 갖춰서 늠름한 모습으로 서 있는 별장과 군관들 그리고 군사 한 사람 한 사람에게 가까이 다가가 방탄납의와 방검토수를 제대로 잘 착용했는지 꼼꼼히 만져 보았다.

화약군은 크고 작은 총통과 철령전, 피령전, 철탄자 같은 성벽 파괴용 무기며, 신기전, 질려포, 비격진천뢰 등 대령 살상용 무기, 또 지뢰포, 매화통, 천산오룡전, 촉천화 같은 적진 교란용 무기들을 하루 종일 점검받았다

그다음 날에는 화전과 독전으로 무장한 사수군, 조총을 든 포수군이 사소한 장비들까지 엄격히 검사를 받았다.

사흘째 되는 날에는 천총 리유를 데리고 장창, 낭선, 등패와 요도 등을

가진 단병기군, 석차, 사다리 등의 장비를 가진 차군 그리고 맨 마지막으로 군량을 수레에 싣고 이송하는 책임을 진 행리 군사들의 검열이 이어졌다.

모든 군사가 병영을 떠날 채비를 마칠 즈음 제독부에서 전령이 왔다.

"명일 묘시(오전 5~7시)에 출병할 것이라고 하옵니다!"

기룡은 조선 땅에서 왜적을 모조리 몰아낼 것을 다짐하며 가슴이 벅찼다. 밤에는 잠도 오지 않았다. 누웠어도 거의 뜬눈으로 지새다시피 한 기룡은 이른 새벽에 일어나 가만히 눈을 감은 채 정좌하고 앉았다. 그러고는 애복이가 핏물로 유언을 쓴, 찢어진 치맛단을 망건 위에 동이었다.

"이 한 맺힌 원수를 기필코 갚으리라!"

채비를 마친 기룡은 군사들이 도열해 있는 연무장으로 나아갔다. 아직 날이 밝기도 한참 전이었다. 그는 도청에 올랐다.

"감사군! 병영군! 명군! 모든 군사들은 들거라! 나는 어린 시절에 바로 이 경상 우병영의 영노였다!"

어둠 속에 있는 군사들이 웅성거렸다.

"그 영노가 천신만고, 우여곡절을 다 겪으면서 오늘 바로 이 자리에 서 있게 되었다! 이것은 무엇을 뜻하는가? 바로 여러분 누구나 진심갈력한다면 높이 될 수 있는 좋은 나라에 살고 있다는 방증이 아니고 무엇이겠는가!

우리 조선은 칼을 품고 살지 않아도 되는 나라다! 도적도 칼이 아니라 몽둥이를 드는 나라다! 몽땅 털어가는 것이 아니라 뭉떵 덜어가는 예의염치가 있는 나라다! 모든 목숨을 귀히 여겨서 종살이를 하는 천민이라도 함부로 사람을 죽이면 안 되는 나라다! 사람 목숨이 지나가는 개 목숨이 아닌 나라다!

너희들은 어느 나라 백성으로 살고 싶으냐! 과연 어느 나라의 귀신이 되고 싶으냐! 남아로 태어나 한평생 살다가 죽어서 저승으로 가게 된다면! 거기 가서 내놓고 자랑할 만한 것이 단 한 가지라도 있어야 할 게 아니냐!

여기 있는 우리 모두는 내 식솔과 내 고을과 내 나라를 지킨 자랑을 가지고서 다시 만나자! 이승보다 더 좋은 저승에서 다시 서로 반갑게 만나자! 그때는 다 같이 떳떳한 얼굴로 신명나게 놀아보자!"

기룡의 목소리가 천둥벼락이 치는 듯했다. 그에 대답하는 군사들의 함성도 온 산천을 진동시켰다.

"예, 대장님!"

"우리는 이제 저 병영 문을 나서는 순간부터 산사람이 아니다! 이미 왜적에게 한을 품은 원귀다! 원귀이니 더 이상 생사를 돌아볼 것이 없다! 다들 알겠는가?"

군사들은 더 우렁차게 화답했다.

"예!"

기룡은 십련 보검을 빼 들고 천리에 뻗어 나가도록 포효했다.

"발정(發程)하라!"

신들린 원귀들

1

"둥! 둥! 둥……."

큰 북소리와 함께 행군이 시작되었다. 기룡은 감사군 4백 명, 병영군 2백 명, 명군 7백 명 그리고 경기도, 황해도, 경상우도에서 소모한 군사 1천 명, 또 싸울 수 없는 사람들 1천 명은 행리(야영 도구)와 군량을 운반하게 해 성주 수룡동 우병영을 나서서 삼가현으로 진병(진군)했다.

명군은 아병 2천 명을 거느린 제독 동이옌을 선두로 해 부총병 이여매와 리닝은 각각 기마병 2천 명과 보병 3천 명, 장방은 보병 4천5백 명, 유격 마오귀치와 루데공은 각각 기마병 3천 명, 안반리는 보병 4천 명, 쎄빵롱은 절강병 1천5백 명, 허쌴핀은 기마병 1천5백 명, 투콴은 보병 5백 명을 거느리고 뒤따랐다.

3만3천여 조명 연합군의 장엄한 행렬은 10리나 이어졌다. 이동원 고개를 넘어서 고령현으로 들어서자 갑자기 비가 내렸다. 선봉으로 가고 있던 기룡에게 제독 동이옌이 전령했다.

"비가 그치면 행군을 이어가기로 합시다."

기룡은 군사를 이끌고 형전촌으로 들어갔다. 비는 여러 날 그치지 않고 계속 세차게 내렸다.

"가서 용담천을 흐르는 수량을 알아오라."

돌아온 당보수들이 아뢰었다.

"이미 크게 넘쳤사옵니다."

"허어, 이것참, 갈 길이 먼데 큰일이군."

앞서 임금은 제독 류팅과 도원수 권율이 이끄는 서로군은 남원부에 도착하고, 제독 동이옌과 경상 우병사 기룡이 거느린 중로군은 삼가현에 당도하며, 제독 마꾸이와 중군장 김응서, 선거이 등으로 구성된 동로군은 경주부에 이르러 각각 순천왜성, 사천왜성, 울산왜성을 동시에 치도록 전교했다.

남해안 곳곳에서 농성하고 있는 일본군들이 서로 호응하지 못하도록 고립시킨 뒤에 섬멸하려는 군략이었다.

"제 날에 도착하지 못하면 안 되는데……."

비는 꼬박 사흘을 내린 뒤에 그쳤다. 기룡은 용담천 물이 빠지기를 나흘이나 더 기다렸다. 그러는 동안 기룡은 군사들에게 뗏목을 만들게 했다.

"이제 강물을 건너야 한다!"

자맥질을 잘하는 군사 몇 명이 각자 가는 줄을 몸에 감고 헤엄쳐 물을 건너기 시작했다. 그들은 다 건넌 뒤에 가는 줄의 끝에 묶은 굵은 밧줄을 당겨 천변 주변의 큰 나무에 묶었다. 신호를 주자 이편에 있는 군사들이 밧줄을 팽팽히 당겼다.

뗏목이 떠내려가지 않도록 고리를 만들어 밧줄에 건 다음, 군사들이 긴 대나무 장대를 삿대 삼아 강바닥을 짚고 뗏목을 밀면서 강을 건너갔다.

다 건넌 뒤에는 행군을 빨리했다. 그러자 명군들이 따라붙지 못했다.

기룡은 마음이 답답했지만 제독 동이옌에게 빨리 걷게 하라고 재촉할 수 없었다. 기룡 역시 다른 명장들과 마찬가지로 중로군을 이끄는 동이옌의 일개 휘하 장수일 뿐이기 때문이었다.

기룡은 고개를 돌려 뒤를 바라보며 크게 소리쳤다.

"기일에 맞춰서 가려면 서둘러야 한다!"

이미 남원에 도착해 있던 서로군의 제독 류팅은 중로군이 늦어진다는 보고를 받고 유격 라팡웨이(藍芳威)에게 군사 1천 명을 거느리고 황석산을 넘어 함양으로 나아가게 했다.

"동 대인의 행군이 더뎌지지 않도록 그 행로에 출몰하는 왜노를 다 격퇴하라."

라팡웨이는 무주에서 패퇴한 왜적 1백여 명이 안음을 넘어 함양에 이른 것을 발견해 임수역(함양군 안의면 관북리) 인근에 매복하고 있다가 급습해 수급 50여 개를 벴다. 그리고 왜적에게 잡혀 있던 조선인 포로 1백여 명과 우마 60여 필을 되찾아서 각자의 집으로 돌려보냈다.

사천 읍성에 있던 왜장 가와카미 타다노리는 명나라 대군이 온다는 소문을 듣고 가신 세토구치 시게하루에게 변복을 하고 산음으로 가서 명군의 동태를 엿보게 했다.

그러나 라팡웨이는 이내 그들의 정체를 간파해 무찔러서 수십 명을 죽였다. 세토구치 시게하루는 살아남은 왜군을 이끌고 왔던 길로 후퇴해 도망갔다. 라팡웨이는 멀리 뒤쫓지 않고 군사를 잠시 운봉으로 물려서 쉬게 했다.

"사천 읍성에서 나온 왜적 5백여 명이 진주를 거쳐서 지리산으로 난입하여 온 절을 분탕질하고 있다고 하옵니다."

라팡웨이는 왜군이 자신한테 당한 분풀이를 하고 있는 것으로 알고 즉시 출동해 보이는 대로 다 섬멸했다. 그런 뒤 중로군을 맞이하기 위해 삼가현으로 향했다.

중로군이 드디어 삼가현에 도착했다. 동이옌은 먼저 와서 기다리고 있던 서로군의 유격 라팡웨이를 격려했다. 잠시 후 부총병 조창쒼이 쭌화(중국 허베이 성 쭌화시)의 달병 7천 명을 거느리고 도착했다. 기룡은 크게 반가워했다.

"여기서 뵙게 되다니 꿈만 같습니다."

"정 총관과 함께 싸우고 싶어서 왔습니다."

이윽고 예기치 않은 사람이 삼가현 관아로 들어왔다. 그는 경상 감사 정경세였다.

"아니, 경임."

그의 뒤에는 오청명이 그림자처럼 따랐고, 영장 길운이 감영군 1백여 명을 거느리고 있었다.

"나도 경운과 같이 싸우겠네."

"싸움은 나 같은 무관들이 하는 것일세."

"지금 나라는 왜적과 맞서 싸울 사람이 한 사람이라도 아쉬운 지경에 이르렀으니, 오늘부터는 나도 무부가 되겠네. 잘 이끌어 주게."

기룡은 난색을 짓다가 당부했다.

"안전한 관아가 아니고 모든 곳이 전장이네. 항상 조심하게."

기룡은 조창쒼, 정경세와 함께 정금당(삼가현 객관 옆 건물)에 들어 환담을 했다. 기룡이 조창쒼에게 물었다.

"동 대인은 어떤 분입니까?"

"선부(허베이 성 장자커우시 쉬안화구) 출신으로 아주 용맹하시지요. 아호를 소산(小山)이라고 쓰셔서 소산 대인이라고도 부른답니다."

"아, 그래서 달병들이 다 두말없이 복종을 하는군요."

제독 동이옌은 군략 회의를 열었다. 모인 장수들만 십여 명이었다.

"사천왜성을 치자면 먼저 지성들을 무너뜨려야 하오. 가장 큰 진주성을 비롯해 망진왜성, 영춘왜성, 곤양왜성 네 곳이 있소. 어떻게 공격하는 것이 좋겠소?"

"군사를 네 갈래로 나눠서 한꺼번에 함락시키는 것이 어떻겠사옵니까?"

"그랬다가는 전력도 약해질뿐더러 사천에 있는 왜노의 본대가 배후로 습격해 오면 곤란하게 되오."

성미 급한 리닝이 큰 소리로 말했다.

"그냥 소장에게 맡겨주시면 한 방에 다 쓸어버리겠사옵니다!"

동이옌은 그를 힐긋 바라보더니 기룡에게 물었다.

"정 총관의 의견은 어떻소?"

"진주성은 큰 성이므로 조명 연합군이 총력으로써 함락시키고, 그다음 나머지 세 지성은 성벽이 허술하니 기마병과 보병을 묶어서 유군을 편성하여 한꺼번에 공격하는 것이 좋겠습니다. 유군의 뒤에 엄호군을 따르게 한다면 적의 기습에도 대비할 수 있을 것입니다."

"좋소. 그대의 방안이 가장 적절한 것 같소."

"제가 선봉으로 나아가겠습니다."

"라팡웨이 장군도 함께 출전하시오."

기룡과 유격 라팡웨이는 나란히 선봉으로 나서서 휘하의 군사들을 독려하며 1백여 리를 달려갔다. 동틀 무렵에 남강을 건넌 뒤 망진산 앞 들판에 진을 치고는 공격 채비를 서둘렀다.

기룡은 라팡웨이와 함께 성채에서 나온 왜적의 작은 무리 50여 명을 순식간에 베어 무찌른 뒤 번개처럼 망진산으로 올랐다. 성채를 지키고 있던 왜장 데리야마 히사가네(寺山久兼)는 산비탈을 올라오는 조선군과 명군의 기세를 보고는 군량 창고를 불태운 뒤 진주성으로 달아나 버렸다.

데리야마 히사가네가 소리쳐 아뢰었다.

"대군이 몰려오고 있사옵니다!"

진주성을 지키고 있던 시마즈 요시히로의 차남 시마즈 히사야스는 가신 마츠모토 아베(松本安倍)와 함께 올 것이 왔다는 듯이 비장한 표정이었다.

"성문을 굳게 걸어 잠그고 한 놈도 들이지 마라!"

조명 연합 중로군은 진주성을 향해 총공격을 개시했다. 보병이 남강을 건너 사방으로 에워쌌고, 멀리 뒤에서 별장 노함이 이끄는 화약군과 명장 안반리가 거느린 화포군이 연신 총통과 화포를 쏘아댔다.

철탄자는 성벽을 때려 부수고, 비격진천뢰와 포환은 성안으로 날아들어 곳곳에서 불이 붙었다. 왜적이 우왕좌왕했다. 상주성을 치려고 만들어 놓은 모든 병기계는 무용지물이었다. 그것은 전부 성을 공략하는 데 쓰는 것이기 때문이었다.

마침내 동문을 깨뜨린 조선군과 명군은 성안으로 쏟아져 들어갔다.

"왜장을 잡아라!"

기룡은 라팡웨이와 앞서거니 뒤서거니 하면서 왜장들을 쫓아 촉석루로 향했다. 더 이상 달아날 곳이 없었다. 돌아선 왜장 세 사람은 잔뜩 굳은 얼굴이 되었다. 라팡웨이가 나서려고 하자 기룡이 말했다.

"부탁이오. 이 자리만큼은 내게 맡겨주시오."

라팡웨이가 물러섰다. 기룡은 다가갔다. 가신 마츠모토 아베가 한 걸음 다가서며 대적하려고 했다. 그는 장검을 빼 들기도 전에 기룡의 십련보검에 목이 베어져 머리가 촉석루 밖 남강으로 떨어졌다.

"하이얏!"

뒤이어 망진왜성 수성장 데리야마 히사가네가 소리를 지르며 정면으로 달려들었다. 기룡은 재빨리 몸을 낮추며 칼끝으로 그의 목을 찔렀다.

"크윽!"

데리야마 히사가네는 외마디 비명을 지르며 쓰러졌다. 시마즈 히사야스는 감히 칼자루에 손도 대지 못하고 오줌을 지리며 다리를 덜덜 떨었다. 기룡이 다가갔다. 그는 털썩 무릎을 꿇고 앉았다.

"사, 사사, 살려주시오!"

기룡은 차갑게 말했다.

"뛰어내리거라."

시마즈 히사야스는 고개를 빼어 절벽 아래를 보더니 사색이 되었다.

"네놈이 뛰어내리지 않겠다면 베어서 시체를 떨어뜨려 주마."

시마즈 히사야스는 일어서더니 난간으로 다가갔다. 그러고는 뒤를 한 번 돌아보고는 훌쩍 뛰어내렸다.

"아아아!"

진주성 안에 있던 왜군들은 뿔뿔이 흩어져 사라지고 없었다. 조선군과 명군이 모두 왜군의 시체를 확인하며 수급을 거두고 있었고, 일부는 그들의 무기를 전리했다.

기룡은 촉석루 난간 기둥에 기댔다. 애복이가 죽은 지 6년 만에 진주성을 수복한 것이었다. 기룡의 감회는 남달랐다. 눈물이 왈칵 솟았다.

'애복아!'

아직도 분이 풀리지 않았다. 왜군의 졸장 세 명과 왜졸 수백 명의 목숨을 가지고는 원수를 갚았다고 할 수 없었다. 지난날 두 차례의 대전 끝에 진주성에서만 죽은 군사와 백성이 10만이 넘었다. 기룡은 뒤돌아서서 큰 목소리로 성안을 향해 하령했다.

"늙고 약한 군사를 모아서 성벽에 세우라. 낮에는 장대 깃발을 들게 하고, 밤에는 횃불을 들고 일제히 북을 치도록 하되 멀리 사천 바닷가까지 들리도록 하라!"

제독 동이옌은 망진산과 진주성을 수복한 군세를 드높여 영선현(고성군 영현면)에 있는 영춘왜성에 부총병 장방과 유격 허쏸핀을 보냈다. 성을 지키고 있던 왜장 가와카미 히사지에(川上久智)는 감히 대적할 마음을 품지 못하고 죽도로 달아나 버렸다.

기룡의 감사군과 쩨빵룽이 이끄는 달기(북방 기마병)는 곤양왜성으로 쳐들어갔다. 돌격하기 전에 화전을 쏘아 성채와 목책을 불살라 버리니 왜장 혼고오 미히사(本鄉三久)와 이슈닌 타다마(伊集院忠眞)는 혼백이 나간 얼굴로 허둥지둥 도망쳤다.

달아나던 왜졸들은 뒤쫓아 간 조선군과 명군의 기마병에게 수없이 목이 베였고, 죽지 않으려고 머리를 감싸며 그 자리에 주저앉은 아시가루들은 모두 사로잡혔다.

여러 곳의 지성에서 도망쳐 간 왜군들은 모두 사천 읍성으로 모여들었다. 그들은 공포에 질려 어찌할 바를 몰라 했다.

"이제 곧 이곳에도 쳐들어올 텐데."

"남쪽 바닷가 본성에 계신 태수님께 도움을 요청합시다."

"싸워보지도 않고 청병할 수는 없소. 둘째 아드님이 진주성에서 시니가미 정기룡의 손에 돌아가시고 나서 심기가 아주 날카로워져 있소."

"하는 수 없군. 아, 바다 건너 이 조선 땅이 내 무덤이 될 줄이야……."

모든 지성을 함락시킨 동이옌은 진주성에 머물렀다. 며칠이 지나도 발병할 생각을 하지 않았다. 기룡은 애가 탔다. 군대란 기세를 타야 하는 법이었다. 모처럼 승승장구한 사기로써 끝까지 공격해야 할 시기에 그는 느긋하기만 했다.

"서로군과 동로군의 전투 소식을 들어본 후에 결정하겠네."

이레가 지났다. 기룡은 정경세와 함께 제독 동이옌을 찾아갔다.

"대인, 하루바삐 사천 읍성으로 진격해야 하옵니다."

"아직 때가 아니니 돌아가 기다리시오."

성미 급한 부총병 리닝이 기룡의 편을 들었다.

"아, 한 번에 싹 쓸어버리면 될 걸 뭘 그리 주저하시옵니까? 나 참, 답답해서 이거야 원."

기룡이 다시 아뢰었다.

"허락해 주신다면 소장이 조선군을 거느리고 공격해서 함락시키겠사옵니다."

동이옌은 훗날 조선군만 싸우게 했다는 질책을 들을까 봐 곁에 있는 리닝에게 명령했다.

"정 싸우고 싶다면, 여기 이 리닝 장군도 함께 데리고 가시오."

리닝의 얼굴이 환해졌다.

"고맙사옵니다. 대인!"

동이옌은 기룡에게 명군 기마병 1천 명과 보병 2천 명을 내주었다. 리닝에게는 신신당부했다.

"자네는 덤벙대지 말고 정 총관과 함께 때를 잘 가려서 군사를 운용하게."

기룡은 리닝과 의논해 밤에 공격하기로 했다. 날이 어두워지자 기룡은 황치원과 항금에게 각각 군사 5백 명씩 주고 선봉으로 내보냈다. 그런데 리닝이 유격 루데공을 데리고 벌써 출발한 뒤였다.

사천 읍성에 먼저 다다른 리닝은 군사들에게 성곽을 올라 넘어가게 했다. 일본은 적의 공격 전술을 예상하고 성 밖으로 나와 매복하고 있었고,

성벽을 기어오르는 명군을 조총으로 쏘아 죽이기 시작했다.

"타타탕!"

군사들과 함께 성벽에 붙어 있던 유격 루데공은 일본군 뎃포 아시가루가 쏜 총에 맞아 떨어져 죽고 말았다. 그 바람에 명군은 전의를 잃고 후퇴했다. 기다리고 있던 일본군은 리닝의 선봉대를 포위하고 무참히 격살했다.

리닝은 활로를 뚫지 못한 채 맞서 싸우다가 끝내 적병의 칼날에 목이 베였다. 뒤늦게 도착한 항금이 큰 월도를 허공에 휘저으며 소리쳐 달려갔다. 황치원도 도깨비 무늬 팔련 장창을 옆구리에 끼고 말을 달렸다.

"부총병 대인을 구하라!"

"유격 대인도 구해야 한다!"

그러나 왜적들은 만만치 않았다. 성에서 끊임없이 몰려나와 조선군을 포위했다. 항금은 피투성이가 된 채 안간힘을 쓰며 싸웠다. 그리 멀지 않은 곳에서는 황치원이 가쁜 숨을 몰아쉬며 둘러선 왜적을 상대하고 있었다.

"항금아!"

"오냐, 곧 저승에서 만나자!"

"그러자꾸나. 귀신이 되어서 이 판에 다시 돌아오자꾸나!"

간신히 달아난 군사 하나가 기룡에게 아뢰었다.

"두 분 별장 나리께서……."

기룡은 슬픔과 분함을 참지 못했다. 리닝의 성급함이 결국 일을 그르쳐 황치원과 항금을 비롯한 많은 군사를 저승길로 몰아간 것이었다. 기룡은 울음 섞인 음성으로 진격 명령을 내렸다.

"다들 벌써 잊었는가? 우리는 이미 원귀다! 원수를 갚으러 가자!"

"와아!"

제독 동이옌은 각 부총병과 유격장들의 진영에서 정예 군사 4천을 뽑아 아병을 거느리고 후발대로 도착했다. 그는 부총병 리닝과 유격 루데공 그리고 조선 감사군의 별장 황치원과 항금이 죽고 군사들도 몰살당했다는 것을 알고 대노해 총공격 명령을 내렸다.

"모조리 베어버려라!"

"왜노는 사람이 아니다! 다 죽여버리자!"

명군의 공격은 그 어느 때보다도 맹렬했다. 그에 질세라 조선군은 감사군, 병영군, 각 도의 군사들 할 것 없이 마구 베고 찌르며 기세를 드높였다.

황금 갑옷을 입고 말을 탄 채 전장을 휘젓고 다니는 왜장이 있었다. 용맹하기로 이름 높은 사가라 요리토요(相良賴豊)였다. 중군장 빵시씬(方時新)이 활을 들어 겨눠 쏘았다. 날아간 화살은 그의 얼굴에 꽂혔다. 빵시씬은 얼른 말을 달려 그의 목을 베어 높이 들었다.

"왜장이 죽었다!"

왜졸들이 바라보고는 탄식했다.

"아, 대보(영주 휘하의 벼슬)님께서⋯⋯."

기룡은 유격 마오궈치와 천총 루데이룽과 더불어 왜적을 공격했다. 닥치는 대로 무찌르고 있는데 루데이룽이 적병의 탄환을 맞고 말에서 떨어져 구르는 것이었다. 기룡은 얼른 화이를 달렸다.

루데이룽은 눈을 부릅뜬 채 이미 죽어 있었다. 기룡은 말을 돌려 다시 적진으로 돌격해 들어갔다.

"이놈들아!"

왜군은 거의 전멸하다시피 했다. 몇 남지 않은 왜군들이 성안으로 후퇴해 들어갔다. 그 뒤를 조선군과 명군이 바짝 쫓았다. 재빨리 닫힌 성문은 열리지 않았다. 닫힌 성문 앞으로 뒤늦게 모여든 왜적들은 모두 비참한 최후를 맞이했다.

명군이 화포를 끌어왔다. 그러는 동안 사수군이 성곽 위로 화살을 쏘아대면서 엄호를 했다. 화포군이 포환을 장전해 불을 붙여 성문을 향해 쏘았다. 두 문짝은 단번에 산산조각이 나버렸다.

"뚫렸다! 쳐들어가자!"

사천 읍성의 수성장 가와카미 타다노리는 남은 왜군 수백 명을 이끌고 사납게 항전했다. 부하들에게 둘러싸인 그는 세 발의 화살을 맞고도 쓰러지지 않았다. 가와카미 타다노리는 전세를 둘러보고는 더 이상 견디는 것이 무의미하다고 판단했다.

"퇴각하라!"

"다들 살길을 찾아라!"

가와카미 타다노리는 가신 세토구치 시게하루에게 하령했다.

"군량고를 불태우고 나를 따르게."

두 왜장은 읍성 남문 옆에 나 있는 암문으로 빠져나가 퇴각했다. 그를 뒤따르던 왜적들은 성 위에서 명군과 조선군이 퍼붓듯이 쏘는 독전에 맞아 쓰러졌다.

그리하여 사천 읍성을 지키고 있던 일본군은 완패해 거의 다 전멸했고 전장을 빠져나간 수는 불과 수십 명이었다.

망진왜성, 곤양왜성, 영춘왜성의 세 지성과 진주 읍성, 사천 읍성 그리고 각지의 크고 작은 소굴에서 패퇴해 흩어진 왜군들은 노략질을 하며 돌아다니다가 조선군이나 명군을 만날까 두려워 모두 신채(사천왜성)로 향했다.

2

중로군 선봉장 기룡은 휘하의 군사를 거느리고 먼저 남하해 가서 동이 엔의 본대가 왜성으로 진군하는 길을 확보했다. 사천 읍성에서 왜성까지는 고작 20여 리였다.

사천왜성은 통양창성(사천시 용현면 통양리)을 근거로 하여 쌓았는데, 서쪽은 바다로, 동쪽과 북쪽은 사수(사천강)가 남북을 가로지르며 흐르고 있었다.

시마즈 요시히로는 차남 시마즈 히사야스를 진주성에서 잃은 슬픔에서 헤어나지 못하고 있었다. 장남은 어릴 때 죽었기 때문에 이제 남은 아들은 3남 시마즈 타다츠네(島津忠恒)뿐이었다. 그 아들이라도 살려서 일본으로 돌아가야 했다.

그러자면 성을 굳게 지키면서 원군이 올 때까지 버텨야 하는데 도저히 자신이 없었다. 이미 지성은 다 함락되어 고립된 처지였다. 본국에서 원군은 고사하고 탈출할 배라도 빨리 왔으면 하는 생각이 간절했다.

시마즈 요시히로는 사위 우마사와 시츠고레(馬多叱之)와 가신 쵸주인 모리아츠(長壽院盛淳)에게 말했다.

"명나라 제독에게 사자(사신)를 보내는 것은 어떻겠는가?"

쵸주인 모리아츠는 반대할 이유가 없었다. 무슨 수라도 써봐야 하기 때문이었다. 시마즈 요시히로는 백기를 든 사자를 성 밖으로 내보냈다. 그는 제독부에 와서 아뢰었다.

"관백이 죽고 어린 자식이 즉위했으나 조선에 출병해 있는 태수들이 다 그 자리를 빼앗아 차지할 욕심으로 바야흐로 철수하여 돌아가려고 하옵니다. 저희 태수님도 3남을 염두에 두시고 모든 물자와 군량과 병기계를 벌써 배에 다 실어두시고 시월 초열흘에서 보름 사이에 회병(회군)할 것을 결단하였사옵니다.

전쟁을 계속하는 것은 쌍방이 다 큰 피를 흘리고 희생이 따르게 되는 까닭에 그것을 피하기 위하여 일본군은 철수하고 명군은 이 성을 차지하면 서로 명분이 서고 득이 되는 것이니 어찌 이런 기회를 놓치겠사옵니까? 제독께서 이러한 뜻을 받아들이신다면 예물을 갖추어 정성껏 사례를 하고자 하옵니다."

동이옌은 웃으면서 사자에게 말했다.

"너희 수괴가 목을 내놓지 않는 한 철수는 없다. 돌아가 말하라. 속히 항복하면 그 자식은 살려주겠노라고."

시마즈 요시히로는 계책이 실패하자 귀궈안(郭國安)에게 물었다. 그는 금의위 지휘사 시시용(史世用)이 일찍이 사천왜성에 심어놓은 명군의 간자인데, 시마즈 요시히로가 후하게 대접하자 스스로 이중간첩 노릇을 하고 있었다.

"궈 대인, 무슨 좋은 방도가 없겠소?"

"태수님께서 고심이 크니, 제가 한 번 도모해 보지요."

얼마 후 조선인 포로 몇 명이 사천왜성에서 탈출해 왔다. 그중에 한 여인이 쪽지를 내놓았다.

"저 안에 계신 궈 대인이 은밀히 보내신 것이옵니다."

제독 동이옌은 간찰을 펼쳤다. 자신을 시시용의 휘하에 있는 신분으로 소개한 궈궈안이 이달 초사흗날 성안에 불을 지르고 성문을 열어줄 터이니 그때 대거 군사를 들이쳐 일본군을 섬멸하라는 내용이었다.

동이옌은 그 여인을 살펴보았다. 찢어진 저고리 사이로 뽀얀 어깨가 살짝 드러나 있었다. 장점(얼굴 화장과 몸치장)을 하지 않았어도 드물게 인물이 곱고 맵시가 뛰어났다. 동이옌은 침을 꿀꺽 삼켰다.

기룽이 물었다.

"어떤 글이옵니까?"

동이옌은 쪽지를 내주었다. 기룽은 다 읽고 나서 고개를 저었다.

"아마도 왜장의 계략 같사옵니다. 앞서 무사히 철군하게 해달라는 요청이 안 먹히자 다시 이런 요사스러운 꿍꿍이를 지어낸 것이옵니다."

동이옌은 그 여인을 한 번 더 쳐다보고는 기룡에게 말했다.

"정 총관은 같은 조선 사람을 못 믿소? 이 여인을 보시오. 거짓을 아뢸 사람 같지는 않소이다. 어허험."

그러고는 비장에게 하령했다.

"이분이 깨끗이 씻을 수 있도록 하고 새 옷도 내주어라. 묵을 곳이 없다면 우선 내 침방에 모시도록 하라."

다음 날 아침, 해가 뜬 지 한참 지나서야 동이옌은 침방에서 나와 영재(장수가 거처하는 곳)에 들었다. 휘하 장수들이 다 기다리고 있었다. 좌정한 동이옌은 멋쩍은 표정으로 말했다.

"어험험, 다들 일찍 나왔군그래."

동이옌은 낯빛을 고치고는 짐짓 목소리에 힘을 주었다.

"왜적은 두려워할 것이 못 되니 속히 무찔러 없애는 것이 옳다."

말을 마친 즉시 기룡을 전위 선봉장으로 삼고, 마오궈치와 쎄빵롱을 보병의 좌위 유격장으로, 라광웨이와 펑씬구오(彭信古)를 보병의 우위 유격장으로, 또 허쐰핀과 마창원(馬呈文)을 기병의 좌위 유격장으로, 쉬다오리(師道立)와 차이덩커(柴登科)를 기병의 우위 유격장으로 삼고, 부총병 조창쒼을 후위장으로 삼았다.

그리하여 진시(오전 7~9시)에 출동한 기룡은 사수를 넘어 통양창을 공격하면서 또 한편으로는 별장 이희춘, 김세빈, 정범례에게 군사를 나눠 보내 바닷가를 따라 사천왜성으로 접근시켰다.

노함이 이끄는 화약군은 비격진천뢰를 쏟아부었고, 명군의 천총 리유와 백총 티옌은 화포군으로 하여금 수많은 포환을 날려 성벽을 무너뜨리려고 애를 썼다. 노함은 화통을 바꿔 철령전과 피령전을 날리기 시작했다. 명군의 포탄에 이어 조선군의 큰 통나무 화살을 맞은 왜성은 점점 허물어져 갔다.

왜군도 화포와 조총을 쉴 새 없이 쏘아대며 조명 연합군이 접근하지 못하도록 필사적으로 막았다.

"신기전을 쏴라!"

화약군은 화포를 뒤로 물리고 화차를 앞으로 냈다. 화약통이 달린 수백 대의 화살이 연기를 내뿜으며 적진으로 날아갔다. 왜군이 몸을 감추느라 조총의 탄환이 잦아졌다. 뒤에서 대기하고 있던 조창쉰이 명령을 내렸다.

"쳐부수어라!"

사납고 날랜 북방 달기군은 그림자를 떨치며 질주했다. 일본군 일지군이 성 밖으로 달려 나와 달기군에 맞서 싸웠지만 상대가 되지 못했다. 조창쉰의 군사들은 용맹스럽기 그지없었다.

"모조리 죽여라!"

"다시는 덤비지 못하게 하라!"

조창쉰의 후위군에 속해 있던 경상 감영군도 용감하게 싸웠다. 영장 길운은 삼척장검을 휘둘렀고, 호위장 오청명은 말을 타고 온통 휘저으며 손이 보이지 않게 활을 쏘아댔다. 멀리서 그 모습을 보는 정경세는 가슴이 조마조마했다.

싸움은 미시(오후 1~3시)에 이르도록 승패를 결정짓지 못했다. 제독 동이옌은 징을 쳐서 군사를 모두 돌아오게 했다. 장수들이고 군사들이고 다 얼굴과 온몸에 적군의 피가 튀어 얼룩이 져 있었다.

"애썼소."

"다들 수고 많았소이다."

시마즈 요시히로는 절망했다. 조선군과 명군의 기세를 겪어보니 성이 함락되는 것은 시간문제인 것 같았다. 아들 시마즈 타다츠네, 사위 우마사와 시츠고레 그리고 가신 쵸주인 모리아츠를 불러다 놓고 말했다.

"내가 만약 이 싸움에서 패하여 본국에 돌아간다면 고타이로가 반드시 그 책임을 물어 할복을 명할 것이고 그리되면 멸족을 당하고 말 것이다. 여기서 죽는 것이 마땅히 명예롭지 않겠는가?"

두 사람은 말이 없었다. 시마즈 요시히로는 자신의 무덤으로 쓸 구덩이를 팠다. 그러고는 그 속에 들어앉아서 휘하 장수들에게 비장하게 말했다.

"너희들이 싸워서 이기지 못한다면 나는 이곳에서 생을 마감하리라."

성안에 든 왜군이 예상보다 완강히 항전한 까닭에 기룡은 전략을 달리해야 된다고 생각했다. 사천왜성에서 탈출해 왔던 사람에게 왜성의 형편을 이모저모 탐지해 보던 중 성안에 우물이 없다는 것을 알게 되었다.

"두 곳이 있었는데 워낙 많은 군사들이 마구잡이로 마실 물을 퍼내었기 때문에 거의 다 말라버렸사옵니다."

기룡은 제독 동이옌에게 건의했다.

"바닷가 작은 성에 갇혀 있는 흉적을 일거에 힘으로 들이치면 궁지에 몰린 그들은 무조건 뭉쳐서 죽기 살기로 저항할 것이옵니다. 천천히 조이듯이 한 가지씩 겁을 줘서 불안하게 만들면 처음엔 몰래 술렁이다가 점점 불안감이 커져서 내분이 일어나게 마련이옵니다.

성안에는 식수가 부족하다고 하니 곧 불평불만이 쌓여갈 것이옵니다. 그때에 이르면 하나둘 투항하는 자들이 생겨날 것이고, 그리되면 오가시라, 코가시라들도 각자 살아남으려고 상전인 왜장들에게 책임을 전가하고 매사에 푸념할 것이옵니다.

드디어 상부의 명령이 먹히지 않을 상황에 이를 것인데 그때가 되면 아시가루들이 급기야 대거 반기를 들기 시작할 것이옵니다."

동이옌을 비롯한 명장들은 묵묵히 듣고 있었다.

"그렇게 내부가 먼저 와해되고 붕괴되고 난 후에 사기 충만한 군사들을 이끌고 사방에서 포위하고 성세를 드높인다면 적들은 더 한층 공포감에 휩싸여 맞서 싸울 엄두를 못 낼 것이옵니다. 바로 그때가 진압할 때가 아니겠사옵니까?

하지만 공격을 개시한 후로는 반드시 포위된 사면 중에 한쪽 길을 열어 주어 달아나게 해야 할 것이옵니다. 그래야 항거할 생각을 잃기 때문이옵니다. 시간은 좀 걸리겠지만 이것이 피를 가장 덜 흘리고 적을 무찌를 수 있는 방략(전략)이라 여겨지옵니다."

제독 동이옌이 말했다.

"저들의 식수가 바닥난 것은 나도 잘 알고 있지만, 우리도 역시 군량이 부족하오. 저들이 여러 지성에서 후퇴하면서 곡식 창고를 다 불태워 버린 탓에 우리 군사들의 식량을 조달할 방법이 없는 실정이오. 군량이 부족해져서 나중에는 싸우지 못하게 될 것이 자명하니 지금은 이것저것 돌아볼 것 없이 속전속결 단기결전을 감행해야 하오."

다음 날 새벽, 동이옌은 다시 명장들로 공격 부대를 구성해 놓고 말했다.

"오늘이 바로 초사흗날이다. 그 여인의 말대로 반드시 성안에서 호응이 있을 것이니, 적장을 죽이고 돌아와서 아침밥을 먹도록 하자!"

제독 동이옌은 군사들을 직접 거느리고 왜성을 향해 나아갔다. 성 밑에 다다를 무렵에 과연 그 여인의 말대로 성안에서 한 줄기 연기가 피어오르더니 성문이 스르르 열렸다. 그러고는 조선옷을 입은 사람 둘이 어서 들어오라고 손짓을 하고는 사라지는 것이었다.

"이때다. 공격해 들어가라!"

명군이 성안으로 진입하자 사방에서 난데없이 왜군이 나타났다. 양군은 단병전을 펼치기 시작했다. 서로 한데 얽혀 찔러 죽이고 베어 죽이고 때려 죽이니 양군에서 죽은 송장이 땅에 가득해 발 디디고 싸울 틈이 없을 지경이었다.

더 이상 성안에 머물러 있다가는 몰살될 것 같았다. 동이옌은 명령을 내렸다.

"후퇴하라!"

돌아 나오는 순간, 성문과 성벽에서 큰 폭발 소리와 함께 거센 불길이 타올랐다. 왜군이 미리 묻어놓은 화약이 있었다. 성벽 아래에 구멍을 뚫고 약선을 연결해 두었다가 명군이 물러가려고 하자 불을 붙인 것이었다.

"콰콰쾅!"

화약 더미는 연이어 터졌다. 명나라 군사들은 수없이 불에 타 죽어갔다. 뒤에서는 조총을 든 왜군이 조여오고 앞은 온통 불바다였다.

성 밖에서 지켜보고 있던 기룽이 소리쳤다.

"제독 대인을 구원하라!"

기룽의 뒤를 이어 별장들이 말을 달려 들어갔다. 그 뒤로 조창쒼이 이끄는 북방 달기병 7천 명이 용감하게 쳐들어갔다. 불속을 뛰어넘어 들어간 조선군과 명군은 후퇴해 오는 군사들을 엄호했고, 뒤에 있는 군사들은 불을 꺼 그들의 활로를 열어주었다.

감사군은 기룽의 명령에 따라 조금도 물러서지 않았다. 달기병들은 조창쒼의 명령을 단 한 사람도 어기지 않고 왜군을 매섭게 몰아쳤다. 그 틈에 무사히 성을 빠져나온 동이옌은 군사를 후퇴시켰다.

"아, 그것이 결국은 왜장의 계략이었구나."

동이옌은 곁에 두고 시중을 들게 했던 조선 여인을 끌어내 참수했다. 기룽과 휘하 장수들을 볼 낯이 없었다. 그는 기룽에게 말했다.

"이제 정 총관의 군략에 따르리다."

기룽이 무심히 대답했다.

"이미 적의 기세가 올랐으니 속으로 와해시키는 것은 어렵게 되었사옵니다."

"그렇다면 방법은 오직 하나뿐, 군기를 정비하고 군사를 추슬러서 총공격을 감행해야겠소."

유격 펑쎈구오가 말했다.

"적의 성이 보기보다 견고하니 우선 화포로써 공격을 하는 것이 나을 듯하옵니다."

동이옌은 그의 말에 수긍하고 이른 아침부터 조선군의 총통과 명군의 화포를 모두 진열시킨 다음, 기룽을 선봉장으로 삼았다.

후진에 길게 늘어서 있는 불랑기포(포르투갈 상인이 전한 서양 대포)와 조선의 총통은 맹렬히 불을 뿜었다. 남병들은 한동안 쉬지 않고 쏘아댔다. 한꺼번에 수백 발의 포환이 성안으로 날아 들어갔다. 포격은 한 시간도 넘게 이어졌다.

"선봉대는 돌격하라!"

동이옌의 명령이 내려지자 기룽은 군사를 이끌고 사천왜성의 동문으로 달려들었다. 문은 크고 두꺼웠으며 굳게 잠겨 열리지 않았다.

"비키십시오!"

병마우후 박대수가 끝을 뾰족하게 깎은 큰 통나무를 가져다가 두 문짝을 쳐서 넘어뜨렸다.

"쿠당탕!"

드디어 성문이 산산조각이 나며 흩어졌다. 기룽이 군사를 이끌고 바야흐로 성안으로 진입하려는 찰나, 뒤에 있던 안반리와 투콴의 보병들이 성안에 있는 왜적의 금은보화를 탐내어 앞다투어 뛰어 들어갔다.

왜군은 뒤로 물러서면서도 조총을 난사하며 저항했다. 먼저 들어간 보병들이 쓰러져 가자 기룽과 조창쒠의 달기들이 날아들듯이 말을 타고 들어가 뎃포 아시가루들을 마구 짓밟았다.

왜성은 함락되기 직전에 이르렀고 시마즈 요시히로는 아들과 사위, 가신들과 함께 배를 타고 달아날 채비를 했다. 바로 그때였다.

"쿠아아아앙!"

별장 노함, 부총병 장방, 유격 펑씬구오 휘하의 화포군 사이에서 큰 폭발이 일어났다. 포신이 달아오른 것을 미처 식히지 못한 채 무심코 장전한 포탄이 터져버려 그 자리에서 불랑기포의 포신이 부서져 날아가고 만 것이었다.

가까이에 있던 군사들은 파편을 맞아 즉사했고, 멀리서 그것을 본 군사들은 허둥지둥했다.

"왜노들이 배후로 공격해 왔다!"

누군가 겁을 먹고 외치자 온 진중에서 대오가 무너져 소란스러웠다. 그런데 갑자기 명군 진영의 뒤편에 있던 화약고가 굉음을 내며 대폭발을 일으키는 것이었다.

"쾅, 펑, 퍼펑, 콰과쾅!"

화약고 안에 잔뜩 쌓아놓았던 포환과 화약, 밖에 내놓은 것까지 수천 발의 포탄이 연이어 하늘이 무너지는 소리를 내며 터졌다. 가까이에 있던 군사들은 몸뚱이가 흔적도 없이 사라졌고, 튄 살점이 멀리까지 흩어졌으며 수많은 사지가 떨어져 나갔다. 불길은 하늘 끝까지 치솟았고 연기는 자욱했다.

이희춘, 김세빈, 정범례는 성문으로 공격해 들어가려다가 폭발음을 듣고 뒤돌아보았다. 온 명군 진영이 불바다가 되어 있었다.

"노 장사!"

그렇지만 가까이 달려갈 수는 없었다.

"아, 이럴 수가. 흑흑, 노 장사!"

붉은 여우 한 마리가 획 지나갔다. 곧이어 흰 여우도 한 마리 나타나 왜성에서부터 명군 진영으로 내달려 오더니 어디론가 사라져 버렸다. 성 위에서 그것을 본 왜군들은 서로 얼굴을 바라보며 외쳤다.

"무슨 일이지?"

"우리가 승리할 길조다!"

명군 진영이 대폭발로 온통 난장판이 되고 군사들이 다 죽고 흩어졌다는 보고를 받은 시마즈 요시히로는 배를 타고 도망칠 생각을 접고 다시 사천왜성의 천수각에 올랐다. 그는 전의를 잃고 있던 군사들에게 반격을 결의했다. 왜군의 사기는 다시 타올랐다.

시마즈 요시히로는 앞장서서 성 밖으로 나왔다. 명군 진영은 온통 불바다였다. 군사들은 연기 속에 가려 잘 보이지도 않았다.

"하늘이 우리 편이다! 공격하라!"

왼쪽으로는 3남 시마즈 타다츠네, 오른쪽으로는 사위 우마사와 시츠고레를 진격시키고 자신은 가신 쵸주인 모리아츠를 거느리고 가운데로 나아갔다. 괴멸해 가던 왜군은 일시에 되살아나 대대적인 반격을 개시했다.

조선군과 명군의 대열은 토막토막 끊어지고 혼란스러웠다. 다급하게 후퇴하는 군사들로 진영은 어지러워졌다. 군사와 전마가 서로 밟히고 넘어져 뒹굴었다. 적이 공격하지 않아도 스스로 무너지는 사태가 벌어진 것이었다.

뒤쫓아 온 왜군들은 장검을 두 손으로 들고 마구 찍고 휘둘러 댔다. 중군장 빵시쎈이 대적했지만 역부족이었다. 그가 밀리는 것을 본 명군들은 돌아서서 응전할 마음을 잃고 달아나기 시작했다.

"이요오!"

시마즈 타다츠네는 명 보병의 창에 찔려 부상을 입었지만 한 손에 칼을 들고 공격을 멈추지 않고 분전했다. 말을 탄 흑치군(이를 검게 물들인 일본 남방 출신의 왜군)이 바짝 뒤를 쫓아왔다.

오청명이 정경세를 호위해 돌아가려는 순간, 조총 탄환 한 발이 그녀의 가슴을 파고들었다.

"허억!"

"이보게!"

오청명은 말에서 굴러떨어졌다. 정경세가 말에서 내리려는데 영장 길운이 얼른 달려와 그를 이끌었다.

"안 돼! 저 사람을 구해야 돼!"

"이미 늦었사옵니다. 감사또 영감마저 위험하옵니다!"

영장 길운에게 이끌려 가던 정경세는 뒤돌아보았다. 오청명이 땅에 엎어진 채로 어서 가라고 손짓을 했다. 정경세는 눈물이 왈칵 솟았다. 오청명은 웃는 얼굴을 잠깐 보이고는 고개를 푹 떨궜다.

"아아!"

화약고가 터지고 난 직후, 명군 본영의 후위에 대기하고 있던 기병장 허싼핀과 마창원이 먼저 도망치는 바람에 왜성으로 공격해 갔던 기룡과 조창쒼의 선봉 기병이 후원을 받지 못해 낭패를 당하게 되었다.

"늦추지 말라!"

시마즈 요시히로는 계속 추격했다. 제독 동이옌은 사천 읍성을 지나고 남강을 넘어 진주성까지 후퇴했다. 도망치는 동안 죽은 군사가 7천여 명, 죽은 말이 1천여 필에다가 미처 불태우지 못하고 버린 군량이 2천 섬이었다.

왜군은 망진산 아래까지 쫓아왔다. 조선군도 명군도 싸울 힘이 남은 사람이 아무도 없었다. 조총의 탄환에 여전히 많은 군사가 죽어가고 있었다. 기룡은 군사들을 독려했다.

"진주성이 눈앞이다! 저 안에 들어가면 살 수 있다! 다들 힘을 내라!"

"타앙!"

기룡의 투구가 벗겨져 땅바닥에 나뒹굴었다. 적탄 한 발은 투구뿐만 아니라 기룡의 상투마저 꿰뚫고 지나갔다. 동곳이 빠진 상투는 애복이의 유서로 질끈 동인 이마 위로 풀어져 내렸다.

"대장님!"

이희춘이 소리쳤다. 그때 갑자기 검은 짐승들이 나타나 퇴각해 오는 군사들 사이를 헤쳐 달리기 시작했다. 군사들은 놀라 몸을 도사렸다. 검은 짐승들은 조선군과 명군을 훌쩍훌쩍 뛰어넘어 뒤쫓아 오고 있는 왜군을 향해 달려들었다.

"크앙!"

"으아악!"

느닷없이 나타난 괴물과도 같은 짐승들에게 물어뜯기자 왜군은 혼비백산했다. 시마즈 요시히로는 크게 놀라 더 이상 전진하지 못했다.

"저것들은 도대체 뭐냐?"

"조선에는 기이하고 요상한 괴물 같은 짐승들이 많사옵니다."

"태수님, 괴물이 점점 더 많이 나타날 것이옵니다!"

"속히 후퇴해야 하옵니다!"

시마즈 요시히로는 겁을 집어먹고 군사를 돌렸다. 조선군 진영에서 누군가 소리쳤다.

"흑사자다!"

기룡이 무사히 후퇴해 온 뒤에 이희춘은 두리번거렸다. 왜군이 물러간 자리에 검은 말이 한 필 서 있었고, 검은 옷을 입은 사람이 말에 탄 채 긴 창을 늘어뜨리고 있었다. 햇빛을 받아 그 모습이 제대로 보이지 않았다.

흑사자가 길게 휘파람을 불었다. 짐승들이 다 온순하게 모여들었다. 그는 이희춘을 힐끗 바라보고는 말 머리를 돌렸다.

"이보오! 거기 잠깐만!"

이희춘은 흑사자를 뒤쫓아 갔다. 정체가 몹시 궁금했다. 조선군이, 아니 기룡이 위기에 처할 때마다 나타나는 그는 도대체 누굴까? 흑사자는 이희춘이 따라오는 것을 보고는 우뚝 그 자리에 멈춰 섰다. 그를 따르는 검은 털로 뒤덮인 큰 개들이 허연 송곳니를 드러내며 이희춘을 경계했다.

"이보시오. 도대체 정체가 뭐요?"

"알 것 없소. 두 번 다시 따라오지 마시오."

이희춘은 순간 자신의 귀를 의심했다.

"이, 이 목소리는?"

얼른 말에서 내리고는 창을 놓고 엎드렸다. 흑사자는 말에 탄 채 다가 왔다. 이희춘이 저도 모르게 외쳤다.

"아!"

"돌아가거든 함구하시오. 이미 세상에 없는 사람이오."

이희춘은 고개를 떨구고 흐느꼈다.

"마니임!"

3

진주성도 안전하지 못하다고 판단한 제독 동이옌은 패잔병들을 이끌고 행군해 수화촌에서 10리쯤 되는 신원(산청군 산청읍 소재)으로 옮겨 주둔 했다.

군사를 점고해 보니 거의 다 도망치고 흩어져서 군진을 갖출 수조차 없는 상황이었다. 조총도 총통도 화포도 전혀 남아 있지 않았다. 다시 전열을 가다듬어 공격하려고 해도 화약 무기가 하나도 없어 속수무책이었다.

일본군이 진주성을 재점령해 노략질을 하고 있다는 보고를 들은 동이엔은 신원도 안전하지 못하다고 생각했다. 다시 군사를 행군시켜 거창에 이르렀다. 그러는 동안 왜군은 진주성 관창에 있는 군량미 1만2천여 석을 싣고 가버렸다.

거창 백성들은 중로군이 대패했다는 소문을 듣고는 읍창의 문짝을 부수고 그곳에 있던 양곡 8천여 석을 다 털어서 제 살길을 찾아 뿔뿔이 흩어져 갔다.

부총병 조창쒼이 아뢰었다.

"이렇게 후퇴만 할 일이 아니옵니다."

동이엔은 한숨을 쉬며 말했다.

"그러면 뭘 어찌해야 하겠소?"

"제가 군사를 정돈한 뒤에 돌아가서 왜적을 치겠사옵니다."

"군사들이 다 전의가 꺾여 있소. 그건 어리석고 무모한 짓일 뿐이오."

"그렇다고 마냥 물러나기만 할 수는 없사옵니다."

동이엔은 부총병 조창쒼, 유격 마오궈치, 쎄빵룽, 라팡웨이, 쉬다오리, 차이등커 등 명군의 여섯 장수를 삼가현에 남겨 왜적에 대비하도록 하고 자신은 남은 군사를 이끌고 밤새 말을 달려 합천으로 향했다.

기룽이 군대를 정돈해 가장 뒤늦게 삼가현에 도착하고 보니 여섯 장수만 남아 있고 제독 동이엔은 합천으로 가고 없었다. 기룽은 오청명을 잃고 큰 슬픔에 빠져 있는 정경세에게 말했다.

"경임도 합천으로 가게."

"휴우, 내가 여기 있어서 무슨 도움이 되겠는가? 알겠네."

정경세는 영장 길운을 데리고 합천으로 갔다.

"대인!"

동이엔은 그를 대할 면목이 없었다. 정경세는 오히려 동이엔을 위로

했다.

"승패는 병문에서 흔히 있는 일이니 과히 괘념치 마소서."

"사태가 이런 지경에 이르렀으니 어찌 다시 군세를 일으켜 세우겠소?"

"제가 조금 힘써 보겠습니다."

정경세는 경상좌도에 기별해 좌병영의 군사 몇 초를 얻고 충청도에서 이송해 온 군량으로 군사들을 배불리 먹였다. 그리고 도처에 격문을 보내 달아나 숨은 여러 장관(각 고을 수령)들과 군관들을 불러 모으고 뿔뿔이 흩어진 군병들을 정성을 다해 끌어모았다.

군사들의 얼굴에 차츰 핏기가 돌고 근력이 오르자 힘을 얻은 동이옌은 군사를 재편하고 진영을 갖춰 다시 때를 도모하려고 했다.

"정 총관이 안 보이는군. 그는 어찌 되었소?"

사천왜성의 싸움에서 일본군이라면 넌덜머리가 난 유격 펑쎈구오가 말했다.

"우리 장수들도 많이 죽고 상했는데 그 사람이라고 무사하겠사옵니까?"

새로 중군장이 된 쎄서이(葉思義)가 말했다.

"지금껏 나타나지 않으니 필시 죽었을 것이옵니다."

"아, 정 총관이 죽다니."

동이옌은 두 사람의 말을 곧이 믿고 일본군과 다시 맞서 싸우는 것은 어렵다고 여겼다. 기룡을 대신해 선봉으로 내세울 장수가 마땅찮은 데다가 그가 죽고 없다는 말을 들으니 온몸에 힘이 다 빠져나가는 듯했다.

"즉시 성주로 돌아갈 채비를 하라."

유격 펑쎈구오와 중군 쎄서이 두 사람이 동이옌에게 기룡이 죽었다고 거짓말을 아뢴 사실을 모르고 있던 정경세가 의아하게 여겨 물었다.

"대인, 어찌 자꾸 멀리 물러만 나십니까?"

"지금은 싸울 때가 아니오."

동이옌이 이끄는 중로군이 사천왜성 전투에서 시마즈 요시히로에게 대패했다는 소식이 동로군과 서로군에 전해졌다. 가토 기요마사가 있는 울산성을 공격했던 동로군 제독 마꾸이도 경주로 물러났고, 순천 예교에 있는 고니시 유키나가에 맞서고 있던 서로군 제독 류팅도 군사를 남원으로 물렸다.

"세 갈래로 진군한 10만여 군대가 다 왜군에게 무너지다니."

"명군도 왜적에게는 상대가 안 되는가 보이."

"이제 임금이 또 피난 가게 생겼군."

"그런 걱정일랑 말고 우리부터 살 생각을 하세."

머잖아 왜적을 다 물리쳐 없앨 것이라는 희망에 들떠 있던 민심은 다시 흉흉해지고 백성들은 피난을 가기 위해 북쪽으로 길을 나서고 있었다.

기룡은 군사들을 시켜 그들을 붙잡고 설득했지만 군영에 몸담으려는 사람은 아무도 없었다. 명군이 일본군을 물리쳐 줄 것이라는 철석같은 믿음이 깨지자 각자도생하지 않으면 살 방법이 없다는 생각들뿐이었다.

부왜들도 고개를 들고 있었다. 삼로(동로, 중로, 서로)가 다 대패했다면 앞날은 불을 보듯 뻔한 것이었다. 왜군의 진영에 제 발로 찾아드는 사람들이 많아졌다. 일본군은 그다지 쓸모가 없다 싶은 사람들은 그대로 다 포로로 삼았고, 별다른 재주를 갖고 있는 공장(기술자)들만 따로 모아 대접을 후하게 했다.

기룡은 명장들과 함께 삼가현에 군사를 대기시킨 채 여러 날을 기다렸다. 그러나 제독부로부터 아무런 명령이 내려오지 않았다. 기룡은 직접 말을 달려 성주 수룡동 우병영으로 갔다. 동이옌이 기룡을 보더니 깜짝 놀랐다.

"아니, 정 총관, 살아 있었구려!"

기룡은 다른 말은 하지 않았다.

"늦기 전에 사천왜성을 공격해야 하옵니다."

"늦기 전이라니, 그건 무슨 말씀이오?"

"왜적이 모두 배를 타고 달아나기 전에 섬멸해야 하옵니다."

"달아나면 그만이 아니겠소."

"그냥 보내서는 안 되옵니다!"

동이옌은 시큰둥했다.

"그만큼 피를 흘리고 또 흘리자고 하니. 나 원."

"저들이 다시는 조선 땅을 넘볼 수 없도록 해야 하옵니다. 그대로 돌려보내는 것은 또다시 침략해 오라는 말과도 같사옵니다."

기룡은 연일 간청했다. 동이옌은 동로군과 서로군이 다시 일본군에 대한 공격에 나섰다는 첩보를 받고서야 출군을 승낙했다.

기룡에 이어 부총병 조창쒼도 선봉으로 나섰다. 동이옌이 빈정거리듯이 말했다.

"두 사람이 아주 단짝이로군."

그는 행군의 맨 후미에서 따라갔다. 진주성에는 일본군이 하나도 보이지 않았다. 사천 읍성에도 마찬가지였다. 기룡은 그들이 벌써 철군했나 싶어 크게 낙담했다. 얼른 사천왜성으로 군사를 휘몰고 갔다.

왜군이 산노마루로 썼던 통양창성의 성문이 열려 있었다. 기룡은 안으로 들어섰다. 병든 왜인 몇 사람과 조선 여인 세 사람이 있을 뿐이었다.

"왜군들은 다 어디에 있는가?"

여인 한 사람이 힘없이 손을 들어 내성 쪽을 가리켰다. 기룡과 조창쒼이 니노마루로 들어서자 왜군 수십 명이 고개를 돌려 바라보고는 소리쳤다.

"조선군이다!"

이희춘과 김세빈이 얼른 달려들어 왜졸들의 목을 무참히 베어버렸다. 그러고는 곧장 혼마루로 뛰어들었다. 가장 높은 곳에 있는 장군단 천수각은 텅 비어 있었다.

이희춘이 그 아래 바닷가 절벽을 내려다보고는 외쳤다.

"왜장이 배를 타고 있사옵니다!"

시마즈 요시히로는 바다에 배를 띄우고 있었다. 셀 수 없이 많은 배가 바다를 가득 덮었다. 기룡과 조창쉰은 얼른 비렛길(절벽을 따라 난 길)을 내려갔다.

"이놈들아! 게 섯거라!"

포구에 이른 기룡은 미처 배에 오르지 못한 적병들을 공격했다. 이희춘, 김세빈, 정범례 세 사람은 죽은 장사들의 복수라도 하듯이 고함을 지르며 살육전을 벌였다. 조창쉰이 거느린 천총과 백총들도 왜졸의 머리 50여 개를 벴다.

그 틈에 시마즈 요시히로가 탄 배는 멀어지고 있었다.

"활을 쏴라!"

군사들이 잔뜩 당겨 쏘아보았지만 화살은 턱없이 못 미친 채 바다에 떨어졌다. 기룡은 그 자리에 털썩 주저앉았다.

"아! 끝내 원수를 못 갚고 이렇게 끝나고야 마는가!"

조선군과 명군은 다 육군이었다. 그들을 뒤쫓아 가려고 해도 포구에는 나룻배 한 척 남아 있지 않았다. 기룡은 일어섰다. 그리고 동이옌에게 힘주어 말했다.

"대인! 순천으로 가십시다."

"안 되오."

일언지하에 거절하는 소리에 기룡은 언성을 높였다.

"어인 까닭으로 안 된다는 말씀이옵니까?"

"우리는 이곳을 지켜야 하오. 일본군이 돌아올지도 모르오."

"저놈들이 돌아올 거면 이렇게 난장판을 쳐놓고 갔겠사옵니까? 조선인 포로와 온갖 진기한 물건들을 다 싣고 간 것을 모르시옵니까?"

"우리는 중로군이오. 우리 임무는 사천왜성을 탈환하는 것이란 말이오! 이제 우리가 이곳을 점거했으니 군문 대인의 명령을 기다려야 하오."

기룡은 하늘을 쳐다보며 한탄했다.

"아, 무가내하(無可奈何:어찌할 수가 없구나)! 무가내하!"

시마즈 요시히로는 조선인 포로들과 온갖 물건을 실은 크고 작은 왜선 5백여 척을 곧장 대마도로 향하게 하고, 자신은 3백여 척에 군사를 나눠 싣고 서남쪽으로 항해했다.

"빨리 가자!"

남해 난포에 머물고 있는 소 요시토시는 순천왜성에 있는 고니시 유키나가가 배를 타고 오면 창선도에서 만나서 함께 일본으로 돌아갈 예정이었다.

그런데 삼도수군통제사 이순신이 조선 수군을 거느리고 퇴로를 막고 있어서 고니시 유키나가와 그의 가신 데라사와 마사시게, 야나가와 시게노부, 아리마 하루노부, 고토 스미하루 그리고 일본의 수군장 가토 요시아키 등은 순천에서 할 발짝도 움직일 수 없었다.

고니시 유키나가로부터 구원 요청을 받은 소 요시토시는 사천왜성의 시마즈 요시히로, 고성왜성의 타치바나 무네시게(立花宗茂)를 비롯해 데라사와 히로타카(寺澤廣高), 타카하시 나오츠구(高橋直次), 코바야카와 히데카네(小早川秀包), 츠쿠시 히로카도(筑紫廣門) 등 아직 부산으로 철군하지 않은 모든 남해안의 일본군을 노량 앞바다에서 만나 다 함께 순천왜성에 갇혀 있는 고니시 유키나가를 구출하기로 했다.

고금도에 진을 치고 있던 조선 수군은 소 요시토시와 시마즈 요시히로 등이 거느린 왜선 5백여 척이 고니시 유키나가를 구출하기 위해 노량(남해군 설천면 노량리 앞바다)을 지날 것이라는 정보를 입수했다.

삼도수군통제사 이순신은 판옥선 수십 척을 노량 일대에 매복시켜 놓았다가 일제히 총통을 쏘며 공격을 개시했다.

"펑, 퍼펑!"

많은 배가 밀집 대형으로 항진하고 있다가 조선 수군의 기습 공격을 받은 왜군은 전열을 제대로 갖추지 못하고 침몰해 갔다.

수세에 몰린 왜군은 해가 지자 후퇴했다가 그다음 날 조선 수군이 몰려 있는 관음포를 습격했다. 하지만 그것은 통제사 이순신의 유인책이었다. 조선 수군은 수백 척의 왜선을 포위해 왜선을 격침시켜 나갔다.

"모조리 수장시켜라!"

"단 한 놈도 살려 보낼 수 없다!"

해상 전투가 고비에 이르렀을 무렵에 고니시 유키나가는 순천왜성 예교에서 배를 타고 몰래 빠져나와 묘도 서량을 거쳐 남해의 미조항(남해군 미조면) 앞바다에 이르렀다. 그는 그곳에서 소 요시토시를 기다렸지만 일본 수군이 노량 앞바다에서 열세에 몰려 전멸 당할 위기에 처해 있다는 말을 전해 듣고는 서둘러 배를 띄워 거제도로 도망쳤다.

노량 앞바다에서의 싸움은 막바지에 이르고 있었다. 조선 수군은 대고를 둥둥 치고 뿔피리를 크게 불며 기세를 더욱 높여갔다. 왜선은 아타케부네, 세키부네 할 것 없이 3백여 척이 이미 수장되었고, 남은 1백여 척도 곧 침몰될 위기에 있었다.

'여기서 죽을 수는 없어!'

할 수 있는 게 아무것도 없었다. 바다에서는 두 다리로 도망칠 곳이 없었다. 박수영은 무서웠다. 검은 바다도 무서웠고, 수백 척의 왜선이 불타고 있는 것도 무서웠다. 그는 아들 충성과 아내 바우댁을 꼭 안은 채 눈을 감고 있었다.

소 요시토시는 더 이상 견디지 못할 지경에 이르렀다. 그때였다.

"고니시 태수님이 무사히 탈출했다고 하옵니다."

"그래? 그렇다면 더 이상 싸울 필요가 없다. 배를 돌려라!"

다른 왜장들도 다 그의 뒤를 따라 달아나기 시작했다. 조선 수군은 명나라 수군과 합세해 끈질기게 뒤쫓아 왔다. 남은 왜선들은 사방으로 뿔뿔이 흩어졌다.

소 요시토시가 탄 아타케부네는 고물 바람을 돛폭 가득 받으며 노량을 빠져 남쪽으로 나아갔다. 천우신조였다.

"아, 이제 살았구나."

노량해전에서 만신창이가 된 소 요시토시는 기진맥진한 채로 거제도로 돌아왔다. 먼저 와 있던 고니시 유키나가가 그를 반겼다.

"고초가 컸네. 어서 가세."

살아남은 모든 왜장들은 부산포로 집결했다. 울산에 있던 가토 기요마사는 이미 귀국했고, 모리 요시나리 등도 속속 그를 뒤따라 바다를 건너가고 없었다. 고니시 유키나가는 소 요시토시 등 남은 왜장들과 함께 부산포에서 배를 출항시켰다.

그제야 박수영은 살아남았다는 안도감이 밀려들었다. 그러나 그것도 잠시였다. 깊은 회한이 솟구쳐 올랐다.

비록 명군이 구원하러 왔다고는 하나 나라를 지키려고 죽자고 싸우는 조선 군사와 백성이 그토록 많을 줄은 꿈에도 몰랐다. 예상과는 너무 달랐다. 백성들이 양반의 명령을 따르지 않을 줄 알았는데 실제로는 그게 아니었다.

260

온갖 허울 좋은 거짓말에 속아 항상 수탈과 핍박을 받으면서도 종국에는 그들 편에 서다니 도무지 백성이라는 사람들의 마음을 헤아릴 길이 없었다.

'어리석음 때문인가? 아니면 내가 미처 모르는 뭔가가 있는 것인가? 그러면 그 뭔가가 도대체 무엇이란 말인가?'

박수영은 백성이란 것이 하나의 거대한 수수께끼처럼 여겨졌다. 또 한편으로는 죽음을 초월하고 끊임없이 부활하는 원귀들 같아 보였다. 처음으로 자신의 신념을 흔드는 크고 깊은 두려움이 밀려들었다.

'내가 잘못 판단한 건가?'

왜군이 일본으로 철군하기 위해 모두 부산포로 집결하고 있다는 보고를 받은 총독군문 씽치에(邢玠)는 즉시 명령을 내렸다.

"다 부산으로 가라. 이대로 돌려보내서는 안 된다!"

제독 동이엔도 다른 제독들과 마찬가지로 부산으로 향했다. 기룡은 감사군을 이끌고 맨 앞장서서 명군이 뒤따라오거나 말거나 말을 채쳐 달렸다.

"이랴! 이랴!"

부산포에 이르렀다. 왜선은 포구를 막 떠나고 있었다. 기룡은 화이를 탄 채 바다 속으로 뛰어 들어갔다. 화이는 첨벙첨벙하다가 물이 목까지 차오르자 더 나아가지 못했다. 기룡은 왜적을 쫓아갈 수 없음을 한탄했다.

"아!"

뒤따라온 조창쒼이 바다 속으로 들어와서 기룡을 이끌며 위로했다.

"정 총관, 그 누구보다도 할 만큼 다하시었소. 어서 나갑시다."

"으아아아!"

뒤이어 부산포에 다다른 조선군과 명군은 멀리 떠나가는 일본군의 선단을 우두커니 바라보고 있었다. 조창쉰의 부축을 받고 물에서 나온 기룡은 속에서 쑥물보다 쓴 것이 솟아 올라왔다. 이를 윽다물며 애써 삼켰다.

"저들은 언젠가 기필코 다시 올 것이다. 그때는 결코 10만, 20만이 아닐 것이며 무기도 조총이 아닐 것이다."

떠나가는 왜선을 바라보고 있던 기룡은 갑자기 동개에서 활과 화살 한 발을 빼 들었다. 그러고는 힘껏 당겨 왜군의 선단을 향해 하늘 높이 쏘았다.

"퓌우우웅!"

까마득히 날아간 화살은 박수영이 탄 아타케부네의 고물에 박혔다. 박수영은 그 화살을 뽑아 들고는 큰 소리로 외쳤다.

"정기룡! 네놈은 죽었다 깨어나도 나에게 미치지 못할 것이다! 그것은 지금 네놈이 쏜 이 화살이 내게 못 미치는 바와 같다! 알겠느냐? 내 훗날 반드시 돌아올 것이니 그때 또 보자꾸나. 으하하하……."

대마도를 쳐라

1

사람의 기척이 나는가 싶더니 곧이어 아뢰는 소리가 들렸다.

"웬 상여 행차가 있사온데, 들으니 망인은 이승이라는 분이라 하옵니다."

"이승? 그렇다면 이선술(善述은 이승의 관자)이 아닌가?"

그는 고령 선비 김면과 함께 창의를 했다가 김면이 죽은 후 가산을 다 팔아서 마련한 군향과 군기를 경상 우병영에 바친 사람이었다. 그 후 그는 고리(고향)를 떠나 청주로 가 있다가 올봄에 별세했다.

이승은 전쟁이 그치면 성주 옛터에 묻어달라고 아들 이육에게 유언을 했는데, 바야흐로 왜란이 끝나자 이육이 청주에 가매장해 두었던 그의 체백(시신)을 반장(객지에서 죽은 사람의 시신을 고향으로 옮겨 장사를 지내는 것)하려는 것이었다.

기룡은 몸소 상여 행렬을 따라가 이승의 미망인 고성 이씨와 상주 이육을 위로하고 제물을 내렸다. 이육은 흐르는 눈물을 닦지도 않은 채 감격했다.

"병사또 영감의 은덕이 이처럼 크시니 선군(돌아가신 나의 아버지)께서도

지하에서나마 편히 잠드실 수 있을 것이옵니다."

"자네 선친이야말로 나라의 선비셨네. 왜적을 남김없이 박멸하지 못한 내가 이렇게 살아 있는 것이 부끄러울 따름일세."

"당치 않은 말씀이옵니다. 병사또 영감께서 나라를 구하셨사옵니다!"

"차후라도 행례에 모자란 것이 있으면 언제든지 찾아오게."

이육은 거듭 선절을 올린 뒤에 길을 이어갔다. 기룡은 상여 행렬이 시야에서 멀리 사라지고 나서야 돌아서서 하령했다.

"지난 전쟁 중에 우리 병영에 공헌한 사람들이 많은 줄 아네. 이선술의 경우와 같이 그간 경황이 없어 미처 챙기지 못한 사람들이 더 없는지 면밀히 사간(조사)하게."

별장들의 얼굴이 밝아지며 큰 소리로 대답했다.

"예, 병사또!"

이희춘은 기룡이 다시 병무를 살피는 것을 다행으로 여겼다. 부산포에서 우병영으로 돌아온 뒤부터 지금까지 바다 건너 달아나는 왜적을 뒤쫓아 섬멸하지 못한 일을 두고 두문불출 분개하고 있었던 까닭이었다.

때마침 임금의 전교가 내려왔다.

"성주 수룡동에 가설하고 있던 경상 우병영은 원래 있었던 창원 합포로 돌아가 남해 연안의 민심을 안정시키고 또다시 있을지 모르는 왜적의 침노에 대비하라."

기룡은 수룡동을 떠날 채비를 했다. 머지않아 경상 우병영이 성주를 떠난다는 풍성(소문)이 온 고을에 나돌았다. 백성들이 대거 따라나설 조짐을 보였다. 전쟁은 그쳤지만 여전히 유리걸식하는 황당인들이 많아 일일이 말리기도 쉽지 않았다.

백성들이 각자 터전에서 자리를 잡고 생도를 이어가지 않으면 나라가 안정될 수 없는 법이었다. 기룡은 병영군을 뒤따르려는 백성들을 어찌해야 할지 고심 끝에 한 가지 묘책을 냈다.

전답이 없는 백성들이 들어와 전리(마을)를 이뤄 살 수 있도록 농구며 종자며 두축(가축)에다가 당분간 먹고 지낼 양식까지 수룡동 가병영 터 곳곳에 남겨두었다. 그런 뒤에 백성들을 개유(사리를 알도록 잘 타이름)했다.

그로써 민심은 진정되어 갔다. 그들은 앞다투어 수룡동으로 몰려들었고 군사들이 일궈놓은 둔전을 보며 가슴이 벅차올랐다.

"아, 병사또의 은혜는 가없구나."

"명년 봄에 곡식을 심는다면 가을에는 틀림없이 배불리 먹을 수 있겠어."

"둔전 전답이 다 옥토로세, 옥토."

기룡이 수룡동을 나서는 날, 성주 백성들은 물론이고 인근 고령 현감 최기변과 현민들까지 몰려나왔다. 그들은 입마다 소리쳐 기룡의 은덕을 높이 칭송하며 배웅을 했다. 앞장선 기룡은 남녘으로 장엄한 군행을 이끌었다. 군사와 백성들도 지나치며 서로 인사를 나눴다.

"부디 잘 사시오."

"좋이 가시오!"

성주 수룡동에서 창원 합포까지 3백 리 길을 열흘도 안 되어 도착했다. 백성들이 길가에 나와 두 손을 들어 환호하며 기룡을 맞이했다. 입으로는 군사를 반기며 외쳤지만 몸은 피골이 상접했고 얼굴은 무표정했으며 두 눈은 퀭했다.

기룡은 그 연유를 모르지 않았다. 부모와 처자 권속을 잃지 않은 사람이 없었다. 임금과 벼슬아치들은 백성을 학대하고 핍박은 잘 했지만 그들의 삶을 보장해 주지는 않았다.

"관군이나 왜군이나 매한가지가 아닌가!"

"왜군이 물러간 자리에 들어와서는 또 우리를 못살게 굴겠지."

어디선가 들려오는 푸념 어린 외침에 기룡은 고개를 들 수 없었다. 화이를 탄 채 묵묵히 나아갈 뿐이었다.

휘하 별장들도, 군관들도, 심지어 걷고 있는 군사들도 그런 기룡을 따라 백성들을 스쳐 가면서도 손을 흔들지 못했다. 먼 길에 지쳐서 그런 것이 아니었다. 크고 작은 수많은 전투에서 목숨을 바쳐 왜적을 물리쳐 빛나는 훈공을 세웠건만 그것을 인정하지 않는 백성들도 있다는 사실이 의아스럽기만 했다.

"다 왜적의 총검에 죽어 없어질 것들을 기껏 구해주었더니만."

"누가 아니라나? 우릴 쏘아보는 저 눈들 좀 보게."

"이거 우리가 꼭 버러지가 된 기분이군그래."

이윽고 합포 우병영 솟을삼문 앞에 당도한 기룡은 저도 모르게 탄식을 내뱉었다.

"아!"

감회라는 것이 깃들 겨를이 없었다. 병문에서부터 병영 안에 있는 모든 것이 불타고 부서져 그대로 폐허가 되어 있었다.

기룡은 군사를 이끌고 들어갔다. 변변히 앉을 곳도 없었다. 병영을 둘러보고 돌아온 별장들이 기가 막혀 한마디씩 내뱉었다.

"성주로 돌아가는 것이 낫겠사옵니다."

"이곳을 재조(재건)하는 것이 가능하기나 할지……."

"나라를 새로 일으킨다는 각오를 가져야 할 때일세. 우리한테 주어진 소임은 고작 이 작은 병영 하나를 다시 세우는 일인데 그것이 불가하다는 게 말이나 될 법한 일인가?"

기룡은 병마우후 박대수에게 하령했다.

"별장들과 군관들도 도울손을 아끼지 말고 군사들과 더불어 병영을 재조할 채비를 갖추도록 하게."

"예, 병사또!"

군사들은 널찍한 연무장에 풍막을 설치했다. 그러고는 밥을 지어 먹은 뒤에 대와 오를 나눠 각각 맡은 청사와 간각으로 달려들었다.

불타 부서지다 만 것은 와르르 무너뜨리기도 하고, 용케 제 모양을 잃지 않아 다시 쓸 만한 재목은 따로 모아두기도 했다. 지붕 위로 올라가 조심스럽게 기왓장을 벗겨내는 군사들이 있나 하면 그중에서 성한 것들을 아래로 던지면 그것을 두 손으로 받아서 차곡차곡 재기도 했다.

관군이 다시 옛 자리로 돌아와 불안했던 백성들은 그들이 민간에 조금도 해악을 끼치지 않고 자기네들끼리 병영을 세워가는 모습을 보고는 차츰 경계심을 풀었다.

"부역이니 군역이니 해서 모조리 잡아다가 일을 시킬 줄 알았더니."

"그러게 말일세. 얼마 안 되는 군사로 저 큰 병영을 언제 다시 예전처럼 갖춘단 말인가?"

"저기 좀 보게. 방금 전에 세워놓은 기둥이 아무래도 조금 비뚠 것 같은데……"

"가보세. 별안간 무너져서 애꿎은 사람들이 상할라."

백성들은 솟을삼문 안으로 하나둘 모여들었다. 보다 못한 도편수는 팔을 걷어붙이고 나섰다.

"이 기둥은 그랭이를 잘못 떠서 기울었소."

그는 집게자로 다시 기둥에 줄을 그었고 그것을 빌미로 먹줄을 잡았다. 다른 사람들도 가만히 있지 않았다. 와공은 번와소(기와를 굽는 곳)를 지어 기와를 굽는 화덕을 설치했고, 별반 내세울 것이 없는 사람들은 산으로 가 아름드리나무를 해다 날랐다.

"이것 좀 자시고 하오!"

군사들과 백성들 사이에 거리낌이 사라지고 있었다.

"병사또는 다른 관군과 다르시구나."

"그 존명(존함)이 경외(한양과 지방)에 널리 알려진 까닭이 있었구먼."

병영 내 모든 건물이 다시 옛 모습을 갖춰가는 것을 본 기룡은 흐뭇했다. 완공을 앞두고 있는 청사들을 둘러보고는 그 쓰임을 다시 정했다.

병마절도사의 좌기청(집무처)은 관덕당이라 이름했고, 그 아래에 비장청을 두었다. 병마우후에게는 서안청, 이희춘을 비롯한 별장들이 쓸 청사로는 별무사청, 관군의 군교(장교)들이 전용하는 양무청, 의원을 두어 군사들을 구료하는 심약청을 설치했다. 그 밖에 화약을 연구하고 다루는 화약감조청과 여러 가지 무기를 만들어 내는 공장(관청에 소속된 장인)들의 마을인 군기소를 크게 지었다.

합포가 한눈에 내려다보이는 봉수대 활터인 무학정까지 둘러본 기룡은 그제야 뒤늦은 감회에 젖어 들었다. 이미 고인이 된 박 공, 조용백, 서예원 등과의 추억이 바로 어제의 일처럼 뇌리에 선명하게 떠올랐다.

관덕당으로 돌아온 기룡은 별장 김세빈을 군마청 별무군관으로 삼았다.

"각 청의 행수관 벼슬은 군관들에게 맡기시는 것이……."

"그게 무슨 큰 벼슬이겠는가?"

기룡은 김세빈과 함께 군마청 마사로 갔다. 잠시 서서 회억(추억)을 더듬던 두 사람은 서로 바라보며 입 웃음을 지었다. 기룡이 입을 열었다.

"꼭두님!"

"병사또, 아이들이 듣사옵니다."

"허허, 들은들 대수겠는가?"

기룡은 군마청 서원에게 하령했다.

"어린 아두시들에게 따뜻한 핫옷(누비 솜옷), 이엄(귀마개 방한구), 솜버선 그리고 추위에 손이 곱아들지 않도록 싸맬 것을 넉넉히 지급하게."

기룡은 또 통인청에도 들렀다. 올망졸망한 지통 아이들이 여럿 있었다. 거기서는 늘 가슴속에 새기고 있던《맹자》의 한 구절을 내렸다. 또 지통 아이들도 추위에 상하지 않도록 배려토록 했다.

좌기청에 든 기룡은 병마우후 박대수에게 각별히 일렀다.

"군마청 아두시들이나 통인청 지통 아이들이나 그 하나하나 관문(공문서)과 천안(노비 문서)을 잘 살펴서 혹시라도 억울하게 영노로 처분된 아이는 없는지 잘 조사해 보오."

"예, 병사또. 군뢰청에 지시하겠사옵니다."

"원하는 아이들이 있다면 그들이 쉬는 짬짬이《천자문》과 무예를 익힐 수 있도록 하시오. 준비하고 노력한다면 사람의 장래는 모르는 일이 아니겠소?"

병마우후 박대수는 기룡의 마음 씀씀이를 헤아리고도 남았다.

"병사또 영감께서 아이들에게 지극하신 은혜를 베풀고자 하시니 그 뜻을 받들어 분부대로 거행하겠사옵니다."

기룡은 둔전에도 힘을 쏟았다. 산야를 개간해 곡식을 심을 채비를 했고, 군관 임춘득을 감염관으로 차정하고 염간(소금 굽는 인부)을 불러 모아 병영의 군사들에게 소금 굽는 방법을 알려주게 했다.

"영자(병영에서 소금 굽는 일)는 둔전 못지않게 중요한 일이네."

백성들은 모두 곤궁하고 피폐했지만 점차 일상을 회복하며 삶의 희망을 새싹처럼 일으키고 있었다. 나라에 대한 불신 때문에 민란이 일어나도 하등 이상할 것 없는 상황이었지만 백성들은 또다시 묵묵히 인내하며 그들의 터전을 일궈갔다. 선한 것은 언제나 백성이었다.

"이제 병영도 민간도 다 안정을 되찾았으니 군사 조련을 개시해야겠네. 유비무환이라 하지 않는가?"

백홍제가 아뢰었다.

"아뢰옵기 면구하오나 소인은 이만 떠날까 하옵니다."

"떠나다니?"

"전쟁도 그쳤으니 사또 곁에는 이제 소인 같은 밥벌레는 필요 없을 것이옵니다. 팔도를 떠돌며 장사나 할까 하옵니다."

사일랑이 말했다.

"백포 어른, 왜적의 진중에서 물장사까지 한 수완은 천하제일이오만 그렇다고 병영을 떠나서야 되겠소?"

귀목도 만류했다.

"장사는 말업이라 했소이다. 글공부하시던 분이 장사가 다 뭐요? 그러지 마시고 여기서 우리랑 한동기간처럼 오래도록 함께 지내십시다."

백홍제의 결심을 아무도 꺾을 수 없었다. 억지로 있게 해봐야 그는 어느 날 바람처럼 종적을 감출 것이 틀림없었다. 기룡은 그의 뜻대로 해주었다.

"장사를 하려면 밑천이 있어야 할 터."

장사 밑천까지 넉넉하게 내주었다.

"사또, 이 귀한 은전을 1백 냥씩이나?"

"나중에 갚으러 오게. 떼어먹으면 오랏줄을 앞세워 자네를 찾을 것일세."

백홍제는 일어나 기룡에게 큰절을 올렸다. 그를 떠나보낸 뒤 기룡은 비장 정수린을 타일렀다.

"너는 우리 집안의 장손이다. 칼잠개는 이제 그만 내려놓고 집으로 돌아가 서책을 마주하거라."

"숙부님, 저는 장수가 되고 싶사옵니다."

"내 그간 너를 깊이 살펴왔다. 너는 장수보다는 학자의 자질이 더 뛰어나다. 남아는 모름지기 문무겸전이라고 했으니, 너는 앞으로 힘써 학문을 닦아 문을 평생의 근간으로 삼고, 무는 틈틈이 일신을 강건히 하는 방편으로 삼거라."

기룡은 또 군사들 중에서 수자리 연한이 다 찬 사람을 가려 은전을 쥐어 집으로 돌려보냈다. 그리고 백성들 중에서 새로 군역을 맡을 사람을 병영에 들여 조련에 힘썼다. 전쟁 전에는 조련이라고 할 것도 없이 허송세월만 했는데, 이제 연일 닦달해도 백성들은 크게 불만이 없었다.

"대비해야 할 때 대비하지 않았기에 왜적에게 당했던 것이다!"

"병문에 든 이상 너희들은 농부가 아니라 일당백의 조선 군사가 되어야 하느니라!"

그즈음 임금의 교서를 받았다.

"경에게 이르노니, 남해 연안은 막중하여 무신을 차정(맡아보게 함)하지 않을 수 없으나, 조정에서는 매번 소문만으로 듣고 사람을 차출한 까닭에 그 적임을 얻기가 매우 어렵다.

경은 오랫동안 전진에서 이미 거느려 본 사람이 많지 않겠는가? 혹자는 방비를 잘하고 혹자는 공세에 걸맞으며 혹자는 계책을 잘 세우고 또 혹자는 백성을 잘 다스린다는 등 각자의 재능을 잘 알 것이다.

아직까지 관원이 비어 있는 여러 고을의 수령, 첨사, 만호의 공무에 적합한 사람들을 빨리 적어 올려서 전조(문무관의 전형을 맡은 이조와 병조의 낭청)가 주의(한 사람의 관원을 정할 때 임금에게 세 사람의 후보를 적어 올리는 일) 할 때에 참고토록 하라."

기룡은 여러 사람의 자질과 기량을 깊이 살펴 연안의 각 관직에 알맞다고 생각되는 사람을 천거했다. 그리하여 현지의 실정과 인물의 됨됨이는 알지 못한 채 조정에서 무턱대고 차임한 관원이 안일하게 빈자리만 채우는 폐단을 없앴다.

"병사또, 멀리서 손님이 드셨사옵니다."

"손님?"

기룡은 자리에서 일어나 관덕당 밖으로 나왔다. 반가운 사람이 서 있었다. 기룡은 얼른 마당으로 내려섰다. 그러고는 정경세의 두 손을 맞잡았다.

"경임!"

"허허, 경운 자네는 어딜 가나 여전하군그래. 얼른 느끼기에도 우병영의 기세가 대단하이."

"자자, 어서 안으로 들어가세."

기룡은 일본군과 마지막 사천 전투에서 오청명이 전사한 뒤로 정경세가 상심이 깊어 심신이 쇠약해지지나 않았을까 걱정하던 터였다. 마주 앉고 보니 정경세는 아무 일도 없었다는 듯이 의연했다.

"전란이 끝난 뒤에 나라에서 팔도에 남은 백성의 수를 세어보았더니, 한 고을에서 죽은 사람이 반절도 넘는다고 하네."

"아, 나라가 망하지 않은 것이 다행이로군."

"명군도 10만 명을 잃었고 군량은 백만 석이 들었다는 통산이 나왔다네. 장차 그 빚을 갚을 일이 걱정일세. 사람도 물자도 남아난 것이 드문 터이니."

"이제 관경을 튼튼히 방비하고 조세와 부역을 줄여서 백성들의 살림을 부흥시켜야 하지 않겠는가? 이러한 때에 자네 같은 대신의 역할이 막중하네."

"모든 관원이 경운 자네 같기만 하다면야……."

정경세는 한숨을 내쉬었다. 기룡의 말과는 정반대로 돌아가고 있는 것이 나라의 현실이었다. 조정은 왜적이 또다시 대군을 이끌고 쳐들어올지 모른다는 불안감에 휩싸여 있었다.

그리하여 군비를 한다는 명분으로 백성을 독책(강압적으로 재촉함)하는 일이 심해졌다. 조세를 줄이지는 못할망정 원전세(원장에 기록된 전답에서 거둬들이는 세곡) 이외에도 가세미(축날 것을 대비해 더 거둬들이는 세곡), 별수미(전쟁의 피해가 비교적 적은 황해도에서 별도로 더 거둬들이는 세곡)를 비롯해 갖가지 명목을 붙여 거둬들였다.

살아남은 백성들은 가혹한 조세 때문에 견디지 못할 지경이었다. 전라도와 충청도에서는 크게 민란이 일어날 기운도 감돌고 있었다. 명나라 군사가 철수하고 나면 조선 팔도에서 어떤 일이 벌어질지 아무도 장담하지 못했다.

각 병문의 분위기도 민간과 다르지 않았다. 군사들이 애써 가꾼 둔전에도 한 마지기에 석 섬씩 거둬들이라는 명령이 내려져서 원성이 드높았다.

"여기 우병영에서도 그에 맞추느라 고역이 이만저만이 아닐세. 시급히 양감(양을 줄임)해 주지 않으면 병문이 들고 일어날 기세이니. 거참."

"그건 반역이 되네."

"소금도 폐단이 커지고 있네. 고을마다 도청(소금 전담 관청)을 설치하고는 염상들의 소금 매매는 금지시키면서 시중에다 갑절이나 되는 값으로 내놓으니 누가 사려고 들겠는가?

그러니 시중에서 소금이 팔리지 않게 되고, 팔리지 않으니 가가호호 할당하고는 할당량을 사지 않는 백성들은 잡아다가 매질을 하니, 오히려 왜군 치하가 더 나았다는 말까지 나돌고 있다네."

정경세는 무릎을 치며 통탄했다.

"어떻게 구한 나라인데! 수백만 백성이 목숨을 바쳐 명맥을 붙여놓은 나라이거늘!"

두 사람은 조촐한 주안상을 마주했다. 술잔이 몇 잔 오가고 나서야 정경세는 속에 있는 다른 말을 꺼냈다.

"경운, 내 지병을 핑계로 사직 상소를 올렸었네. 상감께옵서 여러 날 만류하시다가 얼마 전에 윤허하시어 이제 홀가분하게 되었네."

"아니, 그 무슨 말씀인가? 사직이라니?"

"내가 감당하기에 경상 감사 자리가 너무 크네. 스승님을 뵐 낯도 없고……."

기룡은 그제야 정경세가 스스로 사직한 까닭을 짐작했다. 경리 양하오가 울산 전투의 패배를 승전으로 보고하는 바람에 명 황제를 기망했다는 죄를 얻어 본국으로 소환되었을 때, 조정에서는 그의 구명을 위해 사신을 보내야 한다는 의견이 대두되었다.

그때 사안이 중대한 만큼 영의정 유성룡이 정사로 가야 한다는 것이 중론이었지만 그는 사신으로 가는 것을 거부했다. 그러자 이때다 싶어 임금의 명을 거역한 유성룡을 탄핵해야 한다는 주청이 빗발쳤다.

유성룡은 스스로 물러나려고 했으나 임금은 죄를 묻지 않았다. 그러한 임금의 태도는 더 완강한 저항을 불러왔다. 조정은 전쟁 중에도, 전쟁이 끝난 후에도 줄기차게 유성룡의 탄핵을 주장하고 있는 것이었다.

그 불똥은 정경세에게 미쳤다. 서인은 동인인 유성룡과 그의 수제자를 비롯해 여러 제자들, 그가 천거한 사람들까지 싸잡아 죄를 주고 조정에서 내쫓고 싶어서 안달이었다.

"시의(한때의 정치 풍조)가 어찌 이리도 험악하게 흐를꼬!"

정경세가 술잔을 들어 한 모금 입술을 적시고는 내려놓았다.

"경운, 내가 아무리 겉으로는 의연한 척하고 있지만 어찌 사람이 아무렇지도 않을 수 있겠는가? 오 명궁은 내가 죽게 한 것이나 다름없다네."

"전쟁터에서 일어난 일일세. 자네가 그렇게 말한다면 나의 휘하에 있다가 죽어간 여러 장사들과 수많은 군사들은 어찌해야 하겠는가?"

정경세는 묵묵히 술잔만 들었다 놓았다 할 뿐이었다.

"청리로 돌아가려는가?"

"다 불타고 부서져 남은 것이 없으니…… 예천 화장리(지금의 문경시 산북면 내화리)에 들어가 우거(임시 거소로 삼음)할까 하네."

"그 궁벽한 곳에는 어인 까닭으로?"

"단양 군수로 계시는 태촌(고상안의 아호) 형께서도 사직하고 산양현으로 돌아오고 계시네. 내가 오갈 곳이 없으니 함께 지낼까 하네."

기룡은 정경세가 고상안과 함께 지낼 것이라는 말에 조금은 안도했다.

"산수 속에 너무 오래 있지는 말게."

"천석은 시류를 타지 않으니……."

"자네는 힘겨운 백성들에게 할 일이 있지 않은가?"

정경세는 마치 기룡이 말빚을 돌려주는 것 같아서 빙긋 웃었다. 백성들에게 할 일이 있지 않으냐는 말, 그 말은 기룡이 권씨와 재취를 하지 않으려고 할 때 정경세가 그를 설득하려고 해준 말이기 때문이었다.

정경세가 떠나간 다음 날, 임금에게서 성은이 내려왔다. 기룡이 지난 7년 동안의 전란에서 세운 혁혁한 훈로(공로)는 아무리 칭송해도 지나치지 않다고 여긴 임금은 비록 사판(벼슬아치의 명부)에 성명 삼 자를 올리긴 했지만 그의 출신이 빈천해 대접을 제대로 받지 못하고 있는 것을 못내 안타깝게 생각해 왔다.

그리하여 기룡의 증조고는 통훈대부 군기시정(정3품 당하관), 증조비 문씨는 숙인으로 추증했고, 조고는 통정대부 장예원 판결사(정3품 당상관), 조비 정씨는 숙부인으로 추증했다. 그리고 고(돌아가신 아버지)는 가선대부 호조참판 겸 동지의금부사(종2품), 비(돌아가신 어머니) 홍씨는 정부인으로 추증했다.

기룡의 전배(죽은 전처) 강씨 애복이도 정부인으로 추증했고, 생존해 있는 친모 김씨와 후처 권씨 홍비도 정부인으로 봉했다.

조상 3대가 다 높은 벼슬을 받은 까닭에 몰락해 있던 기룡의 가문은 일약 내놓을 만한 양반의 반열에 올라서게 되었다. 기룡은 북향 사배를 올렸다.

"성은이 망극하여이다!"

기룡은 마지막 절을 올리며 일어나지 않고 엎드린 채 흐느꼈다.

'애복아, 너도 정부인이 되었어. 양반이 되었단 말이야!'

병영 내 모든 사람들이 기룡에게 하례를 올렸다. 그런데 오직 한 사람 이희춘만이 안절부절못하며 얼굴이 밝지 않았다.

"하, 이것참, 이를 어쩌나? 대체 이 일을 어찌해야 하나?"

연신 혼잣말을 중얼거리며 끙끙 앓는 그를 보고 정범례가 물었다.

"이 별장, 왜 그러는가?"

이희춘은 힐긋 바라보기만 할 뿐 아무런 말도 하지 않고 제 가슴만 쳤다. 그러다가 정범례를 으슥한 곳으로 데리고 가더니 나지막이 말했다.

"자네, 흑사자 알지?"

"알고말고."

"글쎄, 그 흑사자의 정체가 뭐냐 하면⋯⋯."

2

기룡은 스스로의 벼슬이 병마절도사에 이른 데다가 조선(조상) 3대가 다 높은 벼슬을 추증 받은 것을 과분한 성은이라 여겨 사직소(벼슬을 사양하는 상소)를 올려 체직해 줄 것을 청했다.

"삼가 아뢰옵건대 신은 지난 7년 동안 싸움터에서 분주하였으나 종묘 사직에 아무런 도움도 되지 못했는데 미미한 전공을 앞세워서 높은 벼슬에 있게 되니 조야(조정과 재야)가 따가운 눈길을 보내고 있사옵니다.

오랫동안 홀어머니 곁을 떠나 있는 바람에 혼정신성(밤에는 부모님의 잠자리를 보아드리고 아침에는 밤새 안부를 여쭙는 일)을 다하지 못한 불효 또한 막심한 지경에 이르렀사옵니다.

이제 바야흐로 왜적이 물러가서 신과 같은 용렬한 자는 더 이상 나라에 보탬이 될 것이 없사오니, 홀어머니가 계신 곳으로 돌아가 봉양하며 지내게 해주소서."

상소를 읽은 임금은 윤허하지 않았다. 기룡은 거듭 소를 적어 올렸다. 그러자 임금은 조건을 달아 그의 뜻을 받아들였다.

"사판을 아주 떠나는 것은 옳지 않다. 정기룡을 용양위 부호군에 제수하노라."

기룡은 임금이 내린 관직을 받아들였다. 거관(원래의 관직에서 이직함) 이후 체천(다른 관직에 임용됨)되지 않은 체아직(녹봉만 받고 실직은 없음)의 하나였다.

기룡의 후임에는 이수일이 낙점되었다. 그는 성주 목사로 있을 때 금오산성에 온 기룡을 붙잡아 두고 보내지 않고 있다가 도체찰사 이원익의 군령을 따르지 않았다는 이유로 삭탈되고 백의종군을 명령 받았다가 그 후 신원이 회복된 인물이었다.

기룡은 그가 도임하자 경상우도 병마절도사의 부절과 관인을 내주고는 홀가분하게 길을 나섰다. 군사는 없이 이희춘, 정범례, 김세빈, 사일랑, 귀목 등 5인이 기룡을 호종할 뿐이었다.

기룡은 꿈에도 그리던 상주목 사벌면 흔곡 고을(지금의 금흔리)의 본가로 돌아왔다. 어머니 김씨는 맨발로 나와 반겼고, 아내 권씨와 측실 서무랑도 아이들을 데리고 나와 인사를 시켰다.

기룡은 뒤뜰에 서 있는 큰 홰나무를 사당인 양 여겨 그 아래에서 분황제(조상이 추증이 되었을 때 그 교지의 사본 한 통을 누런 종이에 필사해 고유제를 지내며 태우던 일)를 지냈다.

그러고는 돌아서서 김씨의 손을 잡고 말했다.

"이제 어머님은 정부인 마님이시옵니다."

"이게 꿈이냐? 생시냐?"

모든 집안사람들이 하례해 마지않았다. 고을 사람들이 모여들었다. 큰 잔치가 벌어졌다. 상주 목사 이원을 비롯해 향청의 좌수, 고을 면임을 맡은 풍헌 등이 여러 가지 예물을 담은 짐바리를 보내왔지만 기룡은 다 돌려보냈다.

"가서 전하거라. 나는 앞으로 이 고을에 없는 듯이 지낼 것이라고."

"예, 영감마님."

기룡은 고을에 있는 석문서당에 나아갔다. 훈장이 나와서 공읍을 하며 반겼다. 서당을 둘러본 기룡은 서장자 정익린의 손을 잡고 나란히 앉아 있는 학동을 보았다.

"저 아이는 누구요?"

"조매호(매호는 조우인의 호) 참봉 어른의 자식으로 조정융이라고 하옵니다."

기룡은 고개를 끄덕였다. 그러고는 대솔들이 지고 온 등짐을 내려놓게 했다.

"몇 가지 서책과 아이들에게 먹일 음식일세. 인재를 기르는 데에는 어릴 적부터 글공부를 잘 가르치는 것이 중요하네."

"유념하겠사옵니다."

기룡은 삼망지우도 만났다. 오랜만에 모인 사람들은 웃고 떠들었다. 그런데 어딘가 모르게 자리가 허전했다. 정경세가 빈자리였다. 좌중은 그가 어디에 있는지 아무도 알지 못했다. 정춘모가 물었다.

"경운, 자네는 알고 있는가?"

기룡은 말을 아꼈다. 정경세가 자신의 거소를 삼망우에게 알려주지 않은 데에는 그만한 까닭이 있을 것이라고 여겼다. 전식이 입을 열었다.

"북쪽 산속 어딘가에 있다는 말만 들었는데, 어찌하여 고향으로 돌아오지 않는지. 거참."

김지복이 말을 받았다.

"고향이라고 해도 뭐 두 다리 뻗을 데가 있어야 말이지요."

"가옥이야 수축하면 될 일이 아닌가?"

"형님도 참, 그 많던 전답도 거의 다 묵정이가 되었고, 녹봉도 받는 그 즉금(즉시) 다 가난한 백성들에게 나눠 주었다는데 무슨 돈으로 집안을 일으키겠소?"

기룡은 날을 가려 또 나섰다. 화장리에 있는 정경세를 찾아가는 길이었다. 낙동강을 따라 함창을 거치고 영강을 거슬러 당교를 지났다. 산양현에 접어들자 산길은 깊어지고 대낮인데도 어두웠다. 사방이 밝아지고 길이 넓어지는가 싶더니 작은 고을이 나타났다.

"여기인가 보옵니다."

화장 고을에는 민호가 몇 집 없었다. 물가에 띠로 엮은 정자가 있었는데 두 사람이 앉아서 수작하고 있는 모습이 보였다. 기룡은 가까이 다가갔다. 아니나 다를까 정경세와 고상안 두 사람이었다.

"경운! 자네가 어인 일인가?"

"벗이 있는 곳이라면 저승인들 주저하겠는가? 허허."

기룡은 고개를 돌려 고상안에게 공손히 선절을 했다. 그는 기룡을 크게 반겼다.

"허허, 조선 제일의 영웅을 이렇게 누추한 산골에서 다 보다니."

기룡은 정자에 올라앉았다. 대솔하인들이 지고 온 짐을 내려놓고 음식을 장만하기 시작했다. 별장들과 책사들은 정자를 호위하듯이 빙 둘러서서 먼 산수를 바라보았다.

고상안은 지난날 비밀리에 기룡에게 주었던 시축과 그 속에 그려놓은 그림에 대해 입도 벙긋하지 않았다. 그래서 기룡도 그에 관해 함구했다. 이런저런 얘기가 오가던 끝에 고상안이 불쑥 말했다.

"여금(지금) 조정에서 대마도를 칠 논의를 한다는군."

기룡의 귀가 크게 열렸다.

"대마도를요?"

전라도 관찰사 황신이 올린 상소로 말미암아 대마도 정벌에 관한 논의가 비롯되었다.

"머지않아 명군이 철군한다면 적추(왜장)들이 반드시 다시 쳐들어올 것이옵니다. 우리 조선은 오랜 전란에 기진맥진해 있고 원군은 수천 리 밖에 있게 되니 지척지간의 가까운 섬에 있는 적괴들이 어찌 이를 놓치겠사옵니까?

임진년의 왜란은 대마도의 왜적들이 일으킨 것이나 다름없사옵니다. 아직 명군이 철수하지 않은 이때에 조명 연합군을 결성하여 대마도의 적도들을 모조리 죽여 씨도 남기지 않아야 하옵니다."

조정은 황신의 말이 사리에 어긋나지 않았기에 크게 술렁였다. 그러지 않아도 명군이 철수한 뒤에 일본이 다시 쳐들어오면 어쩌나 하고 전전긍긍하고 있던 차였다.

"대마도는 작은 섬이지만 배를 댈 수 있는 나루가 많이 있으니 사방에서 상륙해 들어갈 수 있사옵니다. 도주 소 요시토시 등이 거주하는 고을에는 민가가 겨우 3백여 호에 불과하옵고, 그 밖에 흩어져 있는 민호도 다 합쳐야 1백여 호이니 싸울 수 있는 남정이라고 해봐야 1천 명에도 못 미칠 것이옵니다.

만약 절강군 1만 명을 선발하여 우리 조선의 주사(수군)와 함께 일시에 바다를 건너가 기습을 한다면 성곽도 보루도 없는 대마도의 좁은 산성은 오래 버티지 못할 것이며 섬은 손쉽게 함락되고 말 것이옵니다."

"대마도에서 본섬은 멀지 않은가? 본섬에서 들이닥치면 어찌하는가?"

"대마도에서 가장 가까운 일본의 본섬은 이키(壹岐) 섬이라 하여 5백 리쯤 되옵니다. 왜적이 아무리 빠른 배로 달려가 기별을 하고 또 기별을 받고 원군이 출선한다 하더라도 반드시 순풍이 불 때를 기다려야 하니, 우리가 신속히 공격하기만 한다면 대마도를 치는 것은 그리 어려운 일이 아니옵니다."

"그러하옵니다. 전하, 명나라의 수병이 돌아가지 않고 전라도 연안에 머물고 있는 바로 지금이 두 번은 없을 호기이옵니다. 명군이 한번 뱃머리를 돌려서 가버린 뒤에는 또 파병을 청하기가 쉽지 않을 것이옵니다."

조정의 그런 중론이 명군의 귀에 들어가지 않을 리 없었다. 총독군문 씽치에가 경리의 접반사 우의정 이덕형을 불렀다.

"조선 조정에서 대마도를 되찾아 취하려는 논의가 일고 있다는데 우상 대감의 견해는 어떠하오?"

이덕형은 잘못 대답했다가는 낭패를 볼 것 같아 말을 아꼈다. 씽치에가 다시 물었다.

"대마도에 있는 왜적은 얼마나 되며 그들을 치려면 명군은 얼마쯤 내어야 하겠소?"

이덕형은 조정의 중론 그대로 말해주었다. 그러고는 덧붙였다.

"다만 항왜와 피로인을 잠입시켜서 적의 형편과 동태를 세밀히 정탐한 후에 계책을 세우는 것이 마땅하다고 하겠습니다."

씽치에는 고개를 끄덕였다.

"만약 정벌에 나선다면 어느 때가 좋겠소?"

"2월 이후로는 해상의 풍파가 수그러들므로 적선이 본섬에서 대마도로 오가기가 쉬울 것이니 반드시 정월 안으로 거행하는 것이 좋겠습니다."

"대마도를 탈환하여 복속한 뒤에는 굳건히 지킬 계책이 있소?"

사려 깊은 이덕형의 입에서 무심코 경솔한 대답이 나오고 말았다.

"대마도를 쳐부술 수는 있지만 조선의 군사를 주둔시켜 지킬 수는 없습니다."

씽치에는 의아스럽다는 듯이 이덕형을 바라보았다.

"그래요? 허면 지키지도 않을 섬을 구태여 쳐들어가고자 하는 까닭이 무엇이오?"

이덕형은 아차 했지만 이미 늦었다. 궁색한 대답으로 이어졌다.

"다만 천조(천자의 조정)의 위엄을 크게 보여주고 싶을 뿐이옵니다."

씽치에는 짤막하게 말했다.

"알겠소. 대마도를 치는 일은 차차 논의하도록 합시다."

임금은 이덕형이 말을 잘못해 명군이 시큰둥해 있는 것도 모르고 조선에 주둔하고 있는 명군의 힘을 빌려 대마도를 칠 작정으로 전교를 내렸다.

"군사의 기무는 비밀을 으뜸으로 쳐서 귀신도 감히 엿볼 수 없도록 해야 하는데, 황신의 상소가 이미 드러났으니 아직도 나라에 숨어 있는 적의 간자들이 있을지 모르거니와 혹여 바다 건너까지 누설되지나 않았을지 매우 우려스럽다.

경들은 섣불리 거사를 논할 것이 아니라 첩정(정탐)부터 먼저 해야 할 것이다. 거사는 신중히 논의해서 결정하면 되지만 간후(간첩을 보내 정탐함)는 거사의 가부에 관계없이 시행해야 하는 것이다."

"황공하옵니다. 전하."

"왜적이 물러가기는 했사오나 대마도에서 본섬으로 떠나갔는지 아니면 대마도에 그대로 머물러 있는지 그 여부를 알 길이 없사옵니다. 항왜들 가운데 진심으로 우리 조선에 귀부해 있는 자들을 가려 뽑아 대마도로 보내어 적도들의 실정을 탐지케 하소서."

"아뢴 대로 하라."

이어 임금은 새로이 하교했다.

"정기룡을 경상우도 방어사에 제수하노라. 진주와 고성 중에 한 곳을 가려 주둔하면서 차후의 거사에 대비하여 둔전을 경작하고 군사 조련에 힘쓰게 하라."

기룡은 집으로 돌아온 지 보름도 안 되어 다시 정직을 받아 부임하게 되었다. 교지와 함께 머잖아 대마도를 정벌할 것이니 대비하라는 내지(임금의 비밀 명령)를 받은 그는 진주와 고성 두 고을을 두고 고심하다가 바닷가인 고성에 경상우도 방어영을 설치했다.

그런 뒤 곧바로 거제현 한산섬 두억포(통영시 한산면 두억리)에 있는 경상우도 수군절도영을 찾았다.

경상 우수사 이순신(李純信)은 양녕대군의 후손으로서 통제사 이순신(李舜臣)의 휘하에서 중위장을 지냈으며 노량해전에서 통제사 이순신이 전사하자 남은 군사들을 독려해 끝까지 왜적을 물리친 용맹 결출한 인물이었다.

"우수사 영감, 이통곤(삼도수군통제사의 이칭)께서 고쳐 만드신 병선 중에 귀선(거북선)이 있지 않았사옵니까?"

"있었지요. 참으로 대단한 배였소이다."

"그 배는 다 침몰하였다고 들었는데, 혹시 그 배를 다시 만들 수는 없겠사옵니까?"

"본관도 그러한 귀선을 다시 제작하고 싶은 마음이 굴뚝같소만 그 도지(설계도)가 남아 있지 않으니 참으로 난감할 따름이오."

"이통곤께서 통제영에 남기지는 않으셨는지요?"

"통제영, 전라 좌수영과 우수영 그리고 여기…… 어디에도 없소."

기룡은 시치미를 뚝 떼고 혼잣말을 했다.

"어찌하여 남기지 않으셨을꼬……."

"자나 깨나 나라와 백성 걱정만 하신 분이 장래를 내다보지 않으셨을리 없소."

경상 우수사 이순신도 덩달아 혼잣말인 것처럼 내뱉었다.

"필경 누군가에게는 전하셨을 터이지. 필경 티끌만큼도 믿어 의심치 않을 만한 그 누군가에게는……."

기룡은 경상 우수사 이순신에게도 함부로 발설할 수 없었다. 귀선을 수십 척 건조해 일거에 대마도 정벌에 나서고 싶었지만 드러내 놓고 귀선을 만든다면 명나라 수군이 그 전함에 눈독을 들여 도면을 내놓으라고 할것 같았다.

또 왜의 간자들이 그러한 사실을 정탐해 일본에 알리면 대마도 정벌이라는 거사는 사전에 수포로 돌아갈지도 모를 일이었다.

"정 방어사는 귀선에 대하여 아는 것이 좀 있소?"

"아, 아닙니다. 소관은 그저 궁금하였기에……."

기룡은 경상 우방어영으로 돌아왔다. 얼마 지나지 않아 장조카 정수린이 찾아와 청천벽력과도 같은 소식을 전했다.

"숙부님, 상린이가 왜적에게 잡혀갔다고 하옵니다!"

"뭣이? 상린이가?"

"왜군이 퇴주할 때 끌고 간 것 같사옵니다. 작은어머님은 몸져누워 계시옵니다. 숙부님이 걱정하실까 봐 알리지 말라는 것을 도저히 그냥 있을수 없었사옵니다."

기룡은 작은형 인수의 얼굴이 겹쳐 떠올랐다. 입신양명의 큰 뜻을 이루기도 전에 젊은 나이로 비명에 간 형에 이어 그의 어린 외아들까지 잃게 되고 말았다.

"너는 돌아가서 작은형수님을 잘 보살피거라. 지옥 끝까지 찾아가서라도 내 반드시 상린이를 데려오고야 말겠다. 돌아가서 꼭 그렇게 전하거라."

"예, 숙부님."

말은 뱉어놓았지만 기룡은 난감했다.

"아, 어찌해야 그 아이의 생사를 알 수 있단 말인가?"

3

황천길이 이 길인가 싶었다. 지옥이 따로 없었다. 사람들의 목을 매어 굴비 두름 엮듯이 이어놓았다.

파도가 뱃전을 때려 튀는 바닷물에 온몸이 얼고, 그렇게 언 몸을 매서운 바람이 찢어놓는 듯했다. 배가 흔들릴 때마다 묶인 목과 손목과 발목이 조여들었다.

"으아!"

"아아아!"

비명은 한시도 그치지 않았다. 사람들이 위로 게워내고 아래로 싸지른 온갖 오물로 배 바닥은 진창이 되었다. 역겨운 냄새가 진동하는 가운데 배가 파도에 흔들릴 때마다 사람들은 이리 미끄러지고 저리 미끄러졌다.

"아, 물 좀……."

허기와 갈증을 더 이상 견디지 못해 토사물과 똥오줌을 핥는 사람들이 있었다. 그것을 본 다른 사람들도 그들을 따라 했다. 목줄에 묶인 한 꿰미의 사람들은 한 몸처럼 몸뚱이를 같이 놀려야 했다.

숨이 끊어져 고개를 푹 떨군 사람들이 있었다. 옆 사람이 죽은 줄도 몰랐다. 산 사람도 고개를 숙이고 앞사람의 등에 얼굴을 파묻고 있기는 매한가지였다.

다리를 뻗을 수도 없었다. 몸을 돌릴 빈틈도 없었다. 짐승들도 그렇게 묶어놓지는 않을성싶었다. 일본군에게 조선인들은 사람도 짐승도 아닌, 그저 가녀린 숨을 쉬는 하잘것없는 짐짝일 뿐이었다.

정상린은 일본으로 끌려가는 저 자신보다 남아 있는 홀어머니 걱정뿐이었다. 하나뿐인 아들을 염려해 음식을 제대로 잇지 못하고 잠도 못 주무실 어머니 생각에 눈물만 줄줄 흘러내렸다.

고개를 돌려 뒤돌아보았지만 망망대해만 펼쳐져 있었다. 다시 집으로 돌아갈 방법은 영영 없을 것 같았다. 돌아갈 수 있다는 생각조차 들지 않았다. 그때 바로 옆에 앉아 있는 사람이 낮은 목소리로 입을 열었다.

"선비님은 어쩌다가……."

"이 마당에 양반 상놈이 어디 있는가?"

"하긴."

정상린은 혹시나 동향일까 해 물었다.

"자네는 고향이 어딘가?"

"울산이옵죠. 평생을 옹기장이로 살았습지요."

"나는 곤양일세. 이름은 상린이고."

"소인은 우칠이라 하옵니다."

거의 한나절이 걸려 배는 대마도의 이즈하라(嚴原) 항구에 도착했다. 사람들은 땅에 내려서 목줄이라도 풀어줄 줄로 기대했다. 하지만 일본군은 그럴 마음이 조금도 없었다. 배마다 감시하는 초병만 더 늘려놓았다.

항구는 조선에서 바다를 건너온 배로 가득했다. 크고 작은 배마다 조선인들이 수없이 실려 있었다.

"잡아랏!"

갑자기 항구가 어수선했다. 세키부네의 선창에 묶여 있던 한 무리의 조선인이 탈출을 시도한 것이었다. 그들은 끈질기게 물어뜯어서 목줄을 끊어내고는 날이 어둑해진 틈을 타 배에서 달아나 섬에 상륙했다가 일본군이 난사하는 조총에 모두 살해당하고 말았다.

그 일로 인해 목줄은 더 조여졌고, 감시도 한층 심해졌다. 탈출을 시도하거나 폭동을 일으킬까 봐 음식과 물도 주지 않았다. 어떤 사람들은 달아나려고 했던 그들을 원망했다.

"그놈들이 아니었으면 먹을 것을 주었을 텐데."

"어찌 같은 조선인으로서 그 불쌍한 사람들을 탓하는가?"

"물이라도 한 모금 얻어 마셨으면……."

피로인을 실은 배들은 그다음 날 새벽에 일본 본섬을 향해 출항했다. 이즈하라 항구가 가물가물해질 무렵 어디선가 큰 소리가 났다.

"배가 침몰한다!"

정신이 아련해져 죽어가는 듯했던 사람들이 모두 퍼뜩 눈을 떴다. 고개를 들고 사방을 둘러보았다. 멀리서 세키부네 한 척이 가라앉고 있었다.

"어떻게 된 거지?"

배는 바다 속으로 사라지고 일본군 몇 사람이 떠 있다가 구조되었다. 배 안에 있던 일본인들이 주고받는 말을 가만히 엿들은 우칠이 알려주었다.

"조선인들이 몰래 숨겨 가지고 있던 색대(곡식 섬을 찔러보는 도구)와 송곳으로 배 바닥을 후벼 파고 구멍을 냈답니다요. 짐승보다 못한 꼴로 끌려가느니 차라리 다 같이 죽자는 거였지요 뭐."

그 일이 있은 후 일본군들은 쇠붙이를 갖고 있는 사람을 가려내기 위해 피로인 한 사람 한 사람의 몸 검사를 했다. 정상린은 서책 한 권을 가슴에 품고 있었지만 그들은 신기하게 여길 뿐 문제 삼지는 않았다.

"끌려가는 주제에 책이라니."

"일본에는 책이 많이 없으니 그냥 놔두지 뭐."

"그러지. 저까짓 책으로 배를 침몰시킬 수는 없으니까."

두 사람씩 서로 등을 맞대게 해 목과 팔다리를 묶어 전보다 더 옴짝달싹할 수 없었다. 정상린은 등판이 큰 우칠과 묶였다.

"선비님, 많이 불편하시지요. 면구하옵니다요."

"아닐세. 괜찮네. 걱정해 주어 고맙네."

배는 해질 무렵에 규슈(九州) 나가사키(長埼) 항구에 도착했다. 그곳은 이미 정박한 배들로 빈틈이 없었다. 포구에 대지 못해 바다에 떠 있는 배들도 많았다.

육상에는 여기저기 모닥불을 피워놓았다. 이상하게 생긴 온갖 배들과 기묘한 집들이 피로인들의 눈길을 사로잡았다.

괴상한 차림새를 한 사람들이 많이 있었다. 얼굴은 털로 수북이 덮여 있고 털 사이로 뚫어놓은 듯한 눈이 깊고 파랬다. 코는 우뚝하고 컸으며 키도 하나같이 큰 거인들이었다. 일본군은 그들에게 연신 허리를 반으로 굽혀 절을 하며 무어라 주고받았다.

우칠이 중얼거렸다.

"아, 말로만 듣던 포도아국(포르투갈) 사람들이구나."

"포도아국이라니?"

"수만 리 먼 나라에서 온 사람들이옵니다. 노비를 사러 일본에 온 것이옵지요."

정상린은 수만 리 밖에 나라가 있다는 것이 믿기지 않았고, 고작 노비를 사려고 위험을 무릅쓰고 먼바다를 헤쳐 왔다는 말도 이해가 되지 않았다.

일본군들이 다가와 사람들을 일으켰다. 둘씩 묶어놓은 오랏줄 같은 것은 풀고 다시 목줄을 묶어 사람들을 한 줄로 이었다. 그러고는 배에서 내리게 해 포구의 한곳으로 몰아갔다. 널찍한 공터였다. 그곳에는 먼저 수용된 피로인들이 많이 있었다.

목줄만 묶여 사지가 조금 자유로워진 사람들은 먹을 것과 물을 달라고 연신 아우성이었다. 감시하고 있던 일본군들은 들은 척 만 척했다. 이윽고 일본군의 번차(교대)가 이뤄졌다. 새로 온 감시병들이 눈을 부라리며 피로인들을 쭉 훑어보았다.

"나리, 제발 물이라도 좀 주시오."

"좋아, 주고말고. 이리 나와!"

감시병은 그 사람을 일으켜 앞으로 데리고 가더니 돌연 들고 있던 조총의 총구로 입을 쳤다. 그는 입이 터져 피를 주르륵 흘렸다. 다른 감시병이 그의 두 팔을 뒷짐을 지우듯이 뒤로 돌려 잡자 그 감시병은 피로인의 입을 여러 번 더 쳐서 온통 짓이겨 놓았다. 그러고는 던지듯이 밀쳐버렸다. 땅바닥에 나동그라진 그는 신음 소리도 못 냈다.

"또 목마른 사람?"

피로인들은 다 고개를 숙인 채 숨소리조차 내지 못했다.

'천하에 몹쓸 놈들!'

춥고 긴 밤은 지나가고 다시 날이 밝아왔다. 피로인들 사이를 돌아다니며 소리치는 사람이 있었다. 그 뒤를 일본군이 따랐다.

"잘 살펴봐라. 들일을 하지 않아 얼굴이 흰 놈들이 양반이다. 얼굴로 구별을 못하겠거든 손바닥을 살펴라. 굳은살이 박이지 않은 것들이 양반이라는 종자들이다."

"예, 부교님."

박수영의 말에 따라 일본군들은 솎아내듯이 사람들을 가려냈다. 정상린은 가슴이 두근거렸다. 우칠이 정상린을 쳐다보았다. 그는 염려 말라는 듯이 정상린의 손등 위에 자신의 두껍고 큰 손을 덮어놓았다.

"너!"

일본군은 우칠을 가리켰다. 그는 고개를 들었다.

"나와!"

그때 정상린은 우칠이 꼭 죽을 자리에 끌려가는 것만 같아 저도 모르게 소리쳤다.

"이 사람은 우리 숙부님이오! 어디로 데려가려 하오?"

일본군이 눈을 크게 떴다. 그때 박수영이 다가왔다.

"호오, 이놈 보게. 자식은 양반 행색인데 아재비는 머슴 꼴이라?"

"부교님, 어찌할까요?"

"두 놈 다 썩 끌어내랏!"

일본군이 일으켜 세우는 순간 정상린의 품에서 서책이 한 권 떨어졌다. 박수영이 집어 들었다.

"이런 걸 꼭꼭 숨겨 가지고 있다니."

어느새 나타난 세르페데스 신부가 박수영에게 말했다.

"박 부교님, 이 조선인들 중에는 내가 세례를 준 사람들이 있습니다. 그들은 노예로 팔려 가선 안 됩니다. 주님의 자식이 되었기 때문입니다."

세르페데스가 고니시 유키나가의 신임을 받고 있는지라 박수영은 그를 함부로 대할 수 없었다.

"빨리 데려가시오!"

세르페데스 신부는 뒤따르는 수사들과 함께 영세를 받은 조선인들을 불러냈다. 여러 사람이 일어나 앞으로 나왔다. 그들은 마치 이제는 살았다는 듯한 얼굴이었다.

"다 되었으면 그만 가보시오."

세르페데스는 정상린과 우칠이를 바라보았다. 그러고는 박수영이 들고 있는 서책을 보더니 말했다.

"이 부자도 데려가야겠습니다."

"그건 안 되오!"

"일본에는 글을 아는 사람이 드무니, 노예로 팔려 가게 할 수 없습니다."

박수영은 잠시 망설였다. 고작해야 어린놈과 어른, 두 사람이었다. 그들 때문에 바쁜 일을 접어두고 실랑이를 할 수는 없었다. 박수영은 서책을 정상린의 가슴에 붙이듯이 거칠게 내주며 쏘아붙였다.

"네놈들은 운 좋은 줄 알거라."

세르페데스는 정상린과 우칠을 고니시 유키나가의 진영으로 데리고 갔다. 고니시는 자리에 없었고, 가신 데라사와 마사시게가 반겼다. 그는 얼굴에 칼로 베인 흉터가 있어 험상궂어 보였다.

"이자들은 누구요?"

"글을 아는 사람들입니다."

데라사와 마사시게는 책을 안고 있는 정상린에게 호기심을 보였다.

"그건 무슨 책이냐?"

"《소학》이오."

"《천자문》보다 나은 것인가?"

"《천자문》은 어린아이들이 읽는 거고 이건 어른이 죽을 때까지 읽는 거요."

"그래? 그렇단 말이지."

데라사와 마사시게는 세르페데스 신부에게 말했다.

"이 둘은 내가 데리고 있겠소."

"상인들에게 노예로 팔아서는 안 됩니다. 사람의 생명은 주님 앞에 평등합니다."

"그건 아무 걱정 마시오."

세르페데스 신부가 돌아간 지 얼마 지나지 않아 고니시 유키나가가 돌아왔다. 데라사와 마사시게는 그에게 두 사람을 하사해 줄 것을 청했다. 고니시 유키나가는 별 관심을 보이지 않고 선선히 허락했다.

데라사와 마사시게는 편지를 써서 부하에게 주며 명령을 내렸다.

"이들을 형님 댁에 데리고 가라."

정상린과 우칠은 끌려 나왔다. 한 떼의 일본군이 나가사키 항구에서 북쪽으로 난 길로 끌고 가기 시작했다. 두 사람 외에도 여러 사람이 더 있었다. 하늘 높이 자란 삼나무와 낙엽송이 우거져 있어 길이라고 할 것도 없었다. 그저 숲을 지나가는 듯했다.

이틀 길을 걸어 가라쓰(규슈 사가현 북서부 지역) 번(蕃:일본의 행정구역 단위)에 도착했다. 바닷가에 큰 성이 있었다. 도요토미 히데요시가 조선 침공의 지휘소로 사용했던 히젠(肥前) 나고야(名護屋) 성이었다.

높은 성벽을 첩첩이 쌓은 요새와도 같았다. 여러 문을 지나서야 혼마루에 도착했다. 5층으로 되어 있는 천수각은 금칠을 한 기와를 이어 찬란하고도 장엄했다.

가라쓰 번의 영주 데라사와 히로타카가 모습을 드러냈다. 그는 단기간에 나고야 성을 쌓아 도요토미 히데요시의 눈에 든 뒤에 가라쓰 번을 영지로 하사받은 무장이었다. 조선 원정에 참가했다가 일본군이 마지막에 철수할 때 무사히 귀국해 영지로 돌아와 있었다.

데라사와 히로타카가 자리한 가운데 피로인들은 한 사람씩 불려 나왔다. 정상린의 차례가 되었다.

"서책을 가지고 있었다고? 글을 안다는 말이군."

정상린은 대답하지 않았다. 물끄러미 내려다보던 데라사와 히로타카는
가신들에게 말했다.

"저자는 우리 아이들에게 글을 가르치게 하면 좋겠군."

정상린이 끌려 나오고 우칠이 그 자리에 앉혀졌다. 밖으로 나오던 정상
린이 소리쳤다.

"나는 숙부님과 같이 있을 것이오!"

데라사와 히로타카는 다시 정상린을 데려오게 해 두 사람을 함께 앉히
게 하고는 우칠에게 물었다.

"너는 어인 재주를 가지고 있느냐?"

"나는 도공이오."

"도공?"

데라사와 히로타카는 놀라며 희색이 돌았다.

"정말 도자기를 만드는 도공이란 말이냐?"

"도자기는 못 만들고 질그릇을 만드는 옹기장이요."

"그래? 도기나 자기나 옹기나 매한가지가 아니겠는가? 허허."

데라사와 히로타카는 가신들에게 일렀다.

"저자도 이자와 함께 성안에 두고 그릇을 굽게 하라."

그러고는 두 사람에게 말했다.

"너희들이 맡은 바 소임을 다한다면 가끔 만날 수 있도록 해주겠다."

피로인들을 다 대면한 데라사와 히로타카는 나가사키 항구에서 그들
을 데리고 온 코가시라에게 물었다.

"조선으로 출전하였던 마사시게는 무사히 돌아왔으니 다행이다만, 우
리 삼형제 중에서 막내 이치로의 소식이 없다. 너는 돌아가거든 이치로의
행방을 알아보거라."

"하잇!"

데라사와 히로타카는 중얼거렸다.

"막내 이치로는 각별히 글 읽기를 좋아했지."

며칠 뒤에 정상린은 상투와 망건은 그대로인 채 일본 무사의 옷을 입고 데라사와 히로타카의 아들딸을 만났다. 두 아들은 어렸고, 딸 하나가 제법 어른 티가 났다. 처음 마주 선 자리에서 그 딸은 대뜸 정상린에게 물었다.

"난 유코(結子)야. 넌 이름이 뭐니?"

존심애물의 뜻

1

기룡은 일본으로 끌려간 조카에 관한 소식을 알 길이 없을까 고심했다. 동래 왜관은 폐허가 되어 왜상의 그림자도 찾아볼 수 없었고, 은밀히 찾아들 법도 한 암상(밀매꾼)도 나타나지 않았다.

조선은 피로인들을 쇄환(송환)하기 위해 일본에 어떠한 외교적 교섭도 할 마음이 없었다. 끌려간 백성들에 대한 걱정보다는 일본을 같은 하늘을 이고 살지 못할 철천지원수로 여긴 나머지 조정에서는 대마도를 정벌하자는 논의가 이는 실정이었다.

완전히 철수한 일본도 다시 조선에 눈 돌릴 겨를이 없었다. 도요토미 히데요시가 사망한 이후에 관백 자리에 오른 그의 어린 아들 도요토미 히데요리(豊臣秀賴)를 둘러싸고 가신들과 다이묘들 사이에서 묘한 경계심이 흐르고 있었기 때문이었다.

그러한 살벌한 기류와는 달리 본섬에서 멀리 떨어져 오히려 조선에 더 가까운 곳에 위치해 있는 대마도의 도주 소 요시토시는 용기를 내 독자적인 행동을 개시했다.

대마도는 조선과 일본 본섬 사이의 중계무역으로 먹고사는 섬이었다.

그리하여 조선과의 교류를 재개하는 일이 시급한 문제였다.

"누굴 보내면 좋겠는가?"

가신들은 묵묵했다. 조선이 사신을 환영할 리 만무했다. 사신으로 조선에 간다는 것은 죽을 자리를 찾아 들어가는 것이나 다름없었다.

소 요시토시의 봉행 박수영이 한 사람을 천거했다.

"가게하시 시치다유(梯七大夫)를 보내는 것이 좋겠사옵니다."

그는 조선과 일본 사이에 중간(이중간첩) 노릇을 해왔던 자로 전쟁 중에 조선군 진영에 가서 요시라(要時羅)라는 이름으로 행세했다. 가게하시 시치다유는 가지 못하겠다는 말을 할 자리가 아니어서 고개를 푹 숙였다. 소 요시토시는 한 사람을 더 지목했다.

"요시조에 사콘(吉副左根)도 함께 가라."

그리하여 두 사람은 예물을 갖춰 배를 타고 부산포에 이르렀다. 그러나 사신 대접은 고사하고 그 즉시 조선군에 사로잡혀 명군에게 넘겨졌다. 명군 경리부에서는 그들의 신병 처리를 고민하다가 명나라로 압송했고, 황제는 그들을 가차 없이 참수해 버렸다.

기룡은 탄식했다.

"아, 그 때문에 일본에 끌려간 피로인들이 더 큰 고초를 겪겠구나. 상린아!"

경상우도 병마절도사 이수일은 명나라 장수에게 오만불손하고 명군을 제대로 지공(음식 등으로 받듦)하지 않았다는 죄목을 얻어 한양으로 압송되어 의금부에서 추국(신문)을 받았다.

경상 우병영의 곤수(병마절도사) 자리가 비게 되자 임금은 경상우도 방어사로 있던 기룡을 다시 경상우도 병마절도사로 삼았다.

"유서(임금의 명령)와 밀부(군사를 출동시킬 수 있는 패)를 내리노니, 경은 조사(새로 임명된 신하가 임금을 알현하고 아뢰는 일)하지 말고 곧장 도임(부임)

토록 하라."

기룡은 그 즉시 창원 합포에 있는 경상 우병영으로 향했다. 미리 전령을 받은 병마우후 송우송이 군관들을 거느리고 병문 밖에 나와 있다가 기룡을 맞이했다.

"신임 병사또 영감을 뵙사옵니다!"

기룡은 떠난 지 얼마 안 되어 돌아왔기 때문에 그다지 새로운 기분이 들지 않았다. 휘하 별장들도 마찬가지였다.

"꼭 고향에 돌아온 기분이군그래."

기룡은 도착하자마자 임금의 밀지를 받들기 시작했다. 병영과 해안의 허물어진 성을 다시 튼튼히 쌓아 올렸다. 그 일이 끝나자 합포 바닷가에 나갔다. 임금의 당부를 떠올렸다.

"왜적이 쳐들어오기를 기다리는 것은 하책이다. 우리가 먼저 바다를 건너가 작은 섬에 있는 적도들을 깨뜨리는 것이 상책이 아니겠는가? 그리하자면 전선을 만드는 일보다 먼저 할 것이 없으니 경은 잘 헤아려 시행하라."

합포의 푸른 앞바다에 어선들이 점점이 떠 있었다. 기룡은 포구로 내려갔다. 정박해 있는 배들을 유심히 살폈다. 노와 돛을 만져보고 뱃고물에 달려 있는 치의 기능에 대해서도 물었다. 어부들은 하나같이 공손히 대답했다.

시축 속에 그려져 있는 그림과 비슷한 배는 어디에도 보이지 않았다. 기룡은 머릿속으로 귀선을 떠올리며 포구를 거닐었다. 문득 고개를 들었다. 멀리 툭 튀어나온 작은 곶의 갯바위 가에 무언가 부서진 채 있었다.

"저건 뭣인가?"

"파손된 채 파도에 밀려온 것이옵니다."

"일본 전선인가?"

"아니옵니다. 우리 조선의 판옥선이옵니다. 중맹선(중간 크기의 조선 전선) 같사옵니다만."

기룡은 남모를 생각이 떠올랐다.

"저 배를 끌어다가 병영으로 옮겨놓게."

별장들은 영문을 몰라 했다.

"장차 수군절도사가 되시려나?"

"미리부터 그러지 않으셔도 되는데."

"그러게 말이야. 수사가 되시고 나면 배에 대해서 천천히 다 알게 되는데."

"미리미리 대비하시려는 거지. 아, 병사또께서 평소에 입버릇처럼 하시는 말씀도 몰라?"

"알지. 유비무환!"

"그럼 여러 말 말고 끌어다 옮길 궁리나 하자고."

별장들이 주고받는 동안 이희춘은 주변을 두리번거리기도 하고 먼 곳을 둘러보기도 했다.

"꼭 누굴 기다리는 것처럼 어이 그러오?"

"아, 아닐세."

이희춘은 의문에 휩싸였다.

'흑사자는 이제 안 나타나시는 걸까? 가만히 돌이켜 보면 대장님이 위급할 때만 모습을 보이셨어. 왜 그러셨을까? 왜 대장님 앞에 정체를 드러내시지 않는 걸까?'

기룡은 파손된 중맹선 한 척을 병영으로 옮겨다 놓고 그 만듦새를 알기 위해 하나하나 뜯어보았다. 그러면서 언제 대마도로 출병 명령이 떨어질지 몰라 가슴 설레는 나날을 보냈다.

조정에서 대마도를 정탐하러 보낸 간자들은 여러 날이 지나도 돌아오지 않았다. 대마도에서 조선으로 보내온 사신들이 명나라로 압송되어 죽임을 당한 것처럼 대마도에 간 조선의 간자들도 정체가 발각되어 본섬으로 끌려가 처형당한 것인지도 몰랐다.

그러한 가운데 조정에서는 대마도 정벌은 뒷전이고 새로운 논의가 일었다. 명군의 조선 주둔 문제였다. 임금이 신하들에게 하문했다.

"적어도 명군 3만 명은 조선에 남아 있어야 하지 않겠는가?"

좌의정 이덕형이 아뢰었다.

"군량을 댈 수 없사옵니다. 2만 명도 먹이기 어려운 것이 목금(지금)의 현실이옵니다."

대신들은 여러 말을 냈다.

"명군이 주둔하는 것은 실익이 없사옵니다."

"그러하옵니다. 백성들에게 피해만 끼칠 뿐이옵니다."

이덕형이 그들을 나무랐다.

"만약 왜적이 다시 쳐들어온다면 명군의 도움 없이 우리 조선군만으로 막을 수 있소?"

"그렇다는 건 아니지만……."

"왜적이 쳐들어오지 않도록 해야겠지요."

"어떻게 해야 된다는 말이오? 왜적에게 가서 쳐들어오지 말라고 빌기라도 하자는 말이오?"

"달래서 될 일이면 달래기라도 해야겠지요."

"왜적이 무슨 어린아이요? 저 간교하고 흉악무도한 놈들을 겪어보고도 그런 소릴 하시오?"

입을 열던 대신들은 마땅히 할 말이 없어 고개를 돌리며 입술로만 빈정거렸다. 이덕형이 아뢰었다.

"나라를 지키는 일을 두 번 다시 경홀(소홀)히 여겨서는 아니 되옵니다."

"경의 말이 지당하다."

임금은 고심 끝에 조선에 남을 명군을 1만 명으로 잠정했다. 그렇다 하더라도 명군의 군량으로 10만 섬이 예상되었다. 그조차도 감당하기 어려웠지만 임금은 명군의 군액이 그보다 적으면 일본이 얕보고 다시 침노해 올 위험이 있다고 내다보았다.

명군과 함께 대마도를 정벌하자는 논의는 언제 그랬냐는 듯이 쑥 들어가 버린 채 임금과 조정은 경리 뭐시다에게 부디 명나라 군사들을 남겨서 조선을 지켜달라고 애원하기 급급한 지경에 이르렀다.

경리 뭐시다가 조정에 통보했다.

"명군은 올 겨울에 절반이 철수하고 명년에 또 그 절반이 철수하며 명후년에는 모두 철수할 것이니, 그때까지 귀방(귀국)은 향병을 조련하고 스스로 방비책을 마련토록 하시오. 총병 리창쒼(李承勳), 유격 지에셩(解生), 마오궈치 등에게 영을 내려 군사에 관한 일을 돕도록 하겠소."

봄부터 비가 오지 않아 심한 가뭄에 시달리고 있었다. 고향을 떠나 유랑하던 황당인들이 대거 경상 우병영 근처로 몰려들어 거적때기로 가리고 덮은 집들로 큰 민가를 이뤘다.

병영의 군사들에게 먹일 군량조차 부족한 마당에 그들까지 진휼할 겨를이 없었다. 여염에는 물론이고 산야에까지 굶어 죽은 송장들이 즐비했다. 기룡은 비장한 각오로 긴 장계를 올렸다.

읽어본 임금은 크게 근심했다. 명군도 먹여야 했지만 백성들이 아사하는 것을 알고도 외면할 수 없었다. 특지(임금의 특별 명령)로 하명했다.

"당미(수수)와 소미(좁쌀)를 각 4천 섬씩 경상 우병영에 내리노니 경은 지극히 애태우는 심경을 가라앉히고 백성들을 구제토록 하라."

기룡은 병마우후 송우송과 의논해 별장들과 군관들 중에서 차사원(임시로 파견한 관원)을 가려 정했다.

그들을 우병영 휘하의 여러 고을로 보내 굶주리고 있는 백성들 가운데 10세 이상이 되는 남자에게는 곡식을 요미(관원에게 월급으로 지급하는 곡식)처럼 월별로 나눠 주었다. 그중에서 농사를 지을 수 있는 사람을 뽑아서 둔전에서 쓰고 있는 우척(농사용 소)과 볍씨를 빌려주고 부지런히 농사에 힘쓰게 했다.

여자와 노약자들에게는 병영의 소금을 지급해 그것으로써 생계를 이어가도록 배려했다.

석 달 동안 비 한 방울 오지 않고 이어지던 가뭄은 5월 보름이 되어서야 하늘이 큰비를 사흘 동안 퍼부으면서 해갈이 되었다. 그 비를 맞아 산천초목이 한껏 싱그러움을 더해가듯 백성들도 비로소 생기가 돌았다.

하지만 북도의 상황은 전혀 달랐다. 그곳은 오랑캐의 침범이 잦았다. 날이 갈수록 대담하고 심해져서 관경을 넘어 들어오는 호적의 수가 노략질을 하려는 것이 아니라 마치 전쟁을 일으키는 듯했다.

방비가 시급하다는 진달을 받은 임금은 명천 현감 이괄에게 화승총과 화약을 만드는 데 쓸 석유황(정제하지 않은 자연 그대로의 유황)과 여러 가지 무기를 주어 대비하도록 했다. 신하들이 아뢰었다.

"노호(누르하치 무리)가 자주 흉역(반역)을 일으키니 북도 관경을 방비하는 것에 그치지 않고 일대 거사를 하여 저들을 섬멸해야 하옵니다."

"그러하옵니다. 여진은 왜적과 마찬가지로 장차 나라에 큰 화근이 될 것이옵니다."

좌의정 이덕형은 기가 찼다.

"우리에게 지금 여진을 토멸할 군사가 있기나 하오? 쇠잔한 군사로써 강성한 오랑캐를 치러 나선다면 삼척동자라 할지라도 필패하고 말 것임을 알 것인데 어찌 사리분별 없이 내뱉어 놓기만 하는 것이오?"

사헌부까지 나서서 북벌은 불가하다고 아뢰자 임금은 마침내 수긍했다.

"북도의 노쇠한 군졸들로 거사를 도모하였다가 만약 사납고 험악한 노적(누르하치가 이끄는 오랑캐)에게 당하고 만다면 이는 곧 나라의 패망을 재촉하고 말 것이다."

그러나 일부 신하들은 여진을 칠 뜻을 굽히지 않았다.

"여진을 쳐서 명나라의 환심을 사고, 그런 뒤에 함께 왜적을 치자고 한다면 황제 폐하께서 크게 기뻐하여 윤허할 것이옵니다."

"대마도뿐만 아니라 일본 본섬까지 토멸할 수 있을 것이옵니다."

임금의 마음이 크게 흔들렸다. 결국 다시 거사를 하는 쪽으로 기울었다. 임금은 병조에 명을 내려 출병할 시기를 9월로 정해주었다. 그리고 함경북도 병마절도사 시절에 여진을 여러 차례 물리친 적이 있는 이일을 신임했다.

그러면서 좌의정 이덕형을 위유(위로하고 타일러 달램)했다.

"경은 거사를 해서는 안 된다고 하는데 그 말이 듣기 좋은 말이기는 하나 실상은 그렇지 않다. 점점 더 강대해지고 있는 노호를 토벌하지 않는다면 그들은 우리 조선을 능모(능멸)하는 마음이 더욱 커져서 무리를 나누고 번갈아서 도처 깊숙이 침입하여 온갖 노략질과 분탕질을 자행할 것이다.

그들이 북도를 삼키지 않으리라 어찌 장담하겠는가? 또 북도를 장악한 후에는 점차 한양으로 가까이 다가들 것이다. 이렇게 되면 종국에는 과인과 그대들이 나라가 망하는 길을 택한 꼴이 되지 않겠는가? 북도의 형편을 잘 아는 이일을 방어사로 삼아 군사를 거느리도록 하려는데 경의 의향은 어떠한가?"

이덕형이 상차(간단한 상소문)했다.

"거사를 그만둘 수 없다면, 군비를 돌아보아야 할 것이옵니다. 군병과 기계와 군량은 충분한지, 사명(장수의 깃발)에 따라 일사불란하게 진퇴를 하는 조련은 잘되어 있는지, 저들이 말을 타고 재빨리 출몰하는 데 따른 계책은 마련해 놓았는지…… 만반의 필승 지략이 서 있사옵니까?

도감포수(훈련도감에 딸린 조총수)가 1천 명이 되지 않으면 이 거사는 어려울 것이옵니다. 포수가 적다면 걸어 다니는 조선군이 말을 탄 호적을 상대하여야 하는데 그것은 어린아이들이 맨손으로 승냥이 떼와 싸우려는 것과 같은 것이옵니다.

이일이 왜란 때 상주에서 군사와 백성을 버리고 달아난 사실은 모르는 사람이 없는데 지금 북도 방어사로 보낸다면 과연 군사와 백성들이 믿고 따를지도 의문이옵니다.

여진을 토멸하는 거사는 북도뿐만 아니라 나라의 존망이 달린 일이옵니다. 이것을 도저히 그만둘 수 없다고 한다면 우선 인사(장수를 쓰는 일)와 군사(군사에 관한 일)에 만전을 기필(꼭 이뤄지기를 약속함)한 뒤에 동병(군사를 일으킴)하여야 만고의 후회가 없을 것이옵니다."

그제야 임금은 정신이 번쩍 든 듯이 여진 토벌을 미뤘다.

"왜적이 물러간 지 얼마나 되었다고 북방 오랑캐를 토벌하자고 하다니, 도대체 나라 꼴이 어떤지나 알고 하는 소린지. 나 원 참."

"조정이야 말만 하면 되니까 아무 말이나 해놓고 보는 거지."

"왜란 때 안 망한 것이 이상할 정도군."

"대마도를 정벌한다고 했다가, 여진을 토멸한다고 했다가…… 이랬다가 저랬다가."

"두고 보라지, 끝내는 아무것도 못 하고 흐지부지되고 말걸?"

조정이 갈팡질팡하고 있던 차에 대마도에서 또 사신을 보내왔다. 이번에는 소 요시토시의 가신 야나가와 시게노부의 명의로 쓴 서계(공식 문서)를 지니고 있었다.

서계를 가지고 온 사람들은 비장한 얼굴이었다. 처음 보내온 요시라 등이 명나라로 압송되어 참수되었고, 그다음에 보내온 결사대 8인도 목숨을 다 잃었기 때문이었다.

"본 도에서 여러 차례 사신을 보냈으나 아직까지 귀국의 사신은 바다를 건너오지 않으니 심히 안타깝기 그지없습니다. 일개 사신을 보내는 일을 미루다가 만민의 생명이 죽는 길을 택할 것입니까?

본 도 도주님의 호의로써 억류하고 있던 자들을 또다시 여러 명 보냅니다. 금후로 두 나라가 교린(이웃 나라와 국교를 맺음)을 한다면 반드시 더 많은 사람들을 돌려보낼 것입니다."

서계에는 무엄한 협박과 회유가 나란히 적혀 있었다. 그들의 속셈이 무엇인지 간파하기 어려웠다. 조정에서는 소 요시토시가 조선에 주둔하고 있는 명군의 허실과 형편을 살피려는 교활한 술책이라고 여겼다.

그리하여 대마도에서 온 사신의 처리 방법을 고심하던 끝에 결론을 내렸다.

"오는 대로 왜사(일본 사신)를 죽이면 저들이 꼬투리를 잡아 후환을 일으킬 것이고, 그렇다고 그냥 돌려보낼 수도 없습니다. 흉적의 사신을 상국에 압송하여 조처해 주시기를 청합니다."

조정의 요청을 받은 경리 뭐시다는 유첩(깨우치는 글)을 내렸다.

"왜사가 온 지 3일이 지났소. 이번의 사신이 돌아가지 않으면 저들은 단념하지 않고 계속 보내올 것이오. 우선 타일러서 돌려보내어 재차 오는 것을 막는 것이 좋겠소."

이에 경리 접반사를 맡고 있는 좌의정 이덕형이 말했다.

"왜의 사신을 돌려보낼 때, 제독의 유격(타일러 알리는 글)을 내려주는 것이 좋겠사옵니다."

"유격을요?"

"그 글에 '천자께서는 조선을 안정시키는 것만 알 뿐이다. 이번에는 사신을 특별히 살려서 돌려보내지만 혹시라도 또다시 사신을 보내오면 지체 없이 바다에서 참수할 것이다.'라고 쓴다면 왜사가 다시 정탐하러 올 염려가 없을 것입니다."

경리 뭐시다는 그 내용을 써주기를 꺼리면서 대마도의 사신을 처리하는 일을 임금에게 일임해 버렸다. 임금이 바라는 바는 한결같았다.

"죽이면 불화가 생길 것 같고 놓아 보내면 필시 우리의 허실이 알려질 것이니, 천조(천자의 조정)로 압송하여 처분했으면 합니다."

전란이 끝난 뒤에 대마도에서 여러 차례나 사신을 보내왔지만 조정은 임의로 처리하지 못하고 명나라에 기댔다. 또 한편으로는 완강해 조선과 일본의 교린의 길은 요원했다. 그 때문에 일본으로 끌려간 조선인의 쇄환은 기약을 할 수 없게 되었다.

기룡은 한숨이 절로 나왔다.

"아, 정벌도 하지 않고, 수교도 하지 않고…… 저들이 언제까지나 사신만 보내면서 가만히 있을 족속들인가? 그리고 끌려간 10만 피로인들의 목숨은 도대체 어쩌자는 것인가?"

2

마당에 내려선 김씨는 먼 산을 바라보며 중얼거렸다.

"봄은 어디쯤 와 있을꼬."

미설과 익린이 마당에서 흙장난을 하며 놀고 있다가 쪼르르 달려가 할머니 치맛자락을 붙잡고 흔들었다. 김씨는 허리춤에 달고 있던 주머니를 열어서 엿사탕을 하나씩 주었다. 그것을 본 권씨가 아이들을 나무랐다.

"애들 버릇이 없어지옵니다."

김씨는 웃는 낯으로 말했다.

"버릇이 없으니 애들이라 하지 않는가?"

서무랑이 커다란 광주리를 옆구리에 끼고 들어섰다. 김씨가 물었다.

"그건 뭐냐?"

"뽕잎 새순을 좀 땄사옵니다."

김씨가 광주리 앞으로 다가섰다.

"옻순도 있고, 이건 가죽나물이고…… 두릅도 많이 땄구나. 다 조물조물 무쳐놓으면 맛나겠다."

"다녀오시어요."

김씨는 두 며느리의 배웅을 뒤로하고 집 밖으로 나왔다. 날마다 산보 삼아 고을을 한 바퀴 도는 일을 빠뜨리지 않았다. 그러는 동안 이 집 저 집 고을의 모든 집안 형편이 귀에 스며들었다. 김씨는 도울 일이 있으면 아끼지 않고 도왔고, 다툼이 있으면 좋게 화해를 시켰다. 내명부 정부인의 직첩을 받은 뒤로는 고을 사람들이 김씨를 더욱 우러렀다.

"정부인 마님, 나오셨사옵니까?"

"오늘도 산보 가시는 길인가 보옵니다."

김씨는 일일이 답해주었다.

"별일들 없으신가?"

"예, 정부인 마님."

전란이 끝난 뒤 백성들은 빠르게 일상으로 돌아오고 있었다. 달라진 것도 적지 않았다. 가장 눈에 띄는 새 풍속은 왜풍이었다. 흔곡 고을도 예외는 아니었다.

백성들은 집 터알(텃밭)에 시험 삼아 고초(고추)를 심기도 하고, 대나무

빨부리를 만들어 남령초를 피워대기도 했으며 또 양반가에서는 밀수품으로 들어온 왜사(倭紗)로 옷을 지어 입기도 했다.

명나라에서도 알아주는 상주 명주는 뒷전이었다. 왜사에 비견되는 것으로 통견(아주 성기게 짠 명주)이 있었지만 백성들은 새로운 것에 관심을 두었다. 김씨는 그러한 행태가 못마땅했다.

"왜적이 물러간 지 얼마나 지났다고 원수 놈들의 것을 즐거이 탐한단 말인가? 쯧쯧."

왜사뿐만 아니라 명군들이 전한 당견(중국에서 들여온 비단)도 인기였다. 왜사는 부드럽기가 그지없었고, 당견은 여러 색으로 수를 놓아 화려했다. 왜풍에 당풍까지 온통 뒤섞여 전에는 찾아볼 수 없었던 새로운 풍조가 일었다.

잘린 한쪽 귀를 볼끼로 가린 이상원이 아뢰었다.

"낙동나루에 남령초, 고초, 왜사 뿐만 아니라 사향, 침향 따위가 심심찮게 올라옵니다. 이문이 많이 남는 것이라 이참에 소인도 취급해 보고 싶사옵니다."

정춘모가 무거운 목소리를 냈다.

"이 행수까지 밀매를 하려고 해서야 되겠는가? 그러잖아도 상업을 말업이라고 하는 판에 어찌 더 나락으로 떨어질 궁리를 하는가? 나라가 허락하지 않는 물건은 아예 넘보지도 말게."

이준이 사람을 보내 기룡에게 좋은 소식을 알려왔다. 드디어 정경세가 청리 율리 고을로 돌아온 것이었다. 그는 폐허가 되어 있는 본가와 전답을 둘러보고는 계정으로 갔다.

오랜만에 모인 삼망우는 아무 허물없이 말꽃을 피웠다. 화제는 풍발했고, 면면은 웃음이 넘쳐흘렀다. 전란에 죽은 사람들에 대한 슬픔은 남은 사람들끼리 더욱 깊은 의리를 다지면서 각자 가슴속으로 견뎌냈다.

이준이 말했다.

"왜란이 끝나고 나니 상주가 많이 변한 것 같네."

다들 동감이었다. 양반이 지나가도 길을 비켜서서 허리를 굽히는 경우가 드물었다. 어른이고 아이고 힐끔힐끔 쳐다보는 것이 고작이었다. 호통을 쳐도 본체만체, 들은 체 만 체 하고 가버리는 것이었다.

"변하지 않는다면 오히려 이상한 일이 아니오?"

하늘 같았던 양반도 별것 아니라고 판명된 까닭이었다. 전란을 겪는 동안 백성들이 깨달은 것은 많이 배운 자가 더 나은 행동을 하지 않았다는 것이었다. 학식이 높건 수양을 많이 했건 양반은 높이 우러러볼 대상이 아니라 그저 상민과 다를 게 없는 똑같은 사람일 뿐이라는 것을 자각하게 되었다.

의병을 일으켜 앞장서서 왜적과 맞서 싸우기보다 그 반대로 비겁하게 도망치기에 바쁜 양반들이 더 많았던 것을 백성들은 똑똑히 목격했다. 국록을 먹는 관원들이 맨 먼저 백성을 저버린 채 제 식솔만 데리고 살길을 찾아 심심산골로 숨어든 것을 잊지 않았다.

양반의 위상이 땅에 떨어지자 그 밑에서 종살이를 하던 천민들은 대담해졌다. 7년 동안의 난리 통에 인심이 패려(어그러짐)해진 데다가 증명할 문적(문서)인 천안이 없어진 탓에 종이 주인을 배반하거나 상민 행세를 하는 경우도 적지 않았다.

강응철이 입을 열었다.

"도작인(소작인)을 구하기도 쉽지 않게 되었네."

농토는 전과 같은데, 사람이 많이 줄어든 것이 이유였다. 백성들은 소작하는 처지에서도 천수답이나 먼 산에 있는 비탈 밭, 자갈이 많이 섞인 농토는 농사짓기 힘들다 해 거들떠보지도 않았다. 전란 전만 하더라도 서로 지어 먹으려고 앞다투어 문전으로 몰려들던 농부들이 다 어디로 사라졌는지 찾아드는 사람이 드물었다.

김지복도 한마디 하고 나섰다.

"더 큰 문제는 첩지가 아니겠소?"

전식이 물었다.

"공명고신첩(이름을 쓰지 않은 관직 증명서. 아무나 이름을 써넣기만 하면 됨)을 말하는 겐가?"

"어디 그뿐이겠소? 허통첩(서얼에게 문과 과거를 볼 수 있도록 허락한 증서), 면역첩(각종 부역을 면제하는 것을 증명한 증서), 면천첩(천민이 양민이 되었음을 증명하는 증서)…… 집집마다 한 장씩 가지고 있지 않은 집이 없으니."

조광벽이 중얼거렸다.

"이제 다들 양반이고 공신인 게지."

첩지를 가진 백성들은 큰소리를 치기 시작했다. 전란 중에 군수(군수물자)를 댈 길이 없어 궁여지책으로 민간에 사출(관아에서 증서를 발급하는 것)한 고신첩에 적혀 있는 대로 천민이 일약 첨지(정3품 당상관. 첨지중추부사의 준말) 행세를 하기에 이르렀고, 상민 중에는 참판(종2품 벼슬)의 칭호를 얻은 자들도 부지기수였다.

임금은 그러한 병폐를 일소하고자 하나하나 조사해 관원들이 재물을 착복할 목적으로 성급(발급)한 것은 모두 가려서 거두고 불태우게 했다. 하지만 발급한 경위를 가려내기란 몹시 어려운 일이었다.

그뿐만이 아니었다. 전란에 몰락하거나 가세가 기울어 먹고살기가 어려워진 양반 집안이 있는가 하면 상민과 천민들이 은밀히 재물을 바쳐서 양반 족보에 편입해 들어간 경우도 적지 않았다.

조우인이 말했다.

"요즘 부쩍 읍민들의 송사가 많아졌다는군."

김광두가 그 말을 받았다.

"그게 다 전라도, 충청도와 같은 타지에서 사람들이 너무 많이 흘러들어왔다가 돌아가지 않고 눌러앉은 탓이 아니겠소?"

신분의 엄격한 경계가 허물어진 것도 적지 않은 혼란을 야기했지만 또다른 골칫거리가 대두되었다. 정착한 타지인들이 열심히 일해 살림을 일으키는 것을 두고 상주 토착민들이 시기와 질투를 하기 시작한 것이었다.

"우리 몫을 저놈들이 빼앗은 거나 다름없지."

"타지 놈들을 받아주는 게 아니었어."

영남 제일도라는 말은 무색했다. 백성들은 온갖 근거 없는 뒷말을 지어내고 퍼뜨려서 음해를 하고 좋지 않은 평판이 나도록 만들었다. 그들이 상주에서 못 살고 떠나게 할 속셈이었지만 타지인들은 묵묵히 인내하며 제 할 일만 했다.

정춘모가 말했다.

"고향을 떠나 온 사람들이 불쌍하지도 않나? 타향살이를 하는 것만도 서러운데 더욱 잘 대해주어야 하거늘."

상주는 세상에 내놓을 만한 벌열(공신이나 큰 벼슬아치를 많이 배출한 가문)은 드물었지만 대체로 다 먹고살 만한 그만그만한 가문들이 많은 고장이었다.

더 잘난 것도 없고, 더 못난 것도 없는 지역 특색은 상주 사민(양반과 평민)들이 서로 화합을 이룰 수 있는 바탕이 되기도 했지만, 전란이 끝난 뒤 시일이 지나면서 반대로 서로를 쉽게 배척하는 구실도 되었다.

이준이 말했다.

"실제로 잘난 사람들은 남을 시기하거나 질투하지 않지. 잘났으니까, 잘난 걸 아니까 서로 자연스럽게 인정하고 넘어가지. 그런데 보면, 꼭 못난 것들이 남을 음해하고 뒷말을 지어내곤 한단 말이야."

김광두가 맞장구를 쳤다.

"못났으니 잘나 보이려고……."

"잘난 사람은 마음이 여유로우니 상대를 인정해 주지만, 열등감이 있는 사람은 남의 흠을 찾아내어 오히려 그가 열등하다고 까내리려고 하지. 그래야 자신이 잘난 사람처럼 느껴지거든. 어차피 못 올라갈 거면 상대를 끌어내려야 자기가 높아진다는 심리가 무의식적으로 작용하는 걸세."

침묵하고 있던 정경세가 비로소 입을 열었다.

"이참에 우리 상주 정신을 똑바로 세워야겠군."

"상주 정신?"

"거 좋은 고안일세."

정경세는 다시 말했다.

"이제 산 자들이 할 몫을 해야 하지 않겠나? 가옥뿐만이 아니라 백성들의 심신마저 다 폐허가 되다시피 한 상주를 여기 모인 우리가 보란 듯이 일으켜 세우기로 하세. 민심과 풍기를 안정시키는 일은 관에서 다 맡아서 하지는 못하네."

"옳은 말씀이네."

다들 흐뭇한 얼굴로 찬동했다. 김지복이 물었다.

"경임 형, 그러면 우리가 뭘 해야 하겠소?"

"뭘 하기 이전에 우선 두 계를 합사(단체를 합함)하여야 하네. 우리네 양반들이 나눠져 있는 건 좋은 모습이 아닐세."

상주 양반 사회에는 대표적인 계가 둘이었다. 병인년에 송량, 김각 등이 주축이 되어 결성한 낙사계와 그로부터 12년이 흐른 무인년에 그들의 자식들 위주로 만들어진 낙사계였다.

삼망우는 정경세를 앞세워 송량과 김각을 차례로 찾아갔다. 두 사람은 삼망우의 뜻을 흐뭇하게 여겨 두 계를 합사할 것을 허락했다. 그리하여 두 계의 계원들은 전란 중에도 다행히 온전한 모습을 잃지 않은 정경세의 별당에 모여 통합 대계로서의 낙사계를 출범시켰고, 그 서문은 정경세가 썼다.

그런 뒤에 정경세가 말했다.

"석문(불교) 사람 유마힐(인도 고대의 재가 신자. 그의 행적을 적은 유마경이 있음)은 다른 사람이 아픈 것을 내 몸이 아픈 것처럼 여겼다고 하오. 우리가 계를 하는 것은 남에게 은덕을 베풀고자 하는 데 그 뜻이 있는 것이 아니겠소?"

이준이 정경세의 의중을 알아차렸다.

"향민들을 구제해 주자는 말이로군."

김광두가 말했다.

"계에 어른들이 많이 계시니 의국(의료 시설)을 설치하는 것이 어떻겠소? 살아 계실 때에는 건강하게 모시고, 돌아가시면 장례를 잘 치르도록 말이오."

"그러면 또 양반들끼리만 잘 먹고 잘 살려고 한다고 욕을 얻어먹을 걸세."

"우리가 하려는 일은 백성들과 더불어 향풍을 쇄신하자는 것이니."

"가장 시급한 것은 전란에 다친 자와 병든 자를 구료하는 일일세. 아무런 손도 쓰지 못하고 여기저기서 죽어가는 백성들을 보면 가슴 아프기 그지없네. 또 당장은 목숨이 위태롭지 않다 하더라도 다치고 병든 몸으로 일을 하지 못하니 꼼짝없이 굶어 죽고 말 것이 아니겠는가? 우리가 그 시급한 사안을 해결하기로 하세."

"그러면 의원을 차리자는 말이오?"

"한양 보제원과 같은 원을 세우는 것이 어떤가?"

"옳아! 그러면 아픈 사람을 치료도 하고, 굶는 사람은 먹이고 재워도 주고?"

"그렇지. 우리 청리 고을이 창원에서 한양으로 가는 대로에 있으니 맞춤이 아니겠는가?"

"그러니까 한양에 있는 보제원은 관에서 설치했지만, 우리는 우리 힘만으로 세우자는 말씀이 아니오?"

"그렇다네."

"좋소. 당장 서두릅시다."

"명칭부터 정하기로 하세."

이준이 정경세에게 청했다.

"경임이 지어보게."

정경세는 잠시 생각하더니 입을 열었다.

"《근사록(近思錄:송나라 주희가 주돈이, 정호, 정이, 장재의 글 중에서 가려 모은 책)》에 명도 선생(명도는 정호(程顥)의 아호)이 말하기를, 명지사 구존심어 애물 어인 필유소제(命之士 苟存心於愛物 於人 必有所濟)라고 했소.

풀이를 하자면, 맨 처음 벼슬한 자가 진실로 남을 사랑하는 데 마음을 두면 사람을 반드시 구제해 주는 바가 있을 것이라는 말이 아니겠소? 그 뜻을 취하여 존애당(存愛堂)으로 하는 것이 어떻겠소?"

"기왕이면 존애원으로 하는 것이 좋지 않겠나?"

"처음부터 큰 원(院)을 갖추기에는 용력이 딸리고 재물을 마련하기 어려울 것이기에 우선 간소한 대로 당(堂)을 한 채 짓고 차차 늘려나가는 것이 합당하지 않겠는가?"

"듣고 보니 썩 옳은 말씀이오."

정경세가 말했다.

"나는 이 별당과 전답을 내놓겠네."

좌중은 놀라워했다.

"경임, 그러면 자네는 어디에 기거하려고?"

"봐둔 곳이 있소."

통합 낙사계의 13문중 24계원은 각자 형편이 되는 대로 미포(쌀과 베)와 전답을 내놓기로 했다. 그리하여 유사 김광두에게 계장(약속 증서)을 적어 주었고, 김광두는 그 내역을 따로 장책(치부책)에 기록했다.

"존애당을 따로 세울 것 없이 경임 형이 내놓으신 이 별당을 고쳐 쓰면 되지 않겠소?"

"그거 좋겠군."

그리하여 이 땅에 수천 년 동안 크고 작은 나라가 서고 지고 해온 이래 최초로 백성들을 무상으로 구료하고 헐벗고 굶주린 사람들을 아무런 대가 없이 진휼하기 위해 민간의 양반들이 십시일반 출연한 의료 진휼 기관이 경상우도 상주목 청리면 율리 고을에 들어서게 되었다.

"존심애물, 그것으로써 상주 정신으로 삼아야겠군그래?"

"그래야지. 본성을 바로 가지고 남을 사랑하는 마음을 일으키면, 좋지 못한 버릇은 절로 사라지게 될 터이니."

"그런데 병자를 구료하자면 의원이 있어야 할 게 아니오?"

"그렇군. 우리 계원 중에서 의술을 아는 사람은 아무도 없는 걸로 아는데?"

"그렇다고 상주성 읍내에 있는 의원을 돈 주고 사서 데려다 놓을 수는 없는 일이고……."

"어디 좋은 수가 없나?"

정경세는 빙긋 웃었다.

"좋은 일에 좋은 수가 어찌 없겠는가? 내가 잘 해결해 보겠네."

정춘모가 심각한 얼굴이 되어 말했다.

"우리가 경임에게 너무 많은 짐을 지우는 것 같으이."

"아무 염려 말게. 다 내가 좋아서 하는 일이니."

정경세는 우북산 아래로 갔다. 계정 위쪽에 터를 잡고 복거(땅을 정해서 살 작정을 함)할 집을 짓기 시작했다. 그러면서 우복(愚伏)이라 자호(스스로 지은 아호)하고 집 뒷산인 우북산을 우복산으로 개명했다.

우복산장(愚伏山庄) 앞은 선계와 같은 풍치인 데다가 맑은 시내가 수량도 좋게 흘러 그윽한 가운데 청량했으며, 남북 10여 리를 깎아지른 듯한 절벽과 기이한 바위가 물길을 호위하며 산장을 감추고 있었다.

정경세는 마치 세상 밖에서 노니는 듯이 그곳에서 천석과 더불어 유유자적하게 지내다가 임금으로부터 영해 부사에 제수되었다.

3

기룡은 병마우후 송우송, 이희춘 등의 별장들 그리고 여러 군관들을 모아 군사의 조련에 관해 말했다.

"전투가 시작되면 맨 먼저 포수(조총, 총통 등을 다루는 군사)가 유익한 점이 많소. 이때 살수(칼이나 창을 든 군사)는 별로 활약을 하지 못하고 뒷전에서 기다리게 되오. 그런데 포수의 수효가 충분치 못하므로 살수로 보충하여야 하는 실정이오."

병마우후 송우송이 아뢰었다.

"포수라 하더라도 살수의 수법을 익히게 해야 하옵고, 살수에게도 또한 총포 쏘는 법을 조습시켜야 하옵니다."

별장 김세빈도 의견을 제시했다.

"경상우도 안의 31고을 중에서 12고을은 수군에 속해 있고, 8고을은 방어사에 딸려 있으며, 나머지 11고을이 우리 우병영에 속해 있고 병영군은 불과 7백 명 남짓이옵니다. 군병을 늘릴 방법을 강구하여야겠사옵니다."

배중임을 비롯한 군관들이 차례로 그 해결책을 내놓았다.

"경상우도에 있는 보인(군대에 가지 않는 대신 미포를 납부하는 성인 남자) 중에 활을 쏠 수 있는 사람이 많으니 시험을 보아 뽑아야 하옵니다."

"무과에 새로 급제한 사람은 북변에 보내는 것이 예규(관례)이지만, 지금은 남쪽이 더 위급하니 그 사람들을 남도의 각 병영으로 보내주기를 조정에 청하소서."

"군사의 조련에 쓸 군기도 부족하옵니다. 궁시를 만드는 데에 필요한 물소의 뿔, 소의 힘줄, 자작나무 껍질 그리고 활시위로 쓸 명주실을 시급히 조달하여야 하옵니다."

"일전에 봉화를 시험하였사온데, 충청도 연풍현에서 봉화가 제대로 올려지지 않았사옵니다."

기룡이 말했다.

"그 일은 문경 현감 윤호연에게서 첩보(서면으로 상관에게 보고하는 것)를 받고 이미 처결했네."

기룡은 둔전을 맡고 있는 별장 정범례에게 물었다.

"올해 둔전에서 추수한 곡식의 원수(수확한 그대로의 수)는 얼마나 되는가?"

"573섬이옵니다."

"그렇다면 병영의 군사들이 계량(한 해 지은 곡식으로 다음 해 추수 때까지 양식을 이어가는 일)하기에 턱없이 모자라는군."

"조정에 아뢰어 충청도에 비축하고 있는 곡식을 할당해 달라고 하소서."

우병영만 군량이 부족한 것이 아니었다. 민간에서도 양식이 모자라기는 마찬가지였다. 특히 전란 중에 죽은 사람들의 처자식의 생도가 막막했다.

거창에 거주했던 훈련원정 조개와 주부 김응, 함안에 있던 첨정 정구룡, 성주에 살던 부정 도홍종과 주부 이중명 등의 집안이 그러했다. 기룡은 휘하 군관들과 급료를 갹출해 그들을 진구(구휼해 먹임)해 왔지만 군관들도 먹고살아야 하기에 더 이상 도울 처지가 못 되었다. 기룡은 해당 고을에 알려서 그들의 집안을 각별히 보살펴 줄 것을 요청했다.

거기서 그치지 않고 굶주린 군사와 백성들의 사기를 끌어올려야 했다.

"왜적의 수급을 베고도 미처 군공안에 이름이 오르지 못하고 누락된 사람들을 시일이 아무리 오래 걸릴지언정 일일이 찾아내도록 하라."

그리하여 박천해와 이상이 각각 1개, 수군 박두갑은 2개, 사노(절에 딸린 종) 중운과 귀동이 각각 1개, 수군 이관은 왜적 4명을 쏘아 죽였음을 추가로 확인했다. 또 명나라 유격 마오궈치와 편장 단쯔밍(澹自明) 등에게 수급을 빼앗긴 사람들도 확인해 그 공을 인정하고 원통함을 풀어주었다.

그러는 동안 새로운 사실도 알아냈다. 왜적의 괴수 시마즈 요시히로 진영에 항부한 남해 출신 박사빈을 비롯한 10여 명의 행적을 확인해 그들을 모두 잡아들이고 목을 베어 백성들의 억하심정을 조금이나마 풀어주었다.

또 싸우기도 전에 도망친 장수들도 새롭게 드러났다. 유대립과 한각 등이 그들이었는데 사판에서 이름을 깎아버린 뒤 다 목을 뺐다.

"정의와 기강을 바로 세우는 데에는 우리 병사또만 한 분이 또 있을라고."

"아무렴, 언제 오랑줄이 들이닥칠지 모르니, 적어도 우리 우도에서만큼은 죄 지은 놈들이 발 뻗고 자지는 못할 걸세."

"앞으로도 계속 색출하신다지?"

"그놈들은 왜적보다 더 나쁜 놈들이니 마지막 한 놈까지 다 잡아들여서 죄상을 낱낱이 밝혀야지."

"암, 그래야 다시는 빌붙지 못할 걸세."

"그나저나 대마도를 친다는 말이 난 지가 언제인데 아직도 감감무소식인가그래."

"그러게 속히 쳐들어가서 싹 쓸어버렸으면 좋겠구먼."

"머잖아 명군이 다 철수해서 돌아간다는데 대마도는 무슨 대마도인가? 그저 무지한 백성들이 듣기 좋으라고 하는 소리지."

"그게 그런 말이었던가? 에잇, 주둥이뿐인 벼슬아치 놈들."

기룡은 상념에 휩싸였다. 피로인으로 끌려간 정상린을 생각하면 대마도뿐 아니라 본섬까지 쳐들어가 왜적을 모조리 토멸하고 구출해 오고 싶은 마음이 간절했다. 하지만 정상린처럼 끌려간 백성이 물경 10만 명이었다.

"그들의 가족은 다 강화를 바라겠지."

현실을 똑바로 바라보아야 했다. 군사를 일으켜 대마도를 치는 일은 불가할 것이라는 생각이 차츰 들었다.

대마도 도주 소 요시토시는 끊임없이 비공식적인 사신를 보내오고 있었다. 그럴 때마다 본보기로써 피로인 수십 명을 딸려 보내와 조정을 어르고 달래며 줄기차게 강화를 요구하는 것이었다.

"본 도가 여러 사람을 송환하는 것은 화의(강화)를 위해서입니다. 5월 이전에 회답이 없으면 곡식이 익는 가을에 대병을 출동시켜 조선 땅에는 살아 있는 것들이 하나도 남지 않도록 할 것입니다."

왜서에 적혀 있는 흉계(간사하고 능청스러운 계략)를 간파한 조정은 기가 막혔다. 그러나 아무런 대책을 세울 수 없었다. 어찌해야 할지 모르기 때문이었다.

임금이 하교했다.

"적이 강화를 요구하는 것은 우리를 방심토록 하여 대군으로 기습을

318

하려는 것이다. 저들이 임진년에 쳐들어온 수법을 돌이켜보면 잘 알 수 있다. 우리나라는 본디 도략(병법)에 어두운 까닭에 적들의 기미를 쉽게 알아챌 수 없는 것이다."

임금이 강화를 거부하려는 뜻을 내비치고 있을 무렵에 명군은 철수할 채비를 서둘렀다. 경리 뭐시다가 본국으로 돌아가려고 하는 것이었다.

"조선은 의심도 많고 염려도 많은 소방(작은 나라)이다. 일본이 침략해 오면 우리 명군이 신속하게 구원해 주지 않을까 두려워하고, 적들이 물러가면 우리가 빨리 철수해 돌아가지 않을까 걱정한다."

애초 1만 명을 남겨둘 것을 요청했지만 뭐시다는 3명의 장수로 하여금 수병 8천 명만 거느리도록 했다. 그 정도의 군사라면 조선이 군량을 댈 수 있을 것이라고 여겨서였다.

그런데 임금은 8천 명을 먹이는 것도 부담이 되어 3천 명을 청했다. 그리하면 1년 정도는 감당할 수 있다고 판단했다. 경리 뭐시다가 물었다.

"그 뒤로는 어떻게 하려고 하시오?"

"아무래도 감당하기 어렵습니다."

그 소문을 들은 명군은 다 웃었다. 경리가 빈정대듯이 말했다.

"왜노를 막으려면 3만 명도 적은데, 고작 3천 명을 남겨달라니 어이가 없소."

"단지 3천의 천병으로 왜적의 흉봉(흉악한 기세)을 막을 수 있다고 여겨서가 아닙니다. 황상의 위엄이 미치게 되면 저들의 간모(간교한 계략)를 중지시킬 수 있고, 아국의 군정(군대의 정세)을 진정시킬 수 있기 때문입니다."

임금은 또한 황제에게 아뢰어 주둔할 3천 명에 대한 월향(다달이 드는 군량미)도 명나라에서 지급해 달라고 간곡히 주문(황제에게 아룀)했다.

조선이 처한 현실을 뼈저리게 깨달은 조정은 논의가 달라지고 있었다.

강화는 불가하다는 방침이 점차 수그러들고 있는 것이었다.

"생각하면 왜적은 더할 나위 없이 통분할 족속이지만 저들이 이미 여러 번이나 서계를 보내왔으니 애써 무시하면서 답서를 보내지 않음으로써 초조함을 돋울 필요도 없사옵고, 또 격절(격렬)한 말로써 개돼지 같은 저들의 화를 가중시킬 필요도 없사옵니다."

"그렇다면 답서는 어떻게 쓰는 것이 좋겠는가?"

"양국이 화해하는 일을 두고 황제 폐하의 명이 없으니 우리가 답서를 보내고 싶어도 임의로 할 수 없는 형편이라는 취지의 글로 회답하는 것이 무방할 듯하옵니다."

"단지 그러한 이도 저도 아닌 글로써 저들의 간악한 속셈을 누그러뜨릴 수 있겠는가?"

"사명(외교)으로써 나라의 체면을 세운 일은 있어도 사명을 한 이유로 나라를 위태롭게 하였다는 전례는 아직 듣지 못하였사옵니다. 또한 사명으로써 포위된 군사를 푼 경우는 있어도 사명으로 말미암아 전쟁이 일어난 일도 없사옵니다."

그때 일본에 붙들려 간 전 좌랑 강항이 도망쳐 돌아와서 비밀히 서계를 올렸다.

"왜적은 수백 년 동안 사분오열되어 오다가 도요토미 히데요시가 잠깐 통합하였는데 그자가 죽고 어린 아들만 남았으니 머잖아 또다시 분열될 것이옵니다. 벌써부터 왜장들이 서로 다투고 있으니 당분간은 우리 조선으로 눈을 돌릴 겨를이 없을 것이옵니다."

임금은 마침내 명을 내렸다.

"예조는 서계를 마련하라. 그런 뒤에 벼슬이 낮은 군관과 통사만을 대마도로 보내도록 하라."

이경(오후 9~11시)에 별안간 세찬 비바람이 몰아쳤다. 온 천지를 뒤엎으려는 듯이 바람이 불고 폭우가 쏟아졌다.

돌이 날아다니고 굵은 비에 개암만 한 우박이 섞여 내리쳤다. 나무는 우지끈 밑동이 부러지기도 하고 뿌리째 뽑혀 넘어지기도 했으며 높이 자라난 풀은 끊임없이 우는 소리를 냈다.

병영의 청사와 간각마다 기왓장이 뜯겨 날아가고 서까래가 종잇장처럼 하늘 높이 흩날렸다. 점점 물이 차올랐다. 합포 앞바다에서 몰아치는 거대한 파도는 하늘을 덮을 기세였고, 홍수가 높은 곳까지 범람해 영내로 들이찬 물의 깊이가 한 길이나 되었다. 병기계가 떠내려가지 않는 것이 없었다.

"대피하라!"

기룡은 병영군을 데리고 무학산으로 향했다. 칠흑 같은 어둠을 뚫고 무학정에 이르자 겨우 비가 그쳤다.

밤을 꼬박 샌 기룡은 물이 빠지기를 기다려 병영으로 돌아왔다. 무너진 건물만 해도 여러 채였고 바람에 날린 잔해들이 병영 내에 널려 있었다.

군사 점고를 했다. 미처 피하지 못해 물에 떠내려간 군사도 여럿 되었다. 군기도 점검했다. 가장 크게 염려되는 것이 화약이었다. 아니나 다를까 모조리 침수되어 쓸 수 없게 되었다. 행리품 몇 가지만 겨우 들어내어 말릴 뿐이었다.

"아, 설상가상이로구나. 이런 재변까지 당하다니."

곳곳에 주둔하고 있던 명군의 피해도 컸다. 황제는 조선에 주둔한 명군이 태풍에 크게 상한 소식을 전해 듣고 완전히 철병할 것을 명령했다. 그러잖아도 고향을 그리워하고 있던 명군은 서둘러서 짐을 쌌다.

행판중추부사 이덕형이 아뢰었다.

"그간 백성들에게 고통이 된 것은 명군의 횡포보다 더 심한 것이 없었사옵니다. 명군이 하루아침에 다 돌아가게 되면 당장은 속이 시원한 감이 있겠사옵니다만, 소신은 가까운 시일 안에 닥칠지도 모를 사변에 어떻게 대처해야 할지 전혀 알지 못하겠사옵니다.

조선군만으로는 방어할 방법이 없고 또 임기응변할 계책도 마련하지 못한 채 허송세월만 하고 있는데 이 어찌 태평한 때라고 하겠사옵니까?

왜적이 강화를 간원하는 내용을 천조에 아뢰고 강화를 허락하는 황명이 나오게 하여 포로로 데려간 사람들을 다 돌려보내는 조건을 내걸어 양국 간에 조약을 맺는다면 아마 왜적에 관한 일은 종결될 것이옵니다."

임금은 곰곰이 생각하다가 전교를 내렸다.

"명군이 다 철수하게 되면 백성들이 의지할 데가 없게 되고 흉적들은 두려워할 바가 없게 될 것이니, 우리나라가 반드시 망하고 말 것임은 아동소졸도 능히 알 수 있다. 명군 1천 명을 한양에 머물게 한다면 명목은 1천 명이지만 오히려 10만 명의 성세를 과시할 수도 있지 않겠는가?"

"1천 명의 군병을 청하는 것은 웃음거리만 더할 뿐이옵고 성사되기가 어려울 것이옵니다."

"그러면 어찌하는 것이 좋겠는가?"

"전에 요청한 바대로 3천 명을 주둔시켜 달라고 하고 아울러 군량까지 청하는 것이 더 합당할 것 같사옵니다."

조선 조정이 명군을 주둔시키는 사안으로 고심하고 있는 겨를에 대마도 도주 소 요시토시가 또 가사를 보내왔다. 가사의 우두머리는 이시다 진고에몬(石田甚五衛門)이었다. 이번에도 조선은 명확한 회답을 할 수 없었다.

"명나라가 양국의 강화에 대하여 아직 아무런 결정을 하지 않았으니 어떠한 결정도 내려줄 수 없다."

지난해에 총독 씽치에가 동이옌, 류팅, 마꾸이, 첸린 등 4대 제독을 거느리고 명나라로 철수해 간 데 이어 드디어 경리 뭐시다도 2만4천여 군사를 거느리고 완전히 철수했다.

그리하여 조선은 거의 무방비 상태가 되어버렸다. 그런데 조선으로서는 천만다행한 일이 일본에서 벌어지고 있었다.

도요토미 히데요리를 둘러싸고 갈등을 일으키던 고타이로의 수장 도쿠가와 이에야스와 고부교의 좌장 이시다 미츠나리가 첨예하게 대립하기 시작한 것이었다.

도쿠가와 이에야스는 자신에게 충성을 맹세한 다이묘 데라사와 히로타카, 가토 기요마사, 구로다 나가마사 등으로 동군을 구성했고, 이시다 미츠나리는 고니시 유키나가, 시마즈 요시히로, 우키다 히데이에, 모리 히데모토, 초소카베 모토치카 등 조선 원정에 참가했던 많은 다이묘들을 아울러 서군을 결성했다.

고니시 유키나가의 부름을 받은 소 요시토시는 봉행 박수영 등의 가신을 모두 데리고 그를 따라 서군에 속하게 되었다.

공방을 거듭하던 양측은 마침내 세키가하라(關ヶ原) 평원에서 대결전을 벌였다. 초반전의 형세는 우열을 가릴 수 없었지만 이시다 미츠나리는 서군의 총대장으로서 수수방관하고 있었고, 모리 데루모토는 교토 남쪽 오사카 성에 머물기만 할 뿐 전투에 직접 참가하지 않았다.

서군이 우왕좌왕하는 겨를에 고바야카와 히데요키(小早川秀秋)가 갑자기 등을 돌리며 배신하여 도쿠가와 이에야스의 동군과 호응하는 바람에 이시다 미츠나리는 대패하고 말았다.

전투가 끝난 뒤에 도쿠가와 이에야스는 서군의 수장 이시다 미츠나리와 다이묘 고니시 유키나가, 안국사의 중 에케이(惠瓊) 등 세 사람만 교토(京都)의 로쿠조(六條) 냇가에서 참수하고 다른 사람들에게는 아량을 베풀었다.

고니시 유키나가의 사위인 소 요시토시도 참수를 당할 위기에 처했지만 도쿠가와 이에야스는 외교 수완이 뛰어난 그가 향후 조선과 재수교를 하는 데 반드시 필요한 인물이라고 여겼다. 그리하여 고니시 유키나가의 딸 다에와 이혼하고 그 집안과 모든 인연을 끊어야 한다는 조건을 내걸어 목숨을 살려주었다.

그 덕분에 봉행 박수영도 소 요시토시의 여러 가신들과 함께 극적으로 목숨을 구하게 되었다.

"휴유, 하마터면……."

소 요시토시는 충성을 맹세했다. 도쿠가와 이에야스는 고니시 유키나가의 가신들 중 데라사와 마사시게를 비롯한 몇 명을 그의 휘하에 들게 했다.

소 요시토시는 도쿠가와 이에야스의 셋째 아들 도쿠가와 히데타다 앞으로 나아갔다. 그의 좌우에는 서슬이 퍼런 가신 4인방 사카키바라 야스미사(榊原康政), 혼다 마사노부(本多正信), 사카이 타다요(酒井忠世), 도이 도시카츠(土井利勝)가 서 있었다.

"나에겐 맹세할 것 없다."

도쿠가와 히데타다는 속이 편지 않았다. 그가 전장에 늦게 도착했다는 이유로 도쿠가와 이에야스가 크게 못마땅해하고 있었기 때문이었다. 도쿠가와 히데타다는 소 요시토시와 그의 가신들을 힐끗 바라보며 문득 뜻밖의 제안을 했다.

"그대들 중에 아버님의 노여움을 풀 묘안을 내는 자에게는 상을 내리겠다."

다들 아무 소리도 못 했다. 박수영이 용기를 내어 불쑥 말했다.

"사흘 비는 자식을 이기는 호랑이 부모는 없사옵니다."

"뭣이?"

"매일 찾아가서 빈다면 주군의 노여움이 풀릴 것이옵니다. 아버님께 비는 것인데 세간의 무슨 비난이 있겠사옵니까?"

도쿠가와 히데타다는 그 말을 받아들여 날마다 아비를 찾아가 빌었다. 하루 이틀이 지나 사흘째 되는 날 과연 도쿠가와 이에야스로부터 용서를 받고 전과 같이 받아들여졌다. 도쿠가와 히데타다는 크게 기뻐했다.

"박 부교라고 했는가? 내 그대를 쇼유(少輔:영주의 신하 중 대보 아래 계급)로 삼느니 내 곁에 있도록 하라."

박수영은 예상치 못한 그의 제의에 무심코 조선에서 하던 버릇처럼 한번 사양하는 말이 저절로 나왔다.

"소인의 주인은 소 요시토시 태수님이옵니다. 대마도에서 소 태수님을 받들어 조선과의 화친에 힘쓰게 해주옵소서."

도쿠가와 히데타다는 말없이 박수영을 응시했다. 박수영은 명령을 어긴 벌이 내려질까 겁이 더럭 났다. 그렇지만 사양을 했는데 금방 말을 바꿔 측근으로 머물겠다고 할 수는 없는 일이었다.

"차후로 불러주신다면 언제든 만사를 불구하고 달려와서 목숨을 바치겠사옵니다."

도쿠가와 히데타다는 굳은 얼굴을 풀었다.

"곤란한 일이 있으면 언제든 나를 찾아오라."

그러고는 많은 상을 내렸다. 대마도로 돌아온 박수영은 그때부터 막강한 위세를 자랑했다. 일본 제2인자의 총애를 받는 몸이 된 까닭이었다.

어느덧 대마도 영주 소 요시토시는 봉행 박수영에게 자문을 구하는 것이 아니라, 마치 상전의 의견을 구하는 것처럼 되어버렸다.

화의로 가는 길

1

임금은 지병을 앓고 있어 벼슬에서 물러나기를 바라는 사도(4도. 경상도, 전라도, 충청도, 강원도) 도체찰사 이원익을 체직해 좌의정 이덕형을 그 자리에 앉혔다.

또 상주로 돌아가 홀어머니 김씨에게 그간 못다 한 효도를 하고 싶어 하는 기룡도 체임하고 가선대부(종2품 관직) 용양위 부호군에 제수했다. 기룡의 뒤를 이어 경상우도 병마절도사로 온 사람은 바로 김태허였다. 그는 왜란 초기에 기룡과 함께 거창 신창에서 용감하게 싸운 군관이었다.

그는 도임 인사치레를 했다.

"허허, 소관이 영남 3룡 중에서 으뜸가는 용을 뵙사옵니다."

"거 어인 말씀인가?"

세간에서는 왜란 때 큰 군공을 세운 기룡, 강덕룡, 주몽룡 등 3인을 영남 3룡이라 일컬었다. 강덕룡은 소문난 명궁답게 싸울 때마다 활로써 용감하게 왜적을 격파했고, 주몽룡은 통제사 이순신 휘하에서 죽음을 무릅쓰고 싸운 이력의 소유자였다.

"세상에는 더러 허명이 전해지기도 하는 게지."

부절과 관인을 주고받는 체등(신구 관원이 서로 교대함)의 의례를 끝낸 뒤 김태허가 말했다.

"당장 떠나지 마시고, 조금만 말미를 가지고 머무르면서 비직(관원이 자신을 낮춰 일컫는 말)을 여기저기 좀 안내해 주게. 병영은 넓고 큰데 나같이 작은 사람은 너무 주눅이 들어서 말일세."

"여실(김태허의 관자)답지 않은 소리."

"지난 얘기도 좀 하고 말일세. 여기서 헤어지면 또 어느 날에야 우리가 만나겠는가?"

기룡은 소매를 붙잡는 김태허의 손을 뿌리치지 못하고 잠시 동안 머물기로 했다. 그와 함께 지난날의 회포를 풀며 하루하루를 보내고 있는데 뜻밖의 일이 일어났다.

신임 도체찰사 이덕형이 영남을 순찰하러 왔다가 경상 우병영을 찾은 것이었다.

"지금 때가 춘신(봄철 바닷물의 조수)이라 영우(영남 우병영의 줄임말)도 왜적에 대한 방비가 염려되기는 다른 군영과 다를 바 없소. 마침 구임 정 병사가 고향으로 돌아가지 않고 머물고 있으니 다행한 일이오. 짐을 꾸려 대명(임금의 명령을 기다림)토록 하시오."

사도 도체찰사 이덕형은 그 자리에서 임금에게 치계를 해 기룡을 경상 우방어사로 삼도록 했다. 기룡은 집에 가보지도 못한 채 고성에 있는 경상 우방어영에 부임하게 되었다. 기룡은 그러한 사정을 간략하게 적은 서신 한 통을 상주 본가로 보냈다.

김태허는 겸연쩍었다.

"이거, 내가 괜히 발목을 잡아가지고……."

"아닐세. 괘념치 마시게."

무신 겸 선전관 어기영이 교지와 병부 그리고 유지를 받들고 경상 우방어영으로 왔다.

기룡은 북향 사배를 올린 뒤에 단정히 앉아서 먼저 교지와 병부를 받아 든 뒤에 유지를 펼쳤다.

"공이 한결같은 정성으로 부모에 효성이 지극하고 나라에는 충성을 다하니 이는 실로 만고의 귀감이 될 것이다. 과인이 공에게 자별(특별)히 《소학》 1부를 내리노니 병무에 바쁜 중에도 늘 곁에 두고 고구(연구)토록 하라."

기룡은 선전관 어기영을 보낸 뒤 책 보따리를 들고 영재에 들었다. 비단 보자기를 풀었다. 새 책들이었다. 첫 권을 들어 표지를 넘겼다. 맨 처음 입교 편부터 무심코 갈피를 넘기려는데 문득 그 첫 장이 다소 무거운 느낌이 들었다.

책을 세워 들고 갈피 속을 살폈다. 내지가 들어 있었다. 그것을 꺼내 펼쳐 든 기룡은 침을 꿀꺽 삼켰다. 임금의 밀지였다.

"경은 아무도 모르게 대마도와 일본을 첨형하라. 시일이 오래 걸려도 좋다. 그들이 처해 있는 실제의 상황과 진짜 속셈을 알아보라."

기룡은 밀지를 얼른 서안 위에 올려놓은 뒤에 무릎을 꿇고 절을 올렸다.

'미신(신하가 자신을 일컫는 말)이 목숨을 다하겠나이다.'

그러고는 불살라 없앴다. 사일랑과 귀목이 들어왔다.

"뭔가 타는 냄새가 나는 것 같사옵니다."

"아무것도 아닐세. 그런데 왜적이 화친을 하자고 하더니 반년이 지나도록 아무런 소식이 없지 않은가? 그게 무슨 꿍꿍이속이겠는가?"

"원가(源哥:도쿠가 이에야스를 일컫는 말)가 새 관백이 되었다는 말이 많은데 만약 그게 사실이라면, 그는 지난 전쟁을 반대하였으니 구태여 조선과 불화를 일으키려고 하지 않을 것이옵니다."

"대마도는 늘 곤궁한 섬이니 조선과 화해를 하여 통상을 원하는 마음을 단념하지 않을 것이옵니다."

기룡은 고심했다. 일본으로 세작(간첩)도 보내야 하고 정상린도 구출해야 했다. 두 가지를 다 수행할 수 있는 사람을 머릿속으로 물색해 보았다. 일본 말에 능숙해야 하는 것이 첫째 조건이었다. 그렇다면 항왜들 가운데서 뽑아야 했다. 마땅한 사람이 얼른 떠오르지 않았다.

"우병영에서 서한이 왔사옵니다."

"들이거라."

이따금 간통(편지를 서로 주고받음)하는 경상 우병사 김태허가 보낸 서장이었다. 대마도에서 도망쳐 온 피로인 십여 명과 길잡이가 되어 온 왜인 하나를 추문(캐물음)했더니, 지난해 가을에 일본 본섬에서 큰 전쟁이 일어나 고니시 유키나가가 죽었다는 것이었다.

기룡은 서찰을 사일랑과 귀목에게 보여주었다.

"그 왜인의 공술(진술)이 교활한 계략의 일환은 아니겠는가?"

"도쿠가와 이에야스가 새 관백이 되었다는 소문과 무관치 않을 것 같사옵니다."

"왜의 정세를 정확하게 알 길이 없으니 심히 답답한 노릇이옵니다."

대마도의 이즈하라 성에서는 도주 소 요시토시가 가신들을 모아놓고 조선으로 보낼 사신을 뽑으려 하고 있었다. 그는 박수영에게 물었다.

"박 부교는 누굴 보내는 것이 좋겠다고 생각하오?"

박수영은 거드름을 피우며 말했다.

"알아서들 정하십시오. 매번 본인이 누굴 보내라고 찍어줘야 합니까?"

화낼 법도 한데 소 요시토시는 웃는 낯이었다. 자칫 잘못 삐끗해 박수영이 도쿠가와 히데타다에게 가겠다고 한다면 큰 낭패였다.

"허허, 그거야 우리 박 부교의 식견이 워낙 뛰어나시니 그런 것 아니겠소?"

대마도 도주는 소 요시토시였지만 박수영은 마치 도주의 머리 위에 앉아 있는 것 같았다. 다른 가신들은 별말이 없었다. 잘못 말을 꺼냈다가는 박수영에게 어떤 핀잔을 들을지 모를 일이었다. 그러느니 차라리 입을 다물고 있는 편이 나았다.

소 요시토시는 다치바나노 도시마사(橘敏正)로 결정했다. 그는 연륜이 지긋한 데다가 임기응변에 능한 사람이었다.

하지만 지금껏 그의 조선 방문은 성과가 없었다. 조선은 일본과 강화를 할 마음이 조금도 없는 터라 번번이 큰소리만 쳐서 그를 돌려보냈다.

"명나라에서 대관(벼슬이 높은 관원)에게 흠명(황제의 명령)을 내려 우리 조선의 국사를 경리(관리)하게 하였다. 팔도 각처에 천장(천자의 장수)을 두어 둔전을 설치하고 변경에서는 매일 군사를 조련하고 있다."

가사 다치바나노 도시마사가 조선에 갔다가 받아 온 서찰을 본 박수영은 소 요시토시에게 말해 다시 사람들을 보내게 했다.

"이번에는 누굴 보내야 하겠소?"

박수영은 소 요시토시의 모승(계책에 능한 중) 겐소(玄蘇)와 함께 피로인 중에서 특별히 두 사람을 가렸다. 전 현감 남충원과 한양 사람 박언황이었다. 남충원은 임금의 얼매부(서얼 여동생의 남편)였다.

박수영이 목소리를 무겁게 해 말했다.

"지금 조선 조정과 양반들은 동서로 붕당이 되었는데, 동인은 또 남인이니 북인이니 하고 갈려 있소. 조정의 의논이 모래알과 같고, 강화를 주장하고 싶은 신하가 있어도 천 가지 만 가지로 의심하여 몰아대니 누가 감히 나라의 장래를 위하여 입을 열겠소?"

남충원과 박언황은 묵묵부답이었다. 겐소가 부드러운 음성을 냈다.

"일본이 여러 차례 강화를 청하였음에도 조선이 매번 명나라 군사의 위엄만 믿고 호응하려 들지 않는데, 일본이 대병을 내어 출동한 후에 부랴부랴 수선을 떨어도 이미 늦은 일이 될 것이오."

소 요시토시는 박수영과 겐소의 뜻에 따라 남충원과 박언황에게 강화를 요구하는 서계 2건과 함께 성의를 보인다는 뜻에서 피로인 남녀노소 250명을 3척의 배에 나눠 태워 부산으로 보냈다.

부산포 첨사 이일현은 남충원의 신분이 임금과 관계가 있음을 피로인들로부터 전해 듣고, 곧바로 그들 모두를 울산에 있는 도체찰부에 인행했다.

사도 도체찰사 이덕형은 남충원을 기화(뜻밖의 이익을 얻을 기회)로 삼은 대마도 도주 소 요시토시의 계책을 한눈에 꿰뚫어보고 그들을 데리고 온 이일현을 꾸짖었다.

"자네는 변장(변방의 장수)으로서 마땅히 왜노들의 속셈을 꺾어야 했거늘 경솔하게도 저자들을 이끌고 여기까지 왔으니, 오는 동안 우리의 내륙 깊숙한 곳의 형편까지 저들에게 낱낱이 보여주는 큰 실계(실책)를 저지르고 말았네."

임금의 인척을 보냈음에도 조선에서 아무런 답신이 없자 박수영은 화가 머리끝까지 치솟았다. 그 분노는 버릇처럼 때와 자리를 가리지 않았다. 소 요시토시도, 다른 가신들도, 또 겐소도 나무라는 소리를 내지 못했다.

가신 데라사와 마사시게가 박수영을 보다 못해 허리에 찬 칼에 손을 댔다. 소 요시토시가 눈짓으로 그를 말렸다. 그것을 모르는 박수영이 말했다.

"이번에는 도주님이 직접 쓰시는 게 좋겠습니다."

박수영의 말은 부탁이 아니라 명령과도 같았다. 소 요시토시는 두말없이 서계를 썼다. 야나가와 카게나오도 박수영의 눈에 들 속셈으로 자청해서 한 통을 썼다. 박수영은 왜인 수하 14명을 차출해 피로인 2백여 명을 조선으로 데리고 가게 했다.

"교토로 가 계신 가노(고문) 야나가와 시게노부께서 대마도로 돌아오기 전에 조선은 사신을 가려서 보내주십시오. 앞서 보낸 사신들 중에 돌아오지 못한 사람이 많음을 잊지 않고 있습니다. 화란(재앙 같은 전란)은 오직 조선과 일본 간에 강화가 지체되는 데서 발생하게 될 것입니다."

야나가와 시게노부의 아들 야나가와 카게나오의 서계도 소 요시토시가 쓴 것과 별반 다르지 않게 불손했다. 앞서 보낸 사신이란 명나라로 압송되어 처형당한 요시라와 결사대 8인을 말하는 것이었다.

사도 도체찰사 이덕형은 서계 두 통을 예조로 올려 보냈다. 대마도 도주가 피로인을 찔끔찔끔 돌려보내면서 정탐꾼을 함께 보내오고 있다고 판단한 그는 우선 임기응변으로 한 가지 계책을 냈다.

그는 명군 진영에서 도망쳤거나 전상을 입고 조선에 남게 된 명나라 군졸들을 죄를 묻지 않겠다는 조건으로 모아서 각 변방 군문의 야불수(파수와 순라를 하는 군사)로 삼았다. 명군의 대군이 조선에 주둔하고 있는 것처럼 일본에 보이기 위해서였다.

"어찌하랴. 다른 방도가 없는 것을……."

소 요시토시와 야나가와 카게나오가 보낸 서계를 본 임금은 조정에 완정(전원이 회의해 결정함)을 열었다. 대소 신료들이 다 모여서 결론을 내는 일이었다.

"왜적이 강화를 청한 것이 한두 번이 아니다. 경들은 오늘로써 결정을 내라."

신하들은 하루 종일 옥신각신했다. 20여 신하들의 견해는 거의 똑같았다.

"왜적은 결코 잊을 수 없는 원수이지만 임시변통하는 일도 없어서는 안 될 것이옵니다. 그러나 경솔히 강화를 허락할 수는 없는 일이옵니다."

또 몇 사람은 의견을 달리했다.

"강화는 절대로 허락할 수 없사옵니다. 다만 대마도는 우리나라에 의지하여 먹고사는 섬이니 갑자기 관계를 끊어버리기는 어렵사옵니다."

나머지 사람들은 준엄했다.

"강화를 거절해야 하옵니다."

강화를 해야 할지 말아야 할지에 대해 조정이 스스로 어떠한 결론도 내지 못한 채 오직 한 가지 의견만은 모아졌다.

"강화는 천조의 처분에 달려 있으니 감히 우리나라 마음대로 결정할 수 없는 사안이옵니다."

임금은 알 수 없는 눈길로 신하들을 둘러보았다. 나라의 운명을 여전히 명나라에 의지하려는 신하들이 한심스러웠다. 힘없는 옥음(임금의 목소리)으로 하교했다.

"사도 도체찰사에게 모든 계책을 일임하겠다. 다만 적정(적의 상황)의 허실과 흉모를 알지 못하는 때이니, 앞으로 적서(왜적의 서계)가 오는 즉시 답서를 보내 왜의 사신이 우리나라 땅에 오래 머물러 있지 못하게 하라."

이덕형은 일본의 강화 요구를 척절(물리쳐 끊음)하지도 못하고, 기미책(견제와 회유를 동시에 하면서 관계를 유지하는 책략)을 쓰지도 못하면서 우물쭈물하기만 하는 조정이 안타까웠다.

"상국에 품고하는 것만을 상책으로 여기고 있으니, 아, 이러다가 지난 임진년처럼 또 사기(일의 기틀)를 잃을까 두렵구나!"

이덕형은 명나라 조정에서 칙서가 오든, 조선 조정이 결단을 내든 간에 우선은 시간이 필요하다고 생각했다. 그리하여 강화에 대한 가부간의 대답은 미룬 채 지난날의 상처도 아직 아물지 않은 이때에 모든 일은 서둘러서 그르친다는 뜻을 담아 간곡히 타이르는 형식으로 답서를 써서 왜사를 통해 대마도로 보냈다.

"으하하! 드디어 일이 되어가는구나!"

박수영은 크게 웃었다.

"답서를 보면 일이 되어가는 것 같지 않소만?"

"저들도 자존심이 있지 않소? 시간을 끌겠다는 속셈인데, 그것이 무엇을 의미하겠소? 자존심 좀 세워주면 강화를 하겠다는 뜻이지."

"옳아!"

가신들이 한목소리로 말했다.

"역시 박 부교님이십니다."

대마도 이즈하라 성은 잔치 분위기가 되었다. 소 요시토시가 박수영에게 물었다.

"박 부교, 이제 어찌하면 좋겠소?"

"식기 전에 메질하라는 말이 있듯이 서둘러 예물을 갖추어 다시 보내야지요."

소 요시토시는 조선에 자주 다녀온 다치바나노 도시마사에게 왜상들을 딸려 보냈다. 왜인들이 아직 도착하지도 않았는데 동래 상인들이 부산포로 모여들었다.

동래 왜관은 지난 전란 때 남김없이 부서져 폐허가 된 채 방치되어 있었다. 그리하여 그곳을 대신해 부산포 앞바다에 있는 절영도를 가왜관으로 써왔다. 왜인들이 육지에 상륙하는 것을 엄금하는 조치였다.

"이번엔 왜놈들이 뭘 갖고 나오려나?"

"뭐든 많이만 가지고 와서 흥정을 하면 좋겠네."

부산포 첨사 이일현은 대마도에서 왜인들이 또 나왔다고 경상좌도 수군절도영에 치보(급히 보고함)했다. 경상 좌수사 이운룡은 직접 부산포로 가서 그들의 짐을 복답(아래 관아에서 보고한 것을 위 관아에서 현지에 가서 조사함)했다.

"조총 10정, 산달피(담비) 16속(10장씩 한 묶음), 단목(염료를 내어 씀) 15근, 오적어(오징어) 70속……."

모든 짐을 풀어 점고를 끝낸 이운룡이 물었다.

"이런 것들을 어인 까닭으로 가지고 들어왔는가?"

다치바나노 도시마사는 묵묵했다. 그의 뒤에 둘러선 졸왜(왜의 졸개) 하나가 말했다.

"바칠 것은 바치고, 남는 것은 저희 섬에서 긴요한 물건들로 바꾸어 갈 수 있도록 허락하여 주옵소서."

경상 좌수사 이운룡은 재량으로 결정을 내리지 못하고 사도 도체찰부에 보장을 올렸다. 이덕형은 생각한 끝에 감결을 내렸다.

"그들이 가지고 온 물건을 팔지 못하고 돌아간다면 크게 실의하여 우리를 적대시할 것이고, 그 반대로 화매(합의 매매)를 허락한다면 고작 몇 가지 물건으로써 큰 기미책을 쓰는 결과가 될 것이다.

다만 왜인들이 부산포에 올라 직접 시중에 파는 것은 엄금한다. 내상(동래 상인)들로 하여금 절영도로 건너가서 필요한 대로 도매를 하게 하라."

다치바나노 도시마사는 흡족한 낯빛을 지었다. 가지고 온 예물을 조정에 바치는 것과는 별도로 호피와 표피 여러 장 그리고 면포 여러 필을 부산포 첨사 이일현과 경상 좌수사 이운룡에게 바쳤다.

도체찰사 이덕형은 다치바나노 도시마사에게 답서를 내렸다.

"양국이 화의를 하느냐의 여부는 마땅히 신국이 된 도리로써 천조의 처분을 기다려야 할 것이다. 조칙이 내려지는 대로 사람을 대마도로 보내 통보하겠다."

그리고 대마도 도주 소 요시토시와 가노 야나가와 시게노부에게 전달할 답례품으로 조선의 표피와 각궁을 내려주었고, 사신으로 온 다치바나노 도시마사에게는 상미(최상급 쌀) 40섬을 하사했다.

대마도에서 왜인들이 나와서 여러 관원들이 보는 앞에서 장사를 하고 돌아갔다는 말이 퍼져 나갔다. 말은 꼬리를 물고 커져서 머잖아 일본과 강화를 할 것이라는 소문이 나돌기 시작했다.

"씹어 먹고 갈아 마셔도 시원찮을 철천지원수 놈들과 강화라니?"

"별 수 없지 않나? 저놈들이 또 쳐들어오면 감당이 안 되니."

"쳐들어오라지. 어차피 결판을 못 낸 거, 이번에는 왜놈들이 망하든 우리가 망하든 끝장을 보면 되지."

"말은 아무렇게나 내뱉기 쉬운 법일세."

대마도에서 탈출해 오는 사람들을 일일이 추문하고, 첩형을 보낸 간자들이 속속 돌아와 일본과 대마도의 정세를 아뢰기 시작했다.

사도 도체찰사 이덕형은 대마도 도주 소 요시토시의 봉행으로 있는 조선인 박수영이 도주를 좌지우지하고 있다는 말을 듣고 그를 회유하고 반간으로 삼기 위해 벼슬을 내려줄 것을 품주(임금에게 요청함)했다.

2

세키가하라 전투에서 도쿠가와 이에야스가 이끄는 동군의 일원이 되었던 다이묘 데라사와 히로타카가 가라쓰 번으로 개선했다. 번민들이 다 나와 대대적으로 환영했다.

그로부터 얼마 지나지 않아 도쿠가와 이에야스의 명령이 하달되었다.

"히젠 나고야 성을 허물고 다른 곳에 신성을 세우라."

히젠 나고야 성은 도요토미 히데요시가 임진년에 조선 정벌의 전초(맨 앞의 초소)로 삼은 성이었다.

데라사와 히로타카는 단번에 도쿠가와 이에야스의 의도를 알아차렸다. 도요토미 히데요시가 추진했던 침략의 흔적을 지우는 모습을 조선 조정이 알게 해서 강화를 맺고 수교를 하려는 것과 다름없었다.

오랫동안 신성을 지을 곳을 물색하던 데라사와 히로타카는 마침내 결정을 내렸다. 임시 영저(영주의 저택)로 사용할 곳은 옛 번주가 살다가 버린 집으로 히젠 나고야 성에서 내륙으로 조금 들어간 곳에 있었다.

정상린은 영저의 한 곳에 별도로 독립된 가옥인 매문관(埋門館)을 배정받았다. 우칠은 그릇을 구울 흙을 구해야 한다는 핑계로 바닷가에 터를 잡는 바람에 헤어져 있게 되었다. 매문관은 그 한 채만으로도 조선의 으리으리한 권문세가의 집 못지않았다.

"매문관이라, 문을 묻었다는 뜻인데……."

가라쓰 번의 옛 번주가 객사로 썼다는 집이었다. 문이 없으니 한번 들어오면 나가지 못한다는 의미로 손님이 오래 머물러 주기를 바라는 뜻인 것 같았다. 정상린은 매문관이라는 이름에서 영원히 일본에 발목이 붙잡혀 조선으로 돌아가지 못할 것 같은 느낌이 들었다.

옛 성 밖에 있던 가신들의 거소와 진영도 다 영저 주변에 설치되었다. 그런 뒤에 데라사와 히로타카는 거의 모든 가신들을 동원했다. 그들은 성 곳곳에서 휘하의 병졸을 지휘해 히젠 나고야 성을 해체하기 시작했다.

해체되어 나온 벽돌과 나무는 버릴 것 없이 신성을 축조하는 데 다시 쓰였다. 바닷가에서는 옛 성이 모습을 잃어가고 있었고, 마츠우라가와(松浦川)가 흐르는 내륙 한쪽에서는 새로운 성이 하루가 다르게 오르고 있었다.

정상린은 매문관을 데라사와 히로타카의 자식들을 가르치는 학당으로 썼다. 《천자문》을 가르치면서 자신은 일본어를 배웠다. 아이들은 학업에 공을 들이지 않았다. 하루에 몇 글자 익히지도 않고 좀이 쑤셔 일어나 버리곤 했다.

다만 장녀 유코만은 끝까지 자리를 지켰다. 사실 유코도 학업에는 뜻이 없었다. 남자도 배우지 않는 글을 여자가 익혀서 어디 쓸 일도 없었다. 유코의 관심은 정상린에게 있었다.

"오니상(오라버니)! 우리 놀러 나가요."

검술이 뛰어난 호위 무사들이 있었다. 그들은 정상린과 유코가 어딜 가든 삼각형 모양으로 호위했다. 맨 앞에는 사토(佐藤)가 섰고, 정상린의 왼쪽 뒤쪽에는 니시하라(西原), 유코의 오른쪽 뒤에는 쌍검을 진 남장 여 무사 마야(魔夜)가 따랐다.

가라쓰 진자(신사)의 도리이(신사의 입구를 상징하는 조형물) 안으로 들어 섰다. 진자의 경내는 고즈넉했다. 몇 사람이 머물고 있다가 정상린과 유코 의 차림새를 보고 귀인임을 알았다. 허리를 굽혀 절을 하는 그들에게 유 코는 일일이 화답했다.

본전 앞에 이르러 유코는 손수 줄방울을 매달았다.

"오라버니도 소원을 빌어봐요."

정상린의 소원은 오직 조선으로의 환향이고 귀향일 뿐 다른 것은 아무 것도 없었다. 우두커니 서 있자니 유코 혼자 합장을 하고 눈을 감았다. 무 어라 중얼거리더니 눈을 뜨고는 정상린의 팔짱을 꼈다.

"유코가 뭘 빌었는지 맞춰보세요."

"글쎄."

"치, 무뚝뚝하긴."

유코는 가슴 속에서 무언가를 꺼냈다.

"흑사탕이에요. 우리 하나씩 나눠 먹어요."

유코는 기름종이에 싼 것을 까서 정상린의 입에 넣어주었다. 달콤했다. 입안에 침이 가득 샘솟았다. 검은 엿을 둥글게 뭉쳐놓은 맛이었다.

"진자에 줄방울을 달고 소원을 빈 다음에 흑사탕을 함께 나눠 먹으면 그 연인은 절대로 헤어지지 않는대요. 흐힛!"

338

진자를 나와서 마츠우라가와의 둑길을 걸었다. 강은 가라쓰 번을 가르며 북쪽의 반원 모양의 만곡으로 흘러들어 갔다. 가라쓰 번은 북서쪽이 바다였다. 가라쓰 만 너머는 바다가 검은빛을 띤다는 켄카이나다(玄海灘)였다.

두 사람은 바다가 내려다보이는 언덕에 나란히 앉았다.

"오라버니의 고향 얘기 좀 들려주세요."

"고향…… 참 오랜만에 들어보는 말이네."

"그러니까 좀 들려줘요. 네?"

정상린은 맺힌 회한을 터뜨리듯 저도 모르게 주절주절 말하기 시작했다.

"내 고향은 조선국 경상우도 곤양군 금양면 당산골. 그런데 고향에 대한 기억은 없어. 갓난아기 때 진주 동문 근처로 이거했다고 해. 내가 세 살 때는 아버님이 숙부의 과거 시험에 동행하였다가 병을 얻어 돌아가셨어. 묘소는 곤양의 선영에 있지."

"어머나 죄송해요. 오라버니."

"숙부님은 조선 제일의 장수이신데, 우리 집안은 다 숙부님 덕을 보고 살았어."

"조선 제일의 장수?"

정상린은 갑자기 입을 닫았다. 유코가 졸랐다.

"계속 얘기해 줘요."

"이젠 다 부질없는 얘기야."

정상린은 일어섰다.

"우칠이 어찌 지내는지 가보지 않을래?"

"좋아요."

유코는 정상린이 내민 손을 잡고 일어서서 다시 팔짱을 꼈다.

우칠은 바닷가에서 가까운 산기슭에 가마를 짓고 옹기를 구워왔다. 수십 가지 그릇은 가라쓰 번에서 단연 인기였다. 데라사와 히로타카에게 바치고 남은 것을 가신들에게 나눠 주었고, 번민들에게도 거저 주다시피 해 명망이 더해갔다.

그는 물레를 돌리고 있다가 얼른 손길을 멈추고는 두 사람을 맞이했다.

"어서 오옵소서."

정상린은 둘러보며 가볍게 말했다.

"이제 완전히 정착한 모습이군요."

"정착해야지요. 저 같은 놈이 이처럼 대접받고 사는 날을 꿈이나 꾸었겠사옵니까? 허허."

말과는 달리 우칠의 눈빛은 깊었다. 그는 그동안 그릇을 빚을 수 있는 흙을 구한다는 핑계로 여러 곳을 돌아다니며 끊임없이 탈출할 방법을 모색해 왔다. 우칠은 정상린을 찾아올 명분이 없어서 가끔 정상린이 들르고 있었다.

"유코 아가씨, 그릇 구경 좀 하시겠습니까?"

우칠은 정상린과 유코를 데리고 다니며 빚어놓은 그릇을 설명해 나갔다.

"이건 옹배기, 이건 자배기, 이건 사발, 이건 고배기, 이건 너러기……."

유코가 하나하나 따라 말했다. 우칠은 주위에서 호위하고 있는 무사들의 눈을 피해 꼬깃꼬깃 접은 쪽지를 정상린의 손에 쥐어주었다. 정상린은 꼬옥 쥐고는 아무렇지도 않은 척했다. 그때 마야가 다가왔다.

"아가씨, 나오신 지 오래되었사옵니다. 이만 돌아가셔야 하옵니다."

매문관으로 돌아온 정상린은 밤이 깊어서야 우칠이 준 쪽지를 펼쳐 보았다.

"소인이 그간 옹기그릇을 많이 주어 친숙해진 어부의 배를 빌려 쓰기로 하였습니다. 다시 오지 않을 기회이옵니다."

그 밑에는 날짜와 시각이 적혀 있었다. 손꼽아 보니 닷새 뒤였다. 정상린은 가슴이 떨렸다. 가라쓰 만에서 배를 타고 조선으로 돌아가자는 계획이었다.

배를 타고 돌아가다가 바다에 빠져 죽는 한이 있더라도 시도해 보고 싶었다. 홀로 자식을 기다리고 계실 어머니를 생각하면 배를 타든 뗏목을 타든 조선으로 돌아가는 것 말고는 아무것도 생각할 수 없었다.

정상린은 의심을 피하기 위해 아이들을 더 열심히 가르쳤다. 글을 배우는 날도 아닌데 유코가 매문관을 찾아왔다.

"오라버니, 두부를 만들어 주세요. 먹고 싶어요."

"알았어."

정상린은 어릴 적에 어머니가 새벽마다 만들어서 이고 다니며 팔던 기억을 떠올려 두부를 만들어 먹다가 데라사와 가문의 사람들에게 맛을 보여주게 되었다. 그들은 난생처음 먹는 부드러운 음식에 감탄했다.

만드는 방법을 보여주고 가르쳐 줘도 그들은 맛이 제대로 안 난다며 꼭 정상린이 직접 만들어 주는 것을 먹으려고 했다.

정상린은 두부를 가지고 영주 데라사와 히로타카를 찾았다. 그 역시 정상린이 만든 두부라면 마다한 적이 없었다. 김이 무럭무럭 나는 두부를 상 위에 올려놓자 데라사와 히로타카는 연신 젓가락질을 했다.

크게 썬 따끈한 두부를 고초를 썰어 넣은 간장에 찍어 먹으면 그 맛을 무엇에도 비할 수 없었다. 데라사와 히로타카는 씹지도 않고 넘기는 듯 순식간에 한 접시를 다 비웠다.

"어, 잘 먹었다."

"소인은 이만 물러가겠습니다."

"좀 더 앉아 있게."

물까지 한 그릇 마신 데라사와 히로타카는 평소에 앓고 있던 고민거리를 털어놓았다.

"가라쓰 포구 알지?"

정상린은 간이 철렁했다. 우칠의 탈출 계획이 들켰나 싶어 온몸에 땀이 솟았다.

"그 포구 옆에 긴 활 꼴로 된 백사장 말일세. 해마다 태풍이 몰아치면 그곳으로 바닷물이 넘쳐서 그 일대에 사람이 살 수 없게 된단 말이야. 바닷물을 막을 좋은 방안이 없겠는가? 자네는 글을 많이 아는 사람이니 혹시 묘안이 있을까 해서 묻는 걸세."

정상린은 놀란 속을 진정시키며 대답했다.

"백사장 너머 반달 모양의 땅에 나무를 심도록 하십시오. 해송을 빽빽하게 심는다면 바닷물이 범람하는 것뿐 아니라 바람도 막을 수 있을 것입니다."

"오, 과연! 잘 알겠네. 그곳에 소나무를 심는다면 송원이 되겠군."

데라사와 히로타카가 먼발치에 둘러앉아 있는 가신들을 바라보았다.

"자네들은 어찌 생각하는가?"

그들도 다 좋은 방안이라 여겼다. 데라사와 히로타카는 나무를 심기도 전에 이름을 지어 내렸다.

"장차 그곳을 무지개 모양을 한 소나무 정원이라는 뜻으로 니지노마츠바라(虹の松園)라고 부르도록 하라."

우칠이 일러준 날이 되었다. 정상린은 보따리라도 하나 쌀까 하다가 그만두었다. 가지고 갈 것은 아무것도 없었다. 입은 옷과 신발조차 다 벗어 내던지고 싶은 심정이었다. 저녁이 되어 여느 때처럼 태연히 글을 읽었다.

어두운 그믐밤이었다. 정상린은 얼굴을 가린 채 조심스럽게 문을 열었다. 정원에서 지키고 있던 왜졸이 나무에 기대 졸고 있었다. 매문관을 나와 정원을 가로질렀다. 나무에 가려져 있는 문을 열고 나왔다.

길은 고요했다. 몸을 이리저리 감추면서 바닷가로 향했다. 이윽고 포구에 도착했다. 포구 옆 돌출된 바위틈에 몸을 숨겼다. 우칠이 빨리 오기만을 기다렸다. 잠시 후 한 사람의 모습이 보였다. 정상린은 엉거주춤 일어나 손을 흔들었다. 우칠도 바위틈 가까이 다가왔다.

　"여기 계실 줄 알았사옵니다."

　바위에 기대앉은 우칠은 보따리 속에서 무언가를 꺼냈다.

　"시장하시지요?"

　연잎에 싸서 지은 주먹밥이었다. 정상린은 두 손으로 받아먹었다.

　"몇 개 더 있으니 바다를 건너는 동안 허기는 면할 것이옵니다."

　우칠도 한 입 베어 물며 바다 쪽을 바라보았다. 한동안 기다렸지만 배가 오지 않았다. 정상린은 뭔가 잘못된 것은 아닌지 초조해졌다. 우칠은 포구를 자주 두리번거렸다.

　"이 사람이 안 올 리 없는데……."

　아무리 기다려도 배가 오지 않았다. 어부의 모습도 보이지 않았다. 우칠은 당황하기 시작했다.

　"이러다 날이 다 새겠는걸."

　정상린은 겁이 많이 났다.

　"이것 참 낭패로군."

　우칠이 마침내 결정을 내렸다.

　"안 되겠사옵니다. 일단 돌아갑시다요. 여기 있다가 날이 새면 큰일이옵니다."

　정상린이 매문관으로 돌아오자 졸다가 깨어 있던 왜졸이 물었다.

　"방에는 불이 켜져 있는데 어딜 다녀오시오?"

　"잠시 바람 좀 쐬고 오는 길이오."

　"앞으로는 무단으로 이 집 정원을 벗어나지 마시오. 윗전에서 알게 되면 우리만 목이 달아난단 말이오. 그대는 유코 아가씨가 있어서 괜찮겠지만."

정상린은 그날 왜 어부가 약속을 저버렸는지 궁금했다. 며칠 뒤에 유코와 함께 우칠을 찾아갔다. 우칠은 목소리를 낮춰서 말했다.

"그날 밤에 앞서 어부가 사람들을 태우고 오적어를 잡으러 먼바다로 나갔다고 하옵니다. 그런데 갑자기 거센 파도가 몰아쳐서 배가 휩쓸리는 바람에 어부 셋이 꼼짝없이 물에 빠져 죽었답니다요."

정상린의 입에서 장탄식이 흘러나왔다.

"아!"

"너무 심려 마옵소서. 기회를 또 만들어 보겠사옵니다."

"알겠어요."

유코가 두 사람이 무슨 말을 그리 길게 나누는지 궁금해 번갈아 바라보았다. 우칠이 웃으며 말했다.

"두 분이 잘 어울린다고 했사옵니다."

"진짜? 진짜 잘 어울려?"

"예, 썩 잘 어울리시옵니다."

그 후로 정상린은 하루하루 실의의 나날을 보냈다. 또다시 기약 없는 날들을 살아야 한다는 생각에 비통하기만 했다.

"오라버니, 우리 오늘은 무지개 송원에 가보기로 해요."

해안가에는 부역 공사가 크게 벌어져 있었다. 신성을 쌓는 일은 가신들과 왜졸들이 맡았지만 수천 그루의 소나무 묘목을 심는 일은 번민들의 몫이었다. 활처럼 휜 백사장 너머의 땅이 파릇하게 뒤덮여 있었다.

갑자기 번민들이 두 손을 들어 환호하며 만세를 불렀다. 마침내 힘든 부역을 모두 마치고 해방감을 만끽하는 것이었다.

"조선이나 일본이나…… 어디나 할 것 없이 백성은 그저 백성일 뿐이구나."

영저로 돌아오자 데라사와 히로타카가 불렀다. 정상린은 옷매무새를 고친 뒤에 안채로 들어갔다.

"부르셨습니까? 태수님."

"송원을 조성하는 공사를 오늘로 다 마쳤네. 이 묘안은 자네한테서 나온 것이니 선물을 주려고 불렀네."

정상린은 아무 말이 없었다. 데라사와 히로타카가 다시 입을 열었다.

"조선으로 돌아가는 것 말고는 어떤 소원이든 다 들어주겠네. 뭐든지 한 가지 말해보게."

다른 모든 소원을 합친다 해도 조선으로 돌아가는 그 한 가지 소원만 못하다는 것을 알고 하는 말인지 모르고 하는 말인지…… 이모저모 생각한 끝에 정상린은 차분하게 말했다.

"세르페데스 신부님이 고쿠라(小倉)에 수도원을 지으셨다고 들었습니다. 그곳에 한번 가보고 싶습니다. 제가 여기에 오게 된 것도 다 신부님 덕분입니다."

고쿠라는 시모노세키(下關)와 마주하고 있었다. 그곳에서 배를 탄다면 이키 섬을 돌아 대마도 그리고 부산으로 가기가 한결 수월할 것이었다.

"으음."

데라사와 히로타카는 정상린의 속셈을 간파하지 못한 채 다른 이유를 들었다.

"안 된다. 주군께서는 카토릿쿠(가톨릭)를 엄금하신다. 그 수도원은 곧 없어질 것이다. 그곳에 가는 것은 단념하라."

3

백홍제가 여러 사람을 거느리고 경상 우방어영을 찾았다. 기룡은 그를 좌기청으로 불러들여 환대했다. 사일랑과 귀목도 달라진 백홍제의 모습에 놀랐다. 한눈에 봐도 거상이 되어 있었다.

"그간 어찌 지냈는지 얘기 좀 들려주게."

기룡에게서 받은 은전 1백 냥을 들고 동래로 간 백홍제는 왜관이 폐관되어 있는 것을 목도하고 발길을 부산포로 돌렸다. 동래의 한 주막에서 일본의 암상이 부산포로 드나든다는 귀띔을 받아서였다.

부산포에 이른 백홍제는 왜관 아닌 왜관이 포구 앞에 있는 절영도에 설치되어 있고, 모든 거래가 거기서 이뤄진다는 것을 알게 되었다.

전쟁이 끝난 직후라 장사 밑천을 많이 가지고 있는 상인은 드물었다. 백홍제는 대마도에서 왜인이 올 때마다 배를 빌려 타고 섬으로 갔고, 다른 상인보다 비싼 값을 불러 거의 모든 왜산물(일본에서 나는 특산품)을 외목(독점)하다시피 했다.

부산포에 있는 그의 창고에는 점차 왜산물이 쌓여갔다. 백홍제는 한양에서 찾아드는 상단에게 그것들을 넘겼고, 그때마다 중리(매우 큰 이익)를 남겼다. 왜산물의 대부분이 남령초, 사향, 침향과 같은 고가의 밀매품이기 때문이었다.

장사를 하는 동안 백홍제는 부산포에서 우연히 고향 친구를 만나게 되었다. 그는 임진년에 피로인으로 일본에 끌려갔다가 정유년에 왜군의 앞잡이가 되어서 돌아온 사람이었다. 조선으로 오자마자 투항한 그는 조정으로부터 벼슬을 받아 통제사 이순신의 진영에서 만호를 지낸 손문욱이었다.

전쟁이 끝난 뒤, 조정에서는 사도 도체찰사 이덕형의 건의를 받아들여 손문욱을 통사(통역사)로 삼아 대마도에서 오는 왜인을 상대하게 했다. 백홍제는 그런 손문욱을 따라다니면서 왜인에게 줄 예물까지 도맡게 되었다.

그러는 동안 백홍제는 왜인들과 왜상들을 많이 알게 되었다. 그들이 원하는 조선의 특산물을 구해놓았다가 절영도에 올 때마다 화매를 하면서 서로 신용을 다졌다. 그리하여 백홍제는 불과 몇 년 만에 부산포에서 가장 큰 도가를 길거(경영)하는 행수가 되었다.

"참으로 대단하이."

"허허, 백포 어른이 장사 수완을 타고났을 줄이야."

"어쩐지. 장사나 하러 가겠다고 할 때 알아보았어야 했는데."

백홍제는 작은 고리짝을 내놓았다. 기룡이 물었다.

"뭔가?"

"전에 영감께서 소인에게 내리셨던 은전 1백 냥에 길미(이자)를 붙여서 가져왔사옵니다."

"빌려준 돈이 아니네."

"받아두셨다가 사금(비자금)으로 쓰시옵소서."

기룡의 눈이 빛났다. 은전이 많아서가 아니라 백홍제가 일본의 정세를 알아보는 데 적임이라는 생각이 들어서였다.

"내 백포 어른과 긴히 할 얘기가 있네. 자네들은 이따가 회포를 풀도록 하게."

모두 나가고 나자 기룡은 백홍제에게 넌지시 말했다.

"왜적의 본섬에서 일어나고 있는 일들을 진실되이 알 방도가 없겠는가? 탈신(탈출)하여 온 피로인들의 말이 다 똑같지 않고, 또 대마도에서 오는 왜인들의 말도 올 때마다 다르다고 들었네."

"잘 알겠사옵니다. 소인이 은밀히 힘써보겠사옵니다."

"고맙네."

"그런 말씀 마옵소서. 소인이 몸은 영감 곁을 떠나 있어도 마음만은 늘 행랑에 머물러 있사옵니다."

그 말을 들은 기룡은 차마 떨어지지 않는 입을 떼었다.

"실은 한 가지 부탁이 더 있네. 전쟁이 끝날 무렵에 진주에 있다가 왜적에게 사로잡혀 끌려간 내 조카가 있다네. 글을 읽고 있다가 책을 안고 잡혀갔다는군. 형수님이 일찍이 남편을 잃은 뒤에 20년을 공방 수절하시면서 키운 외아들인데 죽었는지 살았는지조차 모르고 있으니 이 아니 절통한 일인가?"

"아, 그런 일이? 하오면 조카님의 성함이?"

"정상린이라고 하네."

"조카님의 행방도 소인이 잘 알아보겠사옵니다."

기룡은 백홍제에게 다가가 손을 굳게 잡았다.

"백포 어른, 자네 같은 사람이 또 어디 있겠는가?"

기룡은 김해 도호부사에 제수되었다. 경상 우방어영을 뒤로하고 부임하러 가는 기룡은 가슴이 설렜다. 김해는 부산포가 가까워 백홍제로부터 왜인들의 동정을 자세하게 자주 들을 수 있을 듯했다.

행차는 단출했다. 책사 귀목과 사일랑, 별장 이희춘, 김세빈, 정범례와 짐꾼 몇이 다였다. 고성 당항포에 도착한 기룡은 관선으로 쓰는 판옥선을 타고 바다로 나갔다.

창원 합포 앞바다를 지날 무렵 감회가 새로웠다. 경상 우병영은 지난해에 진주로 옮겨 갔다. 텅 비어 있는 옛 병영의 모습이 안타까웠다.

"별영으로라도 쓰면 좋으련만."

배는 가덕도를 지나 낙동강을 거슬러 올랐다. 이윽고 불암나루에 도착했다. 강가에 우뚝 선 바위가 부처의 머리를 닮은 형상이었다. 김해 향리들이 나루터에 나와 있다가 기룡을 영접했다.

"호장 김철신이 육방관속들과 함께 신관 부사또 영감을 뵈옵니다."

기룡은 그들의 인행을 받아 읍성 남문인 식파루에 이르렀다. 고을 백성들이 좌우에 늘어서서 신관 사또의 행차를 환영했다. 기룡의 명성을 익히 알고 선정을 베풀어 주기를 바라는 마음에서였다. 그들을 뒤로하고 기룡은 객사 청해당으로 가서 망궐례를 올렸다.

기룡은 시급히 관무를 파악했다. 무너진 왜성을 신축해 왜적의 재침에 대비했고, 적이 물러간 뒤로 나태해진 관군의 조련에 힘쓰기 시작했다. 군사들은 불만이었지만 기룡은 엄정하게 군율을 세웠다.

"유엽전은 5시 3순으로 하되 처음 5시에 추인(허수아비)을 한 번 맞히면 5분을 주고, 철전은 5시 2순으로 하되 변(화살이 과녁 가장자리에 맞는 것)은 2분, 관중(명중)은 4분을 주며, 편전(애기살)은 3시 2순으로 하되 변은 15분, 관중은 30분을 주라.

포수는 조총을 3병(한 차례에 세 발을 쏘는 것) 3순으로 하되 변은 15분, 관중은 30분을 주고, 살수는 장검, 장창, 당파(삼지창) 모두 1순으로 하라. 분수를 매겨 상등에 드는 자들에겐 상을 내리고 하등인 자들에게는 벌을 내리겠다. 어김없이 시행하라."

김해는 경상도에서 쓰는 소금의 절반 이상을 생산하는 고을이었다. 바닷가 마을 곳곳에서 자염을 굽고 있었다. 기룡은 염상과 감염관의 횡포로부터 염부(소금을 굽는 것을 생계로 하는 사람)들을 보호해 크게 민심을 얻었다.

"명불허전이라고, 역시 듣던 대로야."

"용맹한 장수에다가 어진 목민관에…… 조선 팔도에 성명 삼 자가 드높을 만도 하시지."

호장 김철신이 아뢰었다.

"향청(수령을 자문하기 위한 고을 양반들의 모임)에서 사또 영감의 청덕비를 세울 작정이라고 하옵니다."

"뭣이? 그런 쓸데없는 짓은 아예 하지 못하도록 하게."

기룡은 이제나저제나 백홍제로부터 좋은 소식이 오기를 기다렸다. 날은 물같이 흐르건만 부산포에서는 아무런 연락이 없었다. 그에게 사람을 보내볼까 하는 마음이 굴뚝같았다. 하지만 그것은 체면이 서지 않는 일이었다.

사도 도체찰사 이덕형이 전 만호 손문욱에게 명령을 내렸다.

"작년에 대마도에서 온 왜인에게 올해 답방을 약속했으니 자네가 다녀오게. 인삼이나 은전 그 밖에 특산물을 가지고 가서 상황에 따라 인정(뇌물)을 쓰는 밑천으로 삼도록 하게."

손문욱에게서 대마도에 가지고 갈 예물을 싸두라는 연락을 받은 백홍제는 애초에 전해 받은 물목 이외에 여러 가지를 더 마련했다. 그런 뒤에 간곡히 말했다.

"나도 좀 데리고 가줄 수 없겠는가?"

"자네가 직접 가겠다고?"

"왜인들에게 쓸 인정은 내가 다 부담하겠네."

손문욱은 도체찰부에게서 대마도에 가는 데 드는 제비용을 다 받아놓은 터였다. 그것을 한 푼도 안 쓰고 꿀꺽할 수 있게 되어 백홍제의 부탁을 마다할 이유가 없었다.

"대마도에 가서는 말조심을 하게."

부산포를 떠나 한나절 만에 대마도 이즈하라 항구에 도착했다. 백홍제는 자신 역시 지난날 피로인으로 붙잡혀 있다가 도망쳐 나온 이력이 있는지라 소회(감회)가 남달랐다.

항구에는 왜인들보다 조선인들이 더 많았다. 그들의 행색과 몰골을 본 백홍제는 가슴이 미어졌다.

하나같이 개돼지처럼 목줄을 한 채 이 배 저 배 고기잡이배로 끌려 다니는 신세였다. 조선의 노비보다 더 비참했다. 얼굴이 새까맣게 그을린 그들은 배에서 내리는 사람들을 물끄러미 바라보았다.

백홍제는 그들의 시선을 뒤로한 채 가마에 앉아 이즈하라 성으로 향했다. 성의 망루에서 손문욱 일행이 오는 것을 본 왜졸이 나팔을 길게 불었다. 그러자 북소리가 요란하게 울리기 시작했다.

대마도 도주 소 요시토시는 가신들을 좌우에 앉힌 채 손문욱을 맞이했다. 백홍제는 그의 뒤에 앉았다. 서로 인사말이 오가고 나자 손문욱은 넌지시 소 요시토시의 감성을 건드렸다.

"도주님의 선묘(선산)가 본국 동래부의 경내에 있지 않습니까?"

소 요시토시는 눈썹을 움찔했을 뿐 말이 없었다. 박수영이 입을 열었다.

"손 만호는 어인 까닭으로 갑자기 도주님의 조상을 들먹이는 것이오?"

"대마도는 조선과 한집안이라는 말씀을 드리고 싶어서입니다."

손문욱은 품에서 봉서 한 통을 꺼냈다.

"이건 조선 조정이 박 봉행님께 내리는 것입니다."

박수영을 예빈시 주부(종6품)로 삼는다는 교지였다. 그것을 받아 들고 읽어본 박수영은 탐탁지 않아 했다.

"지금 정기룡의 벼슬이 뭐요?"

백홍제는 자신의 귀를 의심했다. 손문욱의 어깨 너머로 박수영의 얼굴을 살폈다. 손문욱이 망설이다가 대답했다.

"정기룡? 아, 그분은 김해 도호부사로 계십니다."

"그러면 그놈은 몇 품이나 되오?"

"종2품관입니다."

박수영은 교지를 휙 집어 던졌다.

"그놈이 2품이니 난 1품 아니면 안 받겠소."

손문욱은 기가 찼다. 치밀어 오르는 속을 애써 억누르며 말했다.

"어느 누구라도 단번에 높은 벼슬을 받을 수는 없는 법입니다. 다만 박봉행님께서는 빠르게 높아질 것입니다."

이어서 손문욱은 소 요시토시와 강화에 대한 논의를 이어갔다. 야나가와 시게노부와 그의 아들 야나가와 카게나오, 데라사와 마사시게를 비롯한 가신들이 다 한마디씩 거들었다. 손문욱은 혼자서도 조금도 밀리지 않고 그들을 상대했다.

"오늘은 이만하겠소."

손문욱과 백홍제는 숙소를 안내받았다. 백홍제가 몰래 왜졸 하나에게 은전을 쥐어주며 말했다.

"나는 조선의 거상이오. 따로 봉행님을 뵙고 싶소."

왜졸은 어리둥절해하더니 곧 안색을 고쳤다.

"기다려 보시오."

해가 지자 왜졸이 찾아왔다. 백홍제는 그를 따라 봉행소(봉행의 집무처)로 갔다. 박수영이 물었다.

"무슨 일로 나를 보자고 했소?"

백홍제는 조금도 위축됨이 없이 말했다.

"박 봉행님은 사람을 알아보는 눈이 있다고 들었습니다. 소인은 과연 어떠합니까?"

박수영은 백홍제가 만만치 않은 상대임을 알고 크게 웃었다.

"으하하!"

그런 뒤에 주안상을 내오게 했다. 두 사람은 권커니 잣거니 하며 밤이 이슥해지도록 대화를 이어갔다. 박수영은 부산포의 거상 백홍제를 크게 쓸 날이 있으리라 여겼고, 백홍제는 박수영을 앞세워 정상린을 찾을 작정이었다.

"박 봉행, 우리가 벗짓기로 했으니 말이네만, 부탁 한 가지 드려도 되겠는가?"

"말씀해 보게."

"사람 하나 알아봐 주게."

"사람, 어떤 사람?"

"내 집안사람인데 피로인으로 왔다고 하네."

"그래? 전쟁이 끝난 뒤에 일본에 온 피로인들은 내가 거의 다 맡아서 처리하였지. 나가사키 항에서 포도아 상인들에게 팔아먹은 조선인들만 해도 수천 명은 될걸?"

"아, 그랬는가? 참 대단하구먼. 돈도 많이 벌었겠네?"

"벌다마다. 그러니 자네가 찾는다는 사람도 내가 그때 팔아넘겼을지 모르지."

백홍제는 술에 취한 박수영의 비위를 맞춰가며 물었다.

"책을 안고 있었다는 젊은이인데, 이름은……."

"책?"

순간적으로 박수영의 눈빛이 달라지는 것을 본 백홍제는 직감적으로 그가 정상린에 대해 알고 있다고 느꼈다. 허리에 차고 있던 전대를 끌러 내놓았다.

"은전 열 냥일세."

그러면서 박수영의 눈치를 살폈다.

"이건 선금이네."

박수영은 술잔을 들어 입속으로 부어넣고는 탁 내려놓았다.

"신부, 세르페데스 신부!"

그러고는 술기운을 이기지 못하고 두 눈이 풀리더니 쓰러져 잠이 들어 버렸다. 백홍제는 어렵지 않게 실마리를 잡은 듯했다.

"세르페데스 신부라……."

손문욱은 예전에 앓았던 음창(매독)이 재발되어 조선으로 돌아갈 수 없었다. 그런 까닭에 백홍제를 비롯해 그를 따라간 모든 사람들이 대마도에 발이 묶였다.

소 요시토시는 손문욱 일행의 그러한 사정을 아뢸 겸 다치바나노 도시마사에게 데라사와 마사시게가 쓴 한 통의 서계를 주어 절영도로 보냈다.

"일본의 모든 다이묘가 도쿠가와 이에야스 님의 휘하에 속해 있습니다. 이는 조선이 의심하지 않아도 됩니다. 새 관백님은 강화에 관한 모든 일을 우리 도주님께 맡겼습니다. 그러니 조선은 빨리 신사(통신사)를 차임(가려 뽑음)하여 강화를 도모하는 것이 곧 두 나라의 백성들에게 홍복이될 것입니다."

서계의 내용이 오만불손한지라 사도 도체찰사 이덕형은 다치바나노 도시마사를 꾸짖었다. 그러고는 단호히 말했다.

"조선은 천조의 속번(제후국)이므로 천조의 조칙이 없이는 조금도 우리마음대로 할 수 없다."

"저희들은 강화의 일만 이루어진다면 시일의 늦고 빠름은 헤아리지 않을 것이옵니다. 당장 강화를 맺지 않더라도 명년 봄 안으로는 통신사가오사카 성으로 왕래하여야만 화란을 늦출 수 있을 것이옵니다. 제 말씀을 믿지 못하시겠다면 저를 하옥하였다가 진위를 알아본 뒤에 목을 베어죽여도 좋사옵니다."

이덕형은 노기 어린 낯빛으로 말했다.

"너희들이 고작 한두 해를 참지 못하니 너희들을 두고 사람 얼굴에짐승의 마음이라고 하는 것이다. 너희들의 공갈은 이미 싫증나도록 들었다."

다치바나노 도시마사는 강화하기를 주저한다면 재침을 할 수도 있다는 은근한 협박이 통하지 않자 말을 바꿨다.

"도쿠가와 이에야스 님은 정중하고 후덕하여 거짓이 없는 사람으로서 매양 전 관백이 무고한 조선의 백성들을 살육하고 약탈한 것을 한탄하였사옵니다."

이덕형은 기다렸다는 듯이 곧바로 받았다.

"그렇다면 새 관백은 어찌하여 피로인들을 모두 돌려보내는 것으로써 수길(도요토미 히데요시를 말함)의 죄를 사과하지 않는가?"

다치바나노 도시마사는 말문이 막혀버렸다.

"만약 그러한 성의를 보인다면 천조에서 기특하게 여겨 반드시 양국 간의 강화를 허락할 것이다. 그러지 않고 작은 섬의 도주가 빈 입으로만 강화를 졸라댄다 한들 무슨 믿을 것이 있겠는가?"

다치바나노 도시마사는 한동안 아무 말도 못 하다가 아뢰었다.

"그 말씀이 맞사옵니다. 돌아가서 아뢴 다음에 다시 조선에 들어오겠사옵니다."

조선 조정은 여러 차례 명나라에 자문을 구했고, 드디어 황제의 칙서가 도착했다.

"조선 왕은 왜사가 자주 와서 흥병(군사를 일으킴)하겠다는 위협 때문에 천병을 보내주어 성세(명성과 위세)를 떨쳐달라고 계청(황제에게 요청함)하였는데 그 일은 체념하기 바란다.

짐이 돕지 못할 바는 아니지만 언제까지 기대기만 할 것인가? 마땅히 조선이 스스로 방비를 마련하는 것이 상책이다. 천리 땅을 가지고서도 거친 바다 너머에 있는 남을 겁내는 것은 온 세상이 비웃을 일이다.

조선 왕은 모름지기 농병(백성들이 평시에는 농사를 짓고 유사시에는 군사가 됨)에 힘을 쓰고, 짐을 탓하지 말라."

임금과 조정은 가슴이 무너져 내렸다. 일본과 강화를 하든 말든 조선의 일은 조선이 알아서 하라는 말이었다. 황제가 명군의 파병을 거절한 마당에 강화 이외에 다른 길은 없었다.

그즈음 도쿠가와 이에야스는 덴노(天皇) 조정으로부터 세이이타이쇼군(征夷大將軍:정이대장군)에 책봉되었다. 조선은 일본이 다시 전쟁을 일으키지 않을까 하는 두려움에 휩싸였다. 정이(征夷), 그 말은 조선 정벌을 뜻하는 것이기 때문이었다.

도쿠가와 이에야스가 쇼군에 오르자 3남 도쿠가와 히데타다는 2인자의 칭호를 얻었다. 도쿠가와 이에야스의 가신들은 장차 2대 쇼군이 될 도쿠가와 히데타다를 에도우다이쇼(江戶右大將:강호우대장)라고 불렀다.

그 소식을 들은 박수영은 더 한층 우쭐했다. 대마도 도주 소 요시토시와 가노 야나가와 시게노부, 가신 데라사와 마사시게 등에게만 맡겨놓지 않고 박수영은 직접 조선 조정에 보내는 서계를 썼다.

"예빈시 노(자신의 겸칭) 박수영은 삼가 아뢰옵니다. 신은 왜적에게 잡혀서 여러 해 동안 돌아가지 못했으니 그 죄는 만 번 죽어 마땅하옵니다.

신이 비록 흉적의 소굴에 머물러 있기는 하지만 실로 성명(聖明:임금의 밝은 지혜)의 전복(임금의 종이라는 뜻으로 신하의 겸칭)이니 어찌 상감마마를 잊고 나라를 배반할 리가 있겠사옵니까?

미신의 생각으로는 성상(임금의 존칭)의 군병은 산과 같이 높고 바다와 같이 깊으며, 양장(훌륭한 장수)들은 그 지혜가 제갈량과 같고 용맹은 곽자의(당나라를 세운 최고의 공신)와 같으니 해구(해적)를 물리치는 일은 손쉬울 것이지만, 다만 파도를 넘어 끊임없이 침노하는 불구대천의 원수를 이웃에 두고 있으니 언제나 병란이 그칠지 모르겠사옵니다.

이번에 대마도의 사신을 돌려보낼 때에 조선의 사신을 대동하게 하시어 한편으로는 이곳의 진위와 허실을 탐색게 하고, 한편으로는 이들이 갑자기 쳐들어오는 빌미를 막음으로써 억조창생이 만세에 평안한 복을 누리도록 해야 할 것이옵니다. 만약 성상께서 이렇게 시행하시지 않는다면 나라의 위태로움이 끝내 사라지지 않을 것이옵니다. 신은 통곡하며 아뢰옵니다."

대담 무엄한 박수영의 서계를 받아본 사도 도체찰사 이덕형은 통탄했다.

"아, 천하에 용서 못 할 부왜놈! 저들은 강화를 하지 않을 수 없는 우리 조선의 형편을 훤히 꿰뚫고 있는 것이다."

악인이 남긴 말

1

임금은 도목정사(정기 인사)를 하여 김해 부사로서 2년 임기가 찬 기룡을 밀양 부사로 이배(전근)했다. 기룡은 대마도로 간 백홍제에게서 아무 소식도 듣지 못한 채 밀양으로 부임했다.

화이가 제 기운을 이기지 못해 앞발을 굴리고 뒷발을 들어 차며 함부로 아무 물건이나 이빨로 물어뜯는 것이 심해졌다. 기룡은 더 이상 화이를 타지 못하고 마구간에 매어두고 콩과 좋은 꼴을 먹이고 있었다.

"저 말은 흘레를 제때 하지 못해 병이 난 것이옵니다. 불알을 까면 진정이 될 것이옵니다."

기룡은 귀목의 말을 믿고 화이를 거세시켰다. 그런데 마의가 실수를 해 오랫동안 지혈이 되지 않았다. 출혈이 겨우 진정되자 이번에는 그 부위가 크게 부어올랐다. 화이는 밤낮으로 울부짖었다.

그러던 어느 날, 화이는 부은 사타구니에서 고름을 서 되나 쏟아내고 죽고 말았다. 기룡의 상심은 이만저만이 아니었다. 그림자처럼 함께 지내면서 숱한 전장을 누벼온 터라 한낱 말이 아니라 혈육이나 마찬가지였다.

기룡은 화이를 묻어주기로 하고 자리를 물색했다. 밀양부 호장 손소근이 아뢰었다.

"관아 서쪽에 있는 마암산을 두고 예로부터 내려오는 참언이 있사온데 명마가 묻힐 산이라고 하옵니다. 그 명마의 혼백은 밀양을 수호하는 신이 된다는 것이옵니다."

"그렇다면 죽은 말을 마암산에 묻으라는 말인가?"

"부사또께서 타시는 말이 명마라는 소문은 이미 오래전부터 났었사옵니다. 그 말이 밀양에 와서 죽었으니 참언이 딱 들어맞는 것이라고 관속과 백성들이 다 한입으로 말하고 있사옵니다."

"그래? 화이가 밀양을 수호하는 마신이 된다면 묻지 못할 것이 무에 있겠는가?"

기룡은 응천 너머로 밀양 읍성이 내려다보이는 마암산 정상에 화이를 장사 지내고 제문을 지어 혼백을 달래주었다.

"들자 하니 이 마암산은 말이 응천에 머리를 박고 물을 마시는 형국이라 하네. 화이가 전마로서 소임을 다하느라 꼴을 편안히 씹은 적이 없고 물도 제대로 먹은 적이 없으니 죽어서라도 마음껏 먹고 마실 수 있다면 다행이겠네."

별장들이 가까이 시립하고 있는 가운데 이희춘이 아뢰었다.

"아마도 좋은 곳으로 갔을 것이옵니다."

김세빈도 한마디 더했다.

"공을 많이 세웠으니 만약 환생이 있다면, 다음 생에는 사람으로 태어날 것입니다."

화이를 장사 지낸 그날 밤부터 마암산 산마루에서는 괴이쩍은 소리가 나기 시작했다. 백성들은 밤마다 잠을 못 자자 수군대기 시작했다.

"말 무덤에서 나는 소리가 틀림없어."

"말이 뭔가 원한이 있어서 저승으로 가지 못하고 있는 게지."

"무슨 한 맺힌 것이 있을꼬?"

소리가 곧 그치겠지 하면서 참고 지내던 백성들은 드디어 큰 목소리를 내기에 이르렀다.

"밤마다 시끄러워서 살 수가 있나? 말 무덤을 없애든지 해야지. 원."

"아무렴. 죽은 말이 산 사람보다 귀하지는 않지."

"백성들을 괴롭히는 수호신도 다 있다든가?"

기룡은 이희춘에게 일렀다.

"백성들의 원성이 높으니 화이의 무덤을 파게."

별장청으로 돌아온 이희춘은 저녁이 되기를 기다려 김세빈과 정범례를 데리고 마암산 꼭대기로 가 몸을 숨겼다.

"죽은 말이 무덤 속에서 울 리가 있나? 필경 대장님을 곤란한 지경에 빠뜨리려고 어떤 놈들이 장난을 치는 게지."

밤이 이슥했다. 소쩍새 우는 소리가 처량하게도 들렸다. 그때 어디선가 소리가 나기 시작했다.

"휘이히히힝……."

바람 소리 같기도 하고 말 울음 소리 같기도 했다. 세 사람은 섬뜩한 생각이 들었지만 애써 진정시키며 다시 귀를 기울였다.

"이히힝……."

정체 모를 소리는 크게 나기도 했고 작게 나기도 했다. 이희춘은 장창을 다잡아 쥐고 천천히 몸을 일으켰다.

"아니, 저 사람은?"

이희춘은 황급히 몸을 낮췄다. 정범례가 물었다.

"왜 그러나?"

"쉿! 무덤 앞에 사람이 있네. 바로 흑사자일세."

"뭐? 흑사자?"

흑사자는 말 무덤을 손으로 몇 번 쓸어주며 무어라 중얼거렸다. 그러더니 긴 창으로 무덤 주위의 나무를 쳐 베기 시작했다. 사방이 훤히 트인 널찍한 터를 만들어 놓자 어느새 정체 모를 소리가 뚝 그쳤다.

흑사자는 타고 온 검은 말에 훌쩍 올랐다. 그러고는 검은 더펄개 두 마리와 함께 산을 내달리기 시작했다. 이희춘이 얼른 말에 오르며 말했다.

"자네들은 이만 돌아가게."

두 사람이 따라갈 새도 없었다. 이희춘은 돌풍처럼 흑사자를 뒤쫓았다. 정범례가 중얼거렸다.

"일이 묘하게 돌아가네그려."

앞서 질주하던 흑사자는 이희춘이 따라오는 것을 돌아보았다. 그를 떨쳐 내리고 더욱 속력을 냈지만 이희춘은 끈질기게 추격했다. 어느새 나타난 수많은 개들이 이희춘이 탄 말을 공격하려고 했다. 달리던 말이 놀라 멈추고는 앞발을 들고 울며 맴돌았다.

흑사자가 그런 광경을 뒤돌아보더니 휘파람을 불어 개들을 불러 모았다. 그러고는 이희춘에게 말했다.

"따라오시오."

흑사자가 도착한 곳은 재약산 중턱에 있는 바위 굴 앞이었다. 말에서 내려 그 속으로 따라 들어갔다. 어두워서 아무것도 보이지 않았다. 이희춘은 답답했다.

"앉으시오. 꼭 불을 켜야만 보이는 것은 아니오."

이윽고 달이 떠올랐다. 굴 입구 바위 바닥에 반사된 빛이 굴속으로 비쳐 들었다. 희미하게나마 형체를 분간할 수 있게 되었다. 굴 입구는 검은 더펄개 두 마리가 나란히 앉아 지키고 있었다.

"마님, 어쩌자고 이런 곳에 홀로……."

"이렇게 사는 사람도 있고 저렇게 사는 사람도 있는 게지요."

"대장님이 가시는 곳마다 뒤따라 이거(이주)하시는군요. 왜 대장님 앞에 모습을 드러내지 않으시옵니까?"

"전에 사천 싸움터에서 만났을 때 나는 이미 죽은 사람이라고 하지 않았소?"

"당치 않으시옵니다. 마님께서는 이렇게 버젓이 살아 계시옵니다. 나라에서 마님을 정부인으로 봉하셨사옵니다."

"정부인…… 그게 다 무슨 소용이란 말이오. 어차피 생불여사의 몸인 것을."

흑사자는 한숨을 내뱉은 뒤에 말을 이었다.

"그때 애복이는 진주 촉석루 위에서 친정어머니와 함께 뛰어내렸소. 거꾸로 떨어지면서 본 강물 속 바위는 바위가 아니라 검은 모래 늪이었소. 애복이는 그 모래 늪에 머리를 처박으며 강물 속에 첩첩이 쌓인 시체 위로 몸이 포개졌소.

천지신명의 가호가 있었는지 구사일생으로 살긴 하였지만 한쪽 얼굴이 깨어지고 일그러져 몰골이 말이 아니었소. 목소리도 다소간 변해버렸고."

흑사자는 얼굴을 가린 복면을 벗었다. 이희춘은 흐릿하게나마 그 깊은 상흔을 짐작할 수 있었다.

"아, 마님."

"이런 모습으로 대장 앞에 나타날 수는 없다고 생각했소. 세상의 놀림감이 될 것이기 때문이었소. 대장의 앞길을 막을 수는 없지 않겠소? 하지만 늘 곁에 있고 싶고, 지켜주고 싶은 마음은 어쩔 수 없었소.

여자 혼자 산속에서 사는데 어찌 무섭지 않겠소. 범과 곰과 이리와 같은 맹수가 자주 출몰하던 중에 전쟁 통에 사람들이 버린 강아지 두 마리를 거두었소. 차차 자라더니 저와 같이 용맹한 더펄개가 되더이다.

저 두 마리가 온 산야를 돌아다니며 사람이 버린 개들을 많이 불러들이는 바람에 수백 마리나 되었소. 그리하여 어느 때부턴가 이들이 든든한 나의 군사가 되었소."

"마님의 뜻이 아무리 완고하시어도 살아 계신다는 것만이라도 대장님이 아셔야 하옵니다."

"그건 아니 되오. 지금 집안은 아무 근심 걱정 없이 평온한데 내가 저승에서 돌아온 듯이 갑자기 나타나서 깨뜨릴 수는 없소. 지금 이대로가 좋소."

이희춘은 흐느꼈다.

"마님! 소인은 어찌해야 하옵니까?"

"세상에는 온갖 기구한 인생들이 있는 법, 나도 그중 하나일 뿐이오. 지금까지 잘 입 다물고 약속을 지켜주어 고맙소. 앞으로도 내가 살아 있는 것을 대장은 절대 모르게 해야 하오."

"흐흐흑, 마님!"

백홍제가 밀양으로 찾아왔다. 기룡은 그를 극진히 환대했다. 백홍제는 대마도에서 수집한 첩정을 아뢰었다.

"본섬에 관해서는 지난 경자년에 도쿠가와 이에야스가 실권을 장악하였음이 분명하옵니다. 그자는 도요토미 히데요시와는 달리 우리 조선과 화친을 맺고 싶어 하는 것이 진심인 것 같사옵니다. 다만 조선 조정에 먼저 머리를 조아리기는 싫고, 또다시 일본이 출병할까 봐 조정이 겁을 집어먹고 사신을 보내준다면 강화를 맺을 속셈을 가지고 있는 듯하옵니다.

하옵고 대마도는 기이하게도 도주 소 요시토시의 봉행으로 있는 박수영이라는 조선인이 실세였는데, 그 연유를 알아보았더니 그자가 우연한 기회에 도쿠가와 이에야스의 3남의 눈에 들었다고 하옵니다. 그 3남이 막부의 2인자라고들 입을 모았사옵니다."

"박수영?"

"그러하옵니다. 그는 일찍이 부왜한 자로서 임진년, 정유년에 왜군의 앞잡이로 조선으로 와서 악행을 많이 저지른 자로 알려져 있었사옵니다."

"으음, 박수영, 그놈! 타고난 성정과 기질은 어찌할 수 없단 말인가?"

"상린 조카님에 대해서 알아보았사온데, 세르페데스 신부라는 작자가 실마리를 쥐고 있는 것 같았사옵니다. 그자는 본섬 어딘가에 수도원을 열고 있다고 하옵니다."

"그 양인(서양인)은 일본 사람이 아니라서 어디에 있든 사람들의 눈에 쉽게 띄고 소문도 날 것이니 찾기가 쉬울 것이 아니겠는가?"

"그렇사옵니다만, 그러자면 본섬으로 가야 하옵니다."

"알겠네. 참으로 애를 많이 썼네."

기룡은 백홍제가 정탐해 온 내용을 써서 임금에게 밀계를 올렸다. 임금은 본섬의 정세가 자신이 예견한 것과 크게 다르지 않음을 알았다.

대마도 도주 소 요시토시의 모승 겐소는 박수영이 향어(한문을 뜻함)를 잘 모른다는 핑계를 들어 그 대신 적어 올린다고 하면서 화친을 하고 통신사를 보내줄 것을 요청했다.

이어서 다치바나노 도시마사는 야나가와 시게노부의 서계를 가지고 와서 예조에 올렸다.

"만일 올해 안으로 일본과 조선의 강화가 이루어지지 않으면 본섬에서 대군을 발동하여 바다를 건널 것입니다."

연이은 협박성 서계에 놀란 신하들이 임금에게 주청했다.

"승병장 유정(사명대사)이 전란 때에 울산에 있는 가토 기요마사의 왜진 속을 여러 번 드나들며 큰소리를 쳤는데, 그때 가토가 유정을 도통한 고

승으로 여겼사옵니다. 그 후로 왜인들이 유정을 송운상인(松雲上人:송운은
사명대사의 아호. 상인은 지덕을 갖춘 고결한 중의 높임말)이라 일컬으며 높이 여
기고 있사옵니다.

만약 유정이 바다를 건너가면 고승으로서 왜인들이 함부로 하지 못하
는 바가 될 것이고, 여러 가지 소임을 이룰 수 있을 것이옵니다."

임금은 대신들을 둘러보며 하문했다.

"국사가 엄중한데 석문(불가)의 중을 소도(작은 섬. 대마도를 말함)로 보내
라니, 나라의 중신인 경들 중에는 아무도 갈 사람이 없소? 가서 왜인들한
테 죽임을 당할까 봐 그리도 겁이 나오?"

신하들은 머뭇거리다가 한목소리를 내며 머리를 조아렸다.

"마, 망극하옵니다. 전하."

머잖아 사명대사가 탐적사로서 일본 본섬으로 간다는 소문이 났다. 부
산포에 있던 백홍제가 다시 기룡을 찾았다.

"이번에 소인이 대사님을 따라가서 그 양인 신부를 찾아보겠사옵
니다."

"대마도라면 모를까 본섬까지 가겠다니 그 멀고 험한 길을 어찌 보내겠
는가?"

"소인이 아니면 아무도 할 수 없는 일이옵니다."

기룡은 한시도 벗지 않고 목에 걸고 있던 염주 목걸이를 벗어 들었다.

"지난날 어머님께서 대사를 하룻밤 재워드리고 받은 것이라네. 갖고
가서 혹여 곤란한 일이 생기거든 대사께 보이도록 하게."

염주 목걸이를 받아 든 백홍제는 결의에 찬 목소리로 말했다.

"하오면 소인, 다녀오겠사옵니다."

기룡은 밀양 부사로 있으면서 중도 방어사를 겸임했다. 김해에서와 마

찬가지로 밀양 도호부 백성들의 성정을 빠르게 파악해 국법의 지엄함을 바로 세우고 공의(공정한 도의)를 잘 헤아려서 정무를 살폈다.

백성들은 마음속 깊이 교화가 되어 저잣거리에서는 다툼이 줄어들었고, 관아 뜰에서는 송사를 찾아볼 수 없게 되었다. 남녀노소 모두 고을 수령인 기룡을 진정으로 우러르고 떠받들었다.

다만 한 가지 고심거리가 있었다. 항왜촌이었다. 그곳은 전란 때 조선으로 귀부한 왜인들이 모여 사는 고을이었다. 그들은 처음에는 숨죽이며 살다가 차츰 대담해져서 남모를 결속을 강화하고 규율을 엄격히 세워 서로를 비호했다.

부역과 조세를 감당할 수 없어 본적을 버리고 도산(달아나 흩어짐)한 백성들이 하나둘 그곳으로 모여들었다. 항왜촌은 부세를 면제하는 까닭이었다. 항왜들은 찾아드는 조선 백성들을 다 받아들였다. 그런 다음에 달아나지 못하도록 울타리를 치고 감시를 삼엄하게 하면서 그들을 노비처럼 부렸다.

세력을 이룬 그들은 밤이면 인근 고을에 숨어들어 부녀를 납치하기도 하고 두축을 잡아가기도 하는 등 온갖 패악질을 벌였다. 기룡은 육방 서리를 차송해 여러 차례 타이르고 달랬지만 그때뿐이었다.

"더 이상 고을 밖으로 나와 분탕질을 일삼는다면 모조리 잡아서 옥에 가두겠다."

마지막 경고를 하러 간 형방과 나졸들에게 항왜들이 왜검을 들고 떼거리로 달려들어 위협하며 꿇어앉히고는 마구 구타한 사건이 발생했다.

기룡은 크게 분노해 별장들에게 하령해 수모자(주모자)와 가담한 항왜들을 모두 잡아들였다. 그제야 그들은 뉘우치는 시늉을 하며 용서를 빌었다. 기룡은 사흘을 굶겨 가둔 뒤에 다시는 패악질을 일삼지 않겠다는 서약을 받고 방면했다.

고을로 돌아온 항왜들은 기룡을 눈엣가시처럼 여겼다. 그들 중 대부분은 전란 때 기룡이 이끄는 감사군에게 항복한 왜군들이었다. 기룡만 없었다면 조선은 일본의 수중에 떨어졌을 것이고, 그리되었다면 항복할 일도 없었을 것이며, 지금쯤 다들 한 고을씩 차지하고 앉아 호의호식하고 있을 것이라는 데까지 생각이 미쳤다.

"저 사또 놈을 쫓아내자."

"아예 죽여버려야지."

항왜들은 연일 조정에 상소를 올렸다. 기룡이 전란 때 세운 군공은 다 위훈(거짓 공훈)이라는 것이었다. 자기네들끼리 증인이 되고 가짜 증거도 만들어 냈다. 조정에서는 한두 번도 아니고 줄기차게 들어오는 소장(상소 문서)을 믿기에 이르렀다.

임금은 그럴 리 없을 것이라는 심증을 가졌지만 신하들이 증인과 증거를 무시할 수만은 없다는 중론에 이르자 어찌할 수 없이 명을 내렸다.

"밀양 부사 정기룡을 청도 군수로 보내라."

기룡은 항왜들의 참소로 적강(좌천)되었지만 어떠한 해명도 하지 않았다. 기룡이 하천(좌천)되어 간 연유를 알게 된 밀양 백성들은 기룡의 무고를 풀어주기로 했다.

그리하여 향청, 질청, 향교, 장시 등 사민이 모이는 곳마다 임금에게 올리는 상소문을 두었다. 오가는 백성들은 다 연명을 했다. 불과 두어 달만에 거의 모든 백성들이 상소문에 이름을 올렸다.

임금은 그러면 그렇지 하며 기룡을 다시 밀양 도호부사로 제수했다.

"경이 노심초사한 바를 과인이 모르는 바 아니다."

이어서 가의대부(종2품 상계)에 가자했다.

"정기룡은 김해 부사로 재임 시절에 백성을 구휼하고 군병을 조련하며 청렴결백하고 자상 온유하여 어진 정무를 펼친 것이 나라에서 으뜸이 되었다."

여러 해 동안 왜변 때의 군공을 감정(헤아려 정함)해 오던 공신도감에서 마침내 모든 사감(조사)을 마치고 공신을 다 특정했다. 그리하여 신무문(경복궁의 북문) 밖에 회맹단을 설치하고 공신들을 모아 회맹제를 거행했다.

그다음 날, 임금은 공신들에게 공신녹권을 반급(임금이 나눠 줌)했다.

왜란이 일어나 몽진(임금의 피난)했을 때 한양에서 의주까지 처음부터 끝까지 거가(임금의 수레)를 따른 사람들을 호성공신, 왜적을 물리친 장수들을 선무공신, 왜란 중에 일어난 이몽학의 반란을 토벌한 사람들을 청난공신으로 삼았다.

호성공신 1등에는 이항복과 정곤수가 올랐고, 2등은 이원익, 유성룡 등이 정해졌으며, 3등은 내시 김기문, 의관 허준, 이마(사복시에 딸려 있던 말구종), 김응수 등이었다. 임금은 그들에게 각각 작위를 내리고 군(君)으로 봉했다.

선무공신 1등은 이순신, 권율, 원균 등 세 사람이었고, 2등은 김시민 등이었으며, 3등은 조경 등이었다. 또 청난공신 1등은 홍가신, 2등은 박명현 등이었고, 3등은 신경행 등이었다.

"한음(이덕형의 아호) 대감이 왜 없지?"

"어, 정기룡 장군도 없잖아?"

"진짜 일등 공신들을 다 빼고 도대체 무슨 짓을 한 거야?"

"저희들끼리 나눠 먹기를 한 거겠지."

"아니, 내시가 24명에다가 노비들도 20여 명이나 공신이 되었는데, 어찌하여 한음 대감과 정 장군 같은 분이 빠질 수 있단 말인가?"

"한음 대감은 스스로 사양했다는 말도 있더군."

"그렇다고 빼버려? 그러면 정 장군은?"

"모르긴 해도 감정에도 오르지 않았을 터이지."

"이건 다시 사감하고 감정해야 돼."

"두고 보자고. 머잖아 물론(여론)이 들끓을 터이니."

임금은 기룡을 특별히 자헌대부(정2품 하계)로 승품(종2품에서 정2품, 정2품에서 종1품으로 올리는 것)했다.

"경은 천성이 겸손하여 스스로의 군공을 한 번도 자랑하지 않았다. 전란 때에는 백전백승의 위세를 떨쳤으며 왜적에게 사로잡힌 백성들을 되찾아 온 일은 이루 다 셀 수 없이 많았다. 막하에 둔 장사들이 적병의 머리를 벤 것은 군공안에 빠짐없이 기록하였지만 정작 스스로의 큰 공은 대수롭지 않게 여겼다.

이런 이유로써 선무공신의 봉군에는 안타깝게도 미치지 못했으니, 사람들이 경을 일러 옛날의 대수장군(후한 광무제 때 명장 풍이가 군공을 논할 때면 매번 큰 나무 아래로 물러가 있었기에 백성들이 그에게 붙인 칭호)에 견주었다.

이에 과인이 경의 벼슬을 더하여 위유하느니, 경은 녹권을 받지 못한 것을 너무 섭섭히 여기지 말라."

백성들이 입을 모아 말했다.

"아무리 그래도 공신에서 빼는 건 안 되지."

2

부산포에 도착한 사명대사는 대마도로 떠날 채비를 갖추고 있었다. 일본이 바라는 통신사가 아니라 회답 겸 쇄환사(포로를 되찾아 오는 관원)의 자격으로 가는 것이었다.

문도(학문을 하는 제자) 해안과 전 만호 손문욱, 역관 김효순과 박대근, 여러 군관들은 겉으로 드러내지는 않았지만 속 깊이 불안하고 초조했다. 한편 예물을 담당한 상인들은 따로 챙긴 조선의 특산물을 팔고 일본의 산물을 사 와 큰 이문을 남길 생각에 잔뜩 들떠 있었다.

문도 해안이 아뢰었다.

"대사님, 누가 뵙기를 청하옵니다."

백홍제는 사명대사를 만난 자리에서 기룡이 준 염주 목걸이를 내보였다.

"그 물건이 어떻게 해서 시주의 손에 있소?"

"소인은 정기룡 장군님의 수하이옵니다. 이 염주는 장군의 훤당(남의 어머니에 대한 존칭)께서 목숨처럼 지니고 계셨던 것이온데, 지난 왜란 때 장군께서 물려받으셨다고 하옵니다. 소인이 대사님을 뵈올 적에 이것을 증표로 삼으라고 하셨사옵니다."

"내게 할 말이 있거든 해보시오."

"소인을 일본국으로 데려가 주옵소서."

백홍제는 기룡이 준 서신을 사명대사에게 전했다. 읽어본 그는 말했다.

"시주가 상인이라고 하지만 그 신분으로는 다른 이들이 얕잡아 볼 것이니 나의 일행이라고 하시오."

사명대사는 회답 겸 쇄환사의 자격으로, 손문욱은 탐적사(적의 정세를 정탐하는 관원)의 임무를 띠고 바다를 건너 대마도에 갔다.

한나절이 걸려 이즈하라 항구에 도착한 사명대사는 도주 소 요시토시를 비롯한 가신들의 환영을 받으며 성으로 향했다. 백홍제는 박수영과의 재회를 기뻐하며 나란히 갔다.

성에 도착해 상견례를 마친 사명대사는 소 요시토시에게 문건을 하나 주었다. 대마도의 왜인들이 부산포에 와서 교역하는 것을 개유(알아듣도록 타이름)하고 허락하는 조정의 공문이었다.

소 요시토시는 무역이 재개된 것을 흡족하게 여겨 성대한 환영연을 베풀었다. 박수영은 백홍제와 손문욱을 좌우에 앉혀놓고 호기롭게 떠들고 마셔댔다. 밤이 되어 겐소는 자신이 주지로 있는 세이잔지(西山寺)로 사명대사를 이끌었다.

소 요시토시는 교토에 차사를 보내 도쿠가와 이에야스의 막부에 사명대사가 대마도에 와 있음을 알리고 강화 회담을 위해 그를 데리고 갈 뜻을 아뢰었다. 막부는 석 달이 지나도록 회답을 주지 않았다.

사명대사는 기약 없이 대마도에 머무르는 신세가 되었다. 모든 사람들이 초조해했지만 사명대사는 조금도 조급한 기색이 없었다. 마침내 도쿠가와 이에야스는 소 요시토시에게 명령을 내려 사명대사와 같이 교토로 오라고 했다.

그리하여 소 요시토시, 박수영, 겐소 세 사람은 사명대사를 인행하며 대마도를 출발했다. 이키 섬이 멀리 남쪽에 보이자 북동쪽으로 항해해 시모노세키의 내해로 들어갔다.

오사카(大板)에 배를 정박시킨 일행은 막부에서 내준 말을 타고 교토로 향했다. 오사카에서 교토로 가는 동안 수많은 일본 사람들이 좌우 길가에 나눠 서서 연신 합장배례를 하며 조선 고승의 방문을 환영했다.

사명대사는 교토에 도착했다. 겐소의 안내로 경도오산(교토의 5대 사찰)의 하나인 니치렌(日蓮) 종파의 큰 사찰 혼포지(本法寺)에 숙소를 잡았다.

사명대사는 그곳에 머물면서 도쿠가와 이에야스와의 회담이 성사되기를 기다렸다. 그러나 한 달이 가고 두 달이 가도 도쿠가와 막부로부터 아무런 소식이 없었다.

쇼코쿠지(相國寺) 주지 사이쇼 죠타이(西笑承兌)가 찾아와 법회를 열어달라고 간청했다. 사명대사는 흔쾌히 수락했다. 그리하여 큰 법회가 열렸고, 탑전에 앉아 수없이 모인 일본 중들에게 보살도에 대해 설법했다.

법문을 듣는 중들 가운데는 겐소와 함께 종군승으로 고니시 유키나가를 따라갔던 텐케이, 가토 기요마사에게 자문을 했던 게이넨도 있었다.

그리고 구마모토(熊本) 현에 있는 혼묘지(本妙寺)의 주지 닛신(日眞)노 있었다. 그는 왜란 중에 사명대사가 울산성에서 가토 기요마사와 회담을 할 때 배석했으며, 대사의 높은 도력을 일찍부터 알아보았다. 사명대사가 교토에 왔다는 소식을 듣고 한달음에 달려온 것이었다.

사명대사의 설법을 들은 일본 중들은 깊이 감화되었다. 설법을 마치자 학승 엔니(円耳)가 일어서서 공손히 합장배례를 했다.

"송운상인께 여쭈옵니다. 무엇을 부처라 하옵니까?"

사명대사는 그 즉시 주장자를 내리치며 짧게 대답했다.

"심(心)!"

엔니는 사명대사의 제자가 되기를 청했다. 대사는 법을 구하고자 하는 그의 간절한 뜻을 받아들여 제자로 삼았다.

법회를 통해 사명대사를 공개적으로 시험했던 쇼코쿠지의 주지 사이쇼 죠타이도 큰 감명을 받고 대사의 높은 법력을 막부에 알렸다. 그러고는 자청해 사명대사와 도쿠가와 이에야스의 만남을 주선했다. 그제야 사명대사는 사이쇼 죠타이가 도쿠가와 이에야스의 가노라는 것을 알게 되었다.

드디어 사명대사는 교토의 후시미 성에서 쇼군 도쿠가와 이에야스와 그의 3남이자 후계자인 에도우다이쇼 도쿠가와 히데타다와 회담을 하게 되었다. 도쿠가와 히데타다가 둘러앉은 수십 명을 살피다가 박수영에게 시선이 잠시 머물렀다. 박수영은 그에게 고개를 숙여 예를 갖췄다.

이윽고 사명대사와 도쿠가와 이에야스 사이에 대화가 오갔다.

"조선에서 통신사를 파견해 주십시오."

"마땅히 피로인을 모두 돌려보내야 가능한 일이오."

관심사가 달랐다. 두 사람이 상대방의 요구에 별다른 확답을 하지 않는 가운데 얘기가 겉돌기만 했다. 사이쇼 죠타이가 끼어들었다.

"대사께서 피곤해 보이시니 오늘은 이쯤 하십시오."

도쿠가와 이에야스는 그의 말을 순순히 따랐다.

"대사를 모시고 여러 곳을 구경시켜 드리도록 하시오."

사명대사는 사이쇼 죠타이가 단순히 도쿠가와 이에야스의 고문을 넘어 막부의 정치적 결정을 좌우하는 실세라는 것을 깨닫고 그와 보내는 시간을 점차 많이 가졌다. 그리하여 사이쇼 죠타이를 부처님의 자비심으로 충만시켜 피로인에 대한 인식을 달리하게 만들었다.

사이쇼 죠타이는 교토 일대에서 참혹한 노예 생활을 하고 있는 피로인을 방면해 주도록 막부의 여러 가신들에게 명령과도 같은 당부를 했다.

"이 사내아이는 은전 닷 냥이오."

"이놈은 덩치가 크고 힘이 좋으니 열 냥은 받아야겠소."

"이 계집은 음식을 잘하니 일곱 냥은 쳐주어야 하오."

박수영은 가신들이 농노로 삼고 있던 피로인을 방면하는 데 일일이 주릅을 들어서 두전(거간이 먹는 돈)을 크게 벌어들였다.

"세상만사 사필귀정이 어디 있겠느냐? 오직 사필귀전(事必歸錢)이니라. 으하하하!"

사명대사가 숙소로 삼고 있는 혼포지는 교토 각지에서 방면된 피로인들로 가득 찼다. 그들은 다시 일본의 어디론가 팔려 갈까 봐 숨을 죽인 채 군관들의 지시를 한 치의 어김도 없이 꼬박꼬박 잘 따랐다.

"대사님, 소인이 어딜 좀 다녀올까 하옵니다."

"군관을 데려가야 하지 않겠소?"

"아니옵니다. 소인 혼자 다녀올 일이옵니다."

백홍제는 통행증을 지니고 말을 타고 오사카로 되돌아간 다음 거기서 배를 탔다. 좁은 해협을 사이에 두고 시모노세키와 마주하고 있는 고쿠라 항에 닿았다. 고쿠라에서 세르페데스 신부를 찾는 일은 어렵지 않았다.

바다가 내려다보이는 작은 언덕에 가톨릭 수도원이 서 있었다.

"정유년에 일본군이 조선에서 전원 철수할 때 책을 안고 잡혀 온 젊은이라…… 아, 그런 사람이 있었지요. 나가사키 항에서 고니시 유키나가 태수님의 가신이 데리고 갔다고 들었는데…… 가만, 책을 품고 있던 젊은이와 도공, 그렇게 두 사람이었어요."

"그 가신이 누구입니까?"

"얼굴에 칼자국이 나 있는 장수라고 하던데 이름은 기억이 나지 않는군요."

나이가 많은 세르페데스 신부가 기억을 되찾도록 백홍제는 이것저것 짐작으로 물었지만 이렇다 할 정보를 더 얻지 못했다.

"이거 얼마 안 되지만 수도원에 쓰십시오."

백홍제는 은전이 든 주머니를 하나 놓고 나왔다. 교토 혼포지로 돌아오는 길에 문득 떠오르는 것이 있었다.

"맞아! 얼굴에 칼자국이 나 있는 왜장이라면 바로 그자가 아닌가?"

도쿠가와 히데타다가 자신의 가신 4인방에게 지령을 내려 사명대사의 행적과 일본 백성들의 평판을 채집하게 했다. 결과는 놀라웠다. 일본의 니치렌 종파의 많은 중들이 개종해 사명대사의 정통 선종을 따랐으며, 백성들 사이에서 생불이라는 말이 파다했다.

도쿠가와 이에야스가 아들에게 물었다.

"송운이 요구한 조건은 다시는 조선을 침략하지 않을 것, 피로인을 전원 송환할 것, 능침(선릉과 정릉을 말함)을 파헤친 범인을 잡아 조선으로 보낼 것, 이 세 가지다. 너는 어떻게 생각하느냐?"

"침략하지 않겠다는 건 말하기 쉬운 일이고, 피로인은 몸값을 받고 풀어주니 우리 일본의 국부에 도움이 되는 일이옵니다. 또 왕릉 도굴범을 보내는 일은 아무 잡범이나 묶어서 보내면 될 일 아니옵니까?

　아무것도 아닌 세 가지를 들어주고 우리는 단 한 가지 요청, 즉 통신사를 보내달라고 한다면, 조선이 우리 일본에 조공을 하러 오는 것처럼 우리 백성들이 알게 되니 손해 보는 일은 아닐 것이옵니다."

　도쿠가와 이에야스는 그 말을 옳게 여겼다. 그리하여 사명대사를 다시 만난 자리에서 말했다.

　"대사께서 요청하신 조건들을 다 들어드리겠습니다."

　"그게 정말이오?"

　"그렇습니다. 우리 일본이 약속을 다 지키는 것을 본 뒤에 조선에서는 다만 통신사만 보내주시면 됩니다."

　"알겠소. 그 점은 염려 마시오."

　회담이 합의에 도달했다. 도쿠가와 이에야스는 사명대사에게 조선으로 돌아갈 여비로 거금을 하사했다. 사명대사는 사양치 않고 받았다.

　"고승도 재물을 좋아하십니까?"

　"재물 싫어하는 사람이 어디 있겠소?"

　사이쇼 죠타이가 도쿠가와 이에야스에게 귀띔해 주었다. 사명대사가 거금을 선뜻 받은 내막을 들은 도쿠가와 이에야스가 막부에 특지로 하령했다.

　"교토에 있는 피로인들 중에서 자원하는 자들은 다 조선으로 돌아갈 수 있도록 조처하라."

　사명대사는 도쿠가와 이에야스를 크게 치하했다.

　"장군의 도량이 이에 이르니, 반드시 부처님의 가호를 받을 것이오."

　"고맙습니다. 대사님."

　박수영은 도쿠가와 히데타다에게 곁에 머물러 있게 해달라는 뜻을 담아 자주 간절한 눈길을 보냈지만 그는 좀처럼 관심을 두지 않았다. 박수영은 어쩔 수 없이 대마도로 돌아가는 행렬에 몸을 섞었다.

교토를 떠나 오사카에 도착한 사명대사는 거금을 들여서 그곳에서 신음하고 있는 피로인들도 많이 사들였다. 거간은 언제나 박수영의 몫이었다. 그는 또 많은 돈을 벌어들였다. 사명대사를 따르는 일행이 푸념했다.

"대사님, 이러다가 저희들의 여비가 하나도 안 남겠사옵니다."

"우리는 단지 여비를 잃게 될 뿐이지만 저들은 여기 잡혀 와 나라를 잃지 않았소?"

아무도 대꾸를 하지 못했다. 사명대사는 손문욱에게 일렀다.

"남은 돈으로 우리 백성들을 태워 갈 배를 세내도록 하시오."

사명대사는 오사카 항에서 40여 척의 배에 조선 백성 3천여 명을 나눠 태우고 대마도로 향했다. 그에 앞서 박수영은 소 요시토시, 겐소와 함께 사후선(척후선)을 타고 먼저 오사카 항을 떠나 대마도 이즈하라 항으로 돌아왔다.

백홍제는 왜장 데라사와 마사시게를 찾았다. 얼굴 오른쪽에 나 있는 흉터가 전에 없이 또렷하게 보였다. 백홍제는 옛일에 대해서 자초지종을 설명하고 물었다. 데라사와 마사시게의 대답은 뜻밖이었다.

"난 모르는 일이오."

백홍제는 당혹스러웠다. 딱 잡아떼는 그가 돈을 요구한다고 생각해 거금을 내놓았다.

"은전 50냥이옵니다."

데라사와 마사시게는 비웃었다.

"일본 무장을 매수할 수 있다고 보오? 사람을 잘못 보았구려."

"하오면 어찌해야 소인이 그 젊은이의 행방을 알 수 있겠사옵니까?"

데라사와 마사시게는 서슴없이 대답했다.

"조선을 통째로 바친다면 대답해 주겠소."

백홍제는 절망했다. 워낙 단호하고 철벽같은 그의 입을 열 방도가 없었다. 데라사와 마사시게가 말했다.

"내 한 가지 충고를 하겠소. 조선은 늘 과거에 매달리는 버릇이 있는데 지금 그대가 또 바로 그러하오. 이만 돌아가시오."

백홍제는 지지 않고 말했다.

"외람되오나 소인도 한 말씀 올리고 돌아가겠사옵니다. 가해한 사람은 옛일을 쉽게 잊어버리지만 피해를 입은 사람은 죽도록 사무치는 법이옵지요. 이만 물러가옵니다."

데라사와 마사시게는 일어서는 백홍제를 똑바로 바라보지 못하고 다다미(疊) 방바닥만 응시했다. 백홍제는 앉아 있는 그에게 허리를 굽혀 선절을 하고는 나왔다.

박수영에게 하직 인사를 하러 갔더니 손문욱이 와 있었다. 그는 비밀리에 조정에서 지시한 대로 박수영을 꾀었다.

"그리되면 머잖아 1품도 어렵지 않을 것입니다."

박수영은 손문욱의 달콤한 제의에 마음이 흔들렸다.

"내가 고민을 좀 해봐야겠소."

"내일이면 배가 떠납니다. 다시는 기회가 오지 않습니다."

손문욱은 백홍제에게 눈을 찡끗했다. 백홍제는 무슨 뜻인지 알고 말을 보탰다.

"박 봉행, 조선으로 돌아가서 우리 멋들어지게 살아보세. 내가 지금 부산포에서 제일가는 거상인데, 돌아가면 박 봉행은 조선 제일의 거상이 될 것일세."

도쿠가와 히데타다가 찾지 않는다면 작은 섬 대마도에서 평생을 보내야 했다. 그것은 안 될 일이었다. 두 사람을 보낸 박수영은 봉행소에서 나와 내사에 들었다. 아내 바우댁과 외아들 충성을 앉혀놓고 조선으로 돌아갈 뜻을 넌지시 내비쳤다.

"아니, 이제 와서 조선으로 간다구요? 가면 누가 반겨준답디까? 그간 해온 짓이 있는데."

박수영은 부릅뜬 눈으로 아내를 바라보았다.

"아, 아니 제 말은……."

"시끄럽소! 충성아, 너는 생각이 어떠냐?"

"언제는 아버지 마음대로 하시지 않았습니까? 하시고 싶은 대로 하시어요."

그러고는 일어나 나가 버렸다. 박수영은 아내 바우댁을 설득하기 시작했다.

"큰 부자가 되어 돌아간다니까? 여기서 우물쭈물하고 있다가 자칫 잘못하면 전 재산을 빼앗기고 하루아침에 목이 달아나는 수도 있어. 우리는 어디까지나 조선인이란 말이야."

"돌아간들 무사하겠어요?"

"벼슬을 내린다잖아. 벼슬을!"

"아니, 말이야 바른말이지 부왜 중에 최악질 부왜한테 무슨 벼슬을 내린다고 그러시어요? 제발 정신 좀 차려요."

"그게 아니야. 피로인들을 수천 명이나 방면해서 쇄환해 가는 공이 얼마나 큰데 그래?"

"아무튼 나는 반대예요. 내가 바닷길을 견뎌낼 몸도 아니고……."

"조선에 가면 임자의 병을 낫게 할 수 있어. 용한 의원들이 많으니까 말이야."

그 말에 바우댁도 마음이 흔들렸다.

"내가 벼슬을 받게 되면 우리 충성이는 과거에 급제를 시키자고. 돈이

면 귀신도 부린다는데 그깟 시관 몇 놈이 대수겠어? 그러면 우리도 양반
이 되어서 아흔아홉 칸 기와집을 짓고 살자고. 나는 정자관을 쓰고 임자
는 옥비녀를 꽂은 채 만석지기 전답과 수많은 노비를 거느리고 떵떵거리
며 살 수 있다니까."

박수영의 생각은 또 하나 더 있었다. 조선에서 벼슬을 받은 뒤에 기회
를 보아 일본으로 되돌아오면 그만큼 대우도 달라지리라는 판단이었다.
어쩌면 도쿠가와 히데타다가 본섬으로 불러들일지도 모를 일이었다.

"그렇게만 된다면 나는 에도우다이쇼 도쿠가와 히데타다 님의 부교가
되어야지. 그리고 머잖아 에도우다이쇼 님이 쇼군에 오르신다면 나는 총
봉행?"

생각만 해도 온몸이 짜릿했다.

"조선으로 치면 정승, 정승 중에서도 일인지하 만인지상이라는 영의정
이지. 암, 정기룡 그놈의 벼슬에 비할 바 아냐. 게다가 일본이 조선보다 얼
마나 더 큰 나라냔 말이야. 이제 내가 그놈을 이기고 마지막 승자가 될 날
도 머지않았어."

박수영은 마침내 사명대사를 따라 귀국하기로 결단을 내렸다.

"박 부교님, 도주님이 찾으시옵니다."

다음 날, 소 요시토시는 가신들을 이끌고 사명대사가 묵고 있는 세이잔
지를 찾아가 전별금과 선물을 내놓았다.

"재물 대신 사람을 주면 안 되겠소?"

소 요시토시는 그 말을 곧바로 알아들었다.

"우리 섬에 있는 피로인들 중에 조선으로 돌아가기를 바라는 자는 송
운상인께서 귀국하시는 편에 다 돌려보내 주어라."

대마도 전역에 흩어져 있던 피로인들이 이즈하라 항구로 모여들었다.
역관 박대근 등은 일일이 신원을 물어 확인하고는 배에 태웠다. 그러느라

또 여러 날이 지체되었다. 박수영은 재산을 챙겨 보따리를 쌀 시간을 벌어서 좋았다.

"암, 이리도 운때가 척척 맞아 들어가니, 곧 내 세상이 열리려는 게지."

이른 아침, 다치바나노 도시마사가 바닷길을 인행하기 위해 왜선을 타고 이즈하라 항을 먼저 출발했다. 피로인을 잔뜩 실은 배들이 차례로 뒤따라 출항했다. 모두 48척에 남녀 3천 명을 태운 큰 선단이었다.

연안을 떠나 큰 바다로 나오자 배가 심하게 흔들렸다. 몸을 제대로 가누지 못하던 바우댁의 안색이 점점 나빠지더니 급기야는 박수영과 충성의 손을 잡고 마지막 유언을 남겼다.

"봉행 어른, 충성아, 아, 나는……."

두 사람은 오열했다. 다른 사람들이 측은하게 여겼다. 조선 땅을 밟아보지도 못하고 배에서 죽어간 사람이 여럿이었다. 그들은 다 바다에 수장했다. 시신을 배에 싣고 있으면 그들의 혼령이 고향으로 돌아가지 못해 한을 품고 풍랑을 일으킨다는 이유에서였다.

박수영과 충성은 바우댁의 시신을 꽁꽁 싸맨 뒤에 바다에 던졌다. 박수영이 울음 섞인 목소리로 크게 소리쳤다.

"잘 가오. 바우댁! 내 우리 충성이를 꼭 크게 키우리다!"

피로인들은 한마디씩 박수영을 위로했다. 얼마 뒤 배 안은 다시 와자지껄해졌다. 고향의 기억을 더듬어 자랑하는 사람이 있는가 하면 일본에서의 경험을 저마다 경쟁하듯이 토해냈다.

부산포의 해안선이 가까워졌다. 사람들은 술렁였다.

"포구가 보인다!"

피로인들은 다들 소리치며 눈물을 글썽였다.

"조선 땅이다!"

기룡은 사명대사도 뵐 겸 백홍제를 마중하기 위해 부산포로 갔다. 삼도수군통제사 이경준이 사명대사를 영접하기 위해 통제영에서 와 있었고, 경상 좌수사 최강, 김해 부사 이정표, 가덕 첨사 오찬조 등이 통제사 이경준의 좌우에 시립해 있었다.

이경준은 배에서 내리는 사명대사를 임시로 마련한 장막으로 이끌었다. 기룡은 합장을 하며 선절을 올렸다.

"소관이 대사님께 문후(웃어른께 안부를 물음)를 여쭈옵니다."

사명대사는 기룡을 바라보며 흐뭇해했다.

"정 장군!"

경상 좌수사 최강이 통제사 이경준에게 아뢰었다.

"피로인들을 어찌 처분하오리까?"

"이제 자유의 몸이니 각자 마음대로 고향으로 돌아가도록 하시오."

피로인들이 쏟아지듯 배에서 내렸다. 그들은 땅에 입을 맞추기도 하고 털썩 주저앉았다가 뒹굴기도 했다. 그러다가 입고 있던 왜복을 스스로 발기발기 찢기도 했다.

그것이 다였다. 그들은 더 이상 갈 곳이 없었다. 임진년에 끌려간 사람들은 13년, 왜란이 끝난 해인 정유년에 끌려간 사람만 해도 7년이 흘렀다. 고향으로 돌아가고 싶었지만 길도 모르고 이미 말도 서툴러졌다.

조선 옷을 가져다주는 사람도 없었고, 먹을 것을 주는 사람도 없었다. 백성들은 피로인들을 마치 또 다른 왜인을 쳐다보듯이 했다.

"어디서 왜놈들을 데려온 거야?"

"저게 다 조선인이라고?"

"왜놈도 조선인도 아닌 무슨 별종 같아."

사나운 수군들이 하나둘씩 다가들어 피로인들의 고향과 집안을 물었다. 제대로 대답하면 지나쳐 버렸고, 잘 기억해 내지 못하는 사람들은 옷과 음식을 주겠노라며 꾀어서 데리고 갔다.

멀리 바다 건너 끌려가 오랫동안 갖은 핍박을 받으며 노예로 살았던 피로인들은 천만다행으로 조선으로 돌아왔지만 오갈 데가 없다는 이유로 이번에는 같은 조선인에게 끌려가 노비가 되고 첩이 되었다.

수상한 낌새를 느끼고 따라가지 않으려는 사람들을 마구 두들겨 패기도 하고, 자색(미모)이 있는 여자에게 남편이 있으면 밤중에 몰래 남편을 묶어 바다에 빠뜨려 버리고는 실족한 것처럼 여기도록 하기도 했다.

피로인들은 오들오들 떨었다. 일본에서보다 더 심한 죽음의 공포를 느꼈다. 천신만고 끝에 돌아온 조선은 그들이 꿈에도 그리던 고국이 아니었다. 조정에서고 관에서고 피로인에 대해 어떤 조처도 하지 않았다. 데려다 놓은 것으로 끝이었다. 무관심하게 방치할 뿐이었다.

"아, 이런 대접을 받으려고 돌아왔단 말인가?"

"막상 와보니 좋을 것이 아무것도 없는데 왜 그리 오고 싶었을꼬."

"이렇게 비참한 신세가 되느니 일본에 그냥 눌러살걸."

박수영은 아들 충성과 함께 큰 짐을 등에 진 채 피로인들로 발 디딜 틈이 없는 포구를 돌아다니며 손문욱을 찾으려고 했다.

"손 만호가 어디에 있을꼬. 기다리기로 했는데……."

그때 그다지 멀리 떨어지지 않은 장막에서 삼도수군통제사 이경준과 함께 있던 손문욱이 손가락으로 가리키며 말했다.

"바로 저자이옵니다."

통제사 이경준은 하령했다.

"저놈을 냉큼 포박하라!"

박수영은 난데없이 달려드는 수군 뇌졸(헌병)들에게 붙잡혀서 꽁꽁 묶였다. 그런 다음 충성과 함께 꿇어앉혀졌다. 이경준이 박수영을 꾸짖었다.

"네놈은 지난 임진년 왜란 때 왜적의 앞잡이가 되어서 수많은 백성을 살상하였으며 또 바다 건너 왜의 땅에 가서는 닥치는 대로 조선인을 팔아넘기는 등 십악대죄의 어느 한 가지도 해당되지 않는 것이 없다. 이에 밀명을 받들어 죄인을 나국(사로잡아 고문함)하여 국법의 지엄함을 경외에 널리 보이고자 하노라."

이경준은 함께 있는 여러 수령들에게 물었다.

"죄인들을 한양으로 압송하는 중임을 누가 맡겠소?"

천 리 길을 가야 하는 번거로운 일을 아무도 맡으려 하지 않았다. 모두 고개를 돌린 채 입맛을 다시며 군기침만 내뱉는 겨를에 한 사람이 쓰윽 나섰다.

3

박수영을 한양으로 압송하고 돌아온 기룡은 정범례를 부산포로 보냈다. 그와 함께 밀양으로 온 백홍제는 정탐해 온 일본의 정세를 보고하는 한편, 정상린에 관해서도 아뢰었다. 백홍제가 아뢰는 동안 사일랑이 줄곧 안절부절못하는 눈치였다.

다 듣고 난 기룡은 어두운 낯빛이 되었다.

"그 왜장이 상린의 행방을 가르쳐 주지 않았다니……."

귀목이 곁에 앉아 있는 사일랑에게 말했다.

"사 책사, 어디 불편한가? 어찌 그리 땀을 뻘뻘 흘리는가?"

"요즘 사 책사가 몸이 많이 쇠약해진 것 같군. 가서 좀 쉬게."

"예, 대장님."

귀목과 사일랑은 함께 책사청으로 돌아왔다. 귀목이 물었다.

"자네 어디가 아픈가?"

사일랑은 넋을 잃은 표정이었다. 귀목은 영문을 모르겠다는 듯이 고개를 갸웃거렸다.

"저이가 갑자기 왜 저러지?"

누가 생각해도 큰 공을 세운 사람들이 공신이 되지 못한 것에 대해 백성들의 불만이 끊이지 않았다. 마침내 임금은 세간의 논란을 이기지 못하고 공신도감에 명을 내려 추가로 감정케 했다.

그리하여 원종공신(原從功臣:작은 공이 있는 사람에게 주는 공신의 칭호)을 가려 뽑았는데, 선무원종공신 9,060명, 호성원종공신 2,475명, 청난원종공신 995명을 계하(임금의 재가)했다.

기룡은 정경세를 비롯해 이덕형, 김태허 등 559명과 함께 선무원종공신 1등에 올랐다.

"뒤늦게라도 다행이군."

"그런데 공신이 너무 많지 않나?"

"하긴 여러 수만 명이나 되니, 팔도에 공신 아닌 집안이 없겠네."

각지의 양반들이 들고 일어나 상소를 올리기 시작했다.

"이번에 사감하신 원종공신의 병폐가 참람하기 그지없사옵니다. 산에서 나무를 하고 들에서 풀이나 베며 저자에서 수레나 끄는 천례(비천한 종)의 아비까지 양반의 직함을 추증하였으니, 뒷날 사족(양반 집안)들과 뒤섞여서 신분의 귀천 분별이 없어지는 폐단이 반드시 여기에서 비롯될 것이옵니다."

빗발치는 상소문에 임금은 단 한마디 비답을 내렸다.

"잘 알겠다."

임금은 특별히 도승지 신흠을 밀양으로 보냈다. 그는 기룡에게 선무원종공신 1등에 봉하고 군호를 곤양군으로 내린 공신녹권을 전했다.

기룡 외에 김세빈, 정범례가 2등에 올랐으며 사천 전투에서 화약 폭발로 전사한 노함은 3등에 이름을 올렸다. 기룡은 노함의 녹권을 대신 받았다.

김세빈과 정범례는 이희춘이 공신에 들지 못한 것이 민망해 몸 둘 데를 몰라 했다.

"괜찮네. 나는 아무렇지도 않으이. 정말 축하하네. 우리 공신님들, 허헛."

김세빈은 이희춘과 전란 중에 전사한 여러 장사들에게 몹시 면난한 마음을 떨치지 못했다. 그는 기회를 보아 기룡에게 청했다.

"대장님, 소인의 이름을 바꾸고 싶사옵니다."

기룡은 그의 뜻을 짐작했다. 공신의 이름을 내던지고 다른 이름으로 살고 싶다는 말이었다. 그리하여 이름을 세인(世仁)이라 지어주고 내친김에 관자와 아호도 함께 내려주었다.

기룡은 선무원종공신에 오른 데 이어 오위도총부 도총관(정2품)에 제수되어 겸무를 하게 되었다. 교지를 가지고 밀양으로 온 선전관에게 물었다.

"박수영이라는 죄인은 어찌 되었는가?"

"곧 형추가 개시될 것이옵니다."

문사낭청(죄인의 진술을 기록하는 관원) 강홍립이 박수영의 공초(진술)를 임금에게 아뢰었다.

"박수영은 평소에 동평관을 출입하면서 잠상을 직업으로 삼아 왜인들과 서로 친밀하게 지내면서 왜어를 알게 되었고 차츰 우리 조선의 크고 작은 실정을 누설하지 않은 것이 없사옵니다.

그 후 왜승 겐소를 따라 도일하였다가 임진년에 왜적이 쳐들어왔을 때 그들의 앞잡이로 와서는 도처의 백성들에게 방자한 패악을 자행하였는데 못 하는 짓이 없사옵니다.

정유년이 되어 왜적이 물러갈 때 또다시 그들과 함께 바다를 건너가 작은 섬의 모주(주모자)가 되어 의기양양하게 지내면서 감히 우리 조선에 상서(글을 올림)하여 적의 정세를 패만(거만)스럽게 늘어놓으면서 온갖 수단으로 공갈하였으며, 같은 조선인을 사고파는 일을 주선하여 거금을 챙기는 등 그 죄는 이루 헤아릴 수 없을 지경이옵니다.

죄인이 처음에는 모든 죄상을 부인하다가 재차 문초를 하였더니 그제야 흉역스러운 정상을 다 이실직고하였사옵니다."

임금은 신하들에게 물었다.

"평상시에 능지(죄인을 죽인 뒤 시신을 여덟 토막을 내 팔도에 돌려 보이는 형벌)는 어디서 행형(형벌을 집행함)하는가?"

"처사(목을 치는 일)는 저자에서 행형하옵고 처참(사지를 잘라내는 일)은 당고개에서 행형하오나, 대역 죄인 박수영은 저잣거리에서 처참하는 것이 의당(마땅)할 듯하옵니다."

임금은 일말의 망설임도 없이 전교했다.

"박수영은 어두운 밤에 하지 말고 내일 많은 사람이 보는 곳에서 능지하라."

"망극하옵니다. 전하!"

"죄인이 지니고 온 재물이 상당하옵니다. 부계(어음)와 금은보화 등을 환산하니 은전 20여 만 냥에 이르옵니다."

"그게 다 우리 어여쁜 백성의 목숨 값이니 전액 몰수하라."

박수영은 종루 사거리에 마련된 형장으로 끌려 나왔다. 최고의 대역 악질 죄인의 처형을 구경하러 나온 사람들로 인산인해였다.

무릎이 꿇려진 박수영은 끝내 살아남지 못할 것을 직감했다.

"아! 내가 어쩌다……."

문사낭청 강홍립이 물었다.

"죄인은 마지막으로 할 말이 없느냐?"

박수영은 살길이 없음에 무심한 얼굴로 고개를 들었다.

"나는 나의 삶을 후회 없이 살았다. 다만 한순간 잘못 판단하여 이 나라로 돌아온 것이 천추의 한이 될 뿐이다."

박수영이 말을 마치자 강홍립은 충성을 바라보았다.

"만 번 죽어도 그 죄를 씻지 못할 못난 아비 아래 태어난 것이 부끄럽고 한스러울 뿐이옵니다. 이 욕된 이름이 길이 전해지며 비웃음거리가 될 것을 생각하니 죽어도 죽는 것이 아닌 것만 같사옵니다."

충성은 말끝에 흐느꼈다. 형장은 숙연한 분위기가 되었다. 위관(재판관)으로 앉아 있던 영의정 유영경이 물었다.

"저 아이는 몇 살이냐?"

"13세이옵니다."

"아직 성인이 되지 않았으니 참작할 바가 없지 않다. 다시 전옥서에 하옥하라."

충성이 끌려 나갔다.

"아비는 악인이로되 그 아들은 다른 피를 이었나보군."

"죽을 자리에서 무슨 소린들 못하겠는가?"

"그래도 어린놈이 말하는 것이 여간 아닐세."

이윽고 박수영에 대한 처형이 시작되었다. 망나니가 큰 칼을 들고 빙글빙글 돌며 춤을 추면서 이따금 막걸리를 한 모금씩 마시곤 했다. 한 사발이 다 비워질 무렵 그는 칼을 높이 들었다. 칼날이 햇빛에 번쩍 빛났다.

"이야아!"

"콰악!"

눈 깜짝할 사이에 박수영의 머리가 몸통에서 잘라져 땅에 떨어지더니 통통 튀면서 나뒹굴었다. 앉아 있는 몸통의 목에서는 피 분수가 뿜어졌다. 둘러서 있던 사람들이 다 고개를 돌렸다.

망나니는 피가 다 뿜어지기를 기다려 박수영의 사지를 끊어 잘랐다. 머리는 장대에 매달아 높이 세워두었다.

"그러게 좀 착하게 살지. 쯧쯧."

형리(형조에 소속된 서리)들이 박수영의 머리를 효수한 장대 옆에 긴 만장(죽은 사람을 애도하는 글)을 매단 또 다른 장대를 세웠다. 펄럭이는 만장에는 사필귀정 넉 자가 쓰여 있었다.

그다음 날, 신하들이 논의한 끝에 박수영의 아들 충성도 아비의 죄에 연좌해 교수형에 처했다.

밀양 부사로 선정을 펼치고 있던 기룡은 경상좌도 병마절도사 겸 울산 부사에 제수되었다. 재약산을 넘어 부임하러 가는 길에 박수영을 회상했다.

부산포에서 한양으로 압송하던 때, 문경새재를 넘기 전 조령원에 유숙하면서 조촐한 술상을 차려놓고 함거(죄인을 가둔 수레)에 갇혀 있는 그를 잠시 풀어 데려다가 대화를 나눴다.

"너를 단 한 번만이라도 이기고 싶었다. 놀이든 연애든 장사든 그 무엇이든."

"어릴 적에 같이 강을 끼고 놀던 벗을 어찌 이겨야 하는 상대로만 생각했는가?"

"너는 모른다. 아무리 해도 못 미치는 자들의 심정을."

"나보다 나은 사람은 인정해 주면 그만인 것을. 열패감(열등감)은 나 스스로를 병들게 하는 법이네."

"너는 최고가 아니냐? 너보다 나은 사람이 없으니 너는 열패의 심정을 모른다."

"어찌 처음부터 최고가 있을 것이며 어찌 나보다 나은 사람이 없겠나? 나라고 왜 신세 한탄을 하지 않았으며 남을 부러워하지 않았겠는가? 나라고 왜 쉽게 되는 대로 살고 싶지 않았겠는가? 나라고 왜 세상에 원한을 품지 않았겠는가?

나는 노비도 되어봤고, 억울한 모함도 여러 번 당해봤네. 나는 남을 이기려고 한 것이 아니라 늘 나 자신의 한계를 극복하려고 살았을 뿐이네. 남을 봐서 비교하지 않고 오로지 나만을 굽어보아서 나 스스로를 찾고 싶었네."

박수영은 묵묵했다. 기룡이 다시 말했다.

"그래서 자네는 열패의 심정을 못 다스려서 사람이면 절대로 가지 말아야 할 길을 골라가며 살았단 말인가?"

"사람이 못 갈 길은 없다."

"그러면 압송되어 가는 이 길도 갈 만한 길인가?"

박수영은 잠시 후에 혼잣말처럼 내뱉었다.

"인생은 운이고 수완에 달려 있을 뿐이지."

"아닐세. 오직 참다운 노력이 있을 뿐이네. 세상살이에 운과 수완이 전부인 듯하여도 그건 잠시 한때일세. 오래가지 못한다는 말이네. 오직 참다운 노력에만 해답이 있는 것일세."

"노력해도 안 되는 사람이 더 많다."

"안 된다고 생각하고 노력하지 않는 자, 노력하는 척하면서 건성으로 조금 해보고 포기하는 자…… 그들은 진정으로 노력하는 자들이 아닐세. 불평불만과 평계가 많은 자들은 종내 남이 노력해서 이룬 성취를 뜯어먹으며 살고 싶은 마음에 점차 온갖 언변으로써 간교하고 게으른 기생충이 되어갈 뿐이네."

"정기룡 너는 일신을 크게 이뤘다고 말을 함부로 하는군."

"다음에 새로 태어나거든 운 탓, 남 탓, 나라 탓······ 아무것도 평계하지 말고 오직 내가 처한 자리에서 참다운 내 노력으로 살아보게. 참다운 노력을 하는 사람만이, 또 그런 사람들이 많고도 많아진다면 지옥 같은 세상도 살 만한 세상으로 바뀌게 된다네."

"좋은 말 잘 들었으니 이제 그만하지."

박수영과 나눴던 대화는 그뿐이었다. 한양에 도착해 형조에 넘겨주면서 물 한 그릇을 떠다가 함거에 넣어준 것이 다였다.

"어찌 살아도 종내는 허무한 것이 인생이거늘······ 어떻게 살더라도 최소한 제 이름 석 자는 더럽히지 말아야지."

울산에 도착한 기룡은 가장 먼저 도산성을 둘러보았다. 폐허가 된 채 그대로였다. 지난날 치열했던 전투의 모습이 머릿속에 그대로 그려졌다. 도산성 전투는 7년간의 왜란을 통틀어 가장 처절한 싸움이었다.

판관 박사제가 아뢰었다.

"밀양에서 부사또 대감의 선정비를 세웠다고 하옵니다."

그러면서 비문을 등사한 것을 내놓았다. 기룡은 읽어보지도 않고 물렸다.

"팔도 온 고을에 부임하는 자마다 선정비니 공덕비니 하는 것을 세우면 장차 나라에 돌이 남아나지 않을 것이다. 나중에는 남의 빗돌을 갈아내고 써야 하겠는가?"

"비문의 내용을 보면 백성들의 진심을 알 수 있사옵니다."

박사제가 놓고 간 것을 귀목이 집어서 읽었다.

"맑은 바람은 한여름의 더위를 불어 물리치고, 검소한 덕은 한 고을의 피폐한 백성들을 소생시켰네. 사또께서 갑자기 고을을 떠나게 되자 모두 다시 굶주림에 허덕이게 되었으니 백성들이 어찌 공을 사모하지 않을 수가 있겠는가?"

기룡은 김해의 청덕비도 떠올라서 몹시 겸연쩍었다.

"여기 울산에는 비석을 세우지 않도록 미리부터 손을 써놔야겠군."

이조 좌랑 김제남의 딸로서 임금의 계비가 된 중전은 23세에 적왕자(정식 왕비가 낳은 왕자)를 출산했다.

그즈음 조식의 문하가 주축이었던 북인은 영의정 유영경을 중심으로 원자(임금의 적통을 이어받은 맏아들)를 싸고도는 소북파와 정인홍, 이이첨을 주축으로 왕세자 광해군을 옹위하려는 대북파로 갈라지게 되었다.

임금이 왕세자를 탐탁지 않게 여기고 있었기 때문에 신하들은 향후 성지(임금의 생각)가 갓 태어난 원자를 세자로 세우는 것은 아닌지, 오랫동안 세자의 자리에 있었던 30대 왕세자를 폐위하는 것이 과연 합당한 일인지 근심했다.

조정이 또 다른 속앓이를 하고 있는 가운데 대마도 도주 소 요시토시는 다치바나노 도시마사를 부산포로 보내 통신사를 파송해 줄 것을 요청했다.

이에 맞서 조선 조정은 지병에 시달리는 손문욱을 대신해 전 함안 군수 전계신과 조흰을 다치바나노 도시마사와 함께 대마도로 보냈다. 통신사를 파견하기 전에 도쿠가와 이에야스가 먼저 국서를 보내라고 요구했다. 국서를 보내라는 것은 전쟁을 사죄하라는 의미였다. 또한 선릉(성종과 정현왕후의 능)과 정릉(중종의 능)을 도굴한 범인을 잡아 바칠 것도 강력히 요구했다.

도쿠가와 이에야스에 이어 제2대 쇼군에 오른 도쿠가와 히데타다는 고민 끝에 가짜 국서와 가짜 범인을 조선에 보내기로 했다.

국서와 범인을 보내온다는 소식에 임금은 들떴다.

"능침을 범한 적을 붙잡아 온다고 하니 감사와 병사는 부산포에 집결하여 위엄과 성세를 보여라."

기룡은 경상 감사 유영순의 명령을 받고 부산포로 갔다. 경상 좌수사 최강 등 인근 고을 수령들이 다 부산포에 도착해 군세가 성대했다.

유영순은 기룡과 최강을 거느리고 몸소 배를 타고 나아가 절영도와 부산포 사이의 해상에서 다치바나노 도시마사를 만났다. 그는 도쿠가와 이에야스가 보낸 국서를 봉정(받들어 올림)하고 두 죄인을 헌부(사로잡아 바침)했다.

부산포로 돌아온 경상 감사 유영순은 김해 부사 박봉수에게 명령했다.

"두 죄인을 압령하라."

박봉수는 그 즉시 조정에서 파견되어 온 선전관과 금오랑(의금부 도사)과 함께 한양으로 떠났다.

그에 앞서 도쿠가와 이에야스의 국서는 파발로 조정에 속달되었다.

"조선국 전하께서 통신사로 하여금 바다를 건너오게 허락하시어 이곳 60여 주의 일본국 백성들이 화호(강화)의 실상을 알게 해주신다면 크게 다행이겠습니다."

임금은 국서에 적힌 문장이 왜어 문체가 아니었고, 천조 연호를 썼으며, 도쿠가와 이에야스가 교토 후시미 성에서 3남 도쿠가와 히데타다에게 쇼군의 지위를 물려준 뒤 에도(지금의 도쿄)로 물러났는데도 자신을 국왕이라고 했고, 국왕의 도서를 찍은 것도 전례와 달라 국서를 위서(위조 문서)라고 판단했다.

또 두 죄인을 국문했더니, 자신들은 조선의 왕릉을 판 도굴범이 아니라고 시종일관 항변하며 영문도 모른 채 압송되어 온 것을 그지없이 원통해했다.

그들이 자백하면 죽이고 끝낼 일이었다. 하지만 자백을 하지 않아 조정은 아주 곤란한 지경에 처했다.

"대마도의 왜인이면 그가 누군들 우리나라의 적이 아니겠는가? 도주가 죄인을 색출 포박하여 바쳤으니 더 볼 것도 없다. 부대시(때를 기다리지 않음)로 저잣거리에서 효수하라."

그리하여 선대 왕릉이 도굴당한 사건은 그렇게 마무리가 되었다. 또 국서를 위서로 판단했지만 덮어두고 통신사를 일본에 파견하기로 결정했다.

"명년에 통신사가 간다고 하옵니다. 이번에는 소인을 보내주옵소서."

"자네가 가겠다고? 백포 어른과 같이 가려는가?"

"아니옵니다. 소인 혼자 가겠사옵니다. 소인이 상린 조카님을 반드시 찾겠사옵니다."

기룡은 사일랑이 무슨 비책을 가지고 그러는지 몹시 궁금했다. 하지만 그는 입을 꾹 다문 채 말을 아꼈다.

사일랑은 떠나기에 앞서 기룡에게 큰절을 올렸다.

"큰절을 하다니, 무슨 의미인가?"

"조선에서는 아랫사람이 먼 길을 떠날 때면 웃어른께 큰절을 올리지 않사옵니까? 바로 그러한 예법에 따른 것이옵니다."

"그렇기는 하지만…… 내 보기에 자네가 꼭 무슨 딴마음이라도 먹고 있는 사람 같네."

사일랑은 고개를 깊이 떨군 채 대꾸를 하지 않았다.

"오랜 연간 내게 충성을 바쳤으니 이제 그만 자네 뜻대로 자유로이 자네의 나라로 돌아가도 되네."

사일랑은 여전히 아무런 말이 없었다. 기룡은 그간 그가 세운 공로에 대한 작은 성의로써 은전을 내려주었다.

"먼 길에 부디 몸조심하게."

두 사람의 나라

1

해마다, 철마다, 임금에게 공물을 바쳐야 하고, 거기다 매번 추가로 할당을 받아 연일 재촉을 당하니 팔도 백성들은 하나같이 불만을 토로했다.

"적정(일본의 조정)에 보낼 예물이라니. 거참."

"왜적의 씨를 말려 원수를 갚아도 성이 다 풀리지 않을 판국에 비굴하게 통신사를 보내 머리를 조아리려고 하다니 제정신들이 아닌 게지."

"통신사가 아니라 회답 겸 쇄환사라잖아?"

"허울뿐이지."

"얼마나 쇄환하는지 두고 보자고."

봉리(포장)한 것만도 수백 짐이었다. 인삼 1백 근, 상미 2백 섬, 백지 20권(조선종이 20장), 아다개(표범 가죽 깔개) 1갑(상자), 해송자(잣) 6섬, 청사피(날다람쥐 가죽) 10장, 백면주(얇고 흰 비단) 50필, 청밀(끓여 걸러서 떠낸 맑은 꿀) 11호(병), 황밀(천연 꿀) 20근, 흑마포(검은 마포) 30필, 백저포(모시 천) 50필, 채화석(꽃무늬 자리) 10장, 시피(승냥이 가죽) 30장, 아호피(어린 범 가죽) 25장, 호피(범 가죽) 6장, 표피(표범 가죽) 12장, 전피(염소 가죽)

25장, 호마(북방의 좋은 말) 2필, 안자(말안장) 2면(面), 대응자(큰말똥가리) 15련(마리)······.

임금은 전교했다.

"전쟁에는 조총이 가장 절묘하다. 은전을 넉넉히 보내 정교하게 만들어진 것을 돈이 되는 대로 많이 사오라."

전 성균관 직강(종5품) 여우길이 정사, 사도시정(궁중의 쌀과 장류를 맡아보던 관아) 경섬이 부사, 정호관이 서장관(사신단의 기록을 맡은 관원), 그 밖에 함께 가는 사람들은 모두 합쳐 4백6십여 명이었다. 그들은 왜인에게 판매할 물건을 사적으로 많이 가져가 큰 이익을 남기려고 했다.

드디어 부산진 첨사 신경진의 배웅을 받고 사선단(통신사 일행이 탄 배의 무리)이 떠났다. 맨 앞에 사후선이 푸른 바다를 가르며 달렸고, 그 뒤를 정사선, 부사선 등 수십 척이 따랐다.

부산포가 멀어지자 사일랑은 목궤(나무 상자)를 하나 가져다 놓고 단정히 앉았다. 갓과 망건을 차례로 벗었다. 동곳을 빼고 상투를 풀어 헤쳤다. 겻칼로 앞머리는 깎아내고 뒷머리와 양 옆머리를 틀어 올려서 다시 긴 상투를 만들고 정수에서부터 뒤쪽으로 눕혔다.

"저자가 존마게(일본식 상투)를 하네?"

"왜 저러지?"

사람들이 둘러서서 호기심 어린 눈으로 구경했다. 사일랑은 철릭과 바지저고리를 벗고 상자에서 일본 무사의 옷을 꺼내 갈아입었다. 그러고는 잘라낸 머리카락과 조선 옷을 목궤에 넣어 잠갔다.

일본 무사의 차림으로 일어서는 사일랑을 본 사람들이 다 놀랐다. 그중 한 사람이 소리쳤다.

"저놈은 왜의 간자다!"

도훈도 김극수가 군관들에게 일러 사일랑을 포박했다. 그런 뒤 부사 경섬 앞으로 끌고 갔다.

"부사 영감, 이놈 좀 보옵소서."

경섬이 물었다.

"자네가 사일랑인가?"

그러면서 경섬은 기룡의 서한을 떠올렸다.

"본관의 휘하에 있는 항왜 한 사람을 보내니 동행시켜 주시오. 생각이 깊은 사람이니 잘 돌봐 주셨으면 하오. 조선 사람을 해치지 않는 일이라면 그가 하고자 하는 대로 내버려 두시오. 놓아달라면 그냥 놓아 보내시면 되오. 꼭 부탁하오."

경섬은 사일랑이 다른 사람들에게 봉변을 당할지 몰라 곁에 가까이 두었다. 다른 호위군관들이 못마땅해했다.

해가 질 무렵이 되어서야 사선단은 대마도 이즈하라 항구에 정박했다. 사일랑이 경섬에게 아뢰었다.

"소인은 이만 여기서 하직 인사를 올려야겠사옵니다. 다만 한 가지 청할 것이 있사옵니다."

"말해보게."

"사행을 마치고 돌아가실 때 정상린이라는 피로인을 이 부사선에 태우셔서 이것을 좀 전해주옵소서."

경섬은 시종에게 목궤를 받아놓게 하고는 물었다.

"그가 누구인가?"

사일랑은 주위 사람들이 들을까 봐 입을 열지 않았다. 경섬이 판옥 안으로 데리고 들어갔다.

"뭐라고? 그가 정 장군님의 조카라고?"

항구에는 소 요시토시를 비롯해 겐소, 야나가와 카게나오 등 가신들이 사신 일행을 영접하러 나와 있었다. 소 요시토시가 정사 여우길과 부사 경섬을 맞이하는 가운데 사일랑은 가신들을 둘러보았다.

그러고는 그중 한 사람에게 다가갔다. 데라사와 마사시게는 성큼성큼 거침없이 다가오는 사일랑의 기운에 놀라 한 걸음 물러서며 허리에 차고 있던 칼에 손을 댔다.

"거기 서라. 넌 누구냐?"

"형님, 저를 못 알아보시겠습니까?"

"아니, 너는?"

"소인 이치로입니다."

"이, 이치로라니?"

데라사와 마사시게는 사일랑을 뜯어보았다.

"네가 정녕 이치로란 말이냐?"

"예, 작은형님."

"아, 이치로! 우리 막내 데라사와 이치로!"

데라사와 마사시게는 사일랑을 와락 끌어안았다. 그러고는 놓았다가 다시 안기를 몇 차례 했다. 십여 년 만에 형제를 만나니 눈시울이 붉어졌다. 흥분을 가라앉힌 데라사와 마사시게는 말했다.

"큰형님과 나는 이치로 네가 조선에서 죽은 줄로만 알고 있었다. 이러고 있을 때가 아니다. 어서 큰형님께로 가자."

"얼굴은 어쩌시다가?"

데라사와 마사시게는 칼에 베인 흉터에 손을 대며 별 거 아니라는 듯이 말했다.

"그 지옥 같았던 전쟁 통에 그나마 이만하길 다행 아니냐? 허헛."

사일랑은 데라사와 마사시게와 함께 작은 배에 올랐다. 사신 일행이 곧 본섬에 도착할 것을 알리는 전령선이었다.

왜선 코바야(소형 전선)는 나는 듯이 바다를 달렸다. 이키 섬 아시베(芦

辺) 항에 기착한 전령선은 두 사람을 내려놓고 시모노세키로 달렸다. 데라사와 마사시게는 아시베 항에서 배를 빌려 타고 남쪽 사가현 가라쓰번으로 향했다.

"으허허허, 그러면 그렇지. 과연 우리 이치로구나!"

데라사와 히로타카는 일어나서 사일랑에게로 다가갔다.

"허허허, 우리 막내 이치로! 이 큰형이 어디 한번 안아보자꾸나."

데라사와 히로타카는 삼형제가 다시 모인 걸 성대하게 축하하는 연회를 베풀었다. 온 가라쓰 번이 떠들썩했다.

"이치로 도련님은 어렸을 때 글 읽기를 무척 좋아하셨지."

"암, 우리 가라쓰에서 학문이 제일 뛰어나실걸."

가라쓰 번의 영주 데라사와 히로타카는 돌아온 막내아우에게 가문의 문장이 새겨진 은패를 내려 다시 형제의 일원이 된 것을 인정했다.

"매문관에 있는 사람은 누구입니까?"

"아, 조선 피로인인데 그자도 학문이 깊은가 보더군. 자네가 가서 대화를 좀 나눠보게."

"예, 큰형님."

사일랑은 정상린과 서로 초면례를 나눈 뒤에 마주 앉았다. 정상린의 두 눈과 그 언저리의 생김새가 기룡과 닮은 듯해 사일랑은 가슴이 뭉클했다. 하지만 아무런 내색도 하지 않았다. 당장은 어떤 말을 하더라도 믿지 않을 것이기 때문이었다.

무식하고 막무가내인 무사의 모습이 아닌 덕성이 비치는 인격을 나타내 보여야 했고, 그로써 친분과 신뢰를 쌓는 게 급선무였다. 시간은 얼마 없었다. 통신사가 돌아가기까지 불과 석 달 남짓 남아 있을 뿐이었다.

"저의 조카들에게 글을 가르치신다고 들었습니다."

"글이라고 할 건 없고 그저 낱글자만 몇 자 알려주고 있습니다."

"저도 아이들과 함께 와서 배워도 될까요?"

"오히려 제가 배워야 될 처지 같군요."

사일랑은 자주 매문관을 찾았다. 유코와 함께 찾기도 했고, 밤이면 혼자 들러서 여러 경서에 관해 훈고(고증과 주해)를 나눴다.

"오늘은 바람이나 좀 쐬러 갑시다."

사일랑은 정상린을 데리고 바닷가로 갔다. 포구에 있던 어부들이 절을 했다.

"이치로 도련님은 한 번도 칼을 차고 다니지 않으셨지."

"어진 도련님이셨는데 이젠 나이 드신 티가 제법 나네그려."

가라쓰 만을 휘감고 있는 무지개 송원도 묘목이 제법 자라 어린나무가 수풀을 이뤄가고 있었다.

"저것을 제안한 것도 상린 씨라지요?"

"그저 한번 해본 소리였을 뿐인데 태수님이 잘 조성하셨습니다."

히젠 나고야 성은 이미 다 해체가 되었고 산 위에 축조 중인 신성은 거의 다 지어져 가고 있었다. 여러 층 쌓아 올린 처마가 마치 학이 날개를 펴고 날아가듯 위용을 과시했다.

"고향으로 돌아가고 싶지 않으시오?"

사일랑의 물음에 정상린은 얼른 대답을 하지 않았다. 잡혀 온 지도 벌써 9년째였다. 정상린은 일본에 갇힌 채 세월 속에 묻혀 지내다 보니 점점 일본인으로 변모되는 것 같았다. 돌아가고 싶다는 말이 입 밖에 나오지 않았다. 돌아가고 싶은 마음이 남아 있는지 스스로 의문이 들었다.

스스러움이 많이 없어지고 유코 다음으로 친해진 사람이지만 그 역시 영주 데라사와 집안의 사람이었다. 말을 함부로 해서는 안 되었다.

"이치로 님은 전쟁 때 조선에 갔다가 돌아오셨다고 들었습니다."

"그랬지요. 임진년에 갔었으니까 상린 씨가 여기 있었던 세월보다 더 오래 있었지요."

사일랑이 물었다.

"조선 제일의 장수가 누구인지 아시오?"

"장수야 한두 명이 아니니……."

정상린이 말을 흐리기도 전에 사일랑이 못 박아 말했다.

"정기룡 장군이 으뜸이오."

정상린은 침을 꿀꺽 삼켰다. 숙부의 함자를 입에 올리는 그의 의도가 무엇인지 짐작할 수 없어 슬그머니 두려워졌다.

"저는 상린 씨의 집안을 잘 압니다."

사일랑은 기룡과 그 가족 그리고 집안 이야기까지 술술 이어갔다.

"그렇게 돌아가신 중형에게 세 살이 된 어린 아들이 있었다고 합니다."

정상린은 갑자기 벌떡 일어섰다. 그러고는 저도 모르게 소리쳤다.

"당신 정체가 뭐요?"

주위에 있던 호위들이 천천히 다가왔다. 이치로는 손짓을 해 그들이 다 가오지 못하게 했다. 그들은 오던 걸음을 멈추고 뒷걸음질을 쳐 제자리로 물러갔다.

사일랑은 갑자기 조선말을 했다.

"나는 항왜로서 오랫동안 정기룡 장군님을 모셨습니다. 상린 조카님을 구해서 조선으로 돌려보내 드리려고 다시 일본으로 돌아왔습니다."

"뭐, 뭐요?"

정상린은 벌린 입을 다물지 못했다. 겁이 났다. 가라쓰 번의 3인자가 된 사람이 자신을 숙부의 측근이라고 주장하다니 도저히 믿기지 않았다.

"못 믿겠지만 믿으셔야 합니다. 그래야 돌아가실 수 있습니다."

서 있는 정상린을 바라보면서 사일랑도 일어섰다.

"나랑 가볼 데가 있습니다."

그는 우칠에게 정상린을 데리고 갔다. 우칠은 오래전부터 알고 지낸 사람처럼 반갑게 사일랑에게 인사를 했다. 정상린은 혼란스러웠다. 우칠이 말했다.

"소인도 처음에는 이치로 님의 말씀을 한마디도 못 믿었습지요. 근데 자꾸 듣다 보니 믿음이 점점 생겼사옵니다. 까짓것 한번 믿어봅시다요. 이치로 님이 장난도 아니고 무슨 이득 될 일이 있어서 우리한테 이러겠사옵니까?"

정상린이 사일랑에게 말했다.

"일이 발각되는 날에는 이치로 님이 목숨을 잃을 수도 있습니다."

사일랑은 빙긋 웃으며 말을 바꿨다.

"자, 이제 탈출 계획을 구체적으로 짜봅시다."

유코는 정상린이 막냇삼촌하고 매일 뭘 하는지 자주 놀아주지 않는 것이 불만이었다. 하지만 남자들의 일이라는 생각에 투정을 부리지 못했다.

"두 분이 학문을 나누시는 거겠지. 그치만 나를 너무 등한시하는 거 같아서 속상해."

사신 일행은 에도에 도착해 쇼군 도쿠가와 히데타다와 면담했다. 정사 여우길은 부사 경섬과 함께 쇼군에게 임금의 국서와 함께 예물을 올렸으며, 쇼군도 답례로 일본의 국서와 많은 은전을 하사했다.

쇼군이 준 국서에는 덕천수충(德川秀忠:도쿠가와 히데타다)이라는 붉은 인장만 찍혀 있고 일본 국왕이라는 칭호는 어디에도 없었다. 정사 여우길과 부사 경섬은 그 국서가 덴노 조정에서 쓴 것이 아니라고 생각했지만 문제 삼지 않기로 했다.

정사 여우길이 국서를 눈감아 주는 대가를 요구했다.

"조총과 왜검을 구입할 수 있겠습니까?"

"구입이라뇨? 이제 일본과 조선이 친구가 되었는데, 필요한 만큼 나눠 드리겠습니다."

부사 경섬도 요청했다.

"피로인들 중에는 일본에서 혼인하여 자식을 둔 경우도 많습니다. 그 자식들까지 쇄환했으면 합니다."

"피로인들은 민가에 흩어져 있으니 알아서 데리고 가시오."

사일랑이 매문관을 찾았다.

"상린 씨, 사신 일행이 조선으로 돌아가기 위해 에도를 출발하였다고 하오."

정상린은 마음이 급해졌다.

"그러면 어찌해야 합니까?"

"언제라도 이 매문관을 나설 채비를 갖추고 기다리시오."

밤이 되자 사일랑은 정상린을 방면한다는 가짜 문서를 써서 데라사와 히로타카의 집무실로 몰래 숨어들었다. 그런 뒤 그의 문장(어떤 집안을 특정하는 그림)이 새겨진 큰 도장을 찾아서 문서에 찍고는 무사히 빠져나왔다.

매문관으로 온 사일랑은 방면 문서와 차고 있던 은패를 끌러 정상린에게 주었다.

"품에 지니고 있다가 위급할 때 쓰시오. 자, 이제 가야 하오."

포구에는 우칠이 기다리고 있었다. 사일랑은 대기하고 있던 오적어잡이 어선에 우칠과 정상린을 타게 했다. 그러고는 어부에게 명령했다.

"북쪽 해안선을 따라간 다음 고쿠라 항을 끼고 세토나이카이(瀬戸内海)로 들어가라. 오사카 항에 조선의 사선단이 정박해 있을 것이다."

"예, 이치로 도련님."

사일랑은 정상린에게 말했다.

"반드시 부사선을 타시오. 꼭 그 배를 타야 하오. 부사 영감한테 조카님의 이름을 말하면 되오. 그러면 목궤를 하나 줄 것이오. 조선에 무사히 도착하시거든 그것을 대장님께 전해주시오."

"그러지 말고 같이 갑시다."

"그럴 수는 없소. 어부는 뭘 하느냐? 빨리 가라."

날이 새자 매문관을 찾은 유코는 정상린이 어디론가 사라지고 없음을 알았다. 자신에게 남긴 편지 한 통만 서탁에 놓여 있을 뿐이었다. 펼쳐서 읽어본 유코의 눈에서 굵은 눈물이 뚝뚝 뺨으로 굴렀다.

데라사와 히로타카는 온 고을을 수색하던 끝에 상린과 도공 우칠이 가라쓰 포구에서 어선을 타고 탈출한 전모를 밝혀냈다.

"뭣이? 막내가 도와주었다고?"

유코는 사일랑을 붙잡고 크게 울었다.

"왜 그랬어요? 이치로 숙부! 이제 나는 어쩌라고! 흐흐흑!"

데라사와 히로타카는 아우 데라사와 마사시게와 여러 가신들을 모아 놓고 사일랑을 치죄했다.

"이치로! 너는 무슨 마음으로 피로인을 탈출시켰느냐?"

"나는 주군에게 충성을 다할 뿐입니다."

"너의 주군이 누구냐?"

"조선의 정기룡 장군입니다."

"무어라?"

사일랑이 담담한 어조로 말했다.

"우리가 무엄하게도 선조의 나라를 침범했습니다. 그리고 수많은 사람들을 죽이고 잡아 왔습니다. 그 죄를 어떻게 씻을 수 있단 말입니까?"

"네 이놈, 이치로!"

"저 바닷가에 가서 보십시오. 백제왕이 태어났다는 가카라시마(加唐島:

백제 무령왕의 탄생지)가 눈에 보이지 않습니까? 오래전에 동조(동쪽 조정. 백제가 일본을 일컫는 말), 서조(서쪽 조정. 일본이 백제를 일컫는 말) 하며 한 나라처럼 지냈던 일을 잊었습니까?"

"조선은 백제가 아니다! 우리는 선조의 나라를 되찾으러 갔단 말이다!"

"이미 세월 속에 지나간 일일 뿐입니다! 역사는 되돌릴 수 없습니다!"

"그렇다. 역사는 되돌릴 수 없지만 복수는 할 수 있는 것이다."

"복수는 피를 부를 뿐입니다. 오직 화해만이 다 함께 사는 길입니다. 조선이 지난 전쟁의 복수를 하고자 명군과 함께 바다 건너 일본을 치러 온다면 일본은 망하고 맙니다. 그런데도 조선은 우리의 기만책을 다 눈감아 주고 화호(친하게 지냄)하려고 합니다.

이 얼마나 어질고 도량이 넓은 처사입니까? 그러니 이제라도 우리 일본이 일본답게 깊이 깨닫고 피로인들을 한 사람이라도 더 살려서 돌려보내야 합니다. 그게 사람 된 도리가 아니겠습니까?"

데라사와 마사시게가 꾸짖었다.

"이놈! 입 다물지 못할까! 내 일찍이 글 배운 것들의 요망한 혓바닥을 가증스럽게 여겼거늘, 오늘 네놈의 아가리에서 여실히 보는구나."

그러고는 데라사와 히로타카에게 아뢰었다.

"태수님, 더 볼 것도 없사옵니다. 당장 저놈을 처형하옵소서."

데라사와 히로타카가 명령했다.

"죄인 데라사와 이치로는 자결을 하여 명예를 받들라!"

사일랑은 순순히 받아들였다. 할복할 채비가 갖춰지자 사일랑은 조선이 있는 서쪽을 향해 큰절을 두 번 올렸다.

"이 사일랑은 하늘을 우러러 대장님과의 만남에 추호도 여한이 없음을 아뢰옵니다. 아, 남아 대장부로 태어나 일평생 사는 동안 천하 영웅을 만나는 것이 얼마나 어려우랴. 그런데 소인은 하물며 가까이에서 오랜 세월 모시기까지 하였으니 그만한 다행스러움이 없사옵니다. 대장님, 작은 소임을 마친 오늘이 소인이 흔쾌히 죽는 날이옵니다. 부디 수복강녕하옵소서."

말을 마친 이치로는 와키자시(일본 무사가 장검과 함께 허리에 차는 단검)를 들었다. 그러고는 흰 천으로 칼날 가운데쯤을 감았다. 한 손으로는 칼자루를, 다른 한 손으로는 그곳을 쥐고 칼끝을 배에 푹 찔러 넣었다.

"윽!"

그런 뒤에 가로로 그어갔다. 다 그었을 즈음에 이치로의 입에서 피가 흘렀다. 그때 장검을 들고 옆에 서 있던 데라사와 마사시게가 이치로의 목을 내리쳤다.

"하아아!"

날이 새도록 어부는 배를 저어갔다. 멀리서 전선 세키부네 한 척이 빠르게 다가왔다. 어부가 말했다.

"도저히 저 배를 떼어낼 수 없습니다!"

"멈춰라!"

다가온 일본 수군은 정상린과 우칠이 도망치는 피로인이 아닌가 했다. 정상린은 침착하게 유창한 일본어로 말하며 품속에서 은패를 꺼내 보였다.

"아니, 이건!"

눈이 휘둥그레진 수군 선장이 얼른 태도를 고쳤다.

"아, 바닷바람을 쐬러 나오셨군요. 귀인이신 줄도 모르고…… 죄송합니다. 저희는 이만 돌아가겠사옵니다."

고쿠라 항구가 멀리 보였다. 정상린과 우칠은 조바심이 났다. 어부는 이미 지쳐 있었다. 우칠이 노를 받아 들었다.

"저기!"

어부가 가리켰다. 내해에서 거대한 선단이 빠져나오고 있었다. 오사카 항구에서 출발한 조선 사신의 선단이었다. 선두에 선 사후선들을 따라 큰 바다로 나아가고 있는 것이었다. 뒤따르는 배마다 사람들로 가득 차 있었다.

"빨리!"

정상린이 벌떡 일어나 웃통을 벗어 들고 흔들며 소리쳤다.

"여길 좀 보오! 우리도 조선인이오!"

마침내 선단이 어선을 발견했다. 사후선 한 척이 빠르게 다가왔다. 정상린과 우칠은 그 배로 옮겨 탔다.

"고맙소. 우리를 통신 부사께서 탄 배로 데려다 주시오."

두 사람을 태우고 간 사후선은 부사선으로 다가가 뱃전을 곁에 댄 뒤 차례로 올려주었다. 정상린을 아래위로 훑어본 부사 경섬이 물었다.

"성명이 뭔가?"

"상린이옵니다. 소인이 바로 정상린이옵니다!"

2

긴 이야기를 마친 정상린은 목궤를 내놓았다. 기룡은 목궤를 끌어안고 한참 동안 쓰다듬었다. 자물쇠를 끌러 열고는 안에 들어 있는 것을 보고 흐느꼈다.

"아, 사일랑! 그대는 백제 가문의 사람으로서 일본인으로 태어났다가 조선인으로 죽었구나."

정상린도 기룡에게서 어머니가 한 달 전에 돌아가셨다는 말을 전해 들고는 한스럽게 울었다.

"고향으로 돌아가서 3년 거상을 하겠사옵니다."

"오냐, 장하다. 우리 조선의 법도를 잊지 않았구나. 시묘를 마치면 내게 돌아오너라. 네 작은할머니와 숙모가 계신 상주 사벌에 살 곳을 마련해 주마."

기룡은 몸소 통신 정사 여우길을 찾아가 먼 길을 다녀온 노고를 위로한 다음 통신 부사 경섬을 찾았다.

"경 부사가 내 조카를 살렸소."

"아니옵니다. 소관은 탈신해 온 조카님을 배에 태워주었을 뿐이옵니다."

기룡은 고마운 마음을 접지 못하고 통신사 일행을 바래다주러 갔다. 낙동나루에 이르러 점심을 먹으러 경섬과 함께 관수루에 올랐다. 낙동면 풍헌이 그 소식을 전해 조정이 부리나케 달려왔다. 그는 대구 판관으로 있다가 잠시 물러나 집으로 돌아와 있던 참이었다.

"아, 조검간(조정의 아호), 어서 오십시오."

"병사또, 미리 기별을 주시지 그랬소. 허허."

조정은 아랫사람을 시켜 관수루가 가득 찰 정도로 상을 차렸다. 세 사람은 초가을 흐르는 강물과 부는 바람 속에서 호음 방담하며 해가 넘어가도록 마셨다. 조정이 기룡에게 말했다.

"병사또, 듣자 하니 슬하에 두신 영녀(남의 딸을 높여 일컫는 말)가 어린 나이에도 온묘(생각이 차분하고 용모가 아름다움)하다고 들었소. 내 처종질이 조금이나마 자질이 있는데 어떻소?"

기룡은 술이 확 깨는 기분이었다. 조정은 김극일의 사위고, 김극일은 김성일의 맏형이었다. 조정이 말하는 처종질은 김성일의 손자 김시절을 말하는 것이었다. 그는 어린 나이에 벌써 신동으로 영남에 소문이 자자

했다.

'학봉(김성일의 아호) 가문과 사돈이라……'

기룡은 확답을 피했다.

"제 여식이 계례(여자 나이 만 15세에 혼처를 정한 뒤에 댕기 머리에서 비녀 머리를 하는 성인식)를 하자면 아직…… 허허."

이듬달인 중추(8월)에 기룡은 도총부 도총관을 겸무했다. 또 의흥위 상호군이 되었다가 평안도 구성 도호부사에 제수되었지만 어머니 김씨가 고희(70세)에 이른 까닭에 사직을 청했다.

하지만 임금은 불윤(임금이 허락하지 않음)하고 다시 의흥위 상호군에 제수해 좌변포도대장을 겸직하게 했다. 기룡은 또 사직소를 올렸다.

"정기룡의 효심이 갸륵하다. 고리(고향)로 돌아가 연로하신 노모를 뵙고 안부를 살피도록 하라."

그러나 임금은 곧 그 어명도 반한(임금이 이미 내린 명령을 취소함)했다. 대간(사간원과 사헌부의 통칭)의 아룀이 있었기 때문이었다.

"남쪽 변방을 방비하는 무신은 단 하루라도 위수(시위해 지킴)를 떠나게 해서는 안 되옵니다."

임금은 기룡이 어머니 김씨를 가까이에서 보살필 수 있도록 배려해 경상우도 병마절도사의 교지를 내렸다. 기룡은 대궐로 들어가 사은숙배하고는 임금으로부터 병부와 유지를 받았다.

"전하, 성은이 망극하옵니다."

기룡은 이희춘, 김세빈, 정범례 세 별장과 책사 귀목을 데리고 진주 경상우도 병마절도영으로 향했다. 창원 합포에 있는 병영을 옮긴 지 3년밖에 되지 않은 터라 모든 청사와 간각이 새물내를 풍겼다. 진주성에 도착한 기룡은 옛 생각에 시름겨웠다.

촉석루에 오를 때마다 애복이 생각이 간절했다. 애복이와 혼인을 한 곳이고, 애복이가 목숨을 잃은 곳이었다. 기룡이 깊은 슬픔에 젖어 들곤 하는 모습을 멀리서 지켜볼 때면 이희춘은 속앓이를 했다.

"으이그, 이거 정말 미치겠구먼. 확 질러버려? 아니 안 돼. 철석같이 약조를 했는데 그럴 수도 없고. 나 참."

영의정 유영경은 국구(임금의 장인) 김제남과 가까이 지내면서 중전과 어린 원자에 대한 칭찬을 많이 했다. 그것은 알게 모르게 원자를 새 왕세자로 옹립하려고 중론을 환기시키는 행위와 다름없었다.

이에 정인홍은 왕세자 광해군이 실덕(덕망을 잃음)한 것이 많아 임금이 어린 원자에게 왕위를 물려주려는 생각을 하고 있는 것은 아닐까 해 유영경이 왕세자를 모해하려고 한다는 상소를 올려 임금을 떠보았다.

상소를 읽은 임금은 왕세자빈의 아비 유자신 등과 결탁하고 지내던 정인홍의 속셈을 간파하고는 진노했다.

"정인홍을 도배에 처하고, 그를 따라 당동벌이(옳고 그름을 가리지 않고 뜻이 맞는 사람은 한패가 되어 보호하고 그렇지 않은 사람은 무조건 쳐 없앰)하는 무리들을 모조리 참수하라!"

대신들이 탄원했고, 정인홍만 유배 보내는 선에서 그의 상소문 사건은 마무리되었다. 그러나 임금은 아무리 생각해도 후궁에서 난 왕세자 광해군이 못마땅했다. 마침내 영의정 유영경을 비롯해 일곱 신하를 불러 어린 원자를 잘 보호하라는 비밀 전교를 내렸다.

그 후부터 임금의 환후가 갑자기 악화되었다. 정세는 예측 불허였다. 병석에 누운 임금은 사후의 혼란을 미연에 방지하고자 어쩔 수 없이 왕세자 광해군을 그대로 새 임금으로 삼으라는 교지를 영의정 유영경에게 내렸다.

"전하!"

재위 42년, 향년 57세의 보령(임금의 나이)으로 마침내 임금이 승하했다. 유영경은 3세 된 어린 원자에게 미련이 남아 임금의 유교(임금의 유언)을 내놓지 않고 망설였다. 25세의 중전은 단 하루도 왕위를 비워둘 수 없다는 생각에 의붓아들인 34세의 왕세자 광해군을 그대로 새 임금으로 삼는다는 언문 교서를 내렸다.

새 임금은 재빨리 대각(사헌부와 사간원)의 관원들을 대북파로 체차했다. 그리하여 왕위에 오른 지 불과 10여 일 만에 친형 임해군을 전병사, 고언백, 박명현 등과 함께 역모를 꾀했다며 대역죄로 몰아 죽여버렸다.

또 영의정 유영경을 파직하고 정인홍을 유배에서 방면하는 등 모든 일을 재빨리 처리해 조정은 일진광풍이 이는 듯했다. 새 임금은 자신이 왕세자로 있을 때, 백관들 중에서 정인홍만큼 충성을 바친 사람이 없다는 것을 잘 알고 있었다.

"그대는 과인의 대훈(가장 큰 공신)이오."

새 임금은 기룡을 전라도 병마절도사에 제수했다.

"번거롭게 도성으로 올라와 사은숙배할 것 없다. 곧장 도임하라."

기룡은 진주 경상 우병영을 출발해 전라 병영이 있는 강진으로 갔다. 화이가 죽은 뒤에 타는 말마다 다 시원찮았다. 귀목이 아뢰었다.

"좋은 말을 한 필 알아보아야겠사옵니다."

"늙은 몸이 예전처럼 말 달릴 일이 있겠는가?"

"당치 않은 말씀이옵니다."

강진 현감 이시립이 훈도 최순덕과 육방관속을 이끌고 강진현과 장흥부의 경계에 마중을 나와 있었다.

"병사또 대감, 어서 오시옵소서."

"멀리까지 나와 주어 고맙소."

기룡은 이시립을 뒤따라 병영으로 갔다. 남문은 진남루였다. 옹성으로 된 2층 누문이 위풍도 당당했다. 남문 앞으로 시내가 흘렀다.

"작천이라고 하옵니다."

기룡은 하룻밤 여독을 달랜 뒤 이튿날 좌기청에 들자마자 병영의 실태를 점고했다. 전라도는 경상도와 달리 육군을 총괄하는 병영이 하나뿐이었다. 그 대신 다섯 곳에 속영을 두었다. 전영이 순천, 후영이 여산, 좌영이 영봉, 우영이 나주, 중영이 전라 감사가 있는 전주였다.

각 영장들의 하례를 받은 기룡은 본영에 대한 조사를 실시했다. 병영의 동문 앞에 있는 중군 겸 우후청, 기패청, 군관청, 별대, 봉수별장 그리고 맨 마지막으로 화약청을 정사(자세히 조사함)했다.

"화약과 화살은 하나도 없고 군기고에 있는 조총과 총통은 다 녹슬어 가고 있으니 도대체 이곳을 병영이라고 할 수 있겠는가?"

기룡은 병영군의 군율과 군기를 엄격하게 세웠다. 그리하여 규정된 조련을 차질 없이 실시했고 죽도에서 나는 대나무로 화살을 만들게 했으며 두껍게 녹슨 군기는 언제라도 쓸 수 있도록 모두 닦게 했다.

문제는 화약이었다. 조정에 화약을 청했지만 군기시에 비축된 화약이 턱없이 부족해 단 한 근도 내려보내지 않았다. 병조에서는 구구하게 변명을 적은 관자(관청 사이에 오가는 공문)만 한 통 보냈을 뿐이었다.

"해마다 명나라가 동지사 편에 화약 3천 근을 구입해 오는 것을 허락하였지만 군기시에서 사들인 수량은 1천 근밖에 되지 않습니다. 훈련도감에서 2천 근을 더 사들여야 하는데 은자가 없어서 화약을 살 수 없습니다."

조정에서는 궁여지책을 냈다. 완제품인 화약보다 원료인 염초가 싸기 때문에 요동에서 염초를 사들이기로 결정했다. 그런데 20근에 은전 한 냥 하던 염초 시세가 여진과의 잦은 싸움 때문에 날이 갈수록 상등(값이

오름)했고, 그마저도 구입하기 어렵게 되었다.

만만한 것이 백성이었다. 조정은 각 고을에 감결을 내렸다.

"부목은 40근, 군은 30근, 현은 15근의 염초를 매달 장만하여 올려 보내라."

그런데 팔도 거의 모든 고을에는 염초를 구울 수 있는 장인이 없었다. 그리하여 염초 대신에 면포를 바쳤다. 시세가 염초 1근에 면포 2필이라 피폐된 고을 살림으로는 다들 감당하기가 어려웠다.

"결국은 백성들의 고혈을 더 짜내어 요동의 염초를 구입하려는 작당이 아니고 뭐겠어?"

"이래저래 죽어나는 것은 우리네 힘없는 백성들이지."

"전쟁이 끝나서 이제는 살 만하나 했더니."

기룡은 강진 현감 이시립을 시켜 화약과 염초를 아는 사람을 수소문했지만 강진 고을에는 조총과 총통 심지에 불이나 겨우 붙일 줄 아는 사람이 몇 있을 뿐이었다.

"노함 장사가 없는 자리가 이토록 크구나."

이희춘이 뭔가 생각난 듯이 말했다.

"아, 대장님. 노함 장사가 데리고 있었던 계집아이 말이옵니다. 그 아이를 불러오는 것이 어떻겠사옵니까?"

"어디 사는지 아는가?"

"상주 서곡 고을인가? 사기실인가?"

"그러면 본가에 안부도 전할 겸 정 별장이랑 두 사람이 한번 다녀오게."

이희춘은 정범례와 함께 상주로 떠나갔다. 열흘이 채 안 되어 용모와 자태가 뛰어난 여인 한 사람을 데리고 왔다.

"이 처자가 바로 노함이 데리고 있었던 그 계집아이이옵니다."

처자는 기룡에게 큰절을 올렸다.

"소녀 은이가 병사또 대감을 뵙사옵니다."

기룡은 놀라워했다.

"몰라보게 자랐구나. 그동안 어찌 지냈느냐?"

"대감께서 나라를 구하신 덕분에 무탈하였사옵니다."

"네가 어릴 적에 노함 장사와 더불어 화약을 만들었는데, 제약법(화약을 만드는 방법)을 기억하고 있느냐?"

"예, 대감. 두 분 장사님께 사정을 전해 들었사옵니다. 미력하나마 소녀에게 맡겨주시면 화약을 만들어 보겠사옵니다."

기룡은 흐뭇했다. 은이를 남장시키고 화약청 별장으로 삼았다. 은이는 화약청에 신단을 차렸다. 그러고는 두 신을 나란히 모셨는데, 한 신은 불의 신 화덕진군이었고, 또 다른 신은 노함을 화약의 신으로 모신 노함화군이었다.

은이는 염초를 만드는 물료가 되는 함토(염초를 얻는 데 쓰이는 짠 흙)를 구하러 다녔다. 함토는 희귀해서 좀처럼 얻을 수 없었다.

"지은 지 오래된 양반가의 집에서 채취할 수 있도록 해주소서."

사대부 집안에서는 낯선 사람들이 사랑채, 안채 가리지 않고 함부로 드나드는 것을 허락하지 않았다. 문전박대를 하는가 하면, 함토를 채취하는 도구들을 빼앗아 부수어 버리는 일도 여러 번이었다.

"어딜 마구 들어오려는 게냐?"

"화약을 만든답시고 여염을 함부로 파헤쳐도 된다더냐?"

집안 종들이 화약청 군졸들을 구타하고 내동댕이치기까지 했다. 보지(보고)를 받은 기룡은 대노했다.

"상민의 집이나 사대부의 집이나 가리지 않고 땅을 파게 했던 것이 선대부터의 예규이다. 함토 캐는 것을 막고 방해하는 사대부에 대해서는 무겁게 죄를 물을 수 있는 것이다. 나라에 화약이 부족한 것은 사대부 집안에서 함토를 파내지 못하게 하는 데서 연유한 것이 아니고 무엇이란 말이냐?"

이어 기룡은 영을 내렸다.

"지금부터는 귀천을 논하지 말고 각 고을의 호수(집 수)에 근거하여 함토를 파내되, 면리임(면과 리의 책임자)이 함토 채취 상황을 점검하여 책권으로 만들어서 월말마다 보고토록 하라.

만일 한 호수라도 누락시키고 파내지 않은 곳이 있다면 해당 면임은 무겁게 죄를 다스릴 것이며, 이 호령(명령)을 따르지 않은 사대부 집안은 가장을 생치(체포해 연행함)할 것이다."

강진의 여러 고을에 뿌리내리고 있던 토호들은 불만을 크게 드러냈다. 그러잖아도 신임 병사가 자기네들과 친분을 나누지 않고 모든 병무를 곧이곧대로 처리하는 것이 못마땅하던 터였다.

전 성균관 전적(정6품 관직) 황여일이 말했다.

"이거 대책을 세워야지 안 되겠소."

찰방으로 있다가 파직된 이민환이 음양술(점술)에 밝은 척하며 동조했다.

"내가 신임 병사의 관상을 보아하니 올해 안으로 벼슬자리에서 물러날 것이오."

"벼슬이 떨어지기를 어찌 기다린단 말이오? 당장 떼어버려야지."

"그러면 그자의 뒷조사를 해봅시다."

곧 기룡에 관해 좋지 않은 소문이 나돌기 시작했다.

"꼭 말을 해야 아나?"

"그렇다고."

"그랬대요."

"뻔한 거 아니겠어?"

"생각해 보면 몰라서."

"아무 근거 없는 말이 나왔겠어?"

"말이 난 건 다 그만한 이유가 있지 않겠어?"

"거참, 이제 봤더니 병사또가 영 몹쓸 사람일세."

소문은 심각한 수준에 이르렀다. 황여일과 이민환이 주축이 되어 기룡을 세 치 혀로 할퀴고 물어뜯으며 난도질하는 형국이었다.

"전라 병사 정기룡은 어릴 적에 함께 뛰어놀던 아이들이 한 번도 아니고 두 번이나 죽었사옵니다. 정기룡의 처가는 진주 호장 강세정으로 그는 무남독녀 외동딸을 두었는데 정기룡이 그 많은 재산을 노려서 저와 경쟁이 되는 아이들을 다 죽인 거나 다름없사옵니다.

정기룡은 영노로 있다가 불법으로 속신되기도 하였고, 소금장수를 할 적에는 여각의 행수가 죽자 곧바로 그 자리를 꿰차기까지 하였으니 그 행수의 죽음에 어찌 타살 의혹이 없겠사옵니까?

정기룡은 결국 호장의 여식과 혼인을 하여 많은 재물을 물려받았는데, 그것도 모자라 처를 진주성으로 보내어 왜적의 손에 죽기까지 방치하였으니 처가의 재산을 다 차지하려는 계책이었던 것입니다.

정기룡은 왜란 때에 휘하들을 시켜 왜적의 수급을 팔아 착복하였으며, 상주 부녀들로 하여금 방탄납의를 짓게 하여 그 또한 명군에 팔아 큰 이익을 꾀하였사옵니다.

이제 전라 병사로 와서는 화약을 만든답시고 사대부가의 안채에 무단으로 들어가 희롱하기도 하는 등 그 교묘한 패역질을 입에 다 담기조차 민망할 지경이옵니다. 부디 전라 병사 정기룡을 삭직하고 그 죄를 엄중히 다스리소서."

황여일과 이민환이 상소해 고변한 것을 두고 대간들이 모두 기룡에게 죄를 물어야 한다고 주청했다. 임금은 정인홍을 불러 물었다.

"경의 생각은 어떠하오?"

정인홍은 기룡을 비호했다. 그는 지난 전란 때 기룡이 경상 우병사로 있으면서 특별히 자신을 향병 별장으로 천거한 은혜를 잊지 않고 있었다.

"황여일과 이민환은 불미스러운 일로 관직에서 물러난 자들이옵니다. 그들이 근거 없는 말로써 정 병사를 모함하는 것이니 상소를 돌려주는 것이 마땅하옵니다."

"과인의 생각도 그러하다."

상소의 글을 전해 들은 기룡은 슬펐다. 살아온 오십 평생이 모조리 부정당하는 것만 같았다. 벼슬에서 물러나 초야로 돌아가고 싶었다. 노모를 모시고 이름 없이 살고 싶은 심정이 간절했다.

기룡은 사직소를 올렸지만 임금은 돈유(도탑게 타이름)했다.

"경은 아무것도 아닌 일로 벼슬을 그만두지 말라."

화약청 별장 은이는 번번이 마찰을 빚게 되는 사대부 집에 들어가기가 내키지 않았다. 고심하던 끝에 마도영 근처에 있는 갯벌에 나가서 바다의 흙을 채취했다. 마도영 수군만호 이완수가 기룡의 명령을 받고 군사들을 동원해 성심으로 은이를 도왔다.

"해초(갯벌 흙에서 얻는 염초)는 처음 만들어 보는지라 잘 될지 모르겠습니다."

은이는 날마다 바닷가에 나갔다. 은이를 자주 대하자 바라보는 이완수의 눈길이 어느새 은근했다.

"지금까지도 잘해오지 않았소? 틀림없이 해초도 잘 구울 수 있을 것이오."

은이는 여러 차례 실험한 끝에 마침내 해초법의 요의를 알아내고 기록했다. 이어서 다 만든 화약을 폭발시키기로 했다. 화약이 터지도록 하는 분화법(噴火法)이 가장 어려웠다.

"적은 양으로 최상의 화력을 얻어야 하옵니다."

이완수는 은이에게 가까이 다가섰다.

"그럼 나랑 같이 폭발시켜 봅시다."

3

대마도에서 온 배가 두모포(지금의 기장읍 일대)에 닿았다. 야나가와 카게나오는 왜관에서 가장 중심이 되는 연향청으로 유코를 이끌었다.

절영도에 있던 왜관은 통신사의 방일을 기점으로 두모포에 새로 지어 옮겨 와 있었다. 오랫동안 왜관에 머물고 있던 다치바나노 도시마사는 일본 여인들이 온 것을 보고 야나가와 카게나오를 힐난했다.

"여자를 데리고 와서 어쩌자는 거요?"

마야가 그 소리를 듣고 꾸짖었다.

"무엄하다!"

다치바나노 도시마사가 놀라 아무 대꾸도 못 했다. 야나가와 카게나오가 잠시 귓속말을 전했다. 다치바나노 도시마사는 그 자리에서 꿇어앉아 유코에게 용서를 빌었다. 그는 땀을 줄줄 흘렸다.

유코 대신 마야가 말했다.

"조선 남자들의 옷을 좀 마련해 주시오."

유코는 갓을 쓴 양반 남장으로, 마야는 중갓을 쓴 집사로 변복을 했다. 밤에 두모포에서 배를 타고 사람들의 이목을 피해 부산포에 닿았다. 야나가와 카게나오는 부산포 거상 백홍제를 소개시켜 주었다.

유코는 조선어로 또박또박 말했다.

"진주와 곤양으로 가려고 하오."

유코가 눈짓을 하자 마야가 은전 10냥을 내놓았다.

"사람을 붙여드리겠습니다."

야나가와 카게나오가 유코에게 하직 인사를 했다.

"조심히 다니십시오. 그럼 소인은 이만 물러가옵니다."

두모포 왜관으로 돌아온 야나가와 카게나오는 다치바나노 도시마사와 대책을 논의했다.

"조선 선왕의 요전상(왕릉에 차리는 제사상)을 바쳐야 하겠소?"

"예의상 조정에 진향(빈전에 향을 올리며 제사를 지내는 일)을 청해야 하겠지요."

야나가와 카게나오는 차왜(일본 사신)의 신분으로 소 요시토시가 보내는 서계를 조정에 올렸다. 조정은 답서를 보냈다.

"약조(조약을 맺음)하기 전에는 진향할 수 없다."

새 임금은 널리 구언(임금이 널리 신하와 백성의 바른 말을 구하던 것)을 했다. 그러자 그때를 기다렸다는 듯이 영중추부사 이덕형이 상소를 올렸다. 그는 거침없는 필치로 임금이 대북파만 편당하는 것을 고쳐서 충신을 가까이 둘 것과 아첨하는 간신들을 멀리할 것을 아뢰었다.

임금은 자신을 나무라는 이덕형이 탐탁지 않았다. 하지만 그는 명나라까지 이름이 난 재상이자 명신이었다. 또 전 영의정이자 대북파의 영수인 이산해의 사위였다. 대북파는 새 임금이 왕세자로 있을 때 그 지위를 잃지 않도록 해준 신하들이었다. 그런 이유로 임금은 이덕형의 차자(짧은 상소문)를 물리치지 못했다.

"잘 알겠다."

새 임금의 총애를 받은 정인홍과 이이첨이 권세의 중심에 섰다. 또 이조판서 정창연이 이산해의 심복인 송순을 천거해 이조참의로 삼았다. 대북파는 새 임금의 인척을 끌어들이는 등 조정의 요직을 하나둘 꿰찼다.

이덕형에 이어 대구 부사 정경세가 만언소(글자가 만 자나 되는 긴 상소문)를 올렸다. 새 임금의 친형 임해군과 전 영의정 유영경과 연관된 옥사가 그치지 않는 현실을 두고 우국충정에서 올린 긴 상소였다.

"거짓으로 나라가 잘 다스려지고 백성이 편안하다는 말만 하며 도탄에 빠져 신음하는 만민의 정황을 숨긴 채 임금이 안일하도록 유도하여 오직 자신들의 총애만 견고히 하려는 것은 바로 만고의 소인들이 늘 하는 작태이옵니다.

애공(중국 춘추시대 노나라의 왕)이 공자에게 백성을 다스리는 방도를 물었을 적에, 공자께서는 '곧은 사람을 쓰고 바르지 않은 자들을 물리치면 백성들이 복종하고, 바르지 않은 자들을 쓰고 곧은 자들을 물리치면 백성들이 복종하지 않는다.'고 말씀하셨사옵니다.

아, 성인의 말씀은 참으로 지극하옵니다. 신이 들으니, 성인은 말 한마디, 글자 한 자도 구차스럽게 하지 않았다고 하옵니다. 삼가 원하옵건대, 전하께서는 백성을 두려워하는 마음을 가지고 분발하소서.

또 신이 삼가 생각하옵건대, 전하께서는 비방했다 해서 의심하시지 말고 분수를 범했다 해서 벌을 내리시지 말며 다만 너그러이 포용만 하신다면 나라와 생민(모든 백성)에게 매우 다행스럽겠사옵니다.

신은 하늘을 우러러 지극히 격렬하면서도 두려운 심정을 감당할 수 없어 삼가 죽음을 무릅쓰고 아뢰옵니다."

임금은 정경세가 올린 만언소를 읽다가 미처 다 보기도 전에 구겨서 던졌다.

"이 쓰레기 같은 것은 당장 불살라 버리라!"

임금은 긴 상소의 내용 중 한 대목만 꼭 집어서 정경세가 선왕을 헐뜯었다는 죄목을 붙여 국문을 하려고 했다. 그러자 서인인 좌의정 이항복,

남인인 우의정 심희수, 판중추부사 윤승훈 등이 차례로 입을 열어 정경세를 보호하고 나섰다.

"정경세의 말이 비록 지나치기는 하지만 마음이 지극히 충성스럽지 않으면 할 수 없는 말들이옵니다."

임금은 하는 수 없이 벌을 주려는 마음을 거두고 전교했다.

"대신들의 뜻이 이와 같으니, 정경세를 사판에서 삭제만 하라."

그로부터 몇 달 지나지 않아 임금은 노여움을 가라앉히고 정경세에게 직첩을 돌려주었다. 그러고는 호군에 제수했다.

"하마터면 경임이 큰 곤욕을 치를 뻔했군."

기룡은 가슴을 쓸어내렸다. 상주에서 살치(심부름꾼)가 와서 아뢰었다.

"연로하신 정부인 마님께서 위독하시다고 전하라 하셨사옵니다."

"뭣이?"

화급을 다투는 일이라 기룡은 앞뒤 헤아리지 않고 그길로 곧장 상주 본가로 말을 달렸다. 다행히 김씨는 고비를 넘기고 제정신을 되찾았다. 기룡은 어머니 곁에 그대로 눌러앉아 병구완을 하고 싶었다. 이희춘이 아뢰었다.

"대장님, 병영으로 속히 돌아가셔야 하옵니다. 불온한 무리들이 염려되옵니다."

아니나 다를까, 비밀리에 기룡의 동태를 수집해 왔던 사헌부 장령(정4품 관직) 박건이 임금에게 아뢰었다.

"번곤(병마절도사)의 직임을 맡은 신하는 함부로 영문을 떠나 지경을 넘지 말라는 군율이 지엄하옵니다.

전라 병사 정기룡은 감히 사사로운 일로 수백 리를 벗어났으니 이는 조정을 가볍게 여기고 공의를 멸시한 처사로 지극히 경악스럽사옵니다. 먼저 파직시킨 뒤에 추고하여 무신의 교만하고 버릇없는 습관을 깨우치소서."

임금은 그 주청을 받아들이지 않았다.

"정기룡은 자식으로서 애틋한 정을 이기지 못해 자모가 있는 상주에 잠시 다녀간 것이니 어떻게 죄로 다스리겠는가? 윤허하지 않는다."

드디어 조선은 일본과 조약을 맺었다. 그리하여 대마도와의 교역을 공식적으로 허락했다. 소 요시토시는 조약을 성사시킨 훈공으로 쇼군 도쿠가와 히데타다의 에도 막부로부터 조선과의 무역에서 독점적인 권한을 부여받았다.

또 모든 다이묘들이 1년에 한 번씩 에도 막부에 가서 머물렀다가 영지로 돌아가게 한 산킨코타이(參勤交代)를 대마도 도주 소 요시토시는 3년에 한 번씩만 하도록 해주었다.

조약에 따라 대마도에서 첫 사신이 조선으로 왔다. 겐소, 야나가와 카게나오를 비롯한 3백여 명이 두모포 왜관으로 밀려들었다. 연향청, 동관, 서관 등 여러 건물이 들어서 있는 만여 평의 왜관은 전에 없이 시끌벅적했다.

대마도에서 온 왜인들 중에는 사토와 니시하라도 있었다. 무단으로 집을 나와 조선으로 온 유코를 찾아서 데려가기 위해 가라쓰 번의 영주 데라사와 히로타카가 보낸 유코의 호위 무사들이었다.

"아가씨께서 틀림없이 그놈을 찾아갔을 것이다. 자, 진주로 가자."

사토와 니시하라는 각자 자신의 부하 닌자들을 데리고 몰래 왜관을 빠져나갔다.

기룡은 본가에 다녀온 이후로 여러 차례 사직 상소를 올렸다. 연로해 병환에 계시는 어머니를 돌보게 해달라는 간절한 바람이었다.

우승지 경섬이 아뢰었다.

"전라 병사 정기룡의 상소는 그 정리(인정과 도리)가 과연 절박하옵

니다."

"체직시켜야 하겠는가?"

"아뢰옵기 황공하오나, 왜란이 있기 이전에는 무신들이 비록 망극한 효심이 있더라도 감히 말을 하지 못했을 뿐만 아니라 마음에 엄두도 내지 못하였사옵니다. 하오나 전쟁이 그친 지금은 성은을 베푸시어 사가(휴가를 줌)를 하시옵소서."

임금이 기룡에게 휴가를 주려고 하자 장령, 박건을 위시해 대간에서 체직하라고 들고 일어났다.

"알았으니 체차(교체)하라."

기룡은 전라 병사에서 체임되어 용양위 부호군에 제수되었다. 그제야 홀가분한 마음으로 상주로 돌아가 어머니를 모실 수 있게 되었다.

"곤양에 들렀다 가세."

정상린은 일찍이 돌아가신 아비의 묘소 옆에 어미를 나란히 묻고 그 옆에 움막을 지어 3년째 시묘를 하고 있었다.

"오라버니께서 매문관 서탁 위에 달랑 편지 한 통 남겨놓고 그렇게 무심하게 떠나실 줄은 몰랐어요."

"그렇다고 먼 조선으로 나를 찾아오다니……."

"유코가 어딘들 못 가겠어요? 이제 다시는 오라버니랑 헤어지지 않을 거예요."

유코는 편지를 정상린에게 내밀었다.

"자, 받으세요. 편지를 돌려드리니까 다시는 못 만날 거라고 쓰신 것도 다 무효예요."

그때 낯선 사람들이 나타났다. 마야는 잔뜩 경계하며 팔을 벌려 정상린과 유코 두 사람을 가리고 섰다.

"웬 놈들이냐?"

사토와 니시하라는 부하 닌자들을 거느리고 다가왔다.

"이제야 찾았군."

"유코 아가씨, 일본으로 돌아가셔야 하옵니다."

"돌아가지 않겠다. 나는 여기서 낭군님과 함께 살 것이다."

마야가 말했다.

"아가씨 말씀 들었으니까 썩 물러가라."

"마야, 너 혼자서는 우리의 상대가 못 된다. 비켜서거라."

기룡은 선영에 올랐다. 조카 정상린이 예전에 돌아가신 중형의 무덤 옆에 형수를 모셨을 것이 자명했다. 기룡의 뒤를 이희춘, 김세인, 정범례, 귀목, 은이가 따랐다.

사람들이 싸우는 소리가 들렸다. 기룡은 걸음을 빨리했다. 묘역에는 웬 사람들이 많이 있었다. 그런데 여럿이 한 사람을 둘러싼 채 공격하고 있는 것이었다. 기룡 일행이 나타난 것을 본 사토가 소리쳤다.

"빨리 해치우고 돌아가자!"

일본 말을 듣는 순간 기룡은 눈에 불이 켜졌다. 정상린이 당할 위기에 처해 있다는 것을 단번에 알아차렸다.

"왜놈들이 감히!"

기룡이 칼을 빼 들고 달려갔다. 그 뒤를 별장들이 따랐다. 두 무리는 한데 어우러졌다. 한낮에 칼과 칼이 부딪히는 소리가 온 산을 울렸다.

사토와 니시하라 그리고 그들이 거느린 닌자들의 무예가 여간 아니었다. 다 일본 최고 수준의 상수(고수)였다. 마야의 등을 찌르려는 칼날을 정범례가 쳐냈다. 마야는 돌아보며 소리쳤다.

"고맙소! 은혜는 꼭 갚겠소."

기룡 일행이 닌자들에게 밀리는 형편이었다. 일대일로 맞붙는다 해도 승산을 장담하지 못할 만큼 그들의 칼 솜씨가 놀라웠다. 그들의 수가 이

편보다 서너 배나 많았다. 기룡은 그들을 물리치지 못할 수도 있다는 생각이 들었다. 누군가의 도움이 절실한 순간이었다.

그때 닌자 하나가 정상린에게 비도를 날렸다.

"안 돼!"

김세인이 정상린을 안으며 가로막았다. 비도는 김세인의 등에 꽂혔다.

"허억!"

"김 장사!"

어디선가 개들이 우는 소리가 들렸다.

"흑사자?"

과연 흑사자였다. 개 떼를 몰고 온 그는 닌자들 사이를 헤집고 다니며 구미호 무늬 팔련 장창을 휘둘렀다. 그러는 사이 사나운 개들도 그들에게 달려들어 바짓가랑이를 물어뜯었다. 놀란 닌자들이 검을 마구 휘두르며 개들을 피해 달아나려 했지만 개들은 퇴로를 열어주지 않았다.

김세인이 쓰러지는 것을 본 기룡이 명령을 내렸다.

"모조리 죽여라!"

기룡은 김세인을 안았다.

"대, 대장님!"

"아무 말 말게."

정상린이 그 옆에 꿇어앉았다.

"장사님!"

"조카님, 부디 행복하게……."

김세인은 눈을 감았다. 기룡이 하늘을 우러러 소리쳤다.

"아아아!"

왜인들은 다 퇴치되었다. 그들의 시체가 여기저기 널브러져 있었다. 흑사자는 물끄러미 기룡을 바라보았다. 기룡은 그와 눈길을 마주쳤다. 흑사자도 기룡도 아무 말이 없었다. 흑사자가 말 머리를 돌렸다. 기룡은 그의 뒷모습이 시야에서 보이지 않을 때까지 눈을 떼지 않았다.

다들 크고 작은 도상(칼에 입은 상처)을 입었다. 그중에서 마야의 상처가 가장 깊었다. 지혈을 했지만 자꾸만 피가 배어 나왔다.

그녀를 데리고 산을 내려왔다. 곤양 읍성 동문 안 의원에 가서 응급 지혈을 하고 다른 사람들도 상처를 처맸다.

"여기 있으면 왜인들이 또 찾아들지 모르네. 상주로 가세."

마야의 상처는 악화되기만 했다. 상주의 의원들 중 누구도 손을 제대로 쓰지 못했다.

"상처가 너무 깊사옵니다. 도상에 이미 풍습이 들어간 듯하옵니다."

은이가 말했다.

"대감, 청리에 존애원이라는 의국이 있사옵니다. 거기 한번 가보시는 것이⋯⋯."

"존애원?"

"그러하옵니다. 용한 의원이 있다고들 하옵니다."

기룡은 마야를 가마에 태워 청리로 갔다. 과연 정경세의 옛 생가에서 가까운 곳에 존애원이 있었다.

"아니, 자네들은!"

반가운 얼굴들이 거기에 있었다. 삼망우들이었다. 기룡은 그들과 그간의 안부를 나눌 겨를도 없이 마야를 데리고 가 눕혔다. 의원이 진맥을 하고 상처를 살펴보더니 말했다.

"대감, 이 사람은 도상을 입은 자리에 파상풍의 풍습이 들었사옵니다."

"구료할 묘방은 있는가?"

"방풍과 천남성을 쓰고, 굼벵이 즙을 상처에 바른다면 효험이 있을 것이옵니다."

"오, 과연 용한 의원이라더니."

김지복이 말했다.

"이 의원은 박지지라고, 내의원에 있었던 의관입니다. 선왕이 승하하시고 어의가 귀양 가는 것을 보고는 의관직을 버리고 청리로 낙향해 온 지 얼마 안 되었습니다."

"내의로 있었다면 명의의 칭호를 얻을 만하군."

이전이 말했다.

"자네가 상주를 떠나 있는 그간 일묵재(김광두의 아호)가 세상을 버렸고……."

삼망우의 근황을 다 전했다. 기룡은 김광두의 죽음에 애도를 했고, 다른 사람들이 벼슬자리에 나아갔다는 소식에 기뻐했다.

"존애원은 참 좋은 발상이었던 것 같습니다."

"이게 다 경임의 고안에서 나온 일이었네."

"백수회라고 늙으신네들을 모셔다가 잔치도 거창하게 한 번 했습니다."

"서원도 하나 세웠네. 무임포 뒷산 언덕에 있는데 못 보았는가?"

"아, 거기 큰 집이 들어서 있길래 저는 누구 댁인가 했습니다. 그게 서원이었군요."

"도남(道南)서원이라고 하네. 퇴계 사조의 도학(주자학)이 우리 경임에게 전해졌다고 하여 서애 스승님이 친히 정해주신 이름이라네."

"도가 남쪽에 전해졌다는 말이군요."

기룡은 크게 변화된 상주를 보고 흐뭇했다. 백성들을 위해, 학문과 마음으로만 그치지 않고 몸소 행동으로 실천하고 있는 모습을 보며 삼망우의 일원이라는 것이 가슴 뿌듯했다.

"제가 좀 기여를 해야 할 텐데, 어떻게 하면 되겠습니까?"

이전이 웃으며 말했다.

"자네는 나라를 지켜주는 것만으로 충분하네. 이러한 작은 일에 애쓸 생각은 하지 말게."

정춘모가 덧붙였다.

"월간(이전의 아호) 형님의 말씀이 백번 지당합니다."

마야가 다 나아서 자리를 털고 일어났다. 그때를 기다려 온 정상린과 유코가 기룡에게 말했다.

"숙부님, 저희는 이제 그만 떠날까 하옵니다."

"어디로 가려고 그러느냐? 여기서 나랑 살기 싫으냐?"

"조선은 유코가 살 곳이 못 되옵니다."

"그렇다면 일본으로 가려고?"

"그곳은 제가 살 곳이 못 되옵고요."

"그러면 어디로 가려느냐?"

"조선도 일본도 아닌 곳으로 가고자 하옵니다."

"명나라에 가서 살겠다는 말이냐?"

"아니옵니다."

"아니라고? 허면 도대체 어디로 갈 작정이냐?"

정상린은 잠시 머뭇거리다가 유코의 얼굴을 바라보았다. 유코가 고개를 끄덕여 주자 용기를 내 입을 떼었다.

"유구국(지금의 오키나와)으로 가겠사옵니다."

"뭐라? 유구국? 몇 해 전에 그곳이 일본에 복속된 것을 모르느냐?"

"마음으로 복종한 것이 아니라 들었사옵니다. 유구국은 우리 조선을 형의 나라로 받들고 있지 않사옵니까?"

기룡은 정상린과 유코의 결단을 바꿀 수 없다는 것을 알고 허락했다.

"가는 길에 풍파가 심하면 제주도에 머물러 살아도 좋을 게다."

"고려해 보겠사옵니다."

기룡은 정상린에게 사재를 많이 내려주었다. 유코가 말했다.

"큰 배를 살 만큼 재물은 제게 많이 있사옵니다."

"그래도 숙부가 주는 것이니 가져가거라."

마야는 정범례에게 말했다.

"무사님은 저의 생명의 은인이옵니다. 은혜를 갚고 떠나야 하는데 죄송
합니다."

기룡이 마야와 정범례를 번갈아 보며 말했다.

"은혜 갚을 기회를 내가 주지. 정 장사, 자네는 이들과 함께 가게."

충신 정신 명신

1

복권이 된 정경세는 얼마 있지 않아 동지사에 차임되었다. 그는 다가오는 동짓날에 명나라 황제에게 하례를 드리기 위해 부사 여유길과 서장관 이분 그리고 군관, 의관, 상단 등 수백 명을 거느리고 도성을 떠났다.

그 소식을 들은 삼망우가 다 염려했다.

"명나라 도읍 연징(북경)까지는 얼마나 가야 하는가?"

"3천 리 길일세."

"오가는 길에 우리 경임이 큰 고초를 겪겠구먼."

정경세는 사흘 후 개성에 도착했다. 유수(정2품 관직)가 보낸 관속들의 마중을 받고 객관에 들었다.

다음 날은 문충사로 나아가 고려 때 성리학을 들여온 이제현의 위패를 알현하고 만월대를 찾아갔다. 만월대는 고려 때의 대궐 터인데 허물어져 폐허가 되어 있었다. 만월대 뒤로는 자하동이라는 천석이 빼어난 시내가 흘렀고 송악산이 우뚝 솟아 있었다. 정경세는 자하동이 흡사 우복산 아래를 흐르는 시내와 같은 느낌이 들어 반가웠다.

한양을 떠난 지 열하룻날이 되어서야 대동강을 건너 평양에 도착했다.

또 그로부터 열흘이 지나 의주에 이르렀다. 취승정에 묵고 있는 중에 오한과 두통이 심했다. 서장관 이문이 말했다.

"선대의 어의가 유배되어 와 있다고 하옵니다."

정경세는 전 어의 허준을 만나보았다. 진맥을 하고 난 허준이 말했다.

"학질 증상입니다."

그러고는 환약 한 주머니를 지어 주었다.

"한 번에 열 알씩 드십시오. 효험을 볼 것입니다."

허준은 또 배앓이를 할 때 먹으라고 별도의 환약도 내주었다. 정경세는 잘 받아 넣었다. 그의 방에는 역대의 수많은 의서가 쌓여 있었다. 허준은 정경세의 궁금증을 풀어주었다.

"우리 조선의 실정에 맞는 새 의서를 편찬하고 있습니다."

"어의께서 고초를 겪으시는 중에도 백성을 위하여 의서를 짓는 마음이 참으로 갸륵하십니다."

학질 증상이 좀 나아진 정경세는 타각부(사신 행차의 모든 물품을 관리하는 사람)에 하령해 방물을 다 풀어서 물목안과 하나하나 사대(대조해 조사함)를 했다. 그러고는 틀림없음을 확인한 뒤에 다시 봉과(물품을 싸서 봉함)했다.

"국경을 넘을 때 불법으로 가지고 가는 것이 있어서는 안 될 것이네."

압록강을 건넌 뒤에 랴오둥(遼東) 성 남문 밖에 있는 사신들의 숙소인 회원관에 도착했다. 다음 날은 성안 랴오둥도사의 아문(관아)에서 현관례(사신을 영접하는 의식)를 받았다.

랴오둥에 머물면서 그지없이 화려하게 꾸민 성문의 기둥 화표주를 천천히 돌아보았고, 또 광우사에 있는 팔각칠층의 높은 백탑을 구경했다. 두 곳은 다 랴오둥 성의 명소로 이름난 곳이었다.

가을에 떠난 사행은 초겨울에 접어들어 광닝(廣寧)을 지나 십삼산에 도착했다. 십삼산은 들판에서 갑자기 병풍처럼 여러 개의 봉우리가 솟아 있었고, 검고 푸른 바위가 많았다. 사행 길이 어느덧 중반을 넘어서고 있음을 말해주었다.

정경세는 객관에서 심부름을 하고 있는 아이가 무얼 자꾸 외우고 있는 것을 보았다. 불러다 놓으니 미목(얼굴 생김새)이 자못 수려했다.

"뭘 그리 중얼거리고 있느냐?"

동사가 말했다.

"사서삼경이옵지요."

정경세는 호기심이 일었다.

"어디 한번 큰 소리로 외어보거라."

동자는 논어부터 줄줄 잘도 외었다.

"그 대의도 알고 있느냐?"

그는 한 구절씩 해석을 하며 저의 견해도 덧붙였다. 정경세는 기특하게 여겨 상으로 은전 한 냥을 내렸다.

"고맙사옵니다. 대인."

십삼산을 떠나서 산하이관(山海關) 안으로 들어갔다. 산하이관은 만리 장성의 동쪽 끝으로 '천하제일관'이라는 큰 현액이 걸려 있었다. 정경세는 산하이관 남쪽 15리에 있는 큰 다락집 망해정을 간람(구경)했다. 또 고죽 국의 사당과 백이와 숙제의 묘소도 배알했다.

드디어 연경에 이르렀다. 성문 밖 옥하관에 들어가서 동관에서 여장을 풀었다. 며칠 뒤 황제가 있는 조천궁에 나아가서 연회에 참석했다. 기름 진 음식을 많이 먹어서인지 정경세는 밤에 배앓이를 했다. 환약을 먹으니 이내 나아졌다.

다음 날 새벽에 오문(자금성의 남문)에 나아가 천자의 조정에 문안을 했다. 아침이 되어서는 예부에 나아가 관원들과 상견례를 했다. 또 제독주

사 쎄윤한(葉雲翰)이 관소에 좌기(관원이 출근해 업무를 봄)하자 만나보았다.

예부에 품첩(윗전에 문의하던 일)을 보내 현반령(검은색의 둥근 깃을 단 조선 관리의 관복)을 입고 천자의 조정에 나아가던 사신들의 잘못된 규례를 고쳐 조복으로 바꿔 입을 수 있도록 해달라고 요청했다.

"번방(제후국) 조선의 사신은 조현(천자의 조정을 알현함)할 때에 조복(예복)을 갖추어 입으라."

그 일로 명 조정에서는 정경세가 고금의 예법에 아주 밝은 것으로 알아 함부로 대하지 못했다.

동짓날이 되어 황제가 봉선(하늘에 제사를 지내는 일)하는 자리에 참렬했다. 그러고는 황제의 만세를 하례하고 명나라 조정의 대신들과 덕담을 나눴다.

대소 관원들은 정경세가 명필임을 익히 들어서 알고 있는지라 앞다투어 글씨를 써달라는 부탁을 해왔다. 정경세는 붓을 아끼지 않고 그들 모두에게 한 폭씩 써주었다. 예부 시랑(예부의 차관) 왕투(王圖)가 크게 기뻐하며 말했다.

"허허, 이 글씨는 혼례를 하는 딸에게 선물로 주어야겠습니다."

정경세는 웃었다.

"그러면 따님께 드릴 걸로 한 장 더 써보지요."

정경세는 그다음 순서로 병부의 낭중(정5품 벼슬) 장웨이(長偉)에게 '개세지기(蓋世之氣)' 넉 자를 써주었다. 그는 몹시 흡족해하며 말했다.

"정 대인이 머무시는 동안 소관이 도울 일이 있다면 마땅히 돕겠습니다."

정경세는 일이 잘 되어갈 것으로 여겨 병부에 정문(상급 관아에 올리는 정식 공문)을 보냈다.

"처음에 황조(황제의 조정)에서는 염초를 나라의 이기(중요한 무기)로 보아

432

다른 나라에 판매하지 못하도록 금지시켰습니다. 그러다가 왜란이 일어난 뒤에야 비로소 아방(조선)이 수매하는 것을 윤허하여 전쟁에 대비하게 하였는데 해마다 구입할 수 있는 근량이 고작 3천 근에 불과하옵니다.

이 정도의 적은 근량으로는 삼천 리 팔도의 나라를 지키기에는 매우 부족하오니 염초의 연례(한 해에 한 번씩 정기적으로 명나라와 매매하는 물품)를 1만 근으로 늘려주시기 바라옵니다."

정경세는 3천 근씩 수입해 오던 염초의 수매량을 두 배인 6천 근으로 늘리는 것이 목표였는데, 깎일 것을 생각해 그보다 더 많은 근량을 요청한 것이었다. 첩문을 읽어본 병부 상서와 병부 시랑은 고개를 저었다.

"조선에 염초의 수매량을 늘려준다면 간사한 자들이 노호(누르하치)에게 몰래 팔아먹을 것이다."

그리고 오히려 기존의 연례인 3천 근도 차후로는 해마다 근량을 줄일 것이라는 답서를 보내왔다. 정경세는 당혹감을 감추지 못하고 부사 여유길과 서장관 이분과 대책을 논의했다. 그러나 병부에서 워낙 강경하게 나오는지라 뾰족한 수를 찾을 수 없었다.

정경세는 사람을 보내 병부 낭중 장웨이를 옥하관으로 청했다. 그리하여 그에게 사정을 이야기했다. 장웨이는 고개를 끄덕였다.

"대인께서는 다시 첩문을 잘 갖추어 써서 병부로 보내주십시오. 그 후의 일은 제가 힘써보겠습니다."

정경세는 자신의 목숨을 내놓겠다는 각오가 담긴 첩문을 유려한 행초(행서와 초서의 중간쯤 되는 흘러쓰기 서체)로 써서 병부에 새로 올렸다. 병부에서는 정경세가 보낸 첩문이 명문장인 데다가 글씨도 눈부신 명필이라 온 관심을 거기에 쏟았다.

낭중 장웨이가 상서와 시랑에게 아뢰었다.

"1만 근은 너무 많으니, 연례의 3천 근에 3천 근만 더하여 허락을 해주는 게 좋겠사옵니다. 조선이 스스로를 지키지 못하면 우리 명나라가 구원해 주어야 할 것인데, 그리되면 수만 천병을 또 보내야 하니 어찌 염초 몇 근에 비하겠사옵니까?"

병부에서는 숙의한 끝에 그 말이 옳다고 여겨 연례를 복제(전례를 고쳐 다시 정함)해 3천 근 이외에 두 배를 더 수매할 수 있도록 허락했다. 이에 정경세는 은전 대신 면포로 매입할 수 있도록 해달라는 첩정을 또 올렸다.

"면포 1동(50필)당 염초 2백 근으로 계상(계산)하라."

정경세는 그에 그치지 않고 각궁을 만드는 데 없어서는 안 될 궁각(물소 뿔), 우근(물소의 힘줄), 어표(민어의 부레) 등도 다 연례를 늘려서 수매하기로 복제를 이끌어냈다.

부사 여유길이 웃으며 말했다.

"참 대단하시옵니다."

예부 시랑 왕투가 옥하관으로 찾아와 사연(황제의 명으로 사신에게 연회를 베푸는 일)을 했다. 목표를 다 달성한 정경세는 평소에 즐기지 않는 술을 일곱 잔이나 주고받고는 잔치를 파했다.

조선으로 돌아갈 날이 임박해 오문에 나아가 사은하고, 황제가 하사하는 하정(사신에게 내리는 일상 용품)을 절하고 받았다. 일행이 짐을 꾸리는 동안 국자감(최고의 교육기관)과 교단(하늘에 제사를 지내기 위해 쌓은 흙 단)을 둘러보았다.

드디어 떠나는 날이 되어 정경세는 부사 여유길과 서장관 이분과 함께 오문에 나아가 황제가 있는 쪽을 향해 절을 올렸다. 그런 뒤에 옥하관으로 돌아와 반송관(사신을 배웅하는 임시 관직) 장이창(蔣于常)으로부터 상마연(말에 오르기 전에 배웅하는 잔치)을 받았다.

정경세는 사조(황제에게 하직 인사를 하는 일)를 마친 뒤에도 자문(황제가 내리는 문서)을 받지 못했다. 그리하여 그대로 머물면서 예부 시랑 왕투, 병부 낭중 장웨이 등 그동안 사귀었던 대신들을 찾아가 사례를 했다.

떠나는 절차를 다 마친 뒤인지라 옥하관에 그대로 머물러 있을 수 없어 길을 떠났다. 연징의 동쪽 끝에 있는 작은 읍 통조우(通州)에 이르렀을 때, 반송관 장이창이 와서 황제의 회답자문과 염초를 비롯한 각종 연례를 적은 감합(두 장의 문서 사이에 원본임을 증빙하기 위해 계(契) 자가 새겨진 도장을 찍은 서류)을 전했다.

"장 대인, 고맙습니다."

"부디 잘 돌아가십시오."

정경세는 갔던 길을 되돌아와 다시 산하이관에 당도했다. 영이(應繹)라는 자가 점사(숙소)를 찾아왔다.

"학문이 높은 분이 조선에서 오셨다길래 소인이 여러 날을 기다렸사옵니다."

그러면서 영이는 자신을 소개했다.

"소인은 관자를 방열, 아호는 북암이라고 하옵니다. 이곳 산하이관에 오기 전에는 저장 성의 진화(金華)부에 살았사옵니다. 여러 해 전에 양친께서 잇달아 운명하고 처자식들도 영락(보잘것없이 됨)하였지요.

이에 훌쩍 떠나 세상을 유람하고 싶은 마음이 생겨서 여기에 와서 머물고 있사옵니다. 그동안에 이곳을 지나가는 귀방(남의 나라에 대한 높임말)의 현대부(남의 나라 신하에 대한 높임말)들과 더불어 수작을 나눈 것 역시 한두 번이 아니었사옵니다.

지금도 다행히 학문이 깊은 분을 만나뵙게 되었으니 저의 복덕인가 하옵니다. 대인께서 허여(허락)하신다면 시 한 수를 얻어다가 훗날에 절교(절강 성의 고향을 말함)로 가지고 돌아가 풍첨(처마) 아래에다 걸어놓고 늘 사모하는 마음을 붙이고자 하옵니다."

정경세는 영이가 말하는 것이 범상치 않아 밤이 깊도록 여러 가지 말을 나눠보았다. 그는 뜻이 화락하고 마음이 평안해 몹시 사랑스러웠으며 그림을 잘 그리는 데다가 또 의술에 대해서도 잘 알고 있었다.

정경세는 새벽이 되어 영이가 돌아가려고 할 때 시를 써서 주었다.

"나는 본디 시를 잘 짓지 못하기도 하거니와 중년 이후로는 질병이 번갈아 내 몸을 침범한 탓에 마음을 쉬면서 편안하게 즐기는 법을 찾느라 시를 읊조리던 것을 그만두었으니 시를 짓는 것도 생소해진 지가 오래되었다네.

그런데 자네가 절교니 풍첨이니 하는 말들로써 나로 하여금 몹시 감개를 일으키게 했네. 바람에 쓸려 떠도는 부평초 같은 인생사에서 우리가 각각 수천 리 밖에서 서로 만났으니 이 어찌 한마디 말을 해주지 않을 수 있겠는가?

이에 내가 시를 짓지 않겠다는 스스로의 다짐을 무너뜨리고 졸렬한 솜씨로 한 수 지어서 자네의 고마운 뜻에 부응하니, 가지고 돌아가 한 번 읽어보고 웃은 뒤에 장 단지나 덮으면 될 것일세."

영이는 답례로 그림을 한 장 그렸다. 한 신선이 술에 취해 잠들어 있는 모습이었다.

"이태백취면도이옵니다."

"오, 고맙네."

산하이관을 떠나려는데 장성 북쪽에 오랑캐들에 대한 경보가 있었다. 일로(조선에서 연경에 이르는 큰길)를 계엄한다는 소식이 들려왔다. 정경세는 일행에게 각별히 조심하라고 이른 뒤에 길을 떠났다.

2월 초하루는 신왕의 대상(죽은 지 두 돌에 지내는 제사)이었다. 정경세는 숭흥사(랴오닝 성 베이전 현에 있는 절)에 올라가서 망곡례(빈소나 산소를 멀리서 바라보며 호곡하는 의례)를 올린 다음에 최복(상복)을 벗었다.

3월이 되어서야 압록강을 건너 한양으로 돌아왔다. 사행을 떠난 지 일곱 달 만에 돌아오는 긴 여정이었다.

정경세는 명나라 예부(예조)의 자문을 가지고 임금 앞에 나아가 복명(임금의 명령을 받은 자가 처리 결과를 보고하는 일)을 했다.

"동지사 정경세와 부사 여유길 등이 염초를 사오기 위해서 마음을 다하였다. 그리하여 많은 양을 연례하게 되었으니 그 노고가 매우 가상하다. 정사 정경세와 부사 여유길에게 각기 한 자급을 더해주도록 하라."

그리하여 정경세는 품계가 가선대부로 올랐다. 그는 상소를 올려서 벼슬을 사양했으나 윤허받지 못했다.

"정경세를 강경 시관에 차임하라."

2

용양위 부호군으로 있던 기룡은 오위도총부 도총관(정2품 관직)을 겸무하게 되었다.

서장자 정익린을 불렀다.

"너도 올해로 15세가 되니 내년이면 한 사람의 사내가 된다. 학업에 열중하고 있느냐?"

정익린은 시무룩했다.

"학문이고 뭐고 다 소용없사옵니다."

"그게 무슨 말이냐?"

"대자(대북파를 일컫는 말)에 속한 사람이 아니면 과거에 합격할 수 없다고 하옵니다."

"어디서 그런 허무맹랑한 유언비어를 듣고 다니느냐? 무릇 사내에게는 핑계가 있어서는 안 된다. 아무 소리 말고 학업에 전념하거라."

"하옵고 소자의 처지로는 대과에 응시할 수도 없지 않사옵니까?"

"허어, 잔말이 어찌 그리 많은고!"

익린이 물러가자 기룡은 심경이 착잡했다.

"날이 갈수록 혼탁해지다니."

임금은 선왕의 신위를 태묘(종묘)에 옮겨 모신 뒤 별시를 실시해 신광업 등 문무과 합격자 19인을 뽑았다. 전시의 시관은 좌의정 이항복, 이조판서 이정귀, 형조판서 박승종, 호군 조탁, 허균, 홍서봉, 이이첨 등이었다.

그런데 공도(공정)를 엄격히 세워서 합격자를 뽑아야 함에도 불구하고 시관마다 거리낌 없이 제멋대로 사정(사사로운 감정)을 앞세웠다.

박승종은 아들 박자홍을 뽑았고, 조탁은 아우 조길을 뽑았으며, 허균은 조카 허보와 조카사위 박홍도를 뽑았고, 이이첨은 사돈 이창후의 친구 정준을 뽑았다. 그래서 사람들이 '아들, 사위, 동생, 조카, 사돈의 합격자 명단(子壻弟姪査頓榜)'이라고 했다.

점차 논란이 커지고 세간의 물의가 크게 일었다. 임금은 시관들 중에서 허균만 전라도 함열현(지금의 익산시 함열읍)으로 귀양 보내는 선에서 과거 부정 사건을 마무리 지었다. 부정을 저지른 시관이 허균만이 아니었지만 그만이 아직 세상의 명망을 얻지 못한 까닭이었다.

"눈 가리고 아옹 하는 격이로군."

"고작 시관 하나 귀양 보내면 그만일 줄 아나 보지?"

사람들은 수긍하지 않았다. 팔도의 모든 사대부가의 젊은이들은 과거 시험을 보지 않겠다며 학업을 등한시하기 시작했다. 그 부모들은 자식의 앞날을 위해 새 임금의 총애를 받고 정병(정권)을 잡은 대북파에 줄을 대느라 바빴다.

정익린이 나간 뒤 딸 미설이 사랑채를 찾았다. 미설은 정익린보다 한 살 많았다. 혼기가 꽉 찬 나이였다.

"아버지, 어머니가 첫 부인이 아니고 후처라고 들었사옵니다."

"누가 그런 소리를 하더냐?"

"동네 사람들이 얘기하는 걸 우연히 들었어요. 첫 부인은 어떤 분이셨어요?"

기룡이 말을 얼버무렸다. 미설은 집요하게 물었다.

"할머니 말씀으로는 충절이 뛰어나신 분이라던데, 왜 일찍 돌아가셨나요?"

"아버지랑 얼마나 같이 사셨어요?"

"자식은 없었나요?"

기룡은 쏟아지는 질문을 다 듣고 나서야 단호하게 한마디 했다.

"죽은 사람을 캐물어서 뭘 하려고 그러느냐? 이만 물러가거라."

미설은 이희춘을 찾았다. 김세인이 죽고 정범례마저 머나먼 유구국으로 떠나보내고 홀로 남게 된 이희춘은 마음 붙일 데가 없어 외롭고 허전했다. 책사 귀목이 있었지만 어딘지 모르게 성정이 서로 통하지 않았다.

"이 장사님, 장사님은 아버지의 첫 부인을 잘 아세요?"

"첫 부인이라뇨?"

이희춘은 놀라 되물었다. 미설이 추궁하자 난감했다. 이희춘은 손사래를 치며 도망치듯 미설을 피했다.

"소인은 아무것도 모르옵니다. 몰라요, 몰라."

"거참, 다들 왜 피하기만 하는 거지? 도대체 무슨 일이 있었던 거야?"

기룡은 병석에 누워 있는 어머니 김씨를 뵈러 내당으로 갔다. 아들이 머리맡에 앉자 김씨는 푸념을 했다.

"내가 죽기 전에 후사를 보아야 하는데……."

함께 앉아 있던 정부인 권씨는 면목이 없었다. 김씨가 며느리 권씨와 첩실 서무랑에게 그간 속에 넣어두었던 얘기를 꺼냈다.

"너희 두 사람이 한동기간처럼 지내주어 고맙다. 작은아가야, 나는 너도 한 사람의 며느리로 여기며 살아왔다. 그러니 네가 낳은 큰아이 익린이를 우리 집안의 후사(대를 이을 자식)가 되도록 하는 것이 어떻겠느냐?"

그리하여 정익린은 기룡과 권씨의 아들로 입적이 되었다. 서자의 신분에서 적자로 다시 태어난 것이었다.

"다들 고맙다. 내 마지막 소원을 이뤘으니 더는 여한이 없구나."

그날 밤, 김씨는 평온하게 눈을 감았다.

"어머니!"

비천한 신분으로 어린 아들을 먹여 살리느라 소금 통을 이고 수십 리 길을 팔러 다니던 아낙에서 내명부의 정부인에 오르는 동안 모진 70여 년의 세월을 견딘 분이었다.

기룡은 슬피 울고 또 울었다. 집안사람들뿐만 아니라 마을의 모든 사람들이 함께 슬퍼했다. 삼망우를 비롯한 수많은 사람들이 문상을 왔다. 상가는 어느덧 잔칫집 분위기였다.

"호상(복을 누리며 산 사람의 초상)이지. 암."

"정부인 노마님께서는 만인의 귀감이셨어."

"좀 더 사셨으면 좋았으련만."

기룡은 집에서 그리 멀지 않은 곳에 김씨의 묘소를 썼다. 서쪽에는 창송(푸른 소나무)이 우거져 있고 동쪽에는 우면지(소가 누워 자는 형국의 명당)로 일컬어지는 우산(牛山)이 있으며 남쪽에는 세 겹으로 두른 병풍산성 그리고 북쪽에는 둔진산이 찬바람을 막아주는 땅이었다.

기룡은 벼슬을 내려놓은 뒤 상복을 입고 여막에 들었다. 매일 나물죽만 먹으며 3년 시묘에 들어갔다.

임금이 세자빈을 간택하기 위해 팔도에 사는 모든 처녀의 혼인을 금하고 슬기 있고 용모가 수려한 처자를 차출해 들이라고 전교했다. 그런데 남인으로 분류되는 집안의 여식은 뽑지 않는 것이 불문율인 데다 미설은 할머니의 상중이라 피할 수 있었다.

세자빈을 간택하는 동안 임금은 어린 처자들의 자색에 눈을 떴다. 그리하여 예조에 명을 내렸다.

"아직 내직(내명부)이 갖추어지지 않았으니 경외에 신칙(단단히 타이름)하여 11세부터 20세까지의 처자를 뽑아 단자를 받들어 올리도록 하라."

임금은 세자빈 간택에 이어서 후궁을 뽑을 작정이었다. 그러자 팔도의 모든 사대부 집안에서는 여식을 숨기고 내놓지 않았다. 그 결과 대궐에 나아간 처자가 겨우 20명이었다.

"근래에 나라의 기강이 다 없어져 임금을 만홀(소홀)히 보는 분위기가 날로 심해지고 있다. 숙의(후궁을 뜻함)를 뽑아 들이는 일은 왕가의 규례이다. 처자가 없지 않으면서도 기만하여 내보내지 않고 서로서로 숨겨주고 있다는 것을 나 또한 귀가 있는데 어찌 듣지 못하였겠는가?

끝내 숨기려 든다면 반드시 그 가장을 국문하여 불경죄로 다스릴 것이다. 해조(담당 관아)로 하여금 기한을 연장하여 한양은 명년 2월, 경외는 3월까지 속히 처자들의 단자(신원 확인서)를 받들어 올리게 하라."

미설이 맵시가 수려하다는 평판이 이미 상주를 넘어 한양까지 이르고 있었지만 상중이라 만분지행으로 또 피할 수 있었다.

이듬해 3월이 되어 조정은 충청도사에 제수되었고, 그다음 달에는 이준이 홍문관 전한(종3품 관직)이 되었으며, 5월에는 정경세가 성균관 대사성에 제수되었다.

정경세는 성균관에 나아가 분향례를 거행한 뒤 정여창, 김굉필, 조광조, 이언적, 이황 등 5현을 문묘(성균관)에 종사(배향)하도록 임금에게 주청했다. 그러나 정인홍, 이이첨 등 조식을 받드는 대북파가 극렬히 반대해 받아들여지지 않았다.

정경세는 상소를 올려 해직해 주기를 바랐다. 하지만 임금은 윤허하지 않고 정경세를 나주 목사에 제수했다. 그런 뒤 얼마 있지 않아 전라도 관찰사 겸 병마수군절도사에 제수했다.

정경세는 전라 감사로 재직하면서 한가한 틈을 타 '오현종사제도(五賢從祀祭圖)'를 직접 그리고 '종사집례계첩'의 서문을 찬술했다.

"요사이 사특한 말이 문득 행해져서 조금도 거리낌 없이 현인을 헐뜯는 말을 마구 떠들어 대고 있다. 아, 저 사람이라고 어찌하여 떳떳한 인간의 본성이 없겠는가?"

정인홍, 이이첨의 대북파가 사특한 말을 한다는 뜻이었다. 그 무렵, 임금은 정경세가 주청한 5현의 문묘 배향을 윤허했다. 그러자 정인홍은 또다시 완강히 반대했다. 그는 이이첨을 부추겨서 정경세를 탄핵하고 사판에서 삭제하려고 했다. 또한 이언적과 이황을 온갖 추악한 말로 크게 헐뜯었다.

그러자 성균관 유생들이 이언적, 이황 같은 성현을 무례하게도 모욕했다며 정인홍을 성토하는 상소를 올렸다. 임금은 정인홍을 벌주라는 상소에 진노했고, 성균관 유생들과 관원들을 조사하라고 했다. 이번에는 그 조사를 반대하는 상소가 빗발쳤다.

영의정 이덕형이 아뢰었다.

"논란의 시작은 정인홍이 성현을 무시한 데서 비롯된 것이옵니다."

광주 유생 임경달을 시작으로 상주 선비 송광국 등 팔도 각지에서 정인홍을 탄핵하라는 상소가 승정원으로 쏟아져 들어와 산더미를 이뤘다. 임금은 하는 수 없이 한 발 물러나서 성균관 유생들을 타이르는 선에서 무마했다.

정인홍의 수제자인 정경운은 함양에 사는 선비인데, 평소에 자신이 기룡과 8촌지간이라고 떠들고 다녔다. 그는 상소를 올려 정인홍이 억울하게 모함을 받았다며 조사해 밝힐 것을 주청했다. 임금은 상소를 읽고 교지를 내렸다.

"스승을 존경하는 성의와 사리에 타당한 의논을 잘 알았으니, 더 이상 번거롭게 하지 말고 물러가 학업을 닦도록 하라."

정경세는 자신이 논란을 불러일으켰고, 그것에 책임을 지겠다며 벼슬자리에서 물러날 뜻을 밝혔다. 그러나 임금은 윤허하지 않았다. 이번에는 사간원이 아뢰었다.

"전라 감사 정경세는 제 어미가 왜적의 칼날에 죽었는데도 즉시 염습하여 장사 지내지 아니하고 차일피일 미루었사옵니다. 상중의 몸으로 고기도 먹고 여자를 가까이 하여 사람들이 몹시 꾸짖었사옵니다.

또 창의하여 복수하려 할 때도 의병을 모으는 임무를 띠고 영동을 순행하면서 보란 듯이 기생을 데리고 다니며 여러 달을 진탕 즐기다가 기전(경기도)에까지 데리고 왔사옵니다……."

임금은 정경세가 경학과 예학에 뛰어나 영남 선비들이 추종하고 있다는 것을 잘 알고 있었지만, 대북파의 끈질긴 모함을 물리치지 못하고 정경세를 체차(부적당한 일을 저지른 관원을 바꾸는 일)하고 말았다.

"모든 채비를 마쳤으니 슬슬 시작해 볼까?"

임금의 친형 임해군을 이미 처단한 정인홍은 그다음으로 원자 영창대군 편에 서 있는 소북파를 제거하려고 했다. 그는 소북파의 영수 유영경뿐 아니라 남인 정경세도 옭아맬 작정이었다.

"괘씸한 놈, 어디 두고 보자."

황해도 봉산에서 김제세가 군역을 면제받으려고 문건을 관아에 제출했는데, 호장이 살펴보고 위조 문건임을 밝혀냈다. 백성을 괴롭히기로 악명 높던 봉산 군수 신율은 김제세를 잡아들인 뒤 계략을 꾸미기 시작했다.

"저놈이 역모를 한 것으로 만들면 내가 크게 될 것이 아니겠는가? 그러잖아도 민심이 흉흉한데 말이야."

신율은 김제세를 형신(고문)하는 한편 감옥에 잡혀 있던 좀도둑 유팽석을 꾀어 증인으로 만들고는 마치 거대한 배후 조직이 도사리고 있는 역모 사건인 것처럼 꾸민 뒤 조정에 장계를 올렸다.

유팽석은 자신도 연루된 것으로 일이 꾸며져 걱정을 하자 신율은 그를 안심시켰다.

"한 가지만 더 해주면 되네. 그러면 자네는 공신이 될 걸세."

유팽석은 신율의 말을 곧이곧대로 믿고는 그가 시키는 대로 공초했다.

"우연히 어떤 중들이 거사를 함께하기로 한 사람들이 있다고 하면서 그 이름들을 자랑스럽게 들먹였는데, 정인홍과 정경세 등이었사옵니다."

정인홍은 곧바로 상소해 스스로를 해명했다. 이에 임금은 너그럽게 위로했다.

"경의 충절은 일월보다 밝고 귀신이 증명할 것이니, 흉악한 무리가 경의 훌륭한 명성을 질투하여 수렁에 빠뜨리려고 운운한 것이 아니겠는가? 그러니 경에게 무슨 죄를 묻겠는가?"

임금이 친히 유팽석을 국문했다. 그가 아뢰었다.

"두 중이 말하기를, 장차 합천인 정인홍과 동래인 정경세가 함께 모의하여 거사를 할 것이라고 했사옵니다."

"정경세는 동래인이 아닌데 너는 어찌하여 그렇게 말하느냐?"

"단지 중들의 말을 들었을 뿐이니 소인이 어찌 알겠사옵니까?"

임금은 정인홍을 비롯한 대북파만 빼고 모두 잡아들였다. 특히 정경세에게는 속 깊이 앙금이 남아 있었다. 즉위 초에 널리 구언을 했을 때 그가 올린 만언소가 무척 괘씸했는데 아직 풀리지 않은 상태였다.

"정경세의 세 아들과 집안에서 부리는 노비를 모두 잡아들이라. 집 안을 샅샅이 뒤져서 촌찰(쪽지) 하나 남김없이 찾아내어 봉함해서 가져 오라."

의금부 가도사(임시 도사) 조척이 상주에 도착했다. 그런데 어찌 된 영문인지 기룡의 집에 들이닥쳤다. 온 흔곡 고을이 크게 동요했다. 조척은 상중에 있는 집안을 뒤져서 정익린을 비롯해 서자 정득린, 정덕린, 정시린과 집안의 남자 종들을 다 묶었다.

권씨와 서무랑이 까무러치듯이 놀라 그 자리에 주저앉았다.

"아이고, 이게 도대체 어찌 된 일이란 말이오?"

"이 집 가장이 역모를 한 죄이니라. 자, 가자!"

기룡의 자식들 네 명은 전옥서에 갇혀 있다가 끌려 나와 녹명소에 갔다. 아비의 이름을 묻는 녹명관의 물음에 정익린이 기룡의 이름을 댔다. 녹명관이 놀라 다시 물었다.

"뭐, 정기룡? 정경세가 아니고?"

"저희 대감의 존함은 정 기 자 룡 자이옵니다."

녹명관이 이상하다 싶어서 의금부 가도사 조척을 불렀다.

"정경세의 아들들을 잡아 오라고 했더니, 자네 도대체 어느 집을 뒤졌는가?"

조척은 그제야 무심코 실수한 것을 깨달았다.

"아, 이거 죄민(죄송)하게 되었사옵니다. 워낙 두 분이 비슷해서……."

그는 정익린에게도 사과를 했다.

"이거 참 면구하게 되었소."

조척은 다시 나졸들을 이끌고 상주로 달려갔다. 정익린이 중얼거렸다.

"벼락 치듯 온 고을과 집안을 뒤집어 놓고는 고작 말 한마디면 다인가?

쳇!"

나명(잡아들이라는 임금의 명령)이 전라 감영에도 이르렀다. 정경세는 한양으로 압송되어 의금부 옥사에 갇혔다. 그로부터 이틀 뒤에 정경세는 궐정(대궐에 개설한 추국장)으로 끌려 나왔다.

"미신은 집에 있을 때에는 효도하고 벼슬자리에 있을 때에는 충성한다는 것만 오직 알 뿐입니다. 하온데, 소신의 성명 삼 자가 하찮은 자의 입에서 거론되어 형륙(죄를 얻어 죽는 일)에 빠지게 되었사옵니다. 신이 변변찮기는 하옵니다만 어찌 전하를 배반하고 역모를 할 사람이겠습니까? 통촉하여 주옵소서."

임금은 숙연한 느낌이 들어 정경세를 다시 하옥시키고 16세인 맏아들 정심을 문초했다.

"신의 아비가 의가 아닌 것은 하지 말도록 경계하였고, 저희들을 훈교함에 있어서는 반드시 충효를 말하였사옵니다. 어찌 신의 아비가 역모를 했겠사옵니까?"

이어 12세 난 둘째아들 정학을 심문했다.

"저는 아무것도 모르옵니다."

임금은 사내종 담야와 계집종 양춘을 비롯한 7명의 노비에게서도 다 공초를 받았다. 그들은 한입으로 아뢰었다.

"저의 상전은 농사를 힘써 짓지 못하시어 집이 매우 가난했는데, 늘 홀로 거처하시면서 글을 읽으셨고 창출(삽주의 뿌리. 위장 장애에 효험이 있음)과 나물만 잡수셨으며, 아들 셋에게는 힘써 학문을 가르치셨사옵니다."

임금은 정경세의 집에서 압수한 수많은 문적 가운데 집안사람들끼리 사사로이 주고받은 작은 서찰에서도 임금을 거론하는 대목에서는 반드시 별행(글을 쓸 때 별도의 행)을 잡아 성(聖) 자와 천(天) 자를 한 글자 높게 썼으며 언문 편지에서도 똑같이 그렇게 쓴 것을 보고는 감탄했다. 임금은 주위에 말했다.

"이렇게 공경하고 삼가는 신하가 어찌 역도와 한 무리가 되겠는가?"

곡립하고 있던 늙은 중사(내시)가 말했다.

"정경세의 집 뒤뜰 단지에는 한 됫박의 곡식도 없었사옵고, 방 안에는 오직 다 떨어진 자리만 하나 깔려 있었으며, 뜨락에는 한 섬의 곡식이 있었사온데 막 꿔 와서 미처 안으로 들이지 못한 것이었사옵니다.

식솔들이 밥을 먹다 만 소반 위에는 단지 아욱국과 삽주의 싹과 파 무침 및 건어 한 마리만 있었을 뿐이었사옵니다."

"벼슬이 대부에 이른 정경세의 살림이 그토록 청한(청빈)하단 말인가?"

형조판서로 있다가 병조판서로 옮긴 박승종이 아뢰었다.

"문건 가운데 정경세가 전관(인사 담당 관원)에게 고을의 수령으로 보내 주기를 요청한 서찰이 있사옵니다."

대사헌 이이첨이 짐짓 정경세를 두둔했다.

"조정의 높은 자리도 아니고 품계보다 낮은 외직을 청하였으니 이는 그의 성품이기도 하옵니다."

임금은 마침내 전교했다.

"정경세는 역모에 참여하지 않았음이 분명하다. 그러나 그가 전관에게 청탁을 한 것은 옳지 못한 일이다. 정경세의 관작을 삭탈하고 방면하라. 그의 아들들과 집안 노비들도 아울러 방송(죄인을 풀어줌)하라."

제자 조여선이 금부옥 밖에서 정경세를 기다리고 있었다. 정경세는 허망한 얼굴로 아들들과 종들을 이끌고 삼개(마포)로 가서 조여선이 마련해 놓은 강배를 탔다. 그다음 날에 도미진(경기도 하남시 소재)에 도착해 하루 쉬었다. 조여선이 말했다.

"이이첨이 국문장에서 스승님께 신리(변호를 함)해 주는 말을 하였으니 사례를 해야 하지 않겠사옵니까?"

정경세는 아무런 대답도 하지 않다가 짧게 말했다.

"내가 표리부동한 그자를 어찌 모르겠는가?"

진위 현령으로 있던 조광벽도 잡혀 왔다. 추국청에서 김제세와 대질한 뒤 다행히 죄가 없음이 밝혀져 위기를 모면했다.

임금은 봄부터 시작된 옥사가 여름을 지나 가을까지 이어지자 드디어 김제세를 철물교(지금의 종로2가에 있던 다리)에서 처형하라는 전교를 내렸다. 끌려 나온 그는 씁쓸히 탄식하면서 말했다.

"내가 만약 세상 사람들의 이름을 좀 더 많이 알고 있었더라면 몇 달은 더 살 수 있었을 것이다."

김제세가 남긴 그 기막힌 유언은 역모로 몰린 사람들이 모두 무고하다는 것을 고백하는 말이었다.

3

상주 사벌 천주봉 정상에 자천대라고 하는 바위가 있었다. 그 아래로는 까마득한 절벽이 있고, 흰 모래벌판이 크게 펼쳐져 있어 가히 낙동강 7백 리에서 으뜸가는 절승(빼어난 경치)이었다.

천주봉 아래 바위에는 암혈(바위 굴)이 하나 있는데, 어느 누구도 끝까지 들어가 본 사람이 없었다. 깊이를 알 수 없는 그 바위 굴속에는 예로부터 용마가 산다는 말이 있어 왔다. 하지만 그 말을 본 사람은 아무도 없었다.

"영웅호걸이 먼저 나타나야 그 용마가 나온다고 하지. 아마."

그런데 어느 땐가부터 초하룻날과 보름날 밤이면 바위 굴에서 용마가 나와 근처에서 풀을 뜯고, 샘터에서 물을 마시며, 천애 절벽 아래의 모래 벌판을 달리다가 암혈로 돌아가곤 한다는 것이었다.

사벌 사람들은 용마를 구경하려고 밤에 몰래 샘터 근처에 숨어 있곤 했는데 과연 굴에서 흰 말 한 마리가 나와 노닐다가 들어가는 것이었다. 상주의 한량, 선달, 장정들이 다 그 말을 잡으려고 올가미도 던져보고 덫도 놓아보고 했지만 말은 단 한 번도 걸려들지 않았다.

"누가 그 말을 잡아 탈 수 있을꼬."

기룡은 드디어 어머니 김씨의 상기(삼년상)를 마쳤다. 오동나무 지팡이를 내던지며 여막을 불사르고 상복을 벗었다.

기룡은 곧바로 딸 미설의 혼례를 서둘렀다. 조정의 처종질 김시절과 혼약을 한 뒤 계례를 올려주고 별당에 거처하게 했다. 그런 뒤에 좋은 날을 가려 시집보냈다. 사돈이 되는 김집은 더없이 흐뭇해했다.

"내가 조선 제일의 장수 집안과 혼척을 맺고 맵시와 여공(여자가 갖춰야 할 솜씨)이 썩 훌륭한 며느리를 보았도다."

그즈음 무죄 방면된 정경세가 낙향했다. 홍문관 전한으로 있던 이준도 고향으로 돌아왔으며, 울산 판관을 거쳐 전라도 도사로 재직하고 있던 전식도 미련 없이 벼슬자리를 내던지고 북천 가 옛집에 들었다.

세상 사람들은 혼탁한 벼슬길을 떠나 고향으로 돌아온 그들 세 사람을 상산삼노(商山三老)라고 일컬으며 공경해 마지않았다.

뒤이어 김지복도 돌아왔다. 그는 사마시(생원, 진사를 뽑는 시험)에 합격해 성균관에 입학했지만 정인홍, 이이첨 등 대북파가 온 조정을 뒤흔들며 태학(성균관) 유생들을 뒤에서 조종하는 전횡에 대해 깊다란 회의에 빠져 뜻을 접고 낙향한 것이었다.

진위 현령으로 있던 조광벽도 낙향해 북천을 사이에 두고 전식과 함께 서로 마주 웃었다. 그들은 기룡의 집에 다 모여 딸 미설이 출가한 것을 축복해 주었다. 고향을 지키고 있던 이전과 정춘모도 달려와 합석했다.

"봉산옥사를 즈음하여 공도가 땅에 떨어졌으니 앞으로는 더욱더 사리에 맞지 않는 일들이 많이 일어나지 않겠는가?"

"금상에게는 그들도 충신이겠지."

"간신은 충신의 옷을 입고 오는 법."

"한 사람의 충신일지언정 만고의 정신(正臣: 바른 신하)은 아닐세."

"요즘과 같은 때 명신을 찾아보기 어려우니……."

"육정신(나라를 위하는 여섯 가지 유형의 신하)의 면모를 다 갖추어야 가히 명신이라고 일컬을 수 있지 않겠는가?"

"굳이 육정신까지 들먹이지 않아도 되네. 공도를 잃지 않으면 명신이 아니겠나?"

"자자, 우리는 그깟 시류일랑 다 잊고 수창(술과 시로 세월을 보내며 때를 기다림)이나 하세."

"그런데 언젠가부터 천주봉 아래에 용마가 출현한다면서?"

"우리 경운이 화이라는 명마를 잃은 지 오래되었으니 천지신명이 새로 용마를 내리신 건가?"

기룡은 이희춘에게서 자세히 전해 듣고는 그 말을 잡아 탈 결심을 했다. 그리하여 초하룻날, 이엉을 엮어 온몸에 둘렀다. 이렇게 들판에 세워 놓은 허수아비 차림을 하고는 샘터에 꼼짝도 하지 않고 서 있었다.

밤이 이슥해지자 과연 바위 굴에서 말 한 마리가 나왔다. 온몸은 마치 눈을 덮어쓴 듯 눈부셨고, 옆구리에는 금방이라도 날개가 돋칠 듯했다.

말은 전에는 보이지 않던 허수아비가 샘터에 서 있자 잔뜩 경계했다. 샘터 멀리서 빙빙 돌기만 하다가 다시 굴속으로 들어가 버렸다.

기룡은 보름날 밤에 다시 똑같은 차림을 하고 서 있었다. 백마가 나와 전보다 좀 더 가까이 다가와 킁킁거리며 냄새를 맡았다. 바로 그때 기룡은 손에 쥐고 있던 올가미를 획 던졌다. 말이 깜짝 놀라 달아나려는 겨를에 올가미가 목에 걸렸다.

"됐다!"

이엉으로 만든 허수아비 옷을 벗어 던진 기룡은 재빨리 말 등에 올라 탔다. 백마는 기룡을 떨어뜨리려고 이리저리 날뛰다가 모래벌판으로 달려 나갔다. 기룡은 한 손으로는 올가미 고삐를 잡고, 다른 손으로는 채찍을 휘둘렀다. 기룡을 떨어뜨리려는 말과 떨어지지 않으려는 기룡의 힘겨루기가 계속되었다.

"이놈, 이제 그만 수긍을 하거라!"

한참 씨름한 끝에 드디어 지친 말이 순종하기에 이르렀다. 기룡은 말 볼기짝에 세차게 채질을 해 너른 모래벌판을 힘껏 달렸다. 그러는 사이에 어느덧 새벽이 밝아왔다.

"대감께서 용마를 잡으셨다고?"

"지천명(50세)의 연세에 정말 대단하이."

"허허, 장수와 용마라. 역시 서로 알아본 게로군."

정경세는 가의대부로 품계가 올랐고 호군에 제수되었다. 한양으로 상경한 그는 대궐로 들어가 사은한 뒤 상소를 올려 사직을 청했지만 윤허받지 못했다. 윤동짓달에는 동지중추부사에 제수되었다.

그즈음 관원들의 전형(관리를 뽑음)이 공명정대하게 이뤄지지 않았고, 세도에 아첨하고 빌붙는 풍조가 만연하고 있었다.

정경세는 혼탁한 시류(그 시대의 경향)를 벗어나 마음대로 고향으로 돌아갈 수도 없는 몸이었다. 퇴청하고 돌아올 때면 매번 우거하는 집이 있는 한성 북부 진장방 삼청동계에서 백악산(북악산)을 오가며 시름을 쏟아냈다.

임금은 정경세가 외관직을 원한다고 생각해 강릉 부사로, 조우인을 은계(지금의 강원도 회양군 하북면 소재) 찰방으로 삼았다. 또 기룡은 경상좌도 병마절도사 겸 울산 도호부사에 재차 제수했다.

부임하러 가는 길에 이희춘이 말했다.

"대장님이 병마절도사를 몇 번이나 하시는 거야?"

귀목이 웃으며 대답했다.

"아마 다섯 번은 될 겁니다. 당나라 숙종 때 검남절도사로 두 번이나 제수된 엄무도 우리 대장님 앞에서는 고개를 못 들겠습니다. 허허."

임금은 밤중에 역도들의 옥사를 종결시킨 여러 공신들과 함께 백악산 아래에서 회맹제를 거행했다. 회맹문은 지제교 김상헌이 썼는데 공신 최유원 등이 그 문리를 나무라며 크게 화를 냈다.

"회맹문이 뭔가 풍자하는 의미를 품고 있고 공신들을 전혀 찬송하는 대목이 없지 않은가?"

그들은 김상헌을 벼슬자리에서 내쫓으려 했지만 끝내 뜻을 이루지 못했다. 김상헌이 중얼거렸다.

"쳇, 사실을 날조하여 공훈을 함부로 차지한 것을 풍자한 것도 죄인가?"

민심이 외면하고 조롱하는 것도 알지 못한 채 임금은 임해군의 옥사를 처리한 신하들을 익사공신, 봉산옥사를 처리한 신하들을 형난공신으로 삼았다. 중전의 아비 유자신을 비롯해 정탁, 윤두수, 허성, 유희분, 최유원, 이산해, 정인홍, 이이첨, 신율 등 공신에 오른 신하들을 일일이 상찬(기리어 칭찬함)했다.

처음 김제세의 사건을 크게 만든 봉산 군수 신율은 군수에서 일약 판서와 동급인 영풍군에 봉군되었다.

"수많은 공신이 한꺼번에 특진하여 하관으로 있다가 일약 재상이 된 자가 태반이 아닌가?"

"부원군에 봉해진 자가 27인이나 되어 고관대작이 넘쳐나니 나라가 어찌 저절로 망조가 들지 않으리."

세자빈의 외조부 이이첨은 광창부원군에, 세자빈의 친조부 박승종은 밀창부원군에, 왕비의 숙부 유희분은 문창부원군에 봉해졌다. 그 세 사람의 세도가 서로 비등했고 봉호에 똑같이 창 자가 들어간 까닭에 세상 사람들은 그들을 '망조삼창'이라 불렀다. 점차 조정을 망하게 할 사람들이라는 뜻이었다.

정인홍은 그 셋을 다 불러놓았다.

"할 일을 늦춰서는 안 될 것이네."

임금이 즉위한 해에 임해군을 유배 보내 이듬해에 죽게 했고, 지난해에는 봉산옥사를 일으켜 유영경 등 소북파를 처결했다. 다음으로 제거할 목표는 젊은 대비와 대비의 어린 아들 영창대군, 대비의 아비 김제남이었다.

정인홍이 이이첨에게 말했다.

"지난번 옥사는 억지가 좀 많았어. 이번엔 제대로 좀 만들어 보게."

"예, 스승님."

상단 한 무리가 문경새재를 넘고 있었다. 동지사 사행을 따라간 경상(한양 상인)이 사사로이 매입해 오는 명산물(명나라 특산물)을 사려고 백홍제는 거액을 지니고 부산포에서부터 천 리 떨어진 한양으로 가는 길이었다.

명나라 물산을 부산으로 가져다가 왜관에 있는 왜상들한테 되팔면 큰 이문이 남았다. 해를 거듭할수록 경상이 가져오는 물종이 많아졌다. 지난해에는 은전 5백 냥을 갖고 갔었는데 올해는 좀 더 늘려서 7백 냥을 마련했다.

백홍제를 뒤따르고 있던 시종 춘상이 말했다.

"대행수 어른, 이제 고개도 다 넘었으니 좀 쉬었다 가십시다요."

바로 그때였다. 갑자기 도적패가 나타나 장검으로 사람들을 위협했다. 춘상은 백홍제의 눈짓에 따라 순순히 등짐을 벗어 은전 7백 냥을 내주었다. 그러고는 그들을 밀치고 잽싸게 달아났다. 도적패가 한순간 당황하자 그 틈을 타 남은 사람들도 뿔뿔이 흩어져 비탈길로 달아나기 시작했다.

도적패는 그들을 모두 뒤쫓아 척살했다. 백홍제와 춘상은 커다란 바위 뒤에 납작 엎드려 숨었다. 상단을 다 죽였다고 생각한 도적패가 유유히 사라져 갔다. 두 사람은 바위에서 나와 몰래 그들의 뒤를 밟았다.

여주까지 가서 그들의 소굴을 확인한 백홍제와 춘상은 서둘러 한양으로 달려가 문경새재에서 강도를 당한 일과 도적패의 소굴이 여주에 있음을 좌변포도청에 고알(고발)했다.

좌변포도대장 한희길은 여주 무륜당으로 교외도장군사(포도청에서 지방으로 파견하는 포도군사)를 파송해 범인들을 다 색포(색출해 체포함)하고 포도청으로 압송했다.

그런 뒤 도적패의 사내종 덕남을 족쳐서 그들의 강도 행각을 다 밝혀냈다. 그런데 도적의 수괴는 서인의 거목인 박순의 서자 박응서였고, 그를 비롯한 서양갑 등 7인이 모두 알아주는 명문가의 서자들이었다.

그들은 적서(적자와 서자)의 차별을 철폐하라는 연명 상소를 올리는 등 끊임없이 신분 차별에 대한 불만을 토로하다가 그것이 받아들여지지 않자 강변칠우라는 이름의 무리를 짓고 경기도 여주 강변에 삼강오륜을 무시한다는 뜻으로 무륜당을 건립했다. 그런 뒤 무륜당을 본거지로 삼아 온갖 패악질을 하고 돌아다닌 것으로 판명되었다.

좌변포도대장 한희길은 독단으로 처결할 수 없어 이이첨에게 그들을 수금(죄인을 가두어 둠)해 놓은 사실을 알렸다. 이이첨은 서안을 탁 내리쳤다.

"바로 그거야!"

이이첨은 좌포장 한희길을 사주해 역모 사건으로 만들기로 결단했다. 강변칠우 중 주모자로 지목된 박응서는 오히려 서양갑이 수괴라고 공초했다. 7인 중 가장 호기로운 기질을 가진 서양갑은 모진 형문을 받으면서도 역모를 꾀한 사실이 없다고 버텼다.

임금은 친국하는 자리에서 그의 생모와 친형을 차례로 불러다가 국문을 해 죽였다. 그 참혹한 광경을 본 서양갑은 옥사로 돌아가 입술을 씹으며 결의했다.

"광해, 네놈이 내 어머니와 형을 죽였으니, 나 또한 마땅히 너의 어미와 형제를 죽이고야 말리라."

임금의 어미란 항렬로 모후가 되는 대비를 말하는 것이었고, 형제란 대비가 낳은 임금의 어린 이복아우 영창대군을 말하는 것이었다. 다음 날, 추국청 앞으로 불려 나온 서양갑은 입을 열었다.

"연흥부원군 대감이 수모자이옵니다."

대비의 친정 아비 김제남을 지칭하는 공초가 나오자 이이첨을 비롯한 대북파는 회심의 미소를 지었다. 서양갑은 거기서 그치지 않았다.

"하오나 부원군 대감은 거사를 계책할 위인이 되지 못하옵고, 거사 자금은 다 서제소(書題所 : 대비의 사재를 친정집에서 맡아 관리하던 곳)에서 충당하고 있었사옵니다."

임금은 드디어 원하는 답을 얻어냈다. 서양갑은 뒤이어 대북파의 거물인 판중추부사 기자헌의 서자 기수격의 이름을 거론했다. 그 자리에 있던 기자헌이 즉시 사직을 청했다. 그러자 임금이 옥음(임금의 음성)으로 위유했다.

"그냥 알고 지내는 사이인데 뭐가 문제이겠는가? 경은 안심하라."

임금은 대비의 서제소 재물을 관리하던 장무 오윤남을 잡아들였다.

"소인은 이미 오래전에 장무 직을 그만둔지라 아무것도 알지 못하옵

니다."

서양갑이 말했다.

"그의 아들도 부원군 댁을 드나들었으니 들은 바가 있을 것이옵니다."

그리하여 오윤남의 아들 오강이 끌려왔다. 어린 오강은 사람의 피가 낭자하고 살점이 흩어져 있고 수많은 형구가 놓여 있는 국문장의 광경을 보고는 하얗게 질려버렸다.

임금이 입을 열었다.

"어린아이이니 압슬형을 가하되 가볍게 하라."

오강은 기둥에 묶인 채 사금파리와 까팡이가 수북이 놓여 있는 자리에 무릎이 꿇려졌다. 아이는 아프고 무서워 크게 울음을 터뜨렸다. 형리들이 압슬기로 천천히 무릎을 누르기 시작했다.

"으아앙, 아! 아아!"

압슬기를 갑자기 무겁게 누르면 사람이 단번에 기절해 버리거나 인사불성이 되어 공초를 할 수 없게 되고, 천천히 가볍게 누르면 아픔을 견디지 못해 비명을 질러대기 때문에 허위 자백도 쉽게 받을 수 있는 형구였다.

가볍게 하라는 임금의 말에는 허위 공초라도 받아내라는 깊은 뜻이 들어 있었다.

"네 이놈, 너는 영창대군이 팔자가 좋다는 말을 들은 적이 있느냐?"

"팔자가 좋다는 말은 더없이 높은 자리에 오른다는 말이렷다!"

"더없이 높은 자리는 나라를 얻는다는 말이 틀림없느냐?"

오강은 고문만 그쳐 주었으면 하는 생각에 제대로 듣지도 않고 모든 질문에 고개를 끄덕였다. 오로지 무릎이 깨질 듯한 극심한 고통에서 벗어나고픈 생각뿐이었다.

임금은 압슬형을 멈추게 하고 전교했다.

"영창대군 이의를 새 왕으로 옹립하기로 했다는 말이 역적의 입에서 나왔다. 수괴 김제남과 그의 아들 김내의 관작을 삭탈하라. 또한 이의의 노비를 모조리 잡아들이라."

임금을 가운데에 두고 좌우에 선 사람은 정인홍과 이이첨이었다. 그들이 이끄는 대북파의 눈 밖에 나면 그 즉시 대역 죄인이 되는 형국이었다.

추국청에 나와 있던 수십 명의 종실들도 다 겁을 집어먹었다. 순녕군 이경검(성종의 4세손), 인성군 이공(선조의 7서자) 등이 앞장서서 영창대군을 사사하라고 아뢸 정도니 대소 관원들은 말할 것도 없었다.

종척(종실)과 신하들이 연일 주청했다. 임금은 드디어 전교를 내렸다.

"영창대군의 봉작을 폐하고 강화도에 위리안치하라."

20대의 젊은 대비는 8세 된 어린 아들을 부둥켜안고 울부짖었다. 임금의 명령이 지엄한지라 궁인들이 따라 울며 두 사람을 떼놓으려고 했다. 두려움을 참지 못해 크게 울음을 터뜨리며 끌려가는 아들의 뒷모습을 바라보면서 대비는 땅을 치고 통곡했다. 금군삼청의 군사들도 다 고개를 돌리며 눈시울을 붉혔다.

임금은 싸늘한 목소리로 전교했다.

"대역 죄인의 어미를 그냥 둘 수 없다. 대비를 우선 서궁(지금의 덕수궁)에 안치하라."

역모를 했다는 죄인들이 넘쳐나 의금부 옥사로는 감당할 수 없었다. 전옥서와 포도청 옥사에 분산해 가뒀지만 감옥은 턱없이 부족했다. 옥간마다 빽빽이 들어차다 보니 죄인들은 겨우 앉을 수만 있고 누울 자리조차 없었다. 갖은 형신을 받고 던져지다시피 한 죄인들 중에는 물 한 모금 먹지 못하고 죽어 나가는 사람이 속출했다.

반역의 무리들이 안에서는 옥사를 부수고 나오고, 밖에서는 쳐들어오기라도 하듯이 임금은 겁을 먹었다. 그리하여 훈련도감에 하명해 살수,

사수, 포수로 하여금 대궐 담을 에워싸게 하고 조두(냄비와 징을 겸용하는 군용품)를 밤낮으로 두드리면서 호위하게 했다.

병조판서 박승종이 아뢰었다.

"이번과 같은 역모는 고금을 통틀어 봐도 없사옵니다. 경외에 있는 무장들에게 명을 내리시어 한양으로 불러들여 사변에 대처하소서."

임금은 그 말을 옳이 여겨 2품 이상의 무신들을 다 입궐시켰다. 오직 한 사람 기룡만 한양으로 가지 않았다. 이유는 단 한 가지였다.

"신은 절수(병마절도사)를 맡아 변방을 지키는 장수인지라 왜적이 쳐들어오는 바다에서 한시라도 눈을 뗄 수 없사옵니다. 통촉하옵소서."

병조판서 박승종은 기룡을 주목했다.

"이런 괘씸한 자가 있나? 그러고도 네놈이 무사할 성싶으냐?"

한 선비의 상소

1

"정기룡 그놈을 그냥 두어서는 안 되겠사옵니다."

"그깟 피라미 한 마리에 신경 쓸 때가 아니네."

정인홍이 일축하자 박승종은 끙 소리만 냈다. 이이첨이 말했다.

"그러하옵니다. 아직 화근 덩어리들이 버젓이 살아 있으니 말씀이옵니다."

"필경 두 모자 사이에 은밀히 서찰이 오갈 것일세."

서궁에서 젊은 대비를 모시는 내관과 궁인들도 바깥출입이 엄금되어 있었다. 대비는 강화도에 유폐되어 있는 어린 아들이 몹시 안쓰럽고 그리웠다.

임금이 공신들을 다 불러 모아 홍청망청 진풍정(크게 여는 궁중 잔치)을 벌이고 있는 틈을 타 대비는 내관 박병실과 나인 유월에게 언문 봉서 한 통을 주어 밤에 몰래 서궁을 빠져나가게 했다. 그런데 안타깝게도 그들은 궁 밖으로 나가자마자 붙들리고 말았다.

임금은 대비의 언문 봉서를 구실 삼아 또다시 옥사를 일으켰다. 수많은 사람이 형신을 받아 물고(죄인이 죽음)가 되었다.

임금은 영창대군에 대한 경계를 소홀히 했다는 이유로 강화 부사 기협을 잡아들이고, 그 자리에 이이첨의 수하인 정항을 보냈다.

그런 뒤에 기자헌을 영의정, 정인홍을 좌의정, 정창연을 우의정에 제수했다. 바야흐로 삼공(삼정승)을 다 대북파가 차지하게 되어 그들의 세도는 더욱 견고해졌다.

강화 부사 정항은 겨우 9세가 된 영창대군에게 하루 한 끼 밥을 주면서 밥에 모래흙을 섞었다. 반찬은 간장 한 종지뿐이었다. 어린아이가 아무리 가려 먹으려 해도 도저히 안 되니 밥알을 한 알 한 알 닦아내듯이 하다 보면 어느새 밥상은 치워지기 일쑤였다.

"에구, 불쌍한 것……."

강화부 관아에서 파송되어 영창대군의 위리(가시울타리)를 수직하던 금계동이 번번이 그 모습을 보고는 몰래 밥 한 그릇을 가슴 속에 품고 가서 먹었다. 그다음 날 정항이 그 사실을 알고 초주검이 되도록 금계동에게 곤장을 쳤다. 그 후로는 아무도 영창대군의 배소(유배 장소)에 얼씬거리지 않았다.

영창대군 이의는 나이는 어렸지만 영리하고 어른스러웠다. 극심한 굶주림에 시달리면서도 어미의 마음을 아프게 할까 봐 가끔 편지를 썼다. 시중드는 사람들이 잘 돌봐주고 있고, 강화 부사도 정성을 다해 보살펴주고 있으니 아무 심려 말라고 했다. 하지만 편지는 단 한 통도 대비에게 전달되지 못했다.

이이첨이 사람을 보내 은근히 정항을 종용했다.

"자네도 속히 경관직으로 들어와야지."

어린아이가 못 먹어서 피골이 상접해도 빨리 죽을 것 같지 않아 정항은 애가 탔다. 그는 수직하고 있는 종들을 시켜 아궁이에 불을 계속 지피게 했다. 방바닥이 점점 달아올라 벌겋게 되더니 집채를 다 태워버릴 듯이 이글거렸다.

"으앙, 으아앙!"

영창대군은 밤낮으로 문지방을 부여잡고 서서 문고리를 흔들었다. 울다가 발이 너무 뜨거워 창살에 매달렸다. 아이가 울부짖는데도 아무도 방문을 여는 사람이 없었다. 영창대군은 마침내 팔 힘이 다해 방바닥으로 떨어져 굴렀다.

"으아! 으아악!"

불구덩이가 된 방바닥을 이리 구르고 저리 구르는 겨를에 헐렁해진 옷이 타고 야윈 살이 탔으며 이내 옆구리의 뼈가 다 타들어 갔다. 마침내 어린아이는 참혹한 운명의 불기운 속에서 마지막 숨을 거뒀다.

"방문을 열어보았더니 죽어 있었사옵니다."

영창대군이 죽은 이유를 묻는 말에 강화 부사 정항의 아룀은 그 한마디가 다였다. 대비는 애끊는 통곡을 하다가 몇 번이고 혼절했다. 임금도 짐짓 아우의 죽음을 슬퍼했다.

그즈음 정인홍의 제자이면서 이이첨과 같은 대북파였던 부사직 정온이 그들과 갈라설 것을 결단했다. 그는 강화 부사 정항을 참수형에 처하고 영창대군 이의를 예장(예를 갖춰 장사를 지냄)하라는 상소를 올렸다.

임금은 크게 진노해 정온에게 큰 벌을 내리려 했다. 이때 남인이자 동지경연사로 있던 심희수가 간곡히 임금을 설득해 정온을 귀양 보내는 것으로 그치게 했다.

임금을 알현하고 거만스럽게 물러 나오던 이이첨이 박승종에게 말했다.

"병판 대감, 흐핫. 이제 큰일도 하나 끝났겠다, 전에 말씀하신 그놈을 손 좀 봐드릴까요?"

"소관은 예판 대감만 믿겠소이다."

"그놈이 곤양 태생이니 우리 지리산 그늘(남명학파를 중심으로 한 대북파를 말함) 아래에 들어와야 하는데, 가만히 보면 상주 땅에 터를 잡았다고 해서 남인 떨거지들하고 붙어먹는 것 같단 말씀이야. 어허험."

이이첨은 수하들을 시켜 기룡이 처음 주수(병마절도사)로 있었던 곳을 알아보게 했다.

"지난 왜란 때 도체찰사 오리(이원익의 아호) 대감의 영을 받고 성주에 가병영(임시 병영)을 열었다고 하옵니다."

"그렇다면 그곳에서 시작해야겠군."

성주에서 간음을 했다가 붙들려서 석 달 넘게 옥살이를 하고 있던 김덕룡은 옥간에서 좀도둑 김언춘을 만나 서로 의기투합했다. 세상의 법이 바뀌어 역모를 고변하면 작은 죄는 불문하고 상을 받는 풍조에 착안한 것이었다.

"역모에 가담한 사람들의 언문 도목(명단)을 본 적이 있사온지라……."

그 말은 옥졸을 통해 옥사장에게 전해졌고, 옥사장은 또 성주 목사 민호에게 아뢰었다. 듣고 놀란 민호는 그 즉시 경상 감영에 상달(상관에게 보고함)했다. 경상 감사 권반은 조정에 장계를 올렸다.

임금은 대신들을 인견(임금이 신하를 불러서 봄)한 자리에서 하명했다.

"김덕룡과 김언춘을 한양으로 압송해 오라."

이이첨은 좌변포도대장 한희길에게 할 일을 비밀히 일러주었다. 포도군관과 교외도장군사들을 보내 두 사람을 압교(압송)해 온 한희길은 포청옥에 가두지 않고 좋은 방을 내주고는 진선(진수성찬)을 차려 잘 먹였다.

김덕룡과 김언춘은 역모를 고변한 공훈으로 곧 큰 상을 받게 될 줄 알고 크게 기뻐했다. 한희길이 배불리 먹고 있는 그들에게 말했다.

"모쪼록 많은 사람들을 기억해 내야 할 걸세."

"아무렴요."

"여부가 있겠사옵니까요."

한희길은 회심의 미소를 띠며 팔꿈치 아래 소맷배래기에서 서권 하나를 꺼냈다.

"역당들의 이름이 잘 기억나지 않을 수도 있으니 이걸 유심히 봐두게."

김덕룡이 닭고기 기름이 묻은 손으로 받아 들고는 갈피를 펼쳤다. 김언춘이 고개를 들이밀고는 같이 읽었다. 많은 사람의 이름이 적혀 있었다.

"자네들은 이제 매일 이와 같은 음식을 먹을 수 있을 것이네."

두 사람은 한희길이 말하는 속뜻을 모르지 않았다. 김덕룡이 명단을 살펴 나가다가 그중 한 사람을 손가락으로 짚었다.

"엥? 이분은? 에이, 이분은 안 되옵니다. 왜란 때 소인이 종군했는데…… 아무리 그래도 이분은 절대로 안 됩니다요."

"뭐라? 안 된다?"

한희길의 안색이 확 바뀌었다. 그 얼굴을 본 김언춘이 팔꿈치로 김덕룡의 옆구리를 쿡 찔렀다. 한희길이 미끼를 던져 한 번 더 회유했다.

"자네는 벼슬자리에 오르기 싫은가 보군."

김덕룡은 곤혹스러운 낯빛으로 중얼거렸다.

"병사또 그분은 안 되는데……."

임금은 창덕궁 인정문 앞에 설치된 추국청에 위관과 대신들을 거느리고 친림했다. 끌려온 김덕룡은 궐정 국문장의 위세에 벌벌 떨었다. 형신을 가할 것도 없었다. 그는 임금이 묻는 말에 술술 공초했다.

"모반을 결의한 자들은 문희성, 곽재우, 조응남, 윤사평, 임회, 임서, 한국, 정대회, 김맛룡, 박원복…… 그중에서 이막동이 대장이옵고, 정기룡이 좌막이옵니다. 역모자들 중에는 향화인(임진왜란 때 귀화한 왜군과 명군)들도 많았사옵니다. 지난해 6월에 소인이 언문 도목을 정기룡의 집에 가져다주었사옵니다."

"정기룡과 곽재우를 비롯한 역도들을 모조리 잡아들여라!"

경상좌도 병마절도영으로 선전관과 의금부 도사가 나례들을 거느리고 우르르 들이닥쳤다.

"대역 죄인 정기룡은 어명을 받들라!"

영문에 있던 사람은 다 놀랐다. 이희춘과 귀목이 이 무슨 날벼락 같은 소리인가 해 거의 동시에 밖으로 나왔다. 이윽고 기룡이 모습을 나타냈다. 금부도사 주용신이 관배자(체포 영장. 변말)를 내보이며 말했다.

"죄인을 압송해 오라는 어명이오!"

기룡은 누군가의 계략으로 무함을 당했다는 것을 직감했지만 어명을 거역할 수 없었다. 금부 나례들이 달려들어 오라로 묶었다. 이희춘이 눈에 불을 켜며 들고 있던 청룡 무늬 팔련 장창을 돌려 쥐었다. 기룡이 눈짓으로 제지시켰다. 이희춘은 망설이다 말고 털썩 주저앉았다.

"아이고오!"

주용신은 오라에 묶인 기룡을 병영 문 밖으로 끌고 나가 함거에 태웠다. 그러고는 한양으로 향했다. 소문은 바람처럼 퍼져 나갔다. 울산부의 백성들이 하나둘 길가에 나오더니 어느덧 수많은 사람들이 모여들었다.

길이 막혀 함거가 갈 수 없는 상황이었다. 금부도사 주용신이 외쳤다.

"썩 비켜나지 못할까! 온 고을이 대역죄를 얻어야 되겠는가!"

백성들은 물러나 앉아 땅을 치며 울었다.

"아이고, 병사또 대감!"

"세상에! 아무리 나라 꼴이 개판이라지만 만고의 충신더러 역적이라니!"

기룡은 의금부 옥사에 갇혔다. 금부옥은 모반의 혐의를 얻은 죄인들로 발 디딜 틈이 없었다.

임금은 기룡을 친국했다. 기룡은 하문하는 내용이 금시초문이거니와 꿈에도 하지 않은 역모에 대해 단 한마디도 자백할 것이 없었다. 초지일관 의연한 기룡의 태도를 본 임금은 크게 진노했다.

"죄인 정기룡을 형문하라."

맨 먼저 주리를 틀었다. 기룡이 입을 열지 않자 얼굴에 보자기를 씌우고 온몸에 난장을 가했다. 기룡은 그래도 자백하지 않았다. 혹독한 고문은 계속 이어졌다. 형틀에 엎어놓고 곤장을 쳤다. 볼기가 터지자 기둥에 묶어 꿇리고는 압슬형을 가했다.

그러는 동안 해가 지고 밤이 되었다. 인정문 밖 곳곳에 큰 도가니 불을 밝혀놓았고, 삼법사(형조, 한성부, 사헌부의 총칭)에서 나온 사령들은 저마다 싸리 동횃불을 들고 서 있었다.

"으르르르!"

어디선가 범이 으르는 소리가 났다. 사람들이 모두 두리번거렸다.

"저기다!"

인정전 지붕 위에 검은 형체가 옷자락을 날리며 서 있었다. 누군가 또 소리쳤다.

"흑사자다!"

"소문으로만 듣던 바로 그 흑사자다!"

수백 마리 이리 같은 짐승 떼가 난데없이 온 대궐을 휘젓고 다니기 시작했다. 사람들이 넋을 잃고 그 자리에서 꼼짝도 하지 않았다. 대궐을 호위하고 있던 금군삼청의 군사들이 모두 출동했지만 재빠르게 이리저리 날뛰는 짐승들 앞에서는 속수무책이었다.

"아!"

흑사자가 국문장으로 훌쩍 뛰어내렸다. 그러고는 복면을 쓴 모습으로 기룡에게 다가왔다. 그 순간 기룡은 흑사자를 올려다보고는 고개를 흔들었다. 온갖 모진 고문을 견뎌내느라 기진맥진해 들릴 듯 말 듯한 목소리를 내뱉었다.

"애복아, 안 돼."

그러고는 혼절해 고개를 푹 떨궜다. 흑사자는 기룡 앞에서 얼어붙은 듯이 서 있었다. 잠시 후 떨리는 손으로 기룡의 뺨을 만지려다가 말고 돌아섰다.

흑사자는 재빨리 여러 가지 기물을 밟고 몇 차례 도움닫기를 해 인정전 지붕 위로 솟구쳐 올랐다. 휘파람을 길게 불었다. 수백 마리의 짐승 떼가 흑사자를 따라 썰물처럼 창덕궁 후원 쪽으로 사라져 갔다.

한바탕의 꿈인 듯 생시인 듯한 광경이 지나갔다. 사람들은 깨어난 듯이 정신이 돌아왔다.

"방금 무슨 일이 일어난 것이냐?"

"심히 괴이한 일이옵니다."

아무도 영문을 알지 못했다. 임금은 또 그런 사태가 벌어질까 두려워 얼른 안전한 곳에 들어가고 싶었다.

기룡은 궐정에서 끌려 나와 다시 의금부 옥사에 하옥되었다. 옥간에 들어가기 전에 월령의(한 달씩 서는 당번 의원)가 기룡을 살폈다. 온몸이 찢어지고 터지고 부러져 너덜너덜한 넝마 같았다.

"허어, 참, 숨이 붙어 있다는 것이……."

옥간엔 누울 자리도 없었다. 수인들 속에 던져지다시피 한 기룡은 가는 숨만 겨우 쉴 뿐이었다. 함께 갇힌 사람들이 다 혀를 차며 안타까워했다. 하지만 입술을 적셔줄 물 한 종지도 없었다. 그중 한 사람이 오줌을 싸 제 옷에 적셨다. 그러고는 그것을 기룡의 입에 대고 짜 흘려 넣었다.

"뭣들 해? 자네들은 피가 나는 데를 얼른 좀 처매지 않고!"

사람들은 옷자락을 찢어내 기룡의 상처를 하나하나 싸맸다. 한 사람은 옥졸에게 사정사정해 나뭇개비를 몇 개 얻어냈다. 그것을 손으로 이빨로

다듬어 기룡의 부러진 팔과 다리에 부목 삼아 대어 뼈를 고정시켰다.

기룡은 입술 밖으로 나오지도 않는 소리로 말했다.

"고, 고맙소."

기룡은 점차 기력을 되찾아 갔다. 나이가 들었어도 워낙 강건한 몸이라 회복이 빨랐다. 하지만 여전히 굴신을 하지 못하는 신세였다. 기룡은 하루 종일 벽을 바라보며 앉아 있었다.

죽는다는 것에는 아무런 미련이 없었지만 미처 하지 못한 일이 한 가지 남아 있었다. 오직 그 일만이 머릿속을 가득 채웠다. 기룡은 수십 년 전, 진주 옥사에서 서예원에게서 받은 가르침을 떠올렸다.

"하늘이 장차 그 사람에게 대임을 맡기려 할 때는 반드시 먼저 그 마음과 뜻을 괴롭히고, 힘줄과 뼈를 깎는 노고를 겪게 하며, 몸을 굶주리게 하고 생활은 궁핍하게 하며, 그 하는 일마다 어지럽게 하여 그런 까닭으로 마음을 흔들고 참을성을 기르도록 한 뒤에 이전에는 할 수 없었던 일을 마침내 이루어 낼 수 있도록 한다."

옥간은 어두워 밤인지 낮인지 분별할 수 없었다. 다만 낮에는 불을 밝히지 않았고 밤에만 불을 밝히는 것으로 짐작할 따름이었다. 숙직 도사가 옥졸들을 거느리고 왔다.

"죄인 정기룡은 이리 가까이 오너라."

기룡은 옥간문 앞으로 다가갔다. 숙직 도사가 비켜서자 고관 차림을 한 사람이 서 있었다. 예조판서 이이첨이었다.

"쯧쯧, 나라의 대부 벼슬에 있던 사람이 어찌하여 그 꼴이란 말인가?"

기룡은 아무 말도 하지 않았다. 이이첨이 다시 말했다.

"살길이 없는 것도 아니긴 한데……."

기룡은 힘들게 고개를 들어 웃는 낯으로 대답했다.

"생사존망은 천명에 달려 있거늘, 어찌 겉만 번지르르하고 속은 고약하게 썩어빠진 줄을 잡겠소?"

그러고는 안으로 돌아와 버렸다. 이이첨은 안색이 확 변했지만 어둠 속에서 이리의 눈처럼 서슬 퍼렇게 빛나는 수인들의 눈빛에 기가 질려 물러나고 말았다. 그들은 기룡을 두둔하며 잠시나마 통쾌해했다.

그로부터 얼마 후 정춘모가 아내 권씨와 이희춘과 함께 면대(면회)를 하러 왔다.

"대감!"

"대장님!"

"이보게, 경운!"

기룡은 두 사람은 쳐다보지도 않고 담담하게 정춘모에게 말했다.

"유촌, 자네가 여기저기 수백 금을 들여서 면회를 주선했을 터이지. 괜한 짓을 했네."

"내 억만 금이 들어도 자네를 살리고야 말겠네. 힘내게."

"나는 이미 대역 죄인일세. 자네에게까지 불똥이 튈지 모르니 저 사람들을 데리고 속히 돌아가게."

"이 사람아! 양옥(옥바라지)할 사람이 있어야 할 게 아닌가?"

"대장님, 소인이 한양에 남아서 옥 수발을 들 것이옵니다."

"대감! 제발 이분들의 말씀을 따르소서."

기룡은 옥간 안으로 몸을 물린 채 벽을 보고 앉았다. 그 모습을 한참 동안 바라보던 세 사람은 옥졸들의 성화에 돌아설 수밖에 없었다.

추국청에서는 문사낭청 권진이 임금이 내린 녹수 단자(죄인의 명단)를 들고 매일 형문을 이어갔다.

수괴 이막동을 찾아서 잡아들이니 하루에도 수십 명씩 묶여왔다. 이막동이 한 도에만 수백 명이 있었다. 흔히 한 집안의 막내아들을 막동이라고 부르는 연유에서였다. 모반의 대장이라는 혐의를 받은 모든 이막동을 대질시켰지만 김덕룡, 김언춘과 서로 알지 못했다.

풍기에서 잡아 온 김맛룡, 동래에서 압송해 온 박원복도 그 둘을 알지 못했다. 그 밖에 임서와 정대회, 임회 등도 김덕룡, 김언춘과는 아무 관련이 없는 것으로 판명되었다.

시일이 흐르자 김덕룡과 김언춘이 고변한 것은 점차 근거가 희박해져 갔다. 추국을 할 때마다 말이 달라지는 것도 위관과 추관(죄인을 심문하는 관원)들을 당혹케 했다.

동지경연사 윤희수가 문초했다.

"언문 도목을 가지고 정기룡의 집에 갔었던 게 사실이렷다!"

"그, 그러하옵니다."

"그렇다면 그 막중한 언문 도목은 정기룡을 직접 만나서 전해주었을 터, 그가 몇 살쯤 되어 보이며 용모는 어떻더냐?"

"그게 저어……."

"그의 집은 어느 고을에 있더냐?"

김덕룡은 또 우물쭈물했다. 윤희수가 엄히 말했다.

"너는 초사(첫 진술)와 재사(두 번째 진술)에 공초하기를, 지난해 6월에 정기룡의 집에다 언문 도목을 놓아두었다고 했다. 그런데 정기룡은 그때 경상 좌병사로서 병영에 있었다. 그러니 네가 도목을 가지고 가서 정기룡에게 주었다고 한 말은 거짓말이 분명하다."

윤희수는 또 김언춘을 추문했다.

"너는 처음에는 네 스스로 언문 도목을 만들었다고 했다가 뒤에는 길거리에서 주운 것이라고 말을 바꾸었으니 어떤 말을 믿어야 하겠느냐?"

"주워서 만들었기에……."

"네 이놈! 나오는 대로 지껄인다고 다 말이 되는 줄 아느냐! 네놈들은 아무 죄 없는 사람들을 무고하였음이 분명하다. 일이 성공하면 수공(최고 공로)이 되고 실패하더라도 고변한 소공(작은 공로)은 차지할 수 있다고 여겼을 것이다.

그리하여 공초를 할 때마다 말을 혼란스럽게 하여 그 진위를 알 수 없도록 모호하게 하고, 전모를 꾸며내고 뒤섞어서 추관을 지치게 하여 대충 옥사를 마무리 짓게끔 음흉하고 교활한 계책을 부리는 것과 다름없다.

남을 무고하여 큰 죄를 만들어서 그것을 고변한 공로로 작은 죄를 빠져나가려고 하는 흉악한 속셈에 전율을 금치 못하겠다. 너희들은 할 수 있는 데까지 생각해 내어 날마다 다른 사람을 끌어들이고 있지 않은가?"

윤희수는 친림해 있던 임금에게 아뢰었다.

"전하, 평문(평범하게 물음)으로는 이자들의 속셈을 알아낼 수 없사옵니다. 극형에 가까운 국문을 한다면 정기룡의 죄의 유무는 곧바로 밝혀낼 수 있을 것이옵니다.

이처럼 불측한 자들이 번번이 혼란스런 말로 남을 무고하여 해치는 것을 마치 길가의 풀을 뽑듯이 능사로 여기는데도 엄히 형신을 하지 않으면 반좌율(무고한 자에게 피해자가 입은 것만큼 형벌을 내리는 법)은 아무 쓸 데가 없을 것이옵니다."

형추(고문)를 가하자 드디어 김덕룡과 김언춘이 이실직고하기 시작했다.

"으아악! 언문 도목은…… 좌포장 나리께서…… 주신 것이옵니다."

"그…… 그러하옵니다. 으으……."

임금은 좌변포도대장 한희길을 명초(임금이 명령을 내려 신하를 불러들임)했다.

"미신이 비록 사리에 어둡기는 하나 어찌 감히 그와 같은 일을 했겠습니까? 통촉하옵소서."

임금은 그가 이이첨의 심복임을 알고 더 이상 추문하지 않았다. 처음에는 큰 모반 사건으로 비쳐지던 것이 점차 하잘것없는 소인배들이 지어낸 말로 온 조정이 휘둘렸다는 결론에 이르고 있었다.

추국청은 예조판서 이이첨의 사주를 받아 좌변포도대장 한희길이 꾸민 옥사였음이 세상에 밝혀질까 봐 서둘러 마무리 짓고 싶었다.

"정기룡은 죄가 없다. 방면하라."

기룡은 옥사에 갇혀 있던 다른 많은 사람들과 함께 방면되었다. 고문의 후유증 탓에 몰골이 말이 아니었다. 오랜만에 햇빛을 본 사람들은 눈을 뜨고 하늘을 바라볼 수 없었다.

임금은 정인홍의 군호를 높여 서령부원군으로 삼았다. 그에게 하례를 올리러 간 자리에서 이이첨이 박승종에게 미안해했다.

"이것참, 다음에는 정기룡을 꼭 옭아매겠소."

"그만하면 되었소이다. 그 뻣뻣한 작자가 이미 반병신은 되었을 터이니."

정인홍이 말했다.

"쯧, 자네들이 노려야 할 놈들은 그런 무식한 쇠뿔에기(무관)가 아니야. 퇴계만 성현이고 율곡만 성현인 줄 아는 고얀 놈들, 바로 우리의 숙적은 저 남인과 서인이란 말일세."

이이첨이 아뢰었다.

"아무렴요, 스승님, 두고 보십시오. 반드시 다 몰살시키고야 말겠사옵니다."

"명심하게. 생사만 있을 뿐 공존은 없다는 것을."

2

"이런 쳐 죽일 놈들이 다 있나? 저 살자고 남을 해하려 들다니. 그것도 어디 하늘 같으신 병사또 대감을!"

선비 이창록은 왜란 때 기룡의 휘하에서 종군했다. 그는 같은 성주 고을에 사는 김덕룡, 김언춘과 같은 좀놈들 때문에 기룡이 무고를 당하고 심한 형신과 옥고를 치렀다는 말을 듣고 분개해 여러 날 술로 세월을 보냈다.

그러던 어느 날 장엄한 필치로 써 내렸다.

"신하는 싸움으로 일을 삼고 임금은 살인으로 법을 삼는구나. 아롱진 비단옷을 입고 기름진 고기를 먹으면서도 그리도 마음에 부족한 것이 많은가? 간당(간신의 당. 대북파를 말함)이 조정에 가득 차 있으니 나라가 안으로 망하고야 말리라. 군자는 어디로 다 사라지고 소인만이 의기양양한가? 형을 죽이고 아우를 죽였으니, 천추에 어찌 이 일이 덮일쏜가? 아, 나는 어질지 못한 사람을 차마 임금이라 부르지 못하겠노라."

이에 고을 사람들이 두려운 마음에 관아에 일러바쳤다. 이창록은 잡혀서 의금부로 끌려갔다. 그는 조금도 굴하지 않고 태연히 말했다.

"형은 임해군을, 아우는 영창대군을 말한 것이오. 나는 일찍이 일가붙이 하나 없이 외로운 몸으로 시골에서 살고 있으니 누구와 더불어 논의했겠소? 나라에 이러한 사람도 하나 있다는 것을 알리고 싶었을 뿐이니, 애꿎은 사람들을 더 끌어다 붙이려 하지 말고 빨리 결행하시오."

이창록은 당고개에서 참수되었다. 그다음 날 임금의 전교에 따라 성균관 유생들이 죽 늘어선 가운데 서소문 밖에서 사지가 잘려 능지처참되었다.

민심이 점점 멀어짐에도 불구하고 대북파는 임금의 총애를 업고 국사를 바로잡는다는 명분을 내세워 남인과 서인에 대한 탄압을 더욱 노골적으로 이어갔다.

같은 대북파 사이에서도 매사에 혹독하고 뻔뻔한 전횡을 일삼는 정인홍, 이이첨에게서 멀어지는 사람들이 생겨났다. 그리하여 영의정 기자헌, 박승종, 정온 같은 이들은 중북파가 되었고, 전 영의정 이산해를 중심으로 하는 골북파도 형성되었다.

그즈음 또 하나의 역모 사건이 고변되었다. 조정은 술렁였다.

"뭐라? 역모? 또?"

정인홍의 제자 신경희는 소명국을 간통죄로 고발했다. 소명국은 중북파 박승종의 사람이었다. 박승종은 이 일을 기회로 삼아 이이첨을 중심으로 하는 육북파를 몰락시키기 위해 옥중에 있는 소명국을 사주했다.

"신경희가 임금의 이복아우인 정원군의 3남 능창군 이전을 새 임금으로 추대하려 했다!"

신경희는 이이첨과 혼척이자 능창군의 의붓외숙부였다. 임금은 평소에 정원군의 새문동(지금 서울 종로구 신문로2가 일대) 사제(개인 소유의 큰 집)에 왕기가 서려 있다는 말 그리고 그의 3남 능창군의 풍모가 범상치 않다는 말을 많이 들어서 늘 꺼림칙했는데 상소를 읽고는 대노해 밤중에 큰 옥사를 일으켰다.

신경희는 이이첨의 집에 있다가 체포되었다. 임금은 그와 소명국을 대질시켰다. 소명국은 성품이 교활하고 언변이 뛰어나 하는 말이 정연했고 들을 만했다. 하지만 신경희의 말은 조리가 없고 궁색했다.

그리하여 임금은 소명국의 말을 믿게 되었다. 이이첨은 걸핏하면 역적을 토죄한다는 이유로 임금의 총애를 받고 있었기 때문에 박승종은 늘 눌려 지냈다. 하지만 이번 옥사에서는 추관이 되어 목소리를 드높였다.

"과연 역적은 가장 가까운 곳에 있었도다."

이이첨은 그 말이 자신을 뜻한다는 것을 알고 박승종을 크게 두려워했다. 성균관 유생들이 역적 이이첨을 탄핵하라는 상소를 올리려고 하자 육북파는 크게 놀랐다. 모두 성균관으로 몰려가 유생들이 밖으로 나오지 못하게 문을 막았다.

임금은 능창군 이전을 잡아들였고 신경희를 추문했다. 그는 여러 사람을 엮어 넣었다. 그러나 아무도 자백하는 사람이 없었다. 신경희의 수하로 심경이 잡혀 들어갔는데, 임금이 그를 추문했다. 그랬더니 그의 공술이 놀라웠다.

"강릉 사람 장령 김몽호가 어천(평안도 영변 소재) 찰방에 제수되었을 때, 어떤 사람이 그에게 이르기를, 정온이 경성 판관으로 가면서 강릉을 지날 때 부사 정경세에게 서찰을 써서 주었는데 임금이 장차 모후(임금의 어머니. 대비를 말함)를 폐할 것이라고 했사옵니다."

임금이 전교했다.

"정경세와 김몽호를 잡아들여라."

강릉 부사로 있던 정경세는 또다시 나명(사로잡아 오라는 임금의 명령)을 받고 금부도사에게 잡혀 한양으로 압송되었다.

정경세는 궐정에 나아가 임금이 캐묻는 말에 담담히 공초했다. 대질을 여러 차례 하고 다시 묻고 또 물어도 정경세가 역모에 가담한 꼬투리는 티끌만큼도 찾아낼 수 없었다.

정경세는 의금부의 옥사에 갇혀 있으면서도 숙직 도사에게 책을 빌려 읽었다. 긴요한 문구를 볼 적마다 여러 번 소리 내어 읽으면서 글 속에 빠져들던 까닭에 자신이 옥간에 갇혀 있는지조차 잊고 지냈다.

함께 갇혀 있던 수인들은 가족에게 통지해 자신의 억울함과 원통함을 풀어달라고 애원했지만 정경세는 의연했다.

"화복(재난과 복록)은 천명이 아닌 것이 없는데 어찌 사람이 좌우할 수 있겠는가?"

정경세의 그런 태도는 먼저 방면된 선비들이 입에서 입으로 전해 세상은 더욱더 정경세의 인격과 기량을 흠모했다. 또 강릉의 선비들은 미포를 마련해 한양의 의금부 옥사까지 와서는 면회를 청하고 문안했다.

여러 날 이어진 형신을 견디지 못한 신경희는 결국 곤장을 맞다가 죽어

버렸고, 또 다른 정인홍의 제자 심경은 함경도 경성에 위리안치되었다. 박승종의 제자 소명국은 보방(보증인을 세우고 풀려남)되었다.

"정경세를 삭직하고 방면하라."

풀려난 정경세는 대궐이 있는 쪽으로 절을 네 번 하고는 남쪽으로 향했다. 쓸쓸히 고향으로 돌아가는 도중에 교외에서 유배를 가고 있는 서인의 영수 전 좌의정 이항복을 찾아뵈었다.

그는 율곡 학파로서 서인이었다. 하지만 그는 정경세가 유성룡의 수제자이자 남인 사람이고, 정경세보다 6살이나 나이가 많음에도 불구하고 마치 오랜 벗이나 되는 듯이 반기며 칠언율시를 한 수 지어 주었다.

"큰 기러기가 그물에 걸려 갇히었더니, 이제야 조롱을 벗어나 펄펄 나는 새가 되었구나."

"오성 대감, 부디 강녕하소서."

임금은 추관들과 능창군의 죄를 의논한 뒤에 하명했다.

"능창군 이전을 교동(인천시 강화군 교동면)에 위리안치하라."

하루하루 관아의 종과 밥을 나눠 먹던 능창군은 굶주림과 추위, 치욕을 견디지 못하고 아비 정원군에게 글을 한 장 남긴 채 스스로 목을 매어 죽고 말았다. 그가 갇힌 지 이레 만이었다.

이복형인 임금에게 막내아들을 잃은 정원군은 장남 능양군을 데리고 아무도 몰래 하늘을 우러러 맹세했다.

"흐흐흑, 내 언젠가는 그 쓸개를 씹어 먹으리라."

"전아, 반드시 이 큰형이 복수를 해주마."

3

고문의 후유증은 컸다. 기룡은 오랫동안 회복하지 못했다. 길을 가다가

벼락을 맞은 듯 아무도 책임을 지는 사람이 없었다.

무엇이 얼마나 두려워 역모를 그토록 걱정하는가? 민심을 얻고 있다면 무엇이 걱정인가? 시정배, 좀도둑…… 아무라도 누구누구라고 입에 올리기만 하면 그 사람들은 역모자가 되는 것인가? 역모가 그리 쉬운 일인가?

정적이라는 말이 있거니와 어찌 적이겠는가? 정치적 상대가 아닌가? 씨를 말려 없애야 할 원수가 아니라 사람마다 다른 정견(정치적 견해)을 내고 논의로써 합의해 가야 할 동반자가 아닌가? 어찌 나와 내 편의 정견만 절대적으로 옳은 것인가? 사람도 완벽한 사람이 없거늘, 어찌 완전무결한 정견이 있을쏜가?

설령 적이라 하더라도 적은 제거로써 없어지는 것이 아니라 포용으로써 사라지는 것이 아닌가? 나라 밖의 흉적도 그러할진대 하물며 나라 안에서랴. 어찌 무고한 사람들을 적대시해 구태여 철천지원수 같은 적을 만들어 내고자 하는가?

기룡은 도무지 조정 대신들을 알 수 없었다. 임금과 백성을 나 몰라라 하고 당동벌이하는 것은 결국 한때의 물거품 같은 권력욕에 집착하기 때문이 아닌가?

기룡은 시국과 시류 그리고 나라의 방비에 관해 긴 상소를 올렸다. 임금은 한 글자도 빠뜨리지 않고 읽었다.

"과인이 소장을 읽어보니 경이 나라를 근심하는 정성을 잘 알겠다. 참으로 가상한 일이니 대신들과 논의하여 처리하겠노라."

대북파 신하들이 올린 상소가 아니면 좀처럼 내리지 않는 상유(임금의 말씀)였다. 임금은 입직 승지에게 상소문을 돌려주었다.

"이 소장을 비변사에 내려서 회계(신하들이 심의해 대답함)토록 하라."

달이 바뀌어 임금은 기룡을 경상우도 병마절도사에 제수하고 진주 목

476

사를 겸직하게 했다. 기룡은 신병(보호가 필요한 몸)을 핑계로 상소를 올려 사양했지만 임금은 윤허하지 않았다.

"진주 지리산에 약초가 많이 난다고 하니 경은 잘 조섭하라."

기룡은 말을 탈 수 없어 가마를 타고 경상 우병사로 부임했다. 지팡이를 짚고 촉석루를 찾은 기룡은 일대를 둘러보았다. 촉석루 아래 암문으로 나가 의암(논개가 왜장을 끌어안고 투신한 바위)을 돌아 오른쪽 내수문으로 들어오기도 했고, 왼쪽 석문으로 나아가 외수문 인근을 거닐기도 했다.

"이 장사는 그 사람이 어디에 있는지 알 터이지?"

이희춘은 가슴이 철렁했다.

"자네가 지금껏 말을 하지 않았다고 해서 내가 어찌 모르고 있었겠는가?"

놀란 이희춘은 철퍼덕 꿇었다.

"대장님, 소인이 죽을죄를 지었사옵니다. 마님께서 함구하라고……."

"많이 다쳐 있는 얼굴이던가?"

"그, 그러하옵니다. 소인이 얼른 모시고 오겠사옵니다."

"그럴 것 없네. 때가 되면 나타나겠지. 그 몸으로 살아 있는 것만 해도 어딘가?"

임금은 기룡에게 교지를 내렸다. 증조고에게는 통정대부 좌승지 겸 경연참찬관을, 증조비 문씨에게는 숙부인을 추증했다. 조고에게는 가선대부 병조참판 겸 동지의금부사를, 조비 정씨에게는 정부인을 증직했다.

고에게는 숭정대부 의정부 좌찬성 겸 판의금부사를, 비 홍씨와 기룡의 친모 김씨에게는 정경부인을 추증했다. 또 선배(첫 부인) 강씨 애복이와 후처 권씨 홍비도 정경부인으로 봉작(관작을 하사함)했다.

"성은이 망극하옵니다."

기룡은 선전관에게서 그 모든 교지를 전해 받고 임금에게 사은하는 절을 올렸다. 그런 뒤에 애복이와 권씨의 교지만 남겨놓고 조상의 무덤이 있는 쪽을 향해 분황제를 거행했다.

"소명국, 그놈한테 뒤통수를 맞을 줄이야."

"하마터면 모두 다 몰살당할 뻔했사옵니다."

"그래도 뿌리가 같은 북인인데, 그런 놈에게 당하다니."

"내가 뭐라던가? 공존은 없네. 공살(공격해 죽임)만 있을 뿐이야."

영창대군의 죽음과 신경희의 옥사로 인해 대북파는 육북파, 골북파, 중북파로 확연히 갈라졌다.

육북파 정인홍, 이이첨의 기세가 크게 꺾였다. 그리하여 또다시 큰 옥사를 일으켜 반격을 엿보고 있던 중에 이이첨은 머릿속으로 좋은 계략이 떠올랐다. 그는 망설이지 않고 실행에 옮겼다.

해서(황해도)에 귀양 가 있던 소북파 황신과 남이공을 겨냥했다. 이이첨은 구월산에 대적이 숨어서 거병하려 한다는 소문을 지어냈다.

이이첨은 처족을 시켜 한양에 고변을 하게 했는데, 해주 목사 최기가 그 일을 알고 고소장을 보았다. 기가 차고 말이 안 되는 이야기가 쓰여 있어 무고한 옥사가 또 일어날까 염려해 없던 일로 만들었다.

이이첨은 형방승지 한찬남을 사주했다. 봉화대를 점고한다는 명목으로 선전관 유세증을 해주로 보내 계략의 실상을 헤아리게 하고, 경외에서 서로 호응해 장차 큰 옥사로 키우려 했다.

그런데 소북파 유희분은 한찬남과 유세증의 뒤를 몰래 조사해 일의 전후를 모두 알아냈다. 그리하여 이이첨이 일으킬 옥사를 도로 그들을 옭는 올가미로 만들고자 했다. 그런데 궐정에서 공초하는 날에 잡혀 온 당사자들이 모두 입을 맞추어 골북파, 중북파, 소북파 사람들을 가리지 않고 거론해 공초했다.

"기자헌, 정창연, 박승종, 유희분의 이름이 모두 흉서 속에 들어 있었
사옵니다."

유희분은 그 즉시 기자헌 등 다른 사람들과 모두 인정문 밖에서 석고
대죄를 했다. 그때를 맞춰 한찬남이 유희분의 흉계라며 임금에게 몰래 상
차했다. 이에 임금이 놀라 유희분을 크게 의심하게 되었다. 결국 이이첨의
수가 유희분보다 더 높았던 것이었다.

해주 목사 최기는 국문장에서 죽어 나갔고, 연좌되어 압송되어 온 해
주부의 백성들은 이루 셀 수조차 없었으며, 온 해주 일대가 폐읍, 폐촌이
되다시피 했다. 하지만 옥사는 거기서 그쳤을 뿐 크게 성공하지 못했다.
임금이 대북파, 그중에서도 무한히 총애하고 있는 육북파가 휘말릴 것을
우려해 적당한 선에서 무마했기 때문이었다.

"새 임금이 보위에 오른 지 10년이 지나도록 옥사가 단 하루도 그칠 날
이 없으니. 원."

"나라에 역적이 이렇게나 많은 줄 몰랐네."

"그 많은 역적들이 어찌 선왕 때나 왜란 때는 잠잠했을꼬?"

이이첨의 전횡과 패악을 보다 못해 성균관 진사 한 사람이 장문의 상소
를 올렸다. 그 누구도 꿈에서조차 입에 올리지 못하던 말들이었다.

"삼가 아룁니다. 신이 보건대, 지금 조정의 대소 신료들은 이이첨의 복
심(심복)이 아닌 자가 없사옵니다. 설혹 그의 무리가 아니면서 한둘 섞여
있는 자들은 반드시 그 됨됨이가 무르고 행실이 줏대가 없으며 시류를 살
펴 아첨을 떨며 세상 되는 대로 사는 자들이옵니다.

전하께옵서는 대각의 계사(임금에게 논죄를 아뢰는 글)가 반드시 대각에
서 나온 것이라고 여기시지만 사실은 이이첨에게서 나온 것이며, 옥당(홍

문관)의 차자(보고서 형식의 짧은 상소문)가 반드시 옥당에서 나온 것이라고 여기시지만 사실은 그 또한 이이첨에게서 나온 것이며, 전조(이조와 병조의 전랑)의 주의(인사 후보자)가 반드시 전조에서 나온 것이라고 여기시지만 사실은 그 역시 이이첨에게서 나온 것이옵니다.

관학(성균관) 유생에 이르러서도 그의 당속이 아닌 자가 없사옵니다. 그 때문에 관학의 소장(상소문)이 겉으로는 곧고 힘차 보이지만 그 속은 실제로 정병(정권)에 아첨하며 빌붙는 내용이 아닌 것이 없사옵니다.

조정의 실정이 이와 같기 때문에 제 편이 아닌 자는 비록 중망을 받고 있더라도 반드시 배척을 하고, 저와 뜻이 같은 자는 물론(여론)이 비루하게 여기는 자라도 반드시 등용하옵니다. 모든 일을 이렇게 어린아이처럼 한심하게 하고 있사옵니다.

전하께서는 오늘날을 나라가 잘 다스려지는 때라고 보시옵니까? 혼란한 때라고 보시옵니까? 백성들이 원망을 품어 방본(나라의 근본)이 튼튼하지 못하옵니다. 인심이 어질러져서 세도(세상을 살아가는 도리)가 날로 추락하고 미풍 풍속이 무너져 염치가 전혀 없게 되었사옵니다.

위로는 벼슬아치에서부터 아래로는 시정잡배에 이르기까지 한갓 이록(이익)이 있다는 것만 알 뿐이고 인의(어짊과 의로움)가 있다는 것은 알지 못하옵니다.

문무과 과거는 선비와 한량들이 처음으로 벼슬에 나가는 길인데, 다들 빨리 출사할 마음을 품고 구차하게 합격할 꾀를 쓰고 있사옵니다. 아비는 아들을 꾀로써 가르치고 형은 동생을 꾀로써 면려하며 친구들끼리 서로 불러다가 온통 이렇게 하고들 있으면서 부끄러운 줄을 모르옵니다.

간혹 백 명 가운데에 한두 명이 이와 반대로 하면 도리어 비웃고 비난을 퍼붓사옵니다. 심지어는 자기와 다르게 한다고 화를 내고 욕하고 헐뜯기까지 하옵니다.

아, 사기(의욕이 넘치는 기세)는 나라의 원기(원동력)인데 이런 무지막지한 지경까지 되었으니 온 백성이 어찌 통탄하지 않을 수 있겠사옵니까?

이이첨이 전하의 총애를 저토록 독점하고 있고, 나라의 권력을 저토록 오래도록 맡고 있는 데도 불구하고 백성들의 원성이 높고 풍속이 어지러우며 선비들의 습속이 비루해졌으니, 이자가 과연 어진 자이옵니까? 어질지 못한 자이옵니까?

지금 우리 전하께서도 다른 사람들과 마찬가지로 '다행히 지금은 저 누구의 시대보다는 낫다.' 또는 '지금 나라의 어려움이 반드시 이 사람 때문이라고는 생각하지 않는다.'라고 하실 것이옵니까?

과거가 공정하지 못하다는 말은 오늘날 피할 수 없는 일상적인 이야깃거리이옵니다. 같은 당 사람들끼리 과거 시험 때마다 시제를 미리 몰래 알려주었다는 말이 파다하게 나돌고 있사옵니다. 이치로 헤아려 보건대 시제를 미리 유출시켜 집에서 지어 오게 했다는 말이 근거가 없지 않사옵니다.

이이첨의 네 아들이 모두 미리 시험 문제를 알아내거나 차작(남이 지어줌)을 하여 과거에 오른 일에 대해서 나라의 모든 사민들이 손가락질을 하고 있사옵니다. 그 네 아들이 재주와 명망이 없는데도 잇따라 장원을 차지하기도 했고 혹은 전혀 문장을 짓는 실력이 없는데도 과거에 너무 쉽게 오르기도 했기 때문이옵니다. 이이첨의 도당들이 이미 과거를 자신들의 소유물로 삼았다면 이이첨의 아들들에 대해 말을 해봐야 무슨 소용이겠사옵니까?

이이첨이 관작으로써 관원들의 환심을 사 끌어모으고 과거로써 유생들을 거두어들여 권세가 하늘을 찌를 듯하므로 온 나라가 마치 그를 중심으로 돌며, 흡사 그에게로 쏠려 들어가고 있사옵니다.

이이첨은 하나의 우상이 되었사옵니다. 그런데도 이이첨 저 스스로는 아무 권세가 없는 것처럼 조정의 뒷전에 물러나 있는 시늉을 하고 있사옵니다. 그 계책이 참으로 교묘하고 간악하기만 하옵니다.

옛부터 나라의 권세를 쥐려고 하는 자는 세신(대대로 한 임금을 섬기는 신하)과 공족(대대로 내려오는 공신 집안)과 덕망이 자기보다 나은 자를 반드시 먼저 제거한 뒤에 자기 멋대로 세도를 부렸사옵니다.

이이첨이 자기의 복심을 요직에 포진시킨 것은 어떤 방법으로 하였겠사옵니까? 우리나라의 옛 전례에 당하관의 청망(학식과 인품이 높은 신하를 천거하는 일)은 모두 전랑(이조와 병조의 좌랑과 정랑)의 손에서 나오며, 당상관의 청망도 완전히 전랑의 손에서 나오는 것은 아니더라도 전랑이 막으면 의망(세 후보자를 추천하는 일)할 수가 없사옵니다.

전랑의 직임이 이와 같기 때문에 반드시 널리 공론을 모아서, 한 시대의 명류(세상에 이름이 높은 사람)로서 인품을 갖춘 사람을 어렵게 구하여 전랑으로 삼는 것이옵니다. 그렇게 하면 사람들이 아무도 사사로움을 부릴 수가 없게 되옵니다.

이이첨은 자기의 아들 대엽과 익엽을 잇따라 전랑에 들어가게 하였사옵니다. 전랑의 중요성은 앞에서 진달한 바와 같은데, 참으로 이이첨의 혈육과 같은 자나 진짜 혈육이 아니면 전조에 들어갈 수가 없사옵니다.

무릇 과거의 고관(시험관)들도 또한 모두 자기의 복심으로 임명하였사옵니다. 관학의 유생들이 모두 그의 당류가 된 것은 어째서 그렇겠사옵니까? 바로 과거로 그들을 유혹했기 때문이옵니다.

이이첨의 도당이 날로 아래에서 번성하고 전하의 형세는 날로 위에서 고립되고 있으니, 어찌 참으로 위태하지 않겠사옵니까? 그러나 전하를 위해 말을 하는 자가 아무도 없사옵니다. 아, 우리 조선의 3백여 개의 큰 고을에 의로운 선비가 한 사람도 없단 말입니까?

삼가 바라건대 전하께서는 하루바삐 이이첨이 위복(벌과 복을 주는 임금

의 권력)을 멋대로 농단한 죄를 다스리시고 그의 복심과 도당들에 대해서
는 그 죄를 낱낱이 가려 준엄한 형률을 적용하옵소서.

신이 비록 어리석으나 흰색과 검은색도 분변 못 하는 자는 아니니, 어
찌 이런 말을 하면 신에게 앙화가 뒤따른다는 것을 모르겠사옵니까? 일
찍이 홍무적은 이이첨의 죄상을 조금도 지적하지 않았는데도 바다 밖으
로 귀양을 갔고, 원이곤은 과거가 공정하지 못하다고 조금 진달하였다가
화를 당하여 옥에 갇혔사옵니다.

신이 오늘 말한 것은 모두 온 나라에서 한 사람도 감히 말하지 않은 것
이니, 신이 당할 앙화의 경중은 가만히 앉아서도 훤히 짐작할 수가 있사
옵니다.

진덕수가 《대학연의》에서 말하기를 '간신이 나라의 권세를 독차지하려
고 할 때에는 반드시 먼저 언로(임금에게 아뢰는 통로)를 막아서 임금으로
하여금 위에서 고립되어 밖의 일을 보지 못하게 한 뒤에 전횡을 부리는
것이다. 그래서 크게는 나라를 찬탈하고 작게는 권세를 잡아서 안하무인
하고 불고염치하여 못하는 짓이 없게 되는 것이다.'라고 하였사옵니다.

신이 진달할 말은 이것뿐만이 아니나 글로는 뜻을 다 말씀드리지 못
해 만분의 일이나마 아뢰는 바이옵니다. 삼가 죽음을 무릅쓰고 아뢰옵
니다."

그 사람은 29세의 윤선도였다. 그는 이 상소문 한 장으로써 조선 팔도
방방곡곡에 널리 성명 삼 자를 알렸다.

"아, 참으로 통쾌하다."

"마치 서슬 퍼렇게 벼린 새벽 조선낫 같군."

"천하에 오직 진사 윤선도만이 붓을 지닌 떳떳한 선비로다."

이이첨은 오랫동안 사람을 피했다. 어쩌다 불가피한 일로 나왔다가 사
람을 마주치기라도 하면 고개를 들고 다니지 못했다. 그는 얼마 후 사직

상소를 올렸다. 하지만 임금이 부드러운 말로 위로하며 반려했다.

이어 임금은 법사에 전교했다.

"윤선도가 지극히 무엄하다. 절도에 안치하라."

그때 이이첨이 중얼거렸다.

"바닷가에는 먹을 것이 많은데……."

그리하여 윤선도는 제주도가 아닌, 함경도 6진 중에서도 가장 오지인 경원 도호부로 유배되었다.

윤선도가 물꼬를 트자 드디어 귀천군 이수(중종의 증손), 금산군 이성윤(성종의 고손) 등 종실 19인도 용기를 내어 이이첨의 탄핵을 주장하는 상소를 올렸다. 임금은 윤선도에 이어 그들에게도 적대적인 심기를 드러냈다.

"조정의 일은 종척들이 간여(참견)할 일이 아닌데 이렇게 번거롭게 아뢰니, 과연 누구의 사주를 받고 이러한 상소를 올린 것인가?"

임금은 어쩔 수 없이 윤선도와 종실들에게 죄를 묻기는 했지만, 시일이 흐르자 예조판서 겸 내의원제조 이이첨에 대해 일말의 의심이 일었다.

'과연 잘하고 있는 것인가?'

이이첨은 그러한 낌새를 감지했다.

"이크! 이대로 있어서는 안 되겠군."

그는 부리나케 좌의정 정인홍에게 달려가 머리를 조아렸다.

"금상이 유일하게 하지 못하고 있는 일이 한 가지 있네. 그것을 도모해보게."

이이첨은 정인홍의 가르침을 받고 돌아와 이번에는 허균을 사주해 일을 꾸몄다. 서궁에 갇혀 있는 대비를 폐하자는 폐모론을 주청해 자신이 속한 육북파의 득세를 더욱 공고히 하려는 속셈이었다.

그다음 날, 내의원 뜰 동쪽에 종이를 묶은 화살 한 대가 떨어져 있었다.

"임금은 서자로서 외람되이 왕위에 올랐고, 아비를 독살하고 어미를 잡아 가두었으며, 형의 목을 치고 어린 아우를 구워 죽였다. 이에 귀천군 이수, 금산군 이성윤 등이 거병하고자 결의하였다. 또한 대비와도 서로 호응하려고 한다."

흉서를 본 대신들이 그 유려한 문장으로 보아 허균이 한 짓이라고 짐작했지만 아무도 감히 입 밖에 내지 못했다.

다만 영의정 기자헌이 상소를 올리면서 허균을 뜻하는 허(許) 자를 많이 써서 은연중에 그의 짓임을 나타냈다. 그러자 박승종과 유희분도 배후에는 이이첨이 똬리를 틀고 있음을 알고 가차 없이 허균을 몰아붙였다.

임금은 폐모론을 공론화시키는 것은 더할 나위 없이 반길 일이었다. 하지만 내의원 흉서 사건의 주모자가 허균으로 간주된 이상 그를 추국해야 하고 그리되면 그 배후가 육북파 이이첨으로 밝혀질 것이기 때문에 그대로 덮을 수밖에 없었다.

"안 되겠군. 일단 물러서자."

궁지에 몰린 이이첨은 박승종과 유희분을 장원서(대궐 정원의 꽃나무를 관리하는 기관)로 초대했다. 그리고는 그간의 서먹함과 소원함을 사과했다.

"우린 다 한 뿌리가 아니오?"

두 사람도 이이첨의 제의를 받아들여 향을 피우고 시를 지어 맹세했다.

"이젠 함부로 서로 배척하거나 모함하지 맙시다."

"정견에 있어서도 주장하는 바가 서로 다르다면 무턱대고 싸우지 말고 잘 의논합시다."

그 소식을 들은 임금이 크게 기뻐해 선온(임금이 신하에게 술을 내림)하고 수서(친필)를 보내어 장려했다. 그리고 정인홍과 이이첨의 육북파, 박승종과 정온의 중북파, 유희분의 소북파를 균등하게 등용할 것을 약속해 주었다.

하지만 정경세와 같은 남인과 김상헌, 최명길과 같은 서인은 아무도 그 자리에 초대되지 않았을 뿐더러 임금도 그에 관해서는 아무런 언급이 없었다.

임금이 전교를 내렸다.

"경상 우병사 정기룡을 삼도수군통제사 겸 경상우도 수군절도사에 제수하노라."

새로 만든 귀선

1

임금은 교지에 이어 유지를 내렸다.

"경은 통영에 도임하는 즉시 맨손으로도 곰을 쳐 죽이고 범을 때려잡을 수 있는 군사를 조련하고, 청작(두꺼운 부리를 가진 쇠밀화부리)과 황룡을 그린 큰 전선을 영선(만들고 수리함)하라."

기룡은 길 떠날 채비를 했다. 몸은 예전 같지 않고 무거웠다. 지천명의 중반을 넘어선 나이 탓도 있었지만 지난날 역모로 무고를 당해 참혹한 형신을 받은 후유증이 더 컸다.

자천대 아래에서 얻은 백마를 탄 기룡은 이희춘과 귀목을 데리고 서곡 고을로 가 은이를 찾았다. 그녀는 함께 갈 수 없는 사정을 아뢴 뒤에 언문으로 된 책 한 권을 내놓았다. 《제약법》이었다.

"틈틈이 적어본 것이옵니다. 대감께 소용이 될지 모르겠사옵니다."

기룡이 사례를 하려고 하자 은이는 한사코 사양했다.

"고맙다. 너의 갸륵한 뜻이 늘 나라에 큰 보탬이 되는구나."

기룡은 길을 에둘러 곤양에 들렀다. 당산골 선영으로 가서 애복이를 허장해 놓은 묘소를 파헤쳤다. 빈 관 속에 넣어놓은 시축과 유언을 쓴 치맛자락을 꺼내고 평토를 해 묘를 없앴다.

"자, 이제 마지막 남은 일을 하러 가세."

고성의 고갯길을 넘어 통제영에 이르렀다. 병영은 마치 큰 고을 같았다. 바닷가에 수많은 청사와 간각이 가득 차 있었다.

통제영 남문 밖에는 수백의 군사들이 좌우로 벌려 서 있었다. 멀리서 기룡이 다가오자 취고수(군악대)가 장엄한 음악을 연주하기 시작했다. 아병을 거느린 병마우후 이영민이 기룡을 맞이했다.

"어서 오소서. 신임 통제사 대감."

기룡은 그의 안내를 받아 남문으로 들어선 뒤에 통제영의 한가운데로 나 있는 대로를 따라 갔다. 구임 통제사 류지신이 세병관에서 기다리고 있다가 섬돌 층계를 내려와 기룡을 맞이했다.

"먼 길 오시느라 고초가 크셨습니다."

"이토록 장엄하게 맞이해 주시니 고맙소이다."

병부와 유지를 서로 확인한 다음 통제사 관인을 주고받는 것으로 교할(인수인계)을 마쳤다. 취타대가 크게 연주를 하는 가운데 류지신은 우후 이영민의 배웅을 받으며 통제영을 떠났다.

이튿날 새벽 일찍 기룡은 재계를 하고 통제영 서문 밖에 있는 충렬사로 갔다. 초대와 3대 통제사를 역임했던 고 이순신의 위패 앞에서 자신이 제 15대 통제사로 도임했음을 고유(사당에 사유를 아뢰던 일)했다.

그러고는 통제영 안팎을 순시했다. 이층 누각으로 지어져 있는 남문을 나가니 언덕 높은 곳에 선소(전선을 만드는 곳)를 감독하는 대변정이 있었다. 그 앞쪽으로는 선장관청, 군기감 관청, 전선군 화기고, 전선 군물고 등이 늘어서 있었고, 서암문 앞쪽으로는 우후 포수청, 사공청, 사부청, 주사 화포수청 등이 들어서 있었다.

다시 남문으로 가 통제영 안으로 들어왔다. 왼쪽으로 산성군 화기고,

영선소, 양무창, 우후 장관청 그리고 우후의 좌기청인 결승당과 우후 아사(사택)를 지나 서문 앞쪽에 이르렀다.

영군청, 선장청, 비장청, 영노청을 지나니 다시 통제영 정중앙에 있는 통제사 좌기청인 세병관이 나타났다.

그 오른쪽으로는 객사인 운주당과 통제사 아사, 또 북쪽에는 별당 읍취헌이 있었다. 영리청 앞에는 작은 연못이 있었고, 그 너머로 부관청, 도훈도청, 군뢰청, 별무사청이 있었다. 진무청, 의생청, 사령청, 순령수청, 등패청도 둘러보았고 동문 밖에는 시사(활쏘기 시험을 보는 활터)를 하는 열무정이 있었다.

세병관으로 돌아온 기룡에게 우후 이영민이 아뢰었다.

"경상 우수영이 한산도 두억포에 있다가 거제도로 옮겨간 뒤에 그곳 운주당(제승당의 전신)은 병마만호 두 사람이 한 달씩 번대(교대)하고 있사옵니다."

"알겠네. 열무(군대 사열) 채비를 하게. 사흘 뒤에 성정군(통제영 성을 지키는 군사)부터 점고하겠네."

사흘이 지나 병마우후 이영민은 전복 차림으로 세병관 앞에 섰다. 그의 뒤로는 통제영 산성을 책임지는 중군장을 비롯해 천총 2명, 파총 4명, 치총(수루를 지키는 군관) 6명, 초관 19명, 성장관(성을 지키는 군관) 19명, 지구관(활쏘기를 전문으로 하는 군관) 7명, 기패관(깃발 신호를 하는 군관) 50명, 도훈도(병법을 연구하는 관원) 6명, 화포감관(각종 화포를 감독하는 군관) 2명 그리고 성을 지키는 군사 4백여 명이 서 있었다.

그들이 물러간 다음에는 통제영 휘하에 있는 각 읍의 수령이 아병 3초와 표하군을 거느리고 와서 차례로 열무를 했고, 해질 무렵에는 승장(승병의 우두머리 중) 한 사람이 승군 40여 명을 이끌고 와 점검을 받고 돌아갔다.

군사들이 수군거렸다.

"좀 깐깐한데?"

"처음엔 다 저러는 거야."

그다음 날에는 통제영에 소속되어 있는 군사들을 점고했다. 군역을 피해 도망친 군사를 잡아들이는 포도장 14명, 화포관과 화포수를 총괄하는 포수파총 1명, 영내를 지키는 파수별장 2명, 열무정에서 군사들에게 활쏘기를 가르치는 지구관 6명, 기패관 20명, 도훈도 16명, 모든 군관과 군사를 감찰하는 감관 18명이 있었다.

또 군사로는 사부(궁수) 174명, 화포수 150명, 조총포수 200명, 타공(치를 젓는 군사) 7명, 사공 144명, 난후병(뒤를 막는 군사) 41명, 능노군(노를 젓는 군사) 841명, 선고직(배를 보관하는 창고지기) 69명, 일본군에게 사로잡혔다가 돌아온 사람들로 구성한 부대도 있었다. 별무사 겸 가왜장 29명에 가왜군 75명이 그들이었다.

맨 마지막 날은 전선을 살펴보았다. 기룡은 통제영 앞 포구로 나갔다. 선장 12명이 대변군 140명을 거느리고 기룡을 맞이했다. 기룡은 정박되어 있는 크고 작은 싸움배에 일일이 올랐다.

전선이 3척, 좌우 별선이 2척, 귀선(거북선)이 1척, 좌우 방패선이 2척, 병선이 7척 그리고 사후선이 21척이었다. 배마다 옮겨 타서 둘러보던 기룡은 다시 귀선에 올랐다.

우후 이영민이 아뢰었다.

"병조 무비사(각종 병기와 병선 같은 군물을 맡아보는 관아)에 예로부터 전해 내려오는 귀선의 도지(설계도)가 한 부 있었사온데, 그것을 등사하여 한 척 만들어 보았사옵니다."

"다른 수영에도 이와 같은 귀선이 있는가?"

"수영마다 한 척씩 보유하고 있는 줄 아옵니다."

귀선은 병선 위를 판자로 거북 등처럼 덮었는데, 그 등판에는 열십자 형태로 작은 길이 나 있었다. 기룡은 그 길을 따라 걸었다. 길 외에는 모두 칼날과 창날, 대못, 송곳 따위를 촘촘히 꽂아서 발 디딜 곳이 없었다.

배의 이물에는 용머리를 만들어 붙였고 용의 입에는 구멍이 나 있었다. 고물에는 거북의 꼬리 같은 것이 붙여져 있었다. 또 좌우 뱃전에는 총통 혈이 여섯 개씩 나 있었다.

"이 귀선은 얼마나 빠른가?"

"병선에 비해 빠르지는 않사옵고, 왜적의 배를 들이받아 부수는 데에 용이하옵니다."

"이러한 요긴한 병선이 어찌하여 한 척뿐인가?"

"만들기도 번거롭고 만들라는 명령도 없기에…… 하옵고, 만들어 놓기는 하였으되 그 쓸모는 시험해 보지 않았사옵니다."

기룡은 말없이 고개를 끄덕였다. 어디선가 수군거리는 소리가 났다.

"육지 장수가 뱃멀미를 하나 안 하나 이번에도 내기를 하세."

"배를 타려나 모르겠네."

"이번에는 이것저것 또 얼마나 긁어 가려나……."

군사들의 입방아를 뒤로하고 기룡은 세병관으로 돌아왔다. 영리청에 지통을 보내 영리들의 호장을 불러다 놓고 중영의 장졸 4초와 친병 16초를 군적안과 일일이 대조했다.

그다음으로는 경상 좌수사, 전라 좌수사, 전라 우수사, 공홍(충청) 수사를 불러들였다. 여러 차례 영을 내렸어도 전라 우수사 원수신은 아무런 회신도 하지 않았다. 그러더니 한참이나 뒤늦게야 우후 설응정을 거느리고 도착했다.

"에잇 참, 바빠 죽겠구먼. 무슨 일이오?"

원수신은 임금에게 제 딸을 바쳤는데 임금이 총애해 숙의로 삼았다. 그는 그러한 딸의 권세에 의지해 자신의 상관인 기룡을 함부로 대하는 것이었다.

경상 좌수사 김기명, 전라 좌수사 안륵, 공홍 수사 유림은 기룡이 강개한 사람이라는 것을 일찍이 잘 알고 있는 터라 전라 우수사 원수신의 말투를 듣고는 간이 철렁했다. 그런데 기룡은 뜻밖으로 웃음기 어린 얼굴로 말했다.

"바쁘신 분들을 불러서 면구하오. 자, 우리 곤수가 다 한자리에 모였으니 술이나 한잔 나누십시다."

수사들은 그러한 기룡을 이해할 수 없었다. 소문과는 영 딴판이었다.

"자자, 하실 말씀들이 있거들랑 기탄없이 해보시오."

어리둥절해 있던 수사들은 거나하게 먹고 마신 뒤에 돌아갔다. 기룡은 그때부터 갖가지 구실을 붙여 나날이 연회를 베풀었다. 참석한 군관들마다 술이 오르자 여러 가지 말들을 쏟아냈다.

"이전까지는 통곤 영감들께서 재임하시는 동안 우리 통제영에 속한 선격(사공에 딸린 조수)들에게 사사로이 납속(금전을 내고 천인을 면함)을 거두는 것이 수천 냥은 되었습지요."

"납속뿐인가? 선령(배의 나이)이 다하여 낡아서 못 쓰는 배를 사들여서 수군을 시켜 수리한 다음에 어민들에게 팔아먹곤 했사온데 그 사선(개인 소유의 배)을 도모하는 것도 또한 큰 이익이 되옵니다."

"그 밖에 공물, 방물…… 진귀한 어물을 거두어들여 조정 권신에게 봉진(받들어 올림)하여서 높은 자리로 가신 분들이 많았사옵니다."

"허허, 자네들이 하나하나 좋은 방도를 알려주니 내가 마음이 든든하군그래. 자 들게. 다 함께 드세."

기룡은 술잔을 내려놓으며 짐짓 취기 어린 목소리로 물었다.

"그런데 관기는 또 어찌 이리 많은가?"

"대부분 피로인들이옵지요. 돌아오긴 했으나 오갈 데가 없는 년들인지라 각 수영에서 되는 대로 다 거두어들였사옵니다."

"그렇군. 그러면 누이 좋고 매부 좋은 격이 아닌가? 허헛. 자 다들 한 사람씩 끼고 앉았으니 밤새도록 놀아보기로 하세나."

기룡은 모든 군관들과 돌아가며 술자리를 가진 후에 귀목과 의논했다. 귀목은 그중에서 아첨하지 않은 자, 가렴주구의 방도를 말하지 않은 자, 술을 마시는 둥 마는 둥 하고 무표정하게 앉아 있었던 자들을 가려서 적은 서권을 내놓았다. 기룡은 그들만 다시 불러들였다.

"오늘은 술자리가 아니라 차를 마시는 자리일세. 통제영이 쇄신하여 통제영다운 면모를 가질 방안을 의논하려고 자네들을 오라고 했네."

군관들은 서로 눈치를 보며 망설였다. 잠시 후 군관 김용이 결심한 듯이 입을 열었다.

"시급한 사안은 납속이옵니다. 병전에는 모든 장정들을 원군(정규군)으로 번갈아 입방(군필)하게 하였는데, 부임하시는 통곤 영감마다 수자리에 들어야 할 사람을 놓아 보내고 그 대신 면포를 거두니 군사라고 해야 배를 지키는 사람들만 약간 있을 뿐이옵니다."

자리한 군관들이 그의 뒤를 이어 토해내듯이 말했다.

"모자라는 주사(수군)는 긴급할 때 명령을 내려서 백성들이 군사가 되어 배에 오르게 하면 될 것이옵니다. 혹은 농사짓고 혹은 어업을 하고 있다가 부득이한 사고가 있으면 해관(담당 군관)에게 미리 아뢰어서 수유(휴가를 받음)하게 하고, 영문으로 들어와 조습할 때나 점열(검열)할 때 외에는 해관들이 사사로이 부리지 못하게 하여야 하옵니다."

"군액을 확정하여 원군으로 다달이 번갈아 급대(돌아가며 대신하는 일)를 시켜 모든 군사들이 전선을 능숙하게 부리게 해야 할 것이옵니다."

"고된 수군의 신포(수자리를 대신하는 면포)가 2필에서 1필로 감제(덜어서 감해줌)되어 육군의 보인(수자리에 가는 대신 베를 바친 사람)과 다름이 없으니, 다시 원래대로 신포를 2필로 돌려놓아 주소서."

"통제사의 삭포(매달 나라에 바치는 면포)는 120필이옵고, 수사는 110필, 첨사는 15필, 만호와 별장과 권관은 10필이온데, 규정된 수량 이외에 백성들로부터 더 거두어들인 것은 없는지 다달이 회감(정산)하는 것이 옳은 줄 아옵니다."

"군관이 공사(관무)를 처리할 적에 군사와 백성에게 인정(뇌물)을 요구하는 일을 각별히 적발하여 엄중히 치죄하소서."

"수군을 조련할 때에 호궤(음식을 베풀어 사기를 높임)에 쓰는 소 값과 여러 가지 상훈에 쓰는 물목을 분명히 하여 장맛비에 물 새듯 하는 낭비가 없도록 해야 할 것이옵니다."

그들의 말을 다 들은 기룡의 눈이 빛났다. 목소리가 근엄하게 바뀌었다.

"자네들의 제언(제안)을 다 들어주면 썩어가는 통제영이 옛 영광을 되찾겠는가?"

"그러하옵니다. 통곤 대감!"

"좋네. 함께 만들어 보세. 잠시 물러가 있게."

기룡은 조정에 염초를 요청했다. 하지만 정경세가 사신으로 가서 애써 늘려 온 염초 6천 근은 임금이 인왕산 아래에 새 궁궐 인경궁을 짓는 데다 들어갔다. 큰 번와소를 짓고 가마 수십 동을 설치한 뒤에 청기와, 황기와를 굽는 데 소진하느라 군비에 쓸 근량이 없었다.

기룡은 은이가 준 《제약법》을 서탁에 올려놓고 읽었다.

"이를 전수할 만한 화약장을 구할 수 있으려나."

그때 한양에서 조도사(지방에 파견되어 물품을 징발하는 관원)가 벌목관(나무를 징발할 권한을 가진 관원), 매탄관(숯을 징발할 권한을 가진 관원) 그리고 취철관(철을 징발할 권한을 가진 관원) 등을 거느리고 통제영에 도착했다.

조도사 최재남이 거만스럽게 말했다.

"나는 어명을 받들고 온 몸이오. 지금 한양에서는 새로 대궐을 짓는 공사가 한창이오만 목재와 철이 많이 부족하오. 통제사는 여기에 적혀 있는 대로 내놓으시오."

무조건 내놓으라고 윽박지르는 말투에서 그들이 다 시정잡배처럼 보였다. 20살이 갓 넘었을까 한 사람들이었다. 기룡이 가만히 쳐다보고만 있자 그중 하나가 겁이 났는지 얼른 말했다.

"여기 계신 조도사 나리는 일찍이 나랏님으로부터 승은을 입으신 최상궁 마마의 오라버니가 되는 몸이오."

기룡은 세병관 뜰이 꺼지도록 고함을 질렀다.

"네 이놈들! 어디서 굴러든 개뼈다귀 같은 놈들이냐!"

그러고는 우후 이영민에게 하령해 곤장을 쳐 내쫓아 버렸다. 군관들과 군사들이 다 뒷말을 쏟아냈다. 조정에 손을 비비고 내전에 온갖 봉물을 실어 올리던 이전의 통제사들과는 판이한 면모였다.

우후 이영민이 넌지시 아뢰었다.

"통곤 대감, 후환이 있을까 두렵사옵니다."

"두려울 것 없네. 나에게는 상감께서 내리신 유지가 있네."

기룡은 각종 영률을 정비한 뒤에 통제영 소속 모든 군관들에 대해 사도(근무 평점에 근거한 인사 이동)를 실시했다. 그러고는 군사와 백성들을 대상으로 긴 글을 내걸었다.

"군율과 영례로 내려오길, 천민이 양인이 되려면 으레 군문에서 3년간 복무하여 근력부위(무관 최하위 잡직)의 차첩(수령이 직권으로 발급하는 증명서)을 받거나 복무를 하지 않으려는 자는 포목 10필을 바친 다음에야 비로소 국법이 인정하는 양인이 되었다.

그런데 근래 어찌 된 영문인지 천민으로서 새로 양인이 된 자들이 복무도 하지 않고 포목도 바치지 않은 채 모두 한가하게 놀고 있다.

이에 면천된 자에 대해서는 하나하나 본안(본적)을 상고하고 열명(순서대로 이름을 적음)하여 빙고(근거에 의거해 검토함)하되, 만약 기한 내에 자수하지 않는다면 제서유위율(制書有違律: 위법 사항으로 처벌하는 규정)로 논죄하여 다시 천민으로 만들겠다."

통제영 내외로 쾌방의 내용이 알려졌다. 각 고을마다 분위기가 크게 술렁였다. 총첩(임금이 극진히 총애하는 후궁)의 오라비에 곤장을 쳐서 내쫓은 기룡의 위엄과 서슬을 똑똑히 보고 들은지라 얼마 지나지 않아 하나둘 자수하기 시작했다.

또 군사(군무)에 나태하며 백성들의 고혈만 빨아대려고 하던 군관들이 차츰 주춤거리며 스스로 언행이 달라져 갔다.

기룡은 한인(할 일 없이 먹고 노는 사람), 잡인, 어부를 불문하고 자수해온 사람들 중에 16세부터 50세까지의 장정은 한 사람도 남김없이 군적에 올려 전선과 병선의 사공과 격군으로 삼았다.

따로 분류해 둔 제색장인(각각의 재주를 가진 장인)은 모두 군기소에 들어가게 했다. 그리하여 유철(놋쇠)과 정철(시우쇠)을 착실하게 뽑아내도록 하고, 참나무 숯을 넉넉하게 장만토록 해 각종 화기를 주조케 했다.

조총, 삼혈총통(총신이 세 개인 조총), 천자총통, 지자총통, 현자총통, 황자총통과 대장군전, 석류화전(자연 그대로의 유황을 원료로 만든 큰 불화살)을 비롯한 여러 가지 철전과 독화살을 만들도록 독려했다.

철사를 만드는 사철장과 철 그물을 만드는 철망장도 분주했다.

"돌이켜 보니, 통곤 대감께서 왜란 때 조총에 맞아도 뚫리지 않는 옷을 만들었다는 소문이 있었사옵니다."

"아, 방탄납의 말이군. 암, 있었지. 그것도 만들어서 다들 한 벌씩 입도록 해야지."

"수군은 별무소용인 엄심갑(가슴을 가리는 갑옷)이 고작이었사온데, 그 방탄납의는 어떠한 옷이옵니까?"

"차차 알게 될 것일세."

우후 이영민과 군관들은 통제영이 전에 없이 환골탈태하는 분위기로 가득 차자 가슴이 뭉클했다. 그동안 원망하는 소리가 길에 가득하고 부임해 오는 통제사들을 원수 보듯이 하던 백성들의 눈길이 몰라보게 달라졌다.

"참으로 대단하신 분이야. 부임하신 지 불과 몇 달 만에 군기를 확 휘어잡으시다니."

"덕분에 수군의 횡포가 싹 사라졌으니 우리가 얼마나 살기 좋아졌나."

통제영 내의 군무가 모두 차질 없이 잘 진행되자 기룡은 포구에 매어 있는 크고 작은 싸움배에 주목했다. 우후 이영민이 갑판 위에 3층 누옥이 있는 가장 큰 배를 가리키며 아뢰었다.

"저 배는 예전에는 대맹선이라 불렀는데 왜란이 끝난 뒤로는 수군의 체계가 달라지면서 배 이름도 바뀌었사옵니다. 전선이라 하옵고 1척에 수군이 80명 승선하옵니다."

"보기보다 적게 타는군. 그 옆에 있는 배는?"

"중맹선으로 요즘은 병선이라 칭하옵고 60명이 운용하옵니다. 저 배에 판자를 덮은 것이 귀선이옵니다."

기룡은 병선이 생각보다 규모가 작은 것에 실망했다.

"가장 작은 싸움배는 소맹선이온데, 이름을 바꾸어 방패선이라 하옵고 30명이 타게 되옵니다. 배가 작고 낮아서 좌우 뱃전에 방패를 세워 적의 포탄과 화살을 방비하옵니다. 하옵고, 많이 매여 있는 배가 사후선인데, 저 배는 싸움배가 아니라 척후와 전령을 맡사옵니다. 5명이 타고 다니며 정탐을 하옵니다."

"배가 작은데 먼바다로 나다닐 수 있는가?"

"조금만 풍랑이 거세도 버티기 어려운 단점이 있긴 하옵니다."

기룡은 군사와 백성을 가리지 않고 동원할 수 있는 목수는 모두 불러 모았다.

"지금부터 큰 공역을 시작할 것이오. 다시는 왜적의 침략에 신음하지 않는 나라를 만들고자 한다면 배를 만들어야 하오. 더 크고 더 강하고 더 날랜 싸움배를 말이오. 일료(일당)는 충분히 쳐줄 것이오.

또한 배를 다 만들고 나면 군관, 수군, 양인, 천민 할 것 없이 여러분들의 이름을 뱃전에 다 새기도록 하시오. 그것이 바로 우리들이 나라를 지키는 자랑스러운 싸움배를 만들었다는 분명한 표식이오."

배를 만드는 데 쓸 목재는 거제도의 산야에 있는 크고 튼튼한 나무를 베어서 실어 왔다. 선소마다 배를 만드느라 통제영은 밤에도 불을 밝혀 대낮처럼 훤했다. 한번 기세가 오르자 공인, 장인, 결수(조수) 모두 세상을 잊고 배 만들기에 몰두했다. 기룡은 병마우후 이영민에게 큰 배 만드는 일을 감독하게 하고 자신은 귀선을 맡았다.

고상안이 옛 통제사 진영에 다녀와서 건네준 시축에는 이순신이 개량하려고 한 귀선이 각 부분별로 그려져 있었다. 전쟁 중이라 미처 만들지 못하고 구상만 했던 새로운 귀선이었다. 기룡은 먼저 도면 그대로 축소한 모형을 만들었다.

바다에 띄워 실험을 해보았더니 몇 가지 문제점이 드러났다. 뱃머리가 너무 무거웠다. 아래쪽에는 들고나는 충돌용 방추가 있는데 그것은 왜적의 뱃전을 들이박아 가라앉게 하는 용도였다. 위쪽에는 큰 용두가 있고, 그 안에는 매운 유황 염초 연기를 내뿜는 총통과 바람을 일으키는 풀무가 들어 있어 배가 앞으로 기우는 꼴이 되었다.

기룡은 수군 군관들과 연일 회의를 열었다. 획기적인 대책이 나오지 않았다.

"배를 좀 더 길게 설계하면 어떻겠사옵니까? 그렇게 하면 무게 중심이 뒤로 좀 더 가지 않겠사옵니까?"

"좋은 생각이긴 하지만 근본적인 해법은 못 되네."

"꼬리를 길게 내는 수밖에 없는 것 같사옵니다. 또 고물에 큰 치도 달아야 하옵니다. 그리고 무거운 포환이나 군량 등과 같은 여러 가지 군물을 고물 쪽에 싣는다면 해결될 것이옵니다."

"무거운 닻을 배의 뒤쪽에 보관하는 것이 어떻겠사옵니까?"

"옳지! 바로 그거 묘안이로군!"

새로 만든 귀선은 맨 아래쪽에는 군물을 싣고 군사들의 휴식처로 삼았으며, 그다음 층에는 노로(노 젓는 공간)를 좌우로 24칸 냈고, 능노군 120명이 차질 없이 노를 저을 수 있도록 좌우가 어긋나게 했다.

그 위층에는 좌우 뱃전에 여덟 개씩 총통 혈을 냈다. 그 혈도 좌우가 서로 어긋나도록 했는데, 그렇게 하면 양쪽에서 포를 한꺼번에 쏠 때 40여 명의 화포군이 움직일 수 있는 공간이 넉넉해져 서로 걸리적거리지 않고 포를 쏠 수 있게 되는 것이었다.

맨 위 갑판을 거북 등처럼 덮은 판자 위에는 철침을 빽빽이 꽂은 철갑을 붙였다. 노로만 저으면 배의 움직임이 둔해 철갑등에는 큰 돛을 두 개 달았다.

"됐네. 자, 이대로 건조하도록 하세."

대선이 먼저 만들어졌다. 갑판 한쪽에 3층 누옥을 앉힌 대판옥선이었다. 기룡은 삼도수군통제사에 제수될 때 임금으로부터 받은 유지를 떠올렸다. 그리하여 그 속에 있는 낱말을 따 황룡선이라 명명했다.

대선 1척에만 선직(선창을 관리하는 수군), 무상(노로 배의 방향을 지시하는 수군), 타공(고물의 치로 방향의 조절하는 수군), 요수(돛을 관리하는 수군), 정수(닻을 관리하는 수군), 노군(노를 젓는 수군), 사수, 화포장, 포수, 포도장 등 모두 2백여 명이 탑승했다.

기룡은 황룡선과 귀선이 완성되어 가는 광경을 보고 가슴이 벅찼다. 그런데 방패선과 사후선의 중간쯤 크기의 배가 없는 것이 아쉬웠다.

그리하여 여러 번 회의 끝에 거도선을 개량해 육지와 섬 사이, 섬과 섬 사이의 좁은 바다를 종횡무진 누빌 수 있는, 날래고 방향 전환이 빠른 배를 설계해 그 이름을 역시 임금의 유지에서 따와서 청작선이라 했다.

"진수하라."

"통곤 대감께서 진수하랍신다!"

"황룡선 진수!"

"귀선 진수!"

수많은 백성들이 나와서 보는 가운데 그간 건조한 배들의 진수식이 거행되었다. 취고수가 크게 군악을 울렸다.

기룡은 황룡선의 3층 누옥에 설치한 장대(지휘소)에 서서 바다 위에 떠 있는 배들을 시험했다.

여러 싸움배 중에서 단연 이목을 끄는 것은 귀선이었다. 용머리에서 불연기를 뿜어내 가상의 적의 시야를 교란하고 매캐하게 했으며, 좌우 총통혈에서 16문의 포가 동시에 발사되어도 배는 끄떡도 없었다.

돛을 올리자 날쌔게 달렸고, 선장의 호령에 맞춰 노를 젓고 치를 돌리자 배는 빠르게 방향을 틀었다.

방패선도 뱃전에 방패를 올렸다 내렸다 하며 적의 포환과 화살을 막아냈으며, 청작선은 침투선의 역할을 톡톡히 해냈다. 또한 여러 척의 사후선은 배와 배 사이를 재빠르게 다니며 전령을 전하기도 했고, 선단을 멀리 휘감아 돌며 먼바다를 척후하기도 했다.

"통곤 대감, 성공이옵니다!"

"여기서 만족해서는 안 되네. 배를 더 많이 만들어야 하네. 그리하여 전단을 구성하여 여러 가지 진법으로써 조련을 해야 할 것일세."

"예, 명령만 내려주옵소서."

그때 멀리서 낯선 배들이 나타났다. 사후선 두 척이 빠르게 다가갔다. 그러고는 한 척이 돌아왔다.

"왜선이옵니다!"

기룡은 번신(깃발로 하는 신호)을 해 전투 대형으로 배를 집결시켰다. 황룡선 좌우로 전선과 병선이 늘어섰고, 맨 앞에는 귀선이 나아가게 했다. 그리고 여러 척의 방패선과 청작선은 선단의 좌우 끝에서 따르게 했다.

위용이 늠름했다. 가까이에서 본 왜선은 바다를 건너온 아타케부네로서 한 척뿐이었다.

기룡은 배를 세우고 알아보게 했다. 우후 이영민이 왜선에 가서 선장을 데리고 왔다.

"소인은 대마도 도주 소 요시나리(宗義成) 태수님이 보낸 야나가와 카게나오이옵니다."

"왜관이 있는 두모포로 가지 않고 어인 까닭으로 이쪽으로 왔는가?"

"수하 9명과 함께 조선 회답사의 행지(동향)를 여쭈어 보려고 대마도에서 조선으로 들어왔는데, 그만 조류에 떠밀려 예까지 내려오게 되었사옵니다."

"우리 수군의 허실을 정탐하러 온 것이 아닌가?"

야나가와 카게나오는 품속에서 단도를 꺼내 들었다. 군관들이 놀라 모두 허리에 차고 있던 칼을 빼 들었다. 그가 아뢰었다.

"그런 일로 소인을 의심하신다면, 여러 말씀 드릴 것 없이 바로 이 자리에서 자결하여 소인의 결백함을 나타내 보이겠사옵니다."

"그만 되었네."

기룡은 병선 한 척이 왜선을 두모포로 인도하도록 했다. 그러고는 통제영으로 돌아와 장계를 썼다. 군관 정명서에게 활과 화살을 각각 1부(성인 남자가 한 번에 등에 질 만큼의 수량)씩 가지고 가게 해 장계와 함께 조정에 바쳤다.

임금이 전교했다.

"이것을 평안 병영으로 내려보내라. 통제사 정기룡이 국사에 정성을 보인 것이 매우 가상하다. 승품하라. 통영에서 한양까지 올라온 군관도 가자(품계를 올림)를 하라."

그로부터 이틀 뒤에는 군관 김용에게 통제사 서목(보고서의 요약본)을 가지고 가게 했다. 봉통 속에는 칠원에서 체포한 초계 출신 노극함이 가지고 있던 흉서를 동봉했다. 중대한 변고를 치계하지 않은 칠원 현감 권성오에게 죄를 주기를 청하는 일도 빠뜨리지 않았다.

북쪽 관경의 상황이 날로 급박해지고 있었다. 명나라와 후금이 요동에서 서로 대군을 이끌고 싸우고 있는 형국이었다. 임금은 호적(만주 오랑캐)들이 물을 무서워하는 것에 착안해 그들을 피할 계책을 냈다.

통제영에 조정의 명령이 다다랐다.

"특별히 주사도감을 설치하노니, 삼남과 해서의 전선을 차출하여 삼강(한강의 이칭)으로 모이게 하라."

임금은 그것만으로는 불안해 또 하명했다.

"각 도의 곤수는 본도를 굳게 지키도록 하고, 우후는 군대를 이끌고 한양으로 들어와 시위하게 하라."

기룡은 경상 좌수사, 전라 좌수사, 전라 우수사 그리고 공홍 수사에게 전령선을 띄워 싸움배를 차출해 통제영으로 보내라고 명령했다. 그런 뒤에 통제영 우후 이영민으로 하여금 전선 1척, 병선 2척, 방패선 4척을 거느리고 남해와 서해 연안을 돌아 경강으로 나아가게 했다. 기룡은 그러한 조치를 취한 일을 치계했다.

임금은 사역원의 통관(통역관) 기익헌을 경상우도 통제영으로 보내왔다.

"한양 서강에 띄울 배를 만드는 일에 소관을 감독하게 하셨사옵니다."

그때 전라 우수사 원수신이 군관을 보내 아뢰었다.

"소관이 용주(임금이 타는 배)를 만들겠소이다."

기룡은 그로부터 석 달 뒤에 각 수영에서 만든 배를 모두 통제영에 집결시켰다. 그런데 전라 우수사 원수신만 나타나지 않았다.

"너무 무엄한 자이오니 치죄를 해야 하옵니다."

기룡이 침묵하고 있는 가운데 전라 우수영에 다녀온 군관 김용이 아뢰었다.

"원 수사 영감께서 용주를 비롯한 크고 작은 싸움배 수십 척을 이미 해로로 올려 보냈다고 하옵니다."

기룡은 통관 기익헌을 앞세워 남은 배들을 다 뒤따라 보냈다.

그에 앞서 기룡은 6월에 정헌대부(정2품 상계)로 승품되었고, 7월에는 숭정대부(종1품 하계)에 올랐는데 이번에 배를 보낸 공로로 또 숭록대부(종1품 상계)가 되었다. 파격 중의 파격이었다. 불과 몇 달 사이에 3품이나 오른 것이었다.

그런데 벼슬이 높아진 것보다 더 반가운 일이 있었다. 사자(대를 이을 아들) 정익린이 통제영을 찾아와 아뢰는 것이었다.

"소자, 지난 무과 별시에 급제하였사옵니다."

"오냐, 그간 애 많이 썼구나."

기룡은 삼도수군통제사로서 2년 임기를 다 채운 까닭에 도목정사에서 갈려 갈 줄로 알고 있었다. 그런데 조정으로부터 아무런 기별이 없었다. 알고 보니, 통제영의 수군과 속현 백성들이 연명으로 상소를 올려 체차하지 말기를 청한 것이었다.

임금은 흐뭇했다.

"통제사 정기룡은 반년만 더 있도록 하라."

그리고 내구마 1필을 하사했다. 내구마는 임금의 가마를 끄는 말로써 대궐 안 내사복시에서 기르는 가장 좋은 말이었다.

"경이 그간 봉하여 바친 갑주(갑옷과 투구)며 궁시와 같은 군물의 수효가 매우 많으니 크게 칭찬할 만한 일이다."

드디어 기룡은 통제사 자리를 물려주게 되었다. 수군과 백성들이 무척 아쉬워하는 가운데 기룡은 세병관에서 신임 통제사 김예직을 맞이했다. 그는 임금의 외숙부였다.

기룡은 그에게 전장(사무의 인수인계)을 했다. 그러고는 백마에 올랐다.

"다들 잘 계시오!"

수군과 백성들이 너나없이 옷소매로 눈물을 훔치는 가운데 기룡은 이희춘과 귀목만 데리고 표표히 통제영을 떠났다. 임금이 하사한 내구마가 고삐에 묶여 백마의 뒤를 따랐다. 이희춘과 귀목이 통제영을 떠나는 기룡의 심사를 번갈아 어루만져 주었다.

"불과 2년여 만에 오합지졸 수군을 맹군으로 탈바꿈시키셨사옵니다."

"어디 그뿐이옵니까? 싸움배 전단을 만드신 것만 해도 감히 왜적이 넘보지 못할 바이옵니다."

비변사가 임금에게 아뢰었다.

"전 통제사 정기룡은 아직 실직이 없사옵니다. 즉시 올라오게 하여 북계 5도 체찰 부사 장만에게 보내 임무를 맡겨야 하옵니다."

"옳은 말이다. 그런데 정기룡은 품계가 1품이나 되므로 별장이 아니라 마땅히 무슨 사(使)라고 호칭하여야 하지 않겠는가?"

비변사에서는 기룡을 행직(품계보다 낮은 관직)으로 지중추부사(정2품 관직)에 제수하기를 주청했다. 임금은 흔쾌히 윤허한 뒤 또다시 하명했다.

"벽동(평안북도 압록강 하류 남쪽에 있는 군)은 호적이 침노할 때 가장 먼저 들이닥치게 되는 고을이니 별장을 가려서 차견(파견)하라."

"정기룡은 남겨두어 훗날을 대비하시고 남이흥, 이염은 즉시 내려보내도록 하소서."

기룡은 한양으로 오라는 기별을 받았다. 조정에서 벼슬살이를 하러 오라는 말이 아니라 호조에서 요청한 것이었다. 문득 한 가지 우려가 되었다.

삼도수군통제사 직책을 이임할 때 아무래도 신임 통제사 김예직이 통제영 군향(군량미)을 사사로이 착복할 것 같은 생각이 들었다. 그래서 별도로 중기(인수인계 장부)의 부본(복사본)을 만들어 호조에 올렸다.

그런데 부본의 내용이 김예직이 부임한 뒤 통제영 재물을 조사해 호조에 올린 장계와 차이가 많이 났다.

"전임 통제사 정기룡이 재직하는 28개월 동안 월과미(지방 관아에서 매달 조정에 납부해야 하는 세곡) 1천4백 석을 올려 보낸 것 외에 따로 남은 쌀은 없습니다."

그런데 기룡이 올린 부본에는 이렇게 적혀 있었다.

"월과미 1천4백 석 외에 추가로 6,953석1두9승3홉을 비축하였는데, 그 상세는 백미 2천 석, 중미 7백 석, 조미(현미) 1천3백 석, 정조(벼) 2,953석1두9승3홉입니다."

두 사람의 말이 서로 맞지 않자 호조에서는 어느 사람의 말이 맞는지 판별하기 위해 기룡을 부른 것이었다. 호조의 서리가 기룡이 보냈던 부본을 보여주었다. 기룡은 그 서명을 보고는 말했다.

"이 문건은 내가 보낸 것이 틀림없네."

신임 통제사 김예직은 호조가 기룡에게 확인하지 않고 넘어갈 줄 알고 비축한 곡식이 없는 듯이 장계를 올린 것이었다.

"해유(인수인계 문건)를 서로 확인한 후에 조흘첩(인수인계가 아무런 이상이 없다는 확인 문서)까지 받아두었네. 그런 뒤에도 이 비축한 곡식에 대해서는 신임 통제사에게 모두 훈련도감에 올려 보내라고 거듭 신신당부를 했었네."

호조에서는 김예직이 임금의 외숙부인 만큼 더 이상 죄를 묻지 않았다.

"전임 통제사 정기룡이 비축해 둔 곡식 6,953석은 봄이 되면 본 도 감사로 하여금 세곡선에 실어다가 반은 새 궁궐을 짓는 영건도감으로 보내고, 반은 해조(해당 관아. 호조를 말함)로 올려 보내는 것이 좋겠사옵니다."

"윤허하노라."

기룡은 혼탁해 숨이 막혀오는 한양에 머물고 싶지 않았다. 옥사에 갇혔다가 풀려난 정경세를 비롯해 삼망우 벗들이 마치 약속이나 한 듯이 벼슬을 버리고 낙향해 있는 상주로 하루바삐 나는 새처럼 훨훨 날아서 돌아가고 싶었다.

2

이항복과 기자헌이 폐모론을 반대해 유배를 간 뒤부터는 이이첨이 아무 거칠 것 없이 음모를 꾸미고 사람들을 사주했다. 팔도의 선비들을 비롯해 사헌부, 사간원, 홍문관 그리고 성균관 유생들에 이르기까지 연일 서궁을 폐출하라는 상소가 잇따랐다.

우의정 한효순 역시 이이첨의 사주를 받고 백관을 거느리고 나아가 서궁을 폐할 것을 정청(신하들이 정전의 뜰에 모여서 임금에게 주청함)했다. 그중 어느 한 사람도 의기를 떨쳐 이의를 제기하는 자가 없었다.

전 훈도 김대하가 올린 상소문은 대담하기 짝이 없었다.

"서궁의 죄악이 천하에 가득하니 폐출하자는 논의를 따를 것도 없이 당장 죽여서 화근을 없애고 종묘사직을 보전하소서."

임금은 정인홍을 영의정에 앉히고, 한효순을 좌의정으로 삼았다. 그런 뒤에 전교했다.

"지금부터는 단지 서궁이라고만 칭하고 대비라는 호칭은 없애도록 하라."

이이첨은 대비가 폐출되고 나면 총애를 유지할 수단이 없어질 것 같아 시간을 질질 끌었지만, 허균은 공을 세워서 과거 부정 사건과 내의원 홍서 사건을 속죄할 생각에 한시라도 빨리 폐모를 해 서인(평민)으로 만들어야 한다고 주장했다. 그로 인해 같은 육북파인 두 사람은 갈라서게 되었다.

허균이 이이첨 몰래 임금에게 밀계를 올렸다.

"신이 은밀히 많은 무부(무인)와 승군을 모아서 곧바로 서궁을 범하여 사태를 일으킨 뒤에 그 결과는 나중에 아뢰겠사옵니다."

이에 임금이 무언의 윤허를 했다. 그런데 박승종과 유희분이 허균이 일을 저지를 기미를 포착해 증거를 잡고는 임금에게 밀계를 올렸다.

"허균이 대론(대비를 폐모하자는 조정 중론)을 빌미 삼아 남몰래 불궤(역모를 일으킴)를 도모하려 하옵니다."

임금은 크게 놀라 급히 이이첨에게 전했다. 그도 임금을 따라 화들짝 놀라는 척했다.

"허균을 당장 잡아들이소서."

뜻을 달리하는 이상 이이첨에게 허균은 처치해야 할 하나의 역적일 뿐이었다. 이이첨은 시급히 허균을 죽여 없애 옥사를 마무리 짓고 싶었다. 지난 세월 허균이 자신과 함께 공모해 왔던 모든 일들을 사실대로 불림(진술)하면 그와 똑같은 죄목으로 주륙을 받게 될까 두려웠다.

임금이 추국청에서 허균을 친국하면서 역모를 한 정상(사실)을 추문하기 시작하자 이이첨은 크게 당황했다. 그리하여 자신이 먼저 나서서 호통치는 등의 수법으로 허균이 제대로 공초를 할 수 없도록 만들었다.

임금의 친국은 끝내 흐지부지되고 말았다. 추문다운 추문을 받지 못하고 끌려 나오던 허균은 문득 깨달은 바가 있어서 소리쳤다.

"꼭 하고 싶은 말이 있소!"

임금도, 위관 정인홍도, 이이첨을 비롯한 추국청의 추관들도 그 말을 다 못 들은 척했다. 공초를 못 해 결안(판결 문서)조차 한 장 없던 허균은 그다음 날 서소문 앞에서 비참하게 정형(사형에 처함)되었다.

정경세는 허균을 안타까워했다.

"당대의 천재 문장가가 달콤한 권력에만 빌붙다가 결국에는 그렇게 허무하게 죽었구나. 만세에 부끄러운 이름을 어찌할꼬⋯⋯."

그는 무더운 여름날에 문을 꼭꼭 닫고 방 안에 앉아 있었다. 그 모습을 본 사람들이 모두 어리석다고 비웃었다. 한참 만에 밖으로 나온 정경세는 온몸이 땀범벅이었다.

"어, 시원하다."

사람들은 또 한 번 웃었다. 정경세도 따라 웃었다. 서로 웃음의 의미가 달랐다. 아무도 정경세가 더위를 피하는 방법을 간파하지 못했다.

봄부터 여름까지 간간이 비가 내리기는 했지만 시원하게 해갈을 할 만큼 내린 적은 한 번도 없었다. 7월에 들어서자 가뭄은 더욱 심해 초목이

다 말라 죽고 몇 길 깊은 우물조차 말라버렸다.

정경세는 노음산 꼭대기를 바라보았다. 구름은 있는데 비를 머금고 있지는 않아 보였다. 목사 정호선을 찾아갔다. 그는 정경세를 반갑게 맞아들였다.

"사또, 기우제를 지내야 하지 않겠는가?"

"어느 분의 말씀이라고 안 지내겠습니까? 곧 채비를 시키겠습니다."

"사람 참, 농담 아닐세. 날씨가 계속 이러다가는 저 낙동강 강물도 다 말라버리겠네."

"백성을 위한 일이라면 기우제 아니라 그 어떤 일도 해야겠지요."

"그래, 여기 목민관으로 있어 보니 어떤가?"

"이곳 상주 고을은 인물이 많고 지역은 넓어서 본디 다스리기가 어려운 곳인 것 같습니다."

"안에서의 인물이 어디 인물이겠는가? 내놓을 만한 인물이라야 인물인 게지."

"허허, 경임 형님께서 그런 말을 다 하시다니."

그즈음 한양 호조에 문서를 확인해 주러 갔던 기룡이 돌아왔다. 백성들의 살림을 걱정하던 정경세는 기룡을 만나 이런저런 말들을 늘어놓는 동안 맺힌 속이 조금이나마 풀리고 위안이 되었다. 벗이란 그래서 좋은 것이었다.

강응철도 낙향했다. 사근(함양군 사근면 소재) 찰방으로 있던 그는 임금이 갈수록 패륜하고 실덕을 하자 더 이상 벼슬에 미련을 두지 않고 돌아온 것이었다. 정경세가 반갑게 맞이했다.

"처남, 어서 오시게."

"내 오다가 들었는데 정원군이 훙(薨:죽다)하였다고 하네."

자식이 억울하게 죽임을 당한 데다가 집조차 강탈당한 정원군은 화병이 들어 술로 나날을 보내다가 아까운 40세의 나이로 세상을 뜨고 만 것이었다.

그 소식을 들은 삼망우는 모두 놀랐다. 예학에 밝은 정경세가 그 자리에서 여러 벗들과 함께 추도했다.

임금의 패륜과 이이첨의 전횡을 멀리하려고 벼슬을 버리고 낙향해 산수를 벗 삼아 지내고 있는 정경세, 이준, 이전, 강응철 네 사람을 사람들은 상산사호(商山四皓)라고 부르기 시작했다.

원래 상산사호는 한나라 때 상산에 은거했던 네 사람의 노인(동원공, 하황공, 기리계, 녹리 선생)을 일컫는 말이었다. 한나라를 세운 고조 유방이 만년에 여태후가 낳은 태자를 폐하고 후궁 척희가 낳은 아들을 새로 태자로 세우려고 하자 책사 장양이 그들을 초청해 고조의 뜻을 돌리게 했다. 그로 인해 네 노인은 인륜 대의를 지킨 경륜 높은 사람들이라는 뜻에서 세상으로부터 사호로 칭송되었다.

하지만 삼망우는 상산삼노니 상산사호니 하는 세간의 명칭에는 전혀 신경 쓰지 않고 늘상 매호에 모여서 한가로운 시간을 보냈다.

하루는 낚시를 즐기고 있는데 김지복이 말했다.

"저 위에 있는 매호정을 내놓았다고 합디다."

"매호정을?"

매호정은 중종 때 김해 부사를 지낸 안동 사람 권겸이 지었다. 그는 부사 시절에 강배를 타고 낙동강을 거슬러 올라왔다가 강이 시작되는 매악산 일대가 절경인 것을 보고 땅을 사서 정자를 지었고, 그 소유권이 집안 대대로 내려오고 있었다.

"정자까지 팔려고 하다니 다들 어려운가 보군."

낚시를 파하고 집으로 돌아오자 이희춘이 기룡에게 아뢰었다.

"대장님, 우리 장사들의 급료는 다 한데 모아서 소인이 쭉 맡아왔사옵

니다."

"죽은 장사들의 급료까지 말인가?"

"그러하옵니다. 먼 훗날 대장님을 모시고 한곳에서 다 같이 모여 살기로 굳은 언약을 했습지요. 그 뒤로 백포 어른이 장사를 해서 큰돈을 버는 것을 보고 그분한테 맡겨서 많이 불렸사옵니다."

이희춘은 기룡의 눈치를 보며 말을 이었다.

"해서 말씀이온데, 대장님이 매호정을 사들이면 어떻겠사옵니까?"

"자네들이 모은 금전으로 내가?"

"대장님 아호가 매헌이시니 매호정 주인으로는 딱이옵지요. 그리고 그 정자 아래에 당우(집)를 한 채 지어서 먼저 죽은 장사들의 넋을 달래고 싶사옵니다. 그리한다면 대장님과 소인들은 죽어서도 길이 함께하는 것이 아니겠사옵니까?"

기룡은 이희춘이 짓고자 하는 장사들의 사당을 장사당이라고 이름 지어주었다. 그때부터 이희춘은 공사를 시작했다. 상주의 부호 정춘모가 적지 않은 재물을 보탰고, 부산포 거상 백홍제도 거액을 희사했다.

몇 달 후 매호정 아래에 소박하고 단아한 사당 한 채가 지어졌다. 이희춘은 맨 먼저 높은 단의 한가운데에 기룡의 생위패를 놓았다.

"생위패를 모셔놓으면 오래 산다고 하옵니다."

그러고는 그 옆에 애복이의 신주를 모셨다. 좌우로는 각각 네 사람씩 여덟 장사의 신위를 안치했다. 그 아랫단에도 여러 위패를 모셨다. 정수린, 여대세, 정개룡, 한명련, 백홍제 등이었다. 기룡은 사일랑이 남긴 목궤를 그의 위패 앞에 놓았다. 신주를 다 모신 다음에는 고유제를 지냈다. 백홍제가 직접 많은 어물 제수를 가지고 와서 함께했다.

매악산 기슭의 일이 분주한 동안 이준은 상주의 향지 《상산지》를 사찬(개인이 편찬함)해 두 권으로 완성했고, 산양현에 은거하고 있던 고상안은

〈농가월령가〉를 지어서 세상에 선보였다.

임금이 전교했다.

"경외에 있는 무신들 중에 당상관 이상은 모두 초계(인재를 뽑아 임금에게 아룀)하고 조용(고르게 등용함)하되, 한양으로 올라오는 거리의 원근에 따라 차등을 두어 기한을 정하라. 만약 기일이 지나도 올라오지 않는 무신이 있다면 남김없이 적발하라."

임금의 명초를 받은 기룡은 또다시 한양으로 향했다. 경강에 이르니 차마 보지 못할 풍경이 벌어져 있었다.

온갖 색색의 그림과 울긋불긋한 장식으로 화려하고 사치스럽기 이를 데 없는 용주가 서강에 정박되어 있었다. 전라 우수사 원수신이 만들어 올린 배였다. 어좌선(임금이 타는 배)은 갑판 위에 대궐 전각을 지어놓은 듯했다.

그런데 군데군데 칠이 벗겨져 썩어가고 있는데도 그대로 내버려 두었고, 그 밖에 각 수영에서 징발해 모아놓은 전선과 병선 유의 선척들도 전혀 관리를 하지 않아 하나같이 흉물이 되어가고 있었다.

기룡은 무거운 심경이 되어 도성 남문을 들어섰다. 경민(한양에 사는 백성)들의 얼굴에서 웃음을 찾아볼 수 없었다. 큰 소리를 치고 돌아다니는 자들은 모두 새 궁궐을 짓는 데 소요되는 것들을 징발하는 조도사와 그의 졸개들이었다.

"아, 나라 꼴이 정녕……."

임금은 짓고 있던 인경궁 외에 정원군의 집까지 빼앗아 또 새로 궁궐을 짓는답시고 공사가 아직도 한창이었다.

궁궐 건축 비용이 모자라자 임금은 재물에 욕심을 부려서 벼슬자리를 미끼 삼아 징발하고 수탈했다. 그에 손발을 맞춰 대신들은 교지와 첩지를 팔아댔고, 내총(임금의 총애를 받는 후궁)들은 언문으로 관직 약속을 써댔다. 그리하여 궐문 앞은 뇌물이 쏟아져 큰 벼슬 시장이 되었다.

큰 고을, 작은 고을 가릴 것 없이 모든 수령 자리와 승진에는 일정한 값이 매겨져 있었다. 통제사, 평안 감사, 평안 병사 자리는 그 값이 물경 수천 냥이었고, 이름 없는 시골의 현령 한자리도 수백 냥이나 매겨져 있었다.

안으로는 염치 따위는 내버린 흉물들이 조정에 가득하고, 밖으로는 재물로 자리를 산 수령들이 권하의 이권이란 이권은 다 차지한 채 줄을 댄 윗전에 헌납하는 것만 임기 동안의 할 일이었다.

급기야 하급 관원의 녹봉으로 줄 베와 면포가 모자라 녹봉을 받지 못해 굶어 죽는 관원까지 생겼다. 하지만 아무런 대책도 없었다.

옥사가 일어날 때마다 궁인(궁녀)들은 경사로 여겼다. 돈이 많아 줄을 대어 바친 자는 살아남았고, 돈이 적어 줄을 대지 못한 자는 죽어갔다. 여알(조정의 정사를 어지럽히는 궁녀)들의 기세는 날이 갈수록 더욱 커졌다.

임금은 일찍이 원수신의 딸 등을 후궁으로 취해 궐내에는 소의(내명부 정2품)와 숙의(내명부 종2품)만 해도 5명이었고, 소용(내명부 정3품) 임씨와 정씨 그리고 상궁 김씨, 변씨, 이씨, 최씨가 도사리고 있었다.

이들은 임금의 총애를 받으려고 서로 암투를 일삼았고, 권귀(권세가 큰 신하) 이이첨, 박승종 등과 결탁해 뇌물을 주고받으면서 매관매직하기를 마치 대목 장날에 시전에서 물건을 파는 것처럼 했다.

여알의 으뜸은 대전 상궁 김씨였다. 그녀는 임금이 동궁이었을 때부터 시중을 든 사람이었고, 지모가 뛰어나 여러 일을 처리하는 데 있어서 이이첨과 쌍벽을 이뤘다.

"뿌우우, 둥둥, 쟁쟁, 창그랑!"

대취타 소리가 들려오기 시작했다. 기룡은 대로변에 멈춰 섰다. 임금이 종묘에 진제를 올리고 돌아오는 길이었다.

어가에 앞서 수많은 재인들이 광대놀이를 했고, 기녀들은 요염한 자태를 뽐내며 백성들에게 추파를 던져댔다. 어가 행차는 가는 듯 마는 듯 느렸다. 백성들은 그 누구도 임금의 덕을 칭송하지 않고 침묵했다. 고개를 숙이고 서서 빨리 지나가기만 기다렸다.

다음 날, 임금은 창덕궁 어수당으로 신하들을 불러 모았다.

"제를 올렸으니 마땅히 음복연(제사 음식을 나눠 먹는 일)이 있어야 하지 않겠는가? 명초한 무신들 중에 정2품 이상은 다 부르라."

기룡은 어수당으로 나아갔다.

"자, 들라!"

진기한 화초와 기묘한 수석으로 사방 정원을 꾸며놓았고, 석등과 지등을 두루 밝혀 환했다. 일찍이 팔도 각지에서 뽑아온 처녀들을 장악원에 두어 가르치게 했고, 그녀들을 불러다가 돌아가며 노래하고 춤추게 했다. 악공들은 침향산, 헌선도, 포구악을 차례로 연주해 나갔다.

음악과 떠드는 소리가 뒤섞여 시끄럽고 무질서해 기룡은 머리가 아파 왔다. 연회장의 한 자리에 앉아서 억지웃음을 지어 보이며 술잔을 들었다 놓았다 하는 겨를에 어디선가 귓전을 왕왕 맴도는 소리가 있었다.

기룡은 무부답게 본능적으로 귀를 기울였다.

"방망왕망(邦亡王亡), 방망왕망……."

나라가 망할 것인가, 임금이 망할 것인가 하는 뜻이었다. 기룡은 깜짝 놀라 고개를 두리번거렸다. 주위 사람들이 다 술에 취해 제정신이 아니었다. 어디서 나는 소리인지 도무지 짐작할 길이 없었다.

그때 예조판서 이이첨이 술잔을 들고 일어나 큰 소리로 외쳤다.

"오늘 우리 만고의 충신들이 모두 한자리에 모였으니, 내일은 한 사람도 빠짐없이 궐정에 나아가 우리 어지신 전하께 존호를 올립시다!"

"그럽시다. 천세, 천세!"

덕평부원군 기자헌, 영의정 박승종, 좌의정 박홍구, 우의정 조정, 행판
돈녕부사 민형남, 행지중추부사 정기룡, 좌참찬 이경전, 예조판서 이이첨,
완창군 이병, 한성 판윤 한희길, 지중추부사 성우길, 지중추부사 신식,
호조판서 김신국, 행부호군 한찬남, 동지중추부사 이응해, 한성 좌윤 민
인백, 한성 우윤 윤훤, 형조참판 조국필, 공조참판 박정길, 형조참의 박사
제, 판결사 심종도, 행사직 목장흠, 행부호군 배대유, 행사용 민성징, 행사
용 한덕원, 행사용 정호선 등이 백관을 거느리고 인정전 뜰로 나아갔다.

그들은 임금에게 존호(왕의 재위 중에 그 덕을 칭송해 올리는 칭호)를 올리
겠다고 한목소리로 주청했다. 임금은 즉답을 내리지 않았다. 그 이튿날에
도 백관이 아뢰니 마지못한 듯 받아들였다.

"부덕한 과인을 생각하는 경들의 뜻이 가상하다."

기룡이 집으로 돌아온 지 얼마 되지 않아 낯선 사람들이 상주에 찾아
들었다. 그들은 시종을 보내 삼망우에게 만나기를 청했다. 기룡은 벗들과
함께 약속 장소인 매호정으로 갔다. 정자에 둘러앉아서 통성명을 했다.

그들은 고 정원군의 장남 능양군을 비롯해 그의 외삼촌 구굉, 옥사로
죽은 신경희의 종제 신경진 그리고 유배를 갔다 온 최명길이었다.

잠시 낙동강을 바라보던 능양군이 고개를 돌려 삼망우를 둘러보더니
대뜸 입을 열었다.

"이대로 가다간 나라의 선비들이 죄다 역모죄로 죽고 말지 않겠소?"

그 순간, 삼망우는 모두 숨이 턱 멎었다. 벌겋게 단 쇠꼬챙이를 머릿속
에 댄 것처럼 퍼뜩 떠오르는 낱말이 하나 있었다.

'반정(反正)!'

등불이 꺼질 때

1

공의와 공도가 처참하게 무너져 경외가 다 극도로 혼탁하고 문란해진 가운데 남도(전라도)에 왜적이 침입할 것이라는 소문이 빠르게 번져 나가고 있었다. 바닷가 사람들은 모두 어구와 어선을 버리고 내륙으로 피난할 채비를 하기 시작했다.

"일본에서 사신이 올 것인데, 그것이 와전된 것이 아닌가?"

임금은 북방 후금의 침략에 대비하는 일도 급했고 남쪽의 소문도 빨리 진정시켜야 했다. 그리하여 선위사(재난이 있을 때 임금이 파견해 백성을 위로하던 관원)를 보냈지만 아무래도 안심이 안 되었다.

"사신이니 하여 안심시켜 놓고 실제로 왜적이 침범해 올 수도 있는 것 아닌가?"

임금은 기룡을 보국숭록대부(정1품 하계)로 승품하고 다시 삼도수군통제사에 제수했다. 그리고 전과 마찬가지로 경상우도 수군절도사를 겸임시켰다. 기룡은 상소를 올려 사양했지만 임금은 전교를 거둬들이지 않았다.

"경은 빨리 직무를 수행하여 삼남의 바닷가 고을이 두루 평안토록 하라."

기룡은 사직 상소를 올리며 완강히 버텼다. 정경세가 부드럽게 타일
렀다.

"권세에 빌붙는 일이 아닐세. 속히 부임토록 하시게."

정춘모와 김지복도 입을 보탰다.

"오직 나라와 백성을 위한 일일뿐 다른 건 고려할 것이 아무것도 없네."

"경운 형, 한양 조정에 들어가는 것이 아니고 나라의 변방을 지키는 일
이 아닙니까?"

정경세가 근심 어린 눈으로 말했다.

"다만 자네의 병환이……."

기룡은 말을 맺지 못하는 정경세의 손을 잡았다. 무슨 말을 하려는지
다 안다는 뜻이었다. 기룡은 마침내 삼망우의 한결같은 뜻을 받아들여
출사하기로 마음먹었다.

"마지막으로 나아가서 군비를 튼튼히 해놓고 돌아오겠네."

임금은 교서를 내렸다. 그리고 기룡의 조상 3대에게 다시 관작과 벼슬
을 더했다. 증조고에게는 가선대부 호조참판 겸 동지의금부사를, 조고에
게는 자헌대부 호조판서 겸 지의금부사를, 고에게는 보국숭록대부 의정
부 좌찬성 겸 판의금부사를 추증했다.

가솔과 삼망우의 배웅을 뒤로하고 기룡은 귀목과 이희춘을 데리고 남
녘 통제영으로 향했다.

통제영에 다다르기 10리 전부터 수군과 백성들이 길가에 나와 반겼다.
기룡은 그들과 함께 걸었다. 남문 앞에는 취고수가 전보다 더 크게 군악
을 연주했다. 세병관에 이르러 제17대 삼도수군통제사로 부임했다.

구임 통제사 김예직이 넘겨준 문건을 들고 하나하나 실사를 하려고 하
니 그가 성화를 부렸다.

"바쁜 사람을 붙들어 놓고 뭐하자는 거요? 뭐 틀린 게 있을까 봐 그러시오?"

그는 어디까지나 임금의 외숙부였다. 기룡은 하는 수 없이 조흘첩에 서명해 주고 말았다. 김예직이 떠나고 난 뒤에 일일이 번고(反庫:창고에 있는 물건을 장부와 대조해 실사함. 번고라고 읽음)를 해보니 제대로 맞는 것이 하나도 없었다.

부임하자마자 조정에서 관문이 내려왔다.

"통제영, 전라 좌수영, 전라 우수영 세 곳에서 전선과 병선을 건조하고 남은 목판으로 급히 조운선을 만들어서 날이 추워지기 전에 쌀과 포목을 실어 한양으로 올려 보내라."

기룡은 시급히 군사를 내어 조운선 만들기에 착수했다. 그로부터 불과 달포도 지나지 않은 시점이었다. 우후 김의철이 아뢰었다.

"통곤 대감, 병기도감에서 촉관(독촉하는 공문)이 내려왔사옵니다."

이번에 하달된 공문에는 나무를 베어 새로 만들지 말고 본래 보유하고 있는 선척으로 실어 나르라고 적혀 있었다.

"참 나, 왜적에 대비해야 할 전선을 엉뚱한 데에 써야 하다니."

"그러게. 조운선이 모자라면 만들어야지 궁궐 짓는답시고 나무를 죄다 베어다 쓰면서 배는 못 만들게 하네?"

"대궐 짓는 게 뭐 그리 급해서 다른 나랏일은 모두 뒷전인가그래."

기룡은 군관들과 회의를 열었다.

"지난번 공문으로 이미 조운선을 만들고 있지 않사옵니까? 그 배들은 다 어찌하옵니까?"

"조운선을 병선으로 탈바꿈시켜야지 어떻게 하겠는가?"

기룡은 고민 끝에 결단했다.

"어렵사리 만들고 있는 조운선을 해체할 수도 없고, 군선을 조운선으로 쓸 수도 없네. 민간에 있는 장사치들의 바다 배 가운데 조운선으로 쓸 만한 배를 찾아서 빌려보게. 차임(물건을 빌려 쓰고 치르는 값)은 넉넉히 준다고 하고."

"예, 통곤 대감."

화려한 새 궁궐을 짓는 지난 10여 년 동안 백성들이 가진 것을 닥치는 대로 징발해 민력(民力)이 고갈되었고, 가뭄과 홍수로 팔도 전역이 적지 (흉년이 들어 못 쓰게 된 농토)가 되다시피 해 백성들이 죽기만 기다리고 있는 형편이었다.

그런데도 조정에서는 공납을 조금도 견감(조세를 면제해 줌)해 주지 않았고, 오히려 공안(공물 대장)에 정해진 것보다 더 많이 거둬들였다.

백성들이 처한 고충을 측은하게 살펴서 손상익하(윗사람에게는 손해, 아랫사람에게는 이익이 되게 함)의 대의를 세워야 함에도 불구하고 나랏일은 자꾸 거꾸로 가고 있었다.

각 고을이 피폐해진 것을 뻔히 아는데도 정해진 대로 거둬들여야 하는 차사원 군관들의 고충이 이만저만 아니었다.

"만약 계속 이러다가는 백성들이 못물이 말라 고기가 죽어가듯이 할 것이옵니다."

"조정에 별도로 바쳐야 할 색목(해당 품목)이 너무 많아서 그 수가 공물보다 적지 않은데도 조금도 감손(덜어서 줄여줌)해 줄 생각은 않으니."

"마치 빚이라도 되는 듯이 독촉은 또 얼마나 해대는가?"

"이래 가지고서야 어디 사람이 살 수가 있나?"

"하고 버릴 말로, 나라가 한번 뒤집어지든지 해야지. 원."

"이 사람이? 통곤 대감께서 듣겠네. 말조심하게."

설상가상으로 어쩌지 못할 일이 생겼다. 한양에서 사람들이 찾아와서 은밀히 전하는 것이었다.

"김 상궁 마마께옵서 나전팔첩대병(螺鈿八貼大屛)을 한 구(具) 보내달라고 하시옵니다."

기룡이 단호하게 말했다.

"그 물건은 통제영 곳간에 있는 것이 아닐세."

"통곤 대감, 말귀를 못 알아들으시는 겝니까? 아니면 거절하시는 겝니까?"

심부름을 온 성제남이 대담한 어조를 내뱉었다.

"저희들은 객관에 머물러 있을 터이니 마련하는 대로 연락을 주십시오."

그들은 객사 운주당을 차지하고는 날이면 날마다 이 고을 저 고을 돌아다녔다. 그들에게는 법도 없었고, 고을 수령도 눈에 뵈지 않았다. 온갖 패악질을 저질렀지만 아무도 벌을 줄 수 없었다.

책사 귀목이 기룡에게 아뢰었다.

"대감, 김 상궁이 어떤 사람이옵니까? 그분의 눈에 들면 충신이 되고 벗어나면 역적이 된다는 것을 잘 알고 계시지 않사옵니까? 금상이 어좌에 오른 뒤부터 얼마나 많은 옥사가 있어 왔사옵니까? 모든 옥사가 금상의 두 겨드랑이인 예판 대감과 김 상궁의 꿍꿍이속에서 나왔음을 팔도가 다 알고 있사옵니다."

하지만 예조판서 이이첨의 권세만큼은 이전 같지 않았다. 육북파 내에서도 균열이 일어나 그를 탄핵하라는 상소가 심심찮게 승정원으로 들여지고 있었고, 임금도 수년간 지속되어 온 그의 전횡에 속으로 크게 염증을 느끼고 있었다.

이이첨은 글 짓는 재주 한 가지는 뛰어났다. 그런데 그는 탐욕스러웠다. 권력과 재물에 대한 탐욕이 이만저만 아니었다. 그리하여 허균의 경우와 마찬가지로 팔도의 그 어떤 선비도 그의 글 짓는 기예를 높이 쳐주지 않았다.

그런데 김 상궁은 달랐다. 그녀는 일찍이 임금이 왕세자로 있을 때부터 시녀 노릇을 했다. 승은을 입었지만 그녀는 후궁의 작위를 거부하고 그대로 궁인으로 남아 있기를 원했다. 후궁은 궐내 전각에 갇혀 지내야 하지만 궁인은 궐 안팎을 마음대로 출입할 수 있기 때문이었다.

후궁 자리를 거절한 궁녀, 김 상궁은 보기 드물게 두뇌의 순발력이 실질적이었으며 지모 지략이 뛰어나 임금의 지밀이자 오른팔이었다. 그녀에 비하면 이이첨은 왼팔의 한 손가락에 지나지 않을 정도였다.

임금을 모시고 있는 것이 아니라 손에 쥐고 있다고 해도 과언이 아니라는 무소불위의 김 상궁이 통제사 기룡에게 나전으로 만든 큰 병풍을 요구한 것이었다.

기룡은 고심했다. 보낸다면 내총에 아첨한다는 평판을 얻을 것이고, 거절한다면 어떤 화를 입을지 모를 일이었다. 그러잖아도 여러 해 전에 당한 형문으로 골병이 도져서 자리를 보전하고 누워 있는 형편이었다.

이희춘과 귀목의 걱정이 컸다.

"대장님, 좀 괜찮으시옵니까?"

"내 저놈들을 단칼에 베어버릴까 보다."

통영 백성들 사이에 소문이 났다. 김 상궁이 나전팔첩대병을 요구해 이러지도 저러지도 못하고 있던 기룡이 병이 나 몸져누웠다는 것이었다.

"그까짓 것 우리가 마련해서 줘버리자."

"그래, 통제사 대감만 지킬 수 있다면 뭘 못 내주겠는가?"

"나전칠기고 팔기고 있는 것 없는 것 다 내주자."

"백 번 아니라 천 번도 진상하겠다고 하자."

"암, 우리가 하자. 그 대신 통제사 대감만 오래오래 우리 사또로 그냥 두어달라고 하자."

백성들은 전복을 잡고 조개껍데기를 모았다. 나전 공장(기술자)은 갈고 닦고 하기를 손이 닳도록 해 나전 병풍을 만들어 갔다.

병마우후 김의철에게서 통제영 소속 고을 백성들의 움직임을 전해 들은 기룡은 누워서 눈물을 주르르 흘렸다.

한양에서 내려온 사람들은 나전으로 만든 팔첩 대병풍과 다른 진기한 것들을 여러 짐 싸서 돌아갔다. 그 뒤에도 기룡은 자리에서 일어나지 못했다.

이희춘이 약탕기에 정성을 다해 첩약을 달여서 그릇에 따라 들고 들어왔다.

"쭉 드시옵소서."

기룡이 그릇을 들고 입에 가져다 대려는데 큰 외침이 들려왔다.

"아뢰오! 통곤 대감께 아뢰오!"

귀목이 얼른 나가 보았다. 우후 김의철이 다급한 목소리로 말했다.

"속히 아뢰어 주시오. 왜적이 쳐들어왔소!"

기룡은 탕약을 마시지도 않고 내려놓았다. 그러고는 일어서려고 했다. 이희춘이 얼른 부축했다. 기룡은 밖으로 나왔다.

"방금 뭐라 했는가?"

"먼바다에 척후를 나갔던 사후선들이 수상한 선단을 발견하였사온데, 왜적의 병선들이라고 하옵니다."

거리를 좁혀서 탐지한 사후선들이 첨형한 사실을 잇달아 알려왔다. 속속 답지하는 첩보를 분석한 기룡은 명령을 내렸다.

"출전할 것이니 채비를 서두르게."

"그 몸으로는 안 되옵니다!"

"여러 말 말고 속히 채비를 하게."

이윽고 비상사태임을 알리는 첩고(비상시에 빠르게 치는 북)가 울리기 시작했다.

"둥둥둥둥……."

통제영 내 모든 군관과 군사들은 재빨리 움직였다. 군장을 갖추고 다들 포구로 달려 나갔다. 그러고는 그간 조련해 온 대로 전선과 병선에 올라 각자 맡은 바대로 자리했다.

기룡은 갑주를 갖추고 세병관을 나섰다. 그 뒤를 이희춘과 귀목 그리고 아병 군관들이 따랐다. 포구에 있는 모든 싸움배는 출동 채비를 마친 상태였다. 기룡은 황룡선에 오른 뒤에 3층 누옥의 장대에 섰다.

"사후선은 다 나가 있는가?"

"예, 통곤 대감!"

기룡은 수십 척의 싸움배에 나눠 타고 있는 수군에게 소리쳤다.

"우리는 오늘 왜적을 만날 것이다! 저 가소로운 적을 자손만대에 물려 주어야 하겠는가! 아니면 오늘 우리가 씨를 말려서 우리의 아들딸, 우리의 손자 손녀가 앓을 만고의 큰 근심을 말끔히 덜어주어야 하겠는가!"

수군들은 들고 있던 무기를 높이 들며 한목소리로 외쳤다.

"와아, 무찌르자!"

"씨를 말리자!"

기룡이 그 말을 받아 명령을 내렸다.

"출군하라!"

취고수가 북소리를 점고(천천히 치는 북)로 바꿔 치기 시작했다.

"둥! 둥! 둥! 둥……."

정박해 있던 배들이 한 척 두 척 바다로 나아갔다. 섬과 섬 사이를 빠져나오니 큰 바다가 펼쳐졌다. 사후선 여섯 척이 귀선 전단을 이끌고 있었다.

기룡은 풍기를 바라보며 풍향과 풍속을 헤아리고는 하령했다.

"맞바람이 분다! 돛을 틀어라! 횡파를 조심하라!"

기패관들이 대기치(방위를 표시하는 깃발)를 올려 배들이 나아갈 방향을 번신했고, 취고수들은 나팔을 불고 북소리로 신호를 주었다.

각 전선과 병선의 가장 높은 곳에서 지휘선인 황룡선만 바라보고 있던 호졸(신호를 전하는 수군)들이 기패관과 취고수가 전하는 기룡의 명령을 해석해 선장에게 알려주었다.

항해를 시작한 지 두 시간이 안 되어 드디어 왜선들이 시야에 들어왔다. 기룡은 모조리 수장시킬 것을 속으로 다짐했다. 이희춘과 귀목은 바다의 찬바람이 여간 아닌지라 기룡의 신후(병중에 있는 웃어른의 상태)가 걱정되기만 했다.

사후선들로부터 보고가 올라왔다.

"왜선과 명나라의 군선이 섞여 있사옵니다!"

"뭐라고?"

과연 그러했다. 일본의 아타케부네와 세키부네 그리고 명나라의 군선 차오촨(艚船), 후촨(唬船) 그리고 샤촨(沙船)까지 수십 척이 뒤섞여 있었다. 기룡은 이해가 되지 않았다.

"저게 어찌 된 일인가?"

잠시 후 사후선으로부터 또 다른 보고가 전해졌다.

"통곤 대감, 저들은 해구(해적)이옵니다. 바다를 떠돌아다니는 도적패이옵니다."

"그렇다면 왜적이 아니란 말인가?"

"왜적이나 매한가지이옵니다. 저들은 남쪽 먼바다 여러 섬에 소굴을 두고 있사온데, 우리 조선을 비롯하여 명나라, 일본, 유구국 가리지 않고 항행하는 상선을 발견하기만 하면 다 털어 가고 배는 불태워 가라앉혀서 흔적도 없이 만들어 버리옵니다."

"저런 무지막지한 놈들이 바다 위에 다 있었다니."

명나라의 큰 상선 여러 척이 해구에게 쫓기고 있었다. 해구들은 날랜 수십 척의 배로 곧 상선단을 따라잡을 듯했다.

"전투 대진을 갖추어라!"

"행안진(맞바람이 세차게 불어올 때 주로 쓰는 진법)을 알리는 깃발을 올려라!"

사후선들이 자유로이 바다를 오가며 경계를 하는 동안 전선과 병선들이 지휘선인 황룡선을 중심으로 좌우로 모여들며 빠르게 진형을 갖췄다.

귀선 전단 대형의 맨 앞에는 청작선 네 척이 앞뒤로 줄지었고, 그 뒤를 귀선 두 척이 한 쌍의 원앙처럼 나란히 나아갔으며, 귀선 뒤에는 황룡선, 황룡선 좌우로는 호위하는 병선 두 척, 맨 뒤에는 전선과 병선, 방패선 수십 척이 마치 기러기가 날아가는 듯한 진형을 이뤘다.

"해구들도 우리를 발견한 것 같사옵니다!"

조선 수군의 전단이 다가오는 것을 본 해구들은 상선을 쫓던 뱃머리를 돌리기 시작했다. 그런 뒤에 거리가 한참 미치지 못하는데도 포를 쏘아 댔다.

"쾅, 펑, 펑!"

포성은 대기를 찢으며 진동했다. 포탄은 드넓은 바다에 떨어져 여기저기 허연 물보라가 솟구쳤다.

"불랑기포이옵니다!"

"당황하지 마라. 해구들이 우리에게 겁을 주려는 속셈이다."

그들에게도 조선 수군의 사후선처럼 바다를 빠르게 오가는 배 차오촨이 있었다. 귀선 전단을 정탐하러 가까이 다가오던 차오촨 두 척을 청작선들이 포위해 다가갔다. 그러고는 나눠 타고 있던 해구들을 모두 활을 쏘아 죽이고 비격진천뢰를 터뜨려 두 척 다 침몰시켰다.

"와아!"

독이 바짝 오른 해구들의 본대가 점점 다가왔다. 그들은 뒷바람을 받고 있었다. 맨 앞에는 뱃머리가 높고 빠른 후찬이, 그 좌우로는 아타케부네와 세키부네가 부채꼴 진형으로 있었다. 첨병처럼 앞장서서 포를 쏘아 댄 것은 사찬이었다.

기룡은 다시 명령했다.

"호곡진(군선을 가로로 벌려서 활처럼 안으로 휘게 만든 진)!"

황룡선 뒤쪽에 있던 전선과 병선들이 좌우로 벌리면서 앞으로 나오기 시작했다. 황룡선을 중심으로 안으로 휜 활꼴 진형이었다.

이윽고 귀선 두 척이 빠르게 해적선 속으로 파고들어 갔다. 그 좌우에는 병선이 한 척씩 동행하며 해구를 향해 포를 쏘면서 귀선을 엄호했다.

"쾅, 콰쾅!"

드디어 귀선은 적선 여러 척을 들이받아 부수면서 적진 깊이 파고들었다. 이윽고 귀선의 좌우 뱃전에 나 있는 화포 혈에서 붉은 불꽃이 작열했다. 또 용머리에서 독한 유황 연기가 뿜어져 해구들의 시야를 온통 흐려 놓았고, 가까이 있는 적선들의 뱃전 밑을 철갑 방추로 들이받아 큰 구멍을 내 침몰시켰다.

"저게 뭐야? 괴물인가? 배인가?"

해구들의 진형이 한순간에 흐트러졌다. 조선 수군의 전선과 병선이 화포를 쏘면서 나아갔다. 전선 한 척에 설치된 천자총통에서 쏜 천자철탄자가 아타케부네의 갑판을 내리꽂으며 뚫고 나갔다. 이내 물이 차오르고 배는 침몰하기 시작했다.

또 다른 전선의 갑판에는 대신기전이 설치되어 있었다. 화약통을 단 화살 일백 발이 동시에 날아올랐다.

"파파파팟!"

해구들은 높은 하늘에서 날아드는 화살에 꽂혀 바다에 거꾸로 떨어지기도 했다. 병선에서 쏜 황자총통의 철탄자인 피령전이 날개에서 소리를 내며 수십 발이 동시에 날아갔다. 대완구에서 쏘아대는 둥근 호박만 한 비격진천뢰도 제 몫을 하고 있었다.

"콰콰쾅!"

해구들의 반격도 만만치 않았다. 그들은 그들대로 모든 화력을 다 날렸다. 방패선과 병선 여러 척이 화염을 내뿜으며 침몰했다. 그것을 본 조선 수군의 눈에는 불이 타올랐다.

"해적선이 사정거리에 들어온다! 활을 쏴라!"

병선과 방패선의 뱃전에 몸을 붙이고 선 수군들은 불화살과 독화살을 퍼부었다. 거리가 더 가까워지자 포수들이 전면에 나서서 조총을 쏘아댔다.

"승기를 잡았다!"

"공격을 늦추지 말라!"

해적선은 수십 척이 격파되었다. 마침내 해구들이 몇 척 남지 않은 배를 돌려 달아나기 시작했다.

그 뒤를 쫓는 것은 청작선이 할 일이었다. 여러 척이 날래게 따라가서 석류화전을 날리고 완구로는 비격진천뢰를 쏘았다. 해구들은 갑판에서 터져 사방으로 튀는 파편을 피하기에 급급해 감히 반격할 엄두를 못 냈다.

"마지막 한 척도 놓치지 말고 다 수장시켜라!"

기룡에게 조련을 받은 조선 수군은 용맹했다. 마침내 바다 위에는 해적선이 단 한 척도 보이지 않았다. 달아난 배는 없었다. 전부 바다 밑으로 가라앉고 만 것이었다.

"이겼다!"

"대단한 싸움이었어!"

"통곤 대감께서 육전에서만 명장인 줄 알았더니 해전에서도 과연 그 명성 그대로군."

싸움이 그치자 기룡은 전사한 조선 수군의 영령을 위로하는 군악을 연주하도록 해 그들을 추넘했다.

명나라 상선은 4척이었다. 기룡은 그 배들을 다 통제영 포구로 인도해 왔다. 개선을 환영하는 백성들이 두 팔을 들어 환호했다. 다들 해구를 왜적으로 알아 임진년과 정유년 연간의 복수를 통쾌히 한 것같이 여겼다.

"우후는 명나라 상선에 탄 사람들이 상한 데가 없는지 잘 보살피도록 하게."

"예, 통곤 대감."

그다음 날, 상선의 도선장이 기룡에게 문안했다. 기룡이 말했다.

"식수나 뭐 필요한 것이 있으면 우후에게 요청하시고, 푹 쉬다가 돌아가도록 하시오."

"통곤 대인, 감사합니다."

우후 김의철은 그들에게 먹을 것과 의복을 내주었다. 도선장이 금은이든 상자를 가져와 기룡에게 사례를 하려고 했다.

"대인이 아니었으면 꼼짝없이 해구에게 다 빼앗길 뻔한 것입니다. 소납(변변치 않으니 웃으면서 받아달라는 말)하옵소서."

"그런 것을 받자고 해구를 퇴치한 것이 아니오."

기룡은 끝내 사양했다. 그들이 돌아갈 때 전선 한 척과 병선 두 척으로 먼 바다까지 호위하게 했다.

명나라로 돌아간 상선단은 그러한 사실을 천조에 아뢰었다. 기룡이 해구 무리를 크게 물리치고 명나라 상선을 보호했다는 장계를 읽은 황제는 치사와 함께 은자, 병풍 그리고 각색 비단을 보내 기룡을 찬사했다.

기룡은 병풍을 상주 사벌에 있는 본가로 보내 어머니 김씨의 제사에 쓰도록 하고, 은자는 녹인 다음 수저를 만들어서 우후를 비롯한 선장들에게 나눠 주었다. 그리고 저 자신은 황제가 하사한 복숭아 모양의 은잔 바닥에 '천사(天賜)' 두 글자를 새겼다. 천자가 하사했다는 뜻이었다.

"이 비단 세 필은 내 죽은 후에 간소하게 장사 지내는 데 쓰도록 하게."

"무슨 그런 말씀을 다하시옵니까?"

기룡은 쓸쓸히 웃었다.

"내가 어머니 곁으로 갈 날이 언제쯤인지는 이미 잘 알고 있다네."

"대장님!"

2

이희춘은 걱정이 태산 같았다. 기룡의 환후가 날로 나빠지고 있었다. 기룡도 골병이 자꾸 깊어지는 것을 느끼고 있었다.

"무고만 당하시지 않았더라도……."

"성치 않은 몸으로 찬 바닷바람 속에서 하루 종일 수많은 수군을 지휘하셨는데, 그 또한 여간한 고초가 아니셨을 터이지."

기룡이 이희춘과 귀목에게 말했다.

"상주에 한번 다녀왔으면 하네. 경임으로부터 서찰이 왔는데 정원(전식의 관자)이 많이 아픈가 보네."

"대장님, 다른 사람을 심려하실 때가 아니옵니다."

기룡은 고집을 부려서 기어이 귀선 한 척을 채비시켰다.

"연안을 따라 김해로 가서 낙동강을 거슬러 올라가세."

사후선 두 척이 귀선의 앞뒤에서 호위했다. 강어귀로 들어서자 한 번도 귀선을 보지 못한 백성들이 강가에 나와서 손을 흔들었다.

"저게 말로만 듣던 거북선이로군."

"고래(옛부터 계속)로 전해오는 배라지. 아마."

"고려조부터 있었다는 말도 있고."

"지난 왜란 때 이 통제사께서 고쳐 쓰셨고, 또 저기 등 갑판에 계시는 정 통제사께서 재임하실 때 15척으로 크게 영선하셨다고 하더군."

"저걸 타시고 상주까지 물길로 7백 리를 가실 작정인가 보네."

"그렇다면 강가 온 고을에 큰 구경거리가 났군그래."

귀선이 지나갈 때마다 많은 백성들이 나와서 환호했다. 기룡은 먼 물길을 거슬러 올라가 사벌 무임포에 닿았다. 사벌 고을뿐만 아니라 상주 백성들이 모두 귀선을 구경하려고 몰려든 것 같았다.

"대감, 만수무강하옵소서."

"대감께서는 우리 상주와 나라의 간성(방패와 성)이시옵니다."

"다들 고맙소."

기룡은 그들 사이로 나와 무임포 바로 뒤에 있는 도남서원을 천천히 거닐며 구경했다. 정경세, 이준을 비롯해 삼망우가 주축이 되어 건립한 서원이었다. 도남(道南)은 퇴계 이황의 도학이 북쪽 안동에서 남쪽 상주로 왔다는 뜻으로, 유성룡이 자신의 수제자인 정경세를 염두에 두고 가려 준 이름임이 새삼 떠올랐다.

"암, 우리 경임이 대단한 학자지."

다시 무임포로 돌아온 기룡은 사후선에 올랐다. 작은 배는 북천을 거슬러 갔다. 전식의 집은 북천의 남쪽에 있었다. 삼망우가 다 모여 있다가 기룡을 맞이했다.

"경운, 어서 오게."

"다들 잘 지냈는가?"

기룡은 가지고 온 활전복 등을 내놓았다.

"죽이라도 끓여 드시게. 얼른 쾌차해야지."

전식은 자리에서 상체를 일으켜 앉았다.

"자네도 성치 않은 몸이라고 들었는데, 어찌 예까지……."

"나는 괜찮네."

고을 사람들이 삼도수군통제사가 왔다는 소식을 듣고 다 전식의 집 앞으로 몰려들었다. 호위군의 위용을 본 그들은 한마디씩 했다.

"통제사 대감이 우리 고을에 납시다니."

"그동안 몰라봤는데 전사서(전식의 아호)도 대단하신 분인가 보네."

기룡은 한 사람의 얼굴이 보이지 않아 물었다.

"여익(조우인의 관자)은 벼슬에 나아갔는가?"

정춘모가 대답했다.

"여익이 어떻게 되었냐 하면……."

승문원 제술관으로 재직하고 있던 조우인이 작년 가을에 시를 한 수 지었다. 대비가 나인들을 거느린 채 살고 있는 데도 불구하고 임금이 여러 전각의 기와를 벗기고 기둥을 뽑아서 새 궁궐 인경궁을 짓는 데 가져다 쓰는 바람에 집채가 많이 무너져 폐궁이나 다름없게 된 서궁을 안타까워하며 지은 시였다.

도승지가 그 시를 읽어보고는 잘 지은 시라고 여겨 승정원에 붙여두었는데, 예조판서 이이첨이 질투를 했다.

그리하여 시에 임금을 풍자하고 역모의 뜻이 담겨 있다고 무함해 조우인을 잡아들인 뒤 성균관 유생들에게 시를 주어 구절구절 훈석하게 했다. 유생들도 모두 오래전에 이이첨의 당류가 된 탓에 그들은 조우인의 시를 음험하고 흉측하다고 결론을 내렸다.

"그런 까닭으로 지금 멀리 유배되어 있다네."

기룡은 안타깝게 여겼다.

"여익이 그런 곤욕을 다 치르고 있다니······."

삼망우가 기룡의 안색을 보고는 걱정하는 말을 한마디씩 했다. 기룡은 그들을 한 사람 한 사람 둘러보며 말없이 웃음만 지어 보였다. 그러더니 입을 열었다.

"우복동은 다들 잘 있는지 모르겠군."

"잘 있을 걸세. 이놈의 세상보다는 나을 테니까."

기룡은 정경세의 손을 잡았다.

"경임, 내 일생에 자네를 만난 것이 가장 큰 복록이었네."

정경세의 눈에 눈물이 어렸다.

"이제 그만 사임하고 돌아오시게. 응?"

기룡은 웃으며 정경세의 손을 놓았다. 전식의 집에서 나와 비로소 본가로 향했다.

먼저 어머니 김씨의 묘소에 들러 무덤 위에 난 긴 풀을 손으로 뽑았다. 집안 사랑채에 들어서는 아내 권씨를 비롯해 아이들까지 일일이 불러서 평소에 마음속에 넣어둔 것들을 당부했다.

권씨가 말했다.

"이만 벼슬에서 물러나 집에서 요양을 하시는 것이······."

"나는 무신이오. 죽더라도 군영에서 죽어야 할 몸이오."

기룡은 일어섰다. 대문 밖으로 가솔들이 다 나와서 인사를 했다.

"몸조심하셔야 하옵니다."

"대감, 살펴 가옵소서."

"아버님, 조양(조리)을 잘 하시옵소서."

기룡은 많은 사람들을 뒤로하고 무임포에서 다시 귀선을 타고 통제영으로 향했다. 낙동강 가에 사는 경상좌우도 백성들이 또다시 떼로 몰려

나왔다. 그들은 기룡과 귀선에 끊임없이 큰 환호를 보냈다.

통제영으로 돌아온 기룡은 그길로 자리에 누웠다. 밤이 깊어지자 헛것이 보였다. 간간이 알아듣지 못할 신음까지 냈다. 머리맡을 지키고 있던 이희춘이 보다 못해 밖으로 뛰쳐나왔다.

"안 되겠어. 빨리 모셔와야겠어."

흑사자는 이미 와 있었다. 이희춘은 뜰에 서 있는 흑사자를 모시고 다시 방으로 들어갔다. 기룡은 누가 온 것인지도 몰랐다. 그때 이희춘의 허리춤에서 청옥 황소 노리개가 방바닥에 떨어져 소리를 냈다.

이희춘이 황급히 주워 감추는 겨를에 기룡이 눈을 뜨고는 말했다.

"이리 가져와 보게."

이희춘이 건네자 기룡은 손으로 쓸며 만졌다.

"내 평생 이 장사에게 준 것이라곤 이것 하나뿐이네."

"그런 말씀 마옵소서. 이 세상에 오직 소인만이 가진 것이옵니다."

기룡은 조그만 상자를 가리켰다. 귀목이 가져다 놓고는 열었다. 애복이가 유서를 쓴 치맛자락과 또 그것으로 만든 머리동이와 한 쌍의 은방울이 들어 있었다. 은방울은 애복이와 촉석루에서 혼인례를 할 때 예물로 받아 허리에 찬 것이었다.

흑사자가 울음이 터져 나오려는 입을 손으로 가렸다. 기룡은 손짓을 해 복면을 벗어보라는 시늉을 했다. 흑사자는 고개를 저었다.

"험한 꼴을 대장한테 보여줄 수는 없어."

기룡은 몇 번 종용하다가 그만두었다. 눈을 감았다. 진주 옥사에 든 서예원이 보였다.

"아, 우후 나리!"

"네가 뼈를 깎고 인내하여 마침내 하지 못하던 것을 이루어 내었구나. 장하고 장하다."

경상 우병영 전령청 행수 군관 조용백이 모습을 드러냈다.

"그만 하면 한 살림 잘 일구었다. 대단하구나."

진주 염창나루 천광여각의 행수 이장휘가 나타났다.

"아, 행수님, 저는 일생을 잘 살았사옵니까?"

"오냐, 잘 살다마다. 애 많이 썼다. 이제 여기로 어서 오너라."

박 공이 손을 내밀었다.

"무수야, 이놈아! 허허, 나랑 활쏘기 한 판 붙어보자꾸나."

앞서 죽은 8장사들이 다 한자리에 모여 있었다.

"대장님, 이제 여기 오셔서 한바탕 신나게 놀 일만 남았사옵니다. 어서 오소서."

그들은 창을 들고 장사당 앞에서 덩실덩실 춤을 추었다. 기룡이 고개를 돌려 이희춘과 귀목에게 물었다.

"만약…… 만약, 임금이 바뀐다면…… 금상에게 총애를 받은 나…… 나는 역적이 되겠는가?"

"천부당만부당하신 말씀이옵니다."

"두 임금으로부터 내리 이어 대은을 받으셨사옵고, 두 천자로부터도 내리 이어 황은을 받으신 유일무이한 분이시옵니다."

"대장님은 이 나라 만고의 역사에 길이 남을 영웅이시고 충신이시옵니다!"

기룡은 귀목에게 손짓을 했다. 상자 바닥에는 두루마리가 몇 장 있었다. 모두 흑사자에게 주었다.

"교지…… 애복아, 너는 정경부인이야."

"이런 거 아무 소용없어."

흑사자는 받아 들고 흐느꼈다.

"대장!"

"무정승…… 무정승은 못 되었어. 미…… 미안해."

"그런 말 마! 무정승이 다 뭐야! 어서 빨리 나아서 일어나기나 해!"

기룡은 이희춘에게 당부했다.

"내 몸이 태어난 곳은 곤양이지만, 마음의……."

숨을 몰아쉬었다.

"고향은 상주일세. 나를 반드시…… 상주 사벌 어머니 묘소…… 그 아래에 묻어주게."

이희춘은 범이 우는 소리를 냈다.

"어흐헝!"

기룡은 손을 뻗었다.

"애…… 애복아."

흑사자가 그 손을 잡았다.

"미…… 미안해."

"대장!"

"애복아, 정말 미……."

갑자기 바깥에 밝혀놓은 사방 등불이 다 꺼지더니 어디선가 한 줄기 바람이 불어와 방 안의 밀촉 불까지 꺼뜨려 버렸다.

"대장!"

"대장님!"

"통곤 대감!"

온 통제영이 방곡(목 놓아 통곡함)하기 시작했다.

"아!"

우복산 아래 비췻빛 물이 흐르는 개울가 선암 위에 앉아 있던 정경세는 남녘 하늘을 환하게 밝히는 큰 빛을 보았다.

그 빛은 한참 뒤에 차츰차츰 사그라졌다. 온 천하가 캄캄했다. 잠시 후

하늘에 큰 별이 하나 돋았다. 그 별을 따라 삽시간에 뭇별이 온 하늘에 가득 나타나더니 다 같이 어우러져 찬란하게 빛나기 시작했다.

〈끝〉

그로부터 일 년 뒤, 고 정원군의 장남 능양군이 여러 사람들과 함께 뜻을 모아 반정(신하가 나쁜 임금을 폐위하고 새 임금을 옹립하는 일)을 일으켜 성공했다. 능양군은 임금 광해군을 용상에서 내쫓고 서궁에 유폐되어 있던 고 영창대군의 친모인 대비로부터 새 임금으로 인정받아 보위에 올랐으니 그가 바로 인조 임금이다.

정기룡은 임진왜란 때 왜적을 물리친 공훈으로 선무원종공신 제1등에 올라 곤양군에 봉군되었다. 그로 말미암아 곤양 정씨의 시조로서 1세가 되었고, 정익린이 후사가 되어 2세로서 정기룡의 제사를 받들었다. 그 후 곤양 정씨는 약 4백 년의 세월이 흐르는 동안 15세를 전하며 2000년 현재 통계청 인구조사 결과 전국에 450가구 1,416명이 살고 있다.

이희춘, 김세빈, 윤엽, 김천남, 황치원, 정범례, 노함, 김사종 등 8장사는 임진왜란 때 백두(벼슬이 없는 사람)로서 정기룡을 종사해 평생을 같이하였다. 그중에 김세빈과 정범례가 선무원종공신 2등에, 노함은 3등에 올랐다. 이 8장사 외에 정수린, 김태허, 여대세, 정개룡, 한명련, 백홍제 등도 당대에 정기룡과 함께한 구국의 영웅이었다.

정경세는 인조반정 이후에 다시 조정에 출사해 승정원 도승지, 홍문관 대제학 그리고 육조의 판서를 두루 거치며 조정에 공의와 공도를 세웠고 청백리의 모범이 되었다. 그는 정몽주, 정여창, 김굉필, 조광조, 이언적, 이황, 유성룡의 계보로 이어지는 정통 도학(주자학)을 물려받은 대학자이자 명필로서도 널리 명성이 높았다.

이준은 형 이전과 함께 돈독한 우애를 자랑했고, 일찍이 정경세와 함께 유성룡의 제자가 되어 의리지학을 익혔다. 그는 정경세와는 서로 평생의 지음(마음이 통하는 진정한 벗)이었다. 그 역시 인조반정 이후에 다시 조정에 나아가 홍문관 교리를 역임했다. 세상 사람들이 진유신(진정한 선비의 인품을 가진 신하)이라 일컬었다.

김지복은 나이가 가장 어렸음에도 불구하고 이준, 정경세 등과 망년교우로 지냈다. 그는 성균관 진사로 있었으나 유생들이 정치에 오염되는 것에 회의를 느끼고 낙향했다. 인조반정 이후에 다시 벼슬을 얻어 경안(경기도 광주 소재) 찰방을 지냈다. 그의 아들 김원이 권홍계의 딸과 혼인을 해 김지복은 정기룡에게 사장(사돈댁 웃어른)이 되었다.

김광두는 청빈한 집안에서 태어나 어려서부터 글씨를 잘 썼다. 《소학》을 평생 익혀 '소학선생'이라는 별호를 얻었고, 여러 벗들과 함께 유성룡의 문하에서 수학했다. 다른 사람들과 마찬가지로 상주의 각종 향안 사업에 적극적으로 참여했다. 45세에 시험 삼아 본 사마시에 합격했으나 애석하게도 하늘이 수명을 더 주지 않아 이듬해에 졸(卒)했다.

강응철은 시문의 재주가 천부적이어서 어려서부터 신동이라는 소리를 들었다. 8세 때 노수신이 시를 지어 그를 칭찬하는 등 상주의 숙유들과 더불어 지내며 영남에 그 문명을 떨쳤다. 인조반정 후에 학행으로 천거되어 사근(함양군 사근면 소재) 찰방으로 나아갔으나 이듬해 낙향했다. 정경세의 매부가 되었다.

이축은 9세에 《소학》을 마쳤다. 어려서부터 기골이 장대하고 힘이 장사였으며 활을 잘 쏘았다. 20세에 이르자 효행이 뛰어나 고을 현감이 조정에 천거하려고 했으나 사양했다. 그는 외동아들로서 집안의 대를 이어야 했는데, 왜란이 일어나자 의병에 가담하는 것을 허락받고 늘 돌격장으로서 선봉이 되어 정범례 장사와 함께 많은 공을 세웠다.

조광벽은 북천의 북쪽에 살면서 강 건너 남쪽에 사는 전식과 특히 두터운 우정을 나누었다. 정경세, 이준 등과 함께 유성룡의 문하에 나아가 학문을 배웠고 임진왜란 때 의병에 종사했으며 벼슬은 직장을 지냈다. 소동파가 적벽놀이를 한 지 541년째 되는 임술년을 맞이해 상주의 대표적인 선비들과 함께 낙동강에서 임술낙강범월시회를 열었다.

전식은 상주 사벌의 서쪽 땅에 자리 잡고 사는 것을 자랑스럽게 여겼으며 북천을 사이에 두고 남북으로 살면서 조광벽과 교우를 했다. 임진왜란이 일어나자 의병에 가담해 왜적을 무찌르는 데 앞장섰다. 그는 정경세와는 죽마고우였고, 정기룡과도 친분이 두터웠다. 정기룡이 서거하자 직접 그의 만사(輓詞:죽음을 애도하는 글)를 지어서 추도했다.

조우인은 만년에 매호에 살았는데, 시(詩), 서(書), 음(音)에 천부적인 재능을 펼쳐 세인들로부터 삼절(三絶:세 분야에 뛰어나다는 뜻)이라는 별칭을 얻었다. 그의 아들 조정융이 정기룡과 함께 활약했던 사람들의 증언을 채집하였고, 정기룡이 서거한 지 38년째가 되던 해에《고통제정공사적(故統制鄭公事蹟:돌아가신 삼도수군통제사 정기룡의 사실적 행적)》을 찬술했다.

정기룡 3

1판 1쇄 발행 2022년 10월 25일

지은이 · 하용준
펴낸이 · 주연선

(주)은행나무
04035 서울특별시 마포구 양화로11길 54
전화 · 02)3143-0651~3 | 팩스 · 02)3143-0654
신고번호 · 제 1997—000168호(1997. 12. 12)
www.ehbook.co.kr
ehbook@ehbook.co.kr

ISBN 979-11-6737-236-9 04810
ISBN 979-11-6737-233-8 (세트)